U0113174

张可礼 著

张可礼文集

山东大学中文专刊

第五册 中国古代文学史料学（下）

中华书局

# 内容编

　　本书的"历史编"主要是想从纵的史的角度，述评中国古代文学史料学的演进历程。这里的"内容编"，是想从横的方面，叙述中国古代文学史料所包含的主要内容。中国古代文学史料应当包括哪些内容，至今不论在理论上，还是在实践上，仁智各见，仍是一个需要继续探讨的问题。究其原因，从大的视域来看，涉及了研究者对文学整体的理解问题，从小的角度来看，涉及了文学观问题。

　　关于对文学整体的理解问题，有的研究者认为文学作为一个整体，是多种因素综合作用的结果。基于这种思考，文学史料包含的内容自然就会相当宽泛。有的研究者认为文学就是文学作品。基于这种思考，文学史料包含的内容就只限于作品。

　　单就作品而言，又涉及了杂文学观（或称大文学观）和纯文学观问题。文学观不同，对作品的范围有不同的界定。主张杂文学观的研究者，强调中国古代文学的特点，把中国古代文学作品的范围划得比较宽泛，把在近代以来看来属于哲学或历史等学科的许多著述，也视为文学作品。主张纯文学观的研究者，主要受近代以来西方文学观的影响，重视"文学性"，认为只有诗歌、散文、小说和戏剧才算文学作品，把文学作品的范围划得比较狭窄。

　　除了上述两种不同的观点之外,中国古代文学史料的内容,还涉及中国古代文学的演变和人们的认识问题。

　　本书对中国古代文学史料内容的思考,主要基于中国古代文学史料的实际,同时兼顾近代以来人们对文学的新认识和研究实践,认为古代文学尽管同古代哲学、历史等关系密切,但它毕竟是文学,有自己的特点。从这一点来考虑,不宜把古代文学史料的内容划得过于宽泛。另外,古代文学作为一个整体,实际上是古代文学创造者的生存、经历、思想和审美情趣,同其所处的各种背景的直接或间接的影响的多种因素综合作用的产物。存传的古代文学产物一直处在被体悟分析和评价当中。这些体悟分析和评价,往往又通过多种途径影响文学家及其创作。所以古代文学史料的内容具有综合性和整体性,不能仅仅局限于作品,应当包括背景史料、传记史料、作品史料和研究史料四种。四种史料中,作品史料是文学史料的核心。对于作品史料,由于先秦乃至两汉时期,文史哲不分,而后来文学逐渐独立。鉴于上述历史实际情况,对作品史料,应当兼顾“杂文学观”和“纯文学观”两种观点。对先秦两汉时期的作品应当放宽些,应当包括一些哲学和历史著述。而对两汉以后,则应当更多地着眼于“纯文学观”所界定的作品。这样做,也与长期以来人们对古代文学研究的实际状态相符合,有利于人们搜集、鉴别、整理和使用史料。

# 第十六章　古代文学背景史料

## 第一节　文学研究与背景史料

人类的各种各样的活动，都是在一定的背景下产生和进行的。每一个人，从他被孕育时开始，背景就在他身上起作用，把他从纯粹的生命转变为与背景相融合的人生。人只存在于自己与自己背景的相互作用和融合中。文学家也是这样。文学家的创作及其作品，从来没有离开、也不可能离开他所处的背景。这一点，勃兰兑斯有一段精辟的论述：

> 一本书，如果单纯从美学的观点看，只看作是一件艺术品，那么它就是一个独自存在的完备的整体，和周围的世界没有任何联系。但是如果从历史的观点看，尽管一本书是一件完美、完整的艺术品，它却是从无边无际的一张网上剪下来的一小块。①

勃兰兑斯所说的"一张网"，实际上指的是产生艺术作品的周围世界，也可以理解为背景。作品的产生虽然是个人精神活动的

---

① ［丹麦］勃兰兑斯《十九世纪文学主流》，人民文学出版社 1988 年版，第一分册《流亡文学·引言》。

结果，但任何个人都离不开他生活的境遇。因此，我们在体认和分析文学家及其创作和作品时，必须顾及当时的背景。这一点，古今有许多重要的显豁的论述。《孟子·万章下》载孟子主张"知人论世"。所谓"论世"，指的就是应当顾及其所处的背景。章学诚在《文史通义·内篇二·文德》中强调：

> 不知古人之世，不可妄论古人文辞也。知其世矣，不知古人之身处，亦不可遽论其文也。

章学诚所说的"古人之世"和"古人之身处"，分别指的当是古人所处的大的背景和身之所处和目之所及的小的背景。

陈寅恪指出：

> 古人著书立说，皆有所为而发。故其所处之环境，所处之背景，非完全明了，则其学说不易评论。①

陈寅恪指出的"所处之环境"和"所处之背景"，当也是从大小两方面强调了古人著书立说离不开其所处的背景。

闻一多在《楚辞校补·引言》中，阐述自己校补《楚辞》的方法说，"较古的文学作品所以难读，大概不出三种原因"，第一是就"先作品而存在的时代背景与作者个人的意识形态，因年代久远，史料不足，难于了解"。针对上述的这一点，闻一多给自己研究定的第一个课题，就是"说明背景"②。上引孟子等人的论述，有的并不是针对研究古代文学而言，但完全适用于研究古代文学。

一个文学家创作的作品和其他文学史料，大多是要经由多种途径、在不同的范围内得到传播的。而传播的途径和范围，固然

---

① 陈寅恪《陈寅恪史学论文选集》，上海古籍出版社1992年版，第507页。
② 孙党伯、袁謇正主编《闻一多全集》，湖北人民出版社1993年版，第5卷，第113页。

与作品本身的蕴涵和艺术表现有关，但常常与当时的背景有密切的联系。一个明显的史实是，在纸张发明和使用之前，文学史料主要是靠当时的传抄来传播的，所用的材料主要是竹简、木牍和帛。竹简、木牍重量大，帛贵重，不仅使当时的著述简短，多用文言，同时使史料的传播受到了很大的限制。汉代纸的发明和后来生产的发展，纸逐渐取代了竹简、木牍和帛，史料的传播受到的局限就小得多了。再后来，自唐代开始，发明了雕版印刷，许多史料能够成批地印刷，史料的传播不仅快得多，而且传播的范围也有了很大的扩展。看来要正确地、全面地阐释文学史料的传播，也离不开传播的背景。

文学作品和其他文学史料的意义，最终是由接受者的解读来体现的。接受者总是处在一定的背景中。从古代文学的接受史来看，我们常常可以发现，对同一种文学现象，不同时期常常会有不同的体悟和阐释。产生这种现象的原因是多方面的，其中重要的一点是由于接受者所处的背景不同。不同的背景，使接受者的思维方式和审美情趣不同，也形成了不同的目的和评价标准。以《诗经》的接受史为例，两汉时期，统治者为了巩固大一统的中央集权，尊崇儒家，确定了儒家诗教，强调诗歌的伦理教化，力主解读《诗经》要像《毛诗序》所说的那样，要起到"经夫妇，成孝敬，厚人伦，美教化，移风俗"的作用。今天看来，汉儒对《诗经》的解释有不少是牵强附会的，但从当时的历史背景来看，是完全可以理解的。这说明，为了阐释接受者对文学史料的接受，了解接受者所处的背景是一个重要关键。

中国古代重视史料的编纂和整理。这些史料的编纂和整理同编纂者和整理者所处的背景息息相关。宋末元初胡三省注《资治通鉴》，影响深远。胡氏为什么注释这部史著？这一点陈垣有深刻的揭示。胡三省是宋末元初的一位历史学家,他生活在宋元之际。南宋末年,"襄阳失守,临安失陷,帝后投降,再三年文天祥被俘,张世杰覆舟,陆秀夫背负帝昺投海,胡三省在悲愤之余,把全部精神寄托在他的《通鉴注》上,这就是胡三省著《通鉴注》的主要原因。胡三省'宁为亡国遗民,亦不愿为异国新民也'"①。看来要了解史料的编纂和整理,必须了解编纂者和整理者所处的背景。

　　人类生活的背景是十分广阔的,包括空间和时间。就空间而言,从天地、国家、地区到居处,有大有小,有远有近。就时间而言,有过去,有现在。人们是生活在空间与时间相交融的背景中,这就决定了文学背景史料十分丰富、非常复杂,具有综合性和整体性。通常总是纵横两个方面相互交错,相互作用。所谓横的方面,指的主要是当下的自然环境和各种社会条件。所谓纵的方面,指的是历史的积累,历史的存留。人们生活在当下的背景中,总是直接或间接地受当下各种条件的影响,同时又生活在过去的遗存之中,往往自觉不自觉地在"寻根",对历史进行选择、认同,寻找归属,憧憬未来。一种文学现象的产生、存在、传播和接受,都不是一种背景的诱发,而往往是纵的和横的以及宏观的和微观的多种背景综合形成的合力的作用。以作品的产生为例。钱钟书说:

　　　　作品在作者所处的历史环境里产生,在他生活的现实里生根立脚。②

　　从上面列举的事实可以看到,任何文学现象自己都很难为自

---

①参阅蔡尚思《陈垣先生的学术贡献》,载陈智超编《励耘书屋问学记》(增订本),三联书店 2006 年版,第 51 页。

②钱钟书《宋诗选注》,人民文学出版社 1979 年版,《序》,第 2 页。

已说明或辩解。人们要全面地理解它们，必须力求接近它们所以产生的具体背景，设身处地地进入具体背景中，把它们放在具体的背景中来体悟和思考。

人类的文学活动是由多种因素综合的、交互作用的结果。文学活动与背景的关系也是相当复杂的。背景同文学活动，不是衬托与被衬托的关系，而是相互融合、相互作用的。人的文学活动不可能独立于背景之外，成为背景的绝对主人，总会受背景的制约。同时，人从来都不是背景的旁观者。人的文学活动并不完全受他所处的背景的羁绊，也不是消极地承受背景、屈从于背景。人的文学活动充满着思想感情和灵感，而思想感情和灵感随时都在变化。有些变化带有偶然性，不是完全靠背景可以解释的。人具有主观能动作用，其认识和实践的结果往往能不同程度地影响背景。历史上有很多文学家，敏锐而富于创造，往往走在文化的前沿，影响背景，能修补和深化背景的某些方面。曾巩在《苏明允哀词》中谈到三苏在当时的影响时说：

> 于是三人之文盛传于世，得而读之者皆为之惊，或叹不可及，或慕而效之。自京师至于海域障徼，学士大夫，莫不人知其名，家有其书。①

文学活动本身也创造背景。人的文学活动是连续的，前一文学活动可能成为后续文学活动的影响因素。一种文学现象发生以后，接着反过来又成为背景史料的组成部分。

值得注意的是，国内外有些学者排斥或轻忽研究文学背景的必要性。在国外，20 世纪"30 年代至 60 年代是'新批评'执牛耳的时期。'新批评家'嫌历史语言的研究不够专门化，把许多外在

---

① ［宋］曾巩《元丰类稿》，《四部丛刊初编》本，卷 41。

的因素揽入文学领域之中，如历史背景、作者的生平之类。所以他们主张，直接以作品为对象，'细读'而后进行'分析'。不但历史背景与作者生平必须推向边缘的地位，而且作者的本意也无须理会"①。在国内，文学研究界有人过分依赖西方细读主义和文本主义的倾向，轻忽甚至批评文学史的写作多取背景和作家作品分析的构架，以致淡化了对文学活动背景的重视。文学研究和文学史的写作应当提倡各种各样的方法，但重视背景是科学的、必要的。背景是我们阐释各种文学现象的重要基底。重视背景这一基底，还有助于我们的研究避免陷入相对主义。当然，由于文学现象，特别是文学创作是极其复杂的，有许多文学现象很难从背景中得到正确的解释。还有，即使我们在研究文学现象时非常重视背景，但历史只是把一些文学现象留给了我们，却没有把那些文学现象得以产生的丰富的、复杂的、完整的背景史料留给我们。历史给予我们的背景史料只是其中微乎其微的一部分。而这一部分大多经过了不同程度的加工，并不是原生态的史料。背景是不可能还原的。如果我们研究文学现象，完全依据现存的背景史料，不注意参考其他史料作辨证的分析，其结果可能会出现牵强附会、穿凿臆断的弊病。尽管如此，我们还是应当十分重视文学背景的研究。现在摆在我们面前的任务是如何全面地搜集背景史料，科学地研究和使用背景史料，而不能因为许多人不重视研究背景或者因为在研究背景中出现了这样、那样的偏颇而否定和忽视背景史料以及对文学背景的研究。

背景史料具有广博的包容性和综合性，丰富复杂，呈网络状态，难以划分。不过，人们为了方便地搜集、整理、研究和使用背

---

① 引自〔美〕余英时《文史传统与文化重建》，三联书店2004年版，第516页。

景史料，常常试图对这种呈网络状态的背景史料进行分类。本书尝试从大的方面，把背景史料分为社会背景史料和自然背景史料两种。下面分别加以叙述。

需要说明的是，背景史料不是一些条条框框，彼此之间，不是像刀切的那样界限分明。任何一种背景史料，都不是轮廓分明而可以确切测量的，只有把它置于网络中，才能看出它的意义。因此，这里把背景史料分为两种，也只是相对的。

# 第二节　社会背景史料

马克思和恩格斯在《共产党宣言》中有一段经典性的论述：

> 人的观念、观点和概念，一句话，人们的意识，随着人们的生活条件、人们的社会关系、人们的社会存在的改变而改变，这难道需要深思才能了解吗？思想的历史除了精神生产随着物质生产的改造而改造外，还证明了什么呢？

马克思和恩格斯所说的"人们的生活条件、人们的社会关系、人们的社会存在"，可以理解为人们生活所处的总的背景。其中的"社会关系"、"社会存在"指的当是社会背景。人的意识，人的精神生产，都是在一定的社会背景下产生的。只有把人的意识和精神生产置于社会背景之下，才可能理解。作为人的精神生产的一部分的文学活动，也不可能脱离社会背景。文学活动，从来都不是与社会背景无关的纯粹的虚无表现，不是一些自足的本体的存在，不是纯艺术活动。文学活动离不开活动者所处的社会背景。社会体制、社会权威、社会风气等对文学活动或引领、或限制，总是在影响着文学活动。以创作为例。钱钟书在《中国诗与中国画》中说：

　　　　一个艺术家总在某些社会条件下创作,也总在某种文艺风气里创作。这个风气影响到他对题材、体裁、风格的去取,给予他以机会,同时也限制了他的范围。就是抗拒或背弃这个风气的人也受到他负面的支配,因为他不得不另出手眼来逃避或矫正他所厌恶的风气。……所以,风气是创作里的潜势力,是作品的背景,而从作品本身不一定看得清楚。①

　　文学创作实际上是文学家所处的特定的社会背景或隐或显的折射。这对一个文学家来说是这样,对一个时代的文学来说,同样如此。一个时代的文学的产生及其风格的形成,一个重要条件就是社会背景。以建安文学为例,建安文学之所以呈现出“梗概而多气”风格,一个重要的原因是“世积乱离,风衰俗怨”②。

　　阅读接受作品同文学创作一样,也离不开社会背景。拿阅读接受《诗经》来说。闻一多指出,阅读《诗经》,要“用语体文将《诗经》移至读者的时代”,“带读者到《诗经》的时代”,“用‘《诗经》的时代’的眼光读《诗经》”③。

　　创作和阅读离不开社会背景,其他的文学活动也是这样。因此,我们研究各种文学现象,都必须关注与之相联系的社会背景。探讨社会背景怎样作用于文学活动,而文学活动又怎样影响了社会背景。进而增加我们对文学活动与社会背景之间的认识,启示人们如何创造有利于文学繁荣的社会背景,如何用文学活动来促

　　①钱钟书《七缀集》(修订本),上海古籍出版社1994年版。第1、2页。

　　②[南朝梁]刘勰著,詹锳义证《文心雕龙义证》,上海古籍出版社1989年版,《时序篇》。

　　③孙党伯、袁謇正主编《闻一多全集》,湖北人民出版社1993年版,第4卷第457页;第3卷第215页。

进社会的进步。

　　社会背景史料涉及的方面很广，归纳起来，主要有三个指向，即经济的、政治的和文化的。经济是基础，人的生存与发展，社会的维持和进步，都是以经济为基础。人的各种文学活动总是直接或间接地同经济相联系。政治是凭借着权势和法规对社会各方面实行控制与协调。人很难脱离政治，人往往要通过多种方式来表现自己对政治的看法和体现自己的价值，尤其是作为知识精英阶层的文人。独立的、没有权力的文人，几千年来一直处在以皇权为标志的巨大的政治权势之下。他们大多对政治抱有一种信念。有的文人为国为民、直面干预，不惜牺牲自己的生命；有的"像漩涡中的一片落叶和枯草，身不由己"，进退维谷；有的洁身退隐、独善其身；也有少数的鲜耻寡廉、曲学媚权。人是文化的人，人生活在文化中。文化体现在多方面，教育、文艺、历史、哲学、宗教、科学、思维方式、道德情操、审美趣味、风尚、民族心理习俗和价值观念等，都是文化的内容。文化在作为文化人的文学家那里，同身家性命融为一体，他们对文化尤其敏锐。他们承受文化、创造文化，也受文化的限制。因此我们在关注社会背景史料时，首先应当顾及的是经济、政治和文化这三方面的史料。通过掌握和分析这三方面的史料，基本上能够了解各个时代的各种社会矛盾，兼及主要矛盾双方的特点，以及它们在社会上表现出的复杂的交互影响，能够看到各种文学活动产生的时代的"大势"①。

　　历史把一些文学活动的结果（特别是文学作品）留给了我们，但却没有把这些文学活动借以产生的完整的社会背景史料传给

---

①顾颉刚在《中学校本国史教科书编纂法的商榷》中说，研究历史"总要弄清楚每一个时代的大势"。载《教育杂志》第14卷4号，1922年4月。

我们。社会背景一去而不复返，是不可能还原和复制的。我们要了解过去文学活动得以产生的社会背景，只能借助于今存的极少的社会背景史料。

今存的社会背景史料，散见在各种载体的史料中。实物史料中有，口传史料中有，但更多是在以文字为主的各种典籍中。就各种典籍来看，经、史、子、集几乎都程度不同地蕴涵着社会背景史料。其中，最多、最重要的是保留在各种史书中的。

我国古代重史，国家和私人多途著史，蔚成风气，种类很多，成果丰厚。就其体裁来说，常见重要的有战国时期左丘明的《左传》开创的编年体，西汉司马迁的《史记》开创的纪传体（正史），南宋袁枢的《通鉴纪事本末》开创的纪事本末体，唐代杜佑编撰的《通典》和五代末宋初王溥开创的《唐会要》之类的政书体①。另外，据《四库全书总目》"史部"，相关的还有别史类、杂史类、诏令奏议类、史钞类、载记类、职官类和地理类中的地方志等。

我们要了解一种文学现象产生的总体的社会背景，最重要的是全面阅读相关的史书。如果要了解某一时段的社会背景，可先阅读编年体史书中的相关时段的记述。至于要了解某一方面的社会背景，如经济的、政治的、文化的，可参阅纪传体中的有关的"书"②、"志"③、政书体和类书中相关的部分。

纪传体中的"志"，经济方面常见的有如《汉书》中的《食货

①关于《唐会要》，归类不同。《崇文总目》、《郡斋读书志》编入"类书"类，《直斋书录解题》编入"故事"类，《宋史·艺文志》编入"类事"类，《四库全书总目》编入"政书"类。今从《四库全书总目》。

②《史记》设《平准书》，记述经济。《汉书》改设《食货志》，后来的史书多准《汉书》，设"食货志"。

③纪传体二十四史以及《清史稿》，有几部没有"志"，但后人大多有"补志"。

志》；政治方面的如《汉书》中的《刑法志》，《后汉书》和《辽史》中的
《百官志》，《宋史》中的《职官志》，《新唐书》和《宋史》中的《选举
志》；文化方面的如《汉书》中的《艺文志》和《隋书》中的《经籍志》，
《晋书》、《宋书》中的《乐志》，《隋书》中的《音乐志》。有些"志"，今
天来看，带有交叉的性质，如《汉书》、《新唐书》中的《礼乐志》，既
有政治方面的内容，又有很多音乐方面的内容。正史中的"志"，
详略不一，其中即使比较详细的，也属概括的叙述，不是原始的档
案，但毕竟集中地为我们提供了某一方面的一些史料。

　　政书类史书是在正史"志"之外集中记述典章制度的一种书
籍。这类史书，有些是记述多代的，如杜佑的《通典》、马端临的
《文献通考》；有些记述的某一朝代的，如王溥的《唐会要》①和《五
代会要》；有些是把当时制定的相关原文件汇编成的，如《大明会
典》、《大清会典》；有些是把某一部分制度的档案汇编在一起，如
《唐律疏义》、《大清律例》。政书类史书，记载典章制度的沿革变
迁，都是按内容分类编纂的，分类比正史中的"志"更细密，像《通
典》就将上起传说的唐虞，下至唐天宝末。典章制度依次分为《食
货典》、《选举典》、《职官典》、《礼典》、《乐典》、《兵典》、《刑法典》、
《州郡典》和《边防典》9 类。各种会要也都是分类编辑的，像《唐会
要》，全书共立子目 514 种，大体上是按照帝系、礼制、舆服、音乐、
学校、刑法、历数、灾异、封建、宗教、职官、选举、食货、民政、四裔
外国 15 类，把内容相近的条目编辑在一起，对于一些细小典故难
以定其事目者，以"杂录"之名附在各条之后。

　　关于史书中的社会背景史料，除了上面述及的编年体、纪传体、
纪事本末体、政书体之外，还常见于其他各种野史、杂著和类书。野

――――――――

①原书已残缺，清代以前，一直只有传抄本。

史和杂著，往往载有一些比较真实的社会背景史料。鲁迅曾劝人尤须注意读"野史，或者看杂说"，"野史和杂说自然也免不了有讹传，挟恩怨，但看往事却可以较分明，因为它究竟不像正史那样装腔作势"①。

　　类书是分类辑录古书中的史料的一种书籍，大致可分为综合的和专科的两种。综合的兼收各类史料，是类书的主体，如今存著名的唐代的《艺文类聚》、宋代的《太平御览》、明代的《永乐大典》、清代的《古今图书集成》。综合的类书，分门别类地著录以前的史料，分类较细，像《艺文类聚》共分 46 部，列子目 727，引用的古籍达 1431 种②。其中有关经济的有居处、产业等部，有关政治的有帝王、职官、封爵、治政、刑法等部，有关文化的有乐、杂文、巧艺、内典等部。专科的类书一般只收某种史料，如今存宋代的《册府元龟》只收历代君臣的典故逸事，《太平广记》只收传奇故事、野史笔记等。

　　类书和前面所说的政书中，有关社会背景的史料相当丰富，特别是许多反映社会经济生活的史料，为许多正史所不屑载录，所引的书籍，有些已经散失，但靠类书和政书而得以存传。类书和政书由于分类细密，也比较容易查找检索有关经济、政治和文化等社会背景史料。

# 第三节　自然背景史料

　　综观中国悠久的古代文学演变史，可以发现在丰富多彩的各种文学现象中，常常呈现出地域性的特点。许多不同体裁和题材的文

①鲁迅《华盖集·这个与那个》，《鲁迅全集》，人民文学出版社 2005 年版，第
　3 卷第 138、139 页。
②据汪绍楹校《艺文类聚》，上海古籍出版社 1982 年版，《前言》。

学大多产生在不同的地域，不同地域的文学，在风格方面，往往有很大的差别。中国古代文学的地域性，就大的方面看，有不少学者大体以长江为界，分成南北两种文学。再细分，又可分成许多区域。

南北两种文学的地域性，纵贯中国古代文学演变的始终。先秦时期的《诗经》主要产生在北方，尚实重事，真切质朴。而以屈原作品为代表的《楚辞》，其根柢是在荆楚一带，富于想象，情烈辞盛。南北朝时期，流行在长江下游的"吴歌"和流行在长江中游与汉水流域的"西曲"，多为情歌，缠绵艳丽，而北方的民歌，表现的是北方的风光民情，好勇尚武，高亢豪壮。晚唐五代，西蜀的花间词和南唐的冯延巳、李煜词都产生在南方。以杂剧和南戏为代表的戏曲是元代文学的主体。杂剧兴起流行在北方，创作和演出的中心是在大都（今北京），而南戏则发源于浙江沿海的温州一带，盛行在南方。

文学的地域性，还体现在较小的区域内。《诗经》中的十五国风，《汉书》卷30《艺文志》所说乐府所采的"代、赵之讴，秦、楚之风"，唐代的西域、巴蜀、陇右、江南、湖湘等地的文学，都具有地域性的特点。另外，早在宋代，就出现了以地域命名的文学流派江西诗派。到了明清时期，在诗文和戏剧等方面以地域命名的许多流派相继涌现。诗文流派，有以湖南茶陵李东阳为首的茶陵诗派，以湖北公安袁宗道、袁宏道、袁中道三兄弟为代表的公安派，以竟陵（今湖北天门市）钟惺、谭元春为首的竟陵派，以姚鼐为首的桐城派。在戏剧方面，在苏州地区，产生了以李渔为代表的苏州派①。

地域性文学特点的形成，是诸多因素综合作用的结果。在诸

---

① 参阅：袁行霈《中国文学概论》，高等教育出版社1990年版，第三章《中国文学的地域性与文学家的地理分布》；蒋寅主编《中国古代文学通论·清代卷》，辽宁人民出版社2005年版，中编第五章《清代文学与地域文化》。

多因素中,以气候、地形、水土和食物为主构成的地域的自然背景,是一个重要方面。人是社会的人,也是自然的人,人的生命的孕育、人的生存和发展都不可能脱离自然,人的各种文学活动与自然背景密不可分。从某种意义上说,各种文学现象的产生是人同自然背景相互作用、相互融合的结果。

一方水土养一方人,不同的自然背景深邃地影响人们不同的体质习性和各种文化。《管子》卷14《水地》论水对人的影响,说:

> 水者,何也?万物之本原也。诸生之宗室也,美恶贤不肖愚俊之所产也。何以知其然也?夫齐之水道燥而复,故其民贪粗而好勇;楚之水淖弱而清,故其民轻果而贼。……是以圣人之化世也,其解在水。

《汉书》卷28下《地理志下》论述了水土与人的性情和音声的密切关联:

> 凡民函五常之性,而其刚柔缓急,音声不同,系水土之风气。……郑国,土陿而险,山居谷汲,男女亟聚会,故其俗淫。……卫地有桑间濮上之阻,男女亦亟聚会,声色生焉,故俗称"郑卫之音"。

颜之推《颜氏家训·音辞》从南北不同的水土分析了南北音辞的差异:

> 南方水土和柔,其音清举而切诣,失在浮浅,其辞多鄙俗。北方山川深厚,其音沉浊而钜钝,得其质直,其辞多古语。

刘师培在《南北文学不同论》一文中,进而从南北自然背景的特点指出南北文学的区别:

> 大抵北方之地土厚水深,民生其间,多尚实际;南方之地水势浩洋,民生其际,多尚虚无。民崇实际,故所著之文不外

记事析理二端；民尚虚无，故所作之文或为言志抒情之体。

上面摘引的有关论述，有的有些绝对，有的失之于全面，有的有待进一步探讨，但有一点值得肯定，就是它们都从不同的角度，强调了自然背景同人的习性和文化的密切关系。

具体到文学与自然背景之间的密切关系，上面摘引的刘师培的言论，只是从大的方面做了简括的论述。实际上，在各种文化当中，文学同自然背景之间的关系尤其亲密，也相当复杂。

文学家感情丰富，又很敏感。他们特别容易受到所处自然背景的触动，容易受到自然背景的滋润。他们善于选择具有地域特点的自然景物，常常赋予自然背景以生命，有时把自然背景中的某些景物作为自己的亲友，所谓"山水自来亲人"。还有不少文学家把自己所处的自然背景作为哲思的对象和审美的对象，通过各种作品来表现自己观赏的自然景物。这就从一个重要方面，使一个地域的文学呈现出地域的特点。

郑樵在《通志二十略·地理略序》中说：

　　山川之形，千古不易。

说"千古不易"，有些绝对，但自然背景的变化缓慢，同经常处于变动状态的社会背景相比较，有极大的稳定性。这种稳定性从一个方面影响了文学地域特点具有长期的稳定性。

山脉、河流、海洋、高原等地貌是构成许多地域的重要因素。这些地域，有自然的屏障，不仅是形成地域性的文学的重要因素，同时由于交通不便，比较封闭，向外传播困难，致使这些地域有许多文学史料保存得相当完整，储存特别丰富。以同音乐关系密切的民歌为例，乔建中曾根据山脉、河流、高原、盆地等地貌构成的"边沿"地带，列举了"河套储存区"、"河湟储存区"、"客家储存区"、"秦巴储存区"、"桂、湘、粤瑶族音乐储存区"五个"边沿储存区"①。从历史来看,这种具有明显的地域"边沿储存"现象,与人类文明的发展程度成反比例,越是古代越明显,随着人类文明水平的发展,地域对人们的限制越来越小,"边沿储存"现象也会逐渐减弱。

各种文学活动尽管与地域关系密切,但文学活动并不是完全被动地接受自然背景的恩赐,文学活动不是自然背景消极的复制品。它既有自然背景的作用,同时也是与之相关的地域社会背景作用的结果,是自然背景和社会背景相互蕴含、相互融合起作用的结果。我们不能离开一定地域的自然背景和社会背景相交融的总体背景,去研究文学的地域性。地域性文学活动虽然不能直接改造其所处的自然背景,但能使自然背景不同程度地染上了人文的色彩,能提升和扩大地域的影响。我们既不能低估自然背景对文学的重要作用,同时也不能夸大自然背景的作用,以免陷入自然地理决定论的误区。

前面曾经谈到,从总体上来看,自然背景具有社会背景所没有的长期稳定性,因此我们要了解古代文学产生的自然背景,可以做实地考察。但由于古代许多文学现象历史悠久,自然背景在漫长的历史过程中,常常会有不同程度的沧桑变异,这些沧桑变异使我们不可能看到原来的自然背景。因此我们想要了解和接近原来的自然背景,在很大程度上要借助于相关的史料,主要是史书上相关的记载。幸运的是,也值得感谢的是,我们的祖先非常重视自然地理,历朝历代多少不等地都留下了一些记载。这些

---

① 参阅乔建中《音地关系探微——从民间音乐的分布作音乐地理学的一般讨论》,原载《民族音乐》第2集,香港大学,1990年版。收入中国艺术研究院音乐研究所编《音乐学文集》,山东友谊出版社1994年版。

记载，如杜佑在《通典·州郡·序》所说：

> 凡言地理者，多矣：在辨区域，征因革，知要害，察风土。

杜氏所言，概括地指出了古代地理书，既重视地理区域的建置、因革，同时也注意记载了各地的"风土"。这些记载为我们了解自然背景提供了珍贵的史料。

从今存史料来看，古代关于记载地理史料的典籍，源远流长，多种多样。《尚书·禹贡》是我国古代地理典籍之祖。《史记》卷29《河渠书》是史书中记载地理的专篇，但所记只限于河渠。《汉书》除在卷29设记叙川河的《沟洫志》外，卷28有《地理志》，开创了正史中专记地理的比较完整的篇章体例。后来许多述著仿效《汉书·地理志》，加以损益，有的称"地理志"，也有的称"郡国志"、"州郡志"和"地形志"。在史书"地理志"之外，还有一些专讲地理的著作，如北魏郦道元的《水经注》和明末清初顾祖禹的《读史方舆纪要》。古代各种地理著述，在历代的目录著述中，一般都包括在史部，并予以分类。《四库全书总目》所收地理书分总志、都会、郡县、河防、边防、山川、古迹、杂记、游记、外记等。张之洞的《书目答问》则分为古地志、今地志、水道、边防、外记、杂地志等。从自然背景史料的角度来说，在众多的地理著述当中，值得我们特别关注的是地志，尤其是各种地方志。地方志是"地方性知识系统"。在地志所记多方面的内容中，有许多涉及自然地理，是我们了解自然背景史料的重要渊薮。

## 附：背景史料史书要目

### 编年体

《春秋左传注》（修订本）　杨伯峻编著　中华书局 1990

年版

《建康实录》［唐］许嵩撰　张忱石点校　中华书局
1986 年版

《资治通鉴》［宋］司马光撰　中华书局 1956 年版

《续资治通鉴》［清］毕沅撰　中华书局 1964 年版

《续资治通鉴长编》［宋］李焘撰　上海古籍出版社
1986 年版

《三朝北盟会编》(附索引)［宋］徐梦莘撰　上海古籍
出版社 2008 年版

《建炎以来系年要录》(附索引)［宋］李心传撰　上海
古籍出版社 1992 年版

《明实录》［明］胡广　杨士奇等撰　台湾历史语言研
究所 1962 年起校勘影印本①

《明通鉴》［清］夏燮撰　光绪二十三年(1897)湖北官
书处重校刊行本

《清实录》　清实录馆撰　中华书局 1985—1987 年影印本

**纪传体**

《史记》［汉］司马迁撰　中华书局点校本

《汉书》［汉］班固撰　［唐］颜师古注　中华书局点
校本

《后汉书》［南朝宋］范晔撰　［唐］李贤等注　中华书
局点校本

《三国志》［晋］陈寿撰　［南朝宋］裴松之注　中华书
局点校本

---

① 附原本所缺《崇祯实录》、《崇祯长编》等和部分皇帝宝训。

《晋书》　[唐]房玄龄等撰　中华书局点校本

《宋书》　[南朝梁]沈约撰　中华书局点校本

《南齐书》　[南朝梁]萧子显撰　中华书局点校本

《梁书》　[唐]姚思廉撰　中华书局点校本

《陈书》　[唐]姚思廉撰　中华书局点校本

《魏书》　[北齐]魏收撰　中华书局点校本

《北齐书》　[唐]李百药撰　中华书局点校本

《周书》　[唐]令狐德棻撰　中华书局点校本

《南史》　[唐]李延寿撰　中华书局点校本

《北史》　[唐]李延寿撰　中华书局点校本

《隋书》　[唐]魏徵等撰　中华书局点校本

《旧唐书》　[后晋]刘昫等撰　中华书局点校本

《新唐书》　[宋]欧阳修等撰　中华书局点校本

《旧五代史》　[宋]薛居正等撰　中华书局点校本

《新五代史》　[宋]欧阳修等撰　中华书局点校本

《宋史》　[元]脱脱等撰　中华书局点校本

《辽史》　[元]脱脱等撰　中华书局点校本

《金史》　[元]脱脱等撰　中华书局点校本

《元史》　[明]宋濂等撰　中华书局点校本①

《明史》　[清]张廷玉等撰　中华书局点校本

《清史稿》　赵尔巽等撰　中华书局点校本②

①关于《元史》除[明]宋濂等所撰的外,另有清末民初柯劭忞所撰《新元史》,
　重定本有开明二十五史本。
②《光明日报》2006 年 4 月 5 日报道:中华书局决定修订点校本"二十四史"
　及《清史稿》,任继愈任总编辑,计划七年完成。

《二十五史》(《二十四史》加上《新元史》) 20世纪20年代末上海开明书店缩印影印本①

《二十五史多媒体全文检索阅读系统》 人民邮电出版社2000年出版②

**纪事本末体**

《历代纪事本末》(全二册) 中华书局编辑部编 1997年版③

《左传纪事本末》 〔清〕高士奇撰 杨伯峻点校 中华书局1979年版

《通鉴纪事本末》 〔宋〕袁枢撰 顾士铸点校 中华书局1986年版

《续资治通鉴长编纪事本末》 〔宋〕杨仲良编 北京图

---

① 此影印本在每种后面附有参考书目,如《史记》后面的《史记参考书目》列有:(甲)本书之异本;(乙)关于本书之注释训诂者;(丙)关于本书之考证质疑者;(丁)关于本书之增补整理者;(戊)关于本书之赏析评论者;(己)关于本书之博闻广征者。上列之类的参考书目,为进一步研究和使用某史,提供了很大的便利。

② 《二十五史》现在已有多种电子版。上面所列只是其中的一种。《二十五史多媒体全文检索阅读系统》收录了百衲本《二十四史》和关外二次本《清史稿》包括图表的全部内容。配置了常见的工具,如简繁字、异体字对照表,以及张元济校勘辑印百衲本二十四史时撰写的《校史随笔》,并配补了《左传》、《战国策》等多部史学名著及清代和当代学者的部分辑佚、校勘成果。

③ 第一册:〔宋〕袁枢撰《通鉴纪事本末》;〔清〕高士奇撰《左传纪事本末》。第二册:〔明〕陈邦瞻撰《宋史纪事本末》;〔清〕李有棠撰《辽史纪事本末》;〔清〕李有棠撰《金史纪事本末》;〔明〕陈邦瞻撰《元史纪事本末》;〔清〕谷应泰撰《明史纪事本末》,附:佚名撰《明史纪事本末补遗》、〔清〕彭孙贻撰《明史纪事本末补编》;〔清〕杨陆荣撰《三藩纪事本末》。

书馆出版社 2003 年版

《续资治通鉴纪事本末》《又名《续通鉴纪事本末》》
［清］李铭汉撰　古籍出版社 1957 年影印本

《皇朝中兴纪事本末》　［宋］熊克撰　北京图书馆出版社 2005 年版

《宋史纪事本末》　［明］陈邦瞻撰　中华书局 1977 年点校本

《元史纪事本末》　［明］陈邦瞻撰　王树民校点　中华书局 1979 年版

《明史纪事本末》　［清］谷应泰撰　中华书局 1977 年点校本

《清史纪事本末》　黄鸿寿编　北京图书馆出版社 2003 年版

**政书体**

《通典》　［唐］杜佑撰　中华书局 1988 年点校本

《通志》　［宋］郑樵撰　商务印书馆 1936 年《十通》本

《通志略》（又名《通志二十略》）　王树民点校　中华书局 1995 年版

《文献通考》　［元］马端临撰　商务印书馆 1936 年《十通》本

《清朝续文献通考》（又名《皇朝续文献通考》）　［清末民初］刘锦藻撰　商务印书馆 1936 年《十通》本

《春秋会要》　［清］姚彦渠著　中华书局 1955 年版

《七国考》　［明］董说著　中华书局 1956 年版

《战国会要》　杨宽　吴浩坤主编　上海古籍出版社 2005 年版

《秦会要》 ［清］孙楷著　杨善群校补　上海古籍出版社 2004 年版

《秦会要订补》 ［清］孙楷撰　徐复订补　中华书局 1959 年版

《西汉会要》 ［宋］徐天麟撰　上海人民出版社 1977 年版

《东汉会要》 ［宋］徐天麟撰　中华书局 1955 年版　上海古籍出版社 1978 年版

《三国会要》 ［清］杨晨撰　中华书局 1956 年版

《三国会要》 ［清］钱仪吉撰　上海古籍出版社 1991 年版

《稿本晋会要》 汪兆镛撰　书目文献出版社 1989 年影印本

《南朝宋会要》 ［清］朱铭盘撰　上海古籍出版社 2006 年版

《南朝齐会要》 ［清］朱铭盘撰　上海古籍出版社 2006 年版

《南朝梁会要》 ［清］朱铭盘撰　上海古籍出版社 2006 年版

《南朝陈会要》 ［清］朱铭盘撰　上海古籍出版社 2006 年版

《唐会要》 ［宋］王溥撰　上海古籍出版社 2006 年版

《五代会要》 ［宋］王溥撰　上海古籍出版社 2006 年版

《宋会要辑稿》 ［清］徐松辑　中华书局 1957 年影印①

---

①参阅王云海《宋会要辑稿考校》，河南大学出版社 2008 年版。

《建炎以来朝野杂记》① 　〔宋〕李心传撰　文物出版社 1991 年版

《明会要》 〔清〕龙文彬撰　中华书局 1956 年标点本

《清会要》 正在编修　商鸿逵任主编

**地理书**

《中国古代地理名著选读》（第一辑） 侯仁之主编　科学出版社 1959 年版

《中国自然地理·历史自然地理》 谭其骧等主编　科学出版社 1982 年版

《正史地理志会释丛刊》 谭其骧主编　安徽教育出版社出版②

《水经注校释》 〔北魏〕郦道元撰　陈桥驿校释　杭州大学出版社 1999 年版

《括地志辑校》 〔唐〕李泰撰　贺次君辑校　中华书局 1980 年版

《元和郡县图志》③ 　〔唐〕李吉甫撰　贺次君点校　中华书局 1983 年版

《宋本太平寰宇记》 〔宋〕乐史撰　中华书局 2000 年版

---

① 此书是李心传用会要方式撰写的。《四库全书总目》卷 81 云："是书取南渡以后事迹，分门别类。甲集二十卷，分上德、郊庙、典礼、制作、朝事、时事、故事、杂事、官制、取士、财富、兵马、边防，十三门。乙集二十卷，少郊庙一门，而末卷别出边事，亦十三门。每门各分子目，虽以杂记为名，其体例实同会要。"

② 已出版：吴松弟编著《两唐书地理志会释》，2002 年版；张修桂、赖青寿编著《辽史地理志会释》，2001 年版；郭黎安编著《宋史地理志会释》，2003 年版。

③ 因为图已亡佚，故又称《元和郡县志》。

《元丰九域志》　［宋］王存等撰　王文楚　魏嵩山点校　中华书局 1984 年版

《舆地纪胜》（附地名、人名、碑记索引）　［宋］王象之撰　中华书局 1992 年版

《宋本方舆胜览》（附：人名引书地名索引）　［宋］祝穆编　祝洙补订　上海古籍出版社 1991 年版

《元一统志》（全称《大元大一统志》或《大元一统志》）［元］孛兰肹等撰　赵万里校辑　中华书局上海编辑所 1966 年版

《大明一统志》　［明］李贤等奉敕撰　三秦出版社 1985 年版

《广志绎》　［明］王士性著　吕景琳点校　中华书局 1981 年版

《徐霞客游记》　［明］徐弘祖著　烟照　方岩等校点　齐鲁书社 2007 年版

《读史方舆纪要》　［清］顾祖禹编著　中华书局 1955 年版

《大清一统志》　《四部丛刊续编》本

# 第十七章　古代文学传记史料

## 第一节　文学研究与传记史料

"传记"一词最早当见于西汉。《史记》卷13《三代世表》记载：

> 张夫子问褚先生:"《诗经》言契、后稷皆无父而生,今案诸传记咸言有父。……"

这里的"传记",当指经书以外的书籍。传记的这一含义,至少延至宋元时期。东汉班固《汉书》卷36《楚元王传》附《刘向传》记载:

> 及采传记行事,著《新序》、《说苑》凡五十篇,奏之。

卷65《东方朔传》说:

> 颇读传记。

《汉书》所用传记一词,指的是各种书籍。到南北朝时期,沈约《宋书》卷64《裴松之传》记载:

> 奉命作《三国志注》,即鸠集传记,增广异文。

这里的传记也是泛指,指的是记载的文字。

就现存的记载来看,现在所说的记载人物事迹的传记,在古代多用"传"这一名词,如《史记》、《汉书》等史书中的列传。传记作为一种文体的名称,大约始于明代。明代郎瑛《七修类稿·诗文·济颠化缘疏》说：

> （济颠）至今相传之事甚众，有传记一本流于世。

明代虽然出现了文体传记这一名称，但使用得较少。就整个古代的典籍而言，经常使用的仍然是"传"这一名词。近代之后，除了继续使用传这一名词之外，有时也使用传记这一名称。在文学史料方面，大体的情况也是这样。

文学传记史料记载的是文学家的生平、经历、创作和思想，是文学史料的重要组成部分。文学家是文学活动的主体。没有各种各样的文学家，就不可能有文学活动及其成果。文学活动在很大程度上是文学家的活动。文学家的经历、修养、心态和创作过程等，会直接影响作品的方方面面。文学家的活动、生命的投入，除了体现在作品中之外，他们的主张、行动和性格，有时也会产生不同程度的积极的或消极的影响。综观中国古代文学史，文学家在文学上的业绩，大多主要体现在他们所创作的作品上，但也有少数主要体现在他们的活动上，是他们的活动从一个方面促进了文学的发展和繁荣。少数几个文学家的传记难以形成文学史，但各个时期相当多的文学家传记却构成了一种潜在的文学史，至少可以为文学史的研究和写作提供坚实的基础。因此，研究文学既要"论其世"，究背景，还要看角色，"知其人"，研究文学活动的主人。要"知其人"，首先要掌握传记史料。传记史料是人们了解文学家的经历、思想、道德、智慧、情感及创作的重要依据和参照。文学家的生活经历与创作及其作品虽然不是一种简单的因果关系，二者之间常有不一致的地方，但二者之间更多的是平行的、相互融合的。文学家的创作及其作品往往是其生活经历隐约的、曲折的反映。文学家的经历与创作及其作品关系密切。了解文学家的传记史料，可以帮助我们阐释作

品和许多文学现象,进而全面理解文学史。美国学者韦勒克认为:

> 传记也为解决文学史上的其他问题积累资料,例如一个诗人所读的书,他与文人之间的交往,他的游历,他所观赏过和居住过的风景区和城市等:所有这些都关系到如何更好地理解文学史的问题。①

文学传记史料,有些是古人撰写的,有些是后人不断搜集整理的,积累丰厚,分布广泛,载体多样。仅就文字这一载体来说,除了各种史书外,其他各种诗文集、笔记小说、文学研究史料(如诗话、词话、诗文纪事)、书信、注释、考辨、祭文、寿文、学案②、系年、档案、报刊、序跋、日记③、回忆录等,都常常涉及文学家的传记史料。下面就传记史料存传的主要形态,分史书传记、墓志碑传、年谱、谱牒、评传、综合传记史料六种,加以介绍。上面所分的六种,区分只是相对的。实际上,这六种内容各有所长,篇幅繁简不一,可以相互补充。六种之间,还常常存在着互相转录、矛盾等现象。我们在搜集和使用传记史料时,应当尽力全面地占有和分析各种形态的史料。

---

① 见胡经之等主编《西方二十世纪文论选》,中国社会科学出版社 1989 年版,第 1 卷《二十世纪文学批评的主要趋势》。

② 关于诗文集、笔记小说、文学研究史料和学案中的文学家传记史料,参阅徐有富主编《中国古典文学史料学》(修订本),北京大学出版社 2008 年版,第 167—170 页。

③ "民国初金梁曾从近代四大日记(翁同龢、李慈铭、王湘绮、叶昌炽)中辑出有关近代人物的记载,编为《近世人物志》(台北国民出版社 1955 年版,另有《近代中国史料丛刊》本),深为识者重视"。引自潘树广主编《中国文学史料学》,黄山书社 1989 年版,第 376 页。

# 第二节　史书传记

所谓史书传记,指的主要是各种史书中的列传。

首先是正史中的列传。列传是司马迁在《史记》中首创的。受司马迁的影响,以后的正史,都设有列传。重要的文学家,史书中一般都有他们的传记。从《二十五史》来看,自南朝宋代范晔的《后汉书》开始,设有类传"文苑传",后来被大多史家所沿用,有的改称"文艺传",如《新唐书》。在古代,"文苑"或"文艺"之类的概念的内涵比较宽泛,用今天的纯文学观来分析,"文苑传"或"文艺传"所记载的传主,其中有些写作的重点是在史学方面,但都与文学有关。有的"文苑传"的设定,主旨非常明确,所收的都是文学家。《清史稿》卷483《文苑传》明确宣称:"但取诗文有名能自成家者,汇为一编,以著有清一代文学之盛。"[1]

由于古代没有专业文学家,许多文学家兼有多种身份,所以他们的传记,有些并没有收在"文苑传"或"文艺传"里。钱基博曾经指出:

> 以余所睹记,一代文宗,往往不厕于文苑之列:如班固、蔡邕、孔融,不入《后汉书·文苑传》……然则入文苑传者,皆不过第二流以下之文学家尔。[2]

钱氏所说,同史书所载不完全一致[3],但大体符合史实。这里有两种情况。一是有些史书没有"文苑传",有不少文学家见于

---

[1] 赵尔巽等撰《清史稿》,中华书局点校本,第13314页。
[2] 钱基博《中国文学史》,东方出版社2008年版,上,第7页。
[3] 如李白、杜甫的传记,在《旧唐书》中,收入卷190下《文苑传下》中。在《新唐书》中,杜甫收入卷201《文艺传上》,李白收入卷202《文艺传中》。

一般的列传,如司马相如最早的传记见于《史记》卷117,司马迁最早的传记见于《汉书》卷62。有的在本纪中,如曹操的传记就是在《三国志》卷一中,以本纪的形式撰写的。二是有些史书虽然有"文苑传",但是有的重要的文学家并没有被收入"文苑传"。《晋书》有陶渊明的传记,被收入卷94类传"隐逸传"中。有不少正史尽管有"文苑传",但重要的文学家多有单独的传记。《宋书》中的《谢灵运传》,就未列入"文苑传",而是在卷67中单独立传。有些则是附传,如鲍照最早的传记相当简略,附在《宋书》卷51《刘义庆传》之后。正史中文学家的传记史料,主要集中在传记中。这是最重要的部分。另外有些史料有时还散见于其他地方。有关屈原的传记史料,除《史记》中的《屈原列传》外①,据《史记人名索引》,还有七处涉及了屈原的事迹。

其次是其他史书,如编年体史书、传记专书、史书人物谱、地方志等。有些编年体史书,如《建康实录》是编年体,但在人物卒年下附有传记。其中有些传记,如卷8的诗人许询传,就不见于其他正史。又如干宝,尽管《晋书》卷82有传,但未记生卒年,而《建康实录》卷7干宝传则明确记载:卒于咸康二年三月。

我国至晚从魏晋开始,就有了文人传记专著。已经散失的如张骘的《文士传》②、《名士传》③。在唐代有已经亡佚的许敬宗撰写的《文馆词林文人传》、裴胐撰写的《续文士传》④,在元代有今

---

①载《史记》卷48,与贾谊合传,中华书局点校本。
②参阅朱迎平《古典文学与文献论集》,上海财经大学出版社1998年版,《第一部文人传记〈文士传〉辑考》。
③《名士传》已佚,《世说新语》刘孝标注引21则。
④以上二传见[宋]欧阳修、宋祁撰《新唐书》,中华书局点校本,卷58《艺文志二》。

存的辛文房撰写的《唐才子传》,元代钟嗣成撰写的《录鬼簿》等。

　　有些史书,特别是编年体史书,众多的人物、世系、名号分别系于各年,使用者不易了解书中涉及的人物。为了解决这一问题,至晚从唐代开始,有些学者特意编纂了编年体史书的世系谱、人物谱等。如《春秋左传》,李学勤《春秋左传人物谱·序》说:"《隋唐志》已有《春秋诸大夫世谱》、《左氏牒例》一类书籍,可惜俱已无存。传世的以五代蜀冯继先的《春秋名号归一图》为最早。清代有陈厚耀的《春秋世族谱》及常茂徕等人的著作,而以嘉庆时万希槐所作《左传列国人名分编》6卷最为完备便用。不过,这些都仅仅是工具书,并非对《左传》人物的系统研究。"2001年齐鲁书社出版方朝晖编著的《春秋左传人物谱》,"对《左传》书中一百余位重要人物的记述作了详细整理,使其各自的言行活动一目了然……《春秋左传人物谱》兼有研究著作与工具书、资料书之长"。另外,在方朝晖著作之前,程发轫著有《春秋人谱》①。

　　地方志,简称方志,"为记述一域地理及史事之书"②。"固为'地方之历史'",又是"历史之地理化"③。旧方志一般都设有人物志。人物志分许多门类,其中的名宦、儒林、宦绩中载有不少文学家的事迹,文苑类所记则全是文学家的事迹。北京图书馆出版社出版《地方志人物传记资料丛刊》,其中包括华北卷、西北卷、东北卷、西南卷、中南卷和华东卷,为查找方志中的人物传记提供了方便。方志中所载文学家传记史料,有许多不见于其他史书。今

---

① 台北"教育部"大学联合出版委员会,台湾商务印书馆印行,1990年版。
② 傅振伦《傅振伦学述》,浙江人民出版社1999年版,第121页。
③ 黎锦熙《方志今议》,转引自潘树广主编《中国文学史料学》,黄山书社1989年版,上册,第179页。

存东晋常璩《华阳国志》，对两汉文学家的有些记载，可补《史记》、《汉书》和《后汉书》之缺。来新夏从《南充县志》中，找到了明代《封建论》作者柳稷的生平史料①。在古代，特别是那些被封建统治者和封建正统思想严重的文人学者所轻蔑的戏曲家和小说家，正史中很少记及，但在一些方志中却有记述。不少著名的学者通过方志辑录、考证了这方面的一些史料。赵景深、张增元曾根据方志著有《方志著录元明清曲家传略》一书②，为我们研究元明清戏曲提供了非常珍贵的传记史料。

人物传记，还有家传、别传、内传、外传、事略、状略、行状等名目。家传是记载某些家族中的重要人物的传记，如《世说新语》刘孝标注中所引《顾恺之家传》。别传是正史本传之外的一种传记。《世说新语》注所引《郭璞别传》，就是属于这一种。内传和外传记载的是人物的轶闻逸事，带有小说的性质。事略和行状是为已故人物写的传记性的文章，如唐朝李翱为韩愈写的《故正议大夫行尚书吏部侍郎上柱国赐紫金鱼袋赠礼部尚书韩公行状》。此外，属于传记文的还有言行录、遗事、行实、实际录、纪略和录事等。

## 附：史书综合传记、文学家传记专书要目

### 史书综合传记要目

　　《中国名人传记丛编》　汪兆镛编　台北文海出版社1980年版

---

①参阅来新夏《地方志与文学研究》，《中国地方志》2007年第2期。

②中华书局1987年版。参阅潘树广主编《中国文学史料学》，黄山书社1989年版，上册，第180—183页。

《二十五史外人物总传要籍集成》　董治安主编　齐鲁书社 2000 年版

《丛书人物传记资料丛刊·学林卷》　北京图书馆出版社影印室编　北京图书馆出版社 2006 年版①

《地方志人物传记资料丛刊》(全六卷)　北京图书馆编　北京图书馆出版社出版②

《中国学术家列传》　杨荫深编著　上海光明书局 1939 年版

《中国历代思想家传记汇诠》(魏晋——北宋分册)　王蘧常主编　复旦大学出版社 1988 年版③

《历代各族传记会编》(第一编)(《史记》《两汉书》《三国志》部分)　中央民族学院研究部主编　翦伯赞　陈述等编　中华书局 1958 年版④

《历代各族传记会编》(第二编)(全二册)(《晋书》、"南北

---

①此卷包括合传、单传,体例涉及年谱、行状、传略、年表、墓志铭等。

②此《丛刊》按全国行政区,分西北、东北、华北、华东、中南、西南六大卷,已出版西北卷(2001 年)、东北卷(2001 年,2003 年出版李雄飞编此卷人名索引)、华北卷(2002 年,2007 年出版黄秀文等编此卷人名索引)、华东卷上编(2007 年)。

③此书虽名曰"思想家传记",但因古代许多著名的文学家亦属思想家,所以书中所收有 29 人是文学家。他们是:曹操、诸葛亮、何晏、王弼、傅嘏、刘劭、阮籍、嵇康、向秀、傅玄、杨泉、欧阳建、裴頠、葛洪、鲍敬言、支遁、张湛、孙盛、道安、戴逵、僧肇、慧远、陶潜、何承天、顾欢、范缜、刘峻、邢邵、陶弘景。所收史料,主要是源自魏晋南北朝时期的正史、《世说新语》和《高僧传》等。以前关于魏晋南北朝时期的文学家的传记,很少有注释,本书对所收的传记,都作了注释。

④本书摘录《二十四史》中有关兄弟民族的史料编辑而成。

史"、"八书"部分) 中央民族学院研究部主编 翦伯赞等编
中华书局出版 上册1958年出版 下册1959年出版

《宋代传记资料丛刊》 北京图书馆出版社影印室编
北京图书馆出版社2006年版

《辽金元传记资料丛刊》 北京图书馆出版社影印室编
北京图书馆出版社2006年版

《明代名人传》 [美]古德里奇主编 哥伦比亚大学
1976年版 英文

《清史列传》 [清]国史馆撰 王钟翰点校 中华书局
1987年版

《清代七百名人传》 蔡冠洛编著 世界书局1937年出
版 北京市中国书店1984年影印本

《清代名人传略》 [美]恒慕义主编 1943—1944年出
版 中国人民大学清史研究所译 青海人民出版社1990
年版

《清代人物传稿》 清史编委会编 各卷有分主编 中
华书局1984—2003年陆续出版

《稿本清代人物史料三编》(外一编) 朱彭寿编 北京
图书馆出版社2002年版

《清代人物大事纪年》 朱彭寿编著 朱鳌 宋苓珠整
理 北京图书馆出版社2005年版

《清代地方人物传记丛刊》(国家清史编纂委员会文献丛
刊之一) 江庆柏编 广陵书社2007年版

**文学家传记专书要目**

《唐才子传校笺》 [元]辛文房著 傅璇琮主编 中华
书局1987—1995年出版

《录鬼簿》　〔元〕钟嗣成撰　　1959年中国戏曲出版社铅印《中国古典戏曲论著集成》本①

《中国小说戏剧家专辑》　朱传誉主编　台湾天一出版社1981年版

《列朝诗集小传》　〔清〕钱谦益撰　上海古籍出版社1983年版

《国朝名家诗钞小传》　〔清〕郑方坤撰　万山草堂光绪十二年(1886)重刊本

《清代闺阁诗人征略》　施淑仪撰　崇明女子师范讲习所1922年排印本

《清代伶官传》　王芷章著　中华书局1936年版

《清代诗人姓名录初编》　江苏师范学院中文系明清诗文研究室编印　1981年版

《三百年来诗坛人物评点小传汇录》　程千帆　杨扬整理　杨扬辑校　中州古籍出版社1986年版

《〈近代诗钞〉附诗人小传》　陈衍辑　上海商务印书馆1923年版

《近代诗人小传稿》　汪辟疆著　收入《汪辟疆文集》上海古籍出版社1988年版

《近代词人考录》　朱德慈著　中国社会科学出版社2004年版

---

① 关于《录鬼簿》的版本,参阅:王钢《版本叙录》,载其著《校订〈录鬼簿〉三种》附录,中州古籍出版社1991年版;门岿《元曲管窥:〈录鬼簿〉的不同版本及其差异》,天津人民出版社1993年版,第108页;葛云波《〈录鬼簿〉修订过程、时间及版本新考》,《南京师大学报》2006年第4期。

《海上梨园新历史》　苕水狂生著　上海小说进步社
1910 年版

# 第三节　碑传和墓志

碑传是一种石刻文,主要用来记述墓葬主人的生平事迹,是
一种实用性的文体。常见的碑传名称有墓碑记、墓表、墓志、神道
碑、祠堂碑等。由于墓志之名用得较多,所以许多有关这方面的
著述,特别是现在的诸多著述常用墓志来概称碑传。为了叙述的
方便,本书也采用现在通行的名称。

由于墓志记述的是墓葬主人一生的生平事迹,因此它的作者
多是墓主死后的他人,如子孙、门人、朋友等。从今存墓志来看,
差不多都是由他人撰写的。但也有极少数墓志是由墓主生前自
撰的,如《西京杂记》卷 3 所载西汉杜子夏临终前所作的墓志,《后
汉书》卷 64《赵岐传》所载赵岐碑传。到唐代,自撰碑传有所增加,
黄震辑得 8 篇。①

墓志一般包括志和铭两部分。所以有的墓志称为墓志铭。
志多用散文句式,叙写墓主的姓氏、籍贯和生平等;铭则用韵文句
式,表现对死者的赞颂、悼念和安慰。墓志以颂扬为主,为避免空
泛,多有序事,与传状相近,明显地具有传记的性质。刘勰《文心
雕龙·诔碑》说:

夫属碑之体,资乎史才,其序则传,其文则铭。

墓志作为一种传记,往往能提供一些真实的传记史料。《北
堂书钞》卷 102 载东晋李充《起居戒》说:

---

① 参见黄震《略论唐人自撰墓志》,《长江学术》2006 年第 1 期。

　　　　古之为碑者,盖以述德记功,归于实录也。

　　墓志作为一种文体,有其起源和演变的历程。关于墓志起源的时间,见解不一,综括起来,中外学术界主要有秦代、西汉、东汉、魏晋和南朝五种观点①。综合分析现存的文献记载和出土的文物,上述五种观点中,西汉说是有根据的。从文献记载来看,清人王昶在《金石萃编》中,除了指出上面所引《西京杂记》卷3的记载之外,《博物志》还记载:"汉西都时,南宫寝殿内有醇儒王史威长死,葬铭曰:……"②此实志铭之始。

　　墓志在西汉起源之后,到了东汉后期,受到上层社会的重视,逐渐成为一种文体,有些文人,如汉末蔡邕以擅长写作墓志而闻名当时。

　　魏晋南北朝时期,由于社会动乱较多,有的统治者主张薄葬、禁碑,墓志较少,形式上也有所不同。但就总的趋向来看,墓志仍在延续。考古发现,晋代的一些墓中有与墓志相近的方版和小型的墓碑。1975年甘肃武威赵家磨村出土了一件前凉墓志,碑额处题为"墓表"。这是现在发现的最早题作"墓表"的墓志。"墓志"之名最早的出现也是在南北朝时期,即南朝宋代大明八年(464)刘怀民墓志。北魏以后,方形墓志成为定制。墓志自隋唐开始有了迅速的发展。

　　墓志中常常载有文学家重要的传记史料,如隋朝刻立的《曹植墓神道碑》③、韩愈为柳宗元写的《柳子厚墓志铭》、欧阳修的《泷冈阡表》等。2007年在西安市长安区出土了唐代文学家"韦应

————————

① 参阅赵超《古代墓志通论》,上海古籍出版社2006年版,第33—34页。
② 见[晋]张华撰,范宁校证《博物志校证》,中华书局1980年版,卷7第258则。
③ 参阅刘玉新《曹植与曹植墓》,天马图书有限公司2000年版,第32—34页。

物家族墓志包括韦应物墓志、韦应物妻元苹墓志、韦应物子韦庆复墓志、韦庆复妻裴棣墓志等四方墓志"。"其中,韦应物妻元苹墓志是韦应物亲自撰文并书写的"。专家认为,这批墓志的发现,对了解韦应物的生平等方面"提供了丰富的信息"和"翔实的史料"①。墓志的撰写者,多为墓主的亲友,离墓主较近。即使后来撰写的墓志,也是对墓主有相当深切的了解。因此,墓志所载的文学家传记史料,往往能提供第一手的史料,有许多可以和史书中所载的传记互相补充参照。由于墓志多以颂扬为主,对其所载的史料,应注意辨证分析,不可全信,对所记传主的功过、善恶,尤其应当留心鉴别。

我国已经发现的墓志史料相当丰富,前人已经作了一些汇集,为我们提供了方便。遗憾的是,至今还没有见到有关文学家墓志的专集。我们想要检阅有关文学家的墓志,只能到综合性的墓志书籍中去查找。

### 附:碑传集和墓志集要目

《石刻史料丛书》 严耕望编　台湾艺文印书馆1967年影印

《石刻史料新编》 台湾新文丰出版公司1977—2006年编辑影印出版

《历代人物年里碑传综表》(原名《历代名人年里碑传总集》) 中华书局1959年版

---

① 参阅《唐代石刻文献出土又有重要收获　韦应物家族墓志露面》,《中华读书报》2008年3月12日第2版。

《刻碑姓名录》　〔清〕黄锡蕃著　古籍出版社1958年版

《北京图书馆藏中国历代石刻拓本汇编》　北京图书馆金石组编　徐自强主编　中州古籍出版社1990年版

《历代石刻史料汇编》　国家图书馆善本金石组编　北京图书馆出版社2000年版

《道家金石略》　陈垣编纂　陈智超　曾庆瑛校补　文物出版社1988年版

《墓志精华三十八种》　北京图书馆出版社编　北京图书馆出版社2001年版

《吐鲁番出土砖志集注》　侯灿　吴美琳著　巴蜀书社2003年版

《河洛墓刻拾零》　赵君平　赵文成编　北京图书馆出版社2007年版

《古代石刻文献断代分编》　国家图书馆善本金石组编北京图书馆出版社2003—2004年出版①

《汉魏南北朝墓志集释》　赵万里著　科学出版社1956年版

《汉魏南北朝墓志汇编》　赵超著　天津古籍出版社2008年版

《新出魏晋南北朝墓志疏证》　罗新　叶炜著　中华书局2005年版

---

① 此书是《历代石刻史料汇编》的分编,共5种:《先秦秦汉魏晋南北朝石刻文献全编》(2003年版)、《隋唐五代石刻文献全编》(2003年版)、《宋代石刻文献全编》(2003年版)、《辽金元石刻文献全编》(2004年版)、《明清石刻文献全编》(2003年版)。

《六朝墓志检要》　王壮弘等编　上海书画出版社 1985年版

《南京出土六朝墓志》　南京市博物馆编　文物出版社 1980 年版

《唐代墓志汇编》　周绍良主编　上海古籍出版社 1992年版

《唐代墓志汇编续集》　周绍良主编　上海古籍出版社 2001 年版

《名臣碑传琬琰集》　［宋］杜大珪编　《四库全书》本①

《宋代著录石刻纂注》　刘昭瑞编著　北京图书馆出版社 2006 年版

《元代白话碑集录》　蔡美彪编著　科学出版社 1955年版

《国朝献征录》　［明］焦竑编　上海书店 1986 年影印本

《明名臣琬琰录》　［明］徐纮编　《四库全书》本　台北文海出版社 1970 年影印本（与《明名臣琬琰续录》合本）

《明名臣琬琰续录》　［明］王道瑞编　台北文海出版社 1970 年影印本（与《明名臣琬琰录》合本）

《清代碑传全集》　陈金陵等编辑　上海古籍出版社 1987 年版②

---

①此书上集为神道碑，中集为志铭行状，下集多是别传。哈佛燕京学社引得编纂处取诸书已佚之文 80 篇，编有《琬琰集删存附引得》，1938 年版，台北成文出版社 1966 年版。
②此《全集》由钱仪吉的《碑传集》、缪荃孙的《续碑传集》、闵尔昌的《碑传集补》和汪兆镛的《碑传集三编》汇集而成。

　　《碑传集》　［清］钱仪吉编　靳斯标点　中华书局1993年版

　　《续碑传集》　［清］缪荃孙编　江楚编译书局印本宣统二年(1910)版

　　《碑传集补》　［近代］闵尔昌编　1932年版

　　《碑传集三编》　汪兆镛编辑　香港大东图书公司1978年据稿本影印

　　《广清碑传集》　钱仲联主编　苏州大学出版社1999年版

　　《清代碑传文通检》　陈乃乾编纂　北京图书馆出版社2003年版

　　《辛亥人物碑传集》　卞孝萱　唐文权编　团结出版社1991年版

　　《民国人物碑传集》　卞孝萱编　团结出版社1995年版

# 第四节　年谱

　　年谱是一种人物传记①。年谱又称年表,也有称纪年录、年纪、系年、编年、年略、述略、岁略、时事略的。有的年谱,并没有题名年谱,但实际上属于年谱②。也有题名年谱、年表的,但实际上

---

① 在当代新编的年谱中,有些已经不限于人物传记,而扩展到学术和学科等方面。如山西古籍出版社1996年出版的《章太炎学术年谱》,清华大学出版社1999年出版的《清华人文学科年谱》,上海音乐出版社2005年出版的《民国音乐史年谱1912—1949》。

② 如清代孔昭杰的年谱名为《知非录》、赵敬襄的年谱名为《竹冈鸿爪录》、阮元的年谱名为《雷塘庵弟子记》。

不属于年谱①。年谱叙写的主人,称作谱主。为了便于读者理解、称谓,现存年谱大多直接用谱主姓名作书名,有的也用字号、谥号、籍贯名等。年谱是一种编年体传记,它以时间为经,以事实为纬,按年月记述谱主一生及其相关的事迹,一般包括谱主的姓名、籍贯、家世、生平、交游、思想和著述等。

不少学者认为,年谱肇自周代。《梁书》卷50《刘杳传》载:

> 王僧孺被敕撰谱,访杳血脉所因。杳云:"桓谭《新论》云:'太史三世表,旁行邪上,并效周谱。以此而推,当起周代。'"

又刘知几《史通》内篇《表历》说:

> 盖谱之建名,起于周代。表之所作,因谱象形。

关于年谱的著录,最早见于《汉书》卷30《艺文志》。《艺文志·术数略》著录《古来帝王年谱》5卷。今存最早的年谱是宋人吕大防编的《韩吏部文公集年谱》、《杜工部年谱》。据李裕民的研究,宋人所编的年谱有131种,"目前可以考定或基本确定编写年代的有119种"②。宋代以后,年谱的编纂,赓续不断,成果斐然。就现存的年谱来看,其数量是相当可观的,杨殿珣所编《中国历代年谱综录》(增订本)共收年谱4450种,所记谱主2396人③。谢巍《中国历代人物年谱考录·代序》说:

> 两千多年来,我国历代的作者先后撰述了六千种以上的年

---

① 如:宋末的《五王年表》是《吴越备史》的一部分;《契丹国九主年谱》是记契丹九帝的世系,没有记载生平事迹。参阅李裕民《宋代年谱编年》,载张其凡等主编《历史文化研究》(续集),人民出版社2003年版。

② 参阅李裕民《宋代年谱编年》,载张其凡等主编《历史文化研究》(续编),人民出版社2003年版。

③ 书目文献出版社1996年版。

谱(包括现存的和著录的,为外国人物所编的年谱不计在内)。①

新时期以来,年谱继续受到重视。有许多学者用不同的形式整理、刊印了大量的前人编纂的年谱。同时,有不少学者编写了许多新的年谱。值得注意的是,从事年谱编纂工作的有不少是中青年,有些研究生以年谱为题撰写学位论文②。就我个人所知见,新时期以来新编的古代文学家的年谱接近200种。目前新编的年谱,仍在不断涌现。新编的年谱,有些主要是为了普及,常常附在某些文集之后,更多的是属于补阙或订补的。

年谱有少数是谱主自编的,如今存南宋文天祥编的《宋少保右丞相兼枢密使信国公文山先生纪年录》1卷、明代陈子龙编的《陈忠裕公自著年谱》3卷、清代王士禛编的《渔阳山人自撰年谱》2卷。年谱除了自编的以外,大多数是他人编的,包括谱主的亲人、门人、朋友和研究者等。在编者中,多数是我国的,也有少数是国外的。"近三百年来,不少外国的汉学家为我国的历史人物编了四百种以上的年谱"③。

年谱的体式有多种,常见的有文谱、表谱、诗谱和图谱四

---

①中华书局1992年版。

②关于台湾研究生编撰年谱的概况,参阅龚鹏程主编《五十年来的中国文学研究》,台湾学生书局2001年版,第229、300页。大陆也有不少研究生编撰年谱,如:程章灿的硕士论文《刘克庄年谱》,贵州人民出版社1993年版;李昊博士编撰的《司马相如年谱》,载李浩、贾三强主编、西北大学古典文献学科编《古代文献的考证与诠释——海峡两岸古典文献学国际学术会议论文集》,上海古籍出版社2006年版。其他参阅郑方祥《近二十年(1982—2005)四川大学中文系、古籍所宋代文化学位论文概述》,《中国文哲通讯》第15卷第3期,台北文哲研究所2005年9月。

③引自谢巍《中国历代人物年谱考录》,中华书局1992年版,《代序》。

种。文谱是用朴实的文字记述谱主的事迹,这是年谱的主要形式。个别的有用韵语编写的,如明清之际金之俊自编的《金息斋年谱韵编》。表谱就是年表,是年谱的简编,有些是采用表格的形式。诗谱是用诗的形式记叙谱主的事迹。有的诗文结合,诗为目,文具体记述事迹。图谱较少,是用图画记述谱主的主要事迹①。

随着年谱的发展,谱主的范围逐渐扩大,有些文学家以前没有年谱的也有了,形式也在不断地增加,有把相关的几个人合起来编的合谱,有把各家所编的同一谱主的年谱编为一书的集谱,有史料丰富的年谱长编,有主要为了普及的简谱。年谱的谱主涵盖面虽然比较广泛,但并不平衡。有的文学家主要由于史料欠缺,至今没有年谱,有的一人的年谱多至 30 余种。年谱较多的主要是一些为历代所重视的重要的文学家。

年谱刊行存在的形态多种多样。就新时期编撰和整理出版的年谱的形态来看,主要有下面六种:

一、个人年谱单行本,如丁福林著《江淹年谱》②,李震著《曾巩年谱》③,凌郁之著《洪迈年谱》④,狄宝心著《元好问年谱新编》⑤,马学良著《袁中郎年谱》⑥,王章涛著《阮元年谱》⑦。

----

①参阅徐有富主编《中国古典文学史料学》(修订本),北京大学出版社 2008 年版,第 166—167 页。
②凤凰出版社 2007 年版。
③苏州大学出版社 1997 年版。
④上海古籍出版社 2006 年版。
⑤黄山书社 2003 年版。
⑥天津古籍出版社 1991 年版。
⑦中国文联出版社 2000 年版。

　　二、个人年谱合编本，如宋王质等撰，许逸民校辑《陶渊明年谱》①，陈祖美编校《谢灵运年谱汇编》②。

　　三、年谱丛书本，汇编多人的年谱单独成书，如刘跃进、范子烨编《六朝作家年谱辑要》③，于浩辑《明代名人年谱》④，刘聿鑫主编的《冯惟敏年表》、《冯溥年谱》、《李之芳年谱》、《田雯年谱》、《张笃庆年谱》、《郝兰皋夫妇年谱附著述考》、《王懿荣年谱》⑤，北京图书馆出版社 2001 年出版的包括徐锡麟、秋瑾、陈伯平和马宗汉的《辛亥革命四烈士年谱》。

　　四、年谱附于或收入某些文集里。有些附于或收入相关文学家的作品集里，如袁行霈编的《陶渊明年谱简编》载其撰《陶渊明集笺注》⑥，许逸民编的《徐陵年谱》载其校笺《徐陵集校笺》⑦，徐培均编的《李清照年谱》载其笺注《李清照集笺注》附录一⑧，吴怀祺编《郑樵年谱稿》载编者校补《郑樵文集》附录⑨，高洪钧编的《冯梦龙年谱》载其著《冯梦龙集笺注》的最后⑩。有些收入研究文集里，如林大志编的《四萧年谱》（萧衍、萧统、萧纲、萧绎），收入其著《四萧研究——以文学为中心》一书的附录中⑪；齐文榜的

①中华书局 1986 年版。
②广西师范大学出版社 2001 年版。
③黑龙江教育出版社 1999 年版。
④北京图书馆出版社 2006 年版。
⑤山东大学出版社 2002 年版。
⑥中华书局 2003 年版。
⑦中华书局 2008 年版。
⑧上海古籍出版社 2002 年版。
⑨书目文献出版社 1992 年版。
⑩天津古籍出版社 2006 年版。
⑪中华书局 2007 年版。

《贾岛年谱新编》,收入其著《贾岛研究》的附录中①;王兆鹏编的《邓肃年谱》、《张元干年谱》收入王兆鹏、王可喜、方星移著《两宋词人丛考》一书中②;张剑编《晁说之年谱》,见其著《晁说之研究》第二章③;阎凤梧、刘达科著《河汾诸老年表》,载其著《河汾诸老研究》上编第三部分④。

五、发表在刊物上。如王增文编《潘岳年谱》,刊于《许昌师专学报》1997年第1期;侯云龙编《谢灵运年谱》,刊于《吉林师范大学学报》2005年第5期;罗国威编《任昉年谱》,刊于《四川大学学报》1994年第1期;王枚、王江玉编《刘孝标年谱简编》,刊于《文献》1998年第3期;王泽强编《阮葵生年谱》,刊于《淮阴师范学院学报》2006年第1期。

六、电子文本。随着文本的电子化,有些年谱,除了出版纸型文本外,还同时出版电子本,如吴光兴编的《萧纲萧绎年谱》。⑤

史书中的传记,所记的内容即使比较详细,但由于篇幅的限制,仍显简略,而年谱的编纂,一般都要综合和参考多方面的史料,记叙谱主的一生,包括少年时期,所记内容一般都比较全面、详细。年谱中对谱主生平中疑难不清的问题,往往予以考定。有些年谱对谱主的日常生活和心态以及他所处的各方面的境遇,也有所叙写。

年谱的价值是多方面的,它是传记史料的一个重要部分。梁

---

① 人民文学出版社 2007 年版。
② 凤凰出版社 2007 年版。
③ 学苑出版社 2005 年版。
④ 山西人民出版社 1993 年版。
⑤ 社会科学文献出版社、社会科学文献电子音像出版社 2006 年版。

启超说,族谱、家谱、年谱,"皆为国史取材之资。而年谱之效用,时极宏大"①。年谱提供了许多真实的史料,还能纠正史传中的某些错误。清人全祖望说:

> 年谱之学,别为一家。要以巨公魁儒事迹繁多,大而国史,小而家传、墓文,容不能无舛谬,所借年谱以正之。②

夏承焘在《唐宋词人年谱·自序》中说:

> 年谱一体,不特可校核事迹发生之先后,并可鉴定其流传之真伪,诚史学一长术也。③

所以,检阅年谱是掌握传记史料不可忽视的一项重要工作。当然,年谱的质量,高低不一,辗转相抄的年谱较多。因此,我们参考年谱时,要注意选择那些质量高的。如果能检阅较多的年谱,互相参照,得到的收益会更多。

## 附:年谱汇编要目

### 综合、通代类

《中国历代名人年谱》　李士涛编　商务印书馆 1941年版

《新编中国名人年谱集成》　王云五主编　台湾商务印书馆 1978—1986 年影印出版 20 辑　分辑发行④

---

① 梁启超《中国近三百年学术史》,东方出版社 1996 年版,第 392 页。
② [清]全祖望撰,朱铸禹汇校集注《全祖望集汇校集注》,上海古籍出版社 2000 年版,卷 32《愚山施先生年谱序》。
③ 夏承焘《唐宋词人年谱》,上海古籍出版社 1979 年版。
④ 王云五 1979 年去世时,共刊行 6 辑。去世后刊行的,则不标明主编。

《北京图书馆藏珍本年谱丛刊》　北京图书馆编　北京图书馆出版社 1999 年版

《历代名人年谱》　［清］吴荣光著　李宗颢补遗　林梓宗点校　北京图书馆出版社 2002 年版

《中国古代史学家年谱》　张爱芳选辑　北京图书馆出版社 2005 年版

《历代妇女名人年谱》　张爱芳辑　北京图书馆出版社 2005 年版

《佛教名人年谱》　殷梦霞编　北京图书馆出版社 2004 年版

《浙东学人年谱》　殷梦霞选编　北京图书馆出版社 2003 年版

《历代人物年里碑传总表》　姜亮夫纂定　陶秋英校　上海中华书局 1959 年版

《中国历史人物生卒年表》　吴海林　李延沛编　黑龙江人民出版社 1981 年版

《中国古代名人生卒·历史大事年谱》　［清］吴荣光撰　陈垣校注　北京图书馆出版社 2002 年版①

《历代名人生卒录》　［清］钱保塘编　北京图书馆出版社 2002 年版

《历代名人生卒年表》《历代名人生卒年表补》　梁廷灿　陶容等编　北京图书馆出版社 2002 年版

《疑年录汇编》　张惟骧编　1925 年小双寂庵刻本

《疑年录集成》　贾贵荣　殷梦霞辑编　北京图书馆出

————————

① 此书原名《历代名人年谱》。

版社 2002 年版

《释氏疑年录》　陈垣撰　中华书局 1964 年版

《中国文学年表》　敖士英纂辑　中华民国二十四年初版　北平立达书局发行

《中国文学史大事年表》　吴文治著　黄山书社出版上册 1987 年出版　中、下两册 1993 年出版

# 断　代

## 先秦

《先秦诸子年谱》　北京图书馆出版社影印室编　北京图书馆出版社 2004 年版

## 两汉

《汉晋名人年谱》　国家图书馆编　北京图书馆出版社 2004 年版

## 魏晋南北朝

《三曹年谱》　张可礼编　齐鲁书社 1983 年版

《六朝作家年谱辑要》　刘跃进　范子烨编　黑龙江教育出版社 1999 年版①

《北朝若干闻人疑年录》　许福谦　载殷宪主编　《北朝史研究》　商务印书馆 2005 年版

《陶渊明年谱》　[宋]王质等撰　许逸民辑较　中华书局 1986 年版

---

① 此书汇集了由 16 位学者撰写的 19 位作家的年谱,共 18 种。书中所收的年谱,有的是过去发表的,有的是新编的。本书还有跃进编的 3 种附录:《本书所收年谱出处及作者简历》、《六朝作家年谱参考文献》和《六朝作家生平研究论文要目》,这些对研究者也有参考价值。

《陶渊明年谱汇考》　袁行霈编　收入袁行霈著《陶渊明研究》　北京大学出版社 1997 年版

《谢灵运年谱汇编》　陈祖美编校　广西师范大学出版社 2001 年版

**隋唐五代**

《隋唐五代名人年谱》　北京图书馆出版社影印室编北京图书馆出版社 2005 年版

《韩愈年谱》　［宋］吕大防等编　徐敏霞校辑　中华书局 1991 年版

《司空图年谱汇考》　陶礼天编　华文出版社 2002 年版

《五代作家综合年表》　张兴武编　载其著《五代作家的人格与诗格》附录二　人民文学出版社 2000 年版

《唐宋八大家年谱》　王冠辑　北京图书馆出版社 2005 年版

《唐宋词人年谱》（修订本）　夏承焘著　上海古籍出版社 1979 年版

**宋代**

《宋编宋人年谱选刊》　吴洪泽编　巴蜀书社 1995 年版

《宋人年谱丛刊》①　李文泽等编　四川大学出版社 2003 年版

《北宋文学家年谱》　曾枣庄　舒大刚编　台湾文津出版社 1996 年版

《王安石年谱三种》　［宋］詹大和　［清］顾栋高等撰裴汝诚点校　中华书局 1994 年版

---

① 与《宋人年谱集目》合本。

《宋人所撰三苏年谱汇刊》　王水照编　上海古籍出版社1989年版

《三苏年谱》　孔凡礼撰　北京古籍出版社2004年版

《两宋词人年谱》　王兆鹏撰　台湾文津出版社1994年版

《宋代十三家词人生卒年考辨》　王兆鹏撰　《湖北大学学报》2000年第3期

《宋明理学家年谱》　于浩辑　北京图书馆出版社2005年版

《宋明理学家年谱续编》　陈来选　于浩辑　北京图书馆出版社2006年版

**辽金元**

《辽金元名人年谱》　北京图书馆出版社影印室编　北京图书馆出版社2005年版

《金代文学家年谱》　王庆生　凤凰出版社2005年版

**明代**

《明代名人年谱》　于浩辑　北京图书馆出版社2006年版

《明人年谱十种》　北京图书馆出版社编　北京图书馆出版社1997年版

《晚明曲家年谱》　徐朔方著　浙江古籍出版社1993年版

**清代**

《清代人物生卒年表》　江庆柏编著　人民文学出版社2005年版

《清初名儒年谱》　北京图书馆出版社影印室辑　北京

图书馆出版社 2006 年版

《清代戏曲家疑年考略》(一至五) 柯愈春 分别载《文献》1996 年第 3、4 期 1997 年第 1、3、4 期

《乾嘉名儒年谱》 北京图书馆出版社影印室辑 北京图书馆出版社 2006 年版

《顾亭林先生年谱三种》 北京图书馆出版社编 北京图书馆出版社 1997 年版

《王船山杨升庵年谱五种》 北京图书馆出版社编 北京图书馆出版社 1997 年版

《查继佐年谱 查慎行年谱》 〔清〕沈起 陈敬璋撰 汪茂和点校 中华书局 1992 年版

**近代**

《晚清名儒年谱》 北京图书馆出版社影印室辑 北京图书馆出版社 2006 年版

《清代民国藏书家年谱》 张爱芳 贾贵荣选编 北京图书馆出版社 2004 年版

# 第五节 谱牒

与年谱关系十分密切的是谱牒①。谱牒是文学家传记史料的重要渊薮。谱牒在魏晋南北朝迅速发展以后，到了唐代，新的谱牒不断出现。柳芳的《永泰谱》、张九龄的《韵谱》、邵思的《姓解》、林宝的《元和姓纂》、林宝与李衢的《皇朝玉谍》，都是有影响的谱牒著述。唐朝以后，谱牒在沿袭中有变化，出现了许多谱牒

---

① 关于谱牒的界定、名称、产生以及唐前编撰的情况，参阅本书第九章第二节。

汇编和大量的私修谱牒,种类日趋繁富,积累的数量也越来越多。宋代,私编谱牒盛行,出现了邓名世的《古今姓氏书辨证》、王应麟的《姓氏急就篇》、郑樵的《通志·氏族略》等重要著述。明清时期,民间看重编纂家谱,相继新编了大量的谱牒①。近现代以来,除了民间继续编撰家谱之外,有的研究者在前人编纂成果的基础上,又编写了不少新的族谱。重要的有:陈直著《南北朝王谢元氏世系表》②,王瑞功著《〈南北朝王谢元氏世系表〉王氏世系订补》③,阿涛著《东晋南朝琅邪王氏世系简表》④,张可礼著《东晋文艺综合研究》中的《琅邪王氏世系表》、《高平郗氏世系表》、《颍川庾氏世系表》、《陈郡谢氏世系表》,顾绍柏著《谢氏家族表》⑤,王泉根主编的《华夏姓氏丛书》⑥,萧华荣著《华丽家族——两晋南朝陈郡谢氏传奇》⑦、《簪缨世家——两晋南朝琅邪王氏传奇》⑧,何新著《宋昭德晁氏家族事迹著作编年》⑨等。上述族谱及相关的著述,各有长短,可以相互参照。

　　谱牒文献的著录始于汉代刘向的《别录》和班固的《汉书·艺

①关于谱牒的源流,参阅:胡锦贤、胡哲《中国姓氏谱牒源流述略》,《文献》
　1996年第4期;常建华《宗族志》,上海人民出版社1998年版。
②收入著者《蓼庐丛著七种》,齐鲁书社1981年版。
③载《文献》1991年第1期。
④见刘涛主编《中国书法全集》,荣宝斋1991年版,第19页。
⑤见顾绍柏校注《谢灵运集校注》,中州古籍出版社1987年版,《附录》。
⑥《华夏姓氏丛书》,广西人民出版社1993年出版第一批书目有:黎小龙著
　《李》;王泉根著《王》;熊远报、王大良著《杨》;欧阳宗书著《孙》;毛策著
　《郑》;王大良著《谢》。
⑦三联书店1994年版。
⑧三联书店1995年版。
⑨载陈飞主编《中国古典文学与文献研究》第3辑,学苑出版社2004年版。

文志》。至南朝梁代阮孝绪撰《七录》，正式设谱牒类目。《七录》之后，历代史书中的《经籍志》（或《艺文志》）的"史部"，大都设有关于谱牒的内容和类目。宋代汪藻编写的《琅邪临沂王氏谱》、《太原晋阳王氏谱》、《陈郡阳夏谢氏谱》、《泰山南城羊氏谱》、《颍川鄢陵庾氏谱》、《陈郡阳夏袁氏谱》、《河东闻喜裴氏谱》、《吴郡陆氏谱》、《太原中都孙氏谱》、《陈留尉氏阮氏谱》等，共26种。这些族谱作为附录收在上海古籍出版社1982年影印的《世说新语》内。汪藻所编族谱是根据《世说新语》中的人物可谱者。《世说新语》所记，止于晋末，汪藻所编，参用诸史，谱至陈、隋。《隋书》卷33《经籍志二》"姓氏"著录41部（其中绝大部分属于谱牒）。唐林宝撰《元和姓纂》一书，记载了中唐以前的姓氏族望，其论得姓受氏，多源于《世本》、《风俗通义》、《三辅决录》、《百家谱》及《姓苑》等。上引诸书，有许多已经失传，后人靠林氏的征引，能够了解其大概。《新唐书》卷61—63《宰相表》、《通志·氏族略》也是依据此书加以损益而编成的。《旧唐书》卷46《经籍志上》著录"杂谱牒"55部。《新五代史》卷71撰有《十国世家年谱》。《宋史》卷204《艺文志三》"谱牒"类著录110部。《明史》卷97《艺文志二》"谱牒"类著录38部。史志目录外，许多其他书目，也大多在"史部"设有"谱牒类"。宋代晁公武《郡斋读书志》第九卷"谱牒类"，著录6种，其中有《释迦氏谱》10卷、《鲜于氏卓绝谱》1卷。宋代陈振孙《直斋书录解题》在卷八"谱牒类"中著录19种。

　　谱牒中收有许多人物传记史料，如家传、家乘、小传、志传、史传、自传、自述、行述、行略、行实、行状、事略、墓志、神道碑、圹志、年表、年谱等，其中有不少文学家的传记史料。这些史料，有的可以弥补其他史书的缺欠,有的能够修正其他史书中的错误①。在这方面,近几年有些学者继往开来,多有研究成果问世。如元代戏曲家白朴的 23 世孙白惟君等,在 1948 年编撰了《白氏宗谱》,其中有一些以往学者没有看到的宝贵史料。以前有关研究白朴的著述,只知白朴有子名镛,其生平未详。对白朴获赠勋爵的原因,也有多种说法。胡世厚据《白氏宗谱》研究,得知白朴有两房妻室,五子两女。五子中有三人仕元居官的,白朴是因长子镀贵而获赠勋爵的②。王兆鹏根据《永泰张氏宗谱》中的史料,解决了南宋著名词人张元干的籍贯、生平仕履和创作问题③,又根据《山阴天乐李氏宗谱》弄清了南宋词人李光的世系,还从中发现了一篇署名朱熹的李光墓志(《庄简公墓志》)④。

　　我国的谱牒数量很多,有不少散在民间和国外,难以统计。据初步统计,至 2000 年,有家谱约 50000 种,计有姓氏 600 多个。这些谱牒大部分在我国,少部分在国外。日本学者多贺秋五郎在《中国宗谱研究》一书中说,中国的宗谱在日本的有 1491 部,在美国的有 1406 部。实际上,在国外的数量,远不止上述的数量⑤。另外,还有大量的未刊抄稿本和刊本,散藏在各地。2002 年,在成都发现了清乾隆二十年(1755)木刻本《宗圣家谱》(曾子家谱),此家谱为《中国家谱综合目录》未著录的罕见珍本⑥。2003 年在浙

①参阅潘树广主编《中国文学史料学》,黄山书社 1989 年版,第九章第二节。
②参阅胡世厚《白朴与〈白氏宗谱〉》,《文学遗产》2002 年第 5 期。
③参阅王兆鹏《以〈永泰张氏宗谱〉辑录宋人佚文佚诗》,《文献》2006 年第 1 期。
④参阅王兆鹏《族谱所见李光世系》,《文献》2007 年第 2 期。
⑤参阅潘树广主编《中国文学史料学》,黄山书社 1989 年版,第九章第五节。
⑥参见彭雄《成都发现曾子家谱》,《光明日报》2002 年 12 月 12 日 C1 版。

江省衢州市衢江区杜泽镇樟树底村发现《紫阳卷宗》(朱熹家族宗谱)。有关专家认为,此宗谱的发现,"填补了某些方面正史记载的不足,对研究朱熹家族在江南各省的分布,研究朱熹成长的环境、观念的形成、思想的发展、演变及由此产生的社会影响,都具有较高的学术价值"①。吉林大学图书馆藏有 21 种稀见抄稿本家谱,其中有 18 种为清人所编,1 种为明人所编,1 种为民国人所编,1 种为宋人潘履孙纂,明抄本②。类似上面所举的事例,当有很多。

国内外的不少学者十分重视谱牒的整理和出版,已经整理和出版了一些重要的谱牒。中国在 1988 年 7 月在山西省五台山举办了中国家谱研讨会,成立了中国谱学会。可以预计,谱牒的整理和出版成果会不断地问世。诸多的成果,为我们研究和使用谱牒史料提供了方便,也为我们研究和使用许多文学家的传记史料提供了方便。

## 附:谱牒集要目

《宗谱的研究(资料篇)》 [日]多贺秋五郎 日本东洋文库 1960 年版

《中国宗谱的研究(下)》 [日]多贺秋五郎 日本东洋文库 1982 年版

《国学文学馆现藏中国族谱资料初编》 盛清沂主编

---

① 严红枫、严元俭《浙江发现朱熹家族宗谱》,《光明日报》2003 年 10 月 13 日 A2 版。

② 参阅董润丽、朱永慧《吉林大学图书馆藏稿本家谱叙录》,《古籍整理研究学刊》2004 年第 5 期。

联经出版社 1982 年版

《联合报基金文化会国学文献馆现藏中国族谱序例选刊初辑》　盛清沂主编　联经出版社 1983 年版　后又出版第 2 辑

《中国族谱集成》　山西省社会科学院家谱资料中心编巴蜀书社 1995 年版

《族姓史料丛编》　中华全国图书馆文献微缩复制中心出版①

《北京图书馆藏家谱丛刊·民族卷》　北京图书馆出版社编　北京图书馆出版社 2003 年版

《北京图书馆藏家谱丛刊·闽粤（侨乡）卷》　北京图书馆编　北京图书馆出版社 2000 年版

《名伶世系表》　宋凤娴撰　北平戏剧研究社 1936 年版

# 第六节　评传

中国古代史书中的文学家传记，限于体例和篇幅，主要是从大的方面写有关品行风貌，对于生平事迹，只能作概略的叙写。史书的传记中也有评论，多是寓于叙述中。集中的评论大都在传记的最后，也有放在中间的，文字非常简短。评论所用的名称和方式不一。最早的评论见于《左传》，用"君子曰"、"君子谓"、"君子以为"的形式表示②。到西汉司马迁在《史记》中用"太史公曰"的形式表示。后

---

① 参见《族姓史料丛编》，载《中国图书商报》2000 年 11 月 24 日，引自《古籍整理出版情况简报》总 358 期（2000 年第 12 期）。

② 参阅逯耀东《抑郁与超越：司马迁与汉武帝时代》，三联书店 2008 年版，《史传论赞与"太史公曰"》。

来的评论，大体上承用了司马迁的做法，但名目繁多。唐刘知几《史通·内篇·论赞》所谓"既而班固曰赞，荀悦曰论，《东观》曰序，谢承曰诠，陈寿曰评，王隐曰议，何法盛曰述，常璩曰撰，刘昞曰奏，袁宏、裴子野自显姓名，皇甫谧、葛洪列其所号。史官所撰，通称史臣。其名万殊，其义一揆。必取便于时者，则总归论赞焉"。中国古代的文学家传记的叙事和评论，很早就为后来的具有现代意义的评传孕育了胚胎，但发展迟缓，还没有形成后来的评传。在中国，具有现代意义的文学家评传①，是在 20 世纪初，一些文人学者受西方传记文学的影响而产生的。梁启超的《王安石传》就是一个例证。1908年，梁启超著《王安石传》。梁启超在此书的"例言"中说，王安石"不仅为中国大政治家，亦为中国大文学家"。"本书以发挥荆公政术为第一义，故于其创诸新法之内容及其得失，言之特详，而往往以今世欧美政治比较之，使读者于新旧知识咸得融合"。文学家评传是一种带有明显的学术性的传记，它同艺术性的评传不同。许多艺术性评传往往有一些想象和虚构的成分，而学术性的评传，则力求有事实根据，不允许虚构杜撰。这里论述的是学术性评传。

　　文学家评传一般篇幅较长，是由"传"和"评"两部分融会而成，是以文学家的生平编年和作品的系年为主线，寓评论于传主的生平遭际等的叙述中，以体现传主的生平、交游、思想、性格、创作以及艺术成就为主要内容，一般不做具体细致的考证②。因为

---

①有时亦用"传"、"传论"、"传略"等名称，有时只用传主的姓名。

②由于传主的不同和撰写者不同的治学方法、写作风格，评传的体例也不尽相同。有的评传，就采用了以问题为中心的结构模式。有的评传也多有考证。如陆侃如撰写的《屈原评传》，其中有许多关于屈原生平和作品的考证。《屈原评传》载其著《屈原》，亚东图书馆 1923 年版。

是传记，所用的史料信而有征，并且力求使用第一手史料和新史料，所以评传既带有学术论著的性质，又具有文献史料价值，是我们研究古代文学家传记的重要史料。

文学家评传自 20 世纪初开始出现以后，发展得很快，尤其是 20 世纪 80 年代以来，有似雨后春笋，蓬勃生长。截止到目前，中国古代著名的文学家，几乎都有评传，有些文学家不只有一种评传。其数量和质量，都是空前的。

就已经问世的评传而言，其存传的形态，大致有五种：

一是单本。这大体有两种情况。一种是先在杂志上发表，后来结为单本出版的，如冯至著《杜甫传》，开始在 1951 年 1 月到 6 月的《新观察》上发表，至 1962 年由人民文学出版社出版单行本。另一种是，一开始就是以单行本的形式出版的，如柳存仁的《吴承恩评传》，邓广铭的《王安石》，朱东润的《梅尧臣传》，陈贻焮的《杜甫评传》等，都属于这种形式。《吴承恩评传》于 1967 年莱顿 E.J. 布里尔出版社出版。《王安石》于 1975 年出版，1978 年人民出版社又出版了修订本。《梅尧臣传》于 1979 年中华书局出版。《杜甫评传》有北京大学出版社 2003 年版。

二是发表在刊物上。如：陆侃如撰写的《宋玉评传》，最早于 1927 年 6 月发表在《小说月报》第 17 卷号外上；朱东润撰写的《诗人吴均》刊于 1929 年《新月》第 2 卷第 9 期；吴翠芬著《元稹评传》刊于《明清小说研究》1999 年第 4 期。

三是收入一些著述中。如：钱仲联撰写的《张尔田评传》，见其著《梦苕盦论集》①；丁福林撰写的《江淹评传》，收入其著《江淹

---

① 《梦苕盦论集》，中华书局 1993 年版。

年谱》附录二①；任海天撰写的《韦庄传略》收入其著《韦庄研究》上编②；李平撰写的《纳兰性德评传》，载于《朱东润先生诞辰一百一十周年纪念文集》③。

四是评传合集。所谓评传合集，指的是把两个文学家以上的评传汇集在一起出版的传记。这类合集，比较早的是中华书局1939年出版杨荫深编著的《中国文学家列传》。"本书所收文学家，上自周代，下止民国，共500多人。史料多据正史传记，旁及杂史笔记等。略刊文学家图象。编排次序依生年为主。书末另附生卒时间、著作表及索引"④。后来，有不少这类合集相继出版。新时期以来，影响比较大的是吕慧鹃、刘波等编的《中国历代著名文学家评传》和《中国历代著名文学家评传续编》。前书是上百位著名学者撰写的一部大型的古代文学家评传，全书"采用了以传为主、寓评于传、评传结合的体例"，共6卷，约200余万字，评介了自先秦至"五四"前160多位文学家。

五是评传丛书。评传丛书是把许多文学家的评传编辑在一起的大型评传书籍。新时期以来，为世瞩目的是由著名教育家、中国思想史专家、原南京大学名誉校长匡亚明教授生前主编，南京大学中国思想家研究中心组织编撰的《中国思想家评传丛书》。此书由南京大学出版社1990—2006年陆续出版。全书总计200部、6000余万字，收入包括文、史、哲、经、法、理、工、医、农、兵及教育、政治、宗教等诸多学科领域，从孔夫子到孙中山约2500年的

---

①《江淹年谱》，凤凰出版社2007年版。

②《韦庄研究》，人民文学出版社2005年版。

③复旦大学中文系编，上海古籍出版社2006年版。

④引自陈玉堂《中国文学史书目提要》，黄山书社1986年版，第106—107页。

传主270余名(一般一人一传,少数为二人或二人以上合传),经过海内外200多位专家,历时20年写成的。其中收有中国古代的著名文学家评传有:孔子、老子、墨子、庄子、孟子、屈原、荀子、韩非、李斯(附于《嬴政评传》)、贾谊(附陆贾、晁错)、司马迁、刘向(附刘歆)、扬雄、班固、桓谭、王充、张衡、王符(附崔寔、仲长统)、诸葛亮、曹操(附曹丕、曹植)、王弼(附何晏)、嵇康、阮籍、傅玄、葛洪、王羲之、陶潜、慧远、范晔、范缜、陶弘景、刘勰、萧统、郦道元、李白、杜甫、柳宗元、韩愈(附李翱)、刘禹锡、白居易(附元稹)、司空图、李觏、欧阳修、范仲淹、王安石、苏轼、杨万里、黄庭坚、李清照、吕祖谦、陆游、陈亮、朱熹、辛弃疾、严羽、文天祥、关汉卿、刘基、宋濂、方孝孺、李贽、袁宏道(附袁宗道、袁中道)、杨慎、汤显祖、张岱、顾炎武、王夫之、黄宗羲、李渔、傅山、蒲松龄、孔尚任、吴敬梓、全祖望、曹雪芹、郑燮、袁枚、赵翼、梅文鼎、龚自珍、林则徐、魏源、翁同龢、冯桂芬、黄遵宪、邹容(附陈天华)、秋瑾、梁启超(附谭嗣同)等。同以前的文学家评传相比,此丛书中的评传一般篇幅较长,除了全面、系统地述评文学家的生平业绩外,特别注意从思想史的角度,探析文学家创作实践和作品中蕴藏的思想特点和突出贡献。另外,此书还有许多同文学史料关系密切的著名文献学家的评传,如郑玄、颜师古(附孔颖达)、郑樵、晁公武、陈振孙、马端临、焦竑、惠栋、戴震、章学诚、钱大昕、崔述等。

## 附:评传合传、评传丛书要目

《中国文学家列传》　杨荫深编著　中华书局1939年版

《中国历代作家小传》　湖南师范学院中文系古代文学教研室编　上册(增订本)湖南人民出版社1981年出版　中

册第一分册 1981 年出版　第二分册 1982 年出版　下册第一、二分册 1985 年出版

《中国历代著名文学家评传》　吕慧鹃　刘波等编　山东教育出版社 1985 年版

《中国古代学者百人传》　张舜徽主编　中国青年出版社 1986 年版

《中国历代著名文学家评传续编》　吕慧鹃　刘波等编　山东教育出版社 1989 年版

《古代文学家传记》(中国历史小丛书合集)　中华书局 1992 年版

《中国通俗小说家评传》　周钧韬主编　中州古籍出版社 1993 年版

《中国古代文献学家论考》　徐传武主编　中国文史出版社 2004 年版

《中国文言小说家评传》　萧相恺主编　中州古籍出版社 2004 年版

《中国古代戏曲家评传》　胡世厚　邓绍基主编　中州古籍出版社 1992 年版

《方志著录元明清曲家传略》　赵景深　张增元著　中华书局 1987 年版

《元曲六大家传略》　谭正璧著　古典文学出版社 1957 年版

《中国思想家评传丛书》　匡亚明主编　南京大学中国思想家研究中心编　南京大学出版社 1990—2006 年出版

《近代二十家评传》　王森然著　上海书店出版社 1996 年据北平杏严书屋 1934 年初版影印本

# 第七节　综合传记史料

有些古代文学家的传记史料往往散见于多种载体中。后人为了研究的方便,常常把搜集到的各种传记史料编辑在一起,成为汇编。这类传记史料汇编,有的见于文学家史料汇编,如《古今图书集成·理学汇编·文学典》中的《文学名家列传》。此列传所收"文学名家"上起周代,下迄明代,辑录史料丰富,除辑录了正史中的文学家传记外,还从地方志、笔记等书中辑录了有关史料。如其中所辑李白的传记史料,就囊括了《新唐书》中的《文艺传》以及《本事诗》、《唐国史补》、《酉阳杂俎》、《野客丛谈》、《辰州府志》、《云仙杂记》和《唐摭言》等书中的史料。近几年陆续出版的《中华大典·文学典》中涉及的重要文学家,都有传记部分。传记部分从多方面辑录了传记史料。有些综合传记史料单本印行,如台北天一出版社出版的《苏轼传记资料》①。有些综合传记史料,见于文学家文集的附录。如蔡邕传记史料,见邓安生《蔡邕集编年校注》卷4附录②;"陆士衡传记资料",见刘运好校注整理《陆士衡文集校注》附录二③;"王维事迹资料汇编",见陈铁民《王维集校注》附录二④;韩愈传记资料辑录,见屈守元等主编《韩愈全集校注》附录五⑤;阮元、李元度、严可均等11人撰写的11种全祖望的传

---

①据黄秀文主编《中国年谱辞典》,百家出版社1997年版,第161页。
②河北教育出版社2002年版。
③凤凰出版社2007年版。
④中华书局1997年版,2005年第2次印刷,个别地方有改动。
⑤四川大学出版社1996年版。

记，见朱铸禹汇校集注的《全祖望集汇校集注》附录①。

　　另外，还有些综合传记史料用"考"、"考略"、"汇录"等名称，或以专著形式出版，或刊于某些刊物，庄一拂著《明清散曲家汇考》②，邓长风著《明清戏曲家考略》、《明清戏曲家考略续编》、《明清戏曲家考略三编》③，汪超宏著《明清曲家考》④，张增元著《近年新发现的明清曲家史料汇录》⑤等，都属于这方面的传记史料。

　　上面列举的有关文学家的综合传记史料，由于比较集中，为我们检索史料提供了方便。但由于多方面的局限，所收史料常有遗漏和错误。我们在使用时，应留心补遗和辨正。

---

①上海古籍出版社 2000 年版。

②浙江古籍出版社 1992 年版。

③上海古籍出版社分别于 1994 年、1997 年、1999 年出版。

④中国社会科学出版社 2006 年版。

⑤载《中华戏曲》第 20 辑，1997 年 4 月。

# 第十八章　古代文学作品史料

## 第一节　作品史料在文学史料中的核心地位及分类

中国古代文学史料极其丰富，如何对这些丰富的史料进行分类，是一个值得探讨的问题。本书如前所述，尝试把文学史料分为背景史料、传记史料、作品史料和研究史料四类。这四类史料都很重要，相互联系，缺一不可，但相比而言，作品史料尤其重要。背景史料、传记史料和研究史料的研究，尽管都具有独立的意义，但最终主要是为了帮助人们正确地研究作品。我们的研究，如果局限于背景史料，或者过分地强调背景史料，完全舍弃了作品而专注作品之外的背景，文学研究就有可能被一般的历史研究所取代。传记史料是研究文学不可缺少的，它比背景史料更接近文学本身。背景影响文学，主要是因为背景影响了文学家。文学家和作品的关系更直接，但传记史料不能取代作品史料。这不仅因为二者不同，还因为从史料的生成来看，作品是文学家自己创作的，是原始的直接史料，是第一位的，而传记史料，大多是后人撰写的，有真伪的问题，有取舍的问题。从今存研究史料来看，尽管也涉及了背景史料和传记史料，但主要的还是属于作品研究。研究史料的最终价值，主要看其是否有助于对作品的研究。从这一角度来审视，作品史料在诸多史料中占有核心地位，当是不成问题的。

人类的文学活动是一个整体，是一个系统，是处在一个不断演变的过程中。在这一演变过程中，至少包括创作、传播和接受三个环节。而在这三个环节中，作品都占有核心地位。古代文学家的活动往往是多方面的，但他之所以能够成为一位文学家，主要是因为他从事了文学创作。他创作的直接结果，就是作品。文学家是靠作品来支撑的，其他的任何伎俩都是无用的。文学家文学创造力的大小，水平的高下，在文学史上的地位和影响，主要是通过作品来衡定的。从古迄今，屈原、司马迁、李白、杜甫、关汉卿和曹雪芹等，之所以受到重视，之所以在文学史上占有重要地位，有的还被列为世界文化名人，一个根本的原因，是因为他们留下了为人们称颂的不朽的作品。有些作品，如许多民歌和《古诗十九首》等作品的作者，已难考知，其创作的背景也难确定，但是这些作品并没有因作者和背景不明而失传，而失去价值。由此看来，作品比背景和作者更为重要，更具有生命力。没有作品，离开了作品，文学没有传承，就没有文学史。

文学史料一旦形成，随着历史的演进，就自然地进入了传播环节，形成了文学传播史。从传播史来看，各种史料虽然都在通过多种途径在不同的范围得到传播，但最为人们所看重、传播范围最广的无疑是作品。人们用心用力最多的也是在作品如何传播上。有些作品由于适应了时代的需要，受到了重视，得到了广泛的传播，有些则由于不利于读者，尤其是不利于维护统治者的统治，而遭到冷落或禁毁。纵观文学传播史，实际上在很大程度上是作品的传播史。

　　文学活动的最终意义是通过读者的接受来体现的，而作品是接受者研究、阅读和欣赏得以进行和展开的基础和主要对象。历代的研究者尽管有些在研究背景史料、传记史料和研究史料等方面投入了很大的精力，取得了很多成果，但就总的态势看，研究的重点，主要还是作品。许多文学研究者，首先聚焦于作品的研究。理解了作品，基本上也就理解了文学。因此历代在作品研究方面投入的精力和取得的成果，远远超越了其他方面。就普通的接受者来看，他们对文学家，或称颂之，或同情之，往往是基于阅读其作品而得到的感受。文学接受活动，主要是审美活动，而审美活动往往直接或含蓄地体现在阅读作品的过程中。优秀的作品，不断地被解读，滋润着接受者的心灵，使接受者从中得到激励、启迪和宽慰，得到审美情趣的愉悦，帮助维系人文精神的存在和发展。一部古代文学接受史，就主导方面来说，实际上是一部作品接受史。

　　我们在强调作品在文学史料中的核心地位的同时，还应当注意防止把作品看成是完全自主的、为了自身的目的而独立的存在，防止把作品看成是自足的、封闭的存在，忽视作品同背景、作者、传播和读者的联系。正确的认识，应当是把作品在文学史料中的核心地位，同背景史料、传记史料和研究史料等多方面的史料，历史地、辩证地联系在一起。

　　中国是一个文明古国，古代文学有悠久的历史，从远古的神话和歌谣开始，已有数千年之久。中国地域广阔，民族众多，历朝历代各民族都热心创作，积累了极其丰富的作品。这些作品存在的形式多种多样，而且随着时代的变化而变化。为了使人们便于阅读、研究和存传这些作品，至晚自汉代以来，就有不少文人学者开始不断研究作品的分类问题。由于对文学的理解有历史的变化，由于分类的标准不同，历来对作品有多种分类。先秦两汉时期，大体上是文史哲不分。西汉刘向、刘歆父子撰《七略》，将校订的图书分为"六艺略"、"诸子略"、"诗赋略"、"兵书略"、"数术略"和"方技略"，外加汇集总序、大小序的"总略"。东汉班固删《七略》而编成《汉书·艺文志》。《七略》和《汉书·艺文志》中，属于文学作品的主要在"诗赋略"中。两汉以后，有不少文人学者，注意探讨什么是文学及其分类问题。魏晋南北朝时期，曹丕的《典论·论文》、陆机的《文赋》、刘勰的《文心雕龙》都涉及了作品的分类问题。其中《文心雕龙》的分类相当细致。到了唐代，自《隋书·经籍志》开始，正式把各种典籍分为经、史、子、集四部。这种分类一直延续到清代。近代以来所说的文学作品主要在集部。《隋书》卷35《经籍志四》集部分楚辞、别集和总集三集，为后来许多目录著述所遵循。三集著录的主要是诗文作品。但正如章学诚在《文史通义·内篇六·文集》中所说，"三集既兴，九流必混"，其中常杂有其他方面的著述。另外，传统的丛书中，常常收有许多文学作品。到了近代，随着社会的急剧变革、西方纯文学观的影响以及小说、戏剧的迅速兴盛，以康有为、梁启超为代表的改良派和不少著名的文人学者视小说、戏剧为文学的"上乘"或正宗。小说和戏剧地位的空前提升，体现在文学作品的分类上，就是开始基于纯文学观把作品分为诗歌、散文、戏剧和小说四类。上述情况说明，对作品的分类具有历史性，不同时期的分类，都涉及了文学观问题，即文学与非文学的区分问题。传统的文学观基本上属于大文学观（有的称"杂文学观"），近代以来的基本上属于纯文学观。文学与非文学的区别问题，仁智各见，纠缠不清，恐怕很难形成共识。在这种情况下，我们对古代文学作品的分类，首先应当明确分类的主要目的。我们分类的主要目的，借用章学诚的话,就是为了使作品"绳贯珠联,无少缺逸,欲人即类求书,因书究学"①。为了达到这一目的,我们既要顾及近代之前对作品分类的情况和作品的实际的辑存形式,同时也不能完全回到古代,忽视近代以来对文学作品的新的认识以及在作品分类方面的辑存和研究成果。我们对作品的分类应当把近代之前和近代以来两方面的分类成果结合起来。实际上,近代以来,我们对古代作品的整理和出版,大体上也是立足于上述认识的。1958年,古籍整理出版规划小组在制定十年规划时,拟定了一个规模宏大的《中国古典文学基本丛书》的选目,共390多种,其中不仅包括诗歌、散文、小说和戏曲,还包括了《论语》、《孟子》、《左氏春秋传》和《尚书》之类的子书和经书。后来的整理和出版,基本上是参照上述规划逐渐实施的。基于上述的认识和实践的状况,本书尝试把作品史料分成五类:一、别集;二、总集;三、丛书;四、小说;五、戏曲。

## 第二节　别集:作品史料的重要基石

文学作品的结集有多种形式。在多种形式中,专门汇集个人诗文的别集是最重要的,其他形式的结集,如总集和丛书,一般都是以各种别集为基础的。别集(包括下面论述的小说和戏曲作品)的多少、质量的高低,是衡量文学发展的重要尺度,也是衡量文学史料发展的重要的尺度。因此,别集不只是文学作品史料的重要基石,同时也是整个文学史料的重要支柱。

------

①[清]章学诚著、王重民通解《校雠通义通解》,上海古籍出版社1987年版,卷1《互著第三》。

别集自西汉产生以后①,相继出现了许多异称。早期的常称为"文集",或简称为"集"。萧绎《金楼子·立言上》将诸子与文集分开,说:

> 诸子兴于战国,文集盛于两汉。

这里说的"文集"指的是别集。正式使用别集这一名称是在南朝齐梁时期,梁代阮孝绪《七录》中有"别集部"。之后,别集之外,又出现了很多名称。《四库全书总目》卷184"别集类一"叙说:

> 其自制名者,则始张融《玉海集》。其区分部帙,则江总有前集,有后集;梁武帝有诗赋集,有文集,有别集;梁元帝有集,有小集;谢朓有集,有逸集。与王筠之一官一集,沈约之正集百卷,又别选《集略》三十卷者,其体例均始于齐梁。

齐梁之后,别集名称不断增多,至清代,在沿用以前的名称的同时,命名更加自由,名称多种多样。张舜徽《清人文集别录·自序》说:

> 清人自哀所为文,或身后由门生故吏辑录之,以成一编。大抵沿前世旧称,名之曰集,或曰文集,或曰类集,或曰合集,或曰全集,或曰遗集;亦名之曰稿,或曰文稿,或曰类稿,或曰丛稿,或曰存稿,或曰遗稿。而稿之中有初稿、续稿之分;集之中有正集、别集之辨。其不以集之或稿为名者,则命曰文钞,或曰文录,或曰文编,或曰文略,或曰遗文。此正例也。亦有不标斯目,而别制新题者。②

上面列举的大多是别集的异称,至于具体到个人别集的取名,也是各种各样,多达十几种。从他人所编辑的别集来看,有直接用作者之名的,也有用作者之名而冠以时代官职、官职、字号、

---

①关于别集的起源,参阅本书第七章第五节。
②华中师范大学出版社2004年版。

籍贯、谥号、自封号等命名的。直接用作者之名的，如《旧唐书》卷47《经籍志下》、《新唐书》卷60《艺文志四》所著录的别集，除少数帝王外，其他都是取用作者之名，如《司马相如集》、《嵇康集》等。后来有些书目，如《郡斋读书志》主要也是取用作者之名的。用作者之名而冠以时代官职的，主要见于《隋书》卷35《经籍志四》，如"楚大夫《宋玉集》"、"汉太中大夫《扬雄集》"。用官职命名的别集也比较多，如《直斋书录解题》卷16著录阮籍的《阮步兵集》、陈子昂的《陈拾遗集》。以字号取名的，如《直斋书录解题》卷16著录的枚乘的《枚叔集》、陆机的《陆士衡集》。以籍贯取名的，如《四库全书总目》卷135著录王安石的《临川集》。以谥号取名的，如《直斋书录解题》卷16著录曹植的《陈思王集》。以自封号命名的，如《直斋书录解题》卷16著录欧阳修的《六一居士集》。现当代所刊印和整理的别集，大多是取用原作者之名。和过去不同的是，许多经过校注的，一般在别集名称之后，常常缀以"注"、"校注"、"校释"、"笺注"、"汇注"、"集解"等。用作者的姓名命名古代的别集，方便读者检索，已为现当代所通用。

　　从现存的别集来看，内容复杂，种类繁多，可以从不同的角度进行分类。从收录的范围来考虑，可分为全集和选集两种。

　　所谓全集，指的是编者把所能见到的某一作者的所有作品编辑在一起的书籍。如宋人周必大编的《欧阳文忠公全集》，清人王琦注本《李太白全集》。需要说明的是，别集中所谓的全集，实际上不一定全。古代文学家创作的作品，往往不太注意保存，或者由于其他原因，散失的很多。后来即使注意搜集，也难免遗漏①。

————————————

①虞炎《鲍照集序》说，鲍照"身既遇难，篇章无遗，流迁人间，往往见在……爰命陪趋，备加研访，年代稍远，零落者多。今所存者，傥能半焉"。

另外,全集中有时也有误收他人作品的现象。这就使许多全集刊出以后,不断地有人作补正的工作。

所谓选集,指的是作者从自己所有的作品中或编者从某一作者的所有作品中,依据一定的标准,选择了其中的一部分而编成的书籍。唐代刘禹锡在自编集 40 卷外,另有自选集《刘氏集略》10 卷;晚唐皮日休认为自己的文稿繁多,于是加以选择,编成《皮子文薮》;宋代罗椅编有《涧谷精选陆放翁诗集》10 卷。明末清初的文人周亮工有全集《赖古堂集》24 卷,另有他自己删定的《删定赖古堂诗》。至于他人编的选集,自古至今,不胜枚举。

从别集收录的体裁来看,有综合性的诗文集,也有单一体裁的诗集、赋集、文集、词集等。全集一般都是包含各种诗文的,有些选集也选择了多种文体。单一体裁的别集,多是收录某一体裁的较全的作品,如唐代《孟浩然诗集》三卷,《谢观赋集》八卷,《李甘文》一卷;有些则是选择其中的部分作品。

别集的编辑,有分体裁的,有以时间为序的编年体,有分体裁编年的。

按体裁编辑的,如:《四部丛刊》本《鲍氏集》共 10 卷,第 1、2 卷为赋,第 3 卷为乐府诗,第 4—8 卷为诗,第 9 卷为表、启、疏和书等,第 10 卷为颂、铭等。今存《四部丛刊》本唐代独孤及《毗陵集》20 卷,卷 1 为赋、诗,卷 2—3 为诗,卷 4—5 为表,卷 6 为议,卷 7 为铭、颂(庙)碑、论,卷 8—9 为(碑)颂、(碑)铭,卷 10—12 为灵表、墓志,卷 13 为集序、赞,卷 14 至 16 为序,卷 17 为记、述,卷 18 为策、书,卷 19—20 为祭文。上举二例,基本上体现了古代别集按体裁为序的编排方式。唐代有了词以后,一般把它置于别集的最后或附于诗歌之后。唐代《刘宾客文集》卷 27 是"乐府",在卷末收录了《杨柳枝词》、《竹枝词》、《浪淘沙词》、《潇

湘神词》、《抛毬乐词》、《纥那曲词》等词作。明刻本明人李堂
《董山文集》15卷,卷1—6为诗、赋,卷6末附"诗余"24首,卷7
以下为文。同一集中同一体裁的作品,常见的是按更具体的文
体编辑。清代纳兰性德《通志堂集》中的诗歌的编次是:五言古
诗、七言古诗、五言律诗、七言律诗、五言排律、五言绝句、七言绝
句。按体裁编辑,长处是比较容易操作,类别清楚,能够明显地
体现文学家对某些体裁的态度及其创作上的状况、特点等,也为
研究者从体裁的角度研究文学家及其创作提供了方便。由于体
裁归类比较简单易行,所以自古至今,采用这种体式编辑的别集
较多。

　　依时间为序的编年体,是把作品按照创作时间的先后加以编
辑。在古代,很早就有人采用这种编辑方法。宋代黄希、黄鹤父
子著有《黄氏补千家集注杜工部诗史》36卷。"是书虽题称'补
注',其功则重在编年。全书以'年谱辨疑'为纲领,诗题下考以岁
月。其例始于黄伯思,继之以鲁訔,至是书杜诗编年已基本完
善"①。现当代人整理的别集,也常有效仿这种体式的。赵幼文
的《曹植集校注》,把校注者认为可以系年的,分建安、黄初和太和
三个时期,分别系于各年。把时期未定者放在最后。萧涤非选注
《杜甫诗选注》②,把选注的杜诗按四个时期编次:一、读书游历时
期;二、困守长安时期;三、陷安史叛军中、为官时期;四、漂泊西南
时期。朱东润著《梅尧臣集编年校注》,把现存梅尧臣诗文和《欧
阳修文集》等对照,作了编年,一年一卷,把原本60卷的梅尧臣集
重新编次为30卷。邓广铭的《稼轩词编年笺注》,全书共7卷,前

①引自郑庆笃等著《杜集书目提要》,齐鲁书社1986年版,第36页。
②人民文学出版社1979年版。

6卷大致以时间为序编辑。卷1为"江、淮、两湖之什"；卷2为"带湖之什"，起宋孝宗淳熙九年(1182)迄宋光宗绍熙二年(1191)；卷3为"七闽之什"，起宋光宗绍熙三年(1192)，迄宋光宗绍熙五年(1194)；卷4为"瓢泉之什"，起宋光宗绍熙五年(1194)，迄宋宁宗嘉泰二年(1202)；卷5为"作年莫考诸什"，"然其中什九当皆作于隐居带湖(1182—1192)及隐居瓢泉(1194—1203)之二十年内"；卷6为两浙、铅山诸什，起宋宁宗嘉泰三年(1203)，迄宋宁宗开禧三年(1207)；卷7为补遗。

　　分体裁编年体，也常常为古今编者所采用。宋"王禹偁《小畜集》三十卷乃其自编分体本，但据今人徐规先生逐篇系年考证，各卷之中却大致是按时代先后排列顺序的，仅散文部分次第较乱"①。清代朱彝尊《曝书亭集》和阮元《研经堂集》中的诗歌，是以时间为序编辑的。王瑶编注的《陶渊明集》②，分诗、文两部分，每部分以时间为序编次。

　　以时间为序的编年体，如果是文学家自己编辑的，容易操作，并且比较可信。今存的别集，大都是后人编辑的，要将作品编年，由于存传的史料有限，系年非常困难，容易出现疏误。编年体的优长是，可以从作品的系年了解文学家的生平经历、创作历程。一部好的编年体别集，实际上是一个文学家的心灵史，可以同文学家的其他传记史料相互补充，同时也能直接或间接折射出世事的兴衰。

　　别集的编辑除上述三种常见的体式之外，还有许多不太规范的。据《元稹集》卷30《叙诗寄乐天书》提供的史料，元稹自编集中

①引自王岚《宋人文集编刻流传丛考》，江苏古籍出版社2003年版，第5页。
②人民文学出版社1962年版。

的诗歌部分,分为古风、乐风、古体、新题乐府、五言律诗、七言律诗、律风、悼亡、古体艳诗、今体艳诗。元稹集中诗歌的编排是体裁和内容相混合的。

有些别集,在主体诗文之外,前有序,后有跋。序和跋,有当代人作的,有后人编辑或重刻时写的。现存别集较早的自序当是曹植的《前录自序》。后人为别集作序,至晚当始自西晋。西晋之后,逐渐增多。早期比较著名的序,有萧统的《陶渊明文集序》和任昉的《王文献集序》。序和跋,内容和篇幅长短不一。内容主要是介绍别集的作者、内容、特点、价值、编刻情况等。有些别集后面还有附录,附有作者的传记、行状、行述、墓碑、墓志铭、年谱、版本、辑评、唱和之作等。有的唱和之作,紧附原作之后。如今人曹融南以吴骞拜经楼正本《谢宣城集》为底本校注集说的《谢宣城集校注》卷 2、卷 4、卷 5,其中的唱和之作,就分别同谢朓的作品编在一起。鲁迅在《"题未定"草》中肯定了《谢宣城集》的编法,他说,《谢宣城集》中"有他的同僚一同赋咏的诗。我以为这样的集子最好,因为一面看作者的文章,一面又可见他和别人的关系,他的作品,比之同咏者,高下如何,他为什么要说哪些话",否则,"到得后来,就只剩下一面的文章了,无可对比"。

就现有的别集而言,大多是汇集个人的诗文的。但有些别集所收并不限于个人的诗文,往往还有他人的,如上面提到的《谢宣城集校注》中就有他人的唱和之作。还有一些别集,附有他人的评点。这类别集有似别集但又不同于一般的别集,有似总集但又与一般的总集有区别。上述事例启示我们,对于别集,我们不必严格恪守别集的义界,只要是以汇集个人诗文为主的,都应当看作是别集。

# 附：现当代新刊新整理别集
# （含部分史书、子书）要目①

## 先秦、秦

《山海经注证》　郭郭注　中国社会科学出版社 2004年版

《春秋左传注》（修订本）　杨伯峻编著　中华书局 1990年版②

《春秋左传新注》　赵生群注　陕西人民出版社 2008年版

《国语集解》　徐元诰撰　王树民　沈长云点校　中华书局 2002年版

《战国策笺证》　[西汉]刘向集录　范伯雍笺证　范邦瑾协校　上海古籍出版社 2006年版

《战国策集注汇考》（增订本）　诸祖耿编著　凤凰出版社 2008年版③

《墨子校注》　吴毓江校注　中华书局 1993年版（《新编诸子集成》）④

《老子校释》　[春秋]老聃撰　朱谦之校释　中华书局 1984年版（《新编诸子集成》）

《论语译注》　杨伯峻编著　中华书局 1958年版

---

①传统的经史子集四部分法中的史部和子部中，有一些著述长期以来被视为文学作品，在作品中不易归类，姑且随别集，分别编入各个时期。
②王和《〈左传〉的成书年代与编纂过程》，《中国史研究》2003年第4期。
③卢秀菊《〈战国策〉的版本》，台湾《中国书目季刊》第18卷第4期，1985年3月。
④郑杰文《〈墨子〉三大传本系统》，《文献》2005年第4期。

　　《论语集解》　程树德集解　中华书局 1990 年版(《新编诸子集成》))①

　　《庄子集释》　[战国]庄周撰　[清]郭庆藩撰　王孝鱼点校　中华书局 1961 年版(《新编诸子集成》)

　　《庄子纂义》(增订本)　[战国]庄周撰　钱穆纂义　香港 1956 年印

　　《庄子补正》　[战国]庄周撰　刘文典补正　云南人民出版社 1980 年版

　　《孟子译注》　[战国]孟轲撰　杨伯峻译注　中华书局 1960 年版

　　《孟子集注》　[战国]孟轲撰　[宋]朱熹集注　中华书局 1983 年版(《新编诸子集成》)

　　《荀子校释》　[战国]荀况著　王天海校释　上海古籍出版社 2005 年版②

　　《韩非子新校注》　[战国]韩非子著　陈奇猷校注　上海古籍出版社 2000 年版③

　　《屈原集校注》　[战国]屈原著　金开诚　董洪利等校注　中华书局 1996 年版

　　《宋玉集》(增订修改本)　[战国]宋玉撰　吴广平编著岳麓书社 2001 年版④

---

① 昌彼得《〈论语〉版本源流考析》,台湾《故宫学术季刊》第 12 卷第 1 期,1994 年秋。

② 1. 高正《荀子版本源流考》,中国社会科学出版社 1992 年版。2. 王天海《荀子版本源流考》,载其著《荀子校释》,上海古籍出版社 2005 年版,《附录》。

③ 陈惠茵《韩非子版本研究》,台湾师范大学国文研究所硕士论文,1986 年 4 月。

④ 1. 郑良树《论〈宋玉集〉》,《文献》1995 年第 4 期,台湾《故宫学术季刊》12 卷第 3 期。2. 吴广平《宋玉著述辨》,《文献》2003 年第 3 期。

《吕氏春秋新校释》　［战国］吕不韦著　陈奇猷校释上海古籍出版社 2002 年版

《李斯集辑注》　［秦］李斯撰　张中义　王宗堂等辑注中州古籍出版社 2002 年版

**两汉**

《新语校注》　［汉］陆贾撰　王利器校注　中华书局 1996 年版

《新书校注》　［汉］贾谊撰　阎振益　钟夏校注　中华书局 2000 年版

《贾谊集会校集解》　［汉］贾谊撰　方向东会校集解河海大学出版社 2000 年版①

《晁错集注释》　［汉］晁错撰　《晁错集注释组》注　上海人民出版社 1976 年版

《东方朔作品辑注》　［汉］东方朔撰　傅春明辑注　齐鲁书社 1987 年版②

《淮南鸿烈集解》　［汉］淮南王刘安编　刘文典撰　殷光熹点校　张文勋审订　安徽大学出版社　云南大学出版社 1998 年版

《淮南子集释》　［汉］刘安撰　何宁集释　中华书局 1998 年版(《新编诸子集成》)③

---

① 吴云、李春台《〈新书〉的版本》,载其校注《贾谊集校注》,中州古籍出版社 1989 年版,《附录》。

② 李江峰《东方朔作品考》,载南京大学中国古典文献研究所编《古典文献研究》(总第 8 辑),凤凰出版社 2006 年版。

③ 郑良树《淮南子传本知见记》,台北《"国立中央图书馆"馆刊》1956 年第 1 期。

　　《枚叔集》　［汉］枚乘撰　　丁福保辑　　清宣统三年
(1911)无锡丁氏排印《汉魏六朝名家集初刻》本

　　《司马相如集校注》　［汉］司马相如撰　　朱一清　孙以
昭校注　人民出版社1996年版

　　《司马相如集校注》　［汉］司马相如撰　李孝中校注
巴蜀书社2000年版

　　《王褒集考译》　［汉］王褒撰　　王洪林考译　　巴蜀书社
1998年

　　《史记》　［汉］司马迁撰　　［南朝宋］裴骃集解　［唐］司
马贞索隐　［唐］张守节正义　　［清］乾隆四年(1739)武英殿
本　上海古籍出版社　上海书店1986年缩印武英殿本　中
华书局1975年点校本①

　　《扬雄文集笺注》　［汉］扬雄著　　郑文笺注　巴蜀书社
2000年版

　　《扬雄集校注》　［汉］扬雄著　　林贞爱校注　四川大学
出版社2001年版②

　　《班兰台集校注》　［汉］班固著　　［明］张溥辑　白静生
校注　中州古籍出版社1991年版

　　《汉书》　［汉］班固撰　　［唐］颜师古注　　［清］乾隆四年
(1739)武英殿本　上海古籍出版社　上海书店1986年缩印

---

①1. 郑之洪《〈史记〉的版本》,载其著《史记文献研究》,巴蜀书社1997年版,
　第8章第2节。2. 张玉春《史记版本研究》,商务印书馆2001年版。3. 张
　兴吉《今存〈史记〉版本简明目录》,袁行霈主编《国学研究》第16卷,北京
　大学出版社2005年版。
②此书《前言》第四部分述及《扬雄集》的版本。

武英殿本　中华书局 1975 年点校本

　　《张衡诗文集校注》　［汉］张衡撰　张震泽校注　上海古籍出版社 1986 年版

　　《论衡校释》(附刘盼遂集解)　［汉］王充撰　黄晖校释中华书局 1990 年版

　　《蔡邕集编年校注》　［汉］蔡邕撰　邓安生著　河北教育出版社 2002 年版①

　　《潜夫论》　［汉］王符著　［清］汪继培笺　彭铎校正中华书局 1979 年版

**魏晋南北朝**

　　《曹操集校注》　［魏］曹操撰　夏传才校注　中州古籍出版社 1986 年版

　　《曹丕集校注》　［魏］曹丕撰　夏传才　唐绍忠校注中州古籍出版社 1992 年版

　　《曹集诠评》　［魏］曹植撰　［清］丁晏纂　叶菊生校订文学古籍刊行社 1957 年版

　　《曹植集校注》　［魏］曹植撰　赵幼文校注　人民文学出版社 1984 年版②

　　《孔融集校注》　［魏］孔融撰　路广正校注　山东大学

---

① 刘跃进《蔡邕著述摭录》,《古籍整理研究学刊》2002 年第 4 期,收入其著《秦汉文学论丛》,凤凰出版社 2008 年版。

② 1. 江殷《〈曹植集校注〉得失评》,《文学遗产》1987 年第 4 期。2. 熊清源《〈曹植集校注〉商兑》,《古籍整理研究学刊》1997 年第 1 期。3. 陈长华、梁春胜《〈曹植集校注〉献疑》,《古籍整理研究学刊》2004 年第 5 期。4. 汪大白《曹植〈释疑论〉应系葛洪所杜撰》,《学术界》2001 年第 5 期。5.［韩］朴现圭《〈曹植集〉的编纂与四种宋本之分析》,《文献》1995 年第 2 期。6. 梁春胜《曹植佚文辑考》,《古籍整理研究学刊》2008 年第 5 期。

出版社 1994 年版

　　《王粲集注》　［魏］王粲撰　吴云　唐绍忠注　中州书画社 1984 年版

　　《徐幹集校注》　［魏］徐幹撰　张玉书　邵先锋校注　中国文联出版社 2001 年版

　　《诸葛亮集校注》　［蜀］诸葛亮撰　张连科　管淑珍校注　天津古籍出版社 2008 年版

　　《人物志校笺》　［魏］刘劭撰　李崇智著　巴蜀书社 2001 年版

　　《阮籍集校注》　［魏］阮籍撰　陈伯君校注　中华书局 1987 年版

　　《嵇康集校注》　［魏］嵇康撰　戴明扬校注　人民文学出版社 1962 年版①

　　《潘岳集校注》（修订版）　［晋］潘岳撰　董志广校注　天津古籍出版社 2005 年版

　　《陆士衡文集校注》　［晋］陆机撰　刘运好校注整理　凤凰出版社 2007 年版

　　《束皙集校注》　［晋］束皙撰　刘悦校注　东北师范大学古典文献学 2006 年硕士论文

　　《陆云集》［晋］陆云撰　黄葵点校　中华书局 1988 年版②

　　《郭弘农集校注》　［晋］郭璞撰　夏恩彦校注　山西人民出版社 1990 年版

---

① 崔富章《嵇康的生平事迹及〈嵇康集〉的传播源流》,《浙江大学学报》1999 年第 4 期。

② 檀晶《〈陆云集〉版本源流考略》,《图书馆杂志》2006 年第 4 期。

《葛洪集》〔晋〕葛洪撰 江苏广陵古籍刻印社 1992 年版

《刘琨集》〔晋〕刘琨撰 赵天瑞编著 天津古籍出版社 1996 年版

《陶渊明集》〔晋〕陶渊明撰 逯钦立校注 中华书局 1979 年版

《陶渊明集笺注》〔晋〕陶渊明著 袁行霈撰 中华书局 2003 年版①

《陶渊明集校笺》〔晋〕陶潜著 杨勇校笺 上海古籍出版社 2007 年版

《谢灵运集校注》〔南朝宋〕谢灵运撰 顾绍柏校注 中州古籍出版社 1987 年版

《谢灵运集》〔南朝宋〕谢灵运撰 李运富编注 岳麓书社 1999 年版②

《刘孝标集校注》(修订本)〔南朝宋〕刘峻著 罗国成校注 学苑出版社 2003 年版

《鲍参军集注》〔南朝宋〕鲍照撰 钱仲联增补集说校

---

① 1. 〔日〕桥川时雄《陶集版本源流考》，日本文字同盟社 1931 年版。2. 袁行霈《宋元以来陶集校注本之考察》，载其著《陶渊明研究》，北京大学出版社 1997 年版。3. 邓小军《陶集宋本源流》，收入其著《诗史释正》，中华书局 2004 年版。

② 1. 〔日〕兴膳宏《谢灵运集外诗》，载其编《谢灵运诗索引·附》，京都大学中国文学学会 1981 年版。2. 张靖龙《谢灵运佚诗考辨》，《文学遗产》1989 年第 2 期，收入《谢灵运研究论集》，葛晓音编选，广西师范大学出版社 2001 年版。3. 马正学《新发现的谢灵运佚文及〈述祖德诗〉佚注》，《西北师大学报》1996 年第 2 期。4. 周兴陆《关于谢灵运诗歌的文献学问题》，《复旦学报》2008 年第 2 期。

上海古籍出版社 2005 年版①

　　《谢宣城集校注》　［南朝齐］谢朓撰　　曹融南校注集说
上海古籍出版社 1991 年版②

　　《沈约集校笺》　［南朝梁］沈约撰　　陈庆元校笺　　浙江
古籍出版社 1995 年版

　　《陶弘景集》　［南朝梁］陶弘景撰　　江苏广陵古籍刻印
社 1992 年版

　　《江淹集校注》　［南朝梁］江淹撰　　俞绍初　　张亚新校
注　　中州古籍出版社 1994 年版

　　《吴均集校注》　［南朝梁］吴均撰　　林家骊校注　　浙江
古籍出版社 2005 年版

　　《何逊集校注》　［南朝梁］何逊撰　　李伯齐校注　　齐鲁
书社 1989 年版

　　《阴铿集注》（与《何逊集注》合本）　　［南朝梁］阴铿撰
刘畅　　刘国珺注　　天津古籍出版社 1988 年版③

　　《阴铿诗校注》　［南朝梁］阴铿撰　　张帆　　宋书麟校注
兰州大学出版社 1989 年版

　　《昭明太子集校注》　［南朝梁］萧统著　　俞绍初校注
中州古籍出版社 2001 年版

　　《徐陵集校笺》　［南朝陈］徐陵撰　　许逸民校笺　　中华

---

①1. 殷雪征《〈鲍照集〉在历代书目中的著录及现存善本的收藏》,载其著《鲍
　　照研究》,中国文联出版社 2001 年版,《附录三》。2. 丁福林《鲍照著作
　　考》,《文史》总第 63 辑,2003 年第 1 辑,中华书局 2003 年 5 月。
②1. 古国顺《谢宣城集版本考略》,台北"中央图书馆"馆刊》1968 年第 12
　　卷第 1 期。2. 曹融南《谢宣城集校注·附录二》有《版本卷帙》。
③《阴铿集注·附录三》有《阴铿集版本卷帙》。

书局 2008 年版

　　《水经注校释》　［北魏］郦道元注　陈桥驿校释　杭州大学出版社 1999 年版

　　《水经注校证》　［北魏］郦道元著　陈桥驿校证　中华书局 2007 年版①

　　《洛阳伽蓝记校注》　［北魏］杨衒之撰　范祥雍校注上海古籍出版社 1978 年版

　　《洛阳伽蓝记校释》　［北魏］杨衒之撰　周祖谟校释上海古籍出版社 2000 年版

　　《洛阳伽蓝记校笺》　［北魏］杨衒之著　杨勇校笺　中华书局 2006 年版②

　　《颜氏家训集解》(增补本)　［北齐］颜之推著　王利器撰　中华书局 1993 年版(《新编诸子集成》)③

---

①1. 胡适遗稿《〈水经注〉校本的研究》,《中华文史论丛》1979 年第 2 辑。2. 陈桥驿《论〈水经注〉的版本》,《中华文史论丛》1979 年第 3 辑。3. 陈桥驿《郦学札记》,上海书店出版社 2000 年版,其中第一部分为《版本》。

②1. 范祥雍所见《洛阳伽蓝记》传世刻本,载其著《洛阳伽蓝记校注》《例言》二,《附编》一辑有"佚文",《附编》二辑有《历代著录及序跋题识》。2. 罗晁潮《〈洛阳伽蓝记〉版本述考》,《文献》1986 年第 1 期。3. 林晋士《〈洛阳伽蓝记〉之版本考述》,台湾《中国书目季刊》第 29 卷第 3 期,1995 年 12 月。4. 王伊同《〈洛阳伽蓝记〉版本源流》。此为王伊同著《〈洛阳伽蓝记〉札记兼评周祖谟〈校释〉》的一部分,载其著《王伊同学术论文集》,中华书局 2006 年版。

③1. 尤雅姿《〈颜氏家训〉版本研究》,台湾《"国立编译馆"馆刊》第 19 卷第 2 期,1990 年 12 月。2. 王利器《颜氏家训佚文》、《颜之推集辑佚》,载其著《颜氏家训集解》。

《颜之推全集译注》 ［北齐］颜之推著 张霭堂译注
齐鲁书社 2004 年版

《庾子山集注》 ［北周］庾信撰 ［清］倪璠注 许逸民
校点 中华书局 1980 年版①

**唐五代**

《唐高祖文集辑校编年》 ［唐］李渊撰 韩理洲辑校编
年 三秦出版社 2003 年版

《新编魏徵集》 ［唐］魏徵撰 吕效祖主编 三秦出版
社 1994 年版

《唐太宗全集校注》 ［唐］李世民撰 吴云 冀宇校注
天津古籍出版社 2004 年版

《王绩诗注》 ［唐］王绩撰 王国安注 上海古籍出版
社 1981 年版

《王绩集编年校注》 ［唐］王绩撰 康金声 夏连保校
注 山西人民出版社 1992 年版

《王无功文集》五卷本会校 ［唐］王绩撰 韩理洲校点
上海古籍出版社 1987 年版

《武则天集》 ［唐］武则天撰 罗元贞点校 山西人民
出版社 1987 年版

《王梵志诗校注》 ［唐］王梵志撰 项楚校注 上海古

---

① 1. 王晓鹏《〈庾子山集〉版本的整理与考订》,《西北师大学报》2001 年第 2
期。2. 徐宝余《庾信作品的结集过程》,载其著《庾信研究》第三章第一节,
学林出版社 2003 年版。3. 张黎明《庾信集版本考订》,《北京科技大学学
报》2005 年第 3 期。

籍出版社 1990 年版①

　　《杨炯集》(与《卢照邻集》合本)　　[唐]杨炯撰　徐明霞点校　中华书局 1980 年版

　　《卢照邻集编年笺注》　[唐]卢照邻撰　任国绪笺注黑龙江人民出版社 1989 年版

　　《卢照邻集笺注》　[唐]卢照邻撰　祝尚书笺注　上海古籍出版社 1994 年版

　　《卢照邻集校注》　[唐]卢照邻撰　李云逸校注　中华书局 1998 年版

　　《骆临海集笺注》　[唐]骆宾王撰　[清]陈熙晋笺注上海古籍出版社 1985 年据中华书局上海编辑所 1960 年排印本修订重印

　　《骆宾王诗评注》　[唐]骆宾王撰　骆祥发评注　北京出版社 1989 年版

　　《杜审言诗注》　[唐]杜审言撰　徐定祥注　上海古籍出版社 1982 年版

　　《李峤诗注》　[唐]李峤撰　徐定祥注　上海古籍出版社 1995 年版

　　《日藏古抄李峤咏物诗注》　[唐]李峤撰　张庭芳　胡成昂编　上海古籍出版社 1998 年版

　　《重订新校王子安集》　[唐]王勃撰　何林天重订新校山西人民出版社 1990 年版

　　《王子安集注》　[唐]王勃撰　[清]蒋清翊注　上海古

①1. 刘瑞明《项楚〈王梵志诗校注〉商兑和补遗》,《敦煌学辑刊》1991 年第 1 期。2. 齐文榜《王梵志诗集叙录》,《河南大学学报》2005 年第 4 期。

籍出版社 1995 年版

《沈佺期宋之问集校注》 ［唐］沈佺期　宋之问撰　陶敏　易淑琼校注　中华书局 2001 年版①

《陈子昂集》 ［唐］陈子昂撰　徐鹏点校　中华书局上海编辑所 1960 年版

《陈子昂诗注》 ［唐］陈子昂撰　彭庆生注释　四川人民出版社 1981 年版

《张燕公集》 ［唐］张说撰　上海古籍出版社 1992 年影印《四库全书》本

《苏颋诗文集编年考校》 ［唐］苏颋撰　陈钧考校　山西古籍出版社 2001 年版

《曲江集》 ［唐］张九龄撰　刘斯翰校注　广东人民出版社 1986 年版②

《孟浩然集校注》 ［唐］孟浩然著　徐鹏校注　人民文学出版社 1989 年版

《孟浩然诗集笺注》 ［唐］孟浩然著　佟培基笺注　上海古籍出版社 2000 年版③

---

① 1. 常平在《宋之问与〈代白头翁〉的著作权案》一文（载《文史哲》2003 年第 6 期）认为，宋之问的《有所思》为剽窃刘希夷之作，刘诗题为《代白头翁》，见《全唐诗》卷 82。2. 朱红霞《关于〈宋之问集〉的几个问题》，《兰州学刊》2006 年第 1 期。

② 陈建森《〈曲江集〉刻本叙录》，华南师范大学中文系《古代文学研究集刊》第 1 辑，南方出版社 1999 年版。

③ 1. 赵惠芬《孟浩然诗集版本考》，台湾《中国文化报》第 1 期，1994 年 6 月。2. 徐鹏《孟浩然集校注·前言》中有关于孟浩然集版本的概述。3. 王辉斌《孟浩然作品版本源流》，载其著《孟浩然研究》，甘肃人民出版社 2002 年版，第三章第二节。

　　《王昌龄诗注》　〔唐〕王昌龄撰　李云逸注　上海古籍出版社 1984 年版

　　《王昌龄集编年校注》　〔唐〕王昌龄撰　胡问涛　罗琴校注　巴蜀书社 2000 年版

　　《王维集校注》　〔唐〕王维撰　陈铁民校注　中华书局 1997 年版①

　　《王维诗集笺注》　〔唐〕王维撰　杨文生编著　四川人民出版社 2003 年版②

　　《李太白全集》　〔唐〕李白著　〔清〕王琦辑注　中华书局 1977 年版

　　《李白集校注》　〔唐〕李白著　瞿蜕园　朱金城校注　上海古籍出版社 1980 年版

　　《李白全集校注汇释集评》　〔唐〕李白撰　詹锳主编　百花文艺出版社 1996 年版

　　《新版李白全集编年注释》　〔唐〕李白撰　安旗主编　巴蜀书社 2000 年版③

---

①此版 2005 年 2 次印刷，个别地方有改动。

②1. 林桂香《王维集版本考》，台湾《中华学苑》第 28 期，1983 年 12 月。2. 杨文生编著《王维诗集笺注》书后附《重出误收诗及补遗》。3. 陈铁民《王维集版本考》，见其著《王维集校注》附录五。4. 王辉斌《王维诗文真伪考辨》，《四川文理学院学报》2008 年第 4 期。

③1. 詹锳《李太白集版本叙录》（附表），载其著《李白诗论丛》，人民文学出版社 1984 年版。2. 申凤《李集书录》，《李白学刊》第 1 辑，上海三联书店 1989 年版。3. 詹锳《〈李白集〉稀见版本考略》，国家古籍整理出版规划小组主办《中国古籍研究》第 1 卷，上海古籍出版社 1996 年版。4. 今存李白集中有署名李华著《故翰林学士李君墓志》一文，李子龙认为是一篇伪作。见其论文《李华〈故翰林学士李君墓志并序〉辨伪》，《文学遗产》2004 年第 2 期。

　　《崔颢诗注》　［唐］崔颢撰　　万竞君注　　上海古籍出版社 1982 年版

　　《高适集校注》　［唐］高适撰　　孙钦善校注　　中华书局 1984 年版

　　《高适诗集编年笺注》　［唐］高适撰　　刘开扬编年笺注　中华书局 1981 年版①

　　《李颀诗评注》　［唐］李颀撰　　刘宝和评注　　山西教育出版社 1990 年版

　　《崔国辅诗注》（与《崔颢诗注》合本）　［唐］崔国辅撰　万竞君注　　上海古籍出版社 1982 年版

　　《颜真卿集》　［唐］颜真卿撰　　［清］黄本骥编订　　凌家民点校简注重订　　黑龙江人民出版社 1993 年版

　　《钱注杜诗》　［唐］杜甫撰　　［清］钱谦益注　　上海古籍出版社 1979 年版

　　《杜诗详注》　［唐］杜甫撰　　［清］仇兆鳌注　　中华书局 1979 年版

　　《杜甫诗注》　［唐］杜甫撰　　［清］仇兆鳌注　　于鲁平补注　　三秦出版社 2004 年版

　　《杜诗镜铨》　［唐］杜甫撰　　［清］杨伦编辑　　上海古籍出版社 1980 年版②

---

①阮廷瑜《重订〈高常侍集〉传本述要》，台湾《中国书目季刊》第 11 卷第 3 期，1977 年 12 月。

②1. 郑庆笃等《杜集书目提要》，齐鲁书社 1986 年版。2. 周采泉《杜集书录》，上海古籍出版社 1986 年版。3. 胡可先《杜诗的版本》，载其著《杜甫诗学引论》，安徽大学出版社 2003 年版，第一章第二节。4. 严绍璗《日本藏杜集文献》，载《杜甫研究论集》（世纪之交杜甫国际学术研讨[转下页注]

　　《岑参集校注》　[唐]岑参撰　陈铁民等校注　陈铁民修订　上海古籍出版社 2004 年版

　　《岑参诗集编年笺注》　[唐]岑参撰　刘开扬笺注　巴蜀书社 1995 年版

　　《岑嘉州诗笺注》　[唐]岑参撰　廖立笺注　中华书局 2004 年版①

　　《寒山拾得诗校评》　[唐]寒山撰　钱学烈校评　天津古籍出版社 1998 年版②

　　《寒山诗注》(附拾得诗注)　[唐]寒山　拾得撰　项楚注　中华书局 2000 年版

　　《元次山集》十卷《拾遗》一卷　[唐]元结撰　孙望校　中华书局上海编辑所 1960 年版

---

[接上页注]会论文集），张忠纲主编，天马图书有限公司 2002 年版。5. 张忠纲《杜诗佚句摭拾》，《文献》2007 年第 1 期。6. 蔡锦芳《杜集版本及作品研究》，上海大学出版社 2007 年版。7. 赵海菱《杜诗在元代的研究与整理》，《杜甫研究学刊》2008 年第 2 期。8. 张忠纲、赵睿才等《杜集叙录》，齐鲁书社 2008 年版。

①1. 阮廷瑜《〈岑嘉州集〉传本叙录》，台湾《中国书目季刊》第 10 卷第 3 期，1976 年 12 月。2. 陈铁民《岑嘉州诗版本源流考》，《文史》1979 年第 6 期。3. 廖立《岑诗编年考补》、《岑集版本源流及各本之评价》、《敦煌残卷岑诗辨》、《岑诗篇目异录考证》，载其著《岑参事迹著作考》，中州古籍出版社 1997 年版。

②1. 朴鲁玹《寒山诗及其版本之研究》，台湾政治大学中文研究所硕士论文，1986 年 6 月。2. 项楚《寒山拾得佚诗考》，原载《周绍良先生欣开九秩庆寿文集》，中华书局 1997 年版，收入著者《柱马屋丛稿》，商务印书馆 2003 年版。3.［韩]李钟美《朝鲜本系统〈寒山诗〉版本源流考》，《文献》2005 年第 1 期。

　　《元结诗解》　[唐]元结撰　聂文郁解　陕西人民出版社 1984 年版

　　《刘长卿诗编年笺注》　[唐]刘长卿撰　储仲君编年笺注　中华书局 1996 年版

　　《刘长卿集编年校注》　[唐]刘长卿撰　杨世明校注　人民文学出版社 1999 年版①

　　《张继诗注》　[唐]张继撰　周义敢注　上海古籍出版社 1987 年版②

　　《顾况诗集》　[唐]顾况撰　赵昌平校编　江西人民出版社 1983 年版

　　《顾况诗注》　[唐]顾况撰　王启兴　张虹注　上海古籍出版社 1994 年版

　　《戴叔伦诗集校注》　[唐]戴叔伦撰　蒋寅校注　上海古籍出版社 1993 年版③

　　《韩翃诗校注》　[唐]韩翃撰　陈玉和校注　台北文史哲出版社 1973 年版

　　《张渭诗注》　[唐]张渭撰　陈文华注　上海古籍出版社 1997 年版

---

①1. 陈顺智《刘长卿集版本考述》,《文献》2001 年第 1 期。2. 任晓辉《刘长卿集版本源流试说》,《吉林师范大学学报》2005 年第 1 期。3. [日]高桥良行《刘长卿集传本考》,《日本现存刘长卿集解题——日本唐诗享受史的一个侧面》,载蒋寅编译《日本学者中国诗学论集》,凤凰出版社 2008 年版。4. 储仲君《〈刘随州集〉版本考》,载其著《刘长卿诗编年笺注》,中华书局 1996 年版,《附录》。

②此书附录部分有版本著录。

③此书附录有戴叔伦著述历代著录。

《韦应物集校注》　［唐］韦应物撰　陶敏　王友胜校注
上海古籍出版社 1998 年版

《韦应物诗集系年校笺》　［唐］韦应物撰　孙望编著
中华书局 2003 年版①

《戎昱诗注》　［唐］戎昱撰　臧维熙注　上海古籍出版
社 1982 年版

《卢纶诗集校注》　［唐］卢纶撰　刘初棠校注　上海古
籍出版社 1989 年版②

《李益诗注》　［唐］李益撰　范之麟注　上海古籍出版
社 1984 年版

《李益集注》　［唐］李益撰　王亦军　裴豫敏集注　甘
肃人民出版社 1998 年版

《李益诗歌集评》　［唐］李益撰　郝润华辑校　胡大浚
审订　甘肃人民出版社 1997 年版③

《孟郊诗集笺注》　［唐］孟郊撰　郝世峰笺注　河北教
育出版社 2002 年版

《陆贽集》　［唐］陆贽撰　王素点校　中华书局 2006
年版

《梁肃文集》　［唐］梁肃著　胡大浚等校点整理　甘肃

①李庆《〈韦应物集〉版本源流考》，载复旦大学中文系等编、复旦大学出版社
　出版《中国古典文学丛考》第二辑。
②此书附录有卢纶著述历代著录。
③1. 佘正松、王胜明《李益生平及诗歌研究辨正》，《文学遗产》2004 年第 3
　期。2. 王胜明《李益逸文》，载其著《李益研究》，巴蜀书社 2004 年版，《附
　录一》。

人民出版社 2000 年版

《权德舆诗集》　［唐］权德舆撰　霍旭东校点　甘肃人民出版社 1994 年版

《权德舆文集》　［唐］权德舆撰　霍旭东校点　甘肃人民出版社 1999 年版

《权德舆诗文集》　［唐］权德舆撰　郭广伟校点　上海古籍出版社 2008 年版①

《韩愈全集校注》　［唐］韩愈撰　屈守元等主编　四川大学世版社 1996 年版

《韩愈全集》　［唐］韩愈撰　钱仲联　马茂元校点　上海古籍出版社 1997 年版

《韩昌黎文集注释》　［唐］韩愈著　阎琦校注　三秦出版社 2004 年版

《韩昌黎诗系年集释》　［唐］韩愈撰　钱仲联集释　上海古籍出版社 1984 年版②

《张籍诗集》　［唐］张籍撰　中华书局上海编辑所 1959

---

① ［美］金时俊撰《权德舆文集版本考》,《中国学报》1968 年第 8 期。2.《权德舆诗文集·序跋、著录》,载郭广伟校点本《附录二》。

② 1.［宋］朱熹《昌黎先生集考异》,上海古籍出版社据祁县图书馆的宋本影印,1985 年版。2.［韩］朴永珠《韩愈著作版本与对韩国之影响研究》,台湾东吴大学文学研究所硕士论文,1991 年 6 月。3. 刘真伦《昌黎文录辑校》,华中科技大学出版社 2002 年版。4. 刘真伦《韩愈集宋元传本研究》,中国社会科学出版社 2004 年版。5. 刘真伦《〈韩愈集〉"有待补充的新文献"》,载《〈韩愈集〉亟需一部综合汇校本》(上),《古籍整理出版情况简报》总 409 期,2005 年第 3 期。6. 杨国安《韩愈集注本概述》,《古典文学知识》2006 年第 5 期。

年版

　　《令狐楚集》　［唐］令狐楚著　尹占华等整理校点　甘
肃人民出版社 1998 年版

　　《刘禹锡集笺证》　［唐］刘禹锡撰　瞿蜕园笺证　上海
古籍出版社 1989 年版

　　《刘禹锡集》　［唐］刘禹锡撰　《刘禹锡集》整理组点校
卞孝萱校订　中华书局 1990 年版

　　《刘禹锡诗集编年笺注》　［唐］刘禹锡撰　蒋维崧　赵
蔚芝等笺注　山东大学出版社 1997 年版

　　《刘禹锡全集编年校注》　［唐］刘禹锡撰　陶敏　陶红
雨校注　岳麓书社 2003 年版

　　《刘禹锡诗编年校注》　［唐］刘禹锡撰　高志忠校注
黑龙江人民出版社 2005 年版①

　　《薛涛诗笺》　［唐］薛涛撰　张蓬舟笺　人民文学出版
社 1983 年版

　　《白居易集笺注》　［唐］白居易撰　朱金城笺注　上海
古籍出版社 1988 年版

　　《白居易全集》　［唐］白居易撰　丁如明　聂世美校点
上海古籍出版社 1999 年版

　　《白居易诗集校注》　［唐］白居易撰　谢思炜校注　中

---

①1. 刘卫林《"国立故宫博物院"所藏宋刊本〈刘宾客文集〉版本考略》,台湾
《汉学研究》第 15 卷第 1 期,1997 年 6 月。2. 孙琴安《〈刘禹锡集〉的版刻
与流传》,《古典文学知识》2004 年第 3 期。3. 刘卫林《宋刊刘禹锡文集版
本研究》,台湾花木兰文化出版社 2008 年版。

华书局 2006 年版①

　　《柳宗元集》　［唐］柳宗元撰　吴文治等校点　中华书局 1979 年版

　　《柳宗元全集》　［唐］柳宗元撰　曹明纲标点　上海古籍出版社 1997 年版

　　《柳宗元诗笺释》　［唐］柳宗元撰　王国安笺释　上海古籍出版社 1993 年版

　　《柳宗元诗歌笺释集评》　［唐］柳宗元撰　温绍笺释集评　中国国际广播出版社 1994 年版②

　　《姚合诗集校考》　［唐］姚合撰　刘衍校考　岳麓书社 1997 年版

---

① 1. 谢思炜《白居易集综论》上编（包括：《〈白氏文集〉的传布及"淆乱"问题辨析》、《日本古抄本〈白氏文集〉的源流及校勘价值》、《敦煌本白居易诗再考证》、《明刻本〈白氏讽谏〉考证》、《〈新乐府〉版本及序文考证》、《明刻本〈白氏策林〉考证》、《明郭勋刻本〈白乐天文集〉考证》），中国社会科学出版社 1997 年版。2. ［日］冈村繁著、张寅彭译《〈白氏文集〉的旧钞本与旧刊本》，载《冈村繁全集》，上海古籍出版社 2002 年版，第 5 卷《唐代文艺论》第三篇第三章。3. 陈才智《白居易集之十次编集》、《白居易集之〈前集〉、〈后集〉、〈续后集〉》，载其著《元白诗派研究》，社会科学文献出版社 2007 年版，《附表》三、四。

② 1. 吴文治《柳宗元集版本源流考略》，《文学论集》第 2 辑，中国人民大学 1979 年。此同题文又见作者著《柳宗元诗文十九种异文汇录》一书的"代序"，黄山书社 2004 年版。2. 任莉莉《柳宗元文集版本考》，台湾《故宫学术月刊》第 5 卷第 4 期，1988 年夏。3. 吴文治《谈谈柳宗元集的版本问题》，《零陵学院学报》2002 年第 1 期。4. ［日］清水茂《日本留下来的两种柳宗元集版本》，收入清水茂著、蔡毅译《清水茂汉学论集》，中华书局 2003 年版。5. 潘玉涛《宋代柳集的编集与评价》，吴兆路、［日］甲裴胜二等主编《中国学研究》第 11 辑，济南出版社 2008 年版。

　　《张籍集注》　［唐］张籍撰　李冬生注　黄山书社 1989年版

　　《王建诗集校注》　［唐］王建著　王宗堂校注　中州古籍出版社 2006 年版①

　　《李绅诗注》　［唐］李绅撰　王旋伯注　上海古籍出版社 1985 年版

　　《元稹集》　［唐］元稹撰　冀勤点校　中华书局 1982年版

　　《元稹集编年笺注》(诗歌卷)　［唐］元稹撰　杨军笺注　三秦出版社 2002 年版②

　　《长江集新校》　［唐］贾岛撰　李嘉言新校　上海古籍出版社 1983 年版

　　《贾岛集校注》　［唐］贾岛撰　齐文榜校注　人民文学出版社 2001 年版

　　《贾岛诗集笺注》　［唐］贾岛撰　黄鹏笺注　巴蜀书社2002 年版③

　　《李德裕文集校笺》　［唐］李德裕撰　傅璇琮　周建国

---

① 此书《附录》一:《王建诗集叙录》。
② 1. 周相录《一首署名徐凝的元稹诗作》,《江海学刊》2004 年第 1 期。2. 周相录《〈元稹集〉辨伪与辑佚》,《古籍整理研究学刊》2005 年第 4 期。3. 王辉斌《元稹诗集整理中的若干问题》,《襄樊学院学报》2006 年第 1 期。4. 陈才智《元稹集之三次编集》,载其著《元白诗派研究》,社会科学文献出版社 2007 年版,附表六。
③ 1. 齐文榜《贾岛集的结集及版本考述》,载其著《贾岛集校注》,《前言》第三部分。2. 齐文榜《〈长江集〉版本源流考述》,《文献》1999 年第 1 期。3. 蔡新妍《长江集版本源流》,《广西师范大学学报》2000 年第 1 期。

校笺　河北教育出版社 2000 年版

　　《李贺诗歌集注》　［唐］李贺撰　［清］王琦等注　上海古籍出版社 1978 年版

　　《李贺集》(校注汇评本)　［唐］李贺撰　王友胜　李德辉校注　岳麓书社 2003 年版①

　　《张祜诗集》　［唐］张祜撰　严寿澂校编　江西人民出版社 1983 年版

　　《樊川文集》　［唐］杜牧撰　何锡光注　巴蜀书社 2007 年版

　　《樊川诗集注》　［唐］杜牧撰　［清］冯集梧注　上海古籍出版社 1978 年版

　　《杜牧集系年校注》　［唐］杜牧著　吴在庆撰　中华书局 2008 年版②

　　《赵嘏诗注》　［唐］赵嘏撰　谭优学注　上海古籍出版社 1985 年版

　　《李群玉诗集》　［唐］李群玉撰　羊春秋辑注　岳麓书社 1989 年版

　　《李商隐全集(附〈李贺诗集〉)》　［唐］李商隐撰　朱怀春　高克勤等标点　上海古籍出版社 1999 年版

　　《汇评本李商隐诗》　［唐］李商隐撰　刘学锴著　上海

① 1. 尤振中《李贺集版本考》,《江苏师范学院学报》1979 年第 3 期。2. 张剑《李贺集版本校勘琐议》,《中国社会科学院研究生院学报》2000 年第 1 期。3. 党黎《李贺集版本研究简述》,《中州学刊》2004 年第 4 期。

② 1. 胡可先《点校本〈樊川文集〉酌议》,收入作者著《杜牧研究丛稿》,人民文学出版社 1993 年版。2. 胡可先《〈樊川诗集注〉正补》,同上。3. 郝艳华《〈樊川文集夹注〉版本述略》,《图书馆杂志》2004 年第 4 期。

社会科学出版社 2002 年版

《李商隐诗歌集解》（增订重排本）　[唐]李商隐撰　刘学锴等集解　中华书局 2004 年版

《李商隐文编年校注》　[唐]李商隐撰　刘学锴　余恕诚校注　中华书局 2002 年版

《玉谿生诗醇》　[唐]李商隐著　聂石樵　王汝弼笺注中华书局 2008 年版①

《温庭筠全集校注》　[唐]温庭筠撰　刘学锴校注　中华书局 2007 年版

《温飞卿诗集笺注》　[唐]温庭筠著　[明]曾益注[清]顾予咸补注　王国安标点　上海古籍出版社 1998 年版

《温庭筠诗集校注》　[唐]温庭筠著　王国良校注　台湾黎明文化公司 1999 年版

《温庭筠词新释辑评》　[唐]温庭筠撰　张红　张华编中国书店 2003 年版②

《项斯诗注》　[唐]项斯撰　徐大光校注　浙江古籍出版社 2006 年版

《罗隐集》[唐]罗隐撰　雍文华辑校　中华书局 1983年版

《罗隐集校注》　[唐]罗隐著　潘慧惠校注　浙江古籍

①1. 王家歆《李商隐诗文集版本考》,台湾《台中商专学报》,第 23 期,1991年 6 月。2. 刘学锴《李商隐诗集版本系统考略》,载其著《李商隐诗歌研究》,安徽大学出版社 1998 年版,《考辨篇》十四。
②吴河清、朱腾云《温庭筠诗集版本源流考》,《南京师范大学文学院学报》,2007 年第 4 期。

出版社 1995 年版

《罗隐诗笺注》 〔唐〕罗隐著　李之亮笺注　巴蜀书社 2001 年版

《聂夷中集》（与《杜荀鹤集》合本）　〔唐〕聂夷中著　中华书局上海编辑所 1959 年版

《聂夷中诗注析》 〔唐〕聂夷中著　任三杰注析　山西人民出版社 1987 年版

《司空表圣文集》 〔唐〕司空图撰　上海古籍出版社 1994 年版

《司空图选集注》 〔唐〕司空图撰　王济亨　高仲章注 山西人民出版社 1989 年版①

《马戴诗注》 〔唐〕马戴撰　杨军　戈春源注　上海古籍出版社 1987 年版

《李远诗注》 〔唐〕李远撰　李之亮注　上海古籍出版社 1989 年版

《曹邺诗注》 〔唐〕曹邺撰　梁超然　毛水清注　上海古籍出版社 1982 年版

《于濆诗注》 〔唐〕于濆撰　梁超然　毛水清注　上海古籍出版社 1982 年版

《曹唐诗注》 〔唐〕曹唐撰　陈继明注　上海古籍出版社 1996 年版

《罗邺诗注》 〔唐〕罗邺撰　何庆善　杨应芹注　上海古籍出版社 1990 年版

《皮子文薮》 〔唐〕皮日休撰　萧涤非　郑庆笃整理

---

① 陈道贵《司空图诗文编年补正》,《宝鸡文理学院学报》2000 年第 1 期。

上海古籍出版社 1981 年版

　　《杜荀鹤集》(与《聂夷中集》合本)〔唐〕杜荀鹤著　中华书局上海编辑所 1959 年版

　　《唐风集校注》　〔唐〕杜荀鹤著　胡嗣坤等校注　载校注者著《杜荀鹤及其〈唐风集〉研究》上编　巴蜀书社 2005年版

　　《甫里先生文集》　〔唐〕陆龟蒙撰　宋景昌　王立群点校　河南大学出版社 1996 年版

　　《郑谷诗集笺注》　〔唐〕郑谷撰　严寿澂　黄明等笺注上海古籍出版社 1991 年版

　　《郑谷诗集编年笺注》　〔唐〕郑谷撰　傅义笺注　华东师范大学出版社 1993 年版

　　《桂苑笔耕集校注》　〔新罗〕崔致远撰　党银平校注中华书局 2007 年版

　　《咏史诗》　〔唐〕胡曾撰　陈新亮点校　岳麓书社 1988 年版

　　《韦庄集笺注》　〔唐〕韦庄著　聂安福笺注　上海古籍出版社 2002 年版

　　《韦庄诗词笺注》　〔唐〕韦庄著　齐涛笺注　山东教育出版社 2002 年版①

　　《丁卯集笺证》　〔唐〕许浑撰　罗时进笺证　中华书局2012 年版

　　《韩偓集注》　〔唐〕韩偓撰　齐涛注　台湾艺龙书局

---

① 1. 聂安福《韦庄集版本概述》,载其著《韦庄集笺注》,《后记》。2. 曹丽芳《韦庄浣花集版本源流》,《文献》2003 年第 2 期。

1994 年版①

《李卫公望江南》(又名《兵要望江南》) ［南唐］易静撰
台北新文丰出版公司影印②

《阳春集校注》 ［南唐］冯延巳撰　黄畲编　天津古籍
出版社 1993 年版　《百家词》本

《李璟李煜全集》(辑校汇笺集传) ［南唐］李璟　李煜
撰　吴颖等编著　汕头大学出版社 2002 年版③

**宋**

《张乖崖集》 ［宋］张咏撰　张其凡校点　中华书局
2000 年版

《小畜集》 ［宋］王禹偁撰　《四部丛刊初编》本④

《南阳集》 ［宋］赵湘撰　《四部丛刊初编》本

《宋林逋自书诗卷》 ［宋］林逋撰　文物出版社 1960 年
影印

《林和靖诗集》 ［宋］林逋撰　沈幼征校注　浙江古籍
出版社 1986 年版⑤

《武夷新集》(与元《杨仲弘集》合本) ［宋］杨亿著　徐

---

① 1. 徐复观《韩偓诗与〈香奁集〉论考》,原载《民主评论》第 15 卷第 4、5 期,
1964 年 2、3 月,收入邝建行、吴淑钿编选《香港中国古典文学研究论文选
粹(1950—2000)诗词曲篇》,江苏古籍出版社 2002 年版。2. 梁小军《韩偓
集版本》,收入其著《诗史释证》,中华书局 2004 年版。

② 1. 此影印本前有饶宗颐撰写的《序录》。2. 王兆鹏《〈兵要望江南〉考》,载
其著《唐宋词史论》,人民文学出版社 2000 年版,第五章第一节。

③ 金开诚、葛兆光《古诗文要集叙录》,中华书局 2005 年版,《李璟李煜集》。

④ 王岚《宋人文集编刻流传丛考》,江苏古籍出版社 2003 年版,《王禹偁集》。

⑤ 王岚《宋人文集编刻流传丛考》,江苏古籍出版社 2003 年版,《林逋集》。

德明　金奎元等点校　福建人民出版社 2007 年版

《范仲淹全集》　[宋]范仲淹撰　李勇先　王蓉贵校点
四川大学出版社 2002 年版

《范仲淹全集》　[宋]范仲淹撰　[清]范能濬编集　薛
正兴校点　凤凰出版社 2004 年版①

《宋元宪集》　[宋]宋庠撰　《四部丛刊初编》本

《武溪集校笺》　[宋]余靖撰　黄志辉校笺　天津古籍
出版社 2000 年版

《乐章集校注》　[宋]柳永著　薛瑞生校注　人民文学
出版社 1994 年版②

《珠玉词》　[宋]晏殊撰　胡思明校点　上海古籍出版
社 1988 年版

《张先集编年校注》　[宋]张先撰　吴熊和　沈松勤校
注　浙江古籍出版社 1996 年版

《张子野词》　[宋]张先撰　吴熊和校点　上海古籍出
版社 1988 年版

《蔡襄全集》　[宋]蔡襄撰　陈庆元等校注　福建人民
出版社 1997 年版

《梅尧臣集编年校注》　[宋]梅尧臣撰　朱东润编年校
注　上海古籍出版社 1980 年版③

---

① 1. 王瑞来《〈范仲淹集〉版本问题考辨》,台湾《国家图书馆"馆刊》第 85 卷
第 1 期,1996 年 6 月。2. 王岚《宋人文集编刻流传丛考》,江苏古籍出版社
2003 年版,《范仲淹集》。

② 此书《前言》四为"版本渊源粗探",《附录》三为"版本述略"。

③ 王岚《宋人文集编刻流传丛考》,江苏古籍出版社 2003 年版,《梅尧臣集》。

《徂徕石先生文集》　[宋]石介撰　陈植锷校点　中华书局 1984 年版

《欧阳修全集》　[宋]欧阳修撰　李逸安整理　中华书局 2001 年版

《欧阳修词笺注》　[宋]欧阳修撰　黄畲笺注　中华书局 1986 年版

《欧阳修诗词文选》　[宋]欧阳修撰　蔡斌芳选注　中州古籍出版社 1987 年版①

《张方平集》　[宋]张方平撰　郑涵点校　中州古籍出版社 1992 年版

《苏舜钦集》　[宋]苏舜钦著　沈文倬校点　上海古籍出版社 1981 年版

《苏舜钦诗诠注》　[宋]苏舜钦撰　杨重华注释　重庆出版社 1988 年版

《苏舜钦集编年校注》　[宋]苏舜钦著　傅平骧　胡问涛校注　巴蜀书社 1991 年版②

《安阳集编年笺注》　[宋]韩琦撰　李之亮　徐正英笺注　巴蜀书社 2000 年版

《李觏集》　[宋]李觏撰　王国轩校点　中华书局 1981 年版

---

① 1. 王岚《宋人文集编刻流传丛考》，江苏古籍出版社 2003 年版，《欧阳修集》。2. 李逸安《欧阳修诗文著作的整理版刻》，载其点校《欧阳修全集》，《前言》第六部分。3. 王水照、崔铭《欧阳修著作重要版本》，载其著《欧阳修传——达者在纷争中的坚持》，天津人民出版社 2008 年版，《附录》二。

② 1. 傅平骧、胡问涛《苏舜钦诗文的结集和流传》，载其著《苏舜钦集编年校注·说明》。2. 杨公冀《〈苏舜钦集编年校注〉正误三则》，《成都大学学报》2004 年第 1 期。

《嘉祐集笺注》　［宋］苏洵著　曾枣庄　金成礼笺注
上海古籍出版社 1993 年版①

《蔡襄集》　［宋］蔡襄撰　［明］徐㶿等编　吴以宁点校
上海古籍出版社 1996 年版

《周敦颐集》　［宋］周敦颐撰　谭松林　尹红整理　岳
麓书社 2002 年版

《丹渊集》　［宋］文同撰　《四部丛刊初编》本

《曾巩集》　［宋］曾巩撰　陈杏珍　晁继周点校　中华
书局 1998 年版②

《张载集》　［宋］张载撰　章锡琛点校　中华书局 1985 年版

《苏魏公文集》(附《魏公谭训》)　［宋］苏颂撰　王同策
管成学等点校　中华书局 1988 年版

《王安石全集》　［宋］王安石撰　秦克　巩军标点　上
海古籍出版社 1999 年版

《王荆公诗文沈氏注》　［宋］王安石撰　［清］沈钦韩注
中华书局上海编辑所 1959 年版

《王荆公诗笺注》　［宋］王安石撰　［宋］李壁笺注
［日］尊经阁文库　蓬左文库藏朝鲜古活字本　上海古籍出

---

①1. 曾枣庄、金成礼《嘉祐集笺注·前言》第四部分有《版本渊源粗探》,《附
　录》三有"版本述略"。2. 刘向荣《苏洵佚诗辑考》,《文学遗产》1982 年第 3
　期。3. 王岚《宋人文集编刻流传丛考》,江苏古籍出版社 2003 年版,《苏洵集》。
②1. 陈杏珍《谈曾巩集的流传和版刻》,《文献》1984 年总第 21 辑。2. 邹陈
　惠仪《曾巩诗文版本概况与辑佚》,《古籍整理研究学刊》2003 年第 2 期。
　3. 金程宇《新发现〈永乐大典〉残卷中的曾巩佚文》,《学术月刊》2004 年第
　9 期。4. 方艳、李俊标《〈永乐大典〉所收曾巩佚文考》,《安庆师范学院学
　报》2004 年第 5 期。

版社 1994 年影印

　　《王荆公诗注补笺》　［宋］王安石撰　［宋］李壁注　李之亮补笺　巴蜀书社 2002 年版

　　《王荆公文集笺注》　［宋］王安石撰　李之亮笺注　巴蜀书社 2005 年版①

　　《忠肃集》　［宋］刘挚撰　裴汝诚　陈晓平校点　中华书局 2002 年版

　　《王令集》　［宋］王令撰　沈文倬点校　上海古籍出版社 1980 年版

　　《苏轼全集》　［宋］苏轼撰　朱怀春　穆俦标点　上海古籍出版社 2000 年版

　　《苏文忠公诗编注集成总案》　［宋］苏轼撰　［清］王文诰撰　巴蜀书社 1985 年版

　　《苏轼文集》　［宋］苏轼撰　孔凡礼点校　中华书局 1999 年版

　　《苏轼诗集合注》　［宋］苏轼撰　［清］冯应榴编　上海

---

①1. 程毅中《王安石文集的版本》，原载《文史》第 5 辑（1978 年），收入著者《古籍整理浅谈》，北京燕山出版社 2001 年版。2. 程弘《王安石文集版本》，《文史》第 5 辑（1978 年）。3. 王岚《宋人文集编刻流传丛考》，江苏古籍出版社 2003 年版，《王安石集》。4. 汤江浩《王安石诗历代之辨伪与辑佚综论》，载其著《北宋临川王氏家族及文学考论——以王安石为中心》，人民文学出版社 2005 年版，下编第六章。5. 汤江浩《谢昂奉旨编定〈王安石集〉考》，《中国典籍与文化》，2006 年第 3 期。6. 杨天保、徐规《王安石集的古本与新版》，《古籍整理研究学刊》2007 年第 3 期。7. 寿勇《考〈临川先生文集〉误收欧阳修诗一首》，《中国典籍与文化》2007 年第 3 期。"诗一首"指《次韵〈再游城西李园〉》。

古籍出版社 2001 年版

　　《苏轼词编年校注》　［宋］苏轼撰　邹同庆等注　中华书局 2002 年版①

　　《栾城集》　［宋］苏辙著　曾枣庄　马德富校点　上海古籍出版社 1987 年版

　　《苏辙集》　［宋］苏辙著　陈宏天　高秀芳点校　中华书局 1999 年版②

---

①1. 王景鸿《苏东坡著述版本考》（上）、（下），台湾《中国书目季刊》第 4 卷第 2 期，1969 年 12 月；第 3 期，1970 年 3 月。2. 曾枣庄《苏轼著述生前编刻情况考略》，《中华文史论丛》总第 32 辑，1984 年。3. 刘尚荣《苏轼著作版本论丛》，巴蜀书社 1988 年版。4. 刘石《苏轼词辑佚和辨伪的历史考察》，原载《文献》1992 年第 3 期，收入其著《有高楼杂稿》，商务印书馆 2003 年版。5. 薛瑞生著东坡《存目词》、东坡词《版本述略》，载其著《东坡词编年笺证》，三秦出版社 1998 年版，《附录》二、四。6. 马德富《苏轼佚诗辨正》，《文学遗产》2002 年第 5 期。7. 谢世洋《苏轼佚诗考论》，《南昌大学学报》2003 年第 4 期。8. 杨忠《苏轼全集版本源流考辨》，《中国典籍与文化论丛》第 1 辑，1993 年。9. 张承凤《苏轼艳词三首辨正》，《文学遗产》2004 年第 6 期。10. 王宗堂、邹同庆《苏词编年与辨伪》，朱靖华、刘尚荣主编《中国苏轼研究》第 1 辑，学苑出版社 2004 年版。11. 刘尚荣《苏诗版本综述》，收入西北大学文学院编《中国古代文学研究高层论坛论文集》，中华书局 2004 年版。12. 饶晓明《新近发现东坡词考辨补正》，《乐山师范学院学报》2005 年第 4 期。13. 邹同庆、王宗堂《混入东坡诗集的唐人作品》，收入中国人民大学中文系主办《中国苏轼研究》第二辑，学苑出版社 2005 年版。14. 施懿超《苏轼四六文集版本考》，《西南民族大学学报》2006 年第 3 期。

②1. 陈宏天、高秀芳点校《苏辙集·前言》第四部分有关于苏辙集的编纂和版本。2. 舒大刚、李冬梅《苏辙佚文二篇：〈诗说〉、〈春秋说〉辑考》，《文学遗产》2004 年第 1 期。3. 顾永新《苏辙佚文两篇疏证》，《江西社会科学》2004 年第 7 期。4. 顾永新《二苏"五经论"归属考》，《文献》2005 年第 4 期。

　　《文同全集编年校注》　［宋］文同撰　巴蜀书社 1999
年版

　　《西塘先生文集》　［宋］郑侠撰　钧社 1935 年版

　　《小山词》　［宋］晏几道撰　王根林点校　上海古籍出
版社 1988 年版

　　《黄庭坚全集》　［宋］黄庭坚撰　刘琳等校点　四川大
学出版社 2001 年版

　　《山谷诗集注》　［宋］黄庭坚撰　［宋］任渊　史容等注
黄宝华点校　上海古籍出版社 2003 年版

　　《黄庭坚诗集注》　［宋］黄庭坚撰　［宋］任渊　史季温
注　刘尚荣点校　中华书局 2003 年版

　　《山谷词》　［宋］黄庭坚撰　严寿澂校点　上海古籍出
版社 1988 年版①

　　《西台集》　［宋］毕仲游撰　《丛书集成初编》本

　　《淮海集笺注》　［宋］秦观撰　徐培均笺注　上海古籍
出版社 2000 年版

　　《秦观集编年校注》　［宋］秦观撰　周义敢　程自信等
编注　人民文学出版社 2001 年版

　　《淮海居士长短句笺注》　［宋］秦观著　徐培均笺注
上海古籍出版社 2008 年版②

　　《东山词》　［宋］贺铸撰　钟振振校注　上海古籍出版

---

① 1. 王岚《宋人文集编刻流传丛考》，江苏古籍出版社 2003 年版，《黄庭坚
　集》。2. 陈晓兰《黄庭坚佚诗辑考》，《北京大学中国古文献研究中心集刊》
　第 7 辑，北京大学出版社 2008 年版。
② 王岚《宋人文集编刻流传丛考》，江苏古籍出版社 2003 年版，《秦观集》。

社 1989 年版

　　《庆湖遗老诗集校注》　[宋]贺铸著　王梦隐　张家顺校注　河南大学出版社 2008 年版

　　《张耒集》　[宋]张耒撰　李逸安　孙通海等点校　中华书局 1990 年版

　　《后山诗注补笺》　[宋]陈师道撰　[宋]任渊注　冒广生补笺　冒怀辛整理　中华书局 1999 年版

　　《后山居士文集》　[宋]陈师道撰　上海古籍出版社 1984 年据北京图书馆藏宋刻本影印①

　　《周邦彦集》　[宋]周邦彦撰　蒋哲伦校编　百花洲文艺出版社 1993 年版

　　《清真集校注》　[宋]周邦彦撰　孙虹校注　薛瑞生订补　中华书局 2002 年版

　　《片玉集》　[宋]周邦彦撰　陈元龙集注　江苏广陵古籍刻印社 1997 年版②

　　《花外集笺注》　[宋]王沂孙撰　詹安泰笺注　蔡起贤整理　广东人民出版社 1995 年版

　　《宗泽集》　[宋]宗泽撰　浙江古籍出版社标点　浙江古籍出版社 1984 年版

　　《毛滂集》　[宋]毛滂撰　周少雄点校　浙江古籍出版社 1999 年版

　　《樵歌》　[宋]朱敦儒撰　邓子勉校注　上海古籍出版

---

① 王岚《宋人文集编刻流传丛考》,江苏古籍出版社 2003 年版,《陈师道集》。
② 1. 金开诚、葛兆光《古诗文要集叙录》,中华书局 2005 年版,《周邦彦集》。
　 2. 吴则虞《清真词版本考辨》,载孙虹校注《清真集校注·附录八》。

社 1998 年版

　　《朱敦儒集》　〔宋〕朱敦儒撰　洪水铿编著　浙江大学出版社 2005 年版

　　《晁氏琴趣外编》(与《晁叔用词》合本)　〔宋〕晁补之撰　刘乃昌　杨庆存校注　上海古籍出版社 1991 年版

　　《晁补之词编年笺注》　〔宋〕晁补之撰　乔力校注　齐鲁书社 1992 年版

　　《晁叔用词》(与《晁氏琴趣外编》合本)　〔宋〕晁冲之撰　刘乃昌　杨庆存校注　上海古籍出版社 1991 年版

　　《斜川集校注》　〔宋〕苏过著　舒大刚等校注　巴蜀书社 1996 年版①

　　《浮溪集》　〔宋〕汪藻撰　《四部丛刊初编》本②

　　《李纲全集》　〔宋〕李纲撰　王端明校点　岳麓书社 2004 年版

　　《东莱诗词集》　〔宋〕吕本中撰　沈晖点校　黄山书社 1991 年版③

　　《李清照集笺注》　〔宋〕李清照撰　徐培均笺注　上海古籍出版社 2002 年版

　　《李清照集校注》　〔宋〕李清照撰　王仲闻校注　人民文学出版社 1997 年版

　　《李清照全集评注》(修订本)　〔宋〕李清照撰　徐北文

---

① 王岚《宋人文集编刻流传丛考》,江苏古籍出版社 2003 年版,《苏过集》。
② 施懿超《汪藻文集及其四六文存佚》,《文献》2006 年第 2 期。
③ 白晓萍《吕本中佚文小考》,《浙江大学学报》2004 年第 2 期。

主编　济南出版社 2005 年版①

　　《酒边集笺注》　[宋]向子諲撰　王沛霖　杨钟贤注
江西人民出版社 1994 年版

　　《陈与义集》　[宋]陈与义撰　[宋]胡穉笺注　吴书荫
金德厚点校　中华书局 1982 年版

　　《陈与义集校笺》　[宋]陈与义撰　白敦仁校笺　上海
古籍出版社 1990 年版

　　《郑樵文集》　[宋]郑樵撰　吴怀祺校补　书目文献出
版社 1992 年版

　　《芦川归来集》　[宋]张元幹撰　上海师范大学古籍整
理组标点　上海古籍出版社 1978 年版

　　《芦川词》　[宋]张元幹撰　曹济平校注　上海古籍出
版社 1991 年版

　　《岳飞集辑注》　[宋]岳飞撰　郭光辑注　中州古籍出
版社 1997 年版

　　《王灼集校辑》　[宋]王灼撰　刘安遇　胡传淮校辑
巴蜀书社 1996 年版

　　《王十朋全集》　[宋]王十朋撰　梅溪集重刊委员会编
上海古籍出版社 1998 年版

　　《陆放翁全集》　[宋]陆游撰　中国书店 1986 年版

　　《剑南诗稿校注》　[宋]陆游撰　钱仲联校注　上海古

---

①1. 何广棪《李清照作品版本考》,台湾《中国书目季刊》第 8 卷第 3 期,1974
年 12 月。2. 王昊《〈汲古阁未刻词〉传钞源流及传钞〈汲古阁未刻词〉本
〈漱玉词〉文献价值衡估》,载张伯伟、蒋寅主编《中国诗学》第 13 辑,人民
文学出版社 2008 年 10 月出版。

籍出版社 2005 年版

　　《放翁词编年笺注》　［宋］陆游撰　夏承焘　吴熊和笺注　上海古籍出版社 1981 年版①

　　《范石湖集》　［宋］范成大撰　周汝昌校点　中华书局香港分局 1974 年版

　　《范石湖集》　［宋］范成大撰　周汝昌校点　富寿荪重作校勘　上海古籍出版社 1981 年版②

　　《杨万里集笺校》　［宋］杨万里撰　辛更儒笺校　中华书局 2007 年版③

　　《朱熹集》　［宋］朱熹撰　郭齐　尹波校点　四川教育出版社 1996 年版

　　《朱子全书》　［宋］朱熹撰　朱杰人等主编　安徽教育出版社　上海古籍出版社合作 2002 年版

　　《朱子语类》　［宋］朱熹撰　［宋］黎靖德编　王星贤点校　中华书局 1986 年版

　　《朱熹编年诗词笺注》　［宋］朱熹撰　郭齐笺注　巴蜀书社 2000 年版④

---

① 1. 吴之英《陆放翁所著书版本考》,《国专月刊》1936 年第 3 卷第 1、2、4 期。
　　2. 孔凡礼《陆游佚著辑存》,载《陆游集》,中华书局 1976 年版。

② 1. 孔凡礼《范成大佚著辑存》,中华书局 1983 年版。2. 金开诚、葛兆光《古诗文要集叙录》,中华书局 2005 年版,《范成大集》。

③ 1. 胡建升《杨万里佚文考》,《文献》2006 年第 2 期。2. 纪永贵《杨万里佚文〈罗堂许氏族谱序〉辨伪》,《文献》2007 年第 1 期。3. 李小龙《杨万里佚诗考辨》,《中国典籍与文化》2008 年第 2 期。

④ 1. 周洪才《新发现王十朋、朱熹佚文及其文献价值》,《古籍整理研究学刊》2005 年第 3 期。2. 龚剑锋《朱熹、吕祖谦、陈亮诗词文拾遗》,《文献》1994 年第 1 期。

　　《于湖居士文集》　［宋］张孝祥撰　　徐鹏校点　　上海古籍出版社 1980 年版

　　《张孝祥词笺注》　［宋］张孝祥撰　　苑敏灏校笺　　黄山书社 1993 年版①

　　《张栻全集》　［宋］张栻撰　　杨世文校点　　长春出版社 1999 年版

　　《陆九渊集》　［宋］陆九渊撰　　钟哲校点　　中华书局 1980 年版

　　《陆象山全集》　［宋］陆九渊撰　　中国书店 1992 年版

　　《辛稼轩全集》　［宋］辛弃疾撰　　徐汉明校勘　　四川文艺出版社 1994 年版

　　《辛稼轩诗文笺注》　［宋］辛弃疾撰　　邓广铭辑校审订　辛更儒笺注　　上海古籍出版社 1995 年版

　　《稼轩词编年笺注》(修订本)　［宋］辛弃疾撰　　邓广铭笺注　　上海古籍出版社 1993 年版②

　　《陈亮集》(增订本)　［宋］陈亮撰　　邓广铭点校　　中华书局 1987 年版

　　《陈亮龙川词笺注》　［宋］陈亮撰　　姜书阁笺注　　人民

---

① 1. 徐鹏校点《于湖居士文集》附有补遗。2. 辛更儒《〈于湖居士文集〉附录张孝祥事迹及版本真伪考》,《文史》第 40 辑。3. 彭国忠《关于张孝祥生平创作几个问题的考辨》,《安徽师范大学学报》2003 年第 6 期。

② 1. 徐汉明《辛弃疾诗词版本研究》,《华中理工大学学报》2000 年第 2 期。2. 张岳伦《从〈稼轩词〉序、跋、校、记看稼轩词的图书版本源流》,《湘潭师范学院学报》2003 年第 3 期。

文学出版社 1998 年版①

　　《龙洲集》　[宋]刘过撰　杨明校点　上海古籍出版社
1978 年版

　　《龙洲词》　[宋]刘过撰　王从仁点校　上海古籍出版
社 1988 年版

　　《姜白石词编年笺校》　[宋]姜夔撰　夏承焘笺校　上
海古籍出版社 1981 年版②

　　《白石诗词集》　[宋]姜夔撰　夏承焘校辑　人民文学
出版社 1998 年版③

　　《戴复古诗集》　[宋]戴复古撰　金芝山点校　浙江古
籍出版社 1992 年版④

　　《朱淑真集》　[宋]朱淑真撰　张璋　黄畬校注　上海
古籍出版社 1986 年版

　　《朱淑真集注》　[宋]朱淑真撰　[宋]魏仲恭辑　[宋]
郑元佐注　冀勤辑校　中华书局 2008 年版⑤

　　《梅溪词》　[宋]史达祖撰　雷履平等校注　上海古籍

---

① 1. 邓广铭《陈龙川文集版本考》，载《陈亮集》卷首。2. 龚剑锋《朱熹、吕祖
　　谦、陈亮诗词文拾遗》，《文献》1994 年第 1 期。3. 束景南、余全介《陈亮佚
　　文新辑》，《文献》2005 年第 3 期。

② 此书附有《白石词集版本考》。

③ 1. 夏承焘《白石诗文杂著版本考》，载其著《姜白石词编年笺校》，上海古籍
　　出版社 1981 年版。2. 刘师华《〈白石道人诗集〉版本考》，《文学遗产》2003
　　年第 2 期。

④ 王岚《宋人文集编刻流传丛考》，江苏古籍出版社 2003 年版，《戴复古集》。

⑤ 任德魁《朱淑真〈断肠词〉版本考述与作品真伪》，《文学遗产》1998 年第
　　1 期。

出版社 1988 年版

《梅溪词校注》　［宋］史达祖撰　王步高校注　天津人民出版社 1994 年版

《后村先生大全集》　［宋］刘克庄撰　《四部丛刊》本

《后村词笺注》　［宋］刘克庄撰　钱仲联笺注　上海古籍出版社 1980 年版

《刘克庄词新释辑评》　［宋］刘克庄撰　欧阳代发　王兆鹏编　中国书店 2001 年版①

《叶适集》　［宋］叶适撰　刘公纯　王孝鱼等校点　中华书局 1983 年版

《梦窗词汇校笺释集评》　［宋］吴文英著　吴蓓笺校　浙江古籍出版社 2007 年版②

《蘋洲渔笛谱》　［宋］周密撰　邓乔彬校点　上海古籍出版社 1988 年版

《草窗词校注》　［宋］周密撰　史克振校注　齐鲁书社 1993 年版

《谢叠山全集校注》　［宋］谢枋得撰　熊飞等校注　华东师范大学出版社 1994 年版

《张舜民集校笺》　［宋］张舜民撰　李之亮校笺　黑龙江人民出版社 1989 年版

《霁山集》　［宋］林景熙撰　中华书局上海编辑所 1960 年版

---

① 景红绿《刘克庄诗文版本》，载其著《刘克庄诗歌研究》，上海古籍出版社 2007 年版，"版本篇"。

② 周茜《梦窗词集版本考》，《古籍整理研究学刊》2003 年第 5 期。

《林景熙诗集校注》　[宋]林景熙撰　陈增杰校注　浙江古籍出版社 1995 年版

《雪矶丛稿》　[宋]乐雷发撰　萧艾注　岳麓书社 1986 年版

《严羽集》　[宋]严羽撰　陈定玉辑校　中州古籍出版社 1997 年版

《刘辰翁集》　[宋]刘辰翁撰　段大林校点　江西人民出版社 1987 年版

《须溪词》　[宋]刘辰翁撰　萧逸校点　上海古籍出版社 1988 年版

《郑思肖集》　[宋]郑思肖撰　陈福康标校　上海古籍出版社 1991 年版

《文天祥全集》　[宋]文天祥撰　熊飞等校点　江西人民出版社 1987 年版①

《增订湖山类稿》　[宋]汪元量撰　孔凡礼辑校　中华书局 1984 年版

《汪元量诗校注》　[宋]汪元量撰　胡才甫校注　浙江古籍出版社 1999 年版

《方凤集》　[宋]方凤撰　方勇辑校　浙江古籍出版社 1993 年版

《花外集》　[宋]王沂孙撰　吴则虞笺注　上海古籍出版社 1988 年版

《竹山词》　[宋]蒋捷撰　黄明校点　上海古籍出版社

---

① 杜九香、彭福华《文天祥佚文〈吉水竹塘莆阳王先生传〉及其史料价值》，《南昌大学学报》2004 年第 5 期。

1988 年版

《山中白云词笺》　〔宋〕张炎撰　黄畬校笺　浙江古籍出版社 1994 年版①

**金元**

《丘处机集》　〔金〕丘处机撰　赵卫东辑校　齐鲁书社 2005 年版

《滹南遗老集》　〔金〕王若虚撰　《丛书集成初编》本

《元好问全集》(增订本)　〔金〕元好问撰　姚奠中主编李正民增订　山西古籍出版社 2004 年版

《元好问诗词集》　〔金〕元好问撰　贺新辉辑注　中国展望出版社 1986 年版

《元遗山诗集笺注》　〔金〕元好问撰　〔清〕施国祁注麦朝枢校　人民文学出版社 1988 年版

《遗山乐府校笺》　〔金〕元好问撰　赵永源校注　凤凰出版社 2006 年版②

《湛然居士文集》　〔元〕耶律楚材撰　谢方点校　中华书局 1986 年版

《藏春集点注》　〔元〕刘秉忠撰　李昕太等点注　花山文艺出版社 1993 年版

《重辑杜善夫集》　〔元〕杜善夫撰　孔繁信整理　济南

---

① 郑子运《张炎词集版本考》,南京大学中国古典文献研究所编《古典文献研究》(总第 8 辑),凤凰出版社 2006 年版。

② 1. 金开诚、葛兆光《古诗文要集叙录》,中华书局 2005 年版,《元好问集》。

　2. 赵永源《〈遗山乐府〉版本源流考》,载其著《遗山乐府研究》,上海古籍出版社 2007 年版,上编《考证篇》第二章。

出版社 1994 年版

《关汉卿全集》　[元]关汉卿著　吴国钦校注　广东高等教育出版社 1988 年版

《汇校详注关汉卿集》　[元]关汉卿著　蓝立蓂校注中华书局 2006 年版

《马致远全集校注》　[元]马致远撰　傅丽英等校注王学奇审订　语文出版社 2002 年版

《桐江集》　[元]方回撰　《宛委别藏》本　台湾"中央图书馆"1970 年影印馆藏四卷本①

《郯源戴先生文集》　[元]戴表元撰　《四部丛刊》本

《无弦琴谱》　[元]仇远撰　刘初棠校点　上海古籍出版社 1988 年版

《静修先生文集》　[元]刘因撰　《四部丛刊初编》本②

《赵孟頫集》　[元]赵孟頫撰　任道斌校点　浙江古籍出版社 1992 年版

《曾瑞散曲集校注》　[元]曾瑞撰　李春祥校注　河南大学出版社 2008 年版

《张养浩作品选》　[元]张养浩撰　薛祥生　孔繁信选注　人民文学出版社 1987 年版

《杨仲弘集》(与[宋]杨亿撰《武夷新集》合本)　[元]杨载著　余奎元、翁亚红点校　福建人民出版社 2007 年版

《道园学古录》　[元]虞集撰　台北中华书局 1966 年版

《乔吉集》　[元]乔吉撰　李修生等编校　山西人民出

①詹杭伦《方回著述考》,载其著《方回的唐宋律诗学》,中华书局 2002 年版。
②金开诚、葛兆光《古诗文要集叙录》,中华书局 2005 年版,《刘因集》。

版社 1988 年版

《郑光祖集》　[元]郑光祖撰　冯俊杰校注　山西人民出版社 1992 年版

《黄潽全集》　[元]黄潽撰　王颋点校　天津古籍出版社 2008 年版

《郑廷玉集》　[元]郑廷玉撰　颜慧云　陈襄民校注中州古籍出版社 1997 年版

《石田先生文集》　[元]马祖常撰　李权毅　傅瑛点校中州古籍出版社 1991 年版

《许有壬集》　[元]许有壬撰　傅瑛　雷近芳校点　中州古籍出版社 1998 年版

《范德机诗集》　[元]范椁撰　《四部丛刊》本

《揭傒斯全集》　[元]揭傒斯撰　李梦生点校　上海古籍出版社 1985 年版①

《张可久集校注》　[元]张可久撰　吕薇芬　杨镰校注浙江古籍出版社 1995 年版

《滋溪文稿》　[元]苏天爵撰　陈高华　孟繁清点校中华书局 1997 年版

《铁崖先生古乐府》　[元]杨维桢撰　《四部丛刊》本

《杨维桢诗集》　[元]杨维桢撰　邹志方点校　浙江古籍出版社 1994 年版②

《雁门集》　[元]萨都剌撰　殷孟伦　朱广祁校点　上海古籍出版社 1982 年版

---

①金开诚、葛兆光《古诗文要集叙录》,中华书局 2005 年版,《揭傒斯全集》。
②金开诚、葛兆光《古诗文要集叙录》,中华书局 2005 年版,《杨维桢集》。

　　《萨都剌集》　［元］萨都剌撰　朱瑞熙整理　海南国际新闻出版社 1996 年版①

　　《马致远全集校注》　［元］马致远撰　傅丽英　马恒君校注　语文出版社 2002 年版

　　《王冕集》　［元］王冕撰　寿勤泽点校　浙江古籍出版社 1999 年版

　　《王冕诗选》　［元］王冕撰　张堃选注　浙江文艺出版社 1984 年版

　　《丁鹤年诗辑注》　［元］丁鹤年撰　丁俊生辑注　天津古籍出版社 1987 年版

　　《高则诚集》　［元］高则诚撰　张宪文　胡雪冈辑校　浙江古籍出版社 1992 年版

**明**

　　《明太祖集》　［明］朱元璋　胡士萼点校　黄山书社 1991 年版

　　《宋濂全集》　［明］宋濂撰　罗月霞主编　浙江古籍出版社 1999 年版②

　　《刘基集》　［明］刘基撰　林家骊点校　浙江古籍出版社 1999 年版

　　《郁离子》　［明］刘基著　魏建猷　萧善乡点校　上海

---

① 1. 金开诚、葛兆光《古诗文要集叙录》，中华书局 2005 年版，《萨都剌集》。
　2. 杨光辉《萨都剌生平及著作实证研究》，高等教育出版社 2005 年版。
② 1. 龚剑锋等《宋濂诗文拾遗》1—3，《文献》1993 年第 1—3 期。 2. 龚剑锋《宋濂诗文掇拾》，《文献》1993 年第 4 期。 3. 王兆鹏《宋濂文集版本源流考》，《宋濂暨“江南第一家”研究》，杭州大学出版社 1995 年版。 4. 金开诚、葛兆光《古诗文要集叙录》，中华书局 2005 年版，《宋濂集》。

古籍出版社 1981 年版

《郁离子评注》［明］刘基著　傅正谷注　天津古籍出版社 1987 年版

《郁离子》［明］刘基著　吕立汉　杨俊才等注释　中州古籍出版社 2008 年版①

《高青丘集》［明］高启撰　徐澄宇　沈北宗校点　上海古籍出版社 1986 年版

《高青丘诗集注》附《凫藻集》《扣舷集》［明］高启撰［清］金檀辑注　徐澄宇等校点　上海古籍出版社 1991 年版②

《逊志斋集》［明］方孝孺撰　徐光大校点　宁波出版社 1996 年版

《东里文集》［明］杨士奇撰　刘伯涵　朱海点校　中华书局 1998 年版

《况太守集》［明］况钟撰　吴奈夫　吴奈蛤点校　江苏人民出版社 1983 年版

《谢铎集》［明］谢铎撰　林家骊点校　中华书局 2002 年版

《诚斋乐府》［明］朱有燉撰　翁敏华点校　上海古籍出版社 1989 年版

---

①1. 吕立汉《刘基文集叙录甲编》(上、中、下)，《丽水师范专科学校学报》1999 年第 1、3、4 期。2. 金开诚、葛兆光《古诗文要集叙录》，中华书局 2005 年版，《刘基集》。3. 潘猛补《刘基著作考》，载何向荣编著《刘基与刘基文化研究》，人民出版社 2008 年版。

②史洪权《高启诗文摭拾》，《文献》2006 年第 3 期。

《杨一清集》　[明]杨一清撰　唐景绅　谢玉杰点校
中华书局 2001 年版

《唐伯虎全集》　[明]唐寅撰　中国书店 1985 年版

《文徵明集》　[明]文徵明撰　周道振辑校　上海古籍
出版社 1987 年版

《何瑭集》　[明]何瑭撰　王永宽校点　中州古籍出版
社 1999 年版

《何大复集》　[明]何大复撰　李淑毅等校注　中州古
籍出版社 1989 年版

《吴廷翰集》　[明]吴廷翰撰　容肇祖点校　中华书局
1984 年版

《李东阳集》　[明]李东阳撰　周寅宾点校　岳麓书社
1984—1985 年出版

《李东阳续集》　[明]李东阳撰　钱振民辑校　岳麓书
社 1997 年版

《薛瑄全集》　[明]薛瑄撰　孙玄常等校点　山西人民
出版社 1990 年版

《碧山乐府》　[明]王九思撰　沈广仁点校　上海古籍
出版社 1989 年版

《西楼乐府》　[明]王磐撰　李庆点校　上海古籍出版
社 1989 年版

《空同集》　[明]李梦阳撰　上海古籍出版社 1987 年影
印《四库全书》本

《王廷相集》　[明]王廷相著　王孝鱼点校　中华书局
1989 年版

《沜东乐府》　[明]康海撰　周永瑞点校　上海古籍出

版社 1989 年版

　　《大复集》　〔明〕何景明撰　　上海古籍出版社 1987 年影印《四库全书》本①

　　《小山类稿》　〔明〕张岳著　　林海权等点校　　福建人民出版社 2000 年版

　　《谢榛全集校笺》　〔明〕谢榛撰　　李庆立校笺　　江苏古籍出版社 2003 年版

　　《翁万达集》　〔明〕翁万达撰　　吴奎信　朱仲玉整理　上海古籍出版社 1992 年版

　　《吴承恩诗文集笺校》　〔明〕吴承恩撰　　刘修业辑校　刘怀玉笺校　上海古籍出版社 1991 年版

　　《李开先集》　〔明〕李开先撰　　路工辑校　　中华书局上海编辑所 1959 年版②

　　《震川先生集》　〔明〕归有光撰　　周本淳校点　　上海古籍出版社 2007 年版③

　　《茅坤集》　〔明〕茅坤撰　　张大芝　张梦新点校　　浙江古籍出版社 1993 年版

　　《林大钦集》　〔明〕林大钦撰　　黄挺校注　　广东人民出版社 1995 年版

　　《冯惟敏全集》　〔明〕冯惟敏著　　谢伯阳编纂　　齐鲁书

---

①傅瑛《关于〈大复集〉的版本》,《殷都学刊》2004 年第 1 期。

②此集未能利用《闲居集》刻本,重要著述有遗漏。参阅卜健《所见明刻本李开先〈闲居集〉及其他》,《文献》1991 年第 4 期。

③1. 邵毅平《〈震川先生集〉编刊始末》,《中国学研究》第 6 辑,济南出版社 2003 年 10 月。2. 金开诚、葛兆光《古诗文要集叙录》,中华书局 2005 年版,《归有光集》。

社 2007 年版

　　《沧溟先生集》　［明］李攀龙撰　　包敬第标校　　上海古籍出版社 1993 年版

　　《李攀龙集》　［明］李攀龙撰　　李伯齐点校　　齐鲁书社 1993 年版①

　　《海瑞集》　［明］海瑞撰　　陈义钟编校　　中华书局 1962 年版

　　《梁辰鱼集》　［明］梁辰鱼撰　　吴书荫编辑校点　　上海古籍出版社 1998 年版

　　《沈璟集》　［明］沈璟著　　徐朔方辑校　　上海古籍出版社 1992 年版

　　《徐渭集》　［明］徐渭撰　　中华书局 1999 年版②

　　《弇州山人四部稿》附《续稿》　［明］王世贞撰　　上海古籍出版社 1987 年影印《四库全书》本③

　　《焚书》《续焚书》　［明］李贽撰　　夏剑钦校点　　岳麓书社 1990 年版

　　《汤显祖全集》　［明］汤显祖撰　　徐朔方笺校　　北京古

---

①1. 金开诚、葛兆光《古诗文要集叙录》，中华书局 2005 年版，《李攀龙集》。
　 2. 蒋鹏举《李攀龙佚文一则》，《文献》2007 年第 1 期。
②1. 梁一成：《徐渭著述考》，载其著《徐渭的文学与艺术》，台湾艺术印书馆 1977 年版，《附录》五。2. 付琼《徐渭自刻文集活动考述：兼及〈徐文长初集〉的刊年问题》，《绍兴文理学院学报》2003 年第 5 期。3. 付琼《〈徐文长文集〉与〈徐文长三集〉的读者之争及其版本问题》，《古籍整理研究学刊》2004 年第 3 期。4. 徐艳《关于〈徐文长集〉评点的真伪问题——兼及评点在晚明文学发展中的作用》，《古籍整理研究学刊》2006 年第 2 期。
③金开诚、葛兆光《古诗文要集叙录》，中华书局 2005 年版，《王世贞集》。

籍出版社 2001 年版①

　　《白苏斋类集》　〔明〕袁宗道撰　钱伯城标点　上海古籍出版社 2007 年版

　　《谢肇淛集》　〔明〕谢肇淛撰　江苏古籍出版社 2003 年版

　　《袁宏道集笺校》　〔明〕袁宏道撰　钱伯城笺校　上海古籍出版社 1981 年版②

　　《珂雪斋集》　〔明〕袁中道撰　钱伯城点校　上海古籍出版社 2007 年版

　　《隐秀轩集》　〔明〕钟惺撰　李先耕　崔重庆标校　上海古籍出版社 1992 年版

　　《王季重十种》　〔明〕王思任撰　任远校点　浙江古籍出版社 1987 年版

　　《冯梦龙集笺注》　〔明〕冯梦龙撰　高洪钧编著　天津古籍出版社 2006 版

　　《冯梦龙全集》　〔明〕冯梦龙撰　魏同贤主编　凤凰出版社 2007 年版

　　《刘蕺山集》　〔明〕刘宗周撰　吴光等编　浙江古籍出版社 2007 年版

　　《张岱诗文集》　〔明〕张岱撰　夏咸淳校点　上海古籍出版社 1991 年版

---

①1. 吴书荫《汤显祖佚文三篇》，《中国典籍与文化》2003 年第 4 期。2. 郑志良《汤显祖佚文三篇考论》，《文献》2004 年第 1 期。3. 何天杰《汤显祖佚文一篇》，《华南师范大学学报》2006 年第 5 期。

②金开诚、葛兆光《古诗文要集叙录》，中华书局 2005 年版，《袁宏道集》。

《谭元春集》　［明］谭元春撰　陈杏珍标校　上海古籍出版社 1998 年版

《咏怀堂诗集》　［明］阮大铖撰　胡金望等校点　黄山书社 2006 年版

《金圣叹全集》　［明］金圣叹撰　曹方人　周锡山校点江苏古籍出版社 1985 年版

《陈子龙诗集》　［明］陈子龙撰　施蛰存　马祖熙标校上海古籍出版社 1983 年版

《陈子龙文集》　［明］陈子龙撰　上海文献丛书编委会编　华东师范大学出版社 1988 年版

《张苍水集》　［明］张煌言撰　上海古籍出版社 1985年版

《张苍水全集》　［明］张煌言撰　《张苍水全集》整理小组编　宁波出版社 2002 年版

《夏完淳集笺校》　［明］夏完淳撰　白坚笺校　上海古籍出版社 1991 年版

《萧爽斋乐府》　［明］金銮撰　骆玉明点校　上海古籍出版社 1989 年版

《秋水庵花影集》　［明］施绍莘撰　来云点校　上海古籍出版社 1989 年版

**清**

《沈自晋集》　［清］沈自晋著　张树英校点　中华书局 2004 年版

《泊水斋诗文钞》　［清］张慎言撰　李蹊校注　山西人民出版社 1992 年版

《方拱乾诗集》　［清］方拱乾撰　李兴盛等整理　黑龙

江教育出版社 1992 年版

《陈璧诗文残稿笺证》　[清]陈璧撰　江村　瞿冕良笺证　上海古籍出版社 1984 年版

《钱牧斋全集》　[清]钱谦益著　[清]钱曾笺注　钱仲联标校　上海古籍出版社 2003 年版①

《柳如是集》　[清]柳如是撰　周书田等校　中国美术学院出版社 2002 年版

《柳如是诗词评注》　[清]柳如是撰　刘燕远评注　北京古籍出版社 2000 年版

《孙奇逢集》　[清]孙奇逢撰　张显清主编　中州古籍出版社 2003 年版

《陈元赟集》　[清]陈元赟撰　袁尔钜辑　辽宁人民出版社 1994 年版

《陈洪绶集》　[清]陈洪绶撰　吴敢辑校　浙江古籍出版社 1994 年版

《朱舜水全集》　[清]朱之瑜撰　中国书店 1991 年版

《霜红龛集校补》　[清]傅山撰　陈监校补　山西人民出版社 1985 年版

《孟称舜集》　[清]孟称舜撰　朱颖辉辑校　中华书局 2005 年版

《吴梅村全集》　[清]吴伟业著　李学颖集评标校　上海古籍出版社 1999 年版

《吴梅村诗集笺注》　[清]吴伟业著　黄永年笺注　上

---

① 1. 金开诚、葛兆光《古诗文要集叙录》，中华书局 2005 年版，《钱谦益集》。
　 2. 孙之梅《钱谦益早期存诗考》，《文学遗产》2007 年第 1 期。

海古籍出版社 1983 年版

　　《梅村词》　[清]吴伟业撰　李少雍校　广东人民出版社 1985 年版①

　　《黄梨洲文集》　[清]黄宗羲撰　陈乃乾编　中华书局 1959 年版

　　《黄梨洲诗集》　[清]黄宗羲撰　闻旭初整理　戚焕埙标点　中华书局 1959 年版

　　《黄宗羲全集》　[清]黄宗羲著　沈善洪主编　吴光执行主编　浙江古籍出版社 2005 年版

　　《方以智全集》　[清]方以智撰　上海古籍出版社 1988 年版

　　《杨园先生全集》　[清]张履祥撰　陈祖武点校　中华书局 2002 年版

　　《李渔全集》　[清]李渔著　[联邦德国]马汉茂编辑　台北成文出版社 1970 年版

　　《李渔全集》　[清]李渔著　浙江古籍出版社 1998 年版②

　　《归庄集》　[清]归庄撰　中华书局上海编辑所 1962 年版

　　《蒿庵集》　[清]张尔岐撰　张翰勋等校点　齐鲁书社 1991 年版

　　《顾亭林诗文集》　[清]顾炎武撰　华忱之点校　中华书局 1983 年版

---

①1. 叶君远《吴梅村的一首重要佚诗》、《吴梅村佚诗辑考》、《吴伟业佚文辑考》，载其著《清代诗坛第一家——吴梅村研究》，中华书局 2002 年版。2. 金开诚、葛兆光《古诗文要集叙录》，中华书局 2005 年版，《吴伟业集》。

②此书第 19 卷收有单锦珩编《李渔作品的版本及禁毁资料》。

　　《顾亭林诗集汇注》　〔清〕顾炎武撰　王蘧常辑注　吴丕绩标校　上海古籍出版社 2006 年版①

　　《安雅堂全集》　〔清〕宋琬撰　马祖熙标校　上海古籍出版社 2007 年版

　　《寒松堂全集》　〔清〕魏象枢撰　陈金陵点校　中华书局 1996 年版

　　《龚鼎孳诗》　〔清〕龚鼎孳著　陈敏杰点校　广陵书社 2006 年版

　　《吴嘉纪诗笺校》　〔清〕吴嘉纪著　杨积庆笺校　上海古籍出版社 1980 年版

　　《壮悔堂文集》　〔清〕侯方域著　《四部备要》本

　　《施愚山集》　〔清〕施闰章撰　何庆善　杨应芹点校　黄山书社 1993 年版

　　《施闰章诗》　〔清〕施闰章著　吴家驹点校　广陵书社 2006 年版②

　　《王船山诗文集》　〔清〕王夫之著　向宗鲁校证　中华书局 2000 年版

　　《船山全书》　〔清〕王夫之著　岳麓书社 1992 年版

　　《杲堂诗文集》　〔清〕李邺嗣撰　张道勤校点　浙江古籍出版社 1988 年版

　　《朱之锡文集》　〔清〕朱之锡撰　朱中梁主编　中国文

---

①李雪梅《顾炎武〈菰中随笔〉版本考》,《山西大学学报》2004 年第 2 期。
②1. 诸伟奇《施闰章集外拾遗》,《文献》2003 年第 3 期。收入其著《古籍整理研究丛稿》,黄山书社 2008 年版。2. 陆勇强《新见施闰章集外诗文辑存》,《文献》2005 年第 3 期。

史出版社 2001 年版

　　《魏叔子集》 ［清］魏禧撰　胡守仁　姚品文等校点
中华书局 2003 年版

　　《汤斌集》 ［清］汤斌撰　范志亭　范哲辑校　中州古
籍出版社 2003 年版

　　《尧峰文钞》 ［清］汪琬著　《四部丛刊》本

　　《陈迦陵全集》 ［清］陈维崧著　《四部丛刊》本

　　《陈维崧诗》 ［清］陈维崧著　江庆柏点校　广陵书社
2006 年版

　　《湖海楼词集》（《清八大名家词集》之一） ［清］陈维崧
撰　岳麓书社 1992 年版①

　　《朱彝尊词集》 ［清］朱彝尊撰　屈兴国　袁李来点校
浙江古籍出版社 1994 年版

　　《屈大均全集》 ［清］屈大均撰　欧初　王贵忱主编
人民文学出版社 1996 年版

　　《屈大均诗词编年笺校》 ［清］屈大均撰　陈永正主编
中山大学出版社 2000 年版

　　《秋笳集》 ［清］吴兆骞撰　麻守中校点　上海古籍出
版社 1993 年版

　　《独漉堂集》 ［清］陈恭尹撰　陈永正校点　中山大学
出版社 1988 年版

　　《阎古古全集》 ［清］阎尔梅著　张相文重辑本 1919 年

　　《曝书亭全集》 ［清］朱彝尊著　《四部丛刊》本　《四部

---

① 陆勇强《陈维崧集外文辑录》,载范立舟主编《历史文献与传统文化》,南方
　出版社 2002 年版。

备要》本①

　《吴渔山集笺注》　［清］吴历撰　章文钦笺注　中华书局 2007 年版

　《王士禛全集》　［清］王士禛著　袁世硕主编　齐鲁书社 2007 年版②

　《颜元集》　［清］颜元撰　王星贤　张芥尘等点校　中华书局 1987 年版

　《颜光敏诗文笺注》　［清］颜光敏撰　赵传仁笺注　齐鲁书社 1997 年版

　《丁耀亢全集》　［清］丁耀亢著　李曾坡编　中州古籍出版社 1999 年版

　《蒲松龄全集》　［清］蒲松龄著　盛伟编　学林出版社 1998 年版③

　《聊斋俚曲集》　蒲先明整理　邹宗良校注　国际文化出版公司 1999 年版

　《洪昇集》　［清］洪昇撰　刘辉校笺　浙江古籍出版社

---

① 1. 曾纯纯《朱彝尊词集的版本流传》，台湾《中国文哲研究通讯》第 4 卷第 2 期，1994 年 6 月。2. 金开诚、葛兆光《古诗文要集叙录》，中华书局 2005 年版，《朱彝尊集》。

② 1. 袁世硕《王渔洋早期诗集刻本》，《中国典籍与文化》2002 年第 1 期。2. 辛德勇《渔洋山人诗合集》，《中国典籍与文化》，2002 年第 3 期。3. 金开诚、葛兆光《古诗文要集叙录》，中华书局 2005 年版，《王士禛集》。4. 闵丰《王士禛佚诗辑考》，载蒋寅、张伯伟主编《中国诗学》第十二辑，人民文学出版社 2008 年 1 月出版。

③ 1. 盛伟辑注《聊斋佚文辑注》，齐鲁书社 1980 年版。2.《聊斋遗文七种》，马振方辑校，北京大学出版社 1998 年版。

1992 年版①

《孔尚任全集辑校注评》　〔清〕孔尚任撰　徐振贵主编
齐鲁书社 2004 年版②

《思复堂文集》　〔清〕邵廷采撰　祝鸿杰校点　浙江古
籍出版社 1987 年版

《吴璠文集》　〔清〕吴璠撰　江地主编　乔润苓等点校
山西人民出版社 1990 年版

《敬业堂诗集》　〔清〕查慎行著　周劭标点　上海古籍
出版社 1986 年

《戴名世集》　〔清〕戴名世撰　王树民编校　中华书局
2000 年版

《戴名世遗文集》　〔清〕戴名世撰　王树民　韩明祥等
编校　中华书局 2001 年版

《康熙诗词集注》　〔清〕清圣祖撰　王志民　王则远校
注　内蒙古人民出版社 1995 年版

《通志堂集》（附纳兰容若手简）　〔清〕纳兰性德著　黄
曙辉　印晓峰点校　华东师范大学出版社 2008 年版

《饮水词笺校》　〔清〕纳兰性德撰　赵秀亭等笺校　中
华书局 2008 年版③

《赵执信全集》　〔清〕赵执信著　赵蔚芝　刘聿鑫校点

---

①　1. 万群《"南洪北孔"佚文佚诗钩辑》，《文献》1996 年第 1 期。2. 刘枚《洪
　　昇诗词七首辑佚》，《文献》2006 年第 3 期。

②　1. 朱则杰等《孔尚任佚文〈长留集序〉及其他》，《文艺研究》2007 年第 11
　　期。2. 俞国林《孔尚任〈续古宫词〉考证》，《文学遗产》2007 年第 6 期。此
　　文指出：《续古宫词》，《孔尚任全集辑校注评》未辑得足本。

③　金开诚、葛兆光《古诗文要集叙录》，中华书局 2005 年版，《纳兰性德集》。

齐鲁书社 1993 年版

《赵执信诗笺注》 ［清］赵执信著 赵蔚芝等笺注 黄河出版社 2002 年版①

《方苞集》 ［清］方苞著 刘季高点校 上海古籍出版社 2008 年版②

《雍正诗文注解》 ［清］胤禛撰 魏鉴勋注释 辽沈书社 1996 年版

《唐英集》 ［清］唐英撰 张发颖 习云展整理 辽沈书社 1991 年版

《守雅堂稿辑存》 ［清］邢澍撰 冯国瑞辑 漆子扬 王锷校点 甘肃人民出版社 1992 年版

《坚白石斋诗集》 ［清］李銮宣撰 刘泽等点校 山西人民出版社 1991 年版

《高凤翰诗集》 ［清］高凤翰撰 马述祯主编 青岛出版社 1989 年版

《蛟湖诗钞校注》 ［清］黄慎撰 丘幼宣校注 海峡文艺出版社 1989 年版

《樊榭山房集》 ［清］厉鹗著 ［清］董兆熊注 陈九思标校 上海古籍出版社 1992 年版

《厉鹗诗》 ［清］厉鹗著 吴家驹点校 广陵书社 2006 年版

《郑板桥集》 ［清］郑燮著 上海古籍出版社 1986 年版

《郑板桥全集》 ［清］郑板桥撰 吴泽顺编 岳麓书社 2002 年版

---

①刘聿鑫等《赵执信诗论佚文》,《文献》2006 年第 1 期。

②金开诚、葛兆光《古诗文要集叙录》,中华书局 2005 年版,《方苞集》。

《郑板桥集详注》　〔清〕郑板桥著　王锡荣详注　吉林文史出版社 1986 年版

《郑板桥集外诗抄》　〔清〕郑板桥撰　田原整理　线装书局 2003 年版

《郑板桥诗词笺注》　〔清〕郑燮著　华耀祥笺注　广陵书社 2008 年版①

《刘大櫆集》　〔清〕刘大櫆著　吴孟复标校　上海古籍出版社 1990 年版

《吴敬梓诗文集》　〔清〕吴敬梓撰　李汉秋辑校　人民文学出版社 2002 年版②

《边随园集》　〔清〕边连宝著　刘崇德主编　中华书局 2007 年版

《全祖望集汇校集注》　〔清〕全祖望撰　朱铸禹汇校集注　上海古籍出版社 2000 年版

《袁枚全集》　〔清〕袁枚著　王英志主编　江苏古籍出版社 1997 年版③

《抱经堂文集》　〔清〕卢文弨撰　王文锦点校　中华书

---

① 1.《郑板桥外集》,郑炳纯整理,陕西人民出版社 1987 年版。2.《郑板桥集外集》,潍坊市博物馆油印本。

② 艾俊川《吴敬梓集外诗一首》,《文献》2004 年第 3 期。

③ 1. 徐国华《新发现的一首袁枚集外诗》,《苏州大学学报》2005 年第 1 期。2. 郑幸《袁枚佚文三篇辑考》,《厦门教育学院学报》2008 年第 1 期。3. 王英志《袁枚集外序三篇考释》(一),《光明日报》2008 年 5 月 1 日第 8 版。4. 王英志《袁枚集外手札》,《文献》2008 年第 3 期。5. 赵厚均《袁枚集外诗文二十二则》,《苏州大学学报》2008 年第 6 期。6. 郑幸《袁枚佚札四通考述:兼及袁枚、杨芳灿交游考》,《苏州大学学报》2008 年第 6 期。

局 1990 年版

《戴震全集》　[清]戴震撰　戴震研究会等编纂　清华大学出版社 1991—1999 年出版

《纪晓岚文集》　[清]纪昀撰　孙致中等校点　河北教育出版社 1991 年版

《纪晓岚文集》　[清]纪晓岚著　民族出版社 2004 年版

《忠雅堂集校笺》　[清]蒋士铨撰　邵海清校　李梦生笺　上海古籍出版社 1993 年版①

《蒋士铨诗选》　[清]蒋士铨撰　吴长庚选注　中州古籍出版社 1990 年版

《赵翼诗编年全集》　[清]赵翼撰　华夫主编　天津古籍出版社 1996 年版

《瓯北集》　[清]赵翼撰　李学颖　曹光甫校点　上海古籍出版社 1997 年版

《潜研堂集》　[清]钱大昕撰　吕友仁标校　上海古籍出版社 1989 年版

《嘉定钱大昕全集》　[清]钱大昕撰　陈文和主编　江苏古籍出版社 1998 年版

《惜抱轩全集》　[清]姚鼐著　中国书店 1991 年版

《惜抱轩诗文集》　[清]姚鼐著　刘季高标校　上海古籍出版社 1992 年版

《惜抱轩诗集训纂》　[清]姚鼐撰　姚永朴训纂　宋放

---

① 1. 徐国华《蒋士铨集外文辑补》,《文献》2006 年第 1 期。2. 朱则杰《蒋士铨题寄袁枚、赵翼的若干集外诗文辑考》,《广州大学学报》2006 年第 9 期。

永校点　黄山书社 2001 年版①

　　《延芬室集》　［清］爱新觉罗·永忠撰　上海古籍出版社 1990 年版

　　《李调元诗注》　［清］李调元撰　罗焕章主编　陈红杜莉注释　巴蜀书社 1993 年版②

　　《高鹗诗词笺注》　［清］高鹗撰　尚达翔笺注　中州书画社 1983 年版

　　《高鹗诗文集》　［清］高鹗撰　胡文彬　周雷编注　百花文艺出版社 1984 年版

　　《汪容甫文笺》　［清］汪中撰　古直选注　人民文学出版社 1958 年版

　　《汪中集》　［清］汪中著　田汉云点校　广陵书社 2005 年版③

　　《洪亮吉集》　［清］洪亮吉撰　刘德权点校　中华书局 2001 年版

　　《洪亮吉新疆诗文集》　［清］洪亮吉撰　修仲一　周轩编注　新疆大学出版社 2006 年版④

　　《两当轩集》　［清］黄景仁著　李国章标点　上海古籍出版社 1998 年版

---

①金开诚、葛兆光著《古诗文要集叙录》，中华书局 2005 年版，《姚鼐集》。
②邓长风《〈涵海〉的版本及其编者李调元——美国国会图书馆读书札记之五》，收入著者《明清戏曲家考略续编》，上海古籍出版社 1997 年版。此文有《附录一》：《再谈李调元的著作总数》。
③颜建华《汪中著述及佚作述略》，《湖南大学学报》2004 年第 3 期。
④许隽超《洪亮吉的一篇佚文——兼谈与刘大观的友谊》，《中国典籍与文化》2008 年第 4 期。

《孙渊如诗文集》 ［清］孙星衍撰 上海书店 1989 年版

《校礼堂文集》 ［清］凌廷堪撰 王文锦点校 中华书局 1998 年版

《攀古小庐全集》 ［清］许瀚撰 袁行云编校 齐鲁书社 1985 年版

《红杏山房集》 ［清］宋湘撰 黄国声校辑 中山大学出版社 1988 年版

《长真阁诗》 ［清］席佩兰撰 储菊人校订 中央书店 1935 年版

《壹斋集》 ［清］黄钺撰 陈育德等校点 黄山书社 1999 年版

《茗柯文编》 ［清］张惠言著 黄立新校点 上海古籍出版社 1984 年版

《船山诗草》 ［清］张问陶撰 中华书局 2000 年版

《揅经室集》 ［清］阮元撰 邓经元点校 中华书局 1993 年版

《瓶水斋诗集》 ［清］舒位撰 曹光甫点校 上海古籍出版社 1991 年版

《陈沆集》 ［清］陈沆撰 宋耐苦 何国民编校 湖北教育出版社 2002 年版

《小倦游阁集》 ［清］包世臣撰 李星点校 黄山书社 1991 年版

《奕绘诗词集》（与《顾太清诗词集》合集） ［清］奕绘撰 章璋编 上海古籍出版社 1998 年版

**近代**

《双观斋词钞》 ［近代］邓廷桢著 江宁邓邦述 1920 年重刻本

《林则徐集》（包括奏稿、公牍、日记）　［近代］林则徐著
中山大学历史系等编　中华书局1985年版

《林则徐集奏稿　公牍　日记补编》　［近代］林则徐著
陈锡祺主编　中山大学出版社1985年版

《林则徐诗集》　［近代］林则徐著　郑丽生校笺　海峡
文艺出版社1987年版

《柏枧山房诗文集》　［近代］梅曾亮著　彭国忠等校点
上海古籍出版社2005年版

《龚自珍全集》　［近代］龚自珍著　王佩诤校　中华书
局1959年版

《龚自珍编年诗注》　［近代］龚自珍著　吴战垒注　浙
江古籍出版社1995年版

《龚自珍己亥杂诗注》　［近代］龚自珍著　刘逸生注
中华书局1999年版①

《魏源全集》　［近代］魏源撰　岳麓书社2004年版

《魏源诗文系年》　［近代］魏源撰　李瑚著　中华书局
1979年版②

---

① 1. 孙静《龚自珍文集著述编辑刊刻源流》，《中国典籍与文化论丛》，中华书
局1993年版。2. 樊克政《龚自珍佚作补录》，载其著《龚自珍年谱考略》，
商务印书馆2004年版，《附录》四。3. 朱则杰《龚自珍作品辑佚中的问
题》，载其著《龚自珍研究三题》，《淮阴师范学院学报》2005年第5期。4.
金开诚、葛兆光《古诗文要集叙录》，中华书局2005年版，《龚自珍集》。
② 1. 夏剑钦《〈魏源全集〉各书版本概说》，《古籍出版情况简报》总387期。2. 李
瑚《关于〈诗比兴笺〉与〈近思录补注〉的作者问题》，《文史》第21辑。3. 夏剑钦
《〈诗比兴笺〉确系魏源所著》，《古籍整理出版情况简报》总406期，2004年第12
期。4. 胡光曙《魏源散佚的诗联》，《邵阳学院学报》2008年第3期。

《东洲草堂诗集》　［近代］何绍基著　曹旭校点　上海古籍出版社 2006 年版

《思伯子堂诗文集》　［近代］张际亮著　王飚校点　上海古籍出版社 2007 年版

《天游阁集》　［近代］顾春撰　金启棕　乌拉熙春编校辽宁民族出版社 2001 年版

《顾太清诗词集》（与《奕绘诗词》合集）　［近代］顾春撰章璋编　上海古籍出版社 1998 年版

《黑龙江将军特普钦诗文集》　［近代］特普钦撰　李兴盛等编　天津古籍出版社 1987 年版

《复庄诗问》　［近代］姚燮撰　周劭标点　上海古籍出版社 1988 年版

《郑珍集》　［近代］郑珍撰　王瑛　袁本良等点校　贵州人民出版社 1991—2001 出版

《巢经巢诗钞笺注》　［近代］郑珍著　白敦仁注　巴蜀书社 1996 年版

《巢经巢诗钞注释》　［近代］郑珍著　龙先绪注　三秦出版社 2002 年版①

《校邠庐抗议》　［近代］冯桂芬著　戴扬本评注　中州古籍出版社 1998 年版

《清诒堂文集》　［近代］王筠撰　屈万里　郑时辑校齐鲁书社 1987 年版

《邵亭诗钞笺注》　［近代］莫友芝著　龙先绪　符均注

---

① 龙先绪《新发现的郑珍遗诗》，《文学遗产》2003 年第 3 期。

三秦出版社 2003 年版①

《曾国藩全集》　[近代]曾国藩撰　[近代]李翰章编纂
[近代]李鸿章校勘　中国致公出版社 2001 年版

《曾国藩诗文集》　[近代]曾国藩著　王澧华点校　上
海古籍出版社 2005 年版

《左宗棠全集》　[近代]左宗棠撰　丁葆赤等校点　岳
麓书社 1987—1996 年出版

《洪秀全集》　[近代]洪秀全撰　广东省太平天国研究
会　广州市社会科学研究所编　广东人民出版社 1985 年版

《刘熙载集》　[近代]刘熙载撰　刘立人　陈文和点校
华东师范大学出版社 1993 年版

《刘熙载文集》　[近代]刘熙载撰　薛正兴点校　江苏
古籍出版社 2001 年版

《郭嵩焘奏疏》　[近代]郭嵩焘撰　岳麓书社 1982 年版

《郭嵩焘诗文集》　[近代]郭嵩焘撰　杨坚点校　岳麓
书社 1984 年版

《伏敔堂诗钞》　[近代]江湜著　左鹏军校点　上海古
籍出版社 2008 年版

《天岳山馆诗存》　[近代]李元度撰　中国旅游出版社
1996 年版

《笠云山房诗文集》　[近代]王权撰　吴绍烈等校点
兰州大学出版社 1990 年版

《张裕钊诗文集》　[近代]张裕钊著　王达敏校点　上
海古籍出版社 2007 年版

---

① 刘汉忠《莫友芝著述稿本汇考》,《史志林》1997 年第 1 期。

《李鸿章全集》　［近代］李鸿章撰　叶亚廉　顾廷龙主编　上海人民出版社 1985—1987 年出版

《水云楼诗词辑校》　［近代］蒋春霖著　冯其镛辑校齐鲁书社 1986 年版

《弢园文录外编》　［近代］王韬撰　上海书店出版社 2002 年版

《弢园尺牍》　［近代］王韬著　汪北平　刘林整理　中华书局 1959 年版

《李秉衡集》　［近代］李秉衡撰　戚其章辑校　齐鲁书社 1993 年版

《翁同龢诗词集》　［近代］翁同龢撰　翁同龢纪念馆编朱育礼校点　上海古籍出版社 1998 年版

《越缦堂诗文集》　［近代］李慈铭著　刘再华校点　上海古籍出版社 2008 年版

《沧趣楼诗文集》　［近代］陈宝箴著　刘永翔　许全胜校点　上海古籍出版社 2006 年版

《复堂类集》　［近代］谭献撰　江苏广陵刻印社 1982 年版

《湘绮楼诗文集》　［近代］王闿运撰　马积高主编　谭承耕等点校　岳麓书社 1996 年版

《庸盫文别集》　［近代］薛福成撰　施宣圆　郭志坤标点　上海古籍出版社 1985 年版

《曾纪泽遗集》　［近代］曾纪泽撰　喻岳衡点校　岳麓书社 1983 年版

《张之洞全集》　［近代］张之洞著　湖北人民出版社 1995 年版

　　《张之洞全集》　［近代］张之洞著　　河北人民出版社
1998 年版

　　《张之洞诗文集》　［近代］张之洞著　　庞坚校点　上海
古籍出版社 2008 年版

　　《吴汝纶全集》　［近代］吴汝纶撰　黄山书社 2002 年版

　　《葵园四种》　［近代］王先谦撰　　岳麓书社 1986 年版

　　《虚受堂文集》　［近代］王先谦撰　上海古籍出版社
1996 年版

　　《偶斋诗草》　［近代］宝廷著　聂世美校点　上海古籍
出版社 2005 年版

　　《郑观应集》　［近代］郑观应著　夏东元编　上海人民
出版社 1982—1988 年出版

　　《盛世危言增订新编》　［近代］郑观应著　上海古籍出
版社 2008 年版

　　《樊樊山诗集》　［近代］樊增祥著　涂晓马　陈宇俊校
点　上海古籍出版社 2004 年版

　　《黄遵宪全集》　［近代］黄遵宪著　陈铮编　中华书局
2005 年版

　　《人境庐诗草笺注》　［近代］黄遵宪著　钱仲联笺注
上海古籍出版社 1999 年版

　　《黄遵宪文集》　［近代］黄遵宪著　郑海麟　张伟雄编
校　京都中文出版社 1991 年版①

---

①1. 左鹏军《黄遵宪集外佚诗二首》,《古代文学研究集刊》第 1 辑,南方出版
社 1999 年版,又载左鹏军《黄遵宪与岭南近代文学研究论丛》,中山大学出
版社 2007 年版,下辑《文献探赜》。2. 张永芳《黄遵宪佚作钩沉(转下页注)

　　《十三峰书屋全集》　［近代］李榕撰　王显春等整理
巴蜀书社 1995 年版

　　《蓼园诗钞》　［近代］柯劭忞撰　中华书局 1924 年版

　　《八指头陀诗文集》　［近代］释敬安撰　岳麓书社 1984
年版

　　《海日楼诗集注》　［近代］沈曾植撰　钱仲联笺注　中
华书局 2001 年版

　　《林琴南文集》　［近代］林纾著　中国书店 1983 年据商
务印书馆《畏庐文集》影印本

　　《散原精舍诗文集》　［近代］陈三立撰　李开军校点
上海古籍出版社 2003 年版①

　　《严复集》　［近代］严复著　王栻主编　中华书局 1986
年版②

　　《张謇全集》　［近代］张謇撰　张謇研究中心　南通图
书馆编　江苏古籍出版社 1994 年版

---

（接上页注）八题》,《嘉应学院学报》2004 年第 4 期。3. 张永芳《黄遵宪佚作
　钩稽》,载其著《黄遵宪新论》第 3 辑,中国社会科学出版社、中国文联出版
　社 2004 年版。4. 张永芳《黄遵宪使日时期诗词佚作钩稽》,载赵敏俐主编
　《中国诗歌研究》第 4 辑,中华书局 2007 年版。5. 左鹏军《黄遵宪的一首
　佚诗》、《黄遵宪使日时期佚诗钩沉》,载其著《黄遵宪与岭南近代文学研究
　论丛》,中山大学出版社 2007 年版,下辑《文献探赜》。
① 1. 李开军《陈三立集外书札十一函》,山东大学文学与新闻传播学院、山东
　大学文艺美学研究中心编《人文述林》第 7 辑,山东大学出版社 2004 年版。
　2. 潘益民、李开军辑注《散原精舍诗文集补编》,江西人民出版社 2007
　年版。
② 孙应祥等编《〈严复集〉补编》,福建人民出版社 2004 年版。

《范伯子诗文集》　〔近代〕范当世撰　马亚中　陈国安校点　上海古籍出版社 2003 年版

《大鹤山房全集》　〔近代〕郑文焯著　苏州周氏 1920 年汇印本

《重校集评云起轩词》　〔近代〕文廷式著　龙沐勋校辑同声月刊社 1943 年铅印本

《陈石遗集》　〔近代〕陈衍撰　陈步编　福建人民出版社 2001 年版①

《彊村语业》　〔近代〕朱祖谋著　1932 年《彊村遗书》本

《刘鹗集》　〔近代〕刘鹗撰　刘德隆编　吉林文史出版社 2008 年版

《康有为全集》　〔近代〕康有为著　姜义华　张荣华校注　中国人民大学出版社 2007 年版

《刘光第集》　〔近代〕刘光第撰　《刘光第集》编辑组编中华书局 1986 年版

《惠风词笺注》②　〔近代〕况周颐著　俞润生笺注　巴蜀书社 2006 年版

《海藏楼诗集》　〔近代〕郑孝胥著　黄坤　杨晓波校点上海古籍出版社 2003 年版

《觚庵诗存》　〔近代〕俞明震著　马亚中校点　上海古籍出版社 2008 年版

《夏曾佑诗集稿》　〔近代〕夏曾佑撰　赵慎修集校　载

①朱则杰《陈衍佚文〈一柳草堂诗稿序〉及其他》,《晚清名家集外诗文辑考》的第一部分,《福州大学学报》2004 年第 1 期。
②与况周颐著《惠风词话》合本。

《中国近代文学史料》　中国社会科学院文学研究所《近代文学史料》编辑组　中国社会科学出版社1985年版

《岭云海日楼诗钞》　[近代]丘逢甲著　上海古籍出版社1983年版

《丘逢甲集》　[近代]丘逢甲著　广东丘逢甲研究会编岳麓书社2002年版

《谭嗣同全集》(增订本)　[近代]谭嗣同著　蔡尚思方行编　中华书局1990年版①

《谭嗣同诗全编》　[近代]谭嗣同著　李一飞编　北京出版社1998年版

《琴志楼诗集》　[近代]易顺鼎撰　王飚校点　上海古籍出版社2004年版

《唐才常集》　[近代]唐才常撰　湖南省哲学社会科学研究所编　中华书局1980年版

《吴趼人全集》　[近代]吴趼人撰　北方文艺出版社1998年版

《薛绍徽集》　[近代]薛绍徽著　林怡点校　方志出版社2003年版

《李伯元全集》　[近代]李伯元撰　薛正兴编　江苏古籍出版社1997年版

《石陶梨烟室诗存》　[近代]黄人撰　辑入钱仲联主编《明清诗文研究资料集》第一、二辑　上海古籍出版社1986年版

---

① 朱则杰《谭嗣同佚诗及其他》,《晚清名家集外诗文辑考》的第二部分,《福州大学学报》2004年第1期,又载《古典文学知识》2004年第2期。

《赵熙集》［近代]赵熙撰　王仲镛主编　巴蜀书社
1996年版

《章太炎全集》［近代]章炳麟著　上海人民出版社编
上海人民出版社1982—1986年出版

《太炎文集初编》《续编》［近代]章炳麟著　上海书
店1992年版①

《海绡词笺注》［近代]陈洵著　刘斯翰笺注　上海古
籍出版社2001年版

《饮冰室合集》［近代]梁启超著　中华书局1989年版

《梁启超全集》［近代]梁启超著　沈鹏主编　北京出
版社1999年版

《饮冰室文集点校》［近代]梁启超著　吴松等点校
云南教育出版社2001年版②

《徐自华诗文集》［近代]徐自华撰　郭延礼编校　中
华书局1990年版

《秋瑾全集笺注》［近代]秋瑾著　郭长海　郭君兮辑
注　吉林文史出版社2003年版

《王国维全集》［近代]王国维撰　刘寅生　袁英光编
中华书局1984年版

《王国维诗词笺校》［近代]王国维撰　萧艾笺校　湖

---

① 江曦《章太炎佚文三则》,《文献》2006年第2期。

② 1.《〈饮冰室合集〉集外文》,梁启超著,夏晓虹辑,北京大学出版社2005年
版。2. 陈建军《新发现梁启超的一封佚简》,《长江学术》2006年第4期。
3. 左鹏军《梁启超集外佚文一篇》,《古代文学研究集刊》第1辑,南方出版
社1999年版,又载左鹏军《黄遵宪与岭南近代文学论丛》,中山大学出版
社2007年版,下辑《文献探赜》。

南人民出版社 1984 年版

《王国维词注》　[近代]王国维撰　刘逸生主编　田志豆编注　广东人民出版社 1990 年版

《王国维词解说》　[近代]王国维撰　祖保泉著　安徽教育出版社 2006 年版

《黄节诗集》　[近代]黄节撰　马以君编　中国人民大学出版社 1989 年版

《天放楼诗文集》　[近代]金天羽撰　周录祥校点　上海古籍出版社 2007 年版

《江山万里楼诗词钞》　[近代]杨圻撰　马卫中　潘虹点校　上海古籍出版社 2003 年版

《高旭集》　[近代]高旭著　郭长海　金菊贞编　社会科学文献出版社 2003 年版

《姚光集》　[近代]姚光著　姚昆群等编　社会科学文献出版社 2000 年版

《徐蕴华诗文集》(与《林寒碧诗文集》合本)　[近代]徐蕴华著　周永珍编　社会科学文献出版社 1999 年版

《林寒碧诗文集》(与《徐蕴华诗文集》合本)　[近代]林寒碧撰　周永珍编　社会科学文献出版社 1999 年版

《吕碧城词笺注》　[近代]吕碧城著　李保民笺注　上海古籍出版社 2001 年版

《霜厓诗录》《霜厓词录》　[近代]吴梅撰　交通书局民国三十一年(1942)版

《苏曼殊全集》　[近代]苏曼殊著　柳亚子编　当代中国出版社 2007 年版

《磨剑室诗词集》　[近代]柳亚子著　上海人民出版社

1985 年版①

《寒玉堂诗集》　［近代］溥儒撰　　丁嘉榢等整理　　新世界出版社 1994 年版②

# 第三节　总集

总集在先秦时期起源以后③,不断成长壮大,逐渐成为一种重要的、富有生命力的作品结集形式。总集经由历朝历代不断的发展,积累了大量的成果,尤其是 20 世纪 80 年代以来,总集的编纂发展非常迅速,取得了举世瞩目的巨大成绩。

我国存传的总集极其丰富,而且新编的总集还在不断地涌现。其类型和体例也比较复杂,因此人们在不断地探索对总集进行分类,有多种多样的分法。有的大体是按体裁来分类,这在先秦至南北朝时期,比较普遍。后来也多用此法,如《隋书》卷 35《经籍志四》、张之洞的《书目答问》。《隋书·经籍志四》集部,把“楚辞”类单列,置于集部之首。在总集部分,对著录的 107 部总集,大致依次按综合体裁、赋、封禅、雅、颂、诗歌、箴铭、诫、赞、七、碑、论、连珠、杂文、诏、表、启、书、策、俳谐编排。《书目答问》把总集分为文选、文、诗、词四类④。有的主要按编纂的时间来编排,如

---

① 郭长海《柳亚子文集补编》,中国文献出版社 2004 年版。

② 朱则杰《溥儒佚诗佚词佚联》,《晚清名家集外诗文辑考》的第三部分,《福州大学学报》2004 年第 1 期。

③ 关于总集的界定和起源,参阅本书第七章第三节。关于总集的发展,参阅本书“历史编”中的相关部分。

④ 见张之洞撰、范希曾补正《书目答问补正》卷四,上海古籍出版社 2001 年版。

《四库全书总目》卷 186 至 190"总集类"著录总集 165 部,分为五部分:卷 186 为南朝梁代、唐代和宋代的一部分;卷 187 为宋代其他部分;卷 188 为金元部分;卷 189 为明代部分;卷 190 为清代部分。有的兼顾时代、地域、体裁、作者等多方面,如《中国丛书综录》、徐有富主编《中国古典文学史料学》和李致忠释评《三目类序释评》的分法。《中国丛书综录》分总集为通代(下又分汉魏六朝、唐代、宋代、金元、明代、清代、民国)、郡邑、氏族、诗文评、词集、戏曲等六类①。徐有富于"总集的种类"把总集分为全集和选集两类,于"总集的体例",分时代、体裁、作者、地域、题材五类②。李致忠分总集为丛编、通代、断代、地方艺文、家集、域外、题咏、楹联、尺牍、谣谚、课艺 11 种③。综合多种分类的实践,可以发现,其中有三个主要因素:一是体裁,二是时间,三是收录的范围。三种因素中,收录的范围尤为重要。本书的做法是以收录的范围为基础,从大的方面把总集分为两大类:一是全集类;二是选集类。

　　全集的特点是"网罗放佚,使零章残什并有所归"④,目标是汇纂其全体。有些全集,在书名上标有"全"字,有些则不标示。一般来说,全集的编辑主旨是求全,编辑者能以客观的态度多方搜求,零残不捐,所以全集所收的目标是"全"。但全集所谓的"全",也是相对的。有许多全集的编辑,在当时可能是全的,但由于多方面条件的限制,实际上往往并不全,而且在收录的作品中,

---

①参阅上海图书馆编《中国丛书综录》,上海古籍出版社 1986 年版,《目录》。
②参阅徐有富主编《中国古典文学史料学》(修订本),北京大学出版社 2008年版,第 6—13 页。
③参阅李致忠释评《三目类序释评》,北京图书馆出版社 2002 年版。
④[清]永瑢等撰《四库全书总目》,中华书局 1965 年版,卷 186《总集类序》。

往往有误收的情况,因此后来常有不断的补正。全集的编纂,一直处在不断地完善的过程中。全集尽管不全,但它保存了相当全面的作品史料,为后人研究提供了很大的方便,能为人们节省许多时间和精力。有些全集所收录的作品,注明了出处,还附有其他重要的有关史料,可以引发我们作进一步的研究工作。想要见识某一时期、某一地区或某一文学家群体等作品史料的全貌,我们首先应当借助于全集。

选集的特点是"删汰繁芜,使莠稗咸除,菁华毕出"①,目标是选录其华章。今存中国古代最早的、影响很大的选集是《诗经》和《楚辞》。受《诗经》、《楚辞》的沾溉,自古迄今,编选选集,一直受到人们的重视。选集多出自名家之手,一般都注意去伪存真、弃粗留精,让读者学习、效法,带有范本的性质。有些选集有序、论、评、传记、句读、考释等,对所选的作品,有些做了增、删、改动,为读者阅读提供了方便,便于普及,再加上选集的篇幅减少了,所以同全集相比,选集比较容易流行,容易普及,影响大。我国古代的全集,在唐五代印刷技术发明之前,靠抄写,体量大,难以流传下来,今存的不少全集是后来编辑的。而选集则不同,体量小,容易流传和保存,有许多选集存传至今。在存传下来的选集中,如南朝梁萧统编《文选》、唐芮挺章编《国秀集》、宋李昉等编的《文苑英华》等,里面常有一些不见于其他典籍的作品,有许多作品借它们而得以保存和流传。另外,由于选集经过了遴选,被选的多是有价值的精品,表现了编选者的审美情趣和价值标准。许多学者指出,编选选集,实际上是一种文学批评方式。钟惺在《与蔡敬夫》一文中说:

---

① [清]永瑢等撰《四库全书总目》,中华书局1965年版,卷186《总集类序》。

虽选古人诗,实自著一书。

鲁迅在《集外集·选本》中指出:

凡是对于文术自有主张的作家,他所赖以发表和流布自己的主张的手段,倒不在作文心、文则、诗品、诗话,而在于出选本。

曾经编写过《中国文学史》的曾毅也指出:

昔人之欲售其主张,恒藉其选本以树之告,非如现在坊间选本之无甚深意也。①

选本有时还能反映一个时期的文学风尚②。上述选本的这些特点,对古代文学研究者,特别是对文学史的编写者,提供了重要的参照。拿《文选》来说,蒋鉴璋就认为:

刘申叔所为《中古文学史》,完全奉梁元昭明之说用以周旋也。③

上面谈的是选集的优长,从另一方面看,由于选集不是作品的全貌,编选者有自己的权利,表现的是选者的眼光,有明显的局限性。因此,研究古代文学,单凭选集是远远不够的,有时还会上当。我们要研究古代文学,必须依靠全集,而只能把选集作为一种参考。

全集和选集在编辑方法上,有一些共同之处,常见的主要有按时代、按地域、按作者、按体裁编辑等方法。

按时代编辑的,包括多代、断代两种。多代的全集,如《汉魏

---

①《中国新文学大系》第 2 集《文学论争集·导言》第 4 页,上海文艺出版社 1936 年影印本。

②关于选集与文学批评,参阅邹云湖著《中国选本批评》,上海三联书店 2002 年版。

③蒋鉴璋《文学范围略论》,载《文学论集》第 59 页,中国文化服务社 1936 年版。

六朝百三名家集》；断代的全集，如今人董治安主编的《两汉全书》。多代的选集，如萧统编选的《昭明文选》；断代的选集，如黄宗羲编选的《明文授读》。

按地域编纂的全集，如《四库全书》卷 189 著录明人程敏政撰《新安文献志》；按地域编的选集，如屈大均编的《广东文选》。

按作者编的全集，如《四库全书总目》卷 186 著录宋人王莲编的《清江三孔集》，今人王延梯辑《中国古代女作家集》。

按体裁编辑的总集，大致可分为诗歌、散文、辞赋、词、小说、戏曲六种①。诗歌，全集如《四库全书总目》卷 190 著录清人徐倬编的《全唐诗录》；选集如《四库全书总目》卷 190 著录清人顾嗣立编的《元诗选》。文，全集如《全唐文》，选集如《四库全书总目》卷 190 著录《御选唐宋文醇》。赋，全集如费振刚等辑校的《全汉赋》，选集如瞿蜕园选注的《汉魏六朝赋选》。

# 附：现当代新刊新编总集要目

## 通　代

### 综合

《古文苑》　编者不详②　《四部丛刊》影印宋刻本　《丛书集成》本

《续古文苑》　［清］孙星衍编　《万有文库》影印嘉庆十

---

① 小说和戏曲总集见本章第五节、第六节。

② ［宋］陈振孙撰，徐小蛮、顾美华点校《直斋书录解题》卷 15 曰："不知何人集。皆汉以来遗文，史传及《文选》所无者。世传孙洙巨源于佛寺经龛中得之，唐人所藏也。"

二年(1807)原刻本。

《汉魏六朝百三名家集》　[明]张溥辑　江苏古籍出版社 2002 年版①

《汉魏六朝百三集选》　[清]吴汝纶评选　浙江人民出版社 1985 年版

《文选》(又称《昭明文选》)　[南朝梁]萧统编　中华书局 1977 年据[清]胡克家刻本影印本

《六臣注文选》　[南朝梁]萧统编　[唐]李善　吕延济　刘良　张铣　吕向　李周翰注　中华书局 1987 年版

《敦煌吐鲁番本文选》　饶宗颐编　中华书局 2000 年版

《唐钞文选集注汇存》　佚名编撰　上海古籍出版社 2000 年版②

《文苑英华》　[宋]李昉等编　中华书局 1966 年影印本③

---

① 1. 本书卷帙浩繁,有错乱和缺失,参阅《四库全书总目》卷 189 对此书的批评。2. 据《光明日报》2003 年 10 月 12 日报道,江西赣州发现一套过去未见的《汉魏六朝百三家集》,每卷有"湘舱氏"藏书章。其中关于刘琨的作品,有过去未见的《胡姬年十五》《答卢谌》8 首、表 7 章、书 13 章、诔 1 篇、笺 10 篇。

② 1. 傅刚《文选版本研究》,北京大学出版社 2000 年版。2. 范志新《文选版本论稿》,江西人民出版社 2003 年版。3.《文选》,五臣、李善注,人民文学出版社 2008 年版。此为日本足利学校遗迹图书馆藏宋刊明州本,是现存最早的《文选》完帙刻本。据傅刚《文选版本研究》,我国图书馆仅藏有此书的两个残本。

③ 1.[南宋]彭叔夏《文苑英华辨证》,见《文苑英华》影印本后附。2. 胡适、单不庵校《文苑英华》,见《胡适的日记》(手稿本)第 7 册、《胡适书简》(台北时代文化出版社 1962 年版),又载《胡适论学往来书信选》,河北人民出版社 1998 年 8 月第 1 版,第 884—887 页。3.[清]劳格《文苑英华辨（转下页注）

　　《佛经文学粹编》　陈允吉　胡中行主编　上海古籍出版社 1999 年版

**诗歌**

　　《古诗纪》(原名《诗纪》)　[明]冯惟讷编　上海古籍出版社 1987 年影印《四库全书》本①

　　《诗渊》　明初人编纂　稿本　书目文献出版社 1986 年

---

(接上页注)证拾遗》,同前。4. 罗振玉《宋椠文苑英华残本校记》,1929 年《北平北海图书馆月刊》2 卷 5 期。5. 段琼林《宋椠文苑英华辨证校记》,1930 年《女师大学术季刊》第 3 期。6. 傅增湘《校本文苑英华跋》、《范履平临叶石君校本文苑英华跋》,均收入《藏园群书题记》,上海古籍出版社 1989 年版,卷 17。7. 岑仲勉《文苑英华辨证校白氏诗文附按》,1948 年《中央研究院史语所集刊》第 12 本。8.[日]花房英树《〈文苑英华〉的编纂》,1950 年《东方学报》京都版 19 号。9. 据胡道静《谈古籍的普查和情报》(《历史研究》1982 年第 4 期)一文,香港中文大学曾影印香港敏求精舍所藏宋刻《文苑英华》卷 201—210。10. 何法周《〈文苑英华〉、〈唐文粹〉的编撰情况及其他》,《河南大学学报》1986 年第 5 期。11. 杨旭辉《叙北京图书馆藏傅校〈文苑英华〉》,《文献》1995 年第 4 期。12. 李致忠《关于〈文苑英华〉》,《文献》1997 年第 1 期。13. 傅增湘《文苑英华校记》,北京图书馆出版社 2006 年版。14. 凌朝栋《〈文苑英华〉版本源流考》,载其著《文苑研究》,上海古籍出版社 2005 年版,第三章。15. 王雨《〈文苑英华〉的修纂及其版本》。见王雨著、王书燕编纂《王子林古籍版本学文集》,上海古籍出版社 2006 年版,第一册《古籍版本学》第三章(二)《四部大书的纂修及其版本》。

① 1. 关于《古诗纪》的缺失,"明代周婴《卮林·解冯篇》,就考订该书有失误;清人冯班在《钝吟杂录》中也批评了该书不应载铭、诔、箴、祝、赞各体;清人冯舒撰《诗纪匡谬》一书,指出《诗纪》错误一百二十余条"。引自母庚才、刘瑞玲《古诗存目·前言》,见《杨守敬集》第 6 册第 1048 页。湖北人民出版社、湖北教育出版社。未注明出版时间。2. 逯钦立《古诗纪补正叙例》,《中央研究院历史语言研究所集刊》第 12 本,1948 年版。

影印本①

　　《先秦汉魏晋南北朝诗》　逯钦立辑校　中华书局1983年版

　　《先秦汉魏晋南北朝诗》（电子版）　中国社会科研究院历史研究所陈爽象牙塔（http://www.xiangyata.net）和该院计算机中心研制②

　　《古诗源》　［清］沈德潜选　中华书局1963年版③

　　《古谣谚》　［清］杜文澜辑　周绍良校点　中华书局1958年版④

---

① 陈尚君《〈诗渊〉全编求原》，《文献》1995年第1期。

② 1. 骆玉明、陈尚君《〈先秦汉魏晋南北朝诗〉补遗》，《文学遗产》1987年第1期。2. 陈庆元《〈先秦汉魏晋南北朝诗〉讹误偶拾》，原载《古籍整理情况简报》第247期，收入作者著《诗词研究论集》，巴蜀书社1998年版。3. 刘跃进《关于〈先秦汉魏晋南北朝诗〉编撰方面的一些问题》，原载《清华大学学报》1989年第2期。收入作者著《结网漫录——中国古代经典文学作品探幽》，学苑出版社1997年版。4. 陈尚君《〈五代新说〉中的先唐遗诗》，《铁道师院学报》1994年第3期，收入著者《汉唐文学与文献论考》，上海古籍出版社2008年版。5. 陈增杰《〈先秦汉魏晋南北朝诗〉校补二例》，《古籍整理研究学刊》1995年第6期。6. 胡振龙《〈先秦汉魏晋南北朝诗人小传〉订误》，《文献》1995年第4期。7. 陈庆元、林怡《齐梁佚诗存目考》（上、中、下），《泉州师范学院学报》2001年第1、3、5期。8. 陈尚君《〈先秦汉魏晋南北朝诗〉再检讨》，2003年香港浸会大学"六朝宗教与文学"研讨会论文，刊浸会大学中文系编《人文中国》第10辑，上海古籍出版社2005年版，收入著者《汉唐文学与文献论考》，上海古籍出版社2008年版。9. 马海英《陈诗补遗与正误》，收入其著《陈代诗歌研究》，学林出版社2004年版。10. 李建国《隋代文学资料补遗三则》，《长江学术》第8辑，武汉大学文学院、长江文艺出版社编，2005年6月。

③ 金开诚、葛兆光《古诗文要籍叙录》，中华书局2005年版，《古诗源》。

④ 金开诚、葛兆光《古诗文要籍叙录》，中华书局2005年版，《古谣谚》。

　　《中国谚海》　[清]史襄哉编　上海文艺出版社1987年版

　　《二十五史谣谚通检》　商恒元　彭善俊辑录　山西人民出版社1986年版

　　《中国方言谣谚全集》　蒋致远主编　台北宗青图书公司1985年版

　　《乐府诗集》　[宋]郭茂倩编撰　中华书局1979年版①

　　《玉台新咏笺注》　[南朝陈]徐陵编　[清]吴兆宜注　程琰删补　穆克宏点校　中华书局1985年版②

---

①1. 秦序《关于〈乐苑〉及〈乐府诗集〉的几个问题——唐宋音乐史要籍笔记之一》，载《音乐学文集》，中国艺术研究院音乐研究所，山东友谊出版社1994年版。2. 徐文新《〈乐府诗集〉整理中存在的问题》，《学术研究》2003年第9期。3. 尚丽新《〈乐府诗集〉明清校本述评》，《古籍整理研究学刊》2004年第1期。4. 金开诚、葛兆光《古诗文要籍叙录》，中华书局2005年版，《乐府诗集》。5. 尚丽新《宋本〈乐府诗集〉考》，《古籍整理研究学刊》2006年第5期。6. 孙尚勇《〈乐府诗集〉点校拾遗》，载其著《乐府文学文献研究》，人民文学出版社2007年版。

②1. 詹锳《玉台新咏三论》，载《东方杂志》40卷第6期，收入作者《语言文学心理学论集》，齐鲁书社1988年版。2. 曹道衡《关于〈玉台新咏〉的版本及编者问题》，《中国古典文学论丛》第2辑，人民文学出版社1985年版。3. 汪泛舟《〈玉台新咏〉残卷杂考》，《敦煌研究》1987年第3期。4. 林夕《明寒山赵氏小宛堂刻〈玉台新咏〉版本之谜》，《读书》1997年第7期。5. 刘跃进《〈玉台新咏〉版本研究》，载其著《玉台新咏研究》，中华书局2000年版。6. 章培恒《〈玉台新咏〉为张丽华所"撰录"考》，《文学评论》2004年第2期。7. 谈蓓芳《〈玉台新咏〉版本考——兼论此书的编纂时间和编者问题》，《复旦学报》2004年第4期。8. 邬国平《〈玉台新咏〉张丽华撰录说献疑——向章培恒先生请教》，《学术月刊》2004年第9期。9. 金开诚、葛兆光《古诗文要籍叙录》，中华书局2005年版，《玉台新咏》。10. 谈蓓芳《〈玉台新咏〉版本补考》，《上海师范大学学报》2006年第1期。11. 崔炼农《从赵均刻本编目体例探窥〈玉台新咏〉古本之遗》，《北京大学学报》2007年第1期。

　　《中国历代僧诗全集》（晋唐五代卷）　中国历代僧诗全集编委会编　当代中国出版社 1997 年版

　　《中国历代名僧诗选》　廖养正编注　释一诚审定　中国书籍出版社 2004 年版

　　《中国古今题画诗词全璧》　石理俊主编　河北教育出版社 1994 年版

**文**

　　《全上古三代秦汉三国六朝文》　［清］严可均校辑　中华书局 1958 年版　北京商务印书馆 1999 年校点本改用简化字排印

　　《全上古三代秦汉三国六朝文》（电子版）　中国社会科学研究院历史研究所陈爽象牙塔（http://www.xiangyata.net）和该院计算机中心研制①

---

①1.［清］俞正燮《全三古至隋文目录不全本识语》，载其著《癸巳存稿》卷 12，收入辽宁教育出版社《新世纪万有文库》2003 年版。2. 章太炎《全上古三代秦汉三国六朝文校评》，载《历史论丛》第 1 辑，齐鲁书社 1980 年版，又见《章太炎学术史论集》第 366 页（校语从略），傅杰编校，中国社会科学出版社 1997 年版。3. 刘师培《搜集文章志材料方法》，载其著《左盦外集》卷 13。4. 刘盼遂《三家补严氏全上古三代秦汉三国晋南北朝文辑目》，《国立北平图书馆馆刊》第 5 卷第 1 号，1931 年。5. 陈启云《读严可均全上古三代秦汉三国六朝文》，香港《新亚生活》1 卷 3 期，1958 年。6. 张严《严可均〈全上古三代秦汉三国六朝文〉编次得失平议》，台湾《大陆杂志》21 卷 8 期，1959 年。7. 余嘉锡《读已见书斋随笔》（二十九），载《余嘉锡论学杂著》，中华书局 1963 年版，第 679 页。8. 中华书局 1958 年影印本《全上古三代秦汉三国六朝文·前言》。9. 张涤华《古代诗文总集选介》，上海古籍出版社 1985 年版，第 109—112 页。10. 钱钟书《管锥编》（中华书局 1986 年版）第三册"严氏辑集"部分。11. 程章灿《论〈全上古三代秦（转下页注）

　　《古文观止》　〔清〕吴楚材　吴调侯编选　葛兆光　戴燕注解　中华书局2008年版①

　　《续古文观止》　吴文濡编　成大琥　马美著校注　岳麓书社2003年版

　　《古文辞类纂评注》　〔清〕姚鼐纂集　吴孟复　蒋立甫主编　安徽教育出版社1995年版②

　　《续古文辞类纂》　〔清〕王先谦编　黄山书社1992年版

　　《骈体文钞》　〔清〕李兆洛编　殷海国　殷海安校点　上海古籍书社2001年版③

　　《中国历代游记精华全编》　倪志云　郑训佐等主编　河北教育出版社1996年版

---

（接上页注）《古文观止〈汉三国六朝文〉之阙误》，《南京大学学报》1995年第1期。12. 王利器《〈全上古三代秦汉三国六朝文〉正误》，《文学评论》1996年第2期。13. 王利器《读严可均〈全上古三代秦汉三国六朝文〉》，载《周绍良先生欣开九秩庆寿文集》，中华书局1997年版，又见《王利器学术》，浙江人民出版社1999年版，内容稍有出入。14. 刘跃进《中古文学文献学》，江苏古籍出版社1997年版，第二章第三节、二（二）。15. 祝尚书《南北朝唐五代佚文辑考》，《文献》2002年第3期。16. 韩理洲辑校编年《全隋文补遗》，三秦出版社2004年版。17. 赵逵夫《论严可均〈全上古三代文〉之失与〈全先秦文〉的编辑体例》，《西北大学学报》2004年第5期。18. 赵厚均《〈全上古三代秦汉三国六朝文〉所收诔文补遗》，《古籍整理研究学刊》2005年第4期。19. 蒋方《严可均〈王逸集〉辑佚补正》，《文学遗产》2006年第6期。20. 魏宏利、张鹏《严辑〈全北齐文〉、〈全后周文〉辨正》，《西北大学学报》2008年第2期。

①金开诚、葛兆光《古诗文要籍叙录》，中华书局2005年版，《古文观止》。

②金开诚、葛兆光《古诗文要籍叙录》，中华书局2005年版，《古文辞类纂》。

③金开诚、葛兆光《古诗文要籍叙录》，中华书局2005年版，《骈体文钞》。

赋

　　《历代赋汇》(附索引)　[清]陈元龙编　凤凰出版社2004 年版

　　《赋海大观》　[清]鸿宝斋主人编　北京图书馆出版社2007 年版①

　　《事类赋注》　[宋]吴淑著　冀勤　王秀梅等校点　中华书局 1989 年版

　　《古赋辨体》　[元]祝尧编纂　上海古籍出版社 1993 年影印《四库全书》本

词

　　《词综》　[清]朱彝尊　汪森辑　李庆甲点校　上海古籍出版社 2005 年版②

　　《词综补遗》　林葆恒编　张璋整理　上海古籍出版社2005 年版

　　《词选》　[清]张惠言选编　江西人民出版社 1984年版③

　　《花庵词选》　[宋]黄昇选　中华书局上海编辑所 1958年版④

　　《全唐宋金元词文库及赏析系统》　南京师范大学开发

①赵俊波《唐赋辑补》,载其著《中晚唐赋分体研究》,中国社会科学出版社、华龄出版社 2004 年版,《附录》一。
②1.金开诚、葛兆光《古诗文要籍叙录》,中华书局 2005 年版,《词综》。2.于翠玲《〈词综〉编纂过程及文献价值》,载其著《朱彝尊〈词综〉研究》,中华书局 2005 年版,第二章。
③金开诚、葛兆光《古诗文要籍叙录》,中华书局 2005 年版,《词选》。
④金开诚、葛兆光《古诗文要籍叙录》,中华书局 2005 年版,《花庵词选》。

由南京师范大学主页（http://www.njnu.edu.cn）点击"特色栏目"进入

《历代竹枝词初集》　王利器　王慎之辑　三秦出版社1991年版

《历代竹枝词》　王利器　王慎之等辑　陕西人民出版社2003年版

《中华竹枝词全编》　潘超　丘良任等主编　北京出版社2007年版

《历代蜀词全辑》《历代蜀词全辑续编》　李谊辑校　重庆出版社2007年版

## 民间故事

《中国民间故事全集》　陈庆浩　王秋桂主编　台北远流出版事业有限公司1989年初版

## 寓言

《古代中国寓言大系》　仇春霖主编　山西教育出版社1994年版

## 敦煌文学

《全敦煌诗》　张锡厚主编　作家出版社2006年版

《敦煌变文汇录》　周绍良编　上海出版公司1954年版

《敦煌变文集》　王重民　王庆菽等编　人民文学出版社1984年版

《敦煌变文集新书》　潘重规主编　台湾"中国文化大学"中文研究所1984年刊行

《敦煌变文集补编》　周绍良等编　北京大学出版社1989年版

《敦煌变文集校议》　郭在贻校议　岳麓书社1990年版

《敦煌变文集校注》　黄征　张涌泉校注　中华书局
1997 年版

《敦煌赋校注》　伏俊连编撰　甘肃人民出版社 1994
年版

《敦煌赋汇》　张锡厚录校　江苏古籍出版社 1996 年版

# 断　代

## 先秦

《诗集传》　［宋］朱熹撰　上海古籍出版社 1980 年版①

《楚辞补注》　［汉］王逸注　［宋］洪兴祖补注　白化文
等校点　中华书局 1983 年版

《楚辞集注》　［宋］朱熹集注　蒋立甫校点　上海古籍
出版社 2001 年版

《楚辞集校集释》　崔富章　李大明主编　湖北教育出
版社 2003 年版②

《甲骨文合集》　郭沫若主编　中华书局 1978 年 11 月
至 1982 年 9 月相继出版

《殷周金文集成》　中国社会科学院考古研究所编　中
华书局 1984 年 8 月至 1990 年 4 月相继出版

---

① 1. 金开诚、葛兆光《古诗文要籍叙录》，中华书局 2005 年版，《诗经》。2. 田
　国福《历代诗经版本丛刊》，齐鲁书社 2008 年版。

② 1.［日］竹治贞夫《关于〈楚辞〉的日文刻本》，《德岛大学学艺记要》（人文科
　学）第 15 期，1966 年 3 月。2. 金开诚、葛兆光《古诗文要籍叙录》，中华书
　局 2005 年版，《楚辞》。3. 周建忠《大阪大学藏“楚辞百种”考论——关于
　西村时彦·读骚庐·怀德堂》，《职大学报》2008 年第 1 期。4. 黄灵庚
　《〈楚辞〉十七卷成书考辩》，《复旦学报》2008 年第 3 期。

## 两汉

《两汉全书》　董治安主编　山东大学出版社 1999 年版①

《全汉赋》　费振刚　胡双宝等辑校　北京大学出版社 1997 年版②

《全汉赋评注》　龚克昌等评注　花山文艺出版社 2003 年版

《全汉赋校注》　费振刚　仇仲谦等校注　广东教育出版社 2005 年版

《古诗十九首集释》　隋树森编注　中华书局 1957 年版

## 魏晋南北朝

《建安七子集》　俞绍初辑校　中华书局 2005 年新一版

《全魏晋赋校注》　韩格平主编　吉林文史出版社 2008 年版

《六朝文絜笺注》　[清]许梿评选　黎经诰笺注　上海古籍出版社 1982 年版

《南北朝文举要》　高步瀛选注　孙通海点校　中华书局 1998 年版

## 隋唐五代

《唐文粹》　[宋]姚铉编　《四部丛刊》据明嘉靖刊本影印本③

《全唐诗》(又称《御定全唐诗》)　[清]彭定求　杨中讷等

---

① 已出版第 1、2 册。

② 吴广平《〈全汉赋〉辑校中存在的一些问题》，原载《中国韵文学刊》2004 年第 2 期，又见王友胜主编《中国古代文学论丛——湖南科技大学中国古代文学学科论文选》，上海古籍出版社 2004 年版。

③ [清]郭麟有《唐文粹补遗》26 卷，光绪十一年(1885)江苏书局刻本。

奉旨编纂 康熙扬州诗局本（1986 年上海古籍出版社影印）
中华书局 1960 年校排本

《全唐诗稿本》 屈万里 刘兆祐主编 台北联经出版
公司 1979 年影印

《全唐诗》 海南出版社影印故宫藏本

《全唐诗》（增订简体字本） ［清］彭定求等编 陈尚君
补辑 中华书局 1999 年版

《全唐诗》（电子版） 中国社会科学研究院历史研究所陈爽
象牙塔(http://www.xiangyata.net)和该院计算机中心研制

《全唐诗电子检索系统》 北京大学（分公共浏览版和专
业检索版 http://chinese.pku.edu.cn/tang/)

《增订注释全唐诗》 陈贻焮主编 文化艺术出版社
2001 年版

《校编全唐诗》 王启兴主编 湖北人民出版社 2001
年版①

----

① 1. 刘师培《读〈全唐诗〉书后》，载《刘申叔先生遗书》第 40 册《左盦集》卷
11。2. 刘师培《读全唐诗发微》，《国粹学报》(46)，光绪三十四年，后收入
《刘申叔遗书·左盦外集》。3. 李嘉言《全唐诗校读法绪余》，《国文月刊》
1941 年第 9 号，1943 年第 19 号。4. 朱希祖《全唐诗之来源及其遗佚考》，
1944 年《文史杂志》3 卷 9、10 期。5.［日］小川昭一《全唐诗杂记》，日本京
都 1969 年版。6.［日］丰田穰《全唐诗纠谬》，［日］《斯文》第 25 编 7—9 号。
7.［日］丰田穰《全唐诗纠谬续》，［日］《斯文》第 26 编 8—12 合并号。8. 刘
兆祐《御定全唐诗与钱谦益、季振宜递辑唐诗稿本探微》，台湾《幼狮学志》
1978 年第 15 号。9. 刘兆祐《清钱谦益季振宜递辑唐诗稿本跋——兼论
御定全唐诗之底本》，台湾《东吴文史学报》1978 年第 3 期。10. 季湟《两
种〈全唐诗〉》，北京《故宫博物院院刊》1979 年第 2 期。11. 周（转下页注）

（接上页注）勋初《叙〈全唐诗〉成书经过》，《文史》第 8 辑，1980 年，又载其著《文史探微》，上海古籍出版社 1987 年版。12. 项楚《〈补全唐诗〉二种读校》，《四川大学学报》1983 年第 3 期。13. 张忱石《〈全唐诗〉"无世次"作者事迹考索》，《文史》第 22 辑，1985 年。14. 郭文镐《〈全唐诗外编〉重收〈全唐诗〉杜牧诗之例》，《陕西师范大学学报》1985 年第 1 期。15. 房日晰《〈全唐诗续补遗〉校读续》，《西北大学学报》1985 年第 2 期。16. 陈尚君《〈全唐诗〉误收诗考》，《文史》第 24 辑，中华书局 1985 年版，收入其著《唐代文学丛考》，中国社会科学出版社 1997 年版。17. 杨建国《〈全唐诗〉校正札记》，《北京大学学报》1990 年第 1 期。18. 郁贤皓《〈全唐诗〉作者小传补正续》，《南京师范大学学报》1991 年第 1 期。19. 佟培基《〈全唐诗〉无考卷考》，《河南大学学报》1991 年第 2 期。20. 胡可先《〈全唐诗〉"无名氏"诗考索》（十三），《江海学刊》1991 年第 2 期。21. 尹楚彬《辑〈全唐诗〉佚诗一首》，《江海学刊》1991 年第 2 期。22. 胡可先《〈全唐诗〉杂考》（一）（二）（三），《江海学刊》1991 年第 4、5、6 期。23. 陈尚君辑校《全唐诗补编》，中华书局 1992 年版。24. 胡可先《〈全唐诗〉刊刻年表》，《徐州师范学院学报》1993 年第 4 期。25. 李浩《〈全唐诗〉校读札记》，《文献》1994 年第 2 期，收入作者著《诗史之际——唐代文学发微》，商务印书馆 2000 年版。26. 佟培基《全唐诗重出误收考》，陕西人民教育出版社 1996 年版。27. 朱林杰《韩国文献中的〈全唐诗〉逸诗考》，《文史哲》1998 年第 5 期。28. 陶敏《〈全唐诗·殷尧藩集〉考辨》，原载《唐代文史考论》，台湾洪叶文化事业有限公司 1999 年版，后收入王友胜主编《中国古代文学论丛——湖南科技大学中国古代文学学科论文选》，上海古籍出版社 2004 年版。29. 周勋初《季振宜〈唐诗〉的编纂与流传》，载《周勋初文集》，江苏古籍出版社 2000 年版。30. 刘再华、陶敏《〈全唐诗〉所收明人伪造唐集简论》，《中国典籍文化论丛》第 5 辑，中华书局 2000 年版。31. 金程宇《韩国本〈十抄诗〉中的唐人佚诗辑考》，《沈阳师范学院学报》2002 年第 5 期。32. 文正义《〈祖堂集〉与〈全唐诗〉的辑佚及补订》，载《觉群·学术论文集》第 2 辑，觉群主编，商务印书馆 2002 年版。33. 邹志方《唐诗再补录》，《绍兴文理学院学报》2002 年第 6 期。34. 查屏球《新补〈全唐诗〉102 首》，《文史哲》2003 年第 1 期。35. 查屏球《新补〈全唐诗〉102 首——高丽〈十抄诗〉（转下页注）

　　《唐五十家诗集》（附索引）　［唐]李世民等撰　上海古籍出版社汇编　上海古籍出版社1981年版

　　《唐人选唐诗新编》　傅璇琮主编　陕西人民教育出版

---

（接上页注）中所存唐人佚诗》，《文史》总第62辑，中华书局2003年2月出版。36. 胡可先《〈全唐诗〉杜甫重出诗考辨》，载其著《杜甫诗学引论》，安徽大学出版社2003年版，第三章第七节。37. 尹楚兵《〈全唐诗补编〉匡补》，《南京师范大学学报》2004年第3期。38. 黄震云、霍志军《〈全唐诗〉补遗》，《徐州师范大学学报》2004年第3期。又见《中国古典文献学》（丛刊）第3卷，炎黄文化出版社2004年6月出版。38. 金程宇《〈全唐诗补编〉订补》，《学术研究》2004年第5期。39. 严杰《〈十抄诗〉中唐代佚诗录文之辨误》，南京大学古典文献研究所编《古典文献研究》（总第7辑），凤凰出版社2004年版。40. 段筱春《说故宫季振宜〈全唐诗〉》，《古籍整理出版情况简报》总406期，2004年第12期。41. 赵继红《〈全唐诗〉补逸及考订三题》，《山西师大学报》2005年第1期。42. 章之《〈新补全唐诗102首〉指瑕》，《古籍整理研究学刊》2005年第5期。43. 袁津琥《〈全唐诗补编〉订误》，载项楚主编《新国学》第5卷，巴蜀书社2005年3月。44. 陈尚君《断代文学全集编纂的回顾与展望》，《四川大学学报》2005年第5期，云，《全唐诗》编成后，"至今已补出六千多首，但据作者所知，近年在明刊《锦绣万花谷别集》、清钞本《类要》、宋刊本《庐山记》、日本伏见宫存《杂钞》、韩国奎章阁存《名贤夹注十钞诗》中，仍有数量可观的唐诗可补，敦煌写卷和《道藏》中也颇有孑存"。45. 焦体检《〈全唐诗补遗〉指瑕：兼与黄震云先生商榷》，《河南教育学院学报》2005年第6期。46. 王光汉《〈诗渊〉中所收的许浑诗》，《古籍研究》2005·卷下（总第48期），安徽大学出版社2005年。47. 金开诚、葛兆光《古诗文要籍叙录》，中华书局2005年版，《全唐诗》。48. 宋红《〈千载佳句〉——现存最早的唐诗名句选》，《文史知识》2006年第6期。此文云："发现了四首尚不曾为人所注意的唐诗逸句。"并抄录了四首逸句。49. 朱光立《〈全唐诗〉"张莒"条辨正》，《中国典籍与文化》2007年第3期。

社 1996 年版①

《唐音统签》　[明]胡震亨辑　上海古籍出版社 2003 年影印

《唐诗别裁集》　[清]沈德潜编　李克和等校点　岳麓书社 1998 年版

《唐诗三百首》　[清]蘅塘退士编　陈婉俊补注　吕薇芬标点　中华书局 2001 年版②

《万首唐人绝句校注集评》　霍松林主编　山西人民出版社 1991 年版

《唐人万首绝句选》　[清]王士祯编　史海洋等注　华夏出版社 2001 年版

《唐人律诗笺注集评》　陈增杰编著　浙江古籍出版社 2003 年版

《全五代诗》　[清]李调元编　巴蜀书社 1992 年版

《全唐文》　[清]董诰等编　中华书局 1983 影印本③

---

①1. 王运熙、杨明《〈河岳英灵集〉的编集年代和选录标准》,载《唐代文学论丛》1982 年第 1 辑,陕西人民出版社 1982 年版。2.[美]李珍华、傅璇琮《〈河岳英灵集〉所见版本考》,《文献》1991 年第 4 期。3. 金开诚、葛兆光《古诗文要籍叙录》,中华书局 2005 年版,《唐人选唐诗(十种)》。4. 刘浏《唐人选唐诗综述》,载其著《〈才调集〉研究》,对外经济贸易大学出版社 2008 年版,《附录一》。

②金开诚、葛兆光《古诗文要籍叙录》,中华书局 2005 年版,《唐诗三百首》。

③1. 陆心源《唐文拾遗》72 卷、《唐文续拾》16 卷,光绪间《潜园总集》本。2. 劳格《读全唐文札记》。3. 单不庵、胡适校《全唐文·白集·传法堂碑》,见《胡适的日记》(手稿本)第 7 册,又载《胡适论学往来书信选》,河北人民出版社 1998 年 8 月第 1 版,第 882—884 页。4.岑仲勉《续劳格(转下页注)

　　《全唐文新编》　周绍良主编　吉林文史出版社 2000年版

　　《隋唐五代燕乐杂言歌辞集》　任半塘　王昆吾编著巴蜀书社 1990 年版

　　《花间集校》　[五代]赵崇祚选辑　李一氓校　人民文学出版社 1998 年版

　　《花间集注》　[后蜀]赵崇祚编　华中彦校注　河南大学出版社 2008 年版①

　　《尊前集》　编者不详　民国十一年（1922）　《彊村丛书》本②

　　《唐五代词》　林大椿辑　郑琦校订　文学古籍刊行社

---

（接上页注）读全唐文札记》。（以上三家著述，见上海古籍出版社影印本第 5 册）。5. 韩理洲《〈全唐文〉、〈唐文拾遗〉、〈唐文续拾〉重出误收四十一考》，《西北大学学报》1991 年第 1 期。6. 王辉斌《〈全唐文·作者小传〉校考一》，《荆门大学学报》1991 年第 3 期。7. 贾晋华《〈全唐文〉作者订正》（一）（二）（三），《江海学刊》1991 年第 4、5、6 期。8. 叶树仁《读〈全唐文〉札记补（二）》，《北京师范学院学报》1991 年第 5 期。9. 叶树仁《〈全唐文〉阙误补正》，《文献》1991 年第 3 期。10. 陕西省古籍整理办公室编，吴钢主编《全唐文补遗》，三秦出版社 1994—2007 年已出版九辑。11. 陈尚君辑校《全唐文补编》，中华书局 2005 年版。12. 金开诚、葛兆光《古诗文要籍叙录》，中华书局 2005 年版，《全唐文》。13. 路成文《〈全唐文〉误收南宋人所作〈长芦崇福禅寺僧堂上梁文〉》，《文献》2007 年第 4 期。14. 谢思炜《〈全唐文〉（前十卷）校读札记》，《古籍整理研究学刊》2007 年第 3 期。15. 刘辰《〈全唐文〉宋璟〈梅花赋〉为伪说补正》，《文学遗产》2008 年第 4 期。

① 闵定庆《〈花间集〉版本源流》、《〈花间集〉校注评译本及研究专著知见录》，载其著《花间集论稿》，南方出版社 1999 年版，《附录》一、二。2. 金开诚、葛兆光《古诗文要籍叙录》，中华书局 2005 年版，《花间集》。

② 金开诚、葛兆光《古诗文要籍叙录》，中华书局 2005 年版，《尊前集》。

1956 年版

　　《全唐五代词》　张璋　黄畲编　上海古籍出版社 1986
年版

　　《全唐五代词》(电子版)　南京师范大学研制(http://
www. njnu. edu. cn/"特色栏目")

　　《分门纂类唐宋时贤千家诗选校证》　传为[宋]刘克庄
编　李更　陈新校证　人民文学出版社 2002 年版

　　《唐宋文举要》　高步瀛编　上海古籍出版社 1980 年版

　　《唐宋八大家文钞》　[清]张伯行选编　李剑亮等注释
浙江古籍出版社 2000 年版

　　《唐宋人选唐宋词》　唐圭璋等校点　上海古籍出版社
2004 年版

**宋代**

　　《宋文鉴》(原名《皇朝文鉴》)　[宋]吕祖谦编　齐治平
点校　中华书局 1992 年版①

　　《宋代辞赋全编》　曾枣庄　吴洪泽主编　四川大学出
版社 2008 年版

　　《全宋诗》　北京大学古文献研究所编　傅璇琮　倪其
心等主编　北京大学出版社 1991—1998 年出版

　　《〈全宋诗〉分析系统》　李铎　2005 年 1 月 16 日通过教
育部主持的技术鉴定(数据源为傅璇琮等主编的《全宋诗》)②

--------

① 金开诚、葛兆光《古诗文要籍叙录》,中华书局 2005 年版,《宋文鉴》。

② 1. 程毅中《〈全宋诗〉求疵八例》,原载《古籍整理研究学刊》1994 年第 6
　期。收入著者《古籍整理浅谈》,北京燕山出版社 2001 年版。2. 黄启方
　《〈全宋诗〉黄庭坚卷补遗》——兼介〈豫章先生遗文〉一书》,台(转下页注)

（接上页注）北"中央日报"1996 年 4 月 27 日。3. 吴宗海《〈全宋诗〉小札》，《文学遗产》2001 年第 1 期。4. 陈庆元《〈全宋诗〉札记》，《中国韵文学刊》2001 年第 1 期。5. 李裕民《〈全宋诗〉补》（上、下），《文史》2001 年第 3 期、第 4 期。6. 张如安《〈全宋诗〉疏失分类偶举》，《宁波大学学报》2001 年第 4 期。7. 吴宗海《〈全宋诗〉误收拾穗》，《江海学刊》2002 年第 1 期。8. 房日晞《〈全宋诗〉误重举隅》，《光明日报》2002 年 3 月 27 日 B2 版。9. 房日晞《读〈全宋诗〉札记》，《江海学刊》（时间待补）。10. 房向莉、杨欣《〈全宋诗〉补遗》，《西北大学学报》2002 年第 2 期。11. 方健《〈全宋诗〉硬伤数例》，《文汇报》2002 年 6 月 15 日。12. 徐朝东《从韵脚字谈〈全宋诗〉的校勘问题》，《古籍整理研究学刊》2002 年第 5 期。13. 彭国忠《补〈全宋诗〉34首》，《古籍整理学刊》2002 年第 6 期。14. 凌朝栋《〈全宋诗〉补遗一则》，《江海学刊》2003 年第 2 期。15. 吴宗海《〈全宋诗〉佚诗一束》，《江海学刊》2003 年第 5 期。16. 李裕民《〈全宋诗〉辨误》，《文献》2003 年第 2 期。17.汤江浩在《王安国文集及佚作考》一文（载《文献》2003 年第 2 期）中，辑王安国诗 31 首，多为唱和之作有诗题可考者，其中所辑残句，均为《全宋诗》所失收。18. 胡金望《为〈全宋诗〉补辑阮阅绝句一首》，《文献》2003 年第 4期。19. 金程宇《〈全宋诗〉补榷正》，《北京大学学报》2003 年第 6 期。20.刘蔚《〈全宋诗〉重出误收甄别》，《扬州大学学报》2003 年第 6 期。21. 吴宗海《〈全宋诗〉失收之宋代妇女第一长诗》，《井冈山师范学院学报》2003 年第4 期。22. 杜爱英《从诗韵角度校勘〈全宋诗〉26—72 册中江西籍诗作的韵字之误》，《古籍整理研究学刊》2003 年第 6 期。23. 程毅中《〈全宋诗〉拾零》，《书品》2004 年第 1 期，收入其著《程毅中文存》，中华书局 2006 年版。24. 房日晞、房向莉《〈全宋诗〉补遗》，收入西北大学文学院编《中国古代文学研究高层论坛论文集》，中华书局 2004 年版。25. 杨洪升《〈全宋诗〉失收宋人三小集》，《图书馆杂志》2004 年第 3 期。26. 丁治民《〈全宋诗〉校勘举隅》，《长春师范学院学报》2004 年第 5 期。27. 陈尚君《断代文学全集的学术评价——〈全宋诗〉成就得失之我见》，《文汇报·学林》2004 年 11月 14 日，又刊张高评主编《宋代文学研究丛书》第 10 辑，台湾丽文文化事业公司 2004 年 12 月，收入陈尚君著《汉唐文学与文献研究》，上海古籍出版社 2008 年版。28. 田范芬《〈全宋诗〉校读札记》，《船山学刊》（转下页注）

（接上页注）2004 年第 3 期。29. 过常职《〈全宋诗·王之道诗〉订误》，《巢湖学院学报》2005 年第 1 期。30. 李裕民《对〈全宋诗补椎正〉的几点辨证》，《北京大学学报》2005 年第 2 期。31. 胡可先《〈全宋诗〉误收唐诗考》，《中国典籍与文化》2005 年第 2 期。32. 胡可先《全宋诗补遗 100 首》，《中国韵文学刊》2005 年第 2 期。33. 张如安《〈全宋诗〉订补疏失续举》，《中国典籍与文化》2005 年第 3 期。34. 尹楚兵《〈全宋诗〉疏失举正》，《学术研究》2005 年第 7 期。35. 邹同庆、王宗堂《混入东坡诗集的唐人作品》，收入中国人民大学中文系主办《中国苏轼研究》第二辑，学苑出版社 2005 年版。36. 谭伟《〈全宋诗〉误录唐人诗偶举隅》，载项楚主编《新国学》第 5 卷，巴蜀书社 2005 年 3 月。37. 毛建军《〈全宋诗〉、〈全宋文〉重出及失收的郭祥正诗文》，《新乡高等师范专科学校学报》2005 年第 3 期。38. 孙明材《〈全宋诗〉待考作者考》，《南京师范大学文学院学报》2005 年第 4 期。39. 陈新、张如安等补正《全宋诗订补》，大象出版社 2005 年版。40. 王星《〈全宋诗〉拾零》，《湖北师范学院学报》2005 年第 6 期。41. 王兆鹏《从〈永泰张氏宗谱〉辑录宋人佚文佚诗——兼说张元幹籍贯及佚文价值》，《文献》2006 年第 1 期。42. 卞东波《以〈唐宋千家联珠诗格〉补宋诗人小传》，《文献》2006 年第 1 期。43. 卞东波《〈唐宋千家联珠诗格〉中所载〈全宋诗〉佚诗辑考》，收入南京大学古典文献研究所编《古典文献研究》（总第 8 辑），凤凰出版社 2006 年版。44. 王岚《西昆诗人重出诗考》，载程章灿编《中国古代文献学国际学术研讨会论文集》，凤凰出版社 2006 年版。45. 侯本健《〈全宋诗〉指瑕四例》，《古籍整理研究学刊》2006 年第 2 期。46. 包菊香《张伯玉重出诗考》、《王十朋诗误作他人诗》、《宋人生卒年补正》，《中国典籍与文化》2006 年第 3 期。47. 陈恒舒《王质诗误作张经诗》、《卢襄诗误作韦骧诗》，《中国典籍与文化》2006 年第 3 期。48. 王应《吕陶误收诗考》，《中国典籍与文化》2006 年第 3 期。49. 卞东波《〈全宋诗〉重出、失收及误收举隅》，南京大学古典文献研究所编《古典文献研究》（总第 9 辑），凤凰出版社 2006 年 6 月出版。50. 胡可先《新补〈全宋诗〉150 首》，载沈松勤主编《宋代文学国际研讨会论文集》，浙江大学出版社 2006 年版。51. 蔡毅《从日本汉籍看〈全宋诗〉补遗——以〈参天台五台山记〉为例》，载沈松勤主编《宋代文学国际研讨会论文集》，浙江大学出版社 2006 年版。（转下页注）

　　《宋代名家诗网络系统》　北京大学　台湾元智大学开发

　　《宋诗钞》　[清]吴之振　吕留良等选　管庭芬　蒋光煦补　中华书局1986年版①

　　《宋诗拾遗》　[元]陈世隆撰　线装书局2002年版

---

（接上页注）52. 胡可先《〈全宋诗〉补遗100首》，载安徽师范大学中国诗学研究中心编《中国诗歌研究》第5辑，上海古籍出版社2006年版。53. 韩立平、彭国忠《〈全宋诗〉补59首》，《古籍整理研究学刊》2006年第5期。54. 卞东波《〈全宋诗〉〈宋代名家诗网络系统〉失收诗人及其佚诗丛考——以稀见〈唐宋千家联珠诗格〉为中心》，《古籍整理研究学刊》2006年第5期。55. 胡可先《〈全宋诗〉辑佚120首》（一）（二），《古籍整理研究学刊》2006年第5、6期。56. 韩震军《〈全宋诗〉补遗12首》，《古籍整理研究学刊》2006年第6期。57. 韩震军《〈全宋诗〉续补》，《中国韵文学刊》2007年第1期。58. 汤华泉《谈〈永乐大典〉中宋佚诗的辑录》，《光明日报》2007年3月31日第7版。59. 汤华泉《〈永乐大典〉新见宋诗辑录（上）（下）——补〈全宋诗〉》，分别载《古籍研究》2006·卷下、2007·卷上（总50、51期），安徽大学出版社分别于2006、2007出版。60. 曹海花《〈全宋诗〉重出举例》，《古籍整理研究学刊》2007年第3期。61. 叶舟《〈全宋诗〉补正》，《古籍整理研究学刊》2007年第3期。62. 陈永正《从广东方志及地方文献中新发现的〈全宋诗〉辑佚83首》，《岭南文史》2007年第3期。63. 张京华《〈全宋诗〉邢恕十首考误》，《中国文学研究》2008年第2期。64. 王星《石刻宋诗拾零之二》，《湖北师范学院学报》2008年第2期。65. 胡建升《〈全宋诗·胡铨诗集〉辑补》，《古籍整理研究学刊》2008年第2期。66. 路远《〈全宋诗〉补遗十八首：据西安碑林藏赠梦英诗刻石》，《中国典籍与文化》2008年第3期。67. 徐永明《补〈全宋诗〉二十首》，《文艺研究》2008年第9期。68. 王建生《张九成佚文三则》，《中国典籍与文化》2008年第4期。三则中，《别宗杲》、《题灵泉井》二诗为《全宋诗》所未收。69. 龚延明《文学遗产整理与官制学养——以〈全宋诗〉小传为中心》，《文学遗产》2008年第6期。

① 金开诚、葛兆光《古诗文要籍叙录》，中华书局2005年版，《宋诗钞》。

《宋诗精华录译注》　[近代]陈衍评选　蔡义江　李梦生译注　上海古籍出版社1999年版

《千首宋人绝句校注》　[清]严长明编　吴战垒校注浙江古籍出版社1986年版

《西昆酬唱集注》　[宋]杨亿等著　王仲荦注　上海古籍出版社2001年版

《全宋文》　曾枣庄　刘琳主编　上海辞书出版社2006年版

《〈全宋文〉资料检索系统》(电子版)　四川大学①

《全宋词》(新版)　唐圭璋编纂　王仲闻参订　孔凡礼补辑　中华书局1999年版

《全宋词》(电子版)　中国社会科研究院历史研究所陈爽象牙塔(http://www. xiangyata. net)和该院计算机中心研制

《全宋词》(电子版)南京师范大学研制(http://www. njnu. edu. cn/"特色栏目")

《增订注释全宋词》　朱德才主编　文化艺术出版社1997年版②

---

① 1. 张淘、金程宇《〈全宋文〉补遗(上)——以〈蟠室老人文集〉为中心》，南京大学古典文献研究中心主办《古典文献研究》(第11辑)，凤凰出版社2008年版。2. 王建生《张九成佚文三则》，《中国典籍与文化》2008年第4期。三则中，其《赤兔荒洞铭》一文，《全宋文》未收。

② 1. 金开诚、葛兆光《古诗文要籍叙录》，中华书局2005年版，《全宋词》。2. 张朝范《〈全宋词〉误辨与存疑》，《贵州文史丛刊》，1993年第3期。3. 陈敦源《〈全宋词〉所收互见词考辨》，《文献》1998年第2期。4. 葛渭君《〈全宋词〉失收的蔡京词》，《中国韵文学刊》1999年第2期。5. 彭国忠(转下页注)

《阳春白雪》　〔宋〕赵闻礼选编　黄季鸿点校　吉林人民出版社 1999 年版

《绝妙好词》　〔宋〕周密编　廖承良校注　岳麓书社 2005 年版①

《宋名家词》(又称《宋六十名家词》)　〔明〕毛晋辑　《四部备要》本

《校辑宋金元人词》　赵万里　中央研究院历史语言研究所 1931 年版

## 辽金元

《全辽文》　陈述辑校　中华书局 1982 年版②

---

(接上页注)《宋人佚词一首》,《文献》1999 年第 3 期。6. 钟振振《〈全宋词〉补辑》,《中国典籍文化论丛》第 6 辑,中华书局 2000 年版。7. 钟振振《全宋词斟订》,《重庆工商大学学报》2003 年第 1 期。8. 周裕锴《全宋词辑佚补编》,载马兴荣、邓乔彬等主编《词学》第 15 辑,华东师范大学出版社 2004 年版。9. 任德魁《〈全宋词〉滕甫作品辨伪》,《文学遗产》2008 年第 1 期。10. 钟振振《〈全宋词〉周颉小传补正》,《古籍整理研究学刊》2008 年第 4 期。11. 钟振振《〈全宋词〉崔敦礼等四家小传补正》,《宁波大学学报》2008 年第 4 期。12. 王湘华《〈全宋词〉补阙四则》,《古籍整理研究学刊》2008 年第 5 期。13. 钟振振《〈全宋词〉赵善扛小传辑补》,《华中科技大学学报》2008 年第 6 期。14. 钟振振《〈全宋词〉楼锷小传补正》,《江西师范大学学报》2008 年第 6 期。15. 彭国忠《宋元人佚词 21 首》,《南阳师范学院学报》2005 年第 10 期。16. 葛渭君《〈全宋词〉〈全金元词〉订误》,《文献》1993 年第 4 期。

① 王兆鹏、符樱《两宋所传词集版本考》(一、二),分别载武汉大学中文系、长江文艺出版社编《长江学术》第 2 辑(长江文艺出版社 2002 年 8 月出版)、第 5 辑(长江文艺出版社 2003 年 10 月出版)。

② 黄震云著《辽代文史新探》,其中补辑辽代诗词 140 首,中国社会科学出版社 1999 年版。

　　《金文最》　[清]张金吾编纂　中华书局1990年版①

　　《元文类》(原名《国朝文类》)　[元]苏天爵选编　商务印书馆1958年版

　　《全金诗》　薛瑞兆　郭明志编纂　南开大学出版社1995年版②

　　《全辽金诗》　阎凤梧　康金声主编　山西古籍出版社1999年版③

　　《中州集》(又名《中州鼓吹翰苑英华》《翰苑英华中州集》)　[金]元好问编撰　中华书局上海编辑所1959年版④

　　《河汾诸老诗集》　[元]房祺编　张正义　刘达科校注

---

①金开诚、葛兆光《古诗文要籍叙录》,中华书局2005年版,《金文最》。

②1.刘达科《新编〈全金诗〉补正》,载《元好问及辽金文学研究》,中国国际广播出版社,1998年版。2.胡传志《全金诗》补正,载其著《金代文学研究》,安徽大学出版社,2000年版,第17、18页。3.康金声、李丹《南开〈全金诗〉指误》,载其著《金元辞赋论略》,学苑出版社2004年版,《附录》。

③1.沈天鹰《金代瓷枕诗词文辑录》,《文献》2001年第1期。2.薛瑞兆、郭明志《新编金诗校订:兼评〈全辽金诗〉》,《北方论丛》2004年第1期。又载《中国诗学研究》第3辑(辽金诗学研究专辑),安徽师范大学中国诗学研究中心编,上海古籍出版社2004年版。3.佟培基《全辽金诗拾遗》,《文献》2006年第1期。4.薛瑞兆《〈永乐大典〉金诗拾遗》,《古籍整理研究学刊》2006年第5期。

④1.陈学林《中州集》的撰述及版本,载其著《元好问与〈中州集〉》一文的第三、四、五部分。原载《饶宗颐教授南游赠别论文集》(1970年),收入邝健行、吴淑钿编选《香港中国古典文学研究论文选粹》,江苏古籍出版社2002年版。2.胡传志《中州集》的编撰过程和流传情况,载其著《金代文学研究》,安徽大学出版社2000年,第三章《中州集〉研究》。3.薛瑞兆《〈中州集〉小传校札》,《学习与探索》2005年第3期。4.裴兴荣《〈中州集〉编纂体例的开创性和示范性》,《雁北师范学院学报》2006年第1期。

山西古籍出版社 1996 年版

《草堂雅集》（全名《玉山草堂雅集》）　[元]顾瑛辑　杨镰　祁学明等整理　中华书局 2008 年版

《元诗选》（初集、二集、三集）　[清]顾嗣立编　中华书局 1987 年版

《元诗选》（癸集）　[清]顾嗣立　席世臣编　吴申扬点校　中华书局 2001 年版

《元诗选补遗》　[清]钱熙彦编次　中华书局 2002 年版

《元诗别裁集》（原名《元诗百一钞》）　[清]张景星　姚培谦等编　中华书局 1975 年据乾隆二十九年（1764）然黎阁刻本影印

《元诗别裁集》　[清]张景星　姚培谦等编　奚海　牛青春点校　河北人民出版社 1997 年版

《全辽金文》　阎凤梧主编　山西古籍出版社 2002 年版①

《全元文》　李修生主编　江苏古籍出版社 1999—2002 年出版②

---

①薛瑞兆《〈全辽金文〉校订》,《古籍整理研究学刊》2008 年第 4 期。
②1. 李舜臣《〈全元文〉误收吴澄集外文一篇》,《江海学刊》2005 年第 2 期。
2. 武怀军《〈全元文〉辞赋作品校读》,载其著《金元辞赋研究评注》,群言出版社 2006 年版,上编《外二篇》。3. 罗鹭《〈全元文〉虞集卷佚文篇目辑存》,南京大学古典文献研究所编《古典文献研究》（总第八辑）,凤凰出版社 2006 年版。5. 李新宇《〈全元文〉"辞赋作品"阙误考述》,南京大学古典文献研究所编《古典文献研究》（总第九辑）,凤凰出版社 2006 年 6 月版。6. 汪桂海《〈全元文〉"张仲寿"条补遗》,《中国典籍与文化》2007 年第 2 期。7. 王树林《〈全元文〉中宋禧漏收文拾辑及生平著述考》,《南通大学学报》2007 年第 5 期。8. 邓淑兰《〈全元文〉所收赵孟頫文辨误四则》,《暨南学报》2008 年第 1 期。

　　《全金元词》　唐圭璋编　中华书局1994年版

　　《全金元词》（电子版）　中国社会科研究院历史研究所陈爽象牙塔（http://www.xiangyata.net）和该院计算机中心研制

　　《全金元词》（电子版）南京师范大学研制（http://www.njnu.edu.cn"特色栏目"）①

　　《元草堂诗余》（又名《精选名儒草堂诗余》、《续草堂诗余》、《凤林书院草堂诗余》）　编者未详　凤林书院3卷本

　　《全元曲》　张月中　王钢主编　中州古籍出版社1996年版

　　《元曲观止》　冯文楼　张强主编　陕西人民教育出版社1998年版

　　《李行道　孔文卿　罗贯中集》　延保全校注　山西人民出版社1993年版

**明代**

　　《列朝诗集》　［清］钱谦益纂辑　收入上海三联书店《诗歌总集丛刊·明诗卷》1988年版

---

①1. 王锳《〈全金元词〉刊误》，《古籍整理出版情况简报》第99期。2. 唐圭璋《读词续记》，《文学遗产》1981年第2期。3. 张绍靖《〈全金元词〉补辑》，《苏州大学学报》1992年第2期。4. 张朝范《金元词补》，《中国韵文学刊》总第2、3期合刊。5. 罗忼烈《〈全金元词〉补辑》，《文教资料》1990年第5期，后收入其著《词学杂俎》，巴蜀书社1990年版。6. 宁希元、宁恢《补〈全金元词〉二十九首》，《文献》1998年第1期。7. 谢创志《〈补全金元词二十九首〉商榷》，《文献》1998年第4期。8. 许隽超《元词校读胜记》，《古籍整理研究学刊》2000年第3期。9. 李向军《〈全金元词·刘秉忠〉校正补遗》，《古籍整理研究学刊》2005年第1期。

　　《明诗综》　［清］朱彝尊编选　　中华书局2007年整理校点本

　　《明诗别裁集》　［清］沈德潜选编　李素　王萍点校河北人民出版社1997年版

　　《全明诗》　章培恒　倪其心等主编　上海古籍出版社1990开始陆续出版①

　　《明文海》　［清］黄宗羲编　中华书局1987年影印本②

　　《全明文》　钱伯城　魏同贤等主编　上海古籍出版社1992—1994年版③

　　《明词汇刊》（又称《惜阴堂汇刻明词》、《惜阴堂明词丛书》）　赵尊岳辑　上海古籍出版社1992年版

　　《全明词》　饶宗颐初纂　张璋总纂　中华书局2004年版④

----

① 已出版三册。

② 1.［日］小野和子《两种〈明文海〉》，载方祖猷、滕复主编《论浙东学术》，中国社会科学出版社1995年版。2. 郭英德《黄宗羲明文总集的编纂与流传：兼论清前期编选明代诗文总集的文化意义》，《郑州大学学报》2000年第4期。3. 董正伦《〈明文海〉的编纂与传本》，《文献》2003年第3期。4. 武玉梅《〈明文海〉诸问题考述》，《文献》2007年第1期。

③ 已出版3册。

④ 1. 张仲谋《〈全明词〉补辑》，《徐州师范大学学报》2004年第6期。2. 潘承玉、吴艳玲《雕琢未周，瑕疵明显的大工程：〈全明词〉、〈全清词·顺康卷〉疏误综检》，《求索》2004年第7期。3. 王兆鹏《〈全明词〉的缺憾》，南京大学古典文献研究所、南京大学中国语言文学系编《中国古代文献国际学术研讨会论文汇编》（下册），2004年8月。4. 王兆鹏、胡晓燕《〈全明词〉漏收1000首补目》，《上海大学学报》2005年第1期。5. 王兆鹏、吴丽娜《〈全明词〉的缺失订补》，《中国文学研究》2005年春之卷。6. 张仲谋（转下页注）

《明词综》　［清］王昶辑　王兆鹏校点　辽宁教育出版社 1997 年版

《冯梦龙民歌集三种注解》　［明］冯梦龙编纂　刘端明注解　中华书局 2005 年版①

《皇明十六家小品》　［明］丁允和　陆云龙编　书目文献出版社 1986 年版

《晚明十二家小品》　施蛰存编　上海书店 1984 年版

《午梦堂集》　［明］叶绍袁编　冀勤辑校　中华书局 1998 年版

---

（接上页注）《〈全明词〉采录作品考源》，《南京师范大学学报》2005 年第 3 期。
7. 周明初《〈全明词〉作者小传订补》，收入"2005 明代文学与文化国际学术研讨会暨中国明代文学学会（筹）第三届年会"《论文集》（下），首都师范大学文学院、首都师范大学中国诗歌研究中心主办，2005 年 8 月。8. 肖庆伟《〈全明词〉札记三则》，《福州大学学报》，2005 年第 4 期。9. 陆勇强《〈全明词〉疏失举隅》，《学术研究》2005 年第 7 期。10. 郑礼炬《〈全明词〉陆容词辑佚二首》，《江海学刊》2005 年第 6 期。11. 朱则杰《〈全明词〉〈全清词〉补辑示例及其他》，《杭州师范学院学报》2005 年第 6 期。12. 余意《〈全明词〉漏收 1050 首补目》，《上海大学学报》2006 年第 1 期。13. 任德魁《〈全明词〉疏失举例》，载罗宗强、陈洪主编《明代文学研究国际学术研讨会论文集》，南开大学出版社 2006 年版。14. 周明初、叶晔《全明词补编》，浙江大学出版社 2007 年版。15. 王兆鹏、［日］荻原正树《〈全明词〉续补遗——日本藏稀见明人别集所载词辑录之二》，《古籍整理研究学刊》2007 年第 2 期。16. 耿传友《〈全明词〉订补六则》，《古籍整理研究学刊》2007 年第 2 期。17. 周焕卿《从〈全明词〉、〈全清词·顺康卷〉失收词看明清词总集之编纂》，南京大学古典文献研究所主办《古典文献研究》（第 11 辑），凤凰出版社 2008 年版。
①民歌集 3 种是：《挂枝儿》、《山歌》、《夹竹桃》。

## 清代

《清诗别裁集》(原名《国朝诗别裁集》)　[清]沈德潜编　中华书局1975年据教忠堂重订本影印

《清诗别裁集》(原名《国朝诗别裁集》)　[清]沈德潜编　李克和等校点　岳麓书社1998年版

《清诗铎》(原名《国朝诗铎》)　[清]张应昌选编　中华书局1960年版

《中国近世谣谚》　张守常辑　北京出版社1998年版

《清文汇》(原名《国朝文汇》)　[近代]沈粹芬等辑　北京出版社1996年据宣统二年上海国学扶轮社石印本影印①

《国朝词综二集》　[清]王绍成辑　《四部备要》本②

《国朝词综续编》　[清]黄燮清辑　《四部备要》本

《箧中词》　[近代]谭献编　《半厂丛书初编》本

《清名家词》　陈乃乾辑　上海书店1982年版

《全清词钞》　叶恭绰编　中华书局1982年版③

《全清词·顺康卷》　程千帆主编　中华书局2002年版④

---

①金开诚、葛兆光《古诗文要籍叙录》,中华书局2005年版,《清文汇》。

②《国朝词综二集》之前有《国朝词综》,[清]王昶辑,乾隆四十三年(1778)三泖渔庄刻本。

③金开诚、葛兆光《古诗文要籍叙录》,中华书局2005年版,《全清词钞》。

④1.裴喆《〈全清词·顺康卷〉拾补》,《南阳师范学院学报》2007年第2期。

2.裴喆《〈全清词·顺康卷〉续拾》,《南阳师范学院学报》2008年第2期。

3.胥洪泉《〈全清词·顺康卷〉"竹枝词"的几个问题》,《古籍整理研究学刊》2008年第4期。4.《全清词·顺康卷补编》,主编张宏生,南京大学出版社2008年版。

　　《清代海外竹枝词》　王慎之　王子今辑　北京大学出版社 1994 年版

　　《吴敬梓吴烺诗文合集》　李汉秋点校　黄山书社 1993 年版

**近代**

　　《晚晴簃诗汇》　［近代］徐世昌编　闻石点校　中华书局 1990 年版①

　　《近代诗钞》　［近代］陈衍选编　商务印书馆 1923 年版

　　《近代诗钞》　钱仲联编　江苏古籍出版社 1993 年版②

　　《鸦片战争文学集》　阿英编　古籍出版社 1957 年版

　　《太平天国诗文选》　罗尔纲选注　中华书局上海编辑所 1960 年出版

　　《辛亥革命烈士诗文选》　萧平编　吴小如注　中华书局 1962 年版

　　《近代词钞》　严迪昌编著　江苏古籍出版社 1996 年版

# 第四节　丛书与作品史料

　　丛书，又名丛刊、丛刻、丛编、丛钞、汇刻、汇刻书、汇编、汇钞、汇函等。还有不少丛书没有冠以上述名称，但从内容看是属于丛书。如《四库全书》、《四部备要》和电子版《中国历代基本典籍库》等。

---

① 金开诚、葛兆光《古诗文要籍叙录》，中华书局 2005 年版，《晚晴簃诗汇》。
② 顾国华《〈近代诗钞〉误收翁同龢诗一首》，载顾国华编《文坛杂忆初编》，上海书店出版社 1999 年版，第 174、175 页。

由于丛书繁富复杂，所以关于丛书的界定，自明清以来，见解不一。清代钱大昕认为丛书是"汇萃古人书，并为一部而以己意名之"①。清代王鸣盛认为丛书是"取前人零碎著述，难以单行者汇刻"之书②。清代李调元在《涵海后序》中说丛书是"以数人之书合为一编，则别题一总名者"。近人傅增湘在《抱经堂汇刻书序》中说：

> 集诸书而镂于版，因事而义，名之曰丛书。

近人叶德辉谓：

> 丛书举四部之书而并括之。③

上引的各种见解，都从不同的角度表述了对丛书的界定，都注意了丛书汇集多书的这一特点，但并不周全。钱大昕所谓"汇萃古人书"，其实有些丛书也收有"今人书"，《四库全书》就收有清人之书。另外，古代的许多类书和总集，何尝不是"汇萃古人书"。王鸣盛所谓"取前人零碎著述"汇刻成丛书，实际上有不少丛书，也辑有一些完整的著述，如《四部备要》。众所周知，总集收录的是"数人之书"、"诸书"。李调元和傅增湘对丛书的界定，没有注意丛书和总集的区别。叶德辉的界定限于"举四部之书而总括之"。其实，"举四部之书而总括之"，只是一种综合性的丛书，另外还有许多四部分开的和其他的专门丛书，如属于经部的《十三经》、属于史部的《二十四史》。

从现有的丛书来看，丛书是一种按一定的编选原则和编辑方法，总聚刻印众多书籍而冠以总名的一种大型书籍。由于"有其

---

① ［清］钱大昕著《潜研堂文集》，商务印书馆1912年版，卷30《跋百川学海》。
② ［清］王鸣盛著《蛾术编》，商务印书馆1958年版，卷14《合刻丛书》。
③ 李庆西标校《叶德辉书话》，浙江人民出版社1998年版，第214页。

书似丛书而非丛书,似总集而非总集"①,所以有一些辑多种著述的书籍,如明人张溥编辑的《汉魏六朝百三家集》,有的学者把它划归丛书,有的学者则将其作为总集。这种混同的情况,常见于不少著作。其实,从内容、规模和编印过程来看,丛书和总集还是有区别的。就内容而言,丛书所收相当广泛,有的经史子集皆有。而总集,在古代收录的主要是多人的诗文②。基于这一点,像《汉魏六朝百三家集》之类的专收诗文的书籍,当归于总集。就规模而言,一般的丛书,规模较大,丛书的集部常包含总集,总集往往是丛书的一部分。《四库全书》中的集部就著录了许多总集。今人顾廷龙主编的《诗歌总集丛刊》收录的就是诗歌总集。就编印的过程而言,有些丛书出版的时间不定,边编边印,"一种一种地校勘或影印问世",持续的时间很长,像中华书局出版的《中国古典文学基本丛书》、人民文学出版社出版的《中国古典文学读本丛书》和上海古籍出版社编印的《中国近代文学丛书》、《中国古典文学丛书》,主要是以别集的形式不断出版的,属于散装单行的丛书。上海古籍出版社(包括其前身古典文学出版社和中华书局上海编辑所)推出的《中国古典文学丛书》,30年来,先后有选择地分别出版了我国自先秦以来较有代表性的优秀文学作品100种。其中以诗文别集为主,有少数总集收录的是小说和戏曲。中华书局出版傅璇琮主编的《中国古典文学史料研究丛书》,也是以单本的形式陆续出版的。丛书的这种边编边印的情况很少见于总集

---

① 李庆西标校《叶德辉书话》,浙江人民出版社1998年版,第215页。
② 本书在第18章"古代文学作品史料"中,第五节"小说"、第六节"戏曲曲艺",在第19章"古代文学研究史料"中的第二节"古代文论"中,也使用了"总集"这一概念,这是一种借用。

的编印①。

丛书源远流长。用丛书作书名始于唐陆龟蒙《笠泽丛书》，但此书是陆氏自己的诗文，属于别集，不属于丛书。关于丛书的起源，学术界至少有四种不同的观点：

一是源于先秦的诗、书说。姚明达云：

> 诗、书者，上古之丛书也。秦始皇焚"诗、书、百家语"（《史记》卷六），人知百家语之非只一家，而不知诗、书之为普通名词。夫先秦所谓诗、书，犹吾人所谓歌曲、历史。②

二是起源于先秦儒家的六艺或六经说。程千帆、徐有富说：

> 儒家学派把《诗》、《书》、《易》、《礼》、《乐》、《春秋》总称之为六艺或六经。传说它们都经过孔子编定的，都是儒家学派的教材。如果单从这一点讲，六艺或六经就是我国最早的丛书。③

三是起源于南朝梁代说。《四库全书总目》第 123 卷云：

> 案古无以数人之书合为一编而别题以总名者。惟《隋志》载《地理书》一百四十九卷，录一卷，注曰："陆澄合《山海经》以来一百六十家，以为此书。澄本之外，其旧本并多零失，见存别部自行者，惟四十二家。"又载《地记》二百五十二卷，注曰："梁任昉增陆澄之书八十四家，以为此记。其所增旧书，亦多零失。见存别部自行者，惟十二家。"是为丛书之祖。

四是起源于宋代说。叶德辉认为：

---

① 由于过去对丛书的界定，没有达成共识，有些题名"丛书"，实际上应当归于总集。本书凡涉及这类"丛书"，依其旧题，仍归于丛书。

② 姚名达《中国目录学史》，上海古籍出版社 2002 年版，第 320 页。

③ 程千帆、徐有富《校雠广义·目录编》，齐鲁书社 1988 年版，第 185 页。

宋人《儒学警悟》、《百川学海》二者，为丛书之滥觞。①

上引四说，第三、四两说所引之书，均属丛书，这是无疑的，但把它们作为丛书的起源，时间过晚。第一、二之说所云"诗、书"和"六艺或六经"是否是合刊，现在还有待证实。

就现存可靠的史料来看，丛书的起源当是东汉后期的"熹平石经"。东汉熹平四年（175），蔡邕、堂溪典、杨赐等七人奏请灵帝同意，正定《六经》文字，把《书》、《易》、《诗》、《礼记》、《仪礼》、《春秋》、《公羊传》和《论语》，镌刻在石碑上，立于太学门外，堂前《石经》四部，为天下提供了一个范本②。这说明，"熹平石经"不但是我国最早的石刻本丛书，也是我国最早的丛书。

丛书产生以后，从汉末到唐代，虽然没有间断，但未见存传。唐文宗太和、开成年间，郑覃等效法东汉"熹平石经"的做法，把儒家12经刻在石碑上，名曰"开成石经"，属于丛书。据《五代会要》和《旧五代史》记载，后唐长兴三年（932）宰相冯道等奏请根据石经文字雕刻《九经》印版，历经后唐、后晋、后汉、后周四代，到广顺三年（953），前后20年才最终完成。这是我国最早的雕版印刷丛书。

到了宋代，丛书有了明显发展。出现了《开宝大藏经》和今存何去非编的《武经七书》，俞鼎孙、俞经编的《儒学警悟》，左圭编的《百川学海》，井宪孟编的《眉山七史》以及佚名编辑的《十三经注疏》等重要丛书。

元代编的丛书较少，今存重要的有陶宗仪的《说郛》、杜思敬的《济生拔萃方》、佚名的《元刊杂剧三十种》（又名《古今杂剧》）。

————————————

①李庆西标校《叶德辉书话》，浙江人民出版社1998年版，第214页。
②参阅［南朝宋］范晔撰《后汉书》，中华书局点校本，卷8《灵帝纪》、卷60下《蔡邕传》。

明代在丛书编辑方面，有了迅速的发展，有三种现象值得特别关注：一是对以前丛书的续编，如吴永的《续百川学海》，冯可宾的《广百川学海》，马泰的《再续百川学海》、《三续百川学海》和《广说郛》。二是出现了专辑断代的丛书，如程荣等辑《汉魏丛书》、何允中辑《广汉魏丛书》、张邦翼辑《汉魏丛书钞》、吴世济辑《汉魏丛书钞》，钟人杰的《唐宋丛书》、赵标的《三代遗书》。三是特别重视编辑小说和戏曲之类的俗文学作品丛书。小说方面，如陆楫的《古今说海》，顾元庆的《顾氏文房小说》、《顾氏明朝四十家小说》、《广四十家小说》，高承埏的《稽古堂丛刻》，黄昌龄的《稗乘》，商浚的《稗海》等，这些都是规模较大的小说丛书。戏曲方面的，如毛晋的《六十种曲》（又名《汲古阁六十种曲》）、臧懋循的《元曲选》、赵琦美的《脉望馆抄校本古今杂剧》等。

清代是中国古代丛书发展的鼎盛时期，相继出现了多种、影响很大的丛书。这些丛书，有私编的，有官修的。私编的，如曹溶辑、陶越增订《学海类编》，张潮辑《昭代丛书》，吴省兰辑《艺海珠尘》，鲍廷博辑《知不足斋丛书》，卢文弨辑《抱经堂丛书》，毕沅辑《经训堂丛书》，孙星衍辑《岱南阁丛书》、《平津馆丛书》，黄丕烈辑《士礼居丛书》，张海鹏辑《学津讨原》、《墨海金壶》、《借月山房汇钞》，李调元《函海》，卢见曾辑《雅雨堂丛书》，顾修辑《读画斋丛书》，阮元辑《皇清经解》（又名《学海堂经解》）、《宛委别藏》等。官修的，最重要的是《四库全书》。同《四库全书》密切联系的是，在官修《四库全书》的过程中和《四库全书》编成以后，相继编纂了《四库全书荟要》、《武英殿聚珍版丛书》。同以前相比，清代编刻的丛书不仅数量多、规模大，同时还有两种现象值得重视。一是质量高。清代的许多丛书的编刻者，嗜爱重视古代典籍，在版本、目录、校勘等方面，有很深的造诣。他们在编刻丛书的过程中，正如近代缪荃孙在《积学斋丛书·序》中所说:"咸孜孜焉弗倦,校亦勤,校亦精,藉以网络散逸,掇拾丛残,续先哲之精神,启后学之涂轨。"①很少受利禄的浸染,在丛书的编纂史上,为后人留下了丰硕的成果。二是从今存清代编刻的丛书来看,关涉经、史类的占的比重较大,而有关文学类的比较单薄,特别是对俗文学的关注,远逊于明代。

到了近代,基本上承续了以前重视编刻丛书的传统,先后编刻了许多重要的丛书。近代,由于朝政衰败,丧权辱国,朝廷很少顾及文化建设,未见朝廷指令编修的丛书,只有少数地方官编修的,如两广总督张之洞创办的广雅书局辑刊的《广雅书局丛书》、国学保存会编辑的《国粹丛书》、崇文书局编辑的《崇文书局汇刻书》等。近代,大量的是私编丛书,如钱熙祚辑《守山阁丛书》、《指海》,钱培名辑《小万卷楼丛书》,伍崇曜辑《粤雅堂丛书》,胡珽辑《琳琅密室丛书》,陆心源辑《十万卷楼丛书》,缪荃孙辑《云自在龛丛书》、《藕香拾零》,潘仕成辑《海山仙馆丛书》,潘祖荫辑《滂喜斋丛书》、《功顺堂丛书》,蒋光煦辑《别下斋丛书》、《涉闻梓旧》,李锡龄辑《惜阴轩丛书》,杨尚文辑《连筠簃丛书》,张丙炎辑《榕园丛书》,姚觐元辑《咫进斋丛书》,赵之谦辑《鹤斋丛书》,袁昶辑《渐西村舍丛书》,江标辑《灵鹣阁丛书》,刘世珩辑《聚学轩丛书》等。近代辑刻的丛书,除了继续辑刊国内的各种文献之外,随着国门的被打开和新史料的发现,还出现了专收国外所存的汉籍佚书和新发现的史料丛书,前者如杨守敬协助黎庶昌辑刻的专收在日本发现的佚书《古逸丛书》,后者如罗振玉辑《敦煌石室遗书》。

①［近代］缪荃孙《积学斋丛书序》,载徐乃昌编刻《积学斋丛书》,江苏广陵古籍刻印社 1991 年版。

　　从辛亥革命到新中国成立,神州多故,战乱继踵,大量的各种典籍,或毁于战乱,或流散于域外。面对这种亘古少有的文化灾难,许多爱国之士,扼腕痛惜。他们以拯救中华民族文化为己任,遏止书将灭亡的厄运,克服重重艰难,搜求珍贵古籍,利用新的印刷技术,编印了大量的各种丛书。据初步统计,"从辛亥革命到新中国成立的近四十年内所辑印的丛书的数量仅次于清代,大约有六七百种左右。"①在这六七百种丛书中,有许多是重要的、具有生命力的。在这方面,除了商务印书馆编印的《四部丛刊》、《丛书集成初编》和中华书局编印的《四部备要》三大丛书之外,另有郑振铎辑《玄览堂丛书》,孙毓修辑《涵芬楼秘笈》,刘承干辑《嘉业堂丛书》,张钧衡辑《适园丛书》、《择是居丛书》,邓实辑《古学汇刊》,张元济辑《百衲本二十四史》,王伯祥主持、开明书店辑印《二十五史补编》,国学整理社辑《诸子集成》,朱祖谋辑《彊村丛书》,张元济主持辑刊的《孤本元明杂剧》等。

　　1949 年中华人民共和国成立以后,随着整个文化事业的繁荣、各类图书文献史料的增加和发现,丛书的编印成果辉煌。这一时期,大致可以 1978 年为界,分为两个时期。1978 年以前,中国大陆编印的丛书不多,重印的主要有《左氏百川学海》,新编印的主要有郑振铎主编的《古本戏曲丛刊》、阿英编的《晚清文学丛钞》等。1978 年,中国开始了改革开放的新时期。改革开放的历史性决策,是中华民族在当时历史条件下的一次伟大的觉醒。这一觉醒开创了当代中华民族全面发展和振兴的新局面,也为古籍的整理出版带来了勃勃生机。这一时期,国家空前重视古籍的整理和出版,在经济上不断增加投入,出版单位迅速扩大,除了一些

①引自李春光著《古籍丛书述论》,辽沈书社 1991 年版,第 325 页。

综合性的出版社出版古籍外,新成立的古籍出版社达 21 家①。30年来,丛书的编印,不论在数量和规模上,还是在质量上,都取得了前所未有的辉煌成就。这主要体现在以下五个方面:

一、新编印了许多丛书。《四库全书》系列的有:顾廷龙主编的《续修四库全书》,季羡林主编的《四库全书存目丛书》,四库禁毁书丛刊编委会编的《四库禁毁书丛刊》。其他重要的,如上海书店出版的《丛书集成续编》,辽宁教育出版社出版的《新世纪万有文库》(已出版四辑),李竞编的《中国文献珍本丛书》,吴丰培编的《古籍珍本丛书》,金锋主编的《中华孤本》,罗书华主编的《中国古代禁书文库》,北京图书馆编的《北京图书馆古籍珍本丛刊》,上海古籍出版社编的《宋元善本丛书》、《宋书蜀刻本唐人集丛刊》、《清人别集丛刊》,线装书局推出的《省市图书馆孤本善本丛刊》,北京图书馆出版社出版的《国家图书馆藏古籍题跋丛刊》,天津古籍出版社编印的《汉魏六朝文史丛书》,中华书局编印的《中国古典文学基本丛书》、《中国近代人物文集丛书》,顾廷龙主编的《诗歌总集丛刊》,巴蜀书社出版《新校中国古典小说大系》排印本,甘肃人民出版社出版的《敦煌文献丛书》,河南大学出版社出版的《元典文化丛书》,福建人民出版社出版傅璇琮主编的《二十世纪中国人文学科学术研究丛书》,中华书局出版傅璇琮主编的《中国古典文学史料研究丛书》等。还启动了一些规模宏大的丛书工程,正在顺利进行,如汤一介任总编纂的教育部哲学社会科学重大攻关项目《儒藏》,经过五年的辛勤耕耘,已进入了收获阶段,到 2008 年底,已正式出版了 8 册。

---

① 参阅《中国版协古籍出版工作委员会成立》,载《光明日报》2009 年 1 月 14日第 12 版。

二、地方丛书成果丰厚。地方丛书自明代出现以后，在清代和近代有了明显的发展。新时期以来，随着人们对地域文化的关注，各地政府十分重视编纂地方丛书，安排资金，组织人员，使地方丛书竞相问世，纷结硕果。如黑龙江人民出版社编印的《黑龙江文史丛书》，吉林文史出版社编印的《长白丛书》，山西人民出版社出版的《三晋古籍丛书》，西北师范大学古籍整理研究所主编的《陇右文献丛书》，中州古籍出版社出版的《中州名家集》，齐鲁书社出版的《齐文化丛书》、《明清山左作家丛书》，山东大学出版社出版的《山东文献集成》，江苏古籍出版社编印的《江苏地方文献丛书》，上海文献丛书编委会编的《上海文献丛书》，黄山书社编印的《安徽古籍丛书》，浙江古籍出版社编印的《两浙作家文丛》，福建人民出版社编印的《八闽文献丛刊》，广东高等教育出版社和中山大学出版社出版的《岭南丛书》，中华书局出版的《云南古代诗文论著辑要》，贵州人民出版社编印的《贵州古籍集萃》等。

三、空前重视域外汉籍丛书的编印。新时期以来，随着中国对外的开放和在世界上的巨大影响，中国长期流散在域外的许多汉籍以及一些国家用汉语写作的著述，经由多种方式，逐渐被发现、被搜集。为了存传和使用这方面的史料，国家和一些出版部门对此十分珍视，相继着手编印这方面的丛书。现在已经编印的，主要有商务印书馆、广西师范大学出版社联合编辑出版的《哈佛燕京图书馆藏中文善本汇刊》，广西师范大学出版社和人民出版社共同出版的《域外汉籍珍本文库》，中华书局出版的《域外汉籍研究丛书》等。

四、通俗性丛书的涌现。新时期以来，为了满足人民群众多方面的文化的需求，不少学者和出版部门，先后编印了一些通俗性的丛书，如山东人民出版社出版的《名家解读古典文学名著丛书》，山东文艺出版社出版王志民主编的《齐鲁历史文化丛书》，陕西人民出版社出版的《中国古代小说系列丛书》，当代世界出版社出版的《古典智慧丛书》。这类丛书的编印，从一个方面推进了优秀传统文化的普及。

五、随着电子技术在古代典籍方面的应用，相继编辑和出版了许多大型的电子版丛书。如《四库全书》、《四部丛刊》、《国学宝典》、《中国历代基本典籍库》等。

丛书的内容复杂，形态多样。如何分类，学术界还没有达成共识。明代祁承㸁在其所著《澹生堂藏书目》中把丛书归在子部，分为国朝史、经史子杂、子汇、说汇、杂汇、汇集六种。今人谢国桢在《丛书刊刻源流考》一文中认为丛书，"约可分为六类：一曰汇刻（即古今著述），二曰类刻，亦可名曰专刊（即经、史、子、集诸部），三曰辨伪辑佚，四曰自著，五曰郡邑，六曰族姓。此六类者，系指昔日所刻丛书而言"①。上述之类的分类，分类标准不甚明确，比较混乱，不便于人们因类求书。《中国丛书综录》和《中国丛书广录》，参照汪辟疆在其所撰《目录学研究》一书中，将丛书分为总类和专类两大类的分法，把丛书分为"汇编丛书"和"类编丛书"两大类。汇编丛书属于综合性丛书，类编丛书属于专门性丛书，又称专科性丛书。现在学术界对丛书的分类，大多采用《中国丛书综录》和《中国丛书广录》的分法。综合性的丛书，是把内容不同的众多书籍汇编在一起，一般包括传统的经、史、子、集四部，有些包括四部中的两部或三部。专门性丛书，是汇编一个门类，或者一个学科的丛书，大致可分为经、史、子、集四类。不过，随

---

① 谢国桢《明清笔记丛谈》，上海古籍出版社1981年版，第226页。

着史料的不断积累和现代学术的发展，有许多专门性的丛书，已经打破了经、史、子、集四部分法，出现了多种多样的专门性的丛书。

从刊印来看，丛书主要有影印和重新排印两种。影印的如《士礼居丛书》、《古逸丛书》。重新排印的，常为辑佚丛书所运用，如从《永乐大典》中辑出的佚书汇为《武英殿聚珍版丛书》和马国翰辑佚的《玉函山房辑佚书》。由于丛书卷帙浩繁，编印宗旨重在汇集存传珍贵史料，所以大部分丛书采用了影印的做法。

丛书的结构，一般由书名、序、凡例、总目录、各集目录和子目录以及跋文等组成。凡例主要交代丛书编辑的宗旨、收书范围、编排形式和次序、校勘原则和刊刻要求等。

从中国古代典籍史来看，许多典籍常常是亡于散而存于聚。丛书是中国古籍存传的一种重要形式，也是古代文学史料的重要宝库。丛书搜罗广泛，荟萃众书，内容丰富，其中含有大量文学背景史料、传记史料、作品史料和研究史料。单就作品史料来说，丛书中不仅有大量的专门性的文学作品丛书，如《彊村丛书》、《孤本元明杂剧》和《中国古典文学基本丛书》，同时综合性的丛书中也有许多重要的作品。如曹溶所辑《学海类编》收宋人张尧同的《嘉禾百咏》，鲍廷博编《知不足斋丛书》辑元人袁易的《静春堂诗集》、杨元孚的《滦京杂咏》。丛书中所含的作品史料，有些属于孤本、抄本、珍本，不见于一般的别集和总集，既可补通行的别集、总集之阙，同时也使这些作品得以存传。丛书，特别是专门性的丛书，为人们搜求阅读作品史料，提供了很大的方便。正如张之洞所云：

　　丛书最便学者,为其一部之中可该群籍。①

　　丛书中所收作品,还对不少作品的校勘和整理,提供了重要的参照。

## 附:现当代新刊新编综合性丛书、
## 诗文词丛书要目②

### 综合类

《四库全书》　[清]纪昀等编③

《四库全书珍本》④

《四库全书存目丛书》　季羡林主编　齐鲁书社 1997 年版

《续修四库全书》　顾廷龙主编　上海古籍出版社 2002 年版

《四库全书精编》　文史出版社 2002 年版

---

①张之洞著、范希曾补正《书目答问补正》,上海古籍出版社 2001 年版,第 243 页。

②关于小说和戏曲丛书,见下面的第五、六节。

③主要版本有:《文渊阁四库全书》,台湾商务印书馆影印本,上海古籍出版社 2003 年新一版。电子版有:上海人民出版社、迪志文化出版有限公司合作开发(有原文及标题检索版、原文及全文检索版两种版本,业内常简写为"4KQS");济南开发区汇文科技开发中心制作、武汉大学出版社出版发行。文津阁本《四库全书》,商务印书馆将影印出版。

④1935 年中央图书馆与商务印书馆合印初集,1969 年台湾商务印书馆重印初集,并与台北"故宫博物院"继续合作影印,1971—1974 年编印第 2—5 集,1975 年又编印《别集》,1976—1982 年扩印第 6—12 集。

《四库禁毁书丛刊》　四库禁毁书丛刊编委会编　北京出版社 2000 年版

《四部丛刊》（三编）　张元济辑　商务印书馆影印　电子版《四部丛刊》全文检索版　书同文数字化技术有限公司　《四部丛刊》电子版　万方数据电子出版社

《四部备要》　中华书局 1920—1936 年编印

《丛书集成初编》（简称《丛书集成》）　王云五主编　商务印书馆 1935—1937 年编印

《丛书集成续编》　上海书店编辑并于 1994 年出版

《万有文库》　商务印书馆 1929—1937 年编印

《新世纪万有文库》（已出版四辑）　辽宁教育出版社陆续出版

《国学宝典》（电子版）　北京国学时代文化传播有限公司编制

《中国历代基本典籍库》（电子版）　北京国学时代文化传播有限公司商务印书馆开发

《北京图书馆古籍珍本丛刊》　北京图书馆古籍出版编辑组编　北京图书馆出版社 2000 年版

《域外汉籍珍本文库》（第一辑）　中国社会科学院中国历史研究所和中国人民大学国学研究院主持编纂　广西师范大学出版社和人民出版社 2008 年共同出版

## 专门类·通代

### 综合

《四库文学总集选刊》　上海古籍出版社 1993—1994 出版

《中国古代文学史电子史料库》　首都师范大学　南京师范大学　四川师范大学　鞍山师范学院与北京国学时代文化传播有限公司共同研制　2004年通过鉴定

《历代画家诗文集》　文集编辑部　台北学生书局1970—1975年出版

《选学丛书》　广文书局编译所　台北广文书局1966年版

**诗歌**

《诗歌总集丛刊》　顾廷龙主编　上海三联书店1989年开始陆续出版

《中国地方歌谣集成》《补编》　舒兰编著　台湾渤海堂文化公司1989—1998年出版

《台湾诗录》　陈汉光选辑　台湾省文献委员会1971年版

《台湾诗录拾遗》　林文龙编　台湾省文献委员会1979年版

**词**

《百家词》　[明]吴讷辑　林大椿校　天津市古籍书店1992年版

《四印斋所刻词》　[清]王鹏运辑　上海古籍出版社1989年版

《彊村丛书》　[清]朱孝臧(祖谋)辑　上海古籍出版社1989年版

《景刻宋金元明本词》　吴昌绶　陶湘辑　上海古籍出版社1989年版

《历代名家词新释辑评丛书》　叶嘉莹主编　中国书店2003年版

**民间文学作品**

《民俗曲艺丛书》 王桂秋主编 台北施和郑民俗文化基金会 1993—1999 年出版

《俗文学丛刊》第一辑 曾永义主持 台北新文丰出版公司 2002 年影印出版

《国立北京大学中国民俗学会民俗丛书》 娄子匡主编 台北东方文化供应社 1970—1977 年出版

《中山大学民俗丛书》 娄子匡主编 台北东方文化供应社 1970 年版

《中国俗文学丛书》 中国俗文学学会通俗小说研究会编辑 刘北汜 许法新主编 燕山出版社 1991 年出版第一种(蒋寒中编《大栅栏演义》)

《敦煌变文集新书》 潘重规编 台湾中国文化大学中国文学研究所 1984 年版

# 断 代

**先秦**

《楚辞汇编》 杜松柏主编 台北新文丰出版公司 1986 年版

**唐**

《四库唐人文集丛刊》 上海古籍出版社 1992—1994 年出版

《杜诗丛刊》 黄永武主编 台北大通书局 1964 年版

《历代唐诗选本丛书》 河北大学出版社 2000 年版

**宋**

《宋名家集汇刊》 昌彼得主编 台北汉华文化事业公司 1970 年版

《宋名家词》　〔明〕毛晋辑　《四库全书存目丛书》影印汲古阁原刻本　齐鲁书社 1987 年版

《宋六十名家词》　〔明〕毛晋辑　上海古籍出版社 1989 年版

**元**

《元代珍本文集汇刊》　台北"中央图书馆"编印 1970 年版

《元人文集珍本丛刊》　王德毅主编　台湾新文丰出版公司 1985 年版

《元朝别集珍本丛刊》　李军编　吉林文史出版社 2008 年版

**明**

《明人文集汇刊》　沈云龙主编　台北文海出版社 1970 年版

《明代艺术家集汇刊》　台北"中央图书馆"编印 1968 年版

《明代艺术家集汇刊续编》　台北"中央图书馆"编印 1971 年版

《四库明人文集丛刊》　上海古籍出版社 1991—1993 年出版

《明词汇刊》　赵尊岳辑　上海古籍出版社 1992 年版

《明清民歌时调丛书》　中华书局上海编辑所 1959—1962 年出版　线装本

《明清八大家文选丛书》　钱仲联主编　苏州大学出版社 2001 年版

**清**

《清人别集丛刊》　上海古籍出版社 1979 年起陆续出版

《清名家集汇刊》　昌彼得主编　台北汉华文化事业公司 1971 年版

**近代**

《晚清文学丛钞》　阿英编　中华书局 1960 年 3 月至 1962 年 9 月出版

《中国近代文学大系》　上海书店 1990 至 1996 年出版①

《中国近代文学丛书》　上海古籍出版社出版②

《南社丛刊》　原书共 22 集　1909—1923 年出版时为排印线装本　江苏古籍刊印社 1996 年影印出版

# 第五节　小说

小说是古代文学作品史料中重要的一种。谈到古代的小说，首先涉及到古今小说概念内涵不同的问题。

在古代，小说以及同小说相关的小说家的含义，在不同时期和不同的著述当中，常有明显的不同，没有形成统一的、具有实质性规定的界定。

"小说"一词，最早见于《庄子·外物篇》：

　　饰小说以干县令，其与大达亦远矣。

这里的小说指的是与"正说"、"大道"不同的琐屑言谈、细小道理。《庄子》中的"小说"，同后来所说的小说的内涵，没有联系。

---

① 此书共 12 分集 30 分卷，包括：文学理论集、小说集、散文集、诗词集、戏剧集、笔记文学集、俗文学集、民间文学集、书信日记集、少数民族文学集、翻译文学集、史料索引集。

② 此丛书计划出 5 辑，已出 2 辑，12 种。

不过,庄子既然把"小说"与"正说"、"大道"加以区分,自然就含有贬低"小说"的意思。这可能与后来长期轻视小说有关联。

东汉初期,桓谭在《新论》中,开始使用"小说家"一词。桓谭说:

> 若其小说家,合丛残小语,近取譬论,以作短书,治身理家,有可观之辞。

桓谭开始给小说家作了界定,说小说家是整理"丛残小语"的,并指出了小说具有"近取譬论"、短小的特点和"治身理家"的作用。

在古代的目录中,班固的《汉书·艺文志》,据刘歆的《七略》"删其要"而成,列"小说十五家"及"小叙"。小叙说:

> 小说家者流,盖出于稗官。街谈巷语,道听途说者之所造也。孔子曰:"虽小道,必有可观者焉,致远恐泥,是以君子弗为也。"然亦弗灭也。闾里小知者之所及,亦使缀而不忘。如或一言可采,此亦刍荛狂夫之议也。

班固探源溯流,说小说家当出自稗官。据饶宗颐考证,"稗官,秦时已有之"①,这说明至晚在秦时已有稗官搜集小说了。班固指出,小说是来自街谈巷语和道听途说之所造,"有可观者"的价值。但他把小说视为"小道"。既然是"小道",自然就没有多大的价值。《汉书·艺文志》并没有从文体的角度,对小说作出具有质的规定性的界说,只是把当时难以归类、"无家可归"的 15 种

---

① 参阅饶宗颐《秦简中"稗官"及如淳称魏时谓"偶语为稗"说——论小说与稗官》,原载《王力先生纪念文集》,三联书店(香港)有限公司 1987 年版。又见《饶宗颐二十世纪学术文集》,台湾新文丰出版公司 2004 年版,卷 3 第59—67 页。

"驳杂之作"归入"小说家"。《汉书·艺文志》是中国古代第一部史书艺文志。《汉书·艺文志》把"驳杂之作"用小说这一"杂货库"的办法,收容在一起,使许多小说得以存传。班固对小说轻视而不灭的认识和著录作品的做法,为后来史书艺文志或经籍志所仿效。

据现存的史料来看,魏晋南北朝时期也时有用"小说"一词的记载。《三国志》卷21《王卫二刘传》注引《魏略》云:曹植见邯郸淳"诵俳优小说数千言"。曹植同时"诵俳优小说",所诵小说,当是具有愉悦意味的来自街谈巷语之类的短小言说。徐幹《中论·务本篇》云:

夫详于小事而察于近物者……心通乎短言小说之文。

徐幹这里所说的小说与短言并提,指的当是言说小事近物的短小言论。

南朝宋代刘义庆和梁代的殷芸曾分别著有《小说》。刘义庆所著已佚。殷芸的《小说》(又称《梁武小说》、《商芸小说》)仅存佚文,《隋书》卷34《经籍志三》著录十卷。原注:"梁武帝敕安右长史殷芸撰。"刘知几《史通》外篇《杂史中》云:

刘敬叔《异苑》称晋武库失火,汉高祖斩蛇剑穿屋而飞,其言不经。故梁武帝令殷芸编诸《小说》……乃刊为正言。

余嘉锡云:

考芸所纂集,皆取之故书雅记,每条必注书名……体例谨严,与六朝人他书随手抄撮不著出处者不同。援据之博,盖不在刘孝标以下,实六朝人所著小说中之较繁富者。[1]

---

[1]余嘉锡《余嘉锡文史论集》,岳麓书社1997年版,《殷芸小说辑证》。第259页。

从今存殷芸《小说》的佚文和余嘉锡的概括论述来看,殷芸所著《小说》,虽然正式用"小说"命名,但其内容当是带有纠正野史"其言不经"的性质。

初唐魏徵等所撰《隋书·经籍志》是《汉书·艺文志》之后的一部重要史志目录。《隋书》卷34《经籍志三》把小说收入子部,著录25种。25种中,有些和今天所说的小说的涵义相同,如邯郸淳的《笑林》、刘义庆的《世说》等。有些则明显的属于杂著,如《杂书钞》、《器准图》等。而把今天视为志怪小说的魏文帝的《列异传》和干宝的《搜神记》等,则作为"史官之末事",收入史部"杂传"中。刘知几《史通·内篇·杂述》把杂述分为十种。其中,论"琐言"一种云:

> 街谈巷议,时有可观,小说卮言,犹贤于己。故好事君子,无所弃诸,若刘义庆《世说》、裴荣期《语林》、孔思尚《语录》、阳玠松《谈薮》。此之谓琐言也。

而在"逸事"一种中,列有葛洪的《西京杂记》、顾协的《琐语》。在"杂记"一种中,列有祖台之的《志怪》、干宝的《搜神》、刘义庆的《幽明》、刘敬叔的《异苑》等。看来,小说在魏徵和刘知几等人的心目中,并没有明确的界定,或收入子部,或收入史部,仍是把小说作为一种杂著收入不同的"杂货库"中。

五代后晋刘昫等撰《旧唐书》,在卷47《经籍志下》,踵袭《隋书·经籍志》,仍把小说收入子部,著录"小说家"13部,其中有今人所谓的小说,如邯郸淳的《笑林》、刘义庆的《世说》、刘孝标的《续世说》等,也有在《隋书·经籍志》被列入"杂家"的(如张华的《博物志》)而转移到小说家的。至于今人认为属于志怪小说的,如干宝的《搜神记》和祖台之的《志怪》,仍置于史部的"杂传"中。由此可以推断,在五代时期,人们对小说的认识同初唐相近,仍是把它看成是难以界定的"杂货"。

到宋代，人们对小说的看法，在沿袭中出现了一些变化。北宋欧阳修等撰《新唐书》，在卷59《艺文志三》的子部中设有"小说家类"，著录39家，41部。其中有今人所认定的属于志人小说的，如刘义庆的《世说》、刘孝标的《续世说》等，有属于志怪小说的，如干宝的《搜神记》、祖台之的《志怪》等。《新唐书·艺文志》把"志怪"之类，从史部的"杂传"中，移入小说类，可能有纯洁史书的用意。这一变化，从客观影响上看，倒是同今人的认识相近。不过，从《新唐书·艺文志》所著录的所有的"小说家类"来看，小说仍然属于杂著，竟把《茶经》和《续钱谱》之类的杂著也收入小说类。这种状况，也表现在今存宋代的两部重要的私家所著的目录上。晁公武《郡斋读书志》卷13"小说类"中就收有不题撰人的《史话》和陈师道的《后山诗话》、司马光的《续诗话》等七种诗话。陈振孙《直斋书录解题》卷11"小说家类"就收有《古今同姓名录》、《后史补》等。

在宋代，也有个别文人学者看到了小说能感人和某些小说创作的特点以及在文学中的重要地位。如洪迈就指出：

　　唐人小说不可不熟，小小情事，凄惋欲绝，洵有神遇而不自知者，与诗律可称一代之奇。①

又如吴自牧说：

　　盖小说者，能讲一朝一代故事，顷刻间捏合。②

①洪迈此言，见清人陈世熙《唐人说荟》"例言"所引洪容斋语，上海扫叶山房石印本，1922年版，第1页。转引自邵毅平、周峨《论古典目录学的"小说"概念的非文体性质——兼论古今两种"小说"概念的本质区别》，《复旦学报》2008年第3期。

②吴自牧《梦粱录》，浙江人民出版社1984年版，第196页。

从上引史料来看,尽管出现了像洪迈和吴自牧这样的对小说有独到的看法,但他们的见解,属凤毛麟角,而且限于"唐人小说"和小说中讲史的一种。在宋代,小说总的特点如何,到底应当包括哪些内容,怎样归并分类,仍是悬而难以解决的问题。这一点,郑樵在《通志·校雠略》中就深有感触。他说:

> 古今编书所不能分者五,一曰传记,二曰杂家,三曰小说,四曰杂史,五曰故事。凡此五类之书,足相紊乱。

元代脱脱等撰《宋史》,在卷208《艺文志五》的子类中,设"小说家类",共著录小说359部。同以前的目录所著录的小说相比,《宋史·艺文志》所著录的小说数量之多远远超过了以前。从内容上看,其所收之驳杂,也远远超过了以前。诸如属于经学方面的周明辨的《五经评判》,属于孝经方面的郑氏的《女孝经》、题名鹗的《佛孝经》等,属于器物方面的陶弘景的《古今刀剑录》、虞荔的《古今鼎录》等,属于钱谱方面的顾烜的《钱谱》、董逌的《钱谱》,属于花木谱方面的蔡襄的《荔枝谱》,属于绘画方面的史道硕《八骏图》,属于歌谣方面的狐刚子的《灵图感应歌》,属于目录方面的汪藻的《世说叙录》等,都被作为小说收入了小说这一"杂货库"。

在明代,一方面沿袭前人之说,视小说为杂著,一方面有学者开始试图对小说进行整合分类。前者如顾元庆编辑的小说丛刊《顾氏文房小说》40种,58卷。此书收宋以前志怪、集异、传人、游记等各类短小作品,其中部分作品接近现代所说的小说,而多数不能纳入现代所说的小说,至于所收南朝梁钟嵘的《诗品》、唐代孟棨(一作启)的《本事诗》和宋李廌的《德隅斋画品》之类,完全与小说无关。后者如胡应麟。胡氏在《少室山房笔丛·九流绪论》中,把小说家分为"志怪"、"传奇"、"杂录"、"丛谈"、"辨订"、"箴规"六种。上述六种中的"志怪"和"传奇"同今人所说的小说相吻合，而"杂录"和"丛谈"两种，其中有些近于今人所说的小说。至于"辨订"和"箴规"两种，则同今人所说的小说不沾边。胡氏尽管试图对小说进行分类，但他认为：

> 小说，子书流也。然谈说理道或近于经，又有类注疏者；记述事迹或通于史，又有类志传者……至于子类杂家，尤相出入。

胡氏视小说为"子书流"。他的分类，还是在杂著的基础上进行的。他认为小说"最易混淆"，对小说也没有作出明确的具有质的规定性的界定。

清代张廷玉等撰《明史》，在卷 98《艺文志三》中设"小说家类"，只著录明人所撰，共 127 部。用今人的观点来看，《明史·艺文志》所著录的"小说"，不像以前那样驳杂，但仍含有一些"杂言"、"杂录"、"杂记"之类的著述。

清代对小说的看法，还明显地体现在《四库全书总目》中。《四库全书总目》仍把小说置于子部，在卷 140、141、142 中把"小说家类"，分"杂事"、"异闻"和"琐语"三派。"其一叙述杂事"，86 部；"其一记录异闻"，32 部；"其一缀辑琐语"，5 部。《四库全书总目》著录的小说，虽然去掉了胡应麟所分小说六种中的"丛谈"、"辨订"和"箴规"，但同时也删去了"传奇"1 种。对于明清盛行的通俗小说，没有著录。"杂事"派中所著录的，有些属于史部的杂史，所记尽管不完全真实，但往往透露了一些历史真相，可补正史之不足。而《四库全书总目》把它们归入小说，这只能使小说的内容更加驳杂。从《四库全书总目》"小说家类"的小叙来看，《四库全书》的编纂者，对小说的看法，基本上沿袭了《汉书·艺文志》以来的正统看法，主要强调小说"寓劝戒，广见闻，资考证"的作用，而且甄录的是"其近雅者"，"惟猥鄙荒诞，徒乱耳目者，则黜不载焉"。就总体而言,《四库全书》的编纂者对小说的内涵和特点,同样是含糊的,没有作出具有实质性质的界说。大约在清末民初,又出现了"笔记小说"这一名称,把笔记和小说合在一起,并相继编辑出版了"笔记小说"。这一名称的兴起,扩大了小说的范围,同时也给小说的界定带来了困难。

在中国古代,小说产生得很早,有悠久的历史,作品也极其繁富,不同时期都有阅读者、欣赏者和整理者,但是由于儒家文化在中国长期居于统治地位和古代所说的"小说"本身的复杂,结果导致了在基本理论认识上,直到清代,小说始终被视为不能登大雅之堂的"小道",没有受到应有的重视,但又一直认为它有"可观"的价值,舍不得丢弃它。再加上长期以来对图书用经史子集四部分法的局限与制约,结果对小说也一直没有作为一种文体来对待,一直是被作为一种"杂货",把经、史、诸子、诗歌、高雅之文、词和戏曲之外的各种杂著,都装进了这一"杂货库"。上述的认识和做法,加剧了人们对小说的轻蔑,也削弱了对小说的搜集和存传。

到了近代,随着西方文学理论的引进,许多文人学者受西方文学理论的影响,认为小说具有叙事、情节和虚构等特点,小说才被看成是一种文学作品,是一种独立的文体。近代以来所用的"小说"一词,"是近代从日本输入的'新名词'。日本人以中国传统的'小说'一词,来译从西方传入的'虚构的叙事文学'(story,novel,fiction……),于是就有了今天文学性的'小说'一词,与中国传统的'小说'一词名同而实异"①。

————————

① 引自邵毅平、周峨《论古典目录学的"小说"概念的非文体性质——兼论古今两种"小说"概念的本质区别》,《复旦学报》2008 年第 3 期。本书关于"小说"的概念部分的写作,参考了此文。

　　由于在中国古代对小说这一概念一直没有实质性的界定，一直被作为一种"杂货"，而近代以来我们所说的小说，虽然与古代有某些重合，但差异远胜于重合。重合的部分好处理，而在差异的部分中，哪些属于真正的小说？小说的渊源在哪里？标志是什么？如何把中国传统的小说这一概念和从西方引进的小说概念结合起来？这些都是我们需要继续研究的重要问题。就目前来说，我们只能古今结合，既照顾传统对小说的认识和处理方法，又要考虑今天的小说概念。基于上述考虑，本书对小说作品史料，明代之前的尽量放宽一些，这有助于我们探讨古代小说的源流演变，明代之后的重点放在近代所说的文学小说方面。这样做，当有助于探讨中国小说的历史形态，把传统的对小说的认识、做法和现代的小说观念、做法相衔接，进而融合古今中西，有可能在融合中探讨适合中国的小说观念。

　　中国古代的小说作品，极其繁富，有多种存在形态。在古代，尽管陆续有人整理小说，但成果较少。大量的作品是现当代整理的。就现存的和已经整理的小说作品的形态而言，主要有下面几种形态：

　　小说单本。所谓小说单本，指的是一个人创作的小说以单本的形式编辑存传的。从古代的目录来看，中国古代有些小说是用单本的形态编辑存传的，如刘义庆的《世说新语》，罗贯中的《三国演义》。到了近代，随着报刊的兴盛，有许多小说开始是在报刊上发表或连载，后来辑成单本刊印。单本这种形态的小说，作者单一，能够单独传存，至今仍是古代小说存传的重要形态。

　　小说总集。小说总集指的是汇集多人创作的小说而用一总名的书籍。小说产生以后，到了宋代，开始出现了把多种小说编辑在一起的小说总集，如《太平广记》。此书是宋太宗命李昉等人编纂的，始编于太平兴国二年（977），次年编竣，故名。《太平广记》专收汉至宋初野史、笔记、小说等，按题材分为神仙、道术等92大类，又分150余细目。引用书籍达三、四百种，其中大半已经散佚①。鲁迅在《中国小说的历史变迁》中说此书是"古小说的林薮"。《太平广记》之后，宋代又出现了多种小说总集。宋代之后，小说总集的编辑赓续不断②。

小说丛刊(亦称小说丛书)。小说丛刊，是按照一定的编选原则，把数量众多的比较完整的小说编辑在一起，印行流布。明人陆楫等编辑的《古今说海》是中国古代早期的小说丛刊。此书辑录汉至明代的小说，尤以唐、宋小说为多。明代以后，特别是在现当代，在国内外，十分重视小说丛刊的编辑，先后有许多小说丛刊相继出版。如中国社会科学院文学研究所《古本小说丛刊》编委会编辑、由中华书局出版的《古本小说丛刊》。本书收中国古代小说中的珍本、善本、孤本，据原本影印，不予删改。需要说明的是，小说总集与小说丛刊有时难以划分，常有混同的现象。明嘉靖间洪楩编刊的话本《六十家小说》，应属小说丛刊，但孙楷第的《中国通俗小说总目》中把它列入小说总集。从现在流行的小说丛刊来看，在体量上一般都远远超过了小说总集。如台湾新兴书局有限公司1975—1984年辑印的《笔记小说丛刊》，收上自战国下迄现代的笔记小说1862部，分32编，精装321大册。另外，有些小说丛刊是分辑陆续出版的，如上面引的《古本小说丛刊》，就是从1987年开始分辑出版的。这一点与小说总集不同。

小说辑佚。中国古代的小说，特别是明前的小说，多有散佚。

---

① 关于《太平广记》的分类和引书情况、数目，参阅张国风《〈太平广记〉版本考述》，中华书局2004年版，第四、五章。
② 参阅秦川《中国古代文言小说总集述略》，《安徽大学学报》2002年第5期。

胡应麟《二酉缀遗》卷中载《百家异苑·序》说：

> 自汉人驾名东方朔作《神异经》，而魏文《列异传》继之，六朝、唐、宋，凡小说以"异"名者甚众。考《太平御览》、《广记》及曾氏、陶氏诸编，有《述异记》……"异"、"述"诸集，大概近六十家……今世有刻本者，仅《神异》、《述异》数家，余俱不行。

胡氏指出，明代之前的"异"、"述"之类的小说多有亡佚，其实其他小说何尝不是如此。这些亡佚小说，有些片段，散见于其他书籍中。对于这些散佚之作，至晚从宋代开始，就有人注意做辑佚。刘咸炘在 1928 年所著《目录学》中说：

> 宋世所传唐人小说、唐以上人文集，卷数多与原书不合，校以他书所引，往往遗而未录，盖皆出于宋人掇拾而成，此即辑佚之事也。①

照刘氏的说法，宋人即于唐人小说方面有所辑佚。宋代之后，对小说的辑佚接续不断。在元代，重要的有陶宗仪的《说郛》。刘咸炘指出：

> 今传唐人小说多本《说郛》。而《说郛》中本多辑古佚书。吾疑此类多是辑本。②

在明代，辑佚各种小说是辑佚的一个重点。胡应麟年幼时即辑佚古代的小说成《百家异苑》。明代"辑刊了许多说部丛书，如顾元庆的《文房小说》、陆楫的《古今说海》、吴琯的《古今逸史》、汤显祖的《虞初志》等皆为此类，其中多辑佚之事"③。

①刘咸炘《推十书》，成都古籍书店影印，1996 年版，第 1737 页。
②刘咸炘《推十书》，成都古籍书店影印，1996 年版，第 1737 页。
③引自曹书杰《中国古籍辑佚学论稿》，东北师范大学出版社 1998 年版，第 99—100 页。

　　至清代，辑佚的重点在经、史、子、集方面，于小说，成果不多。这种状况到了现代，有了很大的变化，相继出现了不少小说辑佚，其中鲁迅的成就尤其卓著。鲁迅从少年时就喜欢披览古籍，"偶会逸文辄已写出"①，从唐、宋的各种书籍中辑佚编成《古小说钩沉》。此书辑佚了从周代的《青史子》到唐代杜宝的《水饰》等久已散失的小说36种，为现代辑佚小说之先驱。

　　中国古代小说产生以后，经由长期的发展，积累了繁富的成果。对于这些成果，如上所述，自《汉书·艺文志》开始，人们就探讨对其进行分类。但由于古代对小说这一概念，一直没有明确的界定，所以分类相当混乱。今天看来，古代对小说的分类，尽管其中不乏某些可取的因素，但就总体而言，并没有重要的价值。近代以来，随着小说创作的繁荣、西方文学理论的影响以及人们对小说的重视，不少文人和学者试图对古代小说进行新的分类。常见的主要有三种视角。一是着眼于内容，有的分为志怪小说、志人小说、社会小说、言情小说、历史小说、武侠小说、笔记小说等；有的如郑振铎在《中国小说的分类及其演化的趋势》②一文中，"依了自然的确切的内容"分为笔记小说、传奇小说、平话小说、中篇小说和长篇小说五类。二是着眼于语言，大体分为文言小说、通俗小说（亦称白话小说）两种③。三是着眼于小说创作的时代，如唐代小说、宋元话本、明清小说、近代小说等。上述分类，各有所长。可能由于从内容上分类，歧异较多，不易操作，而从时代上来分类，又有一个如何划

①参阅鲁迅《古小说钩沉·序》。
②原载《学生杂志》第17卷第1号，1930年1月。
③近来也有称文言小说为"古体小说"，把"五四"以前的白话小说称为"近体小说"。

分时代的问题,所以从现在有关小说作品的书目来看,着眼于语言的角度来分类的较多。当然,这种分类,也是相对的。因为文言(特别是浅近的文言)与白话的界限有时难以划分。

## 附:现当代新刊新整理小说作品要目

### 小说单本(含经过辑佚的)

《燕丹子》① 无名氏撰　程毅中等点校　中华书局1985年版

《越绝书》 乐祖谋校点　上海古籍出版社1997年版②

《吴越春秋辑校汇考》 [汉]赵晔撰　周生春辑校　上海古籍出版社1997年版

《说苑校证》 [汉]刘向撰　向宗鲁校证　中华书局1987年版

《新序校释》 [汉]刘向撰　石光瑛　陈新校释　中华书局2001年版③

《博物志校证》 [晋]张华撰　范宁校证　中华书局1980年版④

《新辑搜神记》⑤ [晋]干宝撰　李剑国辑校　中华书

---

① 与《西京杂记》合本。
② 晁岳佩《〈越绝书〉版本源流考述》,载其著《经史散论》,山东大学出版社2007年版。
③ 郝继东《刘向〈新序〉版本述略》,《古籍整理研究学刊》2006年第2期。
④ 王媛《〈博物志〉的成书、体例与流传》,《中国典籍与文化》2006年第4期。
⑤ 与《新辑搜神后记》合本。

局 2007 年版①

　　《西京杂记校注》　〔汉〕刘歆撰　〔晋〕葛洪集　向新阳　刘克任校注　上海古籍出版社 1991 年版

　　《拾遗记》〔晋〕王嘉撰　〔南朝梁〕萧绮录　齐治平校注　中华书局 1982 年版

　　《裴启语林》〔晋〕裴启撰　周楞伽辑注　文化艺术出版社 1988 年版

　　《新辑搜神后记》②　〔晋〕陶渊明撰　李剑国辑校　中华书局 2007 年版

　　《异苑》③　〔南朝宋〕刘敬叔撰　范宁校点　中华书局 1996 年版

　　《世说新语笺疏》(修订本)　〔南朝宋〕刘义庆撰　〔梁〕刘孝标注　余嘉锡笺疏　上海古籍出版社 1993 年版④

　　《世说新语校笺》〔南朝宋〕刘义庆撰　徐震堮著　中

①1. 范宁《八卷本〈搜神记〉考辨》,原载《天津民国日报》1947 年 7 月 18、25 日,收入范宁著《范宁古典文学研究文集》,重庆出版社 2006 年版。2. 范宁《二十卷本〈搜神记〉考辨》,原载《新生报·语言与文学》第 76 期,1948 年 3 月 30 日。收入上书。3. 李剑国《〈搜神记〉著作过程考》、《〈搜神记〉著录流传考》、《〈搜神记〉异本考》,载其辑校《新辑搜神记》,中华书局 2007 年版,《前言》。

②与《新辑搜神记》合本。

③与《谈薮》合本。

④杨勇《余嘉锡〈世说新语笺疏〉后叙》,载《香港中文大学中国文化研究所学报》第 17 卷(1986 年版)。此文对余嘉锡《世说新语笺疏》(中华书局 1983 年版)之"胜义"、"败坏不安者"分别作了详细论述,并附二表:一是《余嘉锡〈世说新语笺疏〉误字校正表》;二是《余嘉锡〈世说新语笺疏〉标点错误校正表》。

华书局 1984 年版

　　《世说新语校笺》　［南朝宋］刘义庆撰　　［梁］刘孝标注
杨勇校笺　中华书局 2006 年版①

　　《殷芸小说》　［南朝梁］殷芸编纂　　周楞伽辑注　上海
古籍出版社 1984 年版②

　　《谈薮》③　［北齐］阳玠松撰　程毅中　程有庆辑校
中华书局 1996 年版

　　《〈冤魂志〉校注》　［北齐］颜之推著　罗国威校注　巴
蜀书社 2001 年版

　　《启颜录》　［隋］侯白撰　曹林娣　李泉辑注　上海古
籍出版社 1990 年版

　　《东坡志林》　［宋］苏轼撰　刘文忠评注　学苑出版社
2000 年版

　　《夷坚志》　［宋］洪迈著　何卓点校　中华书局 2006
年版

　　《大唐三藏取经诗话校注》　作者不详　李时人　蔡镜
浩校注　中华书局 1997 年版

　　《三国志通俗演义》　［元］罗贯中编撰　上海古籍出版
社 1980 年版

　　《三国演义会评本》　［元］罗贯中撰　陈曦钟　宋祥瑞

---

① 1. 王能宪《〈世说新语〉的版本》,载其著《世说新语研究》,江苏古籍出版社
1992 年版,第二章第二节。 2. 范子烨《〈永乐大典〉残卷中的〈世说新语〉
佚文》,《文史》总第 63 辑,2003 年第 1 辑。

② 关于《殷芸小说》的编撰、著录和辑佚,参阅周楞伽辑注《殷芸小说·前言》
和《附录二》。

③ 与《异苑》合本。

等辑校　北京大学出版社 1986 年版

　　《三国演义》　［元］罗贯中撰　吴小林校注　陈迩冬审订　四川文艺出版社 1986 年版①

　　《水浒传》　［元］施耐庵撰　人民文学出版社 1975 年版

　　《水浒传会评本》　［元］施耐庵著　陈曦钟　侯忠义等辑校　北京大学出版社 1981 年版

　　《水浒传》　［元］施耐庵　罗贯中著　林峻校点　上海古籍出版社 2004 年版②

----

① 1. 马廉《旧本三国演义版本的调查》（截至民国十八年 4 月止），原载《北平北海图书馆月刊》第 2 卷第 5 号，1929 年 10 月。收入马廉著、刘倩编《马隅卿小说戏曲论集》，中华书局 2006 年版。2.《馆藏〈三国演义〉刊本及参考资料简目》，载《〈三国演义〉资料》，南京图书馆 1954 年编印。3.《馆藏〈三国演义〉刊本及参考资料选目》，载《〈三国演义〉资料》，安徽省图书馆 1957 年编印。4.［英］魏安著《三国演义版本考》，上海古籍出版社 1996 年版。5. 邓绍基、史铁良主编《〈三国演义〉成书及版本研究》，见《明代文学研究》第 98—113 页，北京出版社 2001 年版。6. 章培恒《关于〈三国演义〉的黄正甫本》，《上海师范大学学报》2001 年第 5 期。7. 沈伯俊《〈三国演义〉版本研究的新进展》，《社会科学研究》2004 年第 5 期。8. 刘世德《〈三国志演义〉嘉靖壬午本与叶逢春刊本比较——人数变化百例》，载刘世德、石昌渝等主编《中国古代小说研究》第 1 辑，人民文学出版社 2005 年版。9.［日］金文京《〈三国志演义〉版本举隅》，同上。10.［日］中川谕《〈三国志演义〉诸本三系统与黄正甫本的性质》，同上。11. 欧阳健《〈三国演义〉版本研究的观念、思路和方法》，载罗宗强、陈洪主编《明代文学研究国际学术研讨会论文集》，南开大学出版社 2006 年版。12. 刘世德《三国志演义嘉靖七年刊本试论》，《文学遗产》2007 年第 1 期。

② 1. 赵孝孟《〈水浒传〉版本录》，《图书月刊》（北平图书馆）1932 年第 1 期。2. 杨柳《〈水浒传〉的版本》，载《水浒人物论》，上海自由出版社 1955 年版。3. 严敦易《明中叶后〈水浒传〉各种版本情况表·明代各种版本（转下页注）

　　《西游记》　[明]吴承恩著　　黄肃秋校订　　人民文学出版社1980年版

　　《西游记》　[明]吴承恩著　　黄永年　　黄寿成点校　　中华书局1998年版①

(接上页注)〈水浒传〉作者题署表》，载《水浒传的演变》，上海古典文学出版社1957年版。4. 何心《〈水浒传〉的版本》，载《水浒研究》，古典文学出版社1957年版。5. 孙楷第《〈水浒传〉旧本考——由明新安刊大涤余人序本百回本〈水浒传〉推测旧本〈水浒传〉》，载其著《沧州集》卷2，中华书局1965年版，又载《名家解读〈水浒传〉》，山东人民出版社1998年版。6. [日]大内由三郎著《〈水浒传〉版本考》，《天理大学学报》(学术研究会志)1969年总第64期、1971年总第70期、1975年总第99期。7. 王鹤鸣《关于〈水浒〉的作者和版本》，《图书工作》(安徽省图书馆)1975年第1期。8. 四川大学中文系《水浒》评论组撰《〈水浒〉的故事演变和版本》，《四川大学学报》1975年增刊。9. 柏途《略谈〈水浒传〉版本》，《光明日报》1975年10月6日。10. 赤文《关于〈水浒〉的成书、作者及版本》，《新教育》1975年第11期。11. 李滋《〈水浒〉的版本和〈水浒〉的政治倾向》，《文物》1975年第11期。12. 聂绀弩《论〈水浒传〉的繁本与简本》，载徐朔方、刘辉编《中国古典小说论集》，上海古籍出版社1981年版。13. 范宁《〈水浒传〉版本源流考》，《中华文史论丛》1982年第4期。14. 马蹄疾《水浒书录》，上海古籍出版社1986年版(此书上编著录《水浒》各种版本)。15. 陈兆南《〈水浒〉版本知见目》，台湾《中国书目季刊》第21卷第2期，1987年9月版。16. 罗尔纲《水浒传原本和著者研究》，江苏古籍出版社1992年版。17. 邓绍基、史铁良主编《〈水浒传〉成书与版本研究》，载《明代文学研究》，北京出版社2001年版，第208—241页。18. 陈松柏《也谈〈水浒传〉的祖本》，《湖南社会科学》2007年第1期。19. 谢卫平《〈水浒〉版本研究在日本：兼谈国内相关情况》，《明清小说研究》2008年第2期。

① 1.《南京图书馆藏〈西游记〉刊本及其参考资料简目》，南京图书馆1954年编印。2. 张左《关于〈西游记〉的版本》，《文学书刊介绍》1954年第8期。3.《有关〈西游记〉版本参考资料简目》，北京图书馆1955年编(转下页注)

《剪灯新话》　〔明〕瞿佑等著　周楞伽校注　上海古籍出版社1981年版①

《新刻绣像批评金瓶梅》　〔明〕兰陵笑笑生撰　齐烟　王汝梅校点　齐鲁书社1989年版

《金瓶梅》(汇评会校本)　〔明〕兰陵笑笑生撰　中华书局1998年版

《金瓶梅词话》　〔明〕兰陵笑笑生著　陶慕宁校注　宁宗一审定　人民文学出版社2000年版②

(接上页注)印。4.〔日〕太田辰夫《清刊本〈西游记〉考》,《神户外大论丛》1971年第2卷第4期。5.王丽娜《〈西游记〉外文译本概述》,《文献丛刊》1980年第4期。6.刘荫柏《〈西游记〉明清两代出版史考》,《华东师范大学学报》1983年第3期。7.黄永年《重论〈西游记〉的简本》。此文写于1984年,后收入1987年复旦大学《中国古典文学丛考》第二辑。8.程毅中、程有庆《〈西游记〉版本探索》,《文学遗产》1997年第3期。9.黄永年《论〈西游记〉的成书经过和版本源流》。此文作为著者和黄寿成点校的、中华书局1993年出版的《西游记》(黄周星定本西游证道书)的"前言"发表。10.史铁良《〈西游记〉版本研究》,载邓绍基、史铁良主编《明代文学研究》,北京出版社2001年版,第299—306页。11.竺洪波《西游记作者与版本论》,载其著《四百年〈西游记〉学术史》,复旦大学出版社2006年版,第九章。12.蔡铁鹰《〈西游记〉的诞生》,中华书局2007年版。
①张兵《瞿佑及其〈剪灯新话〉》,《上海师范大学学报》2001年第6期。
②1.周越然《〈金瓶梅〉版本考》,《新文学》1935年第1期。2.姚灵犀《〈金瓶梅〉版本之异同》,《瓶外卮言》,天津书局1940年版。3.〔日〕泽田瑞穗《金瓶梅书目稿》,天理大学1959年版。4.《〈金瓶梅〉参考图版12种》,〔日〕《大安》第9卷第5号,1963年5月。5.朱星《〈金瓶梅〉的版本问题》,载《金瓶梅考证》,百花文艺出版社1980年版,又载《名家解读〈金瓶梅〉》,山东人民出版社1998年版。6.胡文彬《〈金瓶梅〉书录》,辽宁人民出版社1986年版。7.刘辉《〈金瓶梅〉版本考》,《金瓶梅论集》,人民文(转下页注)

　　《封神演义》　〔明〕许仲琳编　人民文学出版社 2007年版

　　《东周列国志》　〔明〕冯梦龙　〔清〕蔡元放编　黄钧校注　人民文学出版社 2007年版

　　《醒世姻缘传》　〔清〕西周生著　齐鲁书社 1980年版①

　　《聊斋志异汇校汇注汇评》　〔清〕蒲松龄著　张友鹤整理　上海古籍出版社 1986年版

　　《全本新注聊斋志异》　朱其铠　李茂肃等校注　人民文学出版社 1989年版

　　《聊斋志异全校汇注集评》　〔清〕蒲松龄著　任笃行编著　齐鲁书社 2000年版②

---

（接上页注）学出版社 1986年版。8. 刘辉《〈金瓶梅〉成书及版本研究》，辽宁人民出版社 1986年版。9. 徐朔方《论金瓶梅的成书及其他》，齐鲁书社 1988年版。10. 王利器《〈金瓶梅词话〉成书新证》，载《金瓶梅研究集》，又载《名家解读〈金瓶梅〉》，山东人民出版社 1998年版。11. 黄霖《关于〈金瓶梅〉崇祯本的若干问题》，中国金瓶梅学会编《金瓶梅研究》第一辑，江苏古籍出版社 1990年版。12. 邓绍基、史铁良主编《〈金瓶梅〉的成书年代和版本研究》，载《明代文学研究》，北京出版社 2001年版，第 395—410页。13. 黄霖《再论〈金瓶梅〉崇祯本系统各本之间的关系》，《上海师范大学学报》2001年第 5期。14. ［美〕韩南《〈金瓶梅〉的版本》，1962年。

① 1. 曹大为《〈醒世因缘传〉的版本源流和成书年代》，《文史》第 23辑，1985年。2. 吴燕娜《〈醒世姻缘传〉的版本问题》，台湾《中外文学》第 17卷第 2期，1988年 7月。

② 1. 刘阶平《〈聊斋志异〉撰写与评注及稿本抄本刊本》，台湾《中国书目季刊》第 11卷第 1期，1977年 6月。2. 张友鹤《聊斋志异版本简介》，载《聊斋志异会校会注会评》，上海古籍出版社 1978年版。3. 荣孟源《〈聊斋志异〉的稿本》，《中华文史论丛》1979年第 3期。4. 王丽娜《〈聊斋志异〉的民族语文版和外文译本》，《文学遗产》1981年第 1期。5. 刘阶平（转下页注）

　　《新批儒林外史》　［清］吴敬梓著　陈美林批评校注　江苏古籍出版社1989年版

　　《儒林外史》（精校精注卧闲草堂本）　［清］吴敬梓著　李汉秋校点　杜维沫注释　中华书局1999年版①

　　《歧路灯》　［清］李绿园著　栾星校注　中州书画出版社1980年版②

　　《红楼梦》　［清］曹雪芹撰　中国艺术研究院红楼梦研究所整理　人民文学出版社1982年版

　　《红楼梦》　［清］曹雪芹撰　北京师范大学出版社1987年版

　　《脂砚斋重评石头记汇校》　［清］曹雪芹撰　中国艺术

---

（接上页注）《聊斋手稿本与铸雪斋钞本研究》，台湾中华书局1983年版。6.［日］藤田祐贤等《聊斋研究文献要览》，东方书店1985年版。此书分9部分，第1部分为版本，含全集、诗文、俗曲、《聊斋志异》、《醒世因缘传》、杂著6类。其中尤以《聊斋志异》为多，并细分为稿本·钞本·刻本、评注本、拾遗本、辑校本·合编本、注释本·白话本、翻译本、改编本、画本8小类。7. 袁世硕《蒲松龄事迹著述新考》，齐鲁书社1988年版。8. 马振方辑校《日本庆应义塾图书馆聊斋遗文七种》，北京大学出版社1998年版。9. 袁世硕《谈〈聊斋志异〉黄炎熙抄本》，《福州大学学报》2002年第3期。10.《聊斋志异》的"版本流变"，载袁世硕主编《蒲松龄志》第二篇第四章，山东人民出版社2003年版。

①1. 厉鼎煃《〈儒林外史〉版本考订及其他》，《安徽史学通讯》1958年第4期。2. 王丽娜《〈儒林外史〉译本概况》，《艺谭》1981年第3期。3. 章培恒《〈儒林外史〉原书应为五十卷》、《〈儒林外史〉原貌初探》、《再谈〈儒林外史〉的卷数》。以上三文见著者所著《献疑集》，岳麓书社1993年版。4. 李汉秋《〈儒林外史〉版本源流考》，《文学遗产》1982年第4期。收入陶新民、孙以昭主编《中国古代文学论集》，人民文学出版社2001年版。

②栾星《〈歧路灯〉及其流传》，《文献》1980年第3期。

研究院红楼梦研究所汇校　文化艺术出版社 1988　1989 年
出版

《石头记汇真》　［清］曹雪芹原著　脂砚斋重评　周祜
昌　周汝昌等校订　海燕出版社 2004 年版

《红楼梦》　［清］曹雪芹著　蔡义江校注　作家出版社
2007 年版

《〈红楼梦〉全文数据库》　深圳大学开发①

---

① 1.《南京图书馆藏〈红楼梦〉刊本及其参考资料简目》,南京图书馆 1954 年
编印。2. 安徽省图书馆编《馆藏〈红楼梦〉刊本及参考资料选目》,1957 年
印。3. 夏承焘《关于〈红楼梦〉稿本》,《湖北日报》1959 年 6 月 28 日。4.
郑州大学图书馆编《馆藏〈红楼梦〉书目》,1963 年印。5. 冯锡时《新疆大
学图书馆藏有关〈红楼梦〉书目》,《新疆大学论文集》(人文科学),1963 年。
6.《红楼梦》研究小组编《〈红楼梦〉书目补遗》,《红楼梦研究专刊》,中华书
局 1968 年版。7. 文雷《〈红楼梦〉稿本浅谈》,《文物》1974 年第 9 期。8.
文雷《〈红楼梦〉版本简介》,《光明日报》1975 年 3 月 24 日。9. 南京师范学
院中文系资料室编《〈红楼梦〉新编书录》,1975 年印。10. 田于《〈红楼梦〉
叙录》,台北汉苑出版社 1976 年版。11. 冯其庸《论庚辰本》,上海文艺出
版社 1978 年版。12. 冀振武《〈红楼梦〉的英文译本》,《河北大学学报》
1980 年第 4 期。13. 胡文彬《〈红楼梦〉叙录》,吉林人民出版社 1980 年版。
14. 胡文彬《评本〈红楼梦〉知见辑目》,《文献》1980 年总第 3 辑。15. 阿英
《〈红楼梦〉书录》(上、下),《红楼梦研究集刊》1980 年第 4、第 5 期,又见其
《小说四谈》,上海古籍出版社 1981 年版。16. 王三庆《〈红楼梦〉版本研
究》,台北石门图书公司 1981 年版。17. 一粟《红楼梦书录》(增订本),上
海古籍出版社 1981 年版。18. 魏绍昌《红楼梦版本小考》,中国社会科学
出版社 1982 年版。19. 顾鸣塘《论新发现的〈红楼梦〉第三次程印本》,《上
海师范大学学报》1986 年第 1 期。20. 胡文彬《列藏本石头记管窥》,上海
古籍出版社 1987 年版。21. 王毓林《论石头记己卯本和庚辰本》,书目文
献出版社 1987 年版。22. 王世荣《〈红楼梦〉版本述略》,《河南图书馆学
刊》1988 年第 1 期。23. 陈庆浩《八十回本〈石头记〉成书初考》,(转下页注)

《阅微草堂笔记》〔清〕纪昀著　汪贤度校点　上海古籍出版社 2002 年版①

《镜花缘》〔清〕李汝珍著　上海古籍出版社 2005 年版

《荡寇志》〔近代〕俞万春著　俞国林点校　中华书局 2004 年版

《儿女英雄传》〔近代〕文康撰　松颐校注　人民文学出版社 1983 年版

《三侠五义》〔近代〕石玉昆述　王述校点　人民文学出版社 2001 年版

《三侠五义》〔近代〕文康撰　弥松颐校注　人民文学出版社 1983 年版

---

（接上页注）《文学遗产》1992 年第 2 期。24. 郑庆山《立松轩本石头记考辨》，中国文联出版公司 1992 年版。25. 陈庆浩《八十回本〈石头记〉成书再考》，台湾《清华学报》新 24 卷第 2 期，1994 年 7 月。26. 冯其庸《石头记脂本研究》，人民文学出版社 1998 年版。27. 刘广定《〈红楼梦〉版本研究粗谈》，台湾《国父纪念馆馆刊》第 2 期，1999 年 3 月。28. 乔福锦《〈红楼梦〉版本演变的三个阶段》，《明清小说研究》2002 年第 2 期。29. 郑庆山《红楼梦的版本及其校勘》，北京图书馆出版社 2002 年版。30. 周汝昌《评北京师范大学藏〈石头记〉抄本》，《光明日报》2003 年 5 月 22 日。31. 刘世德《〈红楼梦〉版本探微》，华东师范大学出版社 2003 年版。32. 曹立波《红楼梦东观阁本研究》，北京图书馆出版社 2004 年版。33. 沈治钧《红楼梦成书研究》，中国书店 2004 年版。34. 裴世安、柏秀英等《靖本资料》，2005 年石言居自印。35. 郑庆山《红楼梦的版本及其校勘续编》，北京图书馆出版社 2006 年版。36. 陈冠夫《红楼梦版本论》，文化艺术出版社 2006 年版。36. 曹立波《红楼梦版本与文本》，中华书局 2007 年版。37. 杨传镛《红楼梦版本辨源》，北京图书馆出版社 2007 年版。

① 李永忠、赵立新《〈阅微草堂笔记〉版本考略》，《文献》1999 年第 3 期。

《小五义》　［近代］佚名著　　陆树仑　　竺少华校点　　上海古籍出版社 2005 年版

《彭公案》　［近代］贪梦道人著　　秦克　　巩军校点　　上海古籍出版社 2005 年版

《花月痕》　［近代］魏秀仁撰　　杜维沫校点　　人民文学出版社 1982 年版

《海上花列传》　［近代］韩邦庆撰　　曲耀整理　　人民文学出版社 1982 年版

《老残游记》（附录老残游记续集　　老残游记外编）　［近代］刘鹗撰　　凤凰出版社 2007 年版①

《二十年目睹之怪现状》　［近代］吴趼人撰　　张友鹤校注　　人民文学出版社 1981 年版

《官场现形记》　［近代］李宝嘉（李伯元）撰　　张友鹤校注　　人民文学出版社 1979 年版②

《孽海花》　［近代］曾朴撰　　冷时峻校点　　上海古籍出版社 2005 年版③

**小说总集**

《观世应验记》（三种）　［南朝宋］傅亮　　张演撰　［南朝齐］陆杲撰　　孙昌武点校　　中华书局 1994 年版

《观世应验记三种译注》　董志翘著　　江苏古籍出版社

① 魏绍昌《谈谈〈老残游记〉的写作刊印情况》，《光明日报》1983 年 5 月 10 日。
② 1.［日］宫田一郎《〈官场现形记〉的版本》，大阪明清文学语言研究所 1965 年版。2. 王学钧《〈官场现形记〉连载及刊行考》，《明清小说研究》2008 年第 3 期。
③ 魏绍昌《〈孽海花〉版本小考》，载作者著《晚清四大小说家》，台湾商务印书馆 1993 年版。

2002 年版

　　《太平广记》　［宋］李昉等编　中华书局 1961 年版①

　　《古小说钩沉》　鲁迅辑　齐鲁社 1997 年版

　　《全唐五代小说》　李时人编校　何满子审定　陕西人民出版社 1998 年版

　　《唐人小说》　汪辟疆校录　上海古籍出版社 1978 年版

　　《唐人小说校释》　王梦鸥校释　台湾正中书局 1983—1984 年版

　　《全唐小说》　王汝涛编　山东文艺出版社 1993 年版

　　《唐五代传奇集》　李格非　吴志达主编　吴志达等选注　中州古籍出版社 1997 年版

　　《唐传奇笺证》　周绍良著　人民文学出版社 2000 年版②

---

① 1. 邓嗣禹《〈太平广记〉篇目及引书引得·序》，燕京大学图书馆引得编纂处印，1934 年。2. 岑仲勉《跋历史语言研究所所藏明末谈刻及道光三让本〈太平广记〉》，《中央研究院历史语言所集刊》第 12 册，1948 年。3. 汪绍楹《太平广记·点校说明》，见《太平广记》，中华书局 1961 年版。4. 程毅中《〈太平广记〉的几种版本》，《社会科学战线》1988 年第 3 期。5. 王国良《〈太平广记〉概述》，见《太平广记》，台湾文史哲出版社 1981 年版。6.［日］富永登《关平〈太平广记〉诸本》《广岛大学文学部纪要》第 59 期，1999 年版。7. 盛莉《历代〈太平广记〉已知版本一览表》，见华东师范大学博士论文《〈太平广记〉仙类小说类目及其编纂研究》《附录》二。张国风《〈太平广记〉版本考述》，中华书局 2004 年版，第一、二、三章。8. 王雨《太平广记》的修纂及其版本。载王雨著，王书燕编纂《王子林古籍版本学文集》第一册《古籍版本学》第三章（二）《四部大书的纂修及其版本》，上海古籍出版社 2006 年版。9. 朱景丽《太平广记的版本》，载其著《〈太平广记〉的传播与影响》，南开大学出版社 2008 年版，第二章第三节。

② ［新西兰］陈珏《初唐传奇考》，载冬青书屋同学会编《庆祝卞孝萱先生八十华诞——文史论集》，江苏古籍出版社 2003 年版。

《唐宋传奇集》　鲁迅辑　齐鲁书社1997年版

《唐宋传奇总集》(南北宋卷)　袁间琨　薛洪勋主编　河南人民出版社2001年版

《宋代传奇集》　李剑国辑校　中华书局2001年版

《宋元小说家话本集》　程毅中辑注　齐鲁书社2000年版

《宋元说经话本集》　欧阳健　萧相恺编订　中州古籍出版社1991年版

《宋元平话集》　丁锡根点校　上海古籍出版社1990年版

《元刊全相平话五种校注》　钟兆华校注　巴蜀书社1990年版

《清平山堂话本》　〔明〕洪楩编刊　谭正璧校注　文学古籍刊行社1957年版

《古今小说》(后改名为《喻世明言》)　〔明〕冯梦龙编著　陈曦钟校注　北京十月文艺出版社1994年排印本①

《警世通言》　〔明〕冯梦龙编　人民文学出版社1956年版

《醒世恒言》　〔明〕冯梦龙编　人民文学出版社1956年版

《拍案惊奇》　〔明〕凌濛初编　上海古籍出版社1982年版

《二刻拍案惊奇》　〔明〕凌濛初撰　上海古籍出版社

---

①黄毅《古今小说成书考》,〔日〕伊东一成《〈古今小说〉版本比较》。以上二文载吴兆路等主编《中国学研究》第6辑,济南出版社2003年10月出版。

1983 年版

《型世言评注》 ［明］陆人龙著　陈庆浩校点　王镆吴书荫注释　新华出版社 1999 年版

《稀见珍本明清传奇小说集》　薛洪勣　王汝梅主编吉林文史出版社 2007 年版①

《聊斋志异话本集》　关德栋辑校　齐鲁书社 1991 年版

## 小说丛刊

《古今说海》　［明］陆楫等辑　巴蜀书社 1988 年版

《顾氏文房小说》　［明］顾元庆辑　民国十四年（1925）上海商务印书馆据明本影印

《说库》　王文濡辑　广陵书社 2008 年据上海文明书局 1915 年石印本影印

《罕本中国通俗小说丛刊》　王以昭　朱传誉主编　台北天一出版社 1973—1975 出版

《白话中国古典小说大系》　台湾河洛图书出版公司 1980 年开始出版

《中国小说史料丛书》　人民文学出版社 1980 年开始出版

《古本小说丛刊》　刘世德　陈庆浩等主编　中华书局 1987—1991 年出版 21 辑

《古本小说丛刊》（电子版）　北京大学图书馆　超星公司超星数字图书馆合作开发

《新校中国古典小说大系》　巴蜀书社 1990 年开始陆续

---

① 孙逊、秦川《明代文言小说总集述略》，载辜美高、黄霖主编《明代小说面面观——明代小说国际学术研讨会论文集》，学林出版社 2002 年版。

出版

《古本小说集成》　徐朔方　章培恒等任编委　上海古籍出版社 1990—1994 年分 6 辑陆续出版

《中国古代百家短篇小说丛书》　［明］佚名辑　北京图书馆出版社 1998 年版①

《中国神怪小说大系》　辽沈书社　齐鲁书社　巴蜀书社　吉林文史出版社 1989 年联合开始出版

《中国神怪小说大系》　林辰编　吉林文史出版社 1997 年版

《中国古代孤本小说集》　中国文史出版社 1998 年版

《中国古代珍稀本小说》《中国古代珍稀本小说续》侯忠义　安平秋等主编　春风文艺出版社 1994 年　1997 年先后出版

《中国古代小说珍秘本文库》　傅璇琮主编　三秦出版社 1998 年版

《北京图书馆藏珍本小说丛刊》第一辑　刘一平主编书目文献出版社 1996 年版

《中国历代禁毁小说集萃》　黄自恒主编　台北双笛国际出版公司 1983—1985 年版

《中国古代禁毁小说文库》　陈华昌　黄道京编　太白文艺出版社 1996—2000 年出版

《中国禁毁小说百部》　大众文艺出版社 1999 年版

《中国禁毁小说百部》　中国戏剧出版社 2000 年版

《中国禁毁小说 110 部》　总策划叶天洪　张秀枫　时

---

① 此书据明人所辑《五朝小说大观》本影印。

代文艺出版社 2000—2002 年出版

《白话中国古典小说大系》　许仁图主编　台北河洛图书公司 1969—1970 出版

《中国话本大系》　刘世德主编　江苏古籍出版社 1990 年开始陆续出版

《古代公案小说丛书》　刘世德　竺青主编　群众出版社 1999 年开始陆续出版

《中国历代笑话集成》　陈维礼　郭俊峰主编　时代文艺出版社 1996 年版

《笔记小说大观丛刊》　洪浩培主编　台北新兴书局有限公司 1975—1984 年出版

《笔记小说大观》　江苏广陵古籍刻印社 2007 年影印

《历代笔记小说集成》　周光培主编　河北教育出版社 1994 年版

《历代笔记小说大观》　上海古籍出版社编辑出版①

《宋人小说类编》　〔清〕徐　辑　中国书店 1985 年版

《全宋笔记》第一、二编　朱易安　傅璇琮主编　大象出版社 2003 年　2006 年先后出版

《古体小说钞》（宋元卷）　程毅中编　中华书局 1995 年版

《古体小说钞》（明代卷）　程毅中　薛洪勣编　中华书局 2001 年版

《明代小说辑刊》一、二、三辑　侯忠义主编　巴蜀书社

---

① 此书分《汉魏六朝笔记小说大观》（2000 年版）、《唐五代笔记小说大观》（2000 年版）、《宋元笔记小说大观》（2007 年版）、《明代笔记小说大观》（2005 年版）、《清代笔记小说大观》（2007 年版）。

分别于 1993、1995、1999 年出版

《水浒系列小说集成》　梅庆吉主编　黑龙江人民出版社 1997 年版

《明清善本小说丛刊初编》《明清善本小说丛刊续编》台湾天一出版社 1987、1990 年先后出版

《明末清初小说选刊》　林辰主持编校　春风文艺出版社 1980—1990 年出版

《明清文言小说选刊》　中州古籍出版社 1988 年开始陆续出版

《明清艳情小说》　长江文艺出版社 1993 年版

《思无邪汇宝》（又名《明清艳情小说丛书》）　陈庆浩王桂秋主编　法国国家科学研究中心　台湾大英百科股份有限公司合作 1994—1997 年陆续出版

《古体小说钞》（清代卷）　程毅中等编　中华书局 2001 年版

《清代笔记小说丛刊》　齐鲁书社 1985 年开始陆续出版

《清代笔记小说类编》　陆林主编　黄山书社 1994 年版

《清稗类钞选（文学·艺术·戏剧·音乐）》　徐珂编撰　无谷　刘卓英点校　北京图书馆出版社 1997 年版

《红楼梦丛书全编》　［清］曹雪芹等撰　蔡义江主编山西古籍出版社 1998 年版

《红楼梦丛书》　徐有为　徐存仁编　台北广文书局 1977—1982 年出版

《红楼续书选》　钟离叔　杨华等校点　春风文艺出版社 1982 年开始陆续出版

《中国近代小说大系》　中国近代小说大系编委会主编

江西人民出版社　百花洲文艺出版社 1988—1996 年陆续出版

《中国近代珍稀本小说》　董文成　李勤学主编　春风文艺出版社 1997 年版

《民国章回小说大观》　秦和鸣主编　中国文联出版公司 1995 年版

《民国章回小说大观》第二卷　秦和鸣主编　中国文联出版社 2003 年版

《韩国藏中国稀见珍本小说》　王汝梅　［韩］朴在渊主编　中国大百科全书出版社 1997 年版

《越南汉文小说丛刊》第一辑　陈庆浩　王三庆主编　法国远东学院出版　台湾学生书局印行 1987 年版

《越南汉文小说丛刊》第二辑　陈庆浩　郑阿财等主编　法国远东学院出版　台湾学生书局印行 1992 年版

《日本汉文小说丛刊》第一辑　陈庆浩　王三庆等主编　台湾学生书局印行 2003 年版

# 第六节　戏曲曲艺

戏曲曲艺作品是中国古代文学作品的重要组成部分,在中国古代文学作品中占有重要的地位。古代戏曲曲艺作品虽然有不少已经散失了,但经过历代的积累,存传的成果仍然非常繁富,光彩纷呈。

戏曲曲艺是姊妹俩,都属于综合艺术,或者说,都是多种艺术融合的结果。戏曲是由文学、音乐、舞蹈、扮演、美术、杂技和场所等多种因素融合而成的,主要包括大曲、杂剧、南戏、传奇、京剧和各种地方戏。曲艺是说唱艺术的总称，是用韵散两种文体交织构成的一种具有叙事性的文艺形式。叙事时说唱结合，用散文讲说，用韵文歌唱①。通常所说的古代曲艺，主要包括变文、鼓子词、赚词、诸宫调、宝卷和弹词等。在一定的场景中演唱，是戏曲曲艺的诸多因素中的重要因素，这可能是人们称它们为戏曲曲艺的主要原因。对接受者来说，戏曲曲艺可观可听，常常有可感知的场景。这也是其他文学作品所不具备的。

今存中国古代包括作品在内的各种戏曲曲艺史料的根基，在戏曲曲艺的起源、形成和发展演变过程中的遗迹以及历代人们对戏曲曲艺的认识。如前所述，戏曲曲艺是一种综合艺术，是多种文艺融合的产物，这一点已经成为学术界的共识。但是戏曲曲艺是何种文艺、多少种文艺的融合、在何时开始融合、融合的程度和水平怎样等问题，学术界众说纷纭。不过有一点已为许多学者所认可，就是在中国的远古时期就已经孕育了戏曲曲艺的因素，只是由于多方面的原因，其因素发展得比较缓慢，直到唐前，戏曲曲艺基本上处于萌发状态。与此相联系的是，唐前的戏曲曲艺作品史料和表演等方面的史料，基本上是处于混合模糊的状态，分散在各种典籍中，有少数见于出土文物。

先秦时期的一些史书、诸子、文学作品中有关歌舞、祭祀、俳优的记载和叙写，程度不同地都含有戏曲曲艺史料。《竹书纪年·帝舜元年》载：

即帝位……击石拊石，以歌九韶，百兽率舞。

《吕氏春秋》卷五《古乐篇》载：

葛天氏之乐，三人操牛尾，投足而歌八阕。……帝尧立，

---

① 参阅叶德均《宋元明讲唱文学》，古典文学出版社 1957 年版，第 1 页。

乃命质为乐。质乃效山林溪谷之音以歌,乃以麋鞈置缶而鼓
之,乃拊石击石以象上帝玉磬之音,以致舞百兽。瞽叟乃拌
五弦之瑟。

《诗经·溱洧》咏道:

溱与洧,方涣涣兮。士与女,方秉蕳兮。女曰观乎?士
曰既且。且往观乎,洧之外,洵訏且乐。维士与女,伊其相
谑,赠之以勺药。

上述的有关歌舞记载,明显地体现了乐、舞、诗的融合。

戏曲的产生同古代的原始宗教密切相关。有些学者认为,古
代的傩仪含有戏曲的因素。先秦的一些典籍常见有关傩仪的记
载。《周礼·夏官》云:

(方相氏)掌蒙熊皮,黄金四目,玄衣朱裳,执戈扬盾,帅
百隶而事难(傩)以索室驱疫。

王国维认为,古代的戏曲源于以歌舞乐鬼神的巫觋。这类史
料在《楚辞》中的《九歌》和《招魂》中保留得较多。王逸《楚辞章
句·九歌章句》说:

昔楚国南郢之邑,沅、湘之间,其俗信鬼而好祠。其祠,
必作歌乐鼓舞以乐诸神。屈原放逐,窜伏其域,怀忧苦毒,愁
思沸郁,出见俗人祭祀之礼,歌舞之乐,其词鄙陋,因为作《九
歌》之曲。

表演是戏曲的重要组成因素。有些学者在探讨戏曲的起源
时,注意了古优同戏曲产生的关系。有关古优的史料,在《国语》
的《郑语》和《晋语》等部分中,保留了一些。在后来的《史记》中,
也有关于古优的记载,如《史记》卷126《滑稽列传》中就载有"优孟
衣冠"的故事。

中国古代的曲艺,也可以追溯到先秦。《荀子》一书中的《成

相》，是能歌唱的，有人说是"后世弹词之祖"。

中国古代的戏曲曲艺的基因在先秦产生之后，到了汉代有了发育。其中特别为学术界所重视的是有关角抵（一作"角觚"）戏和关于"东海王公"的记载。关于角抵戏曲的史料在《史记》卷129《货殖列传》、卷126《滑稽列传》、卷87《李斯列传》以及东汉张衡的《西京赋》等典籍中，都有记载。《西京赋》中所叙写的角抵同歌舞、优相结合，被称之为"百戏"。关于"东海王公"的史料，见于晋代葛洪的《西京杂记》卷三：

> 有东海人黄公，少时为术，能制龙御虎，佩赤金刀，以绛缯束发，立兴云雾，坐成山河。及衰老，气力羸惫，饮酒过度，不能复行其术。秦末，有白虎见于东海，黄公乃以赤刀往厌之。术既不行，遂为虎所杀。三辅人俗用以为戏，汉帝亦取以为角抵之戏焉。

这一史料记载了以黄公故事为题材编演的角抵戏，由此也可以看到角抵戏在民间和皇宫的流传。

汉代有关戏曲曲艺的史料，在出土文物中时有发现。1957年在成都天回镇汉墓出土有坐式说唱俑和后来出土的郫县东汉砖室墓立式说书俑，1964年在济南市北郊无影山西汉墓出土的"西汉百戏陶俑"，四川博物馆藏有的"汉代百戏画像砖"、"汉代槃舞百戏画像砖"，1974年山东临沂金雀山九号墓出土的彩绘帛画"西汉帛画角抵图"，1979年扬州邗江湖场一号西汉木椁墓中出土木质说书俑两件等，都是研究戏曲曲艺的珍贵史料。

就现在发现的史料来看，魏晋南北朝时期有关戏曲曲艺的史料，主要见于一些史书。如《三国志》卷21《魏书·王卫二刘傅传》注引《魏略》载，邯郸淳见曹植时，曹植"科头拍袒，胡舞五椎锻，跳丸击剑，诵俳优小说数千言"。《三国志》卷四《魏书·齐王芳纪》

注引《世语》及《魏氏春秋》并云：

> 司马文王镇许昌，征还击维，至京师，帝于平乐观以临军过。中领军许允与左右小臣谋，因文王辞，杀之，勒其众以退大将军。已诏书于前。文王入，帝方食栗，优人云午等唱曰："青头鸡，青头鸡。"青头鸡，鸭也。帝惧，不敢发。

又注引《魏书》载：司马师等《废帝奏》云：

> 使小优郭怀、袁信于广望观下，作辽东妖妇，嬉亵过度，道路行人掩目。

《三国志》卷42《蜀书·许慈传》载：

> 值庶事草创，动多疑议，慈、潜更相克伐，谤讟忿争，形于声色；书籍有无，不相通借，时寻楚挞，以相震撼。其矜己妒彼，乃至于此。先主愍其若斯，群僚大会，使倡家假为二子之容，效其讼阋之状，酒酣乐作，以为嬉戏，初以辞义相难，终以刀杖相屈。用感切之。

从上面引录的几则史料，可以管窥三国时期古优歌舞的情况，或用于戏谑，或用于规劝。

《太平御览》卷569引《赵书》云：

> 石勒参军周延为馆陶令，断官绢数万匹，下狱，以八议宥之。后每大会，使俳优着介帻，黄绢单衣。优问："汝何官，在我辈中？"曰："我本为馆陶令。"斗数单衣，曰："正坐取是，入汝辈中。"以为笑。

王国维认为，唐宋以后的戏曲"脚色中有名之参军，实出于此"[1]。

--------

[1] 王国维著、杨扬校订《宋元戏曲史》，华东师范大学出版社1995年版，第6—7页。

《魏书》卷109《乐志》载：

> 太宗增修百戏，撰合大曲。

《隋书》卷14《音乐志中》载：

> 明帝武成二年正月朔旦，会全臣于紫极殿，始用百戏。……及宣帝即位，而广招杂伎，增修百戏。鱼龙漫衍之伎，累日继夜，不知休息。

上述史料，说明汉代的百戏在北朝的盛行。

由于人们对戏曲曲艺的起源有不同的理解，加上先唐戏曲曲艺史料相当分散，尽管王国维在其《宋元戏曲史》中的"上古至五代之戏剧"部分和任半塘在《唐戏弄》中有较多的涉及，但就总体而言，至今对先唐的戏曲曲艺史料还缺乏系统的搜集和整理。

唐代是中国古代歌舞、表演、说唱等多种文艺全面融合的第一个时期，因此有不少学者认为，唐代是中国古代戏曲曲艺形成的时期。与此相关联的是，唐代的戏曲曲艺史料尽管仍处于分散的状态，散见于史书（如唐李肇《国史补》、唐杜佑《通典》、《旧唐书·音乐志》、《新唐书·百官志》、《新五代史·伶官传序》、《资治通鉴·唐纪二十八》、《唐会要》等）、乐府书（如唐段安节的《乐府杂录》）、杂记笔记（如唐崔令钦《教坊记》、范摅《云溪友议》、赵璘《因话录》、李绰《尚书故实》、孙棨《百里志》、牛僧孺《玄怪录》、韦绚《刘宾客嘉话录》、无名氏《玉泉子真录》、姚宽《西溪丛语》、郑文宝《江南余载》、宋孙光宪《北梦琐言》等）、诗文（如常非月《咏谈容娘》，白居易《西凉伎》，薛能《吴姬》、《江南喜逢萧九彻因话长安旧游喜赠五十韵》，李义山《娇儿诗》等），但同以前的戏曲曲艺史料相比，不仅丰富了，同时出现了三种值得注意的新现象：

一是有些著述，戏曲曲艺史料比较集中，如《教坊记》和《乐府杂录》①。

二是有些史料记载戏曲比较完整。如《教坊记》关于《踏摇娘》的记载：

> 《踏摇娘》：北齐有人姓苏，齁鼻，实不仕，而自号为郎中，嗜饮酗酒，每醉，辄殴其妻。妻衔悲诉于邻里。时人弄之：丈夫著妇人衣，徐步入场，行歌。每一叠，旁人齐唱合之云："踏摇和来，踏摇娘苦和来。"以其且步且歌，故谓之踏摇；以其称冤，故言苦；及其夫至，则作殴斗之状，以为笑乐。

上引史料也见于《旧唐书·音乐志》和《乐府杂录》，但《教坊记》所记相当全面。《教坊记》所记，有故事及其缘起，有扮演人物，有歌舞，有"殴斗"动作。歌唱中还有合唱。从这类史料，可以看出多种文艺在更高层次上的融合。有些学者，正是依据这类史料，认为中国古代的戏曲至晚到唐代就形成了。

三是从一些史料可以看到某些唐代戏曲的剧目。在唐代，可能由于戏曲曲艺还没有成为一种专业，人们虽然喜欢它，但并不看重它，所以从现存史料来看，没有明确的剧目的著录。不过，从某些分散的史料中，可以发现唐代的部分剧目。任半塘认为，唐代多有曲名，有些戏曲名可于曲名求之。他在其所著的《唐戏弄》第三章《剧录》中就著录了《踏摇娘》、《西凉伎》、《苏莫遮》、《兰陵王》、《凤归云》和《义阳王》等十几个著者认为是全能剧的剧目。

宋代继承唐代戏曲曲艺之成就，在新的历史条件下，歌舞、表演、说唱等文艺进一步融合，戏曲曲艺得到了长足发展。除了传

---

① 二书均收入《中国古典戏曲论著集成》。

统的角抵、百戏以外，在戏曲方面出现了许多杂剧、南戏①、滑稽戏、傀儡戏、影戏；在曲艺方面，产生了讲演小说、鼓子词、赚词、大曲、法曲、传踏、曲破、队舞、诸宫调等。宋代的戏曲曲艺尽管得到了长足的发展，但由于其主体仍属于戏谑滑稽，从宫廷到民间，不少人喜欢它们，但并不看重它们。再加上戏曲曲艺作品的许多创作者，社会地位低下，多为无名之辈，即使有姓名者，社会地位也不高，如"曾作杂剧本子"的汴梁教坊大使的孟角球，"撰四十大曲"的葛守诚，撰赚词的张五牛②，始创诸宫调的孔三传③，作《拂霓裳转踏》的石曼卿④等，均非著名人士。至于那些表演者，其社会地位更为低下。可能由于上述原因，所以从存传的有关宋代的戏曲曲艺史料来看，未见比较系统的著述，大多仍呈分散状态。有些史料散见于后来的一些史书，如《宋史·乐志》、《辽史·乐志》和《文献通考·教坊部》，更多的则是散见于宋代和元明时期的大量的杂著笔记中。

　　从今存宋代的杂著笔记来看，其中保存了宋代大量的戏曲曲艺史料。就近现代已经问世的有关宋金的戏曲曲艺著作而言，王国维的《宋元戏曲史》中的第二至第五部分和胡忌的《宋金杂剧考》⑤征引的宋金戏曲史料最为丰富。而这两种著作所征引的史料，绝大部分源自宋代的杂著笔记，有少数源自元明的杂著笔记。在宋代诸多的杂著笔记中，含有戏曲曲艺史料特别丰富的是南宋

①南戏有多种名称，如戏文、南戏文、温州杂剧、永嘉杂剧、南宋戏文、南戏、南词等。
②以上三则史料，据［宋］吴自牧《梦粱录》，商业出版社1982年版，卷20。
③据［宋］王灼《碧鸡漫志》，唐圭璋编《词话丛编》本，卷2。
④据［宋］王灼《碧鸡漫志》，唐圭璋编《词话丛编》本，卷3。
⑤胡忌著《宋金杂剧考》（订补本），中华书局2008年版。

孟元老所著《东京梦华录》①，灌圃（一作"灌园"）耐得翁所著《都城纪胜》，佚名所著《西湖老人繁胜录》，吴自牧所著《梦粱录》，周密所著《武林旧事》②、《齐东野语》③。

《东京梦华录》的内容为忆记北宋京城汴梁（今河南开封）的繁华景象。此书通行本为 10 卷。其中卷 5、卷 7 记录了汴梁瓦肆勾栏和皇家演剧等戏曲曲艺史料。如卷 5 载，京瓦伎艺，有霍四究说"三分"，尹常卖《五代史》。又载京瓦伎艺有影戏、乔影戏。

《都城纪胜》记载南宋都城临安（今浙江杭州），分 14 门，其中记瓦肆众伎、社会、闲人等门中有一些重要的戏曲曲艺史料。如"瓦舍众伎"条载：

> 弄悬丝傀儡、杖头傀儡、水傀儡、肉傀儡。凡傀儡敷演烟粉灵怪故事、铁骑公案之类，其话本或如杂剧，或如崖词，大抵多虚少实，如《巨灵神》、《朱姬大仙》之类是也。

从这则史料可以看到宋代的艺人用多种木偶表演各种故事的状况。

《西湖老人繁胜录》，久佚，今通行本为一卷，是从《永乐大典》中辑得的。书中有不少关于都城临安瓦肆勾栏演出和艺人姓名的记载。

《梦粱录》的作者为临安人。全书 20 卷，所记多为著者在临安亲身所见所闻之事。其卷 19 记"瓦舍"、"社会"、"闲人"，卷 20

---

① 此书重要版本有伊永文笺注《东京梦华录笺注》（中国古代都城资料选刊），中华书局 2006 年版。

② 以上四书有商业出版社 1982 年排印本。

③《齐东野语》，张茂鹏点校，中华书局 1983 年版。

记"娱乐"、"百戏伎艺"、"角觚"、"小说讲经史"等，均涉及了宋代的戏曲曲艺，如卷20云：

> 说唱诸宫调，昔汴京有孔三传，编成传奇灵怪，入曲说唱。

诸如此类，都是研究宋代戏曲曲艺的重要史料。

《武林旧事》的内容是著者追忆南宋临安旧事。全书10卷。其中卷1记"舞队"，卷2记"社会"、"迎新"，卷4记"乾淳教坊乐部"，卷5记"瓦子勾栏"、"诸色伎艺人"，卷10记"官本杂剧段数"，都是宋代有关戏曲曲艺的宝贵史料。如卷5所载诸色伎艺人中有说书会，有演史，有说经诨经等，对后人了解宋代的曲艺提供了难得的史料。

《齐东野语》所记为著者所闻所经历之事。其中有不少涉及了宋代的戏曲曲艺。如卷10载：

> 宣和中，童贯用兵燕蓟，败而窜。一日内宴，教坊进伎，为三四婢，首饰皆不同。其一当额为髻，曰：蔡太师家人也；其二髻偏坠，曰：郑太宰家人也；又一人满头为髻如小儿，曰：童大王家人也。问其故。蔡氏者曰："太师觐清光，此名朝天髻。"郑氏者曰："吾太宰奉祠就第，此懒梳髻。"至童氏者曰："大王方用兵，此三十六髻也。"王国维注："三十六计，走为上计，宋人有此语。"①

像这类史料，是我们探讨宋代滑稽戏的重要参照。

宋代的戏曲曲艺史料除文字记载之外，考古文物工作者还陆续发现了一些与之相关的考古文物和绘画史料。在考古文物方

---

① 王国维著、杨扬校订《宋元戏曲史》，华东师范大学出版社1995年版，第23页。

面,值得特别注意的是1952年以来,在河南省的禹县、偃师、荥阳和温县一带的北宋墓葬中,相继出土了一批描绘宋杂剧的雕砖,如禹县白沙宋墓杂剧雕砖、偃师酒流沟宋墓杂剧雕砖、荥阳东槐西村石棺线刻杂剧演出图、温县前东南村宋墓杂剧雕砖①。在绘画方面,如故宫博物院所藏南宋佚名绘杂剧《眼药酸》②和绘杂剧女扮男装图③。这类史料真实、形象,可以和文字记载史料相互补充。

在宋代的各种戏曲曲艺史料中,剧本占有重要地位。上面所述及的史料中,有些涉及了作品。不过,检阅今存宋代的书目,如《郡斋读书志》和《直斋书录解题》,都没有著录戏曲曲艺作品。《崇文总目》卷一著录周优人《曲词》二卷。原注云:“周吏部侍郎赵上交,翰林学士李昉、谏议大夫刘陶、司勋,郎中冯古,纂录燕优人曲辞。”王国维说:“此燕为刘守光之燕,或契丹之燕,其曲辞为乐曲或戏曲,均不可考。”④现存宋代各种戏曲曲艺作品史料,主要散见于各种杂著笔记中。在这些杂著笔记中涉及戏曲曲艺作品时,大致有四种情况。一是有作品内容梗概,而无作品的名称。二是有时以举例的形式,写明作品的名称,如《东京梦华录》卷5载演史有《复华篇》和《中兴名将传》。三是录有一些作品,如宋人

---

①参阅廖奔《中州出土北宋戏曲文物论考》,载中国艺术研究院戏曲研究所《戏曲研究》第18辑。

②参阅王长友《话说〈眼药酸图〉中的“眼睛”》,载中国艺术研究院戏曲研究所《戏曲研究》第16辑。

③参阅周贻白《南宋杂剧的舞台人物形象》,载《文物精华》1959年第1期,收入《周贻白戏剧论文选》,湖南人民出版社1982年版。

④王国维著、杨扬校订《宋元戏曲史》,华东师范大学出版社1995年版,第53页。

史浩《鄮峰真隐漫录》卷46录有《剑舞》；北宋赵令畤的《侯鲭录》卷5录有自己创作的一种鼓子词，题为《元微之崔莺莺商调蝶恋花词》。今存宋代的戏曲曲艺作品，有许多存于宋代的杂著笔记中，有些比较完整，有些属于片段。四是著录部分戏曲曲艺目录。如《武林旧事》卷10著录了官本杂剧段数280本，卷1著录4本，卷8著录2本，共286本。这是宋代诸多杂著笔记中著录宋代杂剧剧目最多的一部著作。

宋代的戏曲曲艺作品，在宋代虽然有所著录，但不见系统的著录和整理。在宋代以后的漫长岁月中，有不少著述有所涉及，如宋末元初人陈元靓的《事林广记》续集卷7，录有一套南宋人创作的专咏蹴踘（踢毬）的赚词；元末明初陶宗仪《南村辍耕录》卷25"院本名目"条；明代杨士奇《文渊阁书目》卷10著录宋代《选唱赚词》一种（惜已失传），祝允明的《猥谈》、徐渭《南词叙录》中关于南戏的记载，《永乐大典》收录的戏文等。上举著述，多少不同地都涉及了宋代的戏曲曲艺作品。但比较全面系统地搜集整理宋金时期的戏曲曲艺作品是从近代王国维开始的，继踵者是胡忌。经王国维、胡忌等许多学者的辛勤劳动，对宋金的杂剧、南戏和曲艺作品的搜集整理已经取得了许多重要的成果。

宋杂剧的剧目，一些学者据《武林旧事》和《南村辍耕录》等书的著录，认为约有300种，但至今还没有发现有剧本传世①。

宋代南戏的剧本，绝大多数已经散失。现代学者钱南扬、陆侃如、冯沅君、赵景深等于南戏的辑佚和整理，各自作出了重要的贡献。南戏的剧目，《南词叙录》载"宋元旧篇"65种，周贻白辑录

---

① 参阅胡忌《宋金杂剧考》（订补本），中华书局2008年版。

"宋元南戏"168种①，钱南扬《戏文概论》和刘念兹《南戏新证》中，共著录宋元南戏244本。上引剧目中，有多少属于宋代，难以分辨。据《草木子》、《猥谈》、《南词叙录》②等书，可知《赵贞女蔡二郎》和《王魁》（又名《王魁负桂英》）两种为南戏之首，但这两种戏文久已失传。此外有《王焕》（又名《风流王焕贺怜怜》）、《乐昌分镜》（又名《乐昌公主破镜重圆》）、《韫玉传奇》和《张协状元》。其中《张协状元》是从《永乐大典》中辑出的，也是今存宋代南戏的唯一剧本。

宋代的其他戏曲曲艺作品，除了诸宫调和滑稽戏之外，存传和整理得不多。诸宫调，现存的有佚名《刘知远诸宫调》和董解元《西厢记诸宫调》（简称《董西厢》）。《刘知远诸宫调》原有12则，现残存第1、第2、第3（不全）、第11（不全）和第12则。《董西厢》作于金章宗时期，保留完整。滑稽戏，任半塘在《唐戏弄》中称之为科白类戏。他在其著《优语集》中，搜集宋代的滑稽戏的史料较多。

以杂剧、南戏和散曲为代表的戏曲曲艺是元代文学的主体。元代杂剧、南戏和散曲的创作和演出，标志着中国古代歌舞、表演、说唱等多种文艺的融合达到了空前的高度，也是中国古代戏曲曲艺发展的第一个鼎盛时期。

元代创作演出的戏曲曲艺作品的数量，难以统计。但有一点在学术界已经达成共识，那就是当时其数量之多和存传至今的，已远远超过了以前。现在能够考知的元代杂剧剧目有700多种，

①载其著《中国戏曲剧目初探》，收入沈燮元编《周贻白小说戏曲论集》，齐鲁书社1986年版。

②收入《中国古典戏曲论著集成》第3卷。

今存 200 多种；南戏剧目 200 多种，今存的有 10 多种①。

　　元代的戏曲曲艺作品，尽管绝大部分已经散佚，但同元前的各个朝代相比，存传至今的作品数量空前。这与元人比较注意对当时创作演出的戏曲曲艺作品的收存和刊行有关。钟嗣成著《录鬼簿》，取"有所编传奇存于世者"，书中记事止于至正五年（1345），著录作品 458 本。现存《元刊杂剧三十种》虽为后人编辑命名，但从书名特别标明"元刊"来看，这 30 种应当是元代分别刊印的。

　　明代十分重视搜集整理元代的戏曲作品。明初编的《永乐大典》收录了许多元代的南戏和杂剧作品②。明人李开先的《改定元贤传奇》，龙峰徐氏的《古名家杂剧》，息机子的《古今杂剧选》，臧懋循的《元曲选》，脉望馆抄校本《古今杂剧》和《古今名剧柳枝集》、《古今名剧酹江集》等，都分别汇集了元杂剧重要的刻本和抄本。上引诸种戏曲集中，影响最大的是臧懋循的《元曲选》。

　　清代和近代对于元代戏曲作品的整理，主要成绩表现在著录多代的戏曲目录方面，如黄丕烈的《也是园藏古今杂剧目录》、《待访古今杂剧存目》，黄文旸的《曲海目》，管庭芬的《重订曲海目》。

──────────────

①关于元杂剧和南戏剧目的数量和今存的数量，由于剧目过于分散，界定、统计标准的不同以及时代难以考定等多方面的原因，有关的目录著录的数量有些出入。周贻白《中国戏曲剧目初探》（收入沈燮元编《周贻白小说戏曲论集》，齐鲁书社 1986 年版）著录元杂剧作者 91 人，剧目 517 种，今存 112 种（《西厢记》、《西游记》皆只作一种），元明无名氏杂剧 262 种，今存 137 种。共录元杂剧 779 种，今存 309 种。著录宋元南戏剧目 168 种。
②参阅本书第十二章第二节。

　　近代以后，经过几代人的努力，元代戏曲作品，在目录、个人戏曲集、戏曲总集和丛刊的搜集整理印行等方面，成果辉煌。戏曲目录，有日人青木正儿原著、徐调孚校补的《元人杂剧现存书目》，傅惜华的《元代杂剧全目》，隋树森的《现存全部元人杂剧目录》等①。个人戏曲集，元代著名的戏曲家的创作，大多有所整理。戏曲总集和丛刊，或重印，或新编，成绩卓著②。

　　在中国古代戏曲史上，明代是第二个鼎盛时期。傅惜华著《明代杂剧全目》③卷1、卷2著录明代姓名可考之杂剧作家作品349种，卷3著录无姓名之杂剧作家作品174种，共著录明杂剧作品523种。傅惜华还著有《明代传奇全目》④，此书著录有姓名可考的明代传奇作家作品618种，无名氏传奇作家作品332种，共950种。明代的南戏，徐渭《南词叙录》著录48种。傅惜华的《明代杂剧全目》和《明代传奇全目》著录明代杂剧、传奇比较全面准确⑤。《南词叙录》所附目录是南戏最早的专门目录。从上引目录可以推知，明代的杂剧、传奇和南戏等戏曲作家作品之繁多。

　　明代的戏曲作品，值得我们特别关注的是明代人所编辑的作品集和20世纪新发现、整理的作品。明代人重视收集整理明代

①参阅苗怀明《二十世纪戏曲文献学述略》，中华书局2005年版，第六章《二十世纪戏曲目录学述略》。

②参阅查洪德、李军《元代文学文献学》，中国社会科学出版社2002年版，第四章第二至第四节。

③作家出版社1958年版。

④人民文学出版社1959年版。

⑤周贻白《中国戏曲剧目初探》著录明代传奇619种，杂剧520种。远少于傅惜华的著录。

的各种戏曲作品。明代人收集整理的戏曲作品,除本书第十二章第三节列举的之外,杂剧重要的还有佚名编《杂剧十段景》、黄正位辑《阳春奏》、孟称舜编《古今名剧合选》(《新镌古今名剧柳枝集》和《新镌古今名剧酹江集》的合称)。传奇重要的还有文林阁编《绣像传奇十种》、冯梦龙辑《墨憨斋传奇十种》、崇祯时刊刻《十种传奇》(清初玉夏斋重印时,改为《玉夏斋传奇》)、胡文焕辑《群音类选》等。综合性的戏曲选集有郁冈樵隐辑古、积金山人采新的《缀白裘》和方来馆主人辑《万锦清音》等。

　　进入20世纪,由于人们重视戏曲和对外开放,对明代戏曲作品,在总集、丛刊和个人戏曲集的搜集整理刊行等方面,都取得了前所未有的辉煌成就。于总集,全明杂剧、传奇、散曲等都作了相当全面的搜集整理和出版。于丛刊,《古本戏曲丛刊》初集、二集、三集中,收录了明代的传奇,现存明代的传奇基本上被收录其中。第四集收录了各种明刻本的元明杂剧以及《脉望馆抄校本古今杂剧》,今存明代杂剧,基本上都包括在内。新出版的《续修四库全书》在集部,专门增设"戏剧类",收有杂剧、传奇及其全集、选集。其中选录明代的有《盛明杂剧》、《古今名剧选》、《六十种曲》、《风月锦囊》、《词林一枝》、《群音类选》、《乐府红珊》、《摘锦奇音》、《大名春》、《南北词广韵选》、《乐府遏云编》、《南音三籁》、《缠头白练》和许多戏曲名家的代表作。于个人戏曲集,徐渭、冯惟敏、李开先、梁辰鱼、王世贞、汤显祖、冯梦龙、阮大铖、吴炳等著名戏曲家的全集或代表性的戏曲作品,都有整理出版。

　　包括明代在内的中国古代戏曲作品,有大量流存于国外。自20世纪初期开始,许多爱国志士和国外友好人士,通过多种途径陆续有所发现,有些已经在我国刊印。其中有不少属于明代戏曲作品,如:《古本戏曲丛刊》第五集所收日人田喜一郎所藏《断发记》、《海外孤本晚明戏剧选集三种》，《明刊闽南戏曲弦管选本三种》①，青山高士的《盐梅记》②等。

清代的戏曲虽然不像元代和明代那样鼎盛，但也有自己的特点。第一，传统的杂剧和传奇，特别是传奇仍在继续发展。傅惜华《清代杂剧全目》③著录清代杂剧有姓名可考者作家作品550种，无名氏作品750种，共1300种，总数超过明代杂剧数量的一倍。其中尽管包括近代，但仍可以证明清代杂剧作品数量之繁多。庄一拂《古典戏曲存目汇考》④"卷十一下编传奇三清代作品（上）"和"卷十二下编传奇四清代作品（下）"，共著录清代（不包括近代）有姓名者所作传奇1044种。清代创作这么多的传奇，也是前所未有的。第二，以京剧为代表的地方戏的兴起和繁荣。清代中叶，传统的杂剧早不行时了，传奇也开始衰落，逐渐被正统文人称之为"花部"的地方戏所取代。地方戏虽然没有名家名作，但兴起以后，迅速发展。

如果说，从总体上看，清代的戏曲创作并不亚于元代和明代的话，那么清代的曲艺则远胜于元代和明代。清代的曲艺，种类多样，有宝卷、弹词、词话、鼓词、说唱故事、子弟书、木鱼书等。这

---

① 以上两种戏剧集的发现刊印等，见下面《现当代新刊新整理戏曲曲艺作品举要》部分。

② 《盐梅记》，北京图书馆出版社1998年影印出版。参阅康保成《孤本明传奇〈盐梅记〉述略》，《文献》1999年第1期。关于明代的戏曲作品，可参阅郭英德主编《中国古代文学通论·明代卷》，辽宁人民出版社2005年版，下编第三章第二节和第四章。

③ 此目录编于1961年，人民文学出版社1981年出版。收入中国戏曲研究院编《中国戏曲史资料丛刊》之《中国古典戏曲综录》。

④ 上海古籍出版社1982年版。

些曲艺在继承前代成就的基础上，有了进一步的丰富和发展，创作了大量的新作品。具体数量，难以统计。这些作品，有不少靠刊印和手抄，得到了广泛的传播。以弹词为例，盛志梅编《弹词知见录》①，收明、清、民国三个时期的弹词，以清代为主，共收弹词530多种，1700多个版本。

　　清代的戏曲曲艺作品虽然繁多，但清代从官方到许多文人，可能由于受传统保守的看重文、诗、词文学观念的束缚，不太重视当时的地方戏和曲艺作品，在地方戏和曲艺的整理上留下的成果不多。倒是在杂剧和传奇的搜集和整理上，有一些作为。当时有些著名的戏曲家在世时就有作品刊印，如李渔《笠翁传奇十种》、尤侗《西堂乐府六种》、万树《拥双艳三种曲》等。清代有些爱好戏曲的文人，注意编纂曲目，如黄文旸编有《曲海目》②，支丰宜编有《曲目新编》③等。在戏曲总集的编辑上，明末清初邹式金编的《杂剧新编》（又名《杂剧三集》），收明末清初杂剧作家19人，杂剧34种④。玩花主人编辑、钱德苍增辑的折子戏选集《缀白裘》，收录昆曲作品80多部，400多出⑤。

　　同对宋元和明代戏曲作品的搜集和整理一样，对清代戏曲曲

---

①载其著《清代弹词研究》，齐鲁书社2008年版，《附录》。

②《曲海目》一卷。存李斗《扬州画舫录》卷五转载本，及《销夏录五种》所收无名氏重订本。《中国古典戏曲论著集成》第七册以《销夏旧录本》为底本收录，题名《重订曲海总目》。

③古书流通处1921年印行陈乃乾编《曲苑》收有此书。后收入《中国古典戏曲论著集成》第九册。

④据杜桂萍《清初杂剧研究》，人民文学出版社2005年版，第370页。

⑤据李万钧主编《中国古今戏剧史》，广东高等教育出版社1997年版，上卷，第632页。

艺作品的重视和大规模的搜集和整理，是在 20 世纪初期开始的。经过一个世纪几代人的前后努力，对国内外所存清代戏曲曲艺作品的搜集和整理，在目录编纂、作品的编辑整理印行等方面，都取得了巨大的成绩。于目录，重要的如：上引傅惜华编《清代杂剧全目》，庄一拂编《古典戏曲存目汇考》，郭英德编《明清传奇综录》①，刘复、李嘉瑞等编的《中国俗曲总目录》②，傅惜华编《北京传统曲艺总目》③，郭精锐等编《车王府曲本提要》④，仇江、张小婴编《车王府曲本全目及藏本分布》⑤，日人泽田瑞穗编《大鼓书私录》⑥，傅惜华编《子弟书总目》⑦，谭正璧、谭寻编《弹词叙录》⑧，胡士莹编《弹词宝卷目》⑨，车锡伦编《中国宝卷总目》（修订本）⑩等。于作品，其成就主要体现在一些大型丛刊的编印和单部作品的整理印行上。《古本戏曲丛刊》初、二、三、四、五、九集，都收有清代的戏曲作品，其中三集为明末清初传奇集，收明清之际剧作百种，五集为清初传奇作品集，收 85 种，九集专收清代宫廷大戏，共 8 种。赵景深主编《中国古典讲唱文学丛书》⑪，出版了清代的

---

① 河北教育出版社 1997 年版。
② 中央研究院历史语言研究所 1932 年版。
③ 中华书局 1962 年版。
④ 中山大学出版社 1999 年版。
⑤ 载刘烈茂等编《车王府曲本研究》，广东人民出版社 2000 年版。
⑥ 载［日］《天理大学学报》第 34、36、37 辑。
⑦ 古典文学出版社 1957 年版。
⑧ 上海古籍出版社 1981 年版。
⑨ 上海古籍出版社 1984 年版。
⑩ 北京燕山出版社 2000 年版。
⑪ 中州古籍出版社（原中州书画社）1982 年开始陆续出版。

一些重要的弹词。王桂秋主编《民俗曲艺丛书》①，整理出版作品80种。重要的戏曲家的文集或单本戏曲作品，如吴伟业、尤侗、李玉、朱素臣、李渔、洪昇、孔尚任、杨观朝、蒋士铨、唐英等以及无名氏的作品，大多都有新的整理印行本②。

　　中国古代的戏曲曲艺，到了近代，在类型上，大体呈三种态势：一是以杂剧传奇为代表的传统戏曲在延续；二是以京剧为代表的地方戏在发展；三是发生了明显的变革，主要表现是受国外戏剧的影响产生了话剧（当时又称"新剧"、"文明戏"）。综观近代，上述各种类型的戏剧，各自都创作了大量的作品。

　　近代创作的戏曲作品，有不少开始是发表在报刊上，后来结集成单行本或收入戏曲丛刊。如洪炳文负有盛名的杂剧《悬岙猿》，原载1906年9月至12月《月月小说》第1—4号，后群学社收入《说部丛刊》出单行本。

　　近代的杂剧作品，庄一拂《古典戏曲存目汇考》著录120种；传奇作品，《古典戏曲存目汇考》著录275种③。梁淑安、姚柯夫《中国近代传奇杂剧经眼录》④，收录近代传奇杂剧作品170种。

　　近代，京剧剧目繁多，具体数目，未见统计。"根据刘半农买到的一本《戏簿》统计，从光绪八年（1882）到清末四十多家戏班经常演出的皮黄戏共八百多出，是当时伶人所写……这还只是上演

①台湾施合郑民基金会1993—1998年陆续出版。
②关于清代的戏曲曲艺作品史料，参阅蒋寅主编《中国古代文学通论·清代卷》，辽宁人民出版社2005年版，下编第二章第三、四节，第三章第一、二节，第四章。
③上述数目，引自李万钧主编《中国古今戏剧史》，广东高等教育出版社1997年版，上卷，第776页。
④书目文献出版社1996年版。

剧目,若论全部创作的剧目,当远远不只这个数目。仅宫廷大戏就不止两千多出"。又"根据《申报》《新闻报》刊登的剧目广告统计,从1867年到1900年前后的三十年间,上海上演新编京剧剧目不下百种"①。

近代的话剧,少数演的是外国的剧本和根据外国剧本、小说改编的,多数是国人自编的和根据中国古今小说笔记改编的。如1912年成立的新剧同志会演出的剧本约80多个,据其成员欧阳予倩的回忆,其中纯粹的翻译剧本只有3个,根据外国剧本和小说改编的近20个,自己创作和根据中国古今小说笔记改编的约50多个②。一个剧社演出的话剧就有80多种,由此可以推想近代话剧作品之繁多。

在近代,一些有识之士即开始注意搜集、整理和保存当时的戏曲曲艺作品。如满族京剧艺术家汪笑侬一生创作、改编整理京剧剧本至少有22种③。咸丰后,北京的蒙古车王府搜集、购置、抄写了一大批当时流行的戏曲曲艺作品。

对近代戏曲曲艺作品进行大规模搜集整理和印行是从20世纪20年代开始的。在戏曲方面,经过七八十年的积累,现在可以利用和比较容易找到的近代的戏曲作品集,主要有阿英编《晚清文学丛钞·传奇杂剧卷》④,此书收录近代传奇杂剧31种。张庚、

①引自李万钧主编《中国古今戏剧史》,广东高等教育出版社1997年版,上卷,第781—782页。
②参阅欧阳予倩《回忆纯柳》,见《欧阳予倩戏剧论文集》,上海文艺出版社1984年版,第167—168页。
③据李万钧主编《中国古今戏剧史》,广东高等教育出版社1997年版,上卷,第810页。
④中华书局1962年版。

黄菊盛主编《中国近代文学大系·戏剧集》①。此书有两卷，第一卷收录近代传奇杂剧 17 种，京剧 15 种；第二卷收录各种地方戏曲和早期话剧。上引两种和其他近代戏曲作品集，虽然各自做出了贡献，但由于选录标准的不同和客观条件的限制，所收作品尚欠全面，也有某些错误。人民文学出版社 2005 年出版左鹏军著《晚清民国传奇杂剧考索》，是考索近代民国传奇杂剧的新成果。书中对以前出版的近代传奇杂剧书目和作品集，有补遗，有订正，是研究近代民国传奇杂剧作品应当参考的重要著述。

在曲艺作品方面，现在可以参用的主要作品集有：

1925 年，马廉、沈尹默等开始设法购藏整理车王府所藏作品。据今人所编详目，其中曲艺作品共 1017 种②。

1918 年初，刘半农、沈尹默发起征集歌谣运动，北京大学校长蔡元培在 2 月 1 日的《北大日刊》上发布了《征集歌谣简章》，为中国现代民俗文学作品的搜集和研究揭开了序幕。后来，刘半农在主持中央研究院历史语言研究所民间文艺组的工作时，组织人员搜集北京、河北、江苏、广东、四川、福建、山东、河南、云南、湖北、安徽、江西、浙江、甘肃等地的包括民国部分时期的俗文学史料。这些史料，1973 年由台湾大学曾永义教授主持，经过三年，予以整理编目，并补充了台湾地区的部分史料。其中"说唱"部分 2304 种，"杂曲"部分 4078 种，"杂耍"部分 194 种，"徒歌"341 种③。

---

① 上海书店 1995 年 12 月至 1996 年 3 月出版。
② 参阅仇江、张小莹编《车王府曲本全目及藏本分布》，载刘烈茂等编《车王府曲本研究》，广东人民出版社 2000 年版。
③ 参阅曾永义《"中央研究院"所藏俗文学资料的分布整理和编目》，载《说俗文学》，联经出版事业公司 1984 年版。

阿英编《晚清文学丛钞·说唱文学卷》①。

另外，近代还有许多曲艺作品总集和专集。

中国古代的戏曲曲艺作品，尽管有大量的已经散佚了，但就存传到现在的来说，仍是种类很多、数量难以统计。存传到现在的文本部分，就编辑刊印的形态而言，大致可分为个人单本、总集和丛刊三种。个人单本指的是只收个人创作的，有个别的是把两个人的作品合在一起，但都注明了作者和书名。总集指的是收有多人的作品，而冠以一总书名。丛刊（有的称"丛书"、"汇编"、"集成"）指的是收有众多的、大型的戏曲曲艺作品集。丛刊有的是一次编刊的，也有一些是陆续编刊的。

## 附：现当代新刊新整理戏曲曲艺作品要目

### 个人单本②

《刘知远诸宫调校注》　廖珣英校注　中华书局 1993
年版

《董解元西厢记校注》（《董解元西厢记》又称《董解元西厢记诸宫调》简称《董西厢》）　［金］董解元撰　凌景埏校注　人民文学出版社 1978 年版

《西厢记诸宫调注释》　［金］董解元著　朱平楚注释

---

① 中华书局上海编辑所 1960 年版。

② 个人戏曲作品，如元代的关汉卿、乔吉、郑廷玉、马致远、郑光祖，明代的汤显祖、徐渭、李开先、梁辰鱼、冯梦龙，清代的李渔、洪昇、沈自晋、孔尚任、唐英等，凡以别集形式编印的，均收录于本书《现当代新刊新编别集要目》部分。

甘肃人民出版社 1982 年版①

《天宝遗事诸宫调》 〔元〕王伯成著 朱禧辑 天津古籍出版社 1986 年版

《关汉卿戏曲集》 〔元〕关汉卿著 吴晓铃 单耀海等编校 中国戏剧出版社 1958 年版②

《关汉卿戏剧集》 〔元〕关汉卿著 北京大学中文系编 人民文学出版社 1976 年版

《关汉卿散曲集》 〔元〕关汉卿著 李汉秋 周维培校注 上海古籍出版社 1990 年版

《马致远散曲校注》 〔元〕马致远撰 刘益国校注 北京图书馆出版社 1995 年版

《白朴戏曲集校注》 〔元〕白朴著 王文才辑校注 人民文学出版社 1984 年版

《石君宝戏曲集》 〔元〕石君宝撰 黄竹三校注 山西人民出版社 1992 年版

《集评校注西厢记》 〔元〕王实甫撰 王季思校注 张人和集评 上海古籍出版社 1987 年版③

---

① 其版本,参阅龙建国《关于二十世纪诸宫调的整理与研究》第三部分,《文学评论》2003 年第 6 期。

② 此书后有三个附录:《关汉卿杂剧辑佚》、《关汉卿散曲辑存》、《关汉卿杂剧全目》。

③ 1. 董每戡《〈西厢记〉原作究竟是四本抑五本》,载其著《五大名剧论》,人民文学出版社 1984 年版。2. 张人和《〈西厢记〉的版本和体制》,载王季思等著《中国古代戏曲论集》,中国展望出版社 1986 年版。又载《集评校注西厢记·附录》。3. 寒声《〈西厢记〉古今版本目录辑要》,载寒声等编《西厢记新论》,中国戏剧出版社 1992 年版。4. 刘明今《〈西厢记〉体(转下页注)

《元本琵琶记校注》 [元]高明撰 钱南扬校注 上海古籍出版社 1980 年版①

《云庄休居自适小乐府笺》 [元]张养浩著 王佩增笺 齐鲁书社 1988 年版

《小山乐府》 [元]张可久撰 王维堤点校 上海古籍出版社 1989 年版

《梦符散曲》 [元]乔吉撰 申孟点校 上海古籍出版社 1989 年版

《酸甜乐府》 [元]贯云石 徐再思撰 陈稼禾点校 上海古籍出版社 1989 年版

《甜斋乐府》 [元]徐再思撰 俞忠鑫校注 上海古籍出版社 1990 年版

《刘时中散曲》② [元]刘时中撰 周锡山点校 上海古籍出版社 1989 年版

《薛昂夫散曲》③ [元]薛昂夫撰 周锡山点校 上海古籍出版社 1989 年版

《四声猿》 [明]徐渭著 周中明校注 上海古籍出版

（接上页注）制与版本流传》，收入作者著《辽金元文学史案》，上海古籍出版社 2004 年版，第四编。5. 俞为民《〈南西厢记〉的版本及流变》，收入程章灿编《中国古代文献学国际学术研讨会论文集》，凤凰出版社 2006 年版。6. 黄仕忠《日本所藏〈西厢记〉版本知见录》，载章培恒主编《中国中世文学研究论集》，上海古籍出版社 2006 年版。7. 蒋星煜《明刊本〈西厢记〉研究》，中国戏剧出版社 1982 年版。

①［韩］金英淑《〈琵琶记〉版本源流研究》，中华书局 2003 年版。
②与《薛昂夫散曲》合本。
③与《刘时中散曲》合本。

社 1984 年版

《汤显祖戏曲集》〔明〕汤显祖撰　钱南扬校点　上海古籍出版社 1982 年版

《牡丹亭》〔明〕汤显祖撰　徐朔方　杨秀梅校注　朱林插图　人民文学出版社 2002 年版

《南柯梦记》〔明〕汤显祖撰　钱南扬校注　人民文学出版社 1981 年版

《紫钗记》〔明〕汤显祖撰　胡士莹校注　人民文学出版社 1982 年版

《诚斋乐府》〔明〕朱有燉撰　翁敏华点校　上海古籍出版社 1989 年版

《墨憨斋定本传奇》〔明〕冯梦龙著　黄山书社 1992 年影印本

《西楼乐府》〔明〕王磐撰　李庆点校　上海古籍出版社 1989 年版

《陈铎散曲》〔明〕陈铎撰　杨权长点校　上海古籍出版社 1989 年版

《萧爽斋乐府》〔明〕金銮撰　骆玉明点校　上海古籍出版社 1989 年版

《海浮山堂词稿》〔明〕冯惟敏撰　汪贤度点校　上海古籍出版社 1989 年版

《沜东乐府》〔明〕康海撰　周永瑞点校　上海古籍出版社 1989 年版

《碧山乐府》〔明〕王九思撰　沈广仁点校　上海古籍出版社 1989 年

《连环记》① 　〔明〕王济撰　张树英点校　中华书局1988年版

《金印记》② 　〔明〕佚名撰　孙崇涛点校　中华书局1988年版

《江东白苎》〔明〕梁辰鱼撰　彭飞点校　上海古籍出版社1989年

《浣沙记校注》〔明〕梁辰鱼撰　张忱石　钟文等校注中华书局1994年版

《鹤月瑶笙》〔明〕周履靖撰　甘林点校　上海古籍出版社1989年版

《鞠通乐府》〔明〕沈自晋撰　李宗为点校　上海古籍出版社1989年版

《秋水庵花影集》〔明〕施绍莘撰　来云点校　上海古籍出版社1989年版

《张凤翼戏曲集》〔明〕张凤翼撰　隋树森　秦学人等校点　中华书局1994年版

《贾凫西木皮词校注》〔明〕贾凫西撰　关德栋　周中明校注　齐鲁书社1982年版

《双忠记》③ 　〔明〕姚茂良撰　王镁点校　中华书局1988年版

《高文举珍珠记》④ 　〔明〕佚名撰　吴书荫点校　中华

---

① 与佚名撰《金印记》合本。
② 与王济撰《连环记》合本。
③ 与佚名撰《高文举珍珠记》合本。
④ 与姚茂良撰《双忠记》合本。

书局 1988 年版

　　《焚香记》①　［明］王玉峰撰　王书荫点校　中华书局 1989 年版

　　《红梨记》②　［明］徐复祚撰　姜智校点　中华书局 1988 年版

　　《燕子笺》③　［明］阮大铖撰　蔡毅点校　中华书局 1988 年版

　　《阮大铖戏曲四种》　［明］阮大铖撰　徐凌云　胡金望点校　黄山书社 1993 年版

　　《偷甲记》④　［清］秋堂和尚撰　张树英点校　中华书局 1989 年版

　　《西楼记》⑤　［清］袁于令撰　李复波校点　中华书局 1988 年版

　　《李玉戏曲集》　［清］李玉撰　陈古虞　陈多等点校　上海古籍出版社 2004 年版

　　《清忠谱》　［清］李玉著　王毅校点　人民文学出版社 1996 年版

　　《翡翠园》⑥　［清］朱素臣撰　王永宽点校　中华书局 1988 年版

---

① 与秋堂和尚撰《偷甲记》合本。
② 与袁于令撰《西楼记》合本。
③ 与朱素臣撰《翡翠园》合本。
④ 与王玉峰撰《焚香记》合本。
⑤ 与徐复祚撰《红梨记》合本。
⑥ 与阮大铖撰《燕子笺》合本。

《未央天》①　［清］朱雓撰　　王永宽点校　　中华书局
1988 年版

《笠翁十种曲》［清］李渔著　《古本戏曲丛刊》影印本
中华书局 1983 年版

《李笠翁喜剧选》［清］李渔著　黄天骥　欧阳光选注
岳麓书社 1984 年版

《长生殿》［清］洪昇著　［日］竹村则行　康保成笺注
中州古籍出版社 1999 年版

《桃花扇》［清］孔尚任著　王季思　苏寰中等校注
人民文学出版社 2002 年版

《蒋士铨戏曲集》［清］蒋士铨著　周妙中点校　中华
书局 1993 年版

《千忠录》②　［清］徐子超撰　周妙中点校　中华书局
1989 年版

《党人碑》③　［清］叶稚斐撰　吴书荫校点　中华书局
1988 年版

《琥珀匙》④　［清］邱园撰　张树英校点　中华书局
1988 年版

《霜厓曲录》［近代］吴梅撰　交通书局　民国三十一
年(1942)版

---

① 与徐子超撰《千忠录》合本。
② 与朱雓撰《未央天》合本。
③ 与邱园撰《琥珀匙》合本。
④ 与叶稚斐撰《党人碑》合本。

## 总集

《历代名曲千首》　朱世滋等主编　北京燕山出版社 2000 年版

《敦煌曲校录》　任二北　上海文艺联合出版社 1955 年版

《敦煌曲子词集》　王重民　北京商务印书馆 1956 年版

《敦煌曲子词斠证初编》　林玫仪　东大图书公司 1986 年版

《敦煌歌词总编》　任半塘　上海古籍出版社 1987 年版

《宋代歌舞剧曲录要》　刘永济撰　古典文学出版社 1957 年版

《全诸宫调》　朱平楚辑录校点　甘肃人民出版社 1987 年版

《中国十大古典喜剧集》　王季思主编　齐鲁书社 1991 年版

《重订增注中国十大古典悲剧集》　王季思主编　齐鲁书社 2002 年版

《宋元戏文辑佚》　钱南扬　古典文学出版社 1956 年版①

《永乐大典戏文三种校注》　钱南扬　中华书局 1979 年版

《南戏拾遗》　陆侃如　冯沅君　《燕京学报》专号 13 北平哈佛燕京社 1936 年版

_____

① 黄菊盛、彭飞等《关于宋元南戏剧目的整理和辑佚》,《曲苑》编辑部编《曲苑》第二辑,江苏古籍出版社 1986 年 5 月版。

《宋元四大戏文读本》　俞为民校注　江苏古籍出版社1988年版

《元人杂剧钩沉》　赵景深辑　古典文学出版社1956年版

《全元戏曲》　王季思主编　人民文学出版社1989至1998年陆续出版

《全元曲》　徐征　张月中等主编　河北教育出版社1998年版

《全元散曲》（附有补遗和续补遗）　隋树森编　中华书局1964年版①

《元曲选》　［明］臧懋循编　中华书局1958年版

《元曲选外编》　隋树森辑　中华书局1959年版

《元曲选校注》　王学奇主编　河北教育出版社1994年版

《新校九卷本阳春白雪》　［元］杨朝英选　隋树森校订中华书局1957年版

《朝野新声太平乐府》　［元］杨朝英选　隋树森校订中华书局1958年版

《梨园按试乐府新声》　［元］无名氏选辑　隋树森校订中华书局1958年版

《元刊杂剧三十种新校》　宁希元校点　兰州大学出版社1988年版

《日本藏元刊本古今杂剧三十种》　北京图书馆出版社1982年版

---

①陈加《全元散曲补遗》,《文献》1980年第2期。

《元杂剧公案卷》　［元］关汉卿等撰　华夏出版社 2000年版

《元杂剧爱情卷》　［元］关汉卿等撰　张静文注　华夏出版社 2001 年版

《西厢汇编》　霍松林编　山东文艺出版社 1987 年版

《西厢记说唱集》　傅惜华编　上海出版公司 1955 年版

《孤本元明杂剧》　中国戏剧出版社 1958 年版

《水浒戏曲集》第一、二集　傅惜华　杜颖陶编　古典文学出版社 1957 年　1958 年先后出版

《遏云阁曲谱》　［清］王锡纯辑　中华书局 1973 年据清光绪十九年（1893）本影印

《缀白裘》　［清］玩花主人编　［清］钱德苍增辑　汪协如点校　中华书局 1955 年版

《风月锦囊笺校》　孙崇涛　黄仕忠笺校　中华书局 2000 年版①

《六十种曲》　［明］毛晋编　中华书局 1996 年版

《六十种曲评注》　黄竹三　冯俊杰主编　吉林人民出版社 2001 年版

《全明散曲》　谢伯阳编录　齐鲁书社 1993 年版②

《全明杂剧》　陈万鼐主编　台北鼎文书局 1979 年版

《全明传奇》　林侑萌主编　台北天一出版社 1983 年版

---

① 孙崇涛《风月锦囊考释》，中华书局 2001 年版。本书对《风月锦囊》的刊刻、流传、所收各剧的存佚等问题进行了研究。

② 1. 刘水云《〈全明散曲〉曲家考补》，《文献》2005 年第 1 期。2. 汪超宏《〈全明散曲〉补辑》，载其著《明清曲家考》，中国社会科学出版社 2006 年版。

　　《全明传奇续编》　朱传誉主编　台北天一出版社 1996年版

　　《盛明杂剧》　［明］沈泰　［清］邹式金等编　中国戏剧出版社 1958年版

　　《群音类选》　［明］胡文焕编　中华书局 1980年版

　　《墨憨斋定本传奇》　［明］冯梦龙编撰　俞为民校点江苏古籍出版社 1993年版

　　《海外孤本晚明戏剧选集三种》　［俄］李福清　李平编上海古籍出版社 1993年版①

　　《海外孤本晚明戏剧选集三种》（电子版）　北京大学图书馆　超星公司超星数字图书馆合作开发

　　《明刊闽南戏曲弦管选本三种》　［英］龙彼德辑　泉州地方戏曲研究社编　中国戏剧出版社 1995年版②

　　《古本戏曲西游记》　山东省艺术研究所　淄博市文化局校注　山东文艺出版社 1991年版

　　《伯虎杂曲等三种》　［明］唐寅　［明］吴承恩　［明］朱让栩撰　江苏广陵古籍刻印社 1980年版

　　《杨升庵夫妇散曲》　［明］杨慎　［明］黄峨撰　金毅点校　上海古籍出版社 1989年版

　　《明清戏曲珍本辑选》　孟繁树　周传家编校　中国戏

---

①参阅李平《流落欧洲的三种晚明戏剧散出选集的发现》,《复旦学报》1991年第 4 期,另载《海外孤本晚明戏剧选集三种》。此书所收三种戏剧为:《新镌精选古今乐府滚调新词玉英树》、《梨园会选古今传奇滚调新词乐府万象新》、《精刻汇编新声雅杂乐府大明天下春》。
②此书所收三种戏曲选集为:《满天春》、《钰妍丽锦》、《百花赛锦》。

剧出版社 1985 年版

　　《全清戏曲》　吴书荫等编　学苑出版社 2005 年版

　　《全清散曲》(增补版)　谢伯阳　凌景埏编　齐鲁书社 2006 年版

　　《评书聊斋志异》　陈士和讲述　百花文艺出版社 1980 年版

　　《聊斋志异戏曲集》　关德栋　车锡伦编　上海古籍出版社 1983 年版

　　《聊斋志异说唱集》　关德栋　李万鹏编　上海古籍出版社 1983 年版

　　《聊斋俚曲集》　蒲先明整理　邹宗良校注　国际文化出版公司 1999 年版

　　《红楼梦戏曲集》　阿英编　中华书局 1978 年版

　　《红楼梦故事选唱》　徐维志著　黑龙江人民出版社 1980 年版

　　《红楼梦子弟书》　胡文彬编　春风文艺出版社 1983 年版

　　《红楼梦说唱集》　胡文彬编　春风文艺出版社 1985 年版

　　《红楼梦曲艺集》　天津市曲艺团编　春风文艺出版社 1985 年版

　　《红楼梦弹词开篇集》　刘操南编著　学苑出版社 2003 年版

　　《戏考》　王大错编　大东书局 1933 年版

　　《当前台湾所见各省戏曲选集》　刘振鲁主编　台湾省文献委员会 1982 年版

《梁祝戏剧辑存》　钱南扬辑　上海古典文学出版社1956年版

《梁祝故事说唱集》（修订本）　路工编　上海古籍出版社1985年版

《文明大鼓词》　尧封辑　中华印书局1921—1927年出版25册

《鼓词汇编》　齐家本辑　中华印书局1929年版

《鼓词选》　赵景深编　中华书局上海编辑所1959年版

《孟姜女万里寻夫集》　路工编　上海出版公司1955年版

《董永沉香合集》　杜颖陶编　上海出版公司1955年版

《岳飞故事戏曲说唱集》（修订本）　杜颖陶编　上海古籍出版社1985年版

《白蛇传集》　傅惜华编　中华书局上海编辑所1958年版

《子弟书集》　［日］波多野太郎编　横滨市立大学1976年版

《子弟书珍本百种》　张崇寿编　民族出版社2000年版

《清车王府藏子弟书》　北京市民族古籍整理出版规划小组编　国际文化出版公司1994年版

《清车王府曲本粹编》　本书编委会编　北京古籍出版社1997年版

**丛刊**

《古本戏曲丛刊》（初集）　古本戏曲丛刊编刊委员会编　郑振铎主编　商务印书馆1954年影印线装本①

----

① 关于《古本戏曲丛刊》全书的编辑过程，参见《古本戏曲丛刊》第五集序。

《古本戏曲丛刊》（二集）　古本戏曲丛刊编刊委员会编　郑振铎主编　商务印书馆 1954—1955 年影印线装本

《古本戏曲丛刊》（三集）　古本戏曲丛刊编刊委员会编　郑振铎主编　商务印书馆 1957 年影印线装本

《古本戏曲丛刊》（四集）　古本戏曲丛刊编刊委员会编　郑振铎主编　商务印书馆 1958 年影印线装本

《古本戏曲丛刊》（九集）　古本戏曲丛刊编刊委员会编　郑振铎主编　中华书局 1961—1964 年影印线装本

《古本戏曲丛刊》（五集）　古本戏曲丛刊编刊委员会编　上海古籍出版社 1986 年影印本

《善本戏曲丛刊》　王秋桂主编　台湾学生书局 1984—1987 年影印

《善本戏曲丛刊》（电子版）　北京大学图书馆　超星公司超星数字图书馆合作开发

《古代戏曲丛书》　上海古籍出版社 1983—1992 年陆续出版

《不登大雅文库珍藏本戏曲丛刊》　北京大学图书馆　首都图书馆编　学苑出版社 2003 年版

《绥中吴氏藏抄本稿本戏曲丛刊》　吴书荫等编　学苑出版社 2004 年版

《暖红室汇刻传奇》　刘世珩编　江苏广陵古籍刻印社 1982—1997 年出版

《国剧大成》　张伯谨编　台湾“国防部总政治部作战振兴国际研究发展委员会”1969 年出版

《稀见旧版曲艺曲本丛刊》　北京图书馆出版社编　北京图书馆出版社 2002 年版

《明成化说唱词话丛刊》 朱一玄校点 中州古籍出版社1997年版

《明清抄本与古本戏曲丛刊》 首都图书馆编 线装书局1996年版

《明清抄本与古本戏曲丛刊》(电子版) 北京大学图书馆 超星公司超星数字图书馆合作开发

《中国古代戏曲经典丛书》(明清杂剧卷) 〔明〕朱有燉撰 戴申注 华夏出版社2000年版

《晚清文学丛钞·传奇杂剧卷》 阿英编 中华书局1962年版

《中国近代文学大系·戏剧集》 张庚 黄菊盛主编 上海书店1995年—1996年出版

《京剧丛刊》 中国戏曲研究院 京剧丛刊编辑委员会编 1953—1955年 新文艺出版社出版32集 1955年开始由中国戏剧出版社继续出版至50集

《京剧大观》 北京宝文堂书店编辑部编 宝文堂书店1958年版6集

《京剧汇编》 北京市戏曲研究所编 北京出版社1957年开始陆续出版①

《中国古典讲唱文学丛书》 赵景深主编 中州古籍出版社(原中州书画社)1982年后陆续出版清代弹词②

---

① 到1964年,共出版106集,收录作品400多种。"文革"结束后,继续编辑出版。

② 包括:陈瑞生《再生缘》、陶贞怀《天雨花》、邱心如《笔生花》、佚名《十粒金丹》、佚名《凤凰山》、佚名《描金凤》。

　　《民俗曲艺丛书》　王桂秋主编　台北施和郑民俗文化基金会 1993—1999 年出版

　　《子弟书丛钞》　关德栋　周中明编　上海古籍出版社 1984 年版①

　　《晚清文学丛钞·说唱文学卷》　阿英编　中华书局上海编辑所 1960 年版

　　《中国传统相声大全》　冯不异　刘英男主编　文化艺术出版社 2003 年版

　　《中国地方戏曲集成》　中国戏剧家协会主编　中国戏剧出版社 1958—1963 年出版 12 卷

　　《河北戏曲传统剧本汇编》　河北省戏曲研究室编　天津百花文艺社 1959—1963 年出版 7 集

　　《河北梆子汇编》　天津市河北梆子汇编编辑委员会编　天津人民出版社　百花文艺出版社 1958—1964 年出版 23 集

　　《山西地方戏曲汇编》　山西省文化局戏剧工作研究室编　山西人民出版社 1981—1984 年出版 14 集

　　《陕西传统剧目汇编》　陕西省文化局编　陕西省文化局 1958—1959 年出版 56 集

　　《甘肃传统剧目汇编》　甘肃省文化局编　甘肃人民出版社 1963—1964 年出版 9 集

　　《传统剧目汇编》　上海市传统剧目编辑委员会编　上海文艺出版社 1959—1963 年出版 26 集

---

① 崔蕴华《子弟书版本及流传》，载其著《书斋与书坊之间——清代子弟书研究》第 5 章第 2—4 节，北京大学出版社 2005 年版。

《上海市地方传统剧目汇编》　上海市传统剧目编辑委员会编　上海文艺出版社 1959 年出版 2 集

《江苏省地方剧传统剧目汇编》　本书编委会编　上海文艺出版社 1959—1962 年出版 6 集

《浙江省地方剧传统剧目汇编》　上海市传统剧目编委会编　上海文艺出版社 1959—1962 年出版

《山左戏曲集成》　王绍曾　宫庆山编　上海古籍出版社 2007 年版

《河南传统剧目汇编》　河南省剧目工作委员会编　河南人民出版社 1963—1964 年出版 13 集

《湖北地方戏曲丛刊》　湖北地方戏曲丛刊编辑委员会编　湖北人民出版社 1959—1962 年出版 61 集

《湖南地方戏曲丛刊》　湖南省文化局编　湖南人民出版社 1956—1957 年出版 21 集

《四川省地方剧　川剧传统剧本汇编》　四川传统剧本汇编编辑室编　四川人民出版社 1963—1964 年共出版 33 集

《潮州歌册卷》(《稀见旧版曲艺曲本丛刊》)　北京图书馆出版社编　北京图书馆出版社 2002 年版

# 第十九章　古代文学研究史料

## 第一节　研究史料的主要特点、
## 重要价值及分类

古代文学研究史料是历代人们对古代文学的关注、体悟、认知和评价之类的研究活动的遗存。它是古代文学史料中不可分割的一部分,在古代文学史料中占有其他史料不可取代的重要地位。

人类从有了文学活动开始,就出现了与之相关的对文学的研究活动。在有文字记载之前,人类文学研究的具体情况难以考知。有了文字记载之后,这方面的史料主要见于各个时期的许多不同形式的记载中。

同文学背景史料、传记史料和作品史料相比较,文学研究史料有自己的特点。这不仅表现在人们所熟悉的其独特的内容上,还突出地表现在它具有生生不息的无限性和自己的历史。文学史料中的背景史料、传记史料和作品史料,都是已然的客观的存在,都是有限的。从时间上来看,我们通常所说的古代文学中的背景史料、传记史料和作品史料,只是限于现代之前的各个时期。而文学研究史料则不同。文学研究史料是人们研究文学的体现,而文学研究是开放的，一种文学现象出现以后，一般都会受到各个时代的关注和研究，尽管关注和研究的程度不同。文学研究是持续不断、永无止境的，文学研究史料随着人们的研究在不断地增多，代代积累，洋洋洒洒。前代文学研究的成果，对于后代来说，也是史料，成了后代研究的对象。这就决定了文学研究史料的无限性，决定了文学研究史料有自己的历史。因此，今天我们在思考文学研究史料时，就不应当局限于现代之前的各种文学研究史料，而应当延伸到现在。凡是昨天的文学研究成果，都应当纳入今天文学研究史料的范围。

中国古代的文学研究史料（这里主要指古代文论），自先秦孕育之后，经过长期的发展，积累了丰富的成果。这些成果蕴涵丰厚，形式多样，经由不同的途径，一直在广泛地传播，产生了多方面的影响，具有多方面的价值。

中国古代有不少文学研究史料蕴涵着丰厚的人文内容，如道德精神和审美情感等。这些人文内容，在古代润泽了许多文人志士的心灵，有些内容，直到今天仍具有生命力。《左传·襄公二十四年》载：

> 豹闻之：“太上有立德，其次有立功，其次有立言。”虽久不废，此之谓不朽。

叔孙豹是孔子之前的贵族学者，上述记载说明，早在叔孙豹之前，就有“三不朽”之说。“三不朽”之说，其中有属于文章范围内的“立言”。所以后来论及先秦的文论，常常要论述“三不朽”问题。值得注意的是，在叔孙豹之前，人们在思考立言时，就把立德、立功同立言紧密地联系在一起，特别把立德放在首位。这不仅使古代的文学研究注意把道德放在最高的层面上，同时从生命的角度，指出了立德、立功、立言的不朽。这对后来有深远的积极的影响。西汉扬雄，"及莽篡位，谈说之士用符命称功德获封爵者甚众。雄复不侯，以耆老久次转为大夫，恬于势利乃如是。实好古而乐道，其意欲求文章成名于后世，以为经莫大于《易》，故作《太玄》；传莫大于《论语》，作《法言》；史篇莫善于《仓颉》，作《训纂》；箴莫善于《虞箴》，作《州箴》；赋莫深于《离骚》，反而广之；辞莫丽于相如，作四赋：皆斟酌其本，相与放依而驰骋云。用心于内，不求于外"①。东汉荀爽论"三不朽"云：

> 古人有言，死而不朽。……其身殁矣，其道犹存，故谓之不朽。……夫形体固自朽弊消亡之物。寿与不寿，不过数十岁；德义立与不立，差数千岁，岂可同日言也哉！②

荀爽是从德义的角度，强调了立德的不朽。后来曹丕《典论·论文》讲：

> 盖文章，乃经国之大业，不朽之盛事。年寿有时而尽，荣乐止乎其身，二者必至之常期，未若文章之无穷。

曹丕看到了文章在治国中的重要意义，强调了文章的不朽，激励文人要有责任感，要珍惜有限的生命，淡薄荣乐，"寄身于翰墨，见意于篇籍"。

《晋书》卷34《杜预传》载：

> 预博学多通，明于兴废之道。常言："德不可以企及，立功、立言可庶几也。"……既立功之后，从容无事，乃耽思经籍，为《春秋左氏经传集解》。又参考众家谱第，谓之《释例》。

---

① ［汉］班固撰，［唐］颜师古注《汉书》，中华书局点校本，1962 年版，卷 87 下《扬雄传下·赞》。

② 引自［魏］徐幹撰、徐湘霖校注《中论校注》，巴蜀书社 2000 年版，《夭寿第十四》。

又作《盟会图》、《春秋长历》,备成一家之学,比老乃成。

杜预受"三不朽"的影响,在立功之后,耽于《春秋左氏经传》等经典,撰写了《春秋左氏经传集解》等著作。其中的《春秋左传集解》,流传至今。看来,古代的一些文人学者之所以沉溺于史料的整理,其中一个重要原因是基于立言不朽。

南宋朱熹死后,辛弃疾写有祭奠朱熹的文字,称许"所不朽者,垂万世名;孰为公死,凛凛犹生"①。

类似上面之类的文学研究史料,其意义已超越了一般的文学研究史料。

古代的许多文学研究史料,含有丰富的审美内容。在这方面,自先秦以来,有许多精辟的见解。《论语·八佾》载孔子曰:

周监于二代,郁郁乎文哉,吾从周。

又《论语·雍也》载孔子曰:

质胜文则野,文胜质则史,文质彬彬,然后君子。

孔子把人文的繁盛作为一种文明的象征,强调"君子"应当把质朴和文采恰当地结合起来。

与孔子不同,庄子在《庄子·知北游》中说:

天地有大美而不言,四时有明法而不议,万物有成理而不说。

庄子把朴素的自然美作为"大美"。以孔子为代表的儒家特别看重人为的美,而以庄子为代表的道家强调自然美。这两种审美见解,在客观上相互补充,其作用和影响,远远超出了文学研究的范围,而深深地影响了历代人们的审美情趣。与此相联系的是,古代许多文学研究论著,出自具有深厚的人文修养、重视审美

①转引自陈来《燕园问学记》,北京大学出版社2008年版,第148页。

和具有审美情趣的文人之手。他们撰写的文学研究论著,大多是理情相融,具有浓重的抒情性。读后不仅使人明理,也使人动情。

在文体方面,许多文学研究论著分别使用了论说、书信、辞赋、骈文、诗歌等多种文体,文体不同,不拘一格,风格各异,多有个性,许多文本本身就属于美文。仅就魏晋南北朝时期的文学研究论著来看,曹丕的《典论·论文》、曹植的《与杨德祖书》、陆机的《文赋》、刘勰的《文心雕龙》,古往今来,都肯定它们是中国古代重要的文学研究论著。其实,从审美的角度来看,它们又何尝不是美文? 不是文学作品?

古代文论蕴涵的人文精神,从一个方面展示了人类社会对人文精神的冀求和文论对于人文精神的贡献。

研究史料同背景史料、传记史料和作品史料密切相关,互动互补。一般来说,人类出现了文学活动,特别是出现了文学作品和文学家等文学现象,就有了研究史料。从这一角度来思考,研究史料源于文学活动、文学家和作品史料。但研究史料对文学活动、文学家及其创作并不是被动的,而往往能从不同的方面影响文学活动、文学家及其创作。文学活动和文学家的创作,一般不可能简单地遵循某些文学理论,文学家的创作更不会简单地把某些文学理论移植到自己的作品中。不过,文学家在创作时,往往会自觉或不自觉地借鉴以前的理论成果,提升自己的理论水平和审美情趣,遵循或努力遵循某些文学理论,或者拒绝某些文学理论。从读者解读接受各种文学现象来看,文学研究史料常常会给读者提供一些重要的参照和启示,能引导读者去体悟、认知和评价一些复杂的文学现象。另外,在文学研究史料中,常常含有一些不见于其他书籍的背景史料、传记史料和作品史料等,这些史料为我们全面地解读和研究古代文学,提供了重要的补充。

前面谈到,古代文学研究是一个没有止境的开放体系,人们会不断地研究它。研究的灵魂在于创新,但创新是在继承前人研究成果的基础上取得的。近人杨树达说:

> 温故而不新者,其人必庸;不温故而新者,其人必妄。①

要创新,必须"温故"。通过温故,了解前人的研究涉及了哪些领域,提出了哪些问题,解决到怎样的程度。哪些领域还没有涉及,是盲点,有待我们去开拓,哪些问题有待我们进一步去深化。通过温故,吸收前人研究的经验和教训,借鉴前人使用的科学的概念、范畴和研究方法,开阔我们的思路,激发我们的思考,引导后来的研究者,尊重前人的研究成果,在前人研究的基础上,守正出新,超越前人。这是我们创新的基础。而以前研究的状况,主要存于文学研究史料里面。我们要全面地认识和把握中国的古代文学,解读古代的重要文学现象,进而探讨中国古代文学发展的某些规律,必须重视古代文学研究史料。

中国自古以来,就重视古代文学研究史料的存传,积累的成果丰富复杂。如何对这些史料进行分类,古代并不关注,没有明确的分法。现代有不少学者作了有益的尝试,提出了自己的见解。常见的主要有两种。一是按朝代来分类,大多分为先秦、两汉、魏晋南北朝、隋唐五代、辽金元、明代、清代、近代八个时期。郭绍虞主编的《中国历代文论选》和人民文学出版社相继出版的"中国历代文论选",就是按朝代来分类的。二是根据内容来分类,一般分为综合性文论、诗话、词话、文话、赋话、小说理论、戏曲

---

① 杨树达《积微翁回忆录》,上海古籍出版社1986年版,《积微居诗文钞》,第129页。

理论等。上述两种分类，各有所长。但有一点是共同的，都是限于古代文论。本书鉴于古代文学研究史料的无限性，鉴于近代以来对古代文学研究史料的搜集和整理出现了一些新种类，取得了许多新的成果，想兼顾近代前后的文学研究史料的主要成果，着眼于内容，把古代文学研究史料分为三类：一是古代文论，二是研究资料汇编，三是研究综述。三类中，各自再以时间为序分为若干时期。下面分别予以述论。

## 第二节　古代文论：研究史料的主体

在中国古代文学研究史料的整体中，文论是主体，占有最重要的地位。

"文论"一词，在中国古代泛指著作、文章。这里所说的文论，指的是中国古代属于文学理论批评的言论和著述。在中国古代的如《四库全书总目》等目录书籍中，把文论统称之谓"诗文评"。近代以来，由于传统的"诗文评"不能涵盖古代所有的文学理论批评，加上受西方文学观的影响，大约自20世纪初开始，学术界就用"文论"、"文学批评"或"文学理论批评"等名称取代了传统的"诗文评"。不过，现代在使用上述名称时，并不统一。一般整理印行的文论，多用文论之名（个别的有用文学理论），如《中国历代文论选》。而研究文论的著作，则常改称"文学批评"、"文学理论"、"文学理论批评"等。今后为了统一，是否应当统称为古代文论，"古代文学批评史"、"古代文学理论批评史"之类的名称，都改为古代文论史？

综观中国古代的文学史和文论史，在文论的系统著述方面较文学创作常常滞后，但就大势而言，由于中华民族自古以来，不仅长于文学创作，同时也注意文学研究，文学创作和文学研究大体上是结合在一起的，是相互依托、相互促进的。

中国古代的文论，自先秦孕育以后，经由历代的积累，成果丰富。只是在存在的形态上，不像古代文学背景史料、传记史料和作品史料那样系统、那样专著较多。中国古代，虽然从魏晋南北朝开始，相继出现了一些完整的文论著述，而且随着历史的发展，完整的文论著述在种类上和数量上，都呈日益增多的趋势，但就总体而言，古代的文论繁碎丛杂，基本上呈散点广布状态。从大的方面来说，传统的经史子集的大量典籍中，多少不同地都有一些文论片段。从具体著述来说，许多文学家的各种传记史料，总集、别集等作品史料，各种杂记、笔记、书信、序跋、书目提要、评点、笺注等，都常常含有一些文论史料。另外，中国古代的文论还有一种特殊的形态，就是文学作品的选集。为什么编选集？选取作品的标准是什么？具体选取哪些作品？如何分类？选本传播和接受的情况如何？其中都蕴涵着文论多方面的内容。这些内容，有些通过注释、点评等方式有明确的表述，有些则蕴涵在选集的实践中。

中国古代尽管有丰厚的文论史料，但由于历代的统治者和许多文人学者，在文学方面，重视的主要是以诗文为代表的作品，一向不太关注文论，所以在古代漫长的历史中，对古代文论的收集、整理和著录比较单薄，基本上处于自发的、随意的状态。《四库全书总目》卷195、196"诗文评类"，著录诗文评64部，卷197"诗文评类存目"著录85部，数量较多。但同实际存在的文论著作数量相比，相距甚远，更不用说散见在各种著述中零星的文论言论了。另外，中国古代诗文历史悠久，长期在文坛上居于主导地位，再加上大多数统治者和依附统治者的文人学者，对诗文之类的雅文学,尤其是对诗歌的研究,投入很多,成果丰硕,而对小说、戏曲之类的俗文学则相当轻视,研究得少,研究的成果比较单薄,对已有的研究成果,也少有系统的搜集和整理,这就造成了中国古代各种文论史料的失衡现象,小说、戏曲等文学研究史料存传和整理得较少。上述状况到了20世纪初期,由于中国社会和文学的变革以及西方文学理论和文学批评的激发,开始有了明显的转变。从20世纪初期开始,许多文人学者和出版部门,自觉地收集和整理包括小说、戏曲理论批评在内的古代文论,规模迅速扩大,相继编辑和出版了大量的文论史料。今天展现在我们面前的古代文论史料,基本上是20世纪初期以来搜集编印的。当然,搜集编印古代文论史料,是一个长期的任务,还有许多工作有待我们继续努力。在这方面,我们应当像钱钟书所强调的,要特别关注和搜集片段的文论史料。他说:

在考究中国古代美学的过程里,我们的注意力常给名牌的理论著作垄断去了。不用说,《乐记》、《诗品》、《文心雕龙》、诗文话、画说、曲论以及无数挂出牌子来讨论文艺的书信、序跋等是研究的对象。同时,一个老实人得坦白承认,大量的这类文献的探讨并无相应的大量收获。好多是陈言加空话。……倒是诗、词、随笔里,小说、戏曲里,乃至谣谚和训诂里,往往无意中三言两语,说出了精辟的见解,益人神智;把它们演绎出来,对文艺理论很有贡献。也许有人说,这些鸡零狗碎的东西不成气候,值不得搜采和表彰,充其量是孤立的、自发的偶见,够不上系统的、自觉的理论。不过,正因为零星琐屑的东西易被忽视和遗忘,就愈需要收拾和爱惜;自发的孤单见解是自觉的周密理论的根苗。……眼里只有长篇大论,瞧不起片言只语……那是浅薄庸俗的看法——假使不是懒惰粗浮的借口。①

　　上引钱氏的论述，虽然是他30多年前讲的，但至今不论在理论上，还是在实践上，都具有重要的意义。

　　古代文论史料丰富复杂，如何对这些史料进行分类，从唐魏徵等撰《隋书·经籍志》以来，不少学者相继有所尝试。《隋书·经籍志》和五代后晋刘昫等撰《旧唐书·经籍志》把属于文论方面的著作，如刘勰的《文心雕龙》归于集部中的总集，与总集中所收的作品史料混同。宋欧阳修等撰《新唐书》，在《艺文志四》中也把文论归于集部中的总集，开始把《文心雕龙》、钟嵘的《诗品》、王昌龄的《诗格》、皎然的《诗评》等编辑在一起，但其中也收有刘子玄《史通》、柳璨《释史》和刘悚《史例》等属于史学方面的著述。宋代晁公武《郡斋读书志》卷13"小说类"收有陈师道《后山诗话》、司马光的《续诗话》等七种诗话。宋代郑樵在《通志二十略·艺文略第八》"文史类"中著录李充《翰林论》、任昉《文章始》和刘勰《文心雕龙》等，在"诗评类"中著录殷璠《河岳英灵集》、钟嵘《诗品》、欧阳修《诗话》等。看来，宋代同唐五代相比，对文论的归属，比较混乱。元代脱脱撰《宋史》，在《艺文志五》子部"小说类"和《艺文志八》集部"文史类"中都收有诗话，而把《文心雕龙》、钟嵘的《诗品》等典型的文论，也放在"文史类"。这说明脱脱对文论的归类也是相当混乱的。清代在康熙、雍正期间由张廷玉等撰《明史》，《明史》在《艺文志四》中集中地著录了明代的文论著作，主要是诗话和文话，但最后却把它们统称为"文史类"。看来张廷玉的归类也是很笼统的。这样的归类，完全模糊了文论的特点。这种情况到清代编《四库全书》时有了变化。《四库全书》在集部总集类后单

────────────

①钱钟书《七缀集》，上海古籍出版社1994年版，第33—34页。

设"诗文评类"，诗文评中包括《文心雕龙》之类的专著和其他诗话、文话、诗纪事等。另外在"词曲类"中设有词话类。"诗文评"虽然比较接近后来所说的文论，但两者的内涵还有区别。从上面简单列举的史料来看，在近代之前，由于文论比较复杂、零星，许多文人学者把它看成是小道，在实践上，重视使用，轻视研究，所以一直没有把文论综合在一起，单独作为一种史料。至于对文论的分类，到清代编《四库全书》时才有所尝试。《四库全书总目》卷195《集部·诗文评类一序》把诗文评专著分为五类：

> （刘）勰究文体之源流，而评其工拙。（钟）嵘第作者之甲乙，而溯厥师承。为例各殊。至皎然《诗式》，备陈法律。孟棨《本事诗》，旁采故实。刘攽《中山诗话》，欧阳修《六一诗话》，又体兼说部。后所论著，不出此五例中矣。

《四库全书总目》依据自《文心雕龙》以来有代表性的文论专著的内容特点，把文论分成五类。从总目所列举的有代表性的著作来看，除了《文心雕龙》属于综合性的文论外，其他都是属于诗歌方面。分类所依据的内容本身就有很大的局限。同时总目也没有把单篇论文和宋代开始出现的诗文等评点以及小说和戏曲理论考虑在内。可见，总目的分类并不准确，但具有开创的意义。

近代以来，特别是从20世纪初期开始，随着西方文学批评理论的输入，古代文论受到了空前的重视，一些学者开始自觉地研究古代文论，古代文论研究逐渐成为一门独立的学科。但对文论的分类问题，还未及做专门的、深入的探讨，一般笼统地把它们称之为中国古代文论。郭绍虞主编的《中国古代文论选》是以时间为序，除了选有传统的"诗文评"中部分论著外，还有经、史、子、集中的有关的文论，词话、戏曲理论批评、小说理论批评等，把这些总称之为古代文论。本书鉴于古代文论的内容和出现的时间，借鉴、综合古今关于古代文论的分类成果，尝试兼顾内容和时间两方面来进行分类。从内容上，把古代文论分为综合、诗话、文话、词话、赋话、小说理论批评、戏曲理论批评等六类。从时间上，分为通代和断代两部分。断代分先秦两汉、魏晋南北朝、唐代、宋代、辽金元、明代、清代和近代八个时期。下面所附的古代文论要目，大体上是依据上述分类编辑的。

　　本书所说的综合文论，指的是那些综合论述古代文学的论著。这类文论涉及的内容比较广泛，不限于某种体裁、某一问题，如曹丕的《典论·论文》、刘勰的《文心雕龙》。关于诗话、文话、赋话和词话，大体而言，学术界主要有两种界定：一是狭义的，专指那些分别以"诗话"、"文话"、"赋话"和"词话"命名的论著；二是广义的，分别指所有的论诗、论文、论赋、论词的著述。本书取广义之说。本书所说的诗话、文话、词话不仅包括那些论诗、论文、论词的著述，还包括诗本事、诗纪事、文纪事、词纪事之类。诗文词纪事和"本事"是一种史料性著述，多是以文学家为纲，把与文学家、作品有关的本事、传闻逸事和重要的评论史料汇编在一起，以人系作品，以作品系事。诗文词纪事和"本事"带有综合性，涉及了背景史料、传记史料和作品史料等多方面的内容。严格地讲，把它们归为古代文论，并不恰当。但由于其中有许多文论史料，加上古代有些目录把它们归于"诗文评"一类①，所以本书参照过去的做法，姑且也把它们归于文论中。

　　需要说明的是，上述对文论内容的分类只是着眼于主要内容，是相对的。实际上，由于古代的诗、文、赋、词等，彼此多有相

---

① 如《四库全书总目》卷 195 著录[唐]孟棨《本事诗》1 卷、[宋]计有功《唐诗纪事》81 卷，卷 196 著录[清]厉鹗《宋诗纪事》100 卷。

通之处,而许多文论的著者,又兼通诗、文、赋、词等。这种相通、兼通常常体现在文论上,使许多名为某一文体文论的内容,如诗话、文话、赋话、词话等,特别是作为古代文论的主体的诗话,往往越过了诗话所指的内容,含有论述其他文体的内容。现存古代赋话专著的数量不多,但涉及赋论的著述却难以计数。古代有不少诗话、词话、文话,特别是诗话中往往含有重要的关于辞赋的论述①。至于诗话中含有词话的,更是屡见不鲜。宋胡仔《苕溪渔隐丛话》,除了"前集"第59卷、"后集"第39卷《长短句》汇录词话外,其他卷中有时也有词话。宋魏庆之《诗人玉屑》其末卷《诗余》,辑录诸家词话22则,唐圭璋特别录出,以《魏庆之词话》为题编入《词话丛编》。古代各类文论的互含,提醒我们在搜集某一种文学研究史料时,不能采取简单的"按图索骥"的做法,而应当尽量顾及各种文论。

古代文论刊印存在的形态多种多样。大体上可分为单本、总集和丛刊三类。

单本指的是个人所著的文论,单独刊行。如刘勰的《文心雕龙》。有些几个人各自所著的文论合本刊印,分别注明了书名和著者,对这种合本,本书也作为单本,如人民文学出版社出版的欧阳修的《六一诗话》、姜夔的《白石诗说》、王若虚的《滹南诗话》合本。

总集指的是把多人的文论,按一定的编辑原则编辑在一起而冠以总名的文论。这类文论有全编和选编两种。全编的如《魏晋南北朝文论全编》,选编的如《中国历代文论选》。

---

①关于诗话、词话、文话中常常含有赋话,参阅程章灿《赋学论丛》,中华书局2005年版,第22—34页。

丛刊(有的也称"丛编"、"丛书"、"集成"、"大系"等)是依据一定的编辑原则把众多的文论编辑在一起而冠以总名的文论。丛刊的规模较大。丛刊,有些是一次出版,如《中国古典戏曲论著集成》;有些选择历代有代表性的、重要的文论随编随出,体例不求一律,如由郭绍虞主编、人民文学出版社出版的《中国古典文学理论批评专著选辑》,中华书局编辑出版的《中国文学研究典籍丛刊》。这种丛刊实际上是由不定期编辑出版的单本构成的。分开属于单本,合起来属于丛刊。

## 附:现当代新刊新整理古代文论要目①

## 通　代

**综合**

《中国历代文论选》　郭绍虞主编　上海古籍出版社1979—1980年出版

《中国历代文论选新编》　黄霖　蒋凡主编　上海教育出版社2007年版②

《中国历代少数民族文论选》　买买提　祖农等主编　新疆人民出版社1987年版

《少数民族古代文论选释》　王戈丁等主编　新疆人民出版社1993年版

《中国古代文论类编》　贾文昭　程自信编　海峡出版

---

① 关于文论要目,凡书名以"资料"称名者,均收入本书"研究资料要目"部分。
② 此书分4卷:《先秦至唐五代卷》,杨明、羊列荣编著;《宋金元卷》,羊列荣、刘明今编著;《明清卷》,邬国平编著;《晚清卷》,周兴陆、魏春吉编著。

社 1988 年版

　　《中国历代文学论著丛书》　陈良运主编　百花洲文艺出版社 1988—2002 年陆续出版①

　　《古代文论萃编》　谭令仰编　书目文献出版社 1986 年版

　　《中国古典美学举要》　于民　孙通海著　安徽教育出版社 2000 年版

**诗话**

　　《历代诗话》　[清]吴景旭著　陈卫平　徐杰点校　京华出版社 1998 年版

　　《历代诗话》　[清]何文焕辑　中华书局 1981 年版

　　《历代诗话续编》　丁福保辑　中华书局 1983 年版

　　《历代诗话统编》　[清]何文焕　丁福保编　北京图书馆出版社 2003 年版②

　　《中国诗话珍本丛书》　蔡镇楚编　北京图书馆出版社 2004 年版③

　　《古今诗话丛编》《续编》　台北广文书局 1960—1973 年出版

　　《说诗乐趣校注》　[清]伍涵芬编　杨军校注　齐鲁书社 1992 年版

---

① 此丛书包括《中国历代诗学论著选》(修订本于 1998 年出版)、《中国历代词学论著选》、《中国历代赋学曲学论著选》、《中国历代文章学论著选》、《中国历代小说学论著选》五种。

② 包括:[清]何文焕编《历代诗话》,丁福保编《历代诗话续编》、《清诗话》。

③ 凡中华书局、人民文学出版社、上海古籍出版社已经点校出版的诗话,此书均未予重复收录。

《诗话类编》　王会昌编　台北广文书局1972年版

《百种诗话类编》　台静农等编纂　台湾艺文印书馆1974年版

《古代诗话精要》　赵永纪编著　天津古籍出版社1989年版

《历代诗话论作家》　常振国编　湖南人民出版社1984—1986年出版

《域外诗话珍本丛书》　蔡镇楚编　北京图书馆出版社2006年版

《修正增补韩国诗话丛编》　［韩］赵钟业编纂　［韩］大学社1996年版

《万首论诗绝句》　郭绍虞　钱仲联等编　人民文学出版社1991年版

《历代诗话词话选》　武汉大学中文系古代文学教研室编　武汉大学出版社1984年版

## 文话

《历代文话》　王水照编　复旦大学出版社2007年版①

《历代诔碑体式论辑录》　黄金明编　载其著《汉魏南北朝诔碑文研究·附录》　人民文学出版社2005年版

## 赋话

《雨村赋话校正》　［清］李调元撰　詹杭伦校正　台湾新文丰出版社

---

① 《历代文话》收录宋代以来至1916年的文评专书和论著143种。所收论著以评论古文为主,同时选取评论骈文、时文集成性著作。资料来源于各大图书馆,还从日本寻得6种,从台湾、香港复印3种。

《赋话六种》　何沛雄编　三联书店香港分店 1982年版①

《历代赋论选》　高光复选注　黑龙江人民出版社 1990年版

《历代赋论辑要》　徐志啸编　复旦大学出版社 1991年版

《赋话广聚》　王冠辑　北京图书馆出版社 2006 年版

《历代赋话校证》(附《复小斋赋话》)　［清］浦铣著　何新文　路成文校证　上海古籍出版社 2007 年版

**词话**

《词林纪事　词林纪事补编合编》　［清］张宗橚编　杨宝霖补正　上海古籍出版社 1998 年版

《词话丛编》(附检索)　唐圭璋编　中华书局 2005年版②

《词学全书》　［清］查继超编　吴熊和点校　书目文献出版社 1991 年版

《历代词论新编》　龚兆吉编　北京师范大学出版社 1984 年版

《历代词话》　张璋　职承让等编纂　大象出版社 2000年版

---

① 此书依次收有［清］王芑孙《读赋卮言》、魏谦升《赋品》、刘熙载《赋概》、浦铣《复小斋赋话》和今人饶宗颐《选堂赋话》、何沛雄《读赋拾零》。

② 1. 贺昌群《词话丛编》，原载《大公报·图书副刊》第 97 期(1935 年 9 月 19 日)，收入《贺昌群文集》第 3 卷，商务印书馆 2003 年版，第 458 页。2. 刘石《〈词话丛编〉疑误录》，原载《山西师大学报》1991 年第 1 期，收入其著《有高楼杂稿》，商务印书馆 2003 年版。

《历代词话续编》　张璋　职承让等编纂　大象出版社
2005年版

**小说理论批评**

《中国历代小说论著选》（上、下册）　黄霖　韩同文编
江西人民出版社2000年版

**戏曲理论批评**

《中国古典戏曲论著集成》　中国戏曲研究院编　中国
戏剧出版社1959年版

《中国历代剧论选注》　叶长海　陈多选注　湖南文艺
出版社1987年版

《中国历代曲论释评》　程炳达　史为民编著　民族出
版社2000年版

《历代咏剧诗歌选注》　赵山林选注　书目文献出版社
1988年版

《历代曲话汇编：新编中国古典戏曲论著集成》（第一编
唐宋元卷）　俞为民　孙蓉蓉主编　黄山书社2005年版

## 断　代

**先秦、两汉**

《先秦两汉文论选》　张少康　卢永璘编选　人民文学
出版社1996年版

《先秦两汉文论全编》　郭丹主编　江苏教育出版社
2001年版①

《中国古代文艺理论元典·先秦两汉卷》　王向峰主编

---

① 徐正英《先秦文论佚文考辑》，《郑州大学学报》2006年第6期。

辽海出版社 2001 年版

《历代诗话论两汉诗赋》　蔡守湘　江风主编　武汉出版社 1993 年版

**魏晋南北朝**

《魏晋南北朝文论选》　郁元　张明高编选　人民文学出版社 1996 年版

《六朝文论摭佚》　饶宗颐撰　《大陆》杂志第 25 卷第 3 期 1962 年

《魏晋南北朝文论全编》　穆克宏　郭丹编著　江苏教育出版社 1996 年版

《三国两晋十六国诗文纪事》　周建江辑校　中州古籍出版社 2001 年版

《南北朝隋诗文纪事》　周建江辑校　中州古籍出版社 2001 年版

《魏晋南北朝诗话》　萧华荣编　齐鲁书社 1986 年版

《六朝诗话钩沉》　郁元　张明高编　中国广播电视出版社 1997 年版

《南北朝诗话校释》　佚名撰　钟仕伦著　中华书局 2007 年版

《文赋集释》　［晋］陆机撰　张少康集释　上海古籍出版社 1984 年版

《文心雕龙注》　［南朝梁］刘勰著　范文澜注　人民文学出版社 1958 年版

《文心雕龙校注》　［南朝梁］刘勰著　杨明照校注　人民文学出版社 1958 年版

《文心雕龙义证》　［南朝梁］刘勰著　詹锳义证　上海

古籍出版社 1989 年版①

《诗品集注》　［南朝梁］钟嵘著　陈延杰注　人民文学出版社 1962 年版

《诗品集注》　［南朝梁］钟嵘著　曹旭集注　上海古籍出版社 1994 年版②

**隋唐五代**

《隋唐五代文论选》　周祖譔编　人民文学出版社 1990 年版

《隋唐五代文艺理论汇编评注》　肖占鹏主编　南开大学出版社 2002 年版

《文镜秘府论汇校汇考》（附《文笔眼心抄》）　［日］遍照金刚撰　卢盛江校考　中华书局 2006 年版

《本事诗》（与《续本事诗》、《本事词》合本）　［唐］孟棨撰　李学英标点　上海古籍出版社 1991 年版③

《续本事诗》　［宋］聂奉先撰　李学英标点　上海古籍出版社 1991 年版

---

① 1. 詹锳《〈文心雕龙〉版本叙录》，载其著《文心雕龙义证》。2. 林其锬《〈文心雕龙〉主要版本简介》，载《文心雕龙学综览》，上海书店出版社 1995 年版，《附录》。3. 杨明照《〈文心雕龙〉版本经眼录》，载王元化主编《学术集林》卷 11，上海远东出版社 1997 年版。4. 刘渼《台湾馆藏与出版〈文心雕龙〉重要版本一览表》，载其著《台湾近五十年来〈《文心雕龙》学〉研究》附录表三，台湾万卷楼图书有限公司 2001 年版。

② 1. 曹旭《〈诗品〉版本叙录》、《〈诗品〉版本源流考》，收入其著《诗品研究》，上海古籍出版社 1998 年版。2. 邬国平《钟嵘〈诗品〉一种新的版本》，《文献》2003 年第 2 期。

③ 胡可先、董晓刚《〈本事诗〉新考》，《中国典籍与文化》2004 年第 1 期。

《唐诗纪事校笺》　〔宋〕计有功撰　王仲镛校笺　巴蜀书社 1989 年版

《全唐五代诗格汇考》　张伯伟撰　江苏古籍出版社 2002 年版

《全唐诗话》　题〔宋〕尤袤编　《历代诗话》本

《全唐诗话续编》　〔清〕孙涛编　丁福保《清诗话》本

《唐诗论评类编》　陈伯海主编　山东教育出版社 1993 年版

《唐诗汇评》　陈伯海主编　浙江教育出版社 1995 年版

《历代唐诗论评选》　陈伯海主编　河北大学出版社 2003 年版

《诗式校注》　〔唐〕释皎然撰　周维德校注　浙江古籍出版社 1993 年版

《诗品集解》　〔唐〕司空图撰　郭绍虞集解　人民文学出版社 1962 年版

《司空图诗品解说》（修订本）　〔唐〕司空图撰　祖保泉解说　安徽人民出版社 1980 年版

《杜甫戏为六绝句集释》　郭绍虞集释　人民文学出版社 1978 年版

《杜甫诗话六种校注》　张忠纲编注　齐鲁书社 2002 年版

《五代诗话》　〔清〕王士禛著　〔清〕郑方坤删补　戴鸿森校点　人民文学出版社 1989 年版

《全唐文纪事》　〔清〕陈鸿墀纂　上海古籍出版社 1987 年版①

---

① 张静《〈全唐文纪事·贡举卷〉校勘举正》，《古籍整理研究学刊》2004 年第 1 期。

《唐五代词纪事汇评》 史双元编著 黄山书社1995年版

《唐宋人词话》 李克强编著 河南文艺出版社1999年版

## 宋代

《宋代文艺理论集成》 蒋述卓 洪柏昭等编 中国社会科学出版社2000年版

《宋诗纪事》 ［清］厉鹗撰 上海古籍出版社1983年版①

《宋诗话辑佚》 郭绍虞辑 中华书局1980年版②

《宋人诗话外编》 程毅中主编 国际文化出版公司

---

① 1.［清］陆心源撰，徐旭、李建国点校《宋诗纪事补遗》100卷，《宋诗纪事小传补正》4卷，山西古籍出版社1997年版。2.［清］罗以智《宋诗纪事补遗》，据蒋寅《清诗话考》中华书局2005年版，第203页。3.孔凡礼辑撰《宋诗纪事续补》30卷，北京大学出版社1987年版。4.周本淳《〈宋诗纪事续补〉疏失举例》，《淮阴师专学报》1989年第1期。5.吕滇雯《〈宋诗纪事续补〉纠谬一则》，收入北京大学中文系古典文献专业、古文献研究所编著《古典文献研究论丛》，北京大学出版社1995年版。6.王利民《〈宋诗纪事〉指误一则》，《文献》2000年第1期。7.钱钟书《宋诗纪事补正》，辽宁人民出版社、辽海出版社2003年版。8.陈福康《对〈宋诗纪事补正〉的几点意见》，《文汇报》2003年6月15日。9.傅璇琮、张如安《〈宋诗纪事补正〉疏失举正》，《南京师范大学文学院学报》2003年第3期。10.吴宗海《〈宋诗纪事补正〉献疑》，《南京师范大学文学院学报》2003年第3期。11.王友胜《〈宋诗纪事〉系列研究》，收入其著《唐宋诗史论》，上海古籍出版社2006年版。

② 1.李裕民《宋诗话丛考》，《文史》第23辑。此文对"辑佚"有所补订。2.李裕民《〈宋诗话辑佚〉补遗》，《文献》2001年第2期。3.陈尚君《〈宋诗话辑佚〉匡补》，《中国诗学》第4辑，南京大学出版社1995年12月，收入著者《汉唐文学与文献论考》，上海古籍出版社2008年版。4.马强才《〈宋诗话辑佚〉拾遗初编》，《古籍整理研究学刊》2008年第2期。

1996 年版

《宋诗话全编》　吴文治主编　　江苏古籍出版社 1998
年版

《稀见本宋人诗话四种》　张伯伟编校　　江苏古籍出版
社 2002 年版

《六一诗话》　［宋］欧阳修著　郑文校点　　人民文学出
版社 1962 年版①

《东坡诗话全编笺评》　王文龙编撰　　西南师范大学出
版社 1996 年版

《天厨禁脔》　［宋］释惠洪撰　　中华书局上海编辑所
1958 年版

《石林诗话》　［宋］叶少蕴（叶梦得）撰　　［清］何文焕辑
《历代诗话》本

《珊瑚钩诗话》　［宋］张表臣撰　　［清］何文焕辑《历代诗
话》本

《岁寒堂诗话校笺》　［宋］张戒著　陈应鸾校笺　　巴蜀
书社 2000 年版

《碧溪诗话》　［宋］黄彻撰　汤新祥校注　　人民文学出
版社 1986 年版

《观林诗话》　［宋］吴聿撰　《历代诗话续编》本

《冷斋夜话》　［宋］惠洪撰　陈新点校　　中华书局 1988
年版②

《风月堂诗话》　［宋］朱弁撰　陈新点校　　中华书局

---

①此书与姜夔《白石诗说》、王若虚《滹南诗话》合本。
②此书与朱弁《风月堂诗活》、吴沆《环溪诗话》合本。

1988 年版

《草堂诗话》　[宋]蔡梦弼编　《历代诗话续编》本

《环溪诗话》　[宋]吴沆撰　陈新点校　中华书局 1988年版

《白石诗说》　[宋]姜夔著　郑文校点　人民文学出版社 1962 年版①

《娱书堂诗话》　[宋]赵与虤撰　《历代诗话续编》本

《沧浪诗话校释》　[宋]严羽著　郭绍虞校释　人民文学出版社 1961 年版

《竹庄诗话》　[宋]何汶撰　常振国　绛云点校　中华书局 1984 年版

《诗话总龟》　[宋]阮阅编　周本淳校点　人民文学出版社 1987 年版②

《苕溪渔隐丛话》　[宋]胡仔纂集　廖德明校点　周本淳重订　人民文学出版社 1993 年版③

《诗人玉屑》　[宋]魏庆之编　王仲闻校勘　中华书局上海编辑所 1961 年版④

《吟窗杂录》　[宋]陈应行编　王秀梅整理　中华书局 1997 年版

《怀古录校注》　[宋]陈模撰　郑必俊校注　中华书局

---

① 此书与欧阳修《六一诗话》、王若虚《滹南诗话》合本。

② 周本淳校点本出版后,金程宇自《海外新发现〈永乐大典〉十七卷》之卷 803 至 806"诗"字韵中新辑得本书佚文 25 条(见《文献》2005 年第 2 期),郝艳华、洪涛复自其中补辑出佚文 12 条(见《文献》2005 年第 4 期)。

③ 沈乃文《胡仔及〈苕溪渔隐丛话〉历代版本》,《文献》2006 年第 3 期。

④ 上海古籍出版社 1981 年又出版修订本。

1993 年版

《后村诗话》 ［宋］刘克庄著 王秀梅点校 中华书局 1983 年版

《诗林广记》 ［宋］蔡正孙编撰 常振国 绛云点校 中华书局 1982 年版

《宋文纪事》 曾枣庄 李凯等编 四川大学出版社 1995 年版

《文则》① ［宋］陈骙著 刘明晖校点 人民文学出版社 1962 年版

《文章精义》 ［宋］李涂述 于钦录 王利器校点 人民文学出版社 1960 年版

《文章精义》 ［宋］李涂著 刘明晖校点 人民文学出版社 1962 年版

《崇古文诀》 ［宋］楼昉编撰 上海古籍出版社 1993 年版

《宋词纪事》 唐圭璋编著 上海古籍出版社 1982 年版

《宋词纪事汇评》 钟振振编著 黄山书社 1995 年版

《汇辑宋人词话》 映庵辑 台北广文书局 1970 年版

《汇辑宋人词话——补〈词话丛编〉》 夏敬观辑 台北广文书局 1970 年版

《古今词话》 ［宋］杨湜著 《词话丛编》本

《词论》 ［宋］李清照著 见［宋］胡仔《苕溪渔隐丛话》后集 人民文学出版社 1993 年版

《词源解笺》 ［宋］张炎撰 郑孟津 吴平山解笺 浙

---

① 与李涂著《文章精义》合本。

江古籍出版社 1990 年版

《词源注》① 　〔宋〕张炎撰　夏承焘校注　蔡嵩云笺释　人民文学出版社 1998 年版

《乐府指迷笺释》　〔宋〕沈义父撰　夏承焘校注　蔡嵩云笺释　人民文学出版社 1998 年版

《宋元词话》　施蛰存　陈如江辑录　上海书店出版社 1999 年版

《宋金元词话全编》　邓子勉编　凤凰出版社 2008 年版

《宋金元文论选》　陶秋英编选　虞行校订　人民文学出版社 1984 年版

《宋元戏文本事》　赵景深撰　上海北新书局 1934 年版②

## 辽金元

《辽金元诗话全编》　吴文治主编　凤凰出版社 2006 年版

《辽诗纪事》　陈衍著　商务印书馆 1936 年版

《全辽诗话》　蒋祖怡　张涤云整理　岳麓书社 1992 年版

《金诗纪事》　陈衍辑撰　王庆生增订　上海古籍出版社 2003 年版

《元好问论诗三十首集说》　刘泽　山西人民出版社 1992 年版

《滹南诗话》　〔金〕王若虚著　霍松林　胡主佑校点

---

① 与沈义父撰《乐府指迷笺释》合本。

② 后收入著者《元明南戏考略》作为附录,人民文学出版社重印,1990 年版。

人民文学出版社 1962 年版①

《元诗纪事》　陈衍著　上海古籍出版社 1987 年版

《元代诗法校考》　张健著　北京大学出版社 2001 年版

《诗法家数》（又名《杨仲弘诗法》）　［元］杨载撰　《元代诗法校考》本

《杜律心法》　［元］杨载撰　《元代诗法校考》本

《吴礼部诗话》　［元］吴师道撰　《历代诗话续编》本

《诗谱》　［元］陈绎曾撰　《元代诗法校考》本

《金元词纪事汇评》　钟陵编著　黄山书社 1995 年版

《吴礼部词话》　［元］吴师道撰　《词话丛编》本

《词旨》　［元］陆辅之著　《词话丛编》本

《元曲纪事》　王文才编著　人民文学出版社 1985 年版

《失传元杂剧本事考说》　胡颖　王登渤著　甘肃文化出版社 2002 年版

**明代**

《明代文论选》　蔡景康编　人民文学出版社 1991 年版

《明诗话全编》　吴文治主编　江苏古籍出版社 1997 年版

《全明诗话》　周维德集校　齐鲁书社 2005 年版

《明诗纪事》　陈田辑撰　蔡传廉　张乃立等点校　上海古籍出版社 1993 年版②

《珍本明诗话五种》　张健辑校　北京大学出版社 2008

---

①此书与欧阳修《六一诗话》、姜夔《白石诗说》合本。
②邱进春《〈明诗纪事〉人物小传订补》，《古籍整理研究学刊》2005 年第 4 期。

年版①

《杨慎诗话校笺》 ［明］杨慎撰　杨文生著　四川人民出版社1990年版

《升庵诗话新笺证》 ［明］杨慎撰　王大厚笺证　中华书局2008年版

《四溟诗话评释》 ［明］谢榛著　陈志明评释　中州古籍出版社1987年版

《怀麓堂诗话》 ［明］李东阳撰　《全明诗话》本

《南濠诗话》（又名《南濠居士诗话》） ［明］都穆著　《历代诗话续编》本

《逸老堂诗话》 ［明］俞弁撰　《历代诗话续编》本

《明诗评》 ［明］王世贞著　《全明诗话》本

《艺苑卮言校注》 ［明］王世贞著　罗仲鼎校注　齐鲁书社1992年版

《琼台诗话评注》 ［明］蒋冕辑　邱达民评注　暨南大学出版社1993年版

《谈艺录》 ［明］徐祯卿撰　《全明诗话》本

《名家诗法汇编》 ［明］朱绂编　台北广文书局1972年版

---

① 此书包括：朱奠培《松石轩诗评》、雷燮《南谷诗话》、季汝虞《古今诗话》（又名《芸林古今诗话》、《芸林诗话》）、谢肇淛《小草斋诗话》、浮白斋主人辑《浮白斋诗话》。其中《南谷诗话》、《古今诗话》、《浮白斋诗话》三种，《明诗话全编》、《全明诗话》均未收。《松石轩诗评》为《明诗话全编》所未收而见收于《全明诗话》，而《全明诗话》所收为残本，本书所据为全本。《小草斋诗话》，两部明诗话全编虽皆收入，但《明诗话全编》所收为清刊本，《全明诗话》所收为日本刊本，本书所据为明刊本及日本抄本。

　　《艺圃撷余》　［明］王世懋撰　《全明诗话》本

　　《诗薮》　［明］胡应麟著　上海古籍出版社1979年版①

　　《豫章诗话》　［明］郭子章著　台湾广文书局《古今诗话丛编》本

　　《闺秀诗评》　［明］姜盈科撰　《全明诗话》本

　　《蜀中诗话》　［明］曹学佺撰　《全明诗话》本

　　《诗源辨体》　［明］许学夷撰　杜维沫标点　人民文学出版社1987年版

　　《文章辨体序说》　［明］吴讷著　于北山校点　人民文学出版社1962年版②

　　《文体明辨序说》　［明］徐师曾著　罗根泽校点　人民文学出版社1962年版

　　《明词纪事汇评》　尤振中　尤以丁编著　黄山书社1995年版

　　《渚山堂词话》③　［明］陈霆撰　王幼安校订　人民文学出版社1998年版

　　《词品》（又名《升庵词品》）　［明］杨慎撰　王幼安校订　人民文学出版社1998年版

　　《爰园词话》　［明］俞彦撰　《词话丛编》本

　　《明散曲纪事》　田守镇编著　巴蜀书社1996年版

　　《远山堂明曲品剧校录》　［明］祁彪佳撰　黄裳校录

<hr>

①王明辉《〈诗薮〉的刊刻及版本流传》，载其著《胡应麟诗学研究》，学苑出版社2006年版，第一章第二节。
②此书与徐师曾《文体明辨序说》合本。
③此书与杨慎撰《词品》合本。

上海古典文学出版社 1957 年版

《王骥德曲律》　〔明〕王骥德著　陈多　叶长海注释
湖南人民出版社 1983 年版

《潘之恒曲话》　〔明〕潘之恒著　汪效倚辑注　中国戏
剧出版社 1988 年版

《南词叙录注释》　〔明〕徐渭著　李复波　熊澄宇注释
中国戏剧出版社 1989 年版

《曲品校注》　〔明〕吕天成著　吴书荫校注　中华书局
1994 年版

## 清代

《清代文论选》　王镇远　邬国平编选　人民文学出版
社 1999 年版

《桐城派文论选》　贾文昭编著　中华书局 2008 年版

《清诗话》　丁福保辑　上海古籍出版社 1978 年版

《清诗话续编》　郭绍虞编选　富寿荪校点　上海古籍
出版社 1983 年版

《清诗话访佚初编》　杜松柏主编　台北新文丰出版公
司 1987 年版

《清诗纪事》　钱仲联主编　江苏古籍出版社 1987—
1989 年出版①

《清诗纪事》(影印本)　钱仲联主编　凤凰出版社 2004 年版

---

① 1. 左鹏军《〈清诗纪事〉九家诗补正》,《文献》1996 年第 1 期。2. 左鹏军
《〈清诗纪事〉四家诗补正——丁日昌、汪兆镛、黄节、汪兆铭》,载其著《黄
遵宪与岭南近代文学论丛》,中山大学出版社 2007 年版,下辑《文献探
赜》。

《清人诗说五种》　[清]戴震等著　晏炎吾等校点　华中师范大学出版社 1986 年版

《全闽诗话》　[清]郑方坤编辑　陈节　刘大治点校　福建人民出版社 2006 年版

《傅山文论诗论辑注》　[清]傅山著　侯文正辑注　山西人民出版社 1986 年版

《静志居诗话》　[清]朱彝尊著　姚祖恩编　黄君坦校点　人民文学出版社 1990 年版

《薑斋诗话笺注》　[清]王夫之著　戴鸿森笺注　人民文学出版社 1981 年版

《带经堂诗话》　[清]王士禛著　张宗柟纂集　戴鸿森校点　人民文学出版社 1963 年版

《原诗》　[清]叶燮著　霍松林校注　人民文学出版社 1979 年版

《谈龙录注释》　[清]赵执信著　赵蔚芝　刘聿鑫注释　齐鲁书社 1987 年版

《说诗晬语》①　[清]沈德潜著　霍松林校注　人民文学出版社 1979 年版

《袁枚〈续诗品〉详注》　[清]袁枚著　刘衍文　刘永翔合注　上海书店 1993 年版

《随园诗话》　[清]袁枚著　顾学颉校点　人民文学出版社 1982 年版②

---

① 与薛雪《一瓢诗话》、翁方纲《石洲诗话》合本。
② 包云志《从袁枚佚札佚文看〈随园诗话〉版本及刻书时间》,《古籍整理研究学刊》2004 年第 1 期。

《石洲诗话》① 〔清〕翁方纲著　陈迩冬校点　人民文学出版社 1981 年版

《文木山房诗说笺证》 〔清〕吴敬梓撰　周延良笺证齐鲁书社 2002 年版②

《一瓢诗话》③ 〔清〕薛雪著　杜维沫校注　人民文学出版社 1979 年版

《诗源辩体》 〔清〕许学夷著　杜维沫校点　人民文学出版社 1987 年版

《泾川诗话》 〔清〕赵知希撰　黄山书社　1995 年《皖人诗话八种》本

《魏禧文论选注》 〔清〕魏禧撰　周书文选注　江西人民出版社 1984 年版

《李调元诗话评注》 〔清〕李调元撰　吴熙贵评注　重庆出版社 1985 年版

《全浙诗话》 〔清〕陶元藻辑　台北广文书局 1976 年版④

《瓯北诗话》 〔清〕赵翼著　霍松林　胡主佑校点　人民文学出版社 1963 年版

《梧门诗话合校》 〔清〕法式善撰　张寅彭　强迪艺编

---

① 与赵执信《谈龙录》合本。

② 1. 周兴陆《〈文木山房诗说笺证〉指瑕》,《古籍整理出版情况简报》2003 年第 6 期。2. 清代藏书家蒋宗海撰有《吴文木诗说序》,见中国国家图书馆藏清抄本《蒋春农文集》。

③ 与沈德潜《说诗晬语》、翁方纲《石洲诗话》合本。

④ 此书出版后,近代张道著《全浙诗话刊误》一卷,有台湾新文丰出版公司《丛书集成续编》本。

校　凤凰出版社 2005 年版

《北江诗话》［清］洪亮吉著　陈迩冬校点　人民文学出版社 1983 年版

《修竹庐谈诗问答》［清］徐熊飞撰　齐鲁书社 1985 年《诗问四种》本

《黄培芳诗话三种》［清］黄培芳撰　管林校点　广东高等教育出版社 1995 年版

《养一斋诗话》［清］潘德舆著　《清诗话续编》本

《竹林答问》［清］陈仅撰　齐鲁书社 1985 年《诗问四种》本

《雨村赋话校证》［清］李调元撰　詹杭伦　沈时蓉校证　台湾新文丰出版公司 1993 年版

《清词纪事汇评》尤振中　尤以丁编著　黄山书社 1995 年版

《词苑丛谈校注》［清］徐釚著　唐圭璋校注　上海古籍出版社 1981 年版

《词苑丛谈校笺》［清］徐釚著　王百里校笺　人民文学出版社 1988 年版

《李笠翁曲话》［清］李渔撰　陈多注释　湖南人民出版社 1980 年版

《笠翁曲话》［清］李渔著　孟泽校注　岳麓书社 1999 年版

**近代**

《中国近代文论选》舒芜　陈迩冬等编选　人民文学出版社 1981 年版

《中国近代文论名篇详注》霍松林主编　贵州人民出

版社 1986 年版

　　《近代文论类编》　贾文昭编　黄山书社 1991 年版

　　《中国近代文学作品系列·文论卷》　张正吾　陈铭主编　海峡文艺出版社 1992 年版

　　《中国近代文学大系·文学理论集》　徐中玉主编　上海书店出版社 1994 年版

　　《三管诗话》　[近代]梁章钜撰　蒋凡校注　广西人民出版社 1996 年版

　　《昭昧詹言》　[近代]方东树著　汪绍楹校点　人民文学出版社 1961 年版

　　《白岳庵诗话》　[近代]余楑撰　黄山书社 1995 年《皖人诗话八种》本

　　《姚莹〈论诗绝句 60 首〉》　黄季耕注　黄山书社 1986 年版

　　《艺概笺注》　[近代]刘熙载著　王气中笺注　贵州人民出版社 1986 年版

　　《湘绮楼说诗》　[近代]王闿运撰　王简辑　岳麓书社 1996 年《湘绮楼诗文集》本

　　《陈衍诗论合集》　钱仲联编校　福建人民出版社 1999 年版

　　《雪桥诗话》《续集》《三集》《余集》　[近代]杨仲羲著　石继昌等校点　北京古籍出版社 1989—1992 年出版

　　《蒿庵诗话》　[近代]冯煦著　顾学颉校点　人民文学出版社 1959 年版①

------

①此书与谭献《复堂词话》合本。

《射鹰楼诗话》　〔近代〕林昌彝著　王镇远　林虞生标点　上海古籍出版社 1988 年版

《小沧浪诗话》　〔近代〕张燮承辑　黄山书社 1995 年《皖人诗话八种》本

《饮冰室诗话》　〔近代〕梁启超著　舒芜校点　人民文学出版社 1962 年版

《庄谐诗话》　〔近代〕李宝嘉著　上海书店据大东书局 1925 年版影印①

《问花楼诗话》　〔近代〕陆鎏著　《清诗话续编》本

《南社诗话两种》　〔近代〕曼昭　胡朴安著　杨玉峰　牛仰山校点　中国人民大学出版社 1997 年版

《论文偶记》②　〔近代〕刘大櫆著　范先渊校点　人民文学出版社 1962 年版

《初月楼古文绪论》③　〔近代〕吴德旋著　吕璜述　范先渊校点　人民文学出版社 1962 年版

《春觉斋论文》④　〔近代〕林纾著　范先渊校点　人民文学出版社 1962 年版

《论文杂记》⑤　〔近代〕刘师培著　舒芜校点　人民文学出版社 1959 年版

---

① 李宝嘉著《南亭四话》之一，另外三话为《庄谐联话》、《庄谐丛话》、《庄谐词话》。
② 与吴德旋著《初月楼古文绪论》、林纾《春觉斋论文》合本。
③ 与刘大櫆著《论文偶记》、林纾《春觉斋论文》合本。
④ 与刘大櫆著《论文偶记》、吴德旋著《初月楼古文绪论》合本。
⑤ 此书与刘师培《中国中古文学史》合本。

　　《惠风词话》①　　［近代］况周颐著　　王幼安校订　人民
文学出版社 1960 年版

　　《白雨斋词话足本校注》　　［近代］陈廷焯著　　曲兴国校
注　齐鲁书社 1983 年版②

　　《复堂词话》③　　［近代］谭献著　　顾学颉校点　人民文
学出版社 1959 年版

　　《人间词话新注》　　［近代］王国维著　　滕咸惠校注　齐
鲁书社 1986 年版

　　《〈人间词话〉〈人间词〉注评》　　陈鸿祥编著　　江苏古籍
出版社 2002 年版

　　《民国诗话丛编》　　张寅彭主编　　上海书店出版社 2002
年版④

　　《近现代词纪事汇评》　　严迪昌编著　黄山书社 1995 年版

# 第三节　研究资料汇编：研究史料的林薮

　　文学研究资料汇编指的是对某一种或多种文学现象所做的
研究资料，依据一定的编辑原则汇集在一起的研究史料。研究资
料汇编的名称较多，除用“汇编”之外，有时也用“资料”、“史料”、
“辑评”、“辑录”、“辑要”、“校录”、“评论”、“评林”、“汇评”、“集成”

---

① 此书与王国维《人间词话》合本。
② 林玫仪《新出资料对陈廷焯词论之证补》，“台湾国科会”研究奖助论文
　　1988 年。
③ 此书与冯煦《蒿庵诗话》合本。
④ 谢苍霖《〈民国诗话丛编〉标点抉疵》，《江西教育学院学报》2004 年第 4 期。

等名称。1992年国家开始启动的《中华大典》中的《文学典》，从内容来看，也属于资料汇编。

中国有重视资料汇编的优良传统。古代史官的一项重要职责，就是负责收集和分类整理保存史料。古代的史书"起居注"，就是专门记载和保存皇帝的言行的史料。还有古代分门别类的类书以及"会要"，都具有资料汇编的性质。独立的文学研究资料汇编是史料汇编的分化和细化，其产生的时间要比类书、"会要"晚一些。一种文学现象产生以后，历代继踵研究，资料日积月累，不断增多。有些文人学者根据明确的题旨，为了自己的研究，或为他人提供研究的方便，在注意广泛搜集史料的基础上，按照一定的原则加以分类编纂，形成了文学研究资料汇编。就现存文献来看，最早的文学研究资料汇编当始于北宋末年。北宋末年，方醇道编《类集杜甫诗史》30卷，又撰《集诸家老杜诗评》1卷附之。宋代编辑的研究资料汇编的刊载形式，有专书和附于他书两种。专书如今存方醇道之弟方深道编辑的《诸家老杜诗评》5卷。此书是在方醇道《集诸家老杜诗评》一卷的基础上增益而成。初刻于南宋绍兴年间，今仅存3卷，有明抄本。主要汇集唐代孟棨、郑处诲、刘禹锡和北宋梅圣俞、欧阳修、王安石、苏东坡等人评论杜诗的言论。书中引诸家评论有其他书籍没有辑录的。附于他书的，常见于一些杜诗注本，如：前引方醇道编《集诸家老杜诗评》1卷即附于其著《类集杜甫诗史》30卷，蔡梦弼的《草堂诗笺》，在卷首录有《草堂诗话》2卷以及鲁訔、赵子栎所编的两种《年谱》①。宋代

①参阅：郑庆笃、焦裕仁等编著《杜集书目提要》，齐鲁书社1986年版，第10—12页；陶敏、李一飞著《隋唐五代文学史料学》，中华书局2001年版，第37页；胡可先《杜甫诗学引论》，安徽大学出版社2003年版，第一章第五节第三部分。

以后,资料汇编继续发展。明代有焦竑、翁正春的《〈吕氏春秋〉评林》,黄甫龙的《〈吕氏春秋〉汇评》,凌稚隆的《史记评林》,朱绂编《名家诗法汇编》,王昌会辑《诗话类编》等。它们各自汇集前人评论,单独成书。清代乾隆期间,"焦循编辑了一部《剧说》,旁征博采,把前人论剧的话统统搜集起来,可惜材料虽多,焦氏却未曾有系统的整理"①。清人朱绪曾著《曹集考异》,在第 12 卷《曹植年谱》后附有选辑从曹魏至明代有关曹植的研究资料,其中涉及历代关于曹植生平的记述和评价资料。清人杨希闵编《晋陶征士年谱》,年谱后附有 10 种传记评论资料。清人温汝能著有《陶诗汇评》。20 世纪 10 年代以来,研究资料汇编迅速发展,特别是过去一直被看成是"邪宗"的小说和戏曲资料汇编初露头角,发展较快。1916 年商务印书馆出版了钱静方的《小说丛考》,此书对 80多种小说、戏曲和弹词作品的资料加以汇集和考辨。1919 年商务印书馆出版了蒋瑞藻的《小说考证》,此书辑录了金元以来 470 多种小说、戏曲的作者事迹和作品评论等资料。1926 年北新书局出版了鲁迅的《小说旧闻钞》,此书从约 70 多种明清人著作和地方志中,辑录了丰富的小说资料。1931 年上海商务印书馆出版了蒋瑞藻的《小说枝谈》。1932 年周明泰先后出版了《都门纪略中之戏曲史料》、《五十年来北平戏剧史料》和《道咸以来梨园系年小录》3种资料。《都门纪略中之戏曲史料》由光明印刷局代印,辑录了各种版本《都门纪略》中的戏曲史料。《五十年来北平戏剧史料》石印、铅印混合,由北平商务印书馆、直隶书局代售。《道咸以来梨

---

①引自贺昌群《王国维先生整理中国戏曲的成绩及其文艺批评》,原载《文学周报》第五卷(1927 年 6 月 16 日),收入《贺昌群文集》第 3 卷,商务印书馆2003 年版。

园系年小录》线装铅印，仍由北平商务印书馆、直隶书局代售①。1936 年中华书局印行了孔另境编的《中国小说史料》，其中有一部分内容收集了重要小说的版本和有关故事变迁的资料。综观 20 世纪 50 年代之前相继编印的文学研究资料，虽不全面，也欠系统，有些也不太重视分类，但有创获之功，对研究者提供了很大的方便，"可以省掉我们许许多多的翻书时间"，使初学者"可以不致有迷途之苦"②。

从 20 世纪 50 年代开始，尤其是 80 年代以来，许多学者和出版单位继承前贤，不断前进，相继编辑出版了大量的研究资料汇编，基本上形成了一个系列，成为古代文学研究史料的一个重要门类。这些资料汇编大量的是重要的文学家、作品的研究资料，另外还有"序跋汇编"、文学编年史和文学家作品系年之类的编著。值得特别关注的是，随着计算机和网络在古代文学研究中的应用，20 世纪 80 年代以来，陆续出现了一些研究资料中心和数据库。2000 年，江苏省镇江市在市图书馆挂牌成立了中国文心雕龙资料中心，后来又建立了文心雕龙全文数据库，网址是：www.wxdl.org.cn。朱崇才十多年来，主要精力用于古代词学史料的搜集、整理和研究，已经编制了近一千万字的"词学资料数据库"③。像这样的研究资料中心和数据库还有一些，而且呈蓬勃发展之势。研究资料中心和数据库的成立，为研究者提供了丰富的资料，而且便于检索。

---

①参阅陈玉堂《中国文学史书目提要》，黄山书社 1986 年版，第 262—271 页。
②郑振铎《中国小说史料·序》，载孔另境编辑《中国小说史料》，上海古籍出版社 1982 年版。
③参阅朱崇才《词话史》，中华书局 2006 年版，《自序》。

　　谈到研究资料汇编，需要特别讨论的是文学编年史和文学家作品系年的归属问题。现在有的学者不加区别地把所有的编年史和文学家作品系年都看成是一种文学史。其实，就已经出版的大量文学编年史和文学家作品系年来看，只有少数几种属于文学史，如杨镰的《元代文学编年史》，其他大量的都应当属于文学资料汇编。《元代文学编年史》不同于一般的"纪事体"，也不是文学史料编年，而是"一部体例有别的文学史著"，是"通过对文学与历史的结合部的研究，寻找文学发展的脉络"。全书以年代为经、文学现象为纬，对元代文学家的活动作了相应的观照和探讨①，应当属于文学史。至于其他大量的编年史和文学家作品系年，尽管有些学者把它们视为文学史，但实际上只是一种以时间为序的史料汇编。文学史的主要内容是探求文学变迁之迹，阐述变迁的因果，进而总结文学变迁的规律。文学史是文学史料和文学史家的史识、审美情趣的结合。文学史虽然以史料为基础，但文学史家的史识和审美情趣十分重要。基于同样的文学史料，由于文学史家的史识和审美情趣的不同，会写出不同的文学史。至于各种形式的史料汇编，包括大量的文学编年史和文学家作品系年，受其体制的限制，主要是编辑者经过考辨选择，把相关的史料以年代为序，按照一定的原则加以编辑，有时附有史料的考辨。它们的特点是在考辨史料的基础上客观地编辑史料，不涉及对史料内涵的阐释。它们只能为撰写文学史提供一份经过整理的参考史料，和文学史有明显的区别。鲁迅曾经在《致台静农》的信中，评价郑振铎的《中国文学史》(即《插图本中国文学史》)说：

　　　　郑君所作《中国文学史》，顷已在上海豫约出版，我曾于

①参看《元代文学编年史》，山西教育出版社，2005年版，《例言》。

《小说月报》上见其小说者数章，诚哉滔滔不已，然此乃文学史资料长编，非"史"也。但倘有具史识者，资以为史，亦可用耳。①

郑振铎的《中国文学史》，尽管在鲁迅看来缺乏"史识"，但毕竟和我们现在看到的多数文学编年史或文学家作品系年不同。即使这样，鲁迅仍把它看成是"文学史资料长编，非'史'也"。至于全是史料编辑的文学编年史和文学家作品系年，参照鲁迅的观点，离文学史就更远了。基于上述思考，本书把大量的文学编年史和文学家作品系年之类的编著，看成是一种文学研究史料汇编，而没有把它们作为文学史。

文学研究资料汇编，就内容而言，大致可分为综合资料、专人资料和专书资料三种。

综合资料，是就文学史上或文学理论批评史上某一时期、某一种体裁、某一题材或其他某一重要问题的研究资料的汇编。如北京大学中文系古代文学教研室编的《中国文学史参考资料简编》、《先秦文学史参考资料》，台湾"国立编译馆"主编的《中国文学批评资料汇编》。

专人资料，是有关文学史上重要文学家的研究资料的汇编。如《李白资料汇编》、《关汉卿研究资料》。

专书资料是有关重要文学作品和文论研究资料的汇编，如《三国演义资料汇编》、《人间词话及评论汇编》。

研究资料汇编的编辑体式，大致有纵式的和横式两种。这两种编辑体式，各有其长处和短处。纵式的是以时间为序，如《陶渊明资料汇编》，就是以时代为顺序，分为南北朝至唐代、宋代、金

①《鲁迅全集》，人民文学出版社 2005 年版，第 12 卷第 276 页。

元、明代、清代、现代六部分。这种编辑体式，有助于读者了解研究的历史发展轨迹，但不便于以问题为中心的研究。横式的是按专题编辑，如胡嗣坤、罗琴编的《杜荀鹤研究资料汇编》，分传志、交往、评论和著录四部分，朱一玄所编的小说专书研究资料，大多分为本事、作者、版本、评论、影响五部分。这种编辑体式，问题集中，扼要明确，方便读者就某一问题进行检阅，缺点是容易把同一资料割裂分散在不同的问题中，也不便于从史的角度去进行研究。

研究资料汇编结集刊印形式多种多样，常见的主要有丛书、单独成书和附于某些书中三种。

丛书是依据一定的编辑原则把多种研究资料编辑在一起的大型资料汇编。如：《中华大典》中的《文学典》。《中华大典》，任继愈任编纂委员会主任。它是运用我国历代汉文古籍、按照现代学科分类方法编纂的一部大型工具书，体现了当代古籍整理出版的新水平。《大典》涵盖我国古代全部汉文文化典籍，范围比明代的《永乐大典》、清代的《古今图书集成》都广得多。字数超过历代类书的总和，达七亿多。大典下分24个典。其中由程千帆任主编的《文学典》，是24典中规模最大的一个。《文学典》下设先秦两汉文学、魏晋南北朝文学、隋唐五代文学、宋辽金元文学、明清文学、文学理论六个分典，分别提供了翔实而便于检索的资料。各分典下设经目和纬目。经目包括总论、总集、体类、作家、其他；纬目包括论述、传记、纪事、著录、艺文、杂录。《文学典》属于资料编辑，大家取精，小家取全。所著录的资料注明出处，并有校勘。已经出版的有：《先秦两汉文学分典》、《魏晋南北朝文学分典》、《隋唐五代文学分典》、《宋辽金元文学分典》、《明清文学分典》。有些研究资料丛书，如中华书局编辑出版的《古典文学研究资料汇编》，虽属丛书，但因其特点是随编随出，同一般的丛书不同，本书把它们分别作为专书来看待。

单独成书的资料汇编，是就某一文学家、某一文学作品、文论或其他某一问题的研究资料加以汇编，单独成书出版，如《李贺资料汇编》、《文心雕龙汇评》、《水浒研究资料汇编》。

有许多文学家、文论家、作品、论著的研究资料，虽然有辑录，但由于篇幅不太长，未作专书印行，常载于诗文集、论著的附录，如关于北宋作家苏舜钦的研究资料，即载于《苏舜钦集编年校注》附录五、六。

规范而精湛的研究资料汇编，提供的信息量大，标明出处，版本可靠，有校勘、考证，甚至有注释。这些都为研究者免去了大量的查阅检索之劳，提供了许多方便。有些资料汇编是编者经过长期的积累，在广泛掌握史料的基础上，确定编辑的原则，经过选择、考辨编成的，本身就具备学术著述的品格。因此，我们在研究中，应当十分重视使用研究资料汇编。

由于研究资料的繁富和分散，所以对研究资料的搜集和整理一直在不断地发展。已经出版的不少系统的资料汇编，虽然比较全面，但仍有一些重要的，有待补充，有待考辨。郑志良的《明清小说文献资料探释七则》一文①，就对《水浒传》、《西游记》、《聊斋志异》、《儒林外史》以及冯梦龙、李渔等文学家作品尚未为人提及的七则重要资料，分别作了补充。这就提示我们在研究文学史或文学理论批评史上的某一问题时，首先应当重视使用已经编印的相关资料汇编，但我们又不能就此止步，还要注意继续搜集和考辨相关的资料。

---

① 载《明清小说研究》2008 年第 1 期。

## 附:现当代新编研究资料汇编要目

**通代**

《丛书人物传记资料类编》(学林卷)　北京图书馆出版社 2006 年版

《国家图书馆藏金文研究资料丛刊》　徐蜀选编　北京图书馆出版社 2004 年版

《历代石经研究文献辑刊》　贾贵荣辑　北京图书馆出版社 2005 年版

二十世纪出土简帛《资料篇》　骈宇骞　段书安编　载其著《二十世纪出土简帛综述》　文物出版社 2006 年版

《方志所见文学资料辑释》　张廷银辑释　北京图书馆出版社 2007 年版

《国家图书馆藏古籍题跋丛刊》　国家图书馆编　北京图书馆出版社 2002 年版

《中国丛书题识》　施廷镛编著　北京图书馆出版社 2003 年版

《中国文学史参考资料简编》　北京大学中文系古代文学教研室编　北京大学出版社 1998 年版

《中国文学编年史》　总主编陈文新　湖南人民出版社 2006 年版①

《中国古典小说研究资料丛书》　上海古籍出版社 1980

①此书分《周秦卷》、《汉魏卷》、《两晋南北朝卷》、《隋唐五代卷》、《宋辽金卷》、《元代卷》、《明前期卷》、《明中期卷》、《明末清初卷》、《清前中期卷》、《晚清卷》、《现代卷》、《当代卷》。

年开始出版

《中国文学批评资料汇编》　台湾"国立编译馆"主编
台北成文出版公司1978年9月至1979年9月分期出版①

《中国美学史资料选编》　中国文史资料编辑委员会编
著　台北辅新书局1984年版

《中国美学史资料选编》　于民主编　复旦大学出版社
2008年版

《中国歌谣资料》　中国民间文艺研究会资料室编　作
家出版社1959年版

《历代辞赋研究史料概述》　马积高著　中华书局2001
年版

《词集序跋萃编》　施蛰存主编　中国社会科学出版社
1994年版

《词学史料学》　王兆鹏著　中华书局2004年版

《小说考证》　蒋瑞藻编　中华书局1959年版

《小说枝谈》　蒋瑞藻编　上海商务印书馆1931年版

《小说旧闻钞》　鲁迅编纂　北新书局1926年版

《中国小说史料》　孔另境　上海古籍出版社1982年版

《说苑珍闻》　陈汝衡辑录　上海古籍出版社1981年版

《中国小说考》　慕寿祺著　权少文　慕少云校订

---

① 此汇编所收资料,全属零星篇章。共8册:第1册,《两汉魏晋南北朝》,柯庆明、曾永义编辑;第2册,《隋唐五代》,罗联添编辑;第3册,《北宋》,黄启方编辑;第4册,《南宋》,张健编辑;第5册,《金代》,林明德编辑;第6册,《元代》(分上、下集),曾永义编辑;第7册,《明代》(分上、下集),叶庆炳、邵红编辑;第8册,《清代》(分上、下集),吴宏一、叶庆炳编辑。

1949 年著者后人自印

《中国文言小说参考资料》　侯忠义编　北京大学出版社 1985 年版

《中国古典小说研究资料汇编》　朱传誉主编　台北天一图书公司 1986 年版

《中国古典小说美学资料汇萃》　孙逊　孙菊园编　上海古籍出版社 1991 年版

《古典小说版本资料选编》(外三种:《古典小说资料书序跋选编》《金瓶梅词话人物表》《儒林外史人物表》)　朱一玄编　山西人民出版社 1986 年版

《中国历代小说序跋选注》　曾祖荫　黄清泉等选注　长江文艺出版社 1982 年版

《历代小说序跋选注》　文境编辑部编　台湾文境文化事业有限公司 1984 年版

《中国历代小说序跋辑录——文言笔记小说部分》　黄清泉主编　华中师范大学出版社 1989 年版

《中国历代小说序跋集》　丁锡根编著　人民文学出版社 1996 年版

《古代小说续书序跋释论》　高玉海著　中国社会科学出版社 2007 年版

《〈唐话辞书类集〉中的稀见小说史料》　顾鸣塘　《文学遗产》2007 年第 1 期

《古本小说版画图录》(增补本)　周心慧编　线装书局 2004 年版

《中国古代小说版画集成》　李梦生编　汉语大词典出版社 2000 年版

《才子佳人小说创作系年》(公元 283 年前—1907 年后)
苏建新编　载其著《中国才子佳人小说演变史》　社会科
学出版社 2006 年版

《小说话丛编前言》　黄霖　《北京大学中国古文献研究
中心集刊》第七辑　北京大学出版社 2008 年版

《二十世纪中国小说理论资料》　陈平原　夏晓虹编
北京大学出版社 1997 年版

《所见中国古代小说戏曲版本图录》　吴希贤编　北京
中华全国图书馆文献缩微复制中心 1995 年刊行

《中国古代小说戏曲述评辑略》　段启明编著　华文出
版社 2002 年版

《中国戏曲史资料丛刊》　中国戏曲研究院编　傅惜华
著　作家版社 1957 年版

《中国戏曲研究资料初辑》　欧阳予倩辑　中国戏剧出
版社 1957 年版

《传统戏曲、曲艺研究参考资料丛书》　宝文堂书店 1980
年开始陆续出版

《中国古典戏曲序跋汇编》　蔡毅编著　齐鲁书社 1989
年版

《建国以来文物考古工作中发现的戏曲史料》　黄竹三
石新月编　《曲苑》第 2 辑　江苏古籍出版社 1986 年版

《戏曲文物资料表》　车文明编著　载《20 世纪戏曲文物
的发现与曲学研究》　文化艺术出版社 2001 年版　《附录》

《古典戏曲美学资料集》　隗芾　吴毓华编　文化艺术
出版社 1992 年版

《中国古典编剧理论资料汇辑》　秦学人　侯人卿编著

中国戏剧出版社 1984 年版

《中国京剧编年史》　王芷章　中国戏剧出版社 2003 年版

《评弹通考》　谭正璧　谭寻搜辑　中国曲艺出版社 1985 年版

《中国古代文艺理论专题资料丛刊》　徐中玉主编　中国社会科学出版社 1995—1999 年陆续出版①

# 断　代

## 先秦

《甲骨文研究资料汇编》　丛刊编委会编　北京图书馆出版社 2000 年版

《殷墟卜辞综类》(增订版)　〔日〕岛邦男编　东京大安汲古书院 1971 年版

《先秦文学史参考资料》　北京大学中国文学史教研室选注　中华书局 1962 年版

《中国神话资料萃编》　袁珂　周明编　四川省社会科学院出版社 1985 年版

《诗义稽考》　刘毓庆等编撰　学苑出版社 2006 年版

《春秋史料集》　童书业编　童教英辑　中华书局 2008 年版

《历代劳动人民反孔斗争史料简编》　北京图书馆北京大学历史系《历代劳动人民反孔斗争史料简编》选编小组编　北京人民出版社 1975 年版

---

① 此丛刊已先后出版《通变编》、《神思、文质编》、《本原、教化编》、《文气、风骨编》、《才性编》。

《楚辞评论资料选》 杨金鼎主编 湖北人民出版社1984年版

《楚辞评论集览》 李诚 熊良智主编 湖北教育出版社2002年版

《楚辞资料海外编》 尹锡康 周发祥主编 湖北人民出版社1986年版

《宋诗话中楚辞评论》 李大明 《四川师范大学学报》1991年第4期

《唐宋词论中的楚辞话语》 李青 《苏州大学学报》2005年第4期

《论明代诗话〈诗薮〉之品评楚骚》 徐志啸 《漳州师范学院学报》2008年第1期

《楚辞文献集成》 吴平 回达强主编 广陵书社2008年版

《南宋诗话中的评骚论点》 ［韩］朴永焕 《中国典籍与文化》2000年第3期

《屈原学集成》 戴锡琦 钟兴永主编 中央编译出版社2007年版

《庄子序跋论评辑要》 谢祥皓 李思乐辑校 湖北教育出版社2001年版

《史传所载荀子事考》《荀子历代评述辑要》 王天海载其著《荀子校释》 上海古籍出版社2005年版《附录四、九》

《有关〈穆天子传〉的历代著录和序跋题识辑录》 郑杰文 载其著《穆天子传通解》 山东文艺出版社1992年版《附录二》

　　《有关〈吕氏春秋〉的性质、价值、地位与影响的文献综要》　王启才　载其著《吕氏春秋研究》　学苑出版社 2007 年版　《附录》

　　《先秦两汉文学史料学》　曹道衡　刘跃进著　中华书局 2005 年版

　　《秦汉文学编年史》　刘跃进著　商务印书馆 2006 年版

　　《中华大典·文学典·先秦两汉文学分典》　董治安主编　凤凰出版社 2008 年版

**两汉**

　　《两汉文学史参考资料》　北京大学中国文学史教研室选注　中华书局 1962 年版

　　《〈新书〉辑评、资料》　阎振益　钟夏　载其校注《新书校注》　中华书局 2000 年版　《附录五、六》

　　《有关王褒的"文论""诗论"》　李洪林　载其著《王褒集考释》　巴蜀书社 1998 年版　《附录上、下》

　　《司马相如资料汇编》　踪凡编　中华书局 2008 年版

　　《〈史记〉订补文献汇编》　徐蜀编　北京图书馆出版社 2004 年版①

　　《历代名家评〈史记〉》　杨燕起　陈可青等编　北京师范大学出版社 1986 年版

---

① 此书收录国家图书馆藏清至民国时期著名学者编撰的有关《史记》的注释、补作、校正、考订等专门著作 16 种。如清人崔适的《史记探源》、王筠的《史记校》、林茂春的《史记拾遗》、杭世骏的《史记考证》、方苞的《史记注补正》、周尚木的《史记识误》、沈家本的《史记琐言》等,其中不少是从未刊印的抄稿本。

《史记研究集成》　张大可　安平秋等编　华文出版社
2005 年版

《郑玄研究资料汇编》　耿天勤编　山东文艺出版社
2007 年版

《中古文学系年》　陆侃如著　人民文学出版社 1985
年版

《汉魏六朝公宴诗研究资料选辑》　黄雅卓选辑　载其著
《汉魏六朝公宴诗研究》　华东师范大学出版社 2007 年版
《附录二》

## 魏晋南北朝

《中华大典·文学典·魏晋南北朝文学分典》　主编黄
进德　凤凰出版社 2007 年版

《魏晋南北朝文学史参考资料》　北京大学中国文学史
教研室选注　中华书局 1962 年版

《魏晋南北朝文学史料述略》　穆克宏著　中华书局
1997 年版

《三曹资料汇编》　河北师范学院中文系古典文学教研
组编　中华书局 1980 年版①

《诸葛亮研究集成》　王瑞功主编　齐鲁书社 1997 年版

《古代著名人物评论(诸葛亮)选辑》　张连科　管淑珍
载其著《诸葛亮集校注》　天津古籍出版社 2008 年版　《附
录·第一部分》

《王粲资料汇编》　吴云　唐绍忠　载其著《王粲集注》

---

① 此汇编附录一:《建安文学总论》;附录二:《建安七子:孔融、陈琳、王粲、徐
干、阮瑀、应场、刘桢》。

中州书画社 1984 年版　《附录三》

嵇康及嵇康集《序跋》《事迹》《诔评》　戴明扬　载其著《嵇康集校注》　人民文学出版社 1961 年版　《附录》

（陆士衡）《赋诗文总评》　刘运好　载其著《陆士衡文集校注》　凤凰出版社 2007 年版

（刘琨）《研究资料汇编》　赵天瑞　载其编著《刘琨集》天津古籍出版社 1996 年版

《东晋文艺系年》　张可礼著　山东教育出版社 1992年版

《陶渊明诗文汇评》　北京大学中文系文学史教研室教师、五六级四班同学编　中华书局 1961 年版

《古典文学研究资料汇编·陶渊明卷》　北京大学、北京师范大学中文系教师同学编　中华书局 1962 年版①

《陶渊明研究资料新编》　钟优民编　吉林教育出版社 2000 年版

《南北朝文学编年史》　曹道衡　刘跃进著　人民文学出版社 2000 年版

有关谢灵运的《评丛》　顾绍柏　载其著《谢灵运集校注》　中州古籍出版社 1987 年版　《附录五》

鲍照《历代评说》　殷雪征辑　载其著《鲍照研究》　中国文联出版社 2001 年版　《附录二》

谢朓《诸家评论》　曹融南　载其著《谢宣城校注》　上海古籍出版社 1991 年版　《附录二》

---

① 2004 年再版时统一改为《陶渊明资料汇编》。中华书局 2004 年后出版的类似资料汇编，题目均改为用文学家姓名。

　　《江淹诗文集评》　俞绍初　张亚新　载其著《江淹集校注》　中州古籍出版社 1994 年版　《附录》

　　《吴均诗文评论辑要》　林家骊编　载其著《吴均集校注》　浙江古籍出版社 2005 年版　《附录二》

　　《文心雕龙学综览》　《文心雕龙学综览》编委会编　上海书店出版社 1995 年版

　　《文心雕龙汇评》　黄霖编著　上海古籍出版社 2005 年版

　　《梁武帝萧衍评论资料汇编》　柏俊才　载其著《梁武帝萧衍评考略》　上海古籍出版社 2008 年版　《附录二》

　　有关何逊集《历代著录及序跋题识》《历代评论辑钞》李伯齐　载其著《何逊集校注》　齐鲁书社 1988 年版　《附录一、二》

　　《阴铿评论资料》　刘国珺　载其著《阴铿集注》　天津古籍出版社 1988 年版　《附录五》①

　　(《金楼子》)《历代评论辑要》　钟仕伦编　载其著《金楼子研究》　中华书局 2004 年版　《附录二》

　　(徐陵)《历代评论》　许逸民编　载其校笺《徐陵集校笺》　中华书局 2008 年版　《附录四》

　　(庾信)《历代评论选辑》　鲁同群　载其著《庾信传论》天津人民出版社 1997 年版　《附录二》

　　《水经注研究史料汇编》(上、下册)上册　郑德坤纂辑下册　吴天任纂辑　台北艺文印书馆 1984 年版

**隋唐五代**

　　《中华大典·文学典·隋唐五代文学分典》　卞孝萱主

———————

① 《阴铿集注》与刘畅《何逊集注》合本。

编　江苏古籍出版社 2000 年版

《唐五代文学编年史》　傅璇琮主编　辽海出版社 1998 年版

《唐宋词汇评》(唐五代卷)　王兆鹏主编　浙江教育出版社 2004 年版

《隋唐五代小说研究资料》　程国赋编著　上海古籍出版社 2005 年版

《五代十国文学编年》　张兴武著　人民文学出版社 2001 年版

《沈佺期宋之问诗集评》　陶敏　易淑琼　载其著《沈佺期宋之问集校注》　中华书局 2001 年版

关于王维《史传及遗事》《历代诗评及画评》《现代诗评》　杨文生　载其著《王维诗集笺注》　四川人民出版社 2003 年版　《附》

(岑参)《评论资料》　廖立编　载其著《岑嘉州诗笺注》　中华书局 2004 年版　《附录三》

《李白资料汇编》(金元明清之部)　裴斐　刘善良编　中华书局 1994 年版

《李白资料汇编》　金涛文　朱文彩编　中华书局 2007 年版①

《古典文学研究资料汇编·杜甫卷》(唐宋部分)　华文轩编　中华书局 1964 年版

《清人论杜资料辑录》　赵维融编　《草堂》1985 年第

---

① 杨学是《李白资料汇编(唐宋之部)补遗(一)》,《绵阳师范学院学报》2008 年第 1 期。

2 期

《杜甫秋兴八首集说》　叶嘉莹　河北教育出版社 1997 年版

（权德舆）《辑评》　郭广伟编　载其校点《权德舆诗文集》　上海古籍出版社 2008 年版　《附录三》

《白居易诗评述汇编》　陈友琴编　科学出版社 1958 年版①

《韩愈资料汇编》　吴文治编　中华书局 1983 年版

《古典文学研究资料汇编·柳宗元卷》　吴文治编　中华书局 1983 年版

《柳宗元事迹系年暨资料类编》　罗联添编　台北编译馆 1981 年版②

《历代贾岛研究资料汇编》（唐至近代）　尹占华　张震英整理　载张震英著《寒士的低吟——贾岛诗歌艺术新探》　中国社会科学出版社 2006 年版　《附录一》

《李贺研究资料》　陈治国编　北京师范大学出版社 1983 年版

《李贺资料汇编》　吴企明编　中华书局 1994 年版

《李商隐资料汇编》　刘学锴　余恕诚等编　中华书局 2001 年版

《杜牧资料汇编》　张金海编　中华书局 2006 年版

《杜荀鹤研究资料汇编》　胡嗣坤　罗琴编　载编者著《杜

---

① 此书中华书局 1962 年以《中国古典文学研究资料汇编·白居易卷》出版，有订补。

② 张瑞君《柳宗元资料汇编补遗》，《淮阴师范学院学报》2013 年第 1 期。

荀鹤及其〈唐风集〉研究》　巴蜀书社2005年版　《附录二》

　　有关罗隐的《评述》　潘慧惠　载其著《罗隐集校注》浙江古籍出版社1995年版　《附录》

　　《唐宋词集序跋汇编》　金启华　江苏教育出版社1990年版

　　《历代曲话汇编——新编中国古典戏曲论著集成（唐宋元编）》　俞为民　孙蓉蓉主编　黄山书社2006年版

## 宋代

　　《唐宋词汇评》（两宋卷）　吴熊和主编　浙江教育出版社2004年版

　　《宋代词学资料汇编》　张惠民编　汕头大学出版社1993年版

　　《杨亿资料》　徐德明　余奎元等编　载其点校《武夷新集》　福建人民出版社2007年版　《附录》

　　《范仲淹史料新编》　周鸿度等编著　沈阳出版社1989年版

　　关于范仲淹的历代评论（包括总评、评诗、评词、评赋、评文等）　李勇先　王蓉贵　载其校点《范仲淹集》　四川大学出版社2002年版　《附录十》

　　《柳（永）词总评》《序跋题识》　薛瑞生编　载其著《乐章集校注》　人民文学出版社1994年版

　　《欧阳修资料汇编》　洪本健编　中华书局1995年版

　　《苏轼资料汇编》　四川大学中文系唐宋文学研究室编1994年版①

---

① 1. 谢桃坊《〈苏轼资料汇编〉拾补举例》，《文献》1998年第2期。2. 严迪昌《谁翻旧事作新闻》（此文中有苏轼资料补遗），《文学遗产》2000年第6期。

《苏诗汇评》　曾枣庄主编　四川文艺出版社2000年版

《苏词汇评》　曾枣庄主编　四川文艺出版社2000年版

《苏文汇评》　曾枣庄主编　四川文艺出版社2000年版

《晁补之资料汇编》　周义敢　周雷编　中华书局2008年版

《古典文学研究资料汇编·黄庭坚和江西诗派卷》　傅璇琮编著　中华书局1978年版

《秦观资料汇编》　周义敢　周雷编　中华书局2001年版

《李清照研究资料汇编》　存萃学社编　香港崇文书店1974年版

《李清照资料汇编》　褚斌杰　孙崇恩等编　中华书局1984年版

《李清照总评》　徐培均　载其著《李清照集笺注》　上海古籍出版社2001年版　《附录》

《李清照志》　刘乃昌主编　《山东省志·诸子名家志》编纂委员会编　山东人民出版社1999年版①

《李清照改嫁问题资料汇编》　何广棪编　台湾九思出版社1990年版

《朱熹及宋元明理学(附·古代书院)研究资料》　吴以宁编　上海史研究会1989年

《辛弃疾资料汇编》　辛更儒编　中华书局2005年版

《古典文学研究资料汇编·陆游卷》　孔凡礼　齐治平

---

① [清]赵昱等《南宋杂事诗》,浙江古籍出版社1987年版,其"记事"中,有已经出版的《李清照资料汇编》所未收之资料。

编　中华书局 1962 年版

《陆游研究汇编》　周康燮主编　香港崇文书店 1979 年版

《古典文学研究资料汇编·杨万里范成大卷》　湛之编　中华书局 1964 年版①

《吴文英资料汇编》　马志嘉　张心绰编　中华书局 2006 年版

《张孝祥资料汇编》　苑新彬编　中华书局 2006 年版

《有关张炎家世的若干材料》《有关张炎生平事迹的若干材料》《对张炎词的若干评论》　张海明编　载其著《张炎词研究》　齐鲁书社 1989 年版

《中华大典·文学典·宋辽金元文学分典》　曾枣庄主编　江苏古籍出版社 1999 年版

《宋元明清家训禁毁小说戏曲史料辑补》　陆林　《明清小说研究》1997 年第 2 期

### 辽金元

《河汾诸老研究资料汇编》　阎凤梧　刘达科编　载其著《河汾诸老研究》　山西人民出版社 1993 年版　下编

《〈录鬼簿〉中历史剧本事资料》　刘新文著　载其著《〈录鬼簿〉中历史剧探源》　南开大学出版社 1989 年版

《古人对元末吴中的评论选录》　王忠阁　载其著《元末吴中诗派论考》　广西师范大学出版社 1998 年版　《附录》

《北曲套式汇录详解》　郑骞著　台湾艺文印书馆 1973

---

① ［清］赵昱等《南宋杂事诗》，浙江古籍出版社 1987 年版，其"记事"中，有已经出版的《杨万里资料汇编》所未收之资料。

年版

《元曲六大家资料汇编》　谭正璧　台湾侲勉出版社
1978 年版

《元好问研究资料汇编》　叶庆炳等编　台北文史哲出
版社 1990 年版

《王实甫以外二十七家〈西厢〉考》　谭正璧　谭寻　《文
献》第 7 辑 1981 年

《明人评〈西厢记〉资料的新发现——徐复祚〈西厢记〉评
语辑考》　黄仕忠　载章培恒　王靖宇主编《中国文学评点
研究》　上海古籍出版社 2002 年版

《琵琶记资料汇编》　侯百朋编　书目文献出版社 1989
年版

《关汉卿研究资料》　李汉秋　袁有芬编　上海古籍出
版社 1988 年版

《关汉卿研究资料汇考》　王钢辑考　中国戏剧出版社
1988 年版

关汉卿《研究资料》　马欣来　载其著《关汉卿集》　山
西人民出版社 1996 年版

《杨仲弘资料》　余奎元　翁亚红编　载其点校《杨仲弘
集》　福建人民出版社 2007 年版　《附录》

《薛昂夫资料汇录》　杨镰　石晓奇等编　载其著《元曲
家薛昂夫》　新疆人民出版社 1992 年版　第三部分

《柯九思史料》　宗典编　上海人民美术出版社 1963
年版

《元明清三代禁毁小说戏曲史料》　王利器辑录　上海

古籍出版社 1981 年版①

　　《中国戏曲史编年》(元明卷)　王永宽　王纲编　中州古籍出版社 1994 年版

**明代**

　　《〈永乐大典〉研究资料辑刊》　张升编著　北京图书馆出版社 2005 年版

　　《明代文学批评资料汇编》　叶庆炳　邵红编辑　台湾成文出版有限公司 1979 年版

　　《明人笔记中的戏曲史料》　吴晟辑注　江西人民出版社 2007 年版

　　《杨慎研究资料汇编》　林庆彰　贾顺先主编　台湾"中央研究院"文哲研究所　1992 年版

　　《三国演义资料汇编》　朱一玄　刘毓忱编　南开大学出版社 2003 年版

　　《〈三国演义〉研究情况》　沈伯俊　谭良啸编　载其编著《三国演义大词典》　中华书局 2007 年版②

　　《水浒资料汇编》　马蹄疾编　中华书局 1980 年版

　　《水浒大观》　王珏　李殿元著　四川人民出版社 1996 年版

　　《水浒大观》　任大惠主编　上海古籍出版社 1998 年版

　　《水浒资料汇编》　朱一玄　刘毓忱编　南开大学出版

---

①《元明清三代禁毁小说戏曲史料》曾署名王晓传(即王利器),由作家出版社 1958 年出版,1981 年版有增订。

②此《研究情况》包括:一、重要研究课题;二、重要论著;三、学术会议;四、学术组织。

社 2002 年版

《〈水浒〉书首资料六种》（外一种）　马幼垣　《中国文艺思想史论丛》第 3 期　北京大学出版社 1988 年版　后收入马幼垣著《水浒论衡》　三联书店 2007 年版

《〈西游记〉研究资料》　刘荫柏编　上海古籍出版社 1990 年版

《西游记资料汇编》　朱一玄　刘毓忱编　南开大学出版社 2002 年版

《西游记的研究与资料》　［日］斋藤秋男　伊藤敬一　载《中国八大小说》　日本平凡社 1965 年版

《〈金瓶梅〉资料汇编》（增订本）　侯忠义　王汝梅编　北京大学出版社 1985 年版

《金瓶梅资料汇录》　方铭编　黄山书社 1986 年版

《金瓶梅资料汇编》　黄霖编　中华书局 1987 年版

《金瓶梅研究资料汇编》上、下编　魏子云主编　台北天一图书公司 1987、1989 年先后出版

《〈金瓶梅〉资料续编(1919—1949)》　周钧韬编　北京大学出版社 1991 年版

《金瓶梅素材来源》　周钧韬　中州古籍出版社 1991 年版

《金瓶梅资料汇编》　朱一玄　南开大学出版社 2002 年版

《金瓶梅古今研究集成》　朱一玄　王汝梅主编　延边大学出版社 1999 年版

《金瓶梅编年纪事》　魏子云　台湾巨流图书公司 1981 年版

《金瓶梅研究序跋精选》　孟进厚编　武汉出版社1998年版

《明代金瓶梅史料诠释》　魏子云著　台湾贯雅文化有限公司1992年版

《增修〈金瓶梅〉研究资料要览》　〔日〕泽田瑞穗编　寺村政男崛城增补　早稻田大学中国文学会1981年版

《王世贞传记资料》　郑利华编　载其著《王世贞研究》学林出版社2002年版

《三言二拍资料》　谭正璧编　上海古籍出版社1980年版

《冯梦龙研究资料汇编》　杨晓东编著　广陵书社2007年版

《李贽研究参考资料》（共三辑）　厦门大学历史系编　福建人民出版社1975年出版第1辑、1976年出版第2、3辑

《公安派结社资料汇编》　何宗美编　载其著《公安派结社考论》　重庆出版社2005年版　下编

《汤显祖研究资料汇编》　毛效同等编　上海古籍出版社1986年版①

《牡丹亭研究资料考释》　徐扶明　上海古籍出版社1987年版

《十五贯戏曲资料汇编》　路工　傅惜华编　作家出版社1957年版

《中华大典·文学典·明清文学分典》　吴志达主编

---

① 徐朔方《评〈汤显祖研究资料汇编〉》,《浙江学刊》1987年第4期。此文补充"汇编"未收的50篇资料篇目。

凤凰出版社 2005 年版

《明清诗文研究资料集》（第 1、2 辑）　钱仲联主编　上海古籍出版社 1986 年版

《明清小说序跋集》　大连图书馆参考部编　春风文艺出版社 1983 年版

《明清小说序跋选》　杜云编　广西人民出版社 1989 年版

《明清小说资料选编》　朱一玄编　朱天吉校　南开大学出版社 2006 年版①

《明清传奇编年史稿》　程华平著　齐鲁书社 2008 年版

《十五位明清戏曲作家的生平史料》　邓长风　《戏曲研究》第 33 辑　1990 年 6 月

**清代**

《梦苕庵诗话》②　钱仲联著　齐鲁书社 1986 年版

《清代燕都梨园史料》　张次溪辑　中国戏剧出版社 1988 年版

《清代地方剧资料集》　［日］田中一成编　东京大学东洋文化研究所 1968 年版

《袁枚研究资料》　王英志编　载编者编《袁枚全集》第八册　江苏古籍出版社 1993 年版

《王文治研究资料汇编》　王平编　载其著《探花风雅梦

---

①郑志良《明清小说文献资料探释七则》，《明清小说研究》2008 年第 1 期。此文对已经出版的《水浒传》、《西游记》和《儒林外史》等资料，有所补释。
②此书虽名为"诗话"，但同前人的诗话不同。全书重点是详论清代名家与作品，介绍和考订有诗史价值之杰作。

楼诗——王文治研究》 凤凰出版社 2006 年版

《李渔资料汇编》 单锦衍编 载《李渔全集》 浙江古籍出版社 1992 年版 第 19、20 卷

《李渔研究资料汇编》 胡元翎 载其著《李渔小说戏曲研究》 中华书局 2004 年版 《附录四》

《陈维崧词评辑录》 刘深 《词学》第 20 辑 2008 年

《渔阳精华录汇评》 周兴陆编 齐鲁书社 2007 年版

《聊斋志异资料汇编》 朱一玄编 南开大学出版社 2002 年版

《蒲松龄志》 袁世硕主编 山东人民出版社 2003 年版

《聊斋志异文献要览》 〔日〕藤田祐贤等 东方书店 1985 年版

(方苞)《诸家评论》 刘季高编 载其校点《方苞集》 上海古籍出版社 2008 年版 《附录二》

《蒋士铨研究资料》 上饶师专中文系历代作家研究室编 江西人民出版社 1985 年版

《金圣叹研究资料汇编》 孙中旺编著 广陵书社 2007 年版

《歧路灯研究资料》 栾星编 中州书画社 1982 年版

《古典文学研究资料汇编·红楼梦卷》 中华书局 1963 年版

《香港所见〈红楼梦〉研究资料展览》 香港中文大学中国文化研究所《红楼梦》展览工作组编印 1972 年版

《红楼梦研究汇编》 吴宏一编 台湾巨浪出版社 1974 年版

《关于江宁织造曹家档案史料》 故宫博物院明清档案

部编　中华书局 1975 年版

《红楼梦研究参考资料选辑》(第 1—4 辑)　人民文学出版社 1973—1978 年出版

《红楼梦资料丛书》　北京大学出版社 1988—1990 年出版

《二百年来论红楼梦》　朱亮采著　台北新文丰出版公司 1992 年版

《新编石头记脂砚斋评语辑校》(增订版)　陈庆浩编著中国友谊出版公司 1987 年版

《红楼梦资料汇编》　朱一玄编　南开大学出版社 2001 年版

《清代有关曹雪芹红楼梦资料》　中国环境科学出版社 2005 年版

《红楼梦研究稀见资料汇编》(增订本)　中国艺术研究院红楼梦研究所　人民文学出版社编辑部编　人民文学出版社 2006 年版

《胡适红学研究资料全编》　宋广波编校注释　北京图书馆出版社 2005 年版

《红学档案》　郭皓政主编　陈文新审订　武汉大学出版社 2007 年版

《曹雪芹文物资料》　裴世安　柏秀英编　石言居自印 2008 年

《高鹗文献资料辑录》《高鹗档案资料辑录》　胡文彬周雷辑录　载其著《高鹗诗文集》　百花文艺出版社 1984 年版

《儒林外史研究资料》　李汉秋编　上海古籍出版社

1984 年版

《儒林外史资料汇编》　朱一玄　刘毓忱编　南开大学出版社 2003 年版

《儒林外史研究纵览》　李汉秋编　天津教育出版社 1992 年版

《陈奂 1786 相关资料汇编》　载林庆彰　杨晋龙主编《陈奂研究论集》　台湾"中研院"文哲研究所 2000 年版　第三部分

《张问陶研究资料》　胡传淮著　载其著《张问陶年谱》（修订本）　巴蜀书社 2005 年版　《附录》

《都门纪略中之戏曲史料》　周明泰编　光明印刷局 1932 年 1 月代印

《五十年来北平戏剧史料》　周明泰编　商务印书馆 1932 年 8 月出版

《道咸以来梨园系年小录》　周明泰编　商务印书馆 1932 年 12 月出版

《清升平署存档事例漫抄》　周明泰编　商务印书馆 1933 年出版

**近代**

《中国近代史资料概述》　陈恭禄编著　陈良栋整理　中华书局 1982 年版

《近代文学史料》　中国社会科学院文学研究所《近代文学史料》编辑组　中国社会科学出版社 1985 年版

《中国近代文学史事编年》　郑方泽编　广东高等教育出版社 1986 年版

《中国近代小说史料汇编》　广文书局编译所编　台北

广文书局 1980 年版

《中国近代小说史料续编》　广文书局编译所编　台北广文书局 1986 年版

《中国近代小说编年》　陈大康著　华东师范大学出版社 2002 年版

《晚清文学丛钞·小说戏曲研究卷》　阿英编　中华书局 1960 年版

《戊戌变法前后至辛亥革命报刊发表的戏曲剧作编年》赵晋　《戏曲研究》第 6 辑　文化艺术出版社 1982 年版

《二十世纪中国小说理论资料》第 1 卷(1897—1916)陈平原　夏晓虹编　北京大学出版社 1989 年版

《鸳鸯蝴蝶派研究资料》(增补本)　魏绍昌编　上海文艺出版社 1984 年版

《鸳鸯蝴蝶派文学资料》　芮和师等编　福建人民出版社 1984 年版

《近代上海戏曲系年初编》　胡晓明主编　上海教育出版社 2003 年版

《龚自珍研究资料集》　孙文光　王世芸编　黄山书社 1984 年版

《龚自珍交游资料补录》《传记资料》　樊克政　载其著《龚自珍年谱考略》　商务印书馆 2004 年版　《附录》三、八

(宝廷)《相关传记序跋资料辑录》《相关评论资料辑录》　聂世美编　载其校点《偶斋诗草》　上海古籍出版社 2005 年版　《附录》

(梅曾亮)《传记及序跋资料集录》《相关评论资料辑

要》　彭国忠　胡晓明编　载其校点《柏枧山房诗文集》　上海古籍出版社2005年版　《附录》二、三

《〈孽海花〉资料》（增订本）　魏绍昌编　上海古籍出版社1982年版

《儿女英雄传研究资料》　［日］鸟居久靖编　日本《中文研究》第2期　1962年1月

《〈老残游记〉资料》（增订本）　魏绍昌编　上海古籍出版社1982年版

《刘鹗及老残游记资料》　刘德隆　朱禧等编　四川人民出版社1985年版

《李伯元研究资料》　魏绍昌编　上海古籍出版社1980年版

《吴趼人研究资料》　魏绍昌编　上海古籍出版社1980年版

《吴趼人研究资料汇编》　裴效维编　载《吴趼人全集》花山文艺出版社1998年版　第10卷

《黄世仲研究资料》　方志强编　载其著《小说家黄世仲大传》　香港夏菲尔国际出版公司1999年版　《附录》

《况惠风研究资料补述》　林玫仪　《北京大学中国古文献研究中心集刊》第七辑　北京大学出版社2008年版

《秋瑾年谱及传记资料》　陈象恭编著　中华书局1983年版

《秋瑾研究资料》　郭延礼编　山东教育出版社1987年版

《严复研究资料》　中国社会科学院文学研究所近代文学研究室编　中国社会科学出版社1985年版

　　《林纾研究资料》　薛绥之　张俊才编　商务印书馆
1982 年版

　　《人间词话研究汇编》　何志韶编　台北巨浪出版社
1975 年版

　　《〈人间词话〉及评论汇编》　姚柯夫编　书目文献出版
社 1983 年版

# 第四节　一种新形态的
# 文学研究史料:研究综述

　　中国古代文学研究的研究,从 20 世纪 70 年代末开始出现了
前所未有的繁盛局面,出现了一种新形态的文学研究的研究:研
究综述。自 70 年代末到现在,研究综述相继大量涌现,成了中国
古代文学研究领域里的一道新的"亮丽的风景线"。

　　这里所说的研究综述,指的是以大量的研究史料为依托,对
古代文学研究中某一问题的研究状况进行分析、归纳、综合论述,
以便使读者用较少的时间和精力,对该问题研究的内容、意义、历
史、现状、水平、发展趋势等,有一个比较完整、系统、明确的了解,
进而从中获得有关信息,受到启示,为今后的研究提供参照和依
据。一般的研究综述是述评结合,有回顾有前瞻,所以有一些研
究综述,也取"述评"、"回顾与前瞻"、"概述"之类的题目。也有一
些研究综述,从题目上很难看出来,只有阅读提要或内容才能
知道。

　　研究综述的大量涌现,既是传统的文学研究的研究的一种赓
续,更是 20 世纪 70 年代末、20 世纪与 21 世纪之交这两个特殊的
历史时期所决定的。

古代文学研究,如同长流不息的江河,浪浪相接,前后相承,没有研究的止境。前人的研究已成历史,后人的研究不能取代前人的研究。新陈代谢,生生不息,是文学研究的一种属性。古往今来的研究者在进行研究的时候,总是要顾及以前历代积累的研究成果,把它们作为自己研究的新起点。这样,不仅可以避免虚耗时间和精力,避免研究的重复和退化,而且能够做到在以前研究成果的基础上,找到新的学术研究的生长点,发现新问题,作出新贡献。重视研究的继承性,继往开来,这是研究古代文学必须遵循的一个重要原则和规范。由此看来,20世纪70年代末以来大量的研究综述的出现,是学术研究的内在理路的体现,具有学术研究的普遍意义。

20世纪70年代末以来的研究综述的繁盛,主要有两个契机:一个是20世纪和21世纪之交;一个是2008年改革开放三十年。从诸多研究综述所论及的时间看,主要是20世纪的。这种现象的产生,有其必然性。

就学术史的演进而言,差不多在每一个历史转捩节点上,往往都会顾后瞻前的。从长时段看,20世纪的结束,是公元以来第二个千年的结束。一千年结束了,世界要跨进新的千年,自然容易引发人们的回顾与反思。当人们回顾反思过去的一千年时,多是由近而远,自然会更多地关注刚刚过去的20世纪。对中国来说,20世纪是内忧外患、灾难深重的世纪,是急剧变革的世纪,也是一个经过广大人民群众和许多仁人志士英勇奋斗,社会取得了巨大进步的世纪。在20世纪的后期,现代化开始逐渐深入人心。在世纪之交,人们为了顺应现代化的历史潮流,自然会反思前瞻。以史为鉴,前瞻性的理性思考常常蕴涵在对历史的回顾与反思当中。在这样的氛围里,敏于感时忧世的知识分子,不约而同,在许多领域里，相继开始了对 20 世纪的回顾和反思。20 世纪的中国古代文学研究，随着社会、经济、政治、文化等方面以及文学和文学研究本身的内在变化，特别是近代以来西方的学术思想、文学观念和研究方法的输入，极大地推进了中国古代文学研究的现代化进程，使古代文学研究发生了巨大的变革，这种变革带有质的变革。20 世纪中国古代文学研究，是如何演进的？有哪些成就？有哪些经验和教训？21 世纪的文学研究如何在 20 世纪的基础上向前发展？诸如此类的许多问题摆在研究者的面前。因此，20 世纪 70 年代末以来，许多研究者具有相当自觉的回顾和反思意识，各种各样的研究综述，如雨后春笋，大量涌现，蔚为大观。

对古代文学研究，特别是对 20 世纪古代文学的研究作综述，应当说是持续不断的，如 1959 年吴晓铃、胡念贻、曹道衡和邓绍基在《文学评论》第 5 期上发表了《十年来的古典文学研究和整理工作》一文。但在 20 世纪 70 年代末之前，这类研究综述，基本上是零星的，学术界并不太关注。研究综述的大量涌现是在 20 世纪 70 年代末。从那时到现在，古代文学研究综述，大致可分为三个阶段。

第一阶段是从 1978 年开始到 80 年代前期。这一阶段，伴随着粉碎"四人帮"、"文革"的结束和改革开放政策的确立，社会上洋溢着挣脱极左、解放思想的浪潮。各个领域里出现了拨乱反正的新局面。同时，随着对外开放政策的确立和实施，西方的一些新的理论和新的方法再次被引进，进一步激发了人们的思考。在这方面，有不少古代文学研究者也是相当敏感的，他们从不同的方面，迅即开始了对"四人帮"借古代文学搞阴谋的批判和反思，不少报刊上，开始发表了一些这方面的论文。如《文学评论》1979年第 1 期发表了丁振海的《谈〈红楼梦〉研究中的方法问题》，此文揭露了"四人帮"借评红"搞阴谋","使《红楼梦》研究工作遭受了一场空前的破坏"。又如《文学评论》1980年第3期发表了王俊年、梁淑安、赵慎修的《建国三十年来近代文学研究的回顾》,此文明言:"本文不是三十年近代文学研究的全面总结,而是着重于清理多年来被林彪、'四人帮'一伙搞乱了的思想,力求彻底打碎那无形的精神锁链,以求对今后的研究工作能有所裨益。"这一阶段,类似上面例举这类的研究综述,大体上都带有拨乱反正的时代特点。所谓"拨乱",主要是拨"文革"、"四人帮"之乱,"反正"主要是返回到"文革"以前的研究理念和研究方法上去。这一阶段,还来不及对"文革"以前,乃至更长时期的研究,从学术上进行全面的回顾与反思。

　　第二阶段是从20世纪80年代后期开始,一直到现在仍在延续。这一阶段处于世纪之交,步武前一阶段,学术界回顾与反思的意识更加自觉,也相当全面,具有更明显的学术性。1986年,王瑶在全国社会科学"七五"规划会议上提出,文学研究要发展,应当研究中国文学研究的现代化进程,特别要研究近代以来,许多著名学者接受西方文化的影响,在古代文学研究方面取得的成绩、经验和教训。王瑶的观点,受到了重视①。从80年代后期开始,对古代文学研究的回顾与反思,进展迅速,为整个文学研究领域,增加了新的内容,注入了新的活力,取得了重要的成果,受到了国内外的普遍关注。在这一阶段,几乎所有的学术期刊,多少不等地都发表了有关古代文学研究的综述。有不少刊物,如《文学评论》、《文学遗产》、《北京大学学报》等,还专门开辟了"百年学

---

① 参阅陈平原《中国文学研究现代化进程·小引》,王瑶主编,北京大学出版社1996年版。

术"、"学术史回眸"、"学术回眸与反思"等专栏。全国有不少出版社在这方面制定了计划,相继出版了一些专著,如齐鲁书社1987年出版了卢兴基主编的《建国以来古代文学问题讨论举要》,北京出版社2001年出版了张燕瑾、吕薇芬主编的《20世纪中国文学研究》,上海古籍出版社2002年出版了赵义山的《20世纪元散曲研究综论》。在这一阶段,许多古代文学学术会议都把回顾与反思作为重要的议题。中国诗经学会成立以来到2008年,举办了8次诗经国际学术研讨会,每次研讨会上,都有关于《诗经》研究方面的综述。80年代末,《文学遗产》编辑部主持过建国40年古典文学研究反思讨论会。1996年在乌鲁木齐召开的"世纪之交中国古典文学及丝绸之路文明"国际学术研讨会上,收到了以回顾、反思20世纪中国古典文学研究为议题的论文36篇。1997年由新疆人民出版社出版的这次会议的论文集中,收有这方面的论文19篇。同年,在哈尔滨和牡丹江,由中国古代文学学会筹委会、《文学遗产》编辑部与黑龙江大学主办的"二十世纪中国古代文学研究回顾与前瞻"研讨会,议题宗旨更为集中。这次会议的论文集题为《百年学科沉思录:二十世纪中国古代文学研究回顾与前瞻》,1998年由人民文学出版社出版,收有相关论文35篇。2005年3月在由中国社会科学院文学研究所《文学评论》编辑部和西南师范大学文学院联合主办的"百年中国文学研究回顾与反思研讨会"上,有关学者宣读了20世纪关于杜甫、文言小说、六朝小说、唐代小说、明代小说、《莺莺传》等研究综述①。在这一阶段,基于对20世纪古代文学研究的反思,有些出版社出版了20世纪

①参阅黄菊、饶馥婷《百年中国文学研究回顾与反思研讨会综述》,《文学评论》2005年第2期。

中国古代文学研究论著提要和包括中国古代文学研究的学术经典著作。前者如北京大学 1994 年出版的乔默主编的《中国二十世纪文学研究论著提要》。此书带有研究综述的性质，其第一部分是《中国古代、近代文学研究》，用论著"摘要"的形式，展示了 20世纪中国古代文学研究"实现了重大的飞跃"。后者如东方出版社于 1996 年出版了"民国学术经典文库"，其中"文学史类丛书"有胡适的《白话文学史》、郑振铎的《中国俗文学史》、刘经庵的《中国纯文学史》、李维的《诗史》等 12 种。"民国学术经典文库"的出版，不只是"为保存、借鉴这一时期的学术成果"，同时也是为了"促进当今学人在更高层次上研考民族文化传统与现代化及西方文化的交接融合"①。编选出版这一类著述，本身就具有回顾与反思的意义。它们的再版，也有助于人们回顾和反思。这从张岱年为文库所撰写的《序》中，可以看得很清楚。对古代文学研究的回顾与前瞻，在台湾，与祖国大陆的步法大体一致。台湾的不少学术研讨会，"多少都对相关的议题展开某种程度的反省批判"，有些学校的中文系和学会还组织过这方面的专题研讨会。如 90年代，台湾东吴大学中文系、古典文学会主办了"中国古典戏曲及小说研究的回顾与前瞻"研讨会②。

　　第三个阶段是从 2008 年开始的。2008 年，是回顾反思中国古代文学研究的第二个契机。对于中国人民来说，2008 年是一个特别值得庆祝和反思的年份。1978 年底中国共产党十一届三中全会的召开，宣布"文革"结束，揭开了中国改革开放的序幕，从此

①参阅《民国学术经典文库·编选说明》，东方出版社 1996 年版。
②引自龚鹏程主编《五十年来的中国文学研究》，台湾学生书局 2001 年版，
　　第 93—94 页。

中国进入了划时代的改革开放的新时期,到2008年正好是三十年。三十年来,中国在各方面都发生了深刻的变化,取得了举世瞩目的巨大进步。这在古代文学研究领域里也有明显的表现。三十年来,古代文学研究从拨乱反正、正本清源到走上久违了的常规研究的康庄之路。学术研究的政治环境有了很大的改善,国家对学科予以空前的重视和支持。思想解放、实事求是深入人心,泛政治化研究模式被突破。学术理念和研究方法在许多方面做到了守正出新,增强了创新意识,拓展了研究领域,大量的研究论著和史料整理成果相继问世。据统计,新中国成立以来共整理出版古籍图书二万多种,其中90%是新时期整理出版的。凡此种种,表明了中国古代文学研究发生了深刻的变化,中国古代文学研究进入了一个新时代。成就巨大,有许多经验,当然也有一些教训。在新的形势下,古代文学研究如何继续进展,这些都需要回顾和反思。通过回顾和反思,守正求新,与时俱进,提升理念,开阔视野,恢弘气度,拿出更多的符合时代要求的、富有生命力的研究成果。这一点已经成为许多研究者和报刊的共识。《文学遗产》在2008年第1期,以"古典文学研究三十年"为题,作为首要栏目,在编者按语中,强调了总结改革开放三十年古典文学研究的重要意义,并发表了袁行霈的《在广阔通达的道路上前进》等三篇相关的论文。接着《文学评论》在2008年第4期,开设了"新时期三十年中国文学研究"栏目,并把它作为首要栏目,发表了关爱和、朱秀梅的《中国近代文学研究三十年》一文。另外,这一年的4月18日至20日,在河南省开封市召开了由中国社会科学院文学研究所同河南大学文学院联合主办的"改革开放三十年与中国文学研究"研讨会。有三十多所高等院校和研究机构的80多位学者参加了会议。会上有许多学者,从学科史、学科建设的理论和实践问题、具体的研究领域以及文学现象和作家作品研究等多方面，就三十年来取得的成就、存在的问题和未来的发展趋向等问题进行了探讨和交流①。从 2008 年开始，除了涵盖长时段的研究综述继续涌现之外，有关三十年来的研究综述论文迅速增加。两个方面互相补充，使研究综述继续向前进展。

20 世纪 70 年代末以来的中国古代文学研究综述，由于综述的对象、目的不同，也由于论者和论著体制的差异，形成了丰富多彩的局面。论著的类型颇多，涉及的范围和内容相当广阔。下面，就其论著的主要形态和涉及的内容、范围，试作初步的概括。关于研究综述的形态，主要有四种：

一是论文。20 世纪 70 年代末以来，如前所述，由于不少学术刊物重视反思与回顾，相继发表了许多关于研究综述这方面的论文。论文的撰写，需要的时间相对地短一些，也便于就某一方面作专题总结，能够及时刊登，因此学术界从开始进行回顾反思直到现在，大多采用这种形式。有关这方面的论文，除了发表在学术刊物上，还常常见于许多综合性的论文集。自 20 世纪 80 年代开始，《中国文学年鉴》编委会编，作家出版社出版的《中国文学年鉴》，每年都有年度中国古代文学、近代文学、民间文学、少数民族文学"研究综述"论文。从目前看，论文是研究综述的主要形态。

二是专著。与论文相比，专著一般涉及的方面多、容量大，撰写需要更多的学术积累与思考，自然需要更长的时间。专著的出现始于 20 世纪 80 年代末，比论文的产生要晚一些，但发展得很快。如齐鲁书社 1987 年出版了卢兴基主编的《建国以来古代文

①参阅武新军整理《"改革开放 30 年与中国文学研究"学术研讨会综述》，《文学评论》2008 年第 4 期。

学问题讨论举要》,1996 年北京大学出版社出版的王瑶主编的《中国文学研究现代化进程》和 2002 年出版的陈平原主编的《中国文学研究现代化进程》二编,2004 年天津古籍出版社出版的吴云的《20 世纪中古文学研究》等。

三是丛书。这种研究著作,多是在世纪之交由出版部门和学者联合、共同策划的大型的系列研究著作。其中,有的依据朝代分卷分册,如北京出版社于 2001 年出版的由张燕瑾、吕薇芬主编的《20 世纪中国文学研究》中的古代文学部分,以朝代分为《先秦两汉文学研究》卷、《魏晋南北朝文学研究》卷、《隋唐五代文学研究》卷(上、下)、《宋代文学研究》卷(上、下)、《辽金元文学研究》卷、《明代文学研究》卷、《清代文学研究》卷和《近代文学研究》卷(上、下),共 8 卷、11 册。有的按体裁来分册,如 2005、2006 年福建人民出版社出版的由傅璇琮主编的《二十世纪中国人文科学学术研究史丛书·文学专辑》,分为《中国诗学研究》、《中国古代散文研究》、《中国词学研究》、《中国古代小说研究》、《中国戏剧研究》、《中国文学批评史研究》等。在按体裁编撰的研究综述中,也有以时代来分册的系列著作,如齐鲁书社 2006 年出版的崔海正主编的《中国历代词研究史稿》,即以朝代分为"唐五代"、"北宋"、"南宋"、"金元"、"明清"5 册。

四是分散载于多种论著中。自 20 世纪 80 年代后期开始,在许多研究论著中,或设专编、专章、专节,或在其引言、前言中,或采用于附录的方法,常常用相当大的篇幅,载有研究综述。这方面的研究综述,数量很大。如 1987 年,天津教育出版社出版的宁宗一、陆林等编著的《元杂剧概论》,全书四编,其中第一、二编属于研究综述。安徽大学出版社 2000 年出版的胡传志的《金代文学研究》第一章第一节为《金代文学研究的历史与现状》。商务印书馆 2003 年出版的孙明君的《汉魏文学与政治》,其中有《20 世纪建安文学研究反思》。中国社会科学出版社 2006 年出版的李定广的《唐末五代乱世文学研究》引论一、二分别为《前人对唐末五代文学的主要观点及其缺憾》、《研究成果的分布与研究方法的运用状况及其薄弱环节》。北京大学出版社 2004 年出版的美国孙康宜的《词与文类研究》附录二为《北美二十年来词学研究——兼记缅因州国际词学会议》。江西人民出版社 2008 年出版毕士奎的《王昌龄诗歌与诗学研究》,第五章是《王昌龄研究综述》。同年,中山大学出版社出版赵建坤的《关汉卿研究学术史》,第一编是《关汉卿研究学术综述》。

关于研究综述的内容和范围,大体上可以分为综合性的和专题性的两种。所谓综合性的,主要是从整体上对古代文学研究进行回顾与反思。综合性的,有论文,也有专著。论文如徐公持 1998 年发表的《四个时期的划分及其特征——二十世纪中国古典文学研究的近代化进程论略》①。此文从综合、宏观的角度,纵横结合,把 20 世纪的中国古典文学研究大体上划分为四个时期:"第一时期为 1900 年至 1928 年,这是学科近代化的起步时期。第二时期为 1928 年至 1949 年,这是学科近代化的发展时期。第三时期为 1949 至 1978 年,这是学科的统一时期,也是近代化的曲折时期。第四时期为 1978 年至今,这是学科拨乱反正和多元化时期,也是近代化的再发展时期。"论文对每个时期研究的大体面貌和特点作了概括性的论述。专著如上面列举的张燕瑾等主编的《20 世纪中国文学研究》。此书分为 10 卷 12 分册。其中,除

---

① 载《文学遗产》编辑部、黑龙江大学中文系编《百年学科沉思录:二十世纪古代文学研究回顾与前瞻》,人民文学出版社 1998 年版。

两册属于现当代文学研究综述，其他全是中国古代文学。全书每卷着眼于所含时代的文学研究的整体，兼顾各种文体、重要作家作品和流派研究，基本上综述了 20 世纪中国古代文学研究的演进历程和历史特点。

与综合性的论著相比，专题性的更多。专题性的研究综述，是就古代文学研究中的某一范围和某一问题作综述。

史料是古代文学研究的基础。20 世纪在文学史料的发现、鉴别、整理和著录等方面，成绩卓著。许多研究综述就这方面进行了总结。这除了综合性的论著中有所体现外，更多的是专题论述。如李明杰的《20 世纪中国古籍版本学史研究综述》，载《古籍整理研究学刊》2003 年第 2 期。陈力的《二十世纪古籍辨伪学之检讨》，载《文献》2004 年第 3 期。何新文的《二十世纪赋文献的辑录与整理》，载《文献》1998 年第 2 期。苗怀明的《二十世纪中国古代小说史料的重大发现与整理》，载《文献》2000 年第 4 期。黄灵庚的《〈楚辞〉文献学百年巡视》，载《文献》1998 年第 1 期。张兴吉的《二十世纪〈史记〉版本研究的回顾》，载《文献》2004 年第 3 期。王兆鹏、刘尊明的《本世纪唐五代词的文献整理与研究概观》，载《文献》1999 年第 3 期。黎蔷的《20 世纪西域古典戏剧文本的发掘与研究》，载《文学遗产》2003 年第 3 期。崔小敏、梅新林的《〈西游记〉文献学百年巡视》，载《文献》2003 年第 3 期。

中国古代重要的作家作品、文论家及其论著，是中国古代文学与文学理论的支柱。自古以来，特别受到青睐。20 世纪，他们仍是研究的重点。中国古代文学研究取得的成就和出现的这样那样的问题，也突出地表现在这些研究重点上。因此，重要作家作品、文论家及其论著的研究，自然成为研究综述的热点。从已经发表和出版的论著来看，大多数重要作家作品和重要文论家的论著的研究,都有研究综述。如褚斌杰的《百年屈学》,见其著《楚辞要论》,北京大学出版社 2003 年版。曹晋的《〈史记〉百年文学述评》,载《文学评论》2000 年第 2 期。吴云的《"陶学"百年》,载《文学遗产》2000 年第 3 期。葛景春的《李白研究五十年》,载《山西大学师院学报》2000 年第 3 期。刘明华的《现代学术视野下的杜甫研究——杜甫研究百年回顾与前瞻》,载《文学评论》2004 年第 5 期。洪迎华、尚永亮的《柳宗元研究百年回顾》,载《文学评论》2004 年第 5 期。饶学刚、朱靖华的《20 世纪苏轼文学研究述略》,载朱靖华、刘尚荣主编《中国苏轼研究》第 1 辑。梅新林、葛永海的《〈金瓶梅〉研究百年回顾》,载《文学评论》2003 年第 1 期。张锦池的《〈红楼梦〉研究百年回眸》,载《文艺理论研究》2003 年第 6 期。《河南教育学院学报》在 2003 年开设"百年红学"栏目,该栏目刊发的主要文章采用"分题综述"的形式,三年来,这个栏目共编发了数十位有关红学研究综述的论文达 87 篇之多,成为红学研究领域重要的学术专栏。《文史哲》在 2005 年以后,相继刊出了多篇新时期中国古代文学研究方面的回顾、反思与展望的论文,如 2007 年第 5 期跃进的《新世纪中国文学研究的主要趋向》,第 6 期张毅、王园的《文学研究的价值取向与理论视阈——近年来文学热点问题透视》和祁国宏、许结的《2006 年度中国古代文学研究述评》等。

百年以来,中国古代文学的研究者,数以千万计,但创见多、影响特别大的是那些大家巨擘。他们的著述具有标志性,富有生命力,为海内外所嘉许。20 世纪 90 年代以来,他们的不少著述逐渐得到重新整理和出版。要回顾百年来的中国古代文学研究,他们的著述自然会受到特别的关注。由于上述原因,许多研究综述,对这些大家巨擘的研究,进行了总结。前面所列举的王瑶和陈平原分别主编的《中国文学研究现代化进程》选择了梁启超、王国维、鲁迅、吴梅、陈寅恪、胡适、郭沫若、郭绍虞、孙楷第、朱自清、郑振铎、游国恩、闻一多、俞平伯、夏承焘、吴世昌、王元化等33家，综述了他们研究古代文学或古代文论所走过的道路和取得的成就。此外，还有不少论著就一些研究大家作了综述。这方面的研究综述，论题集中，述评细致，从个体的角度，体现了中国古代文学研究历程中的丰富多彩和取得的巨大成就。

在中国古代文学研究的演进历程中，虽然在20世纪70年代之前，也有各种形式的关于文学研究的论述，但由于很少有自觉意识，基本上处于自在的状态，因而显得零星，没有形成系统。自20世纪70年代末开始，有了具有现代意义的文学研究综述。这些研究综述对于我们了解以前、特别是20世纪中国古代文学研究的状况，对于拓展和推进今后的古代文学研究，对于保存史料，都有重要的意义。

首先，从一些研究综述中，我们可以看到，百多年来许多卓有成就的古代文学研究者，都不是简单的"为学术而学术"，而是胸怀一个"志"。这个志就是爱国。他们研究学术的根基和动力是爱国。许多学者基于救亡、强国的忧患意识，或者基于使中国由传统向现代化的诉求，挺拔坚毅，克服了重重困难，顶住了种种压力，以学术为生命的寄托、为自己的本分，甚至不惜生命，孜孜矻矻，专心研究中国古代文学。他们的高尚人格和精神境界，垂范后世。他们取得的许多重大成果，富有生命。他们当中，有些继承、发展了清代朴学的学风，搜集、整理、考据文学史料，为后人继续研究中国古代文学提供了方便。有些既有扎实的国学基础，又接受了西学的浸润，努力兼融中西，注意会通，以超迈的胸怀，用新的理念和方法研究中国古代文学，在中国古代文学研究由传统向现代转变的历程中，立下了座座丰碑。

　　第二，这些研究综述比较全面地总结了古代文学研究各个方面已经取得的成绩，表现了后来的研究者对前人劳动成果的尊重。在古代文学研究领域里，自古迄今，有许多学人，辛勤耕耘。他们取得的成果，应当受到尊重和肯定。他们的宝贵经验，值得我们学习。同时还告诉我们，文学研究具有历史传承性，是一个不断的积累的过程，个人所取得的成果只是其中的一点。文学研究涉及许多方面，难以穷尽。新的时代对文学研究提出了新的要求。我们应当把以前的成果作为阶梯，继续攀登。

　　第三，不少研究综述有回顾，也有前瞻。回顾部分，常常含有大量的信息。通过阅读回顾部分，我们可以用较短的时间，大体了解古代文学研究在哪些方面已经做了哪些工作，有哪些成果，存在哪些薄弱环节，还有哪些盲点。有些综述能把综述和分析归纳结合起来，如段启明、汪龙麟在其主编的《清代文学研究》中总结了20世纪古代文学研究的方法，指出20世纪中国古代文学的研究方法，主要有两种："即传统治学方法的革新与外域方法的引进。"传统的治学方法主要指乾嘉朴学，"目录学、校勘学等大多属于这一方法论体系，但已被20世纪的学人融进了新的内容。外域方法的引进在20世纪学界也从未间断，且在不同时期有不同侧重"[①]。又如常森对20世纪先秦散文研究成果在综述的基础上，把后半个世纪的研究方法分析归纳为两大基本范式："存在决定意识"范式和"元素分析范式"。认为"元素分析范式"是"从'现代'文学立场上把握先秦散文之价值的范式"[②]。像这样的分析

---

① 段启明、汪龙麟主编《清代文学研究》，北京出版社2001年版，第31页。
② 常森《二十世纪先秦散文反思》，北京大学出版社2002年版，第174、181、182页。

归纳和理论提升，对今后的研究方法会有所启示。还有一些研究综述，前瞻部分写得相当具体，有深度。乔以钢在其《近百年中国古代文学的性别研究》一文中，在回顾百年研究状况之后，用约五千字的篇幅，从九个方面，对今后研究应当注意的问题，进行了具体的论述①。这是富有建设性的。顾后而瞻前，使我们以后的研究能居于前沿地位，避免重复劳动，把精力集中在创新上。在这方面，我们是有教训的。有的研究者做研究，忽视查阅已有的成果，不注意研究的动态，往往闭门造车，结果是有些课题别人已经研究过，并且有了为学术界所认可的成果，但还继续在这方面浪费时间。相反的是，有些史料有待搜集和整理，有些课题有待探讨，却很少有人问津。有了研究综述，我们想做某一方面的研究，应当先阅读有关的研究综述。这样会减少一些盲目性，能使自己的工作有意义，有新的创获。

　　第四，不少研究综述使我们知道，古代文学研究同其他学术研究一样，经常受社会条件、政治气候和各种理论的制约。古代文学研究不可能游离于社会、政治和理论。但古代文学研究又有自己的独立品格，有自己内在的演进规律。百多年以来，由于社会的动荡、政治的严重干预等原因，古代文学研究曾经出现过低谷，甚至停滞和惨遭破坏。就某些学派和个人来说，或者囿于某种学术观点，或者受某种风潮的影响，在研究中，出现了某些错误的倾向和失误，有不少教训。这些错误倾向、失误和教训，也是一种财富。在这方面，许多研究综述，不同程度地作了综述。通过阅读这些综述，认真思考过去的错误倾向、失误和教训，对我们以后的研究是大有裨益的。与此相反的是，一旦社会和政治等环境

①此文载《中国社会科学》2008 年第 3 期。

适合文学研究时,它就会健康地向前推进。20世纪80年代以来,虽然有一些消极的因素对古代文学研究的进展不利,但从总体上看,是百年来最好的时期。三十年来,我们已经取得了巨大的成绩。我们应当倍加珍惜现在来之不易的大好时机,努力完成时代赋予我们的使命。

第五,从学术史的角度来看,许多研究综述是建立在广泛搜集史料的基础上,把一些分散的、不易查找的论著加以整理、综合,做了总体的展示。有些研究综述,已经明显地带有学术史的性质。这些研究综述,为今后研究和撰写学术史,提供了大量的信息,积累了重要的史料,提出了不少值得今后撰写学术史参考和继续探讨的问题。今后撰写学术史,应当注意利用相关的研究综述。

研究综述是一种新形态的文学研究的研究。三十多年来,蔚为大观,成就巨大。就目前的情况来看,仍在继续发展,以后也是古代文学研究领域中的一种长期需要和存在的形态。胡适在《国学季刊》发刊宣言中指出:"一种学术到了一个时期,也有总结账的必要。学术上结账的用处有两层:一是把这一种学术里已经不成问题的部分整理出来,交给社会;二是把那不能解决的部分特别提出来,引起学者的注意,使学者知道何处有隙可乘,有功可立,有困难可以征服。结账是(1)结束从前的成绩,(2)预备将来努力的新方向。"①胡适上面所说的"总结账"的含义,近似于现在的"研究综述"。他的这段言论,当时虽然是就整理国故而言,但其基本精神也适用于古代文学研究。为了使研究综述继续发展,不断提高,我们对以往的研究综述,应当在充分肯定成就的基础

①《胡适文存》,黄山书社1996年版,二集,第8页。

上,总结经验,找出不足,不断地发展这一新的研究形态。顾后瞻前,为了发展这一新的形态,是否有两方面尤其值得我们重视?一是拓展范围,二是理论深化。

综观以前的研究综述,就关注的范围来说,大多研究综述主要限于中国的大陆,对国外和台湾、香港等地区涉及得较少。中国古代文学产生在中国,中国古代文学研究在世界。许多信息说明,中国的古代文学,早已越过了国界,为日本、韩国和欧、美等许多国家和地区的研究者和读者所看重,而且取得了不少研究成果。这些成果,有少数有中译本,还有许多没有中译本。随着中国在国际上的地位的不断提高,国外喜爱和研究中国古代文学的人会越来越多,研究的成果会不断涌现。就国内来说,台湾和香港,一直是中国古代文学研究的重要阵地。20世纪后半期,台湾和香港受到的干扰较少,取得的研究成果相当丰厚。以前的研究综述,由于种种条件的局限,对国外和台湾、香港等地区的研究成果涉及得较少,有些根本没有涉及。这是一大缺憾。今后的研究综述,应当放眼世界,打破局限,把各地的中国古代文学研究纳入研究的视野之中,从而提供更全面的信息和更多的启示。

古代文学研究的各种成果的产生,尽管离不开时代,离不开社会环境,但也与研究者的主观世界密切相关。历代许多经得起时间检验的研究成果,在很大程度上是研究者精神境界的外现,是他们生命的寄托。从这一角度来说,综述以前的文学研究,至少应当顾及研究的成果和研究者这两个方面。但综观以前的研究综述,大多其主要着眼点在研究成果上,而忽视了对研究者的研究,常常给人的印象是"见物不见人"。忽视了对研究者的研究,有许多问题,就难以给人以深刻的理解和启迪。纵观百年来古代文学研究的历程,有两个特殊的时期,尤其值得关注。一个是在三、四十年代。当时生活在同样的战乱不断、颠沛流离、政治黑暗的艰难环境中,许多学者保持气节,焚膏继晷,从事研究,作出了贡献。而与此相左的是,有个别人,却丧失了民族气节,甚至为敌人效劳。另一个是"文革"十年动乱时期。许多研究综述,论及这一时期的古代文学研究,往往在用"噩梦"、"浩劫"之类的词语予以否定之后,再用"断裂"加以概括,或者简单地用"萧条"、"荒芜"之类的断语,一笔带过。上述简单的做法,其结果是很容易造成对十年动乱这段历史的遮蔽和遗忘。其实,对所谓十年动乱时期的古代文学研究的"断裂"、"萧条"和"荒芜",还可以作些深入的分析。单就主观方面而言,有些明显的事实值得思考,如为什么在"文革"期间,有不少爱好和研究古代文学的许多知识分子投入了或想投入这场"革命",有些人还写了一些在今天看来毫无学术价值的文章? 为什么许多同是在二十世纪三、四十年代已经成名的学者,在十年动乱中会有不同的表现? 其中有什么教训值得后人汲取? 从这方面思考,今后我们研究古代文学的研究,有必要扩大范围,把研究者纳入研究的视野。这样做,可能会使研究综述深入一些,总结出更多的能给人以启示的理论和某些带有规律性的认识。

　　我国历来在重视古代文学研究的同时,注意做古典文学的普及工作,努力让大众享用优秀的古典文学遗产。清代编印的《唐诗三百首》和《古文观止》仍在不断地印行,读者之多,难以计数,影响之大,不可估量。新中国成立以后,在古代文学研究领域里,把普及工作作为一个方向。郑振铎在1953年10月21日的《人民日报》上,发表了《为做好古典文学的普及工作而努力》一文。文中从文学创作、广大人民的迫切需要、普及古典文学优良的作品、为了普及应当作好注释等角度,希望"古典文学研究者责无旁贷的要把古典文学遗产从重重的迷障中解放出来,交给广大人民享用"。从20世纪60年代前后,一些出版社相继编印了一系列的古典文学普及丛书,如"中国古典文学基本知识丛书"和重要作品选注。这些丛书和作品选注,为普通读者搭建桥梁,使他们没有因为古籍的连属难断、古奥难懂而失去兴趣,使百千万读者获得了古典文学的基本知识,得以欣赏古典精品,成为他们重要的精神食粮。自20世纪80年代开始,又兴起了古典文学鉴赏热,相继出版了多种形式的鉴赏著述。这些著述,有助于人们陶冶情操,净化心灵,提高审美情趣。百多年来,有许多古代文学研究的专家,以极大的热忱投入了这项工作,撰写了大量的普及性读物和赏析文章。应当说,经由几代许多学者和出版单位的共同努力,以前我们在古典文学的普及方面,成绩巨大,有丰富的经验,当然也有教训。但遗憾的是,就已经发表和出版的研究综述来看,可能是由于把普及古典文学这一工作看得过于简单,很少考虑古典文学普及著述的一个重要特点:把学术性和普及性融合在一起,写起来有很大的难度。因此在考虑撰写研究综述时,很少涉及这一方面。其结果是有许多问题,如:如何正确评价以前的古典文学普及工作,有哪些经验和教训,普及同研究之间有怎样的关系,如何作好普及性和学术性的融合,今后如何正确处理研究和普及的关系,面对新的形势和国内外新的接受者,怎样普及等,都缺乏全面、深入的探讨。要解决上述之类的问题,一项重要的工作,就是拓展研究的范围,把以前的古典文学的普及工作,纳入我们研究的视野。如果在这方面,我们能够总结一些经验和教训,会进一步促进优秀的古典文学的普及,发挥古典文学的功用,会使人们进一步认识到,普及虽然需要通俗,但通俗不是低俗,更不是"献丑"、"搞怪",不能靠搞噱头。

　　综合阅读已经发表和出版的大量研究综述，可以发现这些研究综述的质量是有相当差别的，大量的研究综述多是限于事实的叙述和论点的归纳。对文学研究事实的存在之故、变迁之由之类的深层问题，或不及，或论述单薄。事实的叙述和论点的归纳，对今后的古代文学研究和撰写学术史是有益的。现在的问题是，我们不能满足于此。如果满足于此，会在一定程度上影响今后古代文学研究的创新。熟悉古代文学研究的都知道，在古代文学研究领域里，有不少已经研究过的问题，有待从理论上和方法上进一步深入探讨。如：

　　政治与古代文学研究的关系问题。20 世纪，政治化倾向深深地影响了人们的日常生活和精神生活。许多古代文学研究者，认识到自己的研究同中华民族的存亡息息相关。古代文学研究很难回避政治的影响。许多研究综述关注了古代文学研究的政治环境和政治理念的介入，这是符合实际的。但有待作深入的具体的分析。政治环境的影响和政治理念的介入，是不是仅仅导致了古代文学研究的功利化和庸俗化？政治是具体的，不同时期有不同的内容。同一时期的政治，至少应当包括政治权力机制、政治规范、政治心理、政治信仰等内容。百年来的古代文学研究到底受到了政治的哪些方面的影响？政治以何种方式、在多大程度左右、影响了古代文学研究的走向？主要特点是什么？如何评价？诸如上述之类问题，都需要进一步探讨。

　　20 世纪从"五四"运动开始，马克思主义通过各种途径，传入了中国。不少研究者不同程度地接受了马克思主义的历史唯物论和唯物辩证法，并且用来指导研究古代文学，使中国的古代文学研究发生了深刻的变化，取得了不少重要的成果。当然，由于多方面的原因，在运用的过程中，也出现了一些偏向和错误。在这方面,许多研究综述有所述评,但有待深入探讨。有些研究综述对在运用马克思主义的唯物论和阶级分析方法过程中,出现的庸俗化、机械化、简单化和乱贴标签等现象作了述评,这是重要的,其中的教训,值得我们汲取。但对用马克思主义唯物论和阶级分析方法所取得的重要成就,却不太重视,缺乏深入的分析。对新时期的古代文学研究,许多研究综述,关注的重点和特别强调的是研究理念和研究方法的多元化,而很少研究如何坚持马克思主义的指导原则问题。现在在古代文学研究领域里,忽视了强调坚持马克思主义的指导原则,马克思主义理论被淡化了。这些现象的出现,是否与我们在回顾和反思中,对马克思主义在指导古代文学研究中取得的成就和出现的问题,缺乏深入的分析有关? 还有,新时期的古代文学研究呈现出多元格局。不少研究综述指出了这一点。但我们提倡多元格局的目的是什么? 如何评价新时期的多元格局? 对于上述之类的问题,有必要加以探讨。

　　古代文学研究中,还有许多问题,如多种文体的起源、文学史演进的阶段的划分,某些作品的作者和写作时间等,有些从很早开始一直到今天,众说纷纭,莫衷一是。而且这种现象可能还会延续下去。对同一个问题,为何有那么多的不同的认识? 如何解决这一类问题? 这恐怕不能止于一些综述所概括的一些观点所能解决,而应做深入的思考。这是否应从研究理论和研究方法上加以分析? 不深入到理论层面,不考究研究方法,回顾反思,只能停止在浅层次上,自然也难以使相关的研究有所超越,有所创新。

　　撰写研究综述是一种严肃的学术研究工作。为了弥补以前研究综述的缺欠,继续发展这一形态,我们应当全面地掌握国内外的史料,努力提高理论素养,加深专业根底。要少写“急就章”,而应当多积累,多沉思。在时间上,需要拉开一定的距离。这样做,可能写出来的综述,会全面一些、客观一些、深刻一些。水平高的研究综述蕴含着创新的机制,能给人们提供大量的信息和许多启示。我们期待着高水平的研究综述不断涌现。

## 附:研究综述要目

## 通　代

### 综合

《中国古典文学研究现状之我见》　王筱芸　《文学遗产》1997年第5期

《四个时期的划分及其特征——二十世纪中国古典文学研究的近代化进程论略》　徐公持　载《文学遗产》编辑部黑龙江大学中文系编《百年学科沉思录:二十世纪古代文学研究回顾与前瞻》　人民文学出版社1998年版

《中国古代文学研究百年反思》　黄霖　《复旦学报》2005年第5期　又见复旦大学中文系编《朱东润先生诞辰一百一十周年纪念文集》　上海古籍出版社2006年版

《断代文学全集编纂的回顾与展望》　陈尚君　《四川大学学报》2005年第5期

《略述中国文学史分期问题的几种意见》　陈美林　万建清　载卢兴基主编《建国以来古代文学问题讨论举要》齐鲁书社1987年版

《关于文学史主流问题讨论的回顾》　陈美林　许永　载卢兴基主编《建国以来古代文学问题讨论举要》　齐鲁书社1987年版

《中国文学史百年——回顾与前瞻》　董乃斌　载董乃斌　韩天纬等主编《中国古典文学学术史研究》　新疆人民出版社1997年版

《20世纪的中国文学史研究》　宋文涛　《江海学刊》2001年第4期

《追寻遥远的理想——关于20世纪〈中国文学史〉的回顾与瞻望》　孙明君　载其著《汉魏文学与政治》　商务印书馆2003年版

《永远的文学史》　邓绍基　《文学遗产》2008年第4期

《关于文学遗产的继承问题的讨论和思想认识》　邓绍基　载卢兴基主编《建国以来古代文学问题讨论举要》　齐鲁书社1987年版

《古代文学发展中的现实主义和浪漫主义问题的讨论述略》　董国尧　载卢兴基主编《建国以来古代文学问题讨论举要》　齐鲁书社1987年版

《关于古典文学中爱国主义问题的研究》　尹恭弘　载卢兴基主编《建国以来古代文学问题讨论举要》　齐鲁书社1987年版

《关于“中间作品”问题和古代作品的社会意义问题的讨论》　卢兴基　载卢兴基主编《建国以来古代文学问题讨论举要》　齐鲁书社1987年版

《中国古代文学流派研究述评》　江中云　《南都学坛》2006年第3期

《继承中的发展,发展中的创新:20多年来中国大陆古代文学流派研究之管窥》　江中云　《信阳师范学院学报》2006年第4期

《20世纪中国古代文学研究中"母题"概念的引进与应用》　朱迪光　《西北师大学报》2008年第2期

《20世纪前期文学与佛教关系的研究》　孙昌武　收入董乃斌　薛天纬等主编《中国古典文学学术史研究》　新疆人民出版社1997年版

《新时期中国古典文学心态研究述略》　黄鸣　乐云《学术论坛》2005年第8期

《古代文学地域性研究的回顾与前瞻》　周晓琳　《文学遗产》2006年第1期

《二十世纪台湾地区中国古代妇女作家研究述评》　张雁　《中国文学研究》2002年第2期

《台湾古典文学中的女性文学研究》　陈友冰　《安徽大学学报》2002年第6期

《中国台湾女性主义文学批评略论》　林树明　《南开大学学报》2005年第2期

《近百年中国古代文学的性别研究》　乔以钢　《中国社会科学》2008年第3期

（台湾）《五十年来的中国文学研究》（1950—2000）　龚鹏程主编　台湾学生书局2001年版

《新时期以来古典文学传播研究述略》　邱美琼　《嘉应学院学报》2007年第1期

《中国文学在国外》（丛书）　乐黛云主编　花城出版社1990年版

《中国文学在世界的传播与影响》　施建业　黄河出版社1993年版

《中国古典文学在国外》　宋柏年主编　北京语言学院

出版社 1994 年版

《英语世界中国古典文学之传播》　黄鸣奋　学林出版社 1997 年版

《二十世纪国外中国文学研究》　夏康达　王晓平主编天津人民出版社 2000 年版

《回顾与展望：中国古典文学走向世界的启示》　傅璇琮周发祥　载董乃斌　薛天纬等主编《中国古典文学学术史研究》　新疆人民出版社 1997 年版

《域外汉籍与中国文学研究》　张伯伟　《文学遗产》2003 年第 3 期　收入《文学遗产》编辑部编《学镜——海外学者专访》　凤凰出版社 2008 年版

《日本研究中国文学的概况》　［日］伊藤正文　《文学遗产》1982 年第 3 期　收入《文学遗产》编辑部编《学镜——海外学者专访》　凤凰出版社 2008 年版

《中国文学在日本》　［日］清水茂　《文史知识》1996 年第 1 期　收入清水茂著　蔡毅译《清水茂汉学论集》　中华书局 2003 年版

《历史与现状——漫谈日本的中国古典文学研究》　戴燕　《文学遗产》1999 年第 1 期　收入《文学遗产》编辑部编《学镜——海外学者专访》　凤凰出版社 2008 年版

《日本近百年来中国古典文学研究历程及相关特征》陈友冰　《汕头大学学报》2007 年第 3 期

《韩国的中国古代文学研究现状》　［韩］安熙修　《文学遗产》1993 年第 1 期　收入《文学遗产》编辑部编《学镜——海外学者专访》　凤凰出版社 2008 年版

《越南与中国文学关系研究文献述评》　［越南］阮氏红

莺　《东方丛刊》2005 年第 2 期

《马来西亚的中国古代文学研究》　［马来西亚］黄先炳
《古典文学知识》2004 年第 6 期

《18 世纪—19 世纪上半叶中国文学在俄国》　［俄］李福
清　载李福清著　李明滨编选《古典小说与传统》(李福清汉
学论集)　中华书局 2003 年版

《中国古典文学研究在苏联》　［俄］李福清著　田大畏
译　书目文献出版社 1987 年版　台北学生书局 1991 年版

《中国文学在英国》　张弘著　花城出版社 1992 年版

《法国对中国文学史的研究》　［法］雷威安　载［法］戴
仁主编　耿昇译《法国当代中国学》　中国社会科学出版社
1998 年版

《二十世纪欧洲汉学》　［瑞典］马悦然著　吴承学　何
志军译　《书城》2002 年第 2 期

《哈佛大学的中国古典文学研究》　黄鸣奋　《文学遗
产》1995 年第 3 期　收入《文学遗产》编辑部编《学镜——海
外学者专访》　凤凰出版社 2008 年版

《普林斯顿大学的中国古典文学研究》　黄鸣奋　《文学
遗产》1996 年第 5 期　收入《文学遗产》编辑部编《学镜——
海外学者专访》　凤凰出版社 2008 年版

《近年美国的中国古代文学研究略影》　刘跃进　《福州
大学学报》2001 年第 1 期

**诗歌**

《百年(1900—2007)中国古代歌谣研究述略》　闫雪莹
《东北师大学报》2008 年第 4 期

《台湾地区古典诗词出版品的回顾与展望 1950—1994》

彭正雄　彭雅玲　台北《汉学研究通讯》第 14 卷第 3 期　总第 55 期　1995 年 9 月

《二十世纪汉语"史诗问题"探论》　林岗　《中国社会科学》2007 年第 1 期

《古代山水诗问题和文学的共鸣问题》　高鸣鸾　载卢兴基主编《建国以来古代文学问题讨论举要》　齐鲁书社 1987 年版

《20 世纪以来山水诗研究的历史回顾》　孙兰　孙振《中国海洋大学学报》2006 年第 4 期

《近二十年咏物诗研究综述》　于志鹏　《丹东教育学院学报》2006 年第 5 期

《七十年边塞诗研究综述》　胡大浚　马兰州　《中国文学研究》2000 年第 3 期

《20 世纪以来古典诗词月亮意象研究综述》　刘怀荣宋巧芸　《聊城大学学报》2005 年第 3 期

《古老的文学经典当代的理论阐释——蒙古英雄史诗研究概述》　巴·苏和　《西北民族大学学报》2006 年第 1 期

《中国诗学研究》　余恕诚主编　福建人民出版社 2006 年版

《国内外研究〈格萨尔〉状况概述》　索南卓玛　《西藏研究》2006 年第 3 期

《二十世纪以来先秦至唐代诗歌研究》　刘怀荣等　齐鲁书社 2006 年版

《20 世纪以来唐前咏侠诗研究的回顾与展望》　柳卓霞载赵敏俐主编《中国诗歌研究动态》第二辑　学苑出版社 2007 年版

《20 世纪 80 年代以来古典诗词柳意象研究综述》　李惠　高锐　《廊坊师范学院学报》2008 年第 5 期

《域外汉诗研究的历史、现状及展望》　张伯伟　蒋寅　载张伯伟主编《中国诗学》第 3 辑　南京大学出版社 1995 年版

《日本汉诗研究断想》　蔡毅　蒋寅　载张伯伟主编《中国诗学》第 3 辑　南京大学出版社 1995 年版

《中国古典诗歌研究在俄国》　［俄］李福清　《文学遗产》1997 年第 6 期　收入《文学遗产》编辑部编《学镜——海外学者专访》　凤凰出版社 2008 年版

《中国古典诗歌在美国的译介与接受》　马燕　《思茅师范高等专科学校学报》2008 年第 1 期

**辞赋**

《二十世纪赋文献的辑录与整理》　何新文　《文献》1998 年第 2 期

《赋学研究百年历程回顾》　许结　载陈飞主编《中国古典文学与文献学研究》第 2 辑　学苑出版社 2003 年版

**散文**

《中国古代散文研究》　陈飞主编　福建人民出版社 2005 年版

《建国以来古典散文研究之回顾与展望》　谭家健　收入董乃斌　薛天纬等主编《中国古典文学学术史研究》　新疆人民出版社 1997 年版

《20 世纪关于中国古代散文研究范围的讨论综述》　宁俊红　载吴兆路等主编《中国学研究》第 5 辑　济南出版社 2002 年版

《近五十年来古代散文研究的重大理论问题》　宁俊红　《新疆大学学报》2006年第2期

《20世纪骈文研究若干问题述评》　宁俊红　《文学遗产》2007年第4期

《二十世纪以来八股文研究述评：从激情的批判到理性的思考》　高明扬　邹敏　《山西师大学报》2006年第5期

**词**

《一百年来的词学研究：诠释与思考》　胡明　《文学遗产》1998年第2期

《传承与建构——词学研究》　严迪昌　刘扬忠等　载《文学遗产编辑部》编《世纪之交的对话：古典文学研究的回顾与展望》　上海古籍出版社2000年版

《中国新文化运动六十年以来的词学研究概况》《新时期词学研究述评》　谢桃坊　分别载其著《中国词学史》（修订本）　巴蜀书社2002年版第六章第一节《余论》

《20世纪前半期词学研究的历程》　王兆鹏　载其著《唐宋词史的还原与建构》　湖北人民出版社2005年版

《20世纪词学传人漫谈》　施议对　《文史知识》2006年第5期

《词之起源：一个千年学案的当代反思》　李昌集　《文学评论》2006年第3期

《二十世纪词源问题研究述略》　何晓敏　《词学》2008年第20辑

《词学体系建构的历史回顾与反思》　欧明俊　安徽师范大学中国诗学研究中心编《中国诗歌研究》第5辑　上海古籍出版社2006年版

《台湾词学研究之评析》　林玫仪　载安徽师范大学中国诗学研究中心编《中国诗歌研究》第 5 辑　上海古籍出版社 2006 年版

《中国词学研究》　曹辛华　张幼良著　福建人民出版社 2006 年版

《21 世纪词学研究之大势》　张幼良　《南阳师范学院学报》2007 年第 5 期

《北美二十年来词学研究——兼记缅因州国际词学会议》　［美］孙康宜　载其著《词与文类研究·附录二》　北京大学出版社 2004 年版

## 小说

《古代白话小说学术研究范式的嬗变轨迹》　郭英德、刘勇强等　载《文学遗产》编辑部编《世纪之交的对话：古典文学研究的回顾与展望》　上海古籍出版社 2000 年版

《简述"五四"以来中国通俗小说研究》　程毅中　原载《南京师范大学文学院学报》2003 年第 1 期　收入其著《程毅中文存》　中华书局 2006 年版

《近 15 年中国大陆古代小说整理出版情况》　曹亦冰　载大连明清小说研究中心编《稗海新航——第三届大连明清小说国际会议论文集》　春风文艺出版社 1996 年版

《二十世纪九十年代以来的中国古代小说研究》　苗怀明　《明清小说研究》2003 年第 1 期

《21 世纪中国古代小说研究之展望》　齐裕焜　《福州大学学报》2005 年第 1 期

《中国古代小说研究》　齐裕焜　王子宽　福建人民出版社 2005 年版

《期待突破：新时期古代小说研究的问题与思考》　孙逊　《文学遗产》2008 年第 4 期

《20 世纪中国古代章回小说文体研究述评》　李小菊　《中州学刊》2002 年第 4 期

《二十世纪中国古代章回小说文体研究的回顾与反思》　刘晓军　《中国文学研究》2007 年第 4 期

《近二十年文言梦幻小说及相关研究综述》　张桂琴　王立　《齐鲁学刊》2005 年第 2 期

《才子佳人小说研究综述》　李新灿　《云南社会科学》2005 年第 2 期

《才子佳人小说研究的历史与现状》　张淑贤　《中国文化研究》2007 年第 2 期

《二十世纪中国古典小说概念的辨析与界定》　苗怀明　《广州大学学报》2005 年第 6 期

《20 世纪中国古代公案小说研究的回顾与前瞻》　苗怀明　载其著《中国古代公案小说史论·绪论》　南京大学出版社 2005 年版

《当代中国古代小说流派研究评析》　江中云　《河南社科学》2006 年第 5 期

《古代小说中诗词曲赋研究综论》　陈恩威　赵义山　《明清小说研究》2008 年第 3 期

《二战以来海外中国小说研究简说》　何苹　《文艺理论研究》2006 年第 1 期

《韩国学者的中国小说研究》　刘顺利　载任继愈主编《国际汉学》第 7 辑　大象出版社 2002 年版

《中国古典小说在韩国》　［韩］金裕凤　《聊城大学学

报》2004 年第 4 期

《中国古典小说戏曲名著在国外》　王丽娜　学林出版
社 1998 年版

**戏曲**

《关于中国戏曲起源与形成问题的探讨》　张锡厚　载
卢兴基主编《建国以来古代文学问题讨论举要》　齐鲁书社
1987 年版

《百年戏曲史研究的科学化进程》　李玫　收入董乃斌
薛天纬等主编《中国古典文学学术史研究》　新疆人民出版
社 1997 年版

《徜徉于文学与艺术之间——戏曲研究》　康保成　黄
仕忠等　载《文学遗产》编辑部编《世纪之交的对话：古典文
学研究的回顾与展望》　上海古籍出版社 2000 年版

《论二十世纪戏曲文献的整理和研究》　吴书荫　《中国
文化研究》2000 年冬之卷

《二十世纪戏曲文献之发现与南戏研究之进步》　解玉
峰　《文献》2005 年第 1 期

《二十世纪戏曲文献学述略》　苗怀明　中华书局 2005
年版

《20 世纪中国古典悲剧研究的回顾与反思》　杨再红
《文艺理论研究》2005 年第 3 期

《二十世纪戏曲选本研究概述》　孙霞　载郭英德主编
《励耘学刊》2005 年第 2 辑　学苑出版社 2005 年版

《近几年散曲研究的新进展与相关问题思考》　赵义山
《文学遗产》2006 年第 3 期

《中国戏剧研究》　叶长海主编　福建人民出版社 2006

年版

《关于禁毁戏的研究现状》　丁淑梅　载其著《中国古代禁毁戏剧史论》　中国社会科学出版社 2008 年版　《绪言三》

《中国早期戏剧观念研究"研究现状"》　胡明伟　载其著《中国早期戏剧观念研究》　学苑出版社 2005 年版"绪论"二

《国外中国古典戏曲研究》　孙歌等　江苏教育出版社 2000 年版

《日本的中国戏曲研究史》　〔日〕传田章　《文学遗产》2000 年第 3 期　收入《文学遗产》编辑部编《学镜——海外学者专访》　凤凰出版社 2008 年版

《远涉重洋——戏曲走向世界》《学术热点——戏曲在国外的翻译和研究》　刘文峰　载其著《中国戏曲文化史》　中国戏剧出版社 2004 年版第九章第二、三节

**民间文学**

《20 世纪关于中国民间文学、俗文学概论与发展史著作述评》　陈泳超　载其著《中国民间文学研究的现代轨迹》北京大学出版社 2005 年版　《附录》

《50 年回眸：湘西民间文学的搜集与研究》　田茂军《民族文学研究》2005 年第 4 期

**敦煌文学**

《敦煌学研究八十年》　刘进宝　《西北师范大学学报》1991 年第 5 期

《1949 年前敦煌文学研究的若干特点》　吴光正　《文学遗产》2004 年第 3 期

《1949 年前敦煌文学的收集、著录和整理》　吴光正　曹金钟　《学术交流》2005 年第 1 期

《敦煌文学对中国文学研究的拓展与未来》　郑阿财　《学习与探索》2008 年第 3 期

《二十世纪敦煌赋研究》　伏俊琏　载其著《敦煌文学文献丛稿》　中华书局 2004 年版

《20 世纪敦煌变文的发现与研究》　莎日娜　《国际关系学院学报》2006 年第 2 期

《二十世纪敦煌小说研究》　伏俊琏　载其著《敦煌文学文献丛稿》　中华书局 2004 年版

《20 世纪敦煌曲子词整理研究回顾与反思》　刘尊明　《文学评论》1999 年第 4 期

《敦煌曲子词研究述评与研究方法之考察》　朱凤玉　《文学新钥》2006 年第 4 期

《法国的敦煌学研究》　［法］戴仁　载［法］戴仁主编　耿昇译《法国当代中国学》　中国社会科学出版社 1998 年版

**文论**

《中国文学批评史研究》　韩经太　福建人民出版社 2006 年版

《回顾与反思——古代文论研究七十年》　张海明　北京师范大学出版社 1997 年版

《中国古代文论研究的民族性与现代转换问题》　陈伯海　黄霖等　载《文学遗产》编辑部编《世纪之交的对话：古典文学研究的回顾与展望》　上海古籍出版社 2000 年版

《20 世纪古代文学理论研究之回顾》　罗宗强　原刊于陈平原主编《20 世纪中国学术文存》　罗宗强主编《古代文学

理论研究》　湖北教育出版社 2002 年版　收入《因缘集——罗宗强自选集》　南开大学出版社 2004 年版

《古代文论研究的回顾与前瞻》　蒋寅　《文学遗产》2008 年第 1 期

《新时期以来古代文论研究现状探析》　申东城　《文艺理论与批评》2008 年第 2 期

《新时期中国古代文论研究三十年述评》　蒋述卓　《学术研究》2008 年第 7 期

《中国诗学的百年历程》　蒋寅　收入董乃斌　薛天纬等主编《中国古典文学学术史研究》　新疆人民出版社 1997 年版

《近五十年台湾地区古典诗学研究概况：以 1949—2006 年硕博士论文为观察范畴》　林淑贞　台湾花木兰文化出版社 2007 年版

《在古代经典与口头传说之间——20 世纪史诗学述评》尹虎彬　《民族文学研究》2002 年第 3 期

《中国古典诗歌理论批评研究的新发展》　蒋述卓　收入赵维江主编《中国古代文学研究新视野——暨南大学中国古代文学学科学术论文集》　中国社会科学出版社 2004 年版

《成就与走向：九十年代以来古典诗学研究的十大领域》胡建次　《求索》2004 年第 10 期

《九十年代以来古典诗学研究的成就与走向》　胡建次《新疆大学学报》2004 年第 4 期

《20 世纪以来大陆论诗诗研究述评》　纪锐利　《山东师范大学学报》2006 年第 1 期

《诗话之整理研究》（包括"诗话整理与研究之历史"、"诗话整理与研究之现状"）　蔡镇楚　载其《中国诗话史》卷8湖南文艺出版社2001年版

《词论的聚焦与突破：关于明清以来"豪放"、"婉约"论词问题的回顾与反思》　张兆勇　安敏　《淮北煤炭师范学院学报》2006年第3期

《"小说学"论纲——兼谈20世纪中国古代小说理论批评研究》　谭帆　《中国社会科学》2001年第4期

《漫谈古代小说理论批评研究之"缺失"》　谭帆　《文学遗产》2006年第1期

《80年代以来中国古代文论范畴研究的展开与深入》　蒋述卓　阎月珍　《华南师范大学学报》2001年第5期

《20世纪"文笔"说研究述评》　冯源　《南都学坛》2005年第3期

《中国古代气论文艺观研究中的问题及对策》　张义宾　《文史哲》2006年第1期

《二十世纪"兴"的研究现状及其现代意义》　胡红梅　段斌　《德州学院学报》2008年第1期

《20世纪以来赋、比、兴研究述评》　刘怀荣　《文学遗产》2008年第3期

《近30年"虚实"范畴研究述评》　邓心强　《湖南文理学院学报》2008年第3期

《八十年代以来中国古代文论学术活动评述》　蒋述卓　阎月珍　《福州大学学报》2002年第1期

《20世纪80年代以来中西比较文论研究述评》　蒋述卓　收入赵维江主编《中国古代文学研究新视野——暨南大学中国

古代文学学科学术论文集》　中国社会科学出版社 2004 年版

《中国文学批评史研究中的历史叙述问题——以几部批评史著作为例》　黄念然　《复旦学报》2004 年第 6 期

《二十世纪中国文学史观的反思》　朱晓进　《中国社会科学》2006 年第 1 期

《阐释学、接受理论与 20 年来中国古代文论研究述评》　刘上江　刘绍瑾　《深圳大学学报》2006 年第 1 期

《西方汉学界的中国文论研究》　王晓路　巴蜀书社 2003 年版

# 断　代

### 先秦

《中国神话学百年回眸》　叶舒宪　《学术交流》2005 年第 1 期

《中国神话史研究的若干问题》　田兆元　《长江大学学报》2006 年第 2 期

《新中国神话研究的回顾与思考》　李立　《文史哲》2002 年第 2 期

《〈山海经〉研究综述》　孙玉珍　《山东理工大学学报》2003 年第 1 期

《中国〈山海经〉研究述略》　胡远鹏　《福建师范大学福清分校学报》2006 年第 3 期

《〈穆天子传〉研究述论》　周书灿　《贵州大学学报》2003 年第 2 期

《近年女娲补天的本相及其文化内涵研究综述》　李少花　《绥化学院学报》2007 年第 1 期

《近十年中国少数民族神话研究概述》　刘亚虎　《长江大学学报》2006 年第 3 期

《一百年来的甲骨文出土与研究概况》　黄天树　载周延良主编《中国古典文献学》（丛刊）第 3 卷　澳门国际炎黄文化出版社 2004 年 6 月版

《诗经研究反思》　赵沛霖　天津教育出版社 1989 年版

《新中国前十七年〈诗经〉研究的得与失》　夏传才　《南阳师范学院学报》2003 年第 5 期

《二十世纪〈诗经〉文学及相关学科的研究》　赵沛霖《古典文学知识》2004 年第 3 期

《二十世纪考古发现与〈诗经〉研究》　刘立志　《南京师范大学文学院学报》2004 年第 2 期

《上博竹书〈诗论〉作者研究综述》　胡莺　《古籍整理研究学刊》2004 年第 4 期

《〈诗经〉学研究概述》　杨晋龙　载林庆彰主编《五十年来的经学研究》（1950—2000）　台湾学生书局印行 2003 年版①

《二十世纪〈诗经〉学术史研究的两种模式和方法》　赵沛霖　《贵州社会科学》2004 年第 4 期

《20 世纪〈诗经〉研究的几个问题》　赵敏俐　《光明日报》2005 年 1 月 28 日第 6 版

《传统〈诗〉学的现代转型——新时期〈诗经〉研究综述》郭万全　《山西大学学报》2004 年第 2 期

---

① 林庆彰主编的《五十年来的经学研究》，主要概述台湾地区 1949—1998 年的经学研究。

《汉代〈诗经〉学研究述评》　刘立志　《南都学坛》2003
年第 4 期

《宋代诗经研究百年综述》　傅建忠　《中国韵文学刊》
2008 年第 1 期

《清代诗经学研究综述》　陈国安　《苏州大学学报》
2004 年第 5 期

《文化意识与 20 世纪晚期的〈诗经〉研究》　赵沛霖
《天津社会科学》2005 年第 1 期

《现状和困境:近年来〈诗经〉研究平议》　常森　《南京
师范大学文学院学报》2005 年第 2 期

《20 世纪〈诗经〉大雅研究回顾及展望》　黄松毅　《广西
民族学院学报》2006 年第 3 期

《〈风〉诗艺术形式研究综述》　黄冬珍　《徐州师范大学
学报》2007 年第 2 期

《〈诗经〉在西方的传播与研究》　周发祥　《文学评论》
1993 年第 3 期

《六十年来之尚书学》　许锬辉　载程发轫主编《六十年
来之国学》第 1 册　台北正中书局 1972 年版

《〈尚书〉研究》　蒋秋华　载林庆彰主编《五十年来的经
学研究》　台湾学生书局 2003 年版

《〈周易〉学研究》　许维萍　载林庆彰主编《五十年来的
经学研究》　台湾学生书局 2003 年版

《〈春秋〉经传研究》　丁亚杰　载林庆彰主编《五十年来
的经学研究》　台湾学生书局 2003 年版

《台湾〈春秋〉经传研究与博士论文》　张高评　《文史知
识》2005 年第 4 期

《百年"春秋笔法"研究述评》　肖锋　《文学评论》2006年第2期

《六十年来之左氏学》　刘正浩　载程发轫主编《六十年来之国学》第1册　台北正中书局1972年版

《现当代的〈左传〉人物研究》　何新文　张群　《湖北大学学报》2004年第4期

《〈三礼〉文学研究述评》　张庆利　《北方论丛》2008年第5期

《楚辞学的未来预测》　萧兵　《江海学刊》1987年第3期

《〈楚辞〉研究五题回顾及反思》　周建忠　《求索》1993年第3期

《〈楚辞〉文献学百年巡视》　黄灵庚　《文献》1998年第1期

《二十世纪考古文献与楚辞研究》　陈桐生　《文献》1998年第1期

《近六十年来的楚辞研究》　郭在贻　《古典文学论丛》陕西人民出版社1982年版

《20世纪中国的楚辞研究》　王开元　收入董乃斌　薛天纬等主编《中国古典文学学术史研究》　新疆人民出版社1997年版

《关于楚辞研究的对象审视与历史的回顾——楚辞研究一百年》　周建忠　《贵州社会科学》1997年第5期

《二十世纪楚辞学研究述评》　黄震云　《文学评论》2002年第2期

《二十世纪楚辞研究代表著作述评》　徐志啸　载周延

良主编《中国古典文献学》（丛刊）第 2 卷　澳门国际炎黄文化出版社 2003 年版

《现代楚辞研究八大家论著述评》　徐志啸　《甘肃社会科学研究》2006 年第 2 期

《本国学者对〈楚辞〉的研究》　［日］竹治贞夫　《德岛大学学艺纪要》（人文科学）第 22 期　1972 年 9 月

《日本楚辞研究论纲》　徐志啸著　学苑出版社 2004 年版

《近当代日本楚辞研究鸟瞰》　王海远　《苏州科技学院学报》2005 年第 1 期

《日本现代楚辞研究述评》　徐志啸　《江海学刊》2005 年第 1 期

《当代韩国楚辞学研究的现状和展望》　［韩］朴永焕载中国屈原学会编《中国楚辞学》第四辑　学苑出版社 2004 年版

《〈哀郢〉作意研究史略》　周建忠　《中州学刊》2001 年第 1 期

《〈九歌〉异说综述》　周勋初　载其著《九歌新考》　上海古籍出版社 1986 年版

《〈九歌〉主题研究述评》（上、下）　张强　杨颖　《徐州师范大学学报》2006 年第 4、5 期

《屈原"爱国主义"研究的历史审视》　周建忠　《中国文学研究》2002 年第 4 期

《屈学百年》　褚斌杰　载其著《楚辞要论·附》　北京大学出版社 2003 年版

《二十世纪屈原人格研究述论》　彭红卫　周禾　《江淮

论坛》2005 年第 1 期

《清代〈天问〉研究综述》　高秋凤　《中国学术年刊》第 12 期　1991 年

《民国以来〈天问〉研究综述》　高秋凤　《教学与研究》（台湾）1991 年第 13 期

《〈天问〉问题的回顾与展望》　翟振业　《山西师范大学学报》1994 年第 1 期

《析史解难:〈天问〉错简整理史的反思》　毛庆　《湖北大学学报》2001 年第 5 期

《〈天问〉研究百年综论》　毛庆　《文艺研究》2004 年第 3 期

《屈原〈九章〉研究纵览》　任强　潘啸龙　《古籍研究》2006·卷下（总第 50 期）　安徽大学出版社 2006 年版

《〈远游〉作者研究状况综述》　王媛　《徐州师范大学学报》2004 年第 2 期

《屈原作品在国外》　闻宥　载《楚辞研究论文集》　作家出版社 1957 年版

《建国以来宋玉及其作品研究综述》　陈剩勇　《语文导报》1985 年第 6 期

《近十年来关于宋玉赋真伪问题研究综述》　李生龙　《文史知识》1989 年第 4 期　收入《文史知识》编辑部编《古典文学研究动态》　中华书局 1993 年版

《七十年来宋玉研究述评》　金汉荣　《中州学刊》1995 年第 1 期

《明代宋玉研究述评》　吴广平　《淮阴师范学院学报》2003 年第 1 期

《宋玉研究的反思与前瞻》　吴广平　载其著《宋玉研究》"结语"部分　岳麓书社 2004 年版

《近年来高唐神女研究述评》　魏崇新　《文史知识》1993 年第 2 期

《阳台下神女，朝云为谁起——半个多世纪以来巫山神女研究扫描》　程地宇　载四川三峡学院中文系　四川三峡学院三峡文学研究所主编《三峡文化研究》　重庆大学出版社 1997 年版

《〈招魂〉研究述评》（上、下）　张庆利　《绥化师专学报》1987 年第 2、3 期

《二十世纪先秦散文研究反思》　常森　北京大学出版社 2002 年版

《20 世纪先秦诸子散文研究之回顾与思考》　聂永华　《南都学坛》2004 年第 4 期

《郭店竹书〈老子〉研究述论》　李若晖　《古籍整理研究学刊》2004 年第 2 期

《中国学者近半个世纪以来的〈论语〉研究》　唐明贵　《古籍整理研究学刊》2005 年第 1 期

《二十世纪庄子文艺思想研究回顾》　刘绍瑾　侣同壮　《暨南学报》2003 年第 6 期

《百年〈庄子〉散文艺术研究述要》　聂永华　载陈飞主编《中国古典文学与文献学研究》第 3 辑　学苑出版社 2004 年版

《近三十年中西比较视野的〈庄子〉研究及其引申》　孙雪霞　《重庆社会科学》2008 年第 7 期

《关于先秦"寓言小说"的反思：以〈庄子〉寓言为中心》

王颖　《黄冈师范学院学报》2008年第1期

《21世纪孟子学研究的新展望》　黄俊杰　《文史哲》2006年第5期①

《中外〈吕氏春秋〉学评考综要》(上、下)　李家骧　《湘潭大学学报》1998年第6期、1999年第1期

《〈吕氏春秋〉研究综述》　陈宏敬　《中华文化论坛》2001年第2期

《20世纪〈吕氏春秋〉研究综述》　俞长保　《徐州师范大学学报》2002年第4期

《〈吕氏春秋〉研究的历史与现状》《今后的路向》　王启才　载其著《吕氏春秋研究·导论一、二》　学苑出版社2007年版

《〈鬼谷子〉历代研究综述》　冯立　《许昌学院学报》2008年第5期

《新学问大都由于新发现——考古发现与先秦、秦汉典籍》李学勤　裘锡圭　载《文学遗产》编辑部编《世纪之交的对话:古典文学研究的回顾与展望》　上海古籍出版社2000年版

《20世纪中国文学研究·先秦两汉文学研究》　张燕瑾吕薇芬总主编　本卷主编费振刚　北京出版社2001年版

《二十世纪先秦两汉文学研究的主要成就》《二十一世纪先秦两汉文学研究展望》　赵敏俐　载傅璇琮　蒋寅总主编《中国古代文学通论》　赵敏俐　谭家健主编《先秦两汉卷·结语》　辽宁人民出版社2005年版

---

①此文第二部分为"20世纪孟子学研究的进路及其方法论问题"。

《新时期中国古典文学研究述论》第一卷《先秦——六朝》　陈友冰主编　本册编著刘运好　商务印书馆2006年版

## 两汉

《20世纪汉代诗歌研究综述》　赵敏俐　《文学遗产》2002年第1期　收入其著《周汉诗歌综论》（略有修订）　学苑出版社2002年版

《20世纪汉赋研究述评》　阮忠　《学术研究》2000年第4期

《汉赋研究基本情况综述》　踪凡　载其著《汉赋研究史论》　北京大学出版社2007年版　《绪论》第二节

《二十世纪汉赋分类研究综述》　蒋文燕　《人文丛刊》第二辑　学苑出版社2007年版

《两汉音乐赋研究综述》　王士松　《安阳师范学院学报》2007年第1期

《20世纪80年代以来〈毛诗正义〉研究述略》　刘挺颂　《贵州教育学院学报》2007年第6期

《20世纪〈毛诗序〉研究的回顾与展望》　王顺贵　《东疆学刊》2003年第3期

《〈诗序〉作者与时代研究综述》　张秀英　《重庆邮电大学学报》2007年第5期

《改革开放30年以来的〈毛诗·大序〉研究》　任真　《廊坊师范学院学报》2008年第2期

《〈韩诗外传〉研究综述》　马鸿雁　《古籍整理研究学刊》2004年第4期

《"相和歌辞"研究综述》　王传飞　载赵敏俐主编《中国

诗歌研究动态》第壹辑　学苑出版社 2005 年版

《二十世纪〈古诗十九首〉研究综述》　王庆梅　载陈飞主编《中国古典文学与文献学研究》第 2 辑　学苑出版社 2003 年版

《20 世纪〈古诗十九首〉研究述评》　张幼良　《贵州文史丛刊》2003 年第 4 期

《〈古诗十九首〉研究述论》　李祥伟　《广州大学学报》2006 年第 6 期

《东方朔研究综述》　胡春润　《名作欣赏》2006 年第 9 期

《〈新序〉、〈说苑〉文献研究综述》　姚娟　《阜阳师范学院学报》2008 年第 2 期

《六十年来史记之研究》　刘本栋　载《六十年来之国学》　台北正中书局 1974 年版

《二十世纪的〈史记〉研究与文献价值》　张大可　载郑之洪著《史记文献研究·序论》　巴蜀书社 1997 年版

《〈史记〉百年文学研究述评》　曹晋　《文学评论》2000 年第 2 期

《建国以来〈史记〉人物研究综述》　杨宁宁　《广西民族学院学报》2003 年第 1 期

《20 世纪〈史记〉"太史公曰"研究述评》　刘猛　《南京师范大学文学院学报》2004 年第 1 期

《二十世纪〈史记〉版本研究的回顾》　张兴吉　《文献》2004 年第 3 期

《〈史记〉历代研究成果述评》　李贤民　载其著《史记管窥》　当代中国出版社 2005 年版

《〈史记〉研究在国外》 李贤民 载其著《史记管窥》
当代中国出版社 2005 年版

《从著作看日本先哲的〈史记〉研究——古今传承 1300
年间的变迁》 ［日］池田英雄著 张新科 朱晓琳译 《唐
都学刊》1993 年第 4 期 又见张新科《史记学概论·附录》
商务印书馆 2003 年版

《韩国〈史记〉文学研究的回顾与前瞻》 ［韩］朴宰雨
《文学遗产》1998 年第 1 期 收入《文学遗产》编辑部编《学
镜·海外学者专访》 凤凰出版社 2008 年版

《建国以来桓谭研究概述》 张子侠 《淮北煤炭师院学
报》1997 年第 1 期

《二十世纪汉魏六朝隐逸诗研究综述》 漆娟 《重庆文
理学院学报》2008 年第 6 期

## 魏晋南北朝

《史料还原与思辨索原——中古文学研究的世纪回眸》
刘畅 《天津师范大学学报》1999 年第 3 期

《魏晋南北朝文学分期、评价及其相关问题》 曹道衡
罗宗强等 载《文学遗产》编辑部编《世纪之交的对话：古典
文学研究的回顾与展望》 上海古籍出版社 2000 年版

《20 世纪中国文学研究·魏晋南北朝文学研究》 张燕
瑾 吕薇芬总主编 本卷主编吴云 北京出版社 2001 年版

《20 世纪中古文学研究》 吴云 天津古籍出版社 2004
年版

《20 世纪魏晋南北朝文学研究鸟瞰》 胡旭 《社会科学
辑刊》2002 年第 3 期

《魏晋南北朝文学研究在三个方面的重要突破》 《魏晋

南北朝文学的专题研究与综合性文学史》《魏晋南北朝文学研究的新课题》　刘跃进　载傅璇琮　蒋寅总主编《中国古代文学通论》　刘跃进主编《魏晋南北朝卷·结语》　辽宁人民出版社 2005 年版

《继承与超越：新世纪以来魏晋南北朝文学研究综述》郑红霓　《阜阳师范学院学报》2007 年第 5 期

《欧美六朝文学研究管窥》　程章灿　《南京理工大学学报》2008 年第 1 期

《新时期建安文学研究现状与展望》　孙明君　载其著《三曹与中国诗史》　清华大学出版社 1999 年版　《绪论》一

《20 世纪建安文学研究综述》　施建军　《中州学刊》2002 年第 5 期

《20 世纪建安文学研究反思》　孙明君　载其著《汉魏文学与政治》　商务印书馆 2003 年版

《20 世纪建安风骨论辩述要》　唐建　《广西社会科学》2003 年第 10 期

《20 世纪"文学自觉"说评议》　张朝富　《北京科技大学学报》2005 年第 3 期

《20 世纪魏晋南北朝乐府歌辞研究历史与现状》　吴大顺　《怀化学院学报》2005 年第 6 期

《玄言诗研究的回顾与反思》　丁功谊　《求索》2005 年第 9 期

《大陆近二十年玄言诗流变研究之检讨》　徐国荣　《暨南学报》2000 年第 5 期

《20 世纪 80 年代以来魏晋玄言诗研究述略》　张廷银载其著《魏晋玄言诗研究》　商务印书馆 2008 年版　《附录

一》

《新时期魏晋游仙诗研究述略》　储晓军　《南京理工大学学报》2006 年第 3 期

《宫体诗研究综述》　胡大雷　载其著《宫体诗研究》商务印书馆 2004 年版　《附录一》

《20 世纪宫体诗研究述略》　归青　载其著《南朝宫体诗研究》　上海古籍出版社 2006 年版　第十章

《20 世纪北朝本土文人诗研究综述》　叶会昌　郎瑞萍《河北北方学院学报》2008 年第 3 期

《清世以降南朝散文研究演进历程论略》　刘涛　《五邑大学学报》2008 年第 1 期

《20 世纪以来北朝散文研究综述》　徐中原　《太原大学学报》2008 年第 1 期

《六朝轶事小说研究述评》　陈文新　《齐鲁学刊》2003年第 1 期

《韩国研究六朝文论的历史与现状》　[韩]李钟汉　《文学遗产》1993 年第 4 期　收入《文学遗产》编辑部编《学镜——海外学者专访》　凤凰出版社 2008 年版

(佛典与南朝文学)《研究现状》①　龚贤　载其著《佛典与南朝文学》　江西人民出版社 2008 年版　《绪论》三

《近十年来"三顾茅庐"、〈隆中对〉研究综述》　余鹏飞《襄樊学院学报》2008 年第 1 期

《蔡琰和〈胡笳十八拍〉的作者》　卢兴基　载卢兴基主编《建国以来古代文学问题讨论举要》　齐鲁书社 1987 年版

---

① 题目为张可礼所拟。

《20 世纪后二十年曹丕研究综述》　童瑜　《哈尔滨学院学报》2005 年第 12 期

《建国以来曹植研究综述》　孙明君　《许昌师专学报》1996 年第 4 期

《百年来曹植诗歌研究述评》　孙娟　《许昌学院学报》2006 年第 6 期

《二十世纪前期嵇康研究略谈》　王少梅　《语文学刊》2001 年第 1 期

《20 世纪 90 年代以来阮籍研究述评》　王渭清　《宝鸡文理学院学报》2004 年第 6 期

《阮籍研究的回顾与前瞻》　米晓燕　《绥化学院学报》2008 年第 2 期

《1994 年以来阮籍诗赋研究综述》　汪淑霞　《山东理工大学学报》2008 年第 2 期

《西晋文学总体研究述评》　张爱波　《宿州师专学报》第 18 卷第 2 期　2003 年 6 月

《傅玄及其〈傅子〉研究简述》　辛志凤　《古籍整理研究学刊》2005 年第 6 期

《现代潘岳研究综述》　李朝阳　《贵州文史丛刊》2005 年第 3 期

《陆机研究的反思与展望》　刘志伟　《西北师大学报》2006 年第 4 期　又见中国文选学研究会　河南科技学院中文系编《中国文选学:第六届文选学国际学术研讨会论文集》　学苑出版社 2007 年版

《陆机文学创作与理论研究状况详述》　李秀花　载其著《陆机的文学创作与理论》　齐鲁书社 2008 年版　《附录

六》

《20世纪〈文赋〉研究述评》　李天道　《文学评论》2005年第5期

《近十年来陆机〈文赋〉研究综述》　李天道　《西南民族大学学报》2005年第12期

《对20世纪以来"诗缘情而绮靡"说研究的回顾与思考》赵静　甘宏伟　《许昌学院学报》2008年第4期

《近二十年来葛洪研究综述》　刘玲娣　载刘国盛　刘玲娣编《葛洪研究论集》　华中师范大学出版社2006年版

《近十年〈搜神记〉研究综析》　沈星怡　《盐城师范学院学报》2008年第5期

《百年东晋文学研究述论》　姚晓菲　《江淮论坛》2005年第5期

《二十世纪东晋诗文研究流变》　胡旭　《南京社会科学》2002年第4期

《"陶学"百年》　吴云　《文学遗产》2000年第3期

《世纪回眸——陶坛百年》　钟优民　《社会科学战线》2001年第2期

《陶渊明接受研究的历史回顾与学理反思》　刘绍瑾汪金刚　《湘潭大学学报》2006年第2期

《20世纪大陆研究陶渊明与佛教关系成果概述》　谢淑芳　《九江师院学报》2007年第1期

《二十世纪中日韩陶渊明研究信息概说》　陈忠　《九江师专学报》2003年第4期

《〈西洲曲〉研究述评》　杨伯南　《曲靖师专学报》1993年第1期

《刘宋诗歌研究回顾》　陈桥生　载其著《刘宋诗歌研究》　中华书局 2007 年版　《导论一》

《对谢灵运山水诗历代评价之再认识》　欧明俊　《中国韵文学刊》2002 年第 1 期

《谢灵运研究综述》①　李雁　载其著《谢灵运研究》人民文学出版社 2005 年版　《绪论》

《鲍照研究综述》　郑俊　《四川职业技术学院学报》2008 年第 3 期

《二十世纪齐梁诗文研究鸟瞰》　胡旭　《广西社会科学》2002 年第 1 期

《近十年齐梁咏物诗研究综述》　蒋丽萍　《江苏广播电视大学学报》2007 年第 1 期

《沈约批评述论》　［韩］李显雨　《江汉论坛》1997 年第 4 期

《二十世纪以来沈约研究综述》　郭常斐　《江西教育学院学报》2007 年第 4 期

《沈约诗歌理论近百年来研究综述》　邱光华　载赵敏俐主编《中国诗歌研究》第 4 辑　中华书局 2007 年版

《〈玉台新咏〉研究述要》　张蕾　《河北师范大学学报》2004 年第 2 期

《20 世纪最后二十年江淹研究综述》　徐正英　阮素雯《中国文化研究》2001 年第 2 期

《近十年江淹研究综述》　屠青　《中州学刊》2005 年第 1 期

---

①题目为张可礼拟定。

《"江郎才尽"研究述评》　陆岩军　《重庆邮电学院学报》　2006 年第 3 期

《萧绎及其〈金楼子〉研究史述评》　林志强　《西北师范大学学报》2004 年第 1 期

《"四萧"文献学研究综述》　李柏　《湖南科技学院学报》2008 年第 9 期

《三萧诗文及文艺思想研究综述》　李柏　《湖北师范学院学报》2008 年第 5 期

《中国大陆"文选学"研究概述》　毛德富　载《中外学者文选学论文集》　中华书局 1998 年版

《二十世纪〈文选〉研究述评》　张连科　《江西社会科学》1999 年第 12 期

《论 20 世纪的〈文选序〉研究》　王立群　《阜阳师范学院学报》2000 年第 4 期

《20 世纪现代〈选〉学对清代传统〈选〉学的继承与发展——以 20 世纪前期为中心》　王立群　《阜阳师范学院学报》2002 年第 1 期

《20 世纪中国〈文选〉学研究的回顾与瞻望》　穆克宏《福建师范大学学报》2002 年第 3 期

《新时期〈文选〉研究之回眸》　王晓东　载中国文选研究会编《〈文选〉与"文选学"》　学苑出版社 2003 年版

《十年来〈文选〉注释研究综述》　缪定中　《肇庆学院学报》2006 年第 6 期

《二十世纪的日本〈文选〉研究与课题》　[日]冈村繁载中国文选研究会编《〈文选〉与"文选学"》　学苑出版社 2003 年版

　　《日本的〈昭明文选〉研究》　李庆　载中国文选研究会编《〈文选〉与"文选学"》　学苑出版社 2003 年版

　　《韩国〈文选〉研究的历史和现状》　[韩]白承锡　《郑州大学学报》1993 年第 5 期

　　《二十世纪的欧美"文选学"研究》　[美]康达维　《郑州大学学报》1994 年第 1 期

　　《〈文心雕龙〉成书年代问题的回顾与展望》　跃进　《文史知识》1994 年第 5 期

　　(《文心雕龙》)《各国(地区)研究综述》　载杨明照主编《文心雕龙学综览》　上海书店出版社 1995 年版

　　《台湾近五十年来〈《文心雕龙》学〉研究》　刘渼　台湾万卷楼图书有限公司 2001 年版

　　《现代〈文心雕龙〉研究述评》　涂光社　《文学评论》1997 年第 1 期

　　《20 世纪中国〈文心雕龙〉研究综论》　李平　《镇江师专学报》2001 年第 1 期

　　《20 世纪"龙学"研究回溯》　董焱　马勤　吴兆路等主编《中国学研究》第 5 辑　济南出版社 2002 年版

　　《新世纪〈文心雕龙〉研究综述》(上、下)　党圣元　师雅慧　《丽水学院学报》2007 年第 6 期、2008 年第 1 期

　　(《文心雕龙》)《专题研究综述》　载杨明照主编《文心雕龙学综览》　上海书店出版社 1995 年版

　　《〈文心雕龙·史传〉研究概述》　卢东兵　《殷都学刊》2005 年第 1 期

　　《〈文心雕龙〉研究在海外的历史、现状与发展》　林其锬　《社会科学》1994 年第 9 期

《钟嵘〈诗品〉研究综述》　曹旭　《文史知识》1988 年第 11 期

《钟嵘〈诗品〉在域外的影响及研究》　张伯伟　《文学遗产》1993 年第 4 期

《21 世纪〈诗品〉研究展望》（笔谈）　王运熙　张怀瑾等《许昌师专学报》2001 年第 3 期

《关于新世纪〈诗品〉研究的思考》　王发国　曾明　《西南民族学院学报》2001 年第 2 期

《20 世纪钟嵘〈诗品〉研究述评》　黄念然　《中州学刊》2003 年第 6 期

《陈代诗文研究综述》　马海英　载其著《陈代诗歌研究》　学林出版社 2004 年版

《北朝乐府〈敕勒歌〉研究综述》　张廷银　《烟台师范学院学报》2005 年第 1 期

《20 世纪庾信文学研究综述》　杨勇　载陈飞主编《中国古典文学与文献学研究》第 2 辑　学苑出版社 2003 年版

《历代庾信批评述论》　曹萌　《东南大学学报》2005 年第 2 期

《世纪回眸：庾信研究的回顾与展望》　吉定　载其著《庾信研究》　上海古籍出版社 2008 年版　《附录一》

《港台水经注研究概况评述》　陈桥驿　《史学月刊》1986 年第 1 期

《民国以来研究〈水经注〉之总成绩》　陈桥驿　《中华文史论丛》第 53 辑　1994 年　又见陈桥驿《水经注校释·代序》　杭州大学出版社 1999 年版

## 隋唐五代

《20世纪中国文学研究·隋唐五代文学研究》　张燕瑾吕薇芬总主编　本卷撰著杜晓勤　北京出版社2001年版

《二十世纪隋唐五代文学研究概观》　陈伯海　《南京师范大学文学院学报》2002年第2期

《唐五代别集的文献整理与研究概观》　王永波　黄芸珠　《乐山师范学院学报》2002年第3期

《世纪回眸——本世纪有关唐五代词的文献整理与研究概观》　王兆鹏　刘尊明　载中国唐代文学学会　西北大学中文系　广西师范大学出版社主编《唐代文学研究》　广西师范大学出版社2000年版

《二十世纪隋唐五代文学研究鸟瞰》《隋唐五代文学研究有待开拓的领域》　蒋寅　载傅璇琮　蒋寅总主编《中国古代文学通论》　蒋寅主编《隋唐五代卷·结语》　辽宁人民出版社2005年版

《唐代文学文献研究的回顾与展望》　陈尚君　《古籍整理出版情况简报》338期　1999年1月　收入陈尚君著《汉唐文学与文献论考》　上海古籍出版社2008年版

《史料、视角和方法——唐代文学研究》　董乃斌　赵昌平等　载《文学遗产》编辑部编《世纪之交的对话：古典文学研究的回顾与展望》　上海古籍出版社2000年版

《唐代文学论著集成》　傅璇琮　罗联添主编　三秦出版社2004年版

《新时期中国唐代文学研究的回顾》　吴在庆　《厦门大学学报》2000年第2期

《中国近二十年唐代文学研究述评》　陈尚君　此文为

2001 年 5 月在新加坡国立大学中文系所作学术报告　刊华东理工大学中国文化研究所编《社会与人生》创刊号　收入著者《汉唐文学与文献论考》　上海古籍出版社 2008 年版

《20 世纪唐代文学研究历程回顾》　杜晓勤　《北京大学学报》2002 年第 1 期

《新时期中国古典文学研究述论》第 2 卷《隋唐五代》陈友冰主编　本册编著陈友冰　商务印书馆 2008 年版

《唐代文学年鉴》　中国唐代文学学会编　1983—1999各册　1984—1987 年　陕西人民出版社出版　1988—1989年　陕西师范大学出版社出版　1991—2000 年　广西师范大学出版社出版

《南朝鲜的唐代文学研究概况》　[南朝鲜]李章佑撰李文学译　《古典文学知识》1991 年第 5 期

《近年来日本的唐代文学研究》　[日]户仓英美　《华南师范大学学报》2005 年第 1 期

《五十年来唐代地域文化与文学研究述评》　陈景春《阜阳师范学院学报》2003 年第 1 期

《20 世纪唐代“地域文化与文学”研究综述》　钟良　《南宁师范高等学校学报》2003 年第 2 期

《隋唐妇女与文学研究百年回顾》　戴伟华　陈彝秋《淮阴师范学院学报》1999 年第 5 期

《关于唐诗兴盛的原因和“盛唐气象”的讨论》　裴斐　车入舜　载卢兴基主编《建国以来古代文学问题讨论举要》　齐鲁书社 1987 年版

《20 世纪前半叶的唐诗研究》　陶文鹏　载中国唐代文学学会　西北大学中文系　广西师范大学出版社主编《唐代

文学研究》　广西师范大学出版社 2000 年版

《20 世纪唐诗研究述略》　陈伯海　《古典文学知识》
2003 年第 1 期

《中国新时期唐诗研究述评》　张忠纲等　安徽大学出
版社 2000 年版

《新时期以来唐诗学研究述论》　胡建次　《思想战线》
2003 年第 6 期

《关于唐代边塞诗的评价》　王学太　载卢兴基主编《建
国以来古代文学问题讨论举要》　齐鲁书社 1987 年版

《20 世纪边塞诗研究述评》　张晓明　《青岛大学师范学
院学报》2005 年第 4 期

《边塞诗研究中若干问题刍议》　佘正松　《文学遗产》
2006 年第 4 期

《唐代咏侠诗研究综述》　冯淑然　《华北电力大学学
报》2006 年第 4 期

《唐代咏史怀古诗百年研究回顾》　赵望秦　潘晓玲
《南京师范大学文学院学报》2007 年第 4 期

《唐代商贾诗研究述评》　张卫婷　《沧桑》2007 年第
2 期

《20 世纪唐五代女性诗歌研究概观》　郭海文　《中华女
子学院学报》2005 年第 2 期

《近十年中唐诗歌流派研究综述》　李新　《廊坊师范学
院学报》2006 年第 2 期

《唐人选唐诗与〈才调集〉研究综述》　刘浏　载其著
《〈才调集〉研究》　对外经济贸易大学出版社 2008 年版
《绪论》

《唐诗在国外》　王丽娜　《唐代文学研究年鉴》(1992)　广西师范大学出版社 1993 年版

《1950 年以来韩国唐诗研究之动向》　［韩］柳晟俊　《南京师范大学学报》2003 年第 4 期

《前苏联的唐诗研究概述》　李明滨　《唐代文学研究年鉴》(1992)　广西师范大学出版社 1993 年版

《唐诗在美国的翻译与接受》　朱徽　《四川大学学报》2004 年第 4 期

(诗与唐代文言小说)《研究现状与资料综述》　邱昌员　载其著《诗与唐代文言小说研究》　中国社会科学出版社 2008 年版　《绪论》第 1 节

《20 世纪唐文研究回顾与反思》　雷恩海　李天宝　《学海》2005 年第 2 期

《唐代判文文学研究综述》　谭淑娟　《广西社会科学》2008 年第 9 期

《近五十年(1949—1997)台湾地区唐赋研究概况》　陈成文　《中国唐代学会会刊》第 9 期　1998 年 6 月

《唐代律赋研究的回顾与前瞻》　彭红卫　载其著《唐代律赋考》　社会科学文献出版社 2009 年版　第一章

《20 世纪唐五代词文献整理与研究概况》　王兆鹏　载其著《唐宋词史的还原与建构》　湖北人民出版社 2005 年版

《20 世纪九十年代以来唐五代词研究论文综述》　潘殊闲　《华北电力大学学报》2003 年第 2 期

《20 世纪〈花间词〉研究的回顾与反思》　刘尊明　白静　《南开学报》2005 年第 6 期

《近三十年竹枝词研究述评》　吴艳荣　《中国民族大学

学报》2006 年第 5 期

《近四十年(1950—1989)台、港地区唐代小说研究的回顾》　王国良　载台湾《"中央研究院"文哲研究的回顾与展望论文集》　"中央研究院"文哲研究所 1992 年版

《台湾五十年来唐人小说研究历程及其特征》　陈友冰《明清小说研究》2001 年第 4 期

《20 世纪 80 年代以来我国唐代传奇小说研究综述》　冯孟琦　《华南师范大学学报》2004 年第 1 期

《唐传奇小说中女妖题材研究综述》　黄颖　《现代语文》2008 年第 4 期

《唐代小说影响研究的回顾与前瞻》　黄大宏　《文学评论》2005 年第 3 期　收入刘明华主编《古代文学论丛》　中华书局 2007 年版

《十年耕耘留足迹——近十年大陆地区唐代小说研究的扫描与思考》　李芳民　载章培恒主编《中国中世文学研究论集》　上海古籍出版社 2006 年版

《前人对唐末五代文学的主要观点及其缺憾》《研究成果的分布与研究方法的运用状况及其薄弱环节》　李定广载其著《唐末五代乱世文学研究》　中国社会科学出版社 2006 年版　《引论》一、二

《四十年骆宾王研究概述》　俞樟华　梅新林　《文史知识》1991 年第 12 期

《20 世纪以来沈宋研究述评》　刘新华　《湘潭师范学院学报》2007 年第 4 期

《20 世纪刘希夷研究综述》　王鲜平　《平顶山师专学报》2004 年第 3 期

《陈子昂研究综述》　张克钦　载《陈子昂研究论文集》第 2 辑　（香港）中国与世界出版公司 1993 年版

《近十年来陈子昂研究述评》　梁晓萍　《山西师大学报》2005 年第 3 期

《苏颋张说研究综述》①　林大志　载其著《苏颋张说研究》　齐鲁书社 2007 年版　《引论》

《百年张说研究回顾与展望》　周睿　《北京化工大学学报》2008 年第 2 期

《张九龄研究百年综论》　顾建国　《淮阴师范学院学报》2000 年第 3 期

《张九龄生平事迹思想心态诗文创作研究综述》②　顾建国　载其著《张九龄研究》　中华书局 2007 年版　《绪论》

《孟浩然生平研究综述》　王辉斌　《四川大学学报》1995 年第 1 期　又载其著《孟浩然研究》　甘肃人民出版社 2002 年版　《附录》一

《20 世纪孟浩然研究》　杜晓勤　载中国唐代文学学会西北大学中文系　广西师范大学出版社主编《唐代文学研究》　广西师范大学出版社 2000 年版

《王昌龄研究综述》　第一节(1976—2006)王昌龄生平研究综述　第二节(1976—2006)王昌龄诗歌研究综述　第三节(1976—2006)王昌龄诗论研究综述　毕士奎　载其著《王昌龄诗歌诗学研究》　江西人民出版社 2008 年版　第五章

①题目为张可礼所拟。
②题目为张可礼所拟。

《20 年来国内王维与佛禅关系研究述评》(上、下)　卢燕平　《许昌学院学报》2004 年第 1、3 期

《二十世纪王维佛禅研究述评》　高慎涛　《天中学刊》2006 年第 4 期

《王维生卒年研究述评》　王辉武　《运城学院学报》2007 年第 4 期

《王维诗歌在海外》　王丽娜　《文学遗产》1991 年第 4 期

《近百年来李白生平研究述评》　郁贤皓　载董乃斌薛天纬等主编《中国古典文学学术史研究》　新疆人民出版社 1997 年版

《20 世纪李白研究述略》　詹福瑞　《中国李白研究》2000 年集

《新时期李白生平研究综述》　郭勉念　《江汉论坛》2000 年第 1 期

《李白研究五十年》　葛景春　《山西大学师院学报》2000 年第 3 期

《八世纪以来李白研究的十大热点》　郁贤皓　胡振龙《文史知识》2001 年第 10 期

《学术转型期的李白研究(1901—1949)》　葛景春　载其著《李白研究管窥》　河北大学出版社 2002 年版

《李白研究五十年(1949—1999)》　葛景春　载其著《李白研究管窥》　河北大学出版社 2002 年版

《李白乐府诗研究综述》　王立增　《云南艺术学院学报》2003 年第 2 期

《20 世纪李白诗学研究》(上、下)　吴振华　《周口师范

学院学报》2005 年第 4、6 期

《李白〈静夜思〉研究综述》　胥洪泉　《重庆社会科学》2005 年第 7 期

《李白家室研究述评》　王春庭　《龙岩学院学报》2008 年第 4 期

《西方人眼中的李白》　［德］吕福克　《文史知识》2001 年第 10 期

《李白研究走向世界》　王巍　《文学遗产》2002 年第 3 期　收入《文学遗产》编辑部编《学镜——海外学者专访》凤凰出版社 2008 年版

《现代日本李白研究述评》　张采民　载其著《心远集——中古文学考论》　中华书局 2007 年版

《论 20 世纪李杜研究及其差异》　余恕诚　《文学遗产》2006 年第 2 期

《20 世纪文化变迁中的杜甫研究》　王学泰　载董乃斌薛天纬等主编《中国古典文学学术史研究》　新疆人民出版社 1997 年版

《二十世纪杜甫研究述略》　张忠纲　赵睿才　载《杜甫研究论集》(世纪之交杜甫国际学术研讨会论文集)　张忠纲主编　天马图书有限公司 2002 年版

《现代学术视野下的杜甫研究——杜甫研究百年回顾与前瞻》　刘明华　《文学评论》2004 年第 5 期　收入刘明华主编《古代文学论丛》　中华书局 2007 年版

《杜甫的声誉早已超越国界——杜诗在苏联的传播和研究》　李明滨　《杜甫研究学刊》1991 年第 1 期

《建国以来仇兆鳌和〈杜诗详注〉研究述评》　吴淑玲

《杜甫研究学刊》2007 年第 1 期

　　《近 20 年来杜文研究述略》　王立国　《语文学刊（高教版）》2007 年第 5 期

　　《皎然〈诗式〉研究述评及未来构想》　许连军　《湖南师范大学社会科学学报》　2005 年第 6 期

　　《李益研究状况综述》　王胜明　李朝军　《重庆工商大学学报》2005 年第 2 期

　　《20 世纪 80 年代以来国内李益诗歌研究述评》　沈文凡　张巍　《衡阳师范学院学报》2007 年第 1 期

　　《张籍王建研究综述》　邓大情　《淮北煤炭师范学院学报》2003 年第 4 期

　　《二十世纪的韩愈研究》　张清华　《周口师范高等专科学校学报》2000 年第 1 期

　　《20 世纪韩愈与佛教关系研究综述》　陈曙雯　《文史知识》2000 年第 2 期

　　《五十年韩愈研究著作述评》　王永波　《周口师范学院学报》2004 年第 3 期

　　《1991—2004 年韩愈研究的文献计量学分析》　李乔　《周口师范学院学报》2005 年第 6 期

　　《20 世纪韩愈诗学研究》　吴振华　《南阳师范学院学报》2006 年第 2 期

　　《白居易百年研究述论》　李丹　尚永亮　《中州学刊》2006 年第 3 期

　　《50 年白居易研究著作述评》　王永波　《周口师范学院学报》2005 年第 3 期

　　《〈长恨歌〉以及李、杨爱情问题的讨论》　张展　载卢兴

基主编《建国以来古代文学问题讨论举要》　齐鲁书社 1987
年版

《〈长恨歌〉研究的历史回顾》　周相录　载其著《〈长恨
歌〉研究》　巴蜀书社 2003 年版　第一章

《〈长恨歌〉主题研究综论》　张中宇　《文学遗产》2005
年第 3 期　又见著者《白居易〈长恨歌〉研究》　中华书局
2005 年版　第一章

《日本〈长恨歌〉研究概况》　［日］下定雅弘撰　刘维治
译　载冬青书屋同学会编《庆祝卞孝萱先生八十华诞——文
史论集》　江苏古籍出版社 2003 年版

《韩国的白居易研究概况及有关问题》　［韩］金卿东著
刘维治译　《周口师范高等专科学校学报》2002 年第 1 期

《柳宗元研究百年回顾》　洪迎华　尚永亮　《文学评
论》2004 年第 5 期

《台湾地区柳宗元研究概况(1958—1992)》　方介　《中
国唐代学会会刊》第 4 期　1993 年 11 月出版

《〈莺莺传〉研究百年回顾》　胥洪泉　原为"百年中国文
学研究回顾与反思学术研讨会"论文　收入作者著《古代文
学论稿》　重庆出版社 2005 年版

《近二十年贾岛研究述评》　张震英　载其著《寒士的低
吟——贾岛诗歌艺术新探》　中国社会科学出版社 2006 年
第十章

《20 世纪李贺研究述论》　张剑　《文学遗产》2002 年第
6 期

《新时期李贺诗歌研究述评》　吴加才　柳应明等　《江
苏广播电视大学学报》2003 年第 2 期

《90 年代杜牧研究综述》　王丹　《荆州师范学院学报》2003 年第 6 期

《历代李商隐研究述略》　刘学锴　收入董乃斌　薛天纬等主编《中国古典文学学术史研究》　新疆人民出版社1997 年版

(李商隐诗)《研究史篇》　刘学锴　载其著《李商隐诗歌研究》　安徽大学出版社 1998 年版

《20 世纪李商隐诗学研究》　吴振华　《南阳师范学院学报》2004 年第 7 期

《清代李商隐研究综述》　韩大强　《信阳师范学院学报》2005 年第 5 期

《近 25 年来李商隐诗歌研究述评》　高淮生　蔡燕《徐州教育学院学报》2006 年第 2 期

《韦庄研究述评》　陈志平　《高等函授学报》　2002 年第 5 期

《韦庄〈秦妇吟〉研究述评》　张美丽　《文化学刊》2008年第 4 期

《晚唐诗人曹唐及其游仙诗研究综述》　金丙燕　《绥化学院学报》2008 年第 2 期

《20 世纪姚合研究述论》　张震英　《广西大学学报》2004 年第 1 期

《世纪回眸：司空图及〈二十四诗品〉研究》　程国赋《学术研究》1999 年第 6 期

《〈二十四诗品〉百年研究述评》　张国庆　《文学评论》2005 年第 1 期

《破、立、存疑间前行——〈二十四诗品〉辨伪过程述论》

郭桂滨　载赵敏俐主编《中国诗歌研究》第四辑　中华书局2007年版

《五十年代讨论李煜词的评价问题》　卢兴基　载卢兴基主编《建国以来古代文学问题讨论举要》　齐鲁书社1987年版

《从传统走向现代学术——唐宋八大家研究述要(1900—1949)》　李维新　载陈飞主编《中国古典文学与文献学研究》第3辑　学苑出版社2004年版

《从传统走向现代学术——唐宋八大家研究述要(1949—1978)》　李维新　载《新文学》第2辑　大象出版社2010年版

《韩国唐宋散文研究综述》　［韩］安芮璿　载吴兆路等主编《中国学研究》第6辑　济南出版社2003年版

《近十年来唐宋词研究的回顾与展望》　王兆鹏　《社会科学述评》1991年第4期

《20世纪唐宋词选述论》　毛建军　《武警学院学报》2004年第2期

《唐宋词分派研究述评》　王辉斌　《山东师范大学学报》2004年第1期

《新生代唐宋词研究述评》　张幼良　《山东师范大学学报》2005年第1期

《大陆十多年来唐宋词与音乐关系研究述评》　田玉琪　《淮阴师范学院学报》2008年第6期

《西方的唐宋词研究》　周发祥　《文学遗产》1993年第1期　收入《文学遗产》编辑部编《学镜——海外学者专访》凤凰出版社2008年版

## 宋代

《宋代文学研究的方法和展望》 张高评 台湾《宋代文学研究丛刊》第 2 期《代序》 1996 年 9 月

《宋代文学研究面面观》 张高评 台湾《宋代文学研究丛刊》第 3 期《代序》 1997 年 9 月

《20 世纪中国文学研究·宋代文学研究》 张燕瑾 吕薇芬总主编 本卷主编张毅 北京出版社 2001 年版

《二十世纪宋代文学研究观念和方法的变迁》 张毅 载王水照等编《首届宋代文学国际研讨会论文集》 复旦大学出版社 2001 年版

《宋代文学地域性研究述评》 王祥 《沈阳师范大学学报》2006 年第 1 期

《宋诗研究的回顾、评价同展望》 莫砺锋 陶文鹏等 载《文学遗产》编辑部编《世纪之交的对话：古典文学研究的回顾与展望》 上海古籍出版社 2000 年版

《新时期大陆宋诗研究述评》 莫砺锋 程杰 《阴山学刊》2000 年第 2 期

《宋诗分期问题研究述评》 张远林 王兆鹏 《阴山学刊》2002 年第 4 期

《关于近五十年中国宋诗研究的几点思考》 莫砺锋 收入西北大学文学院编《中国古代文学研究高层论坛论文集》 中华书局 2004 年版

《台湾宋诗研究的现状与展望》 张高评 《黄冈师范学院学报》2004 年第 4 期

《20 世纪 80 年代以来的宋诗研究》 叶帮义 《深圳大学学报》2005 年第 6 期

《宋诗研究综述》① 赫广霖 载其著《宋初诗派研究》齐鲁书社 2008 年版 《绪论》

《徽宗朝诗歌研究综述》② 张明华 载其著《徽宗朝诗歌研究》 上海古籍出版社 2008 年版 《绪言》

《20 世纪 80 年代以来的江湖诗派研究》 叶帮义 胡传志 《阴山学刊》2004 年第 1 期

《20 世纪 80 年代以来大陆的宋代理学诗派研究》 叶帮义 《南京师范大学文学院学报》2007 年第 3 期

《宋代咏史怀古诗百年研究综述》 赵望秦 张焕玲 《盐城师范学院学报》2008 年第 2 期

《宋文研究的回顾与展望》 张海鸥 《文学评论》2002 年第 3 期

《宋四六文研究述略》 施懿超 《文学遗产》2004 年第 4 期 又见著者《宋四六论稿》 上海古籍出版社 2005 年版 上编第一章

《新时期宋词研究的回顾与展望》 刘扬忠 载王水照等编《首届宋代文学国际研讨会论文集》 复旦大学出版社 2001 年版

《北宋词研究史稿》 刘靖渊 崔海正 齐鲁书社 2006 年版

《南宋词研究史稿》 邓红梅 侯方元 齐鲁书社 2006 年版

《宋词题材研究的现状》 许伯卿 载其著《宋词题材研

---

①题目为张可礼所拟。
②题目为张可礼所拟。

究》　中华书局 2007 年版　《绪论》第一节

《宋词叙事性研究述评》　薛健飞　吴丹　《甘肃联合大学学报》2007 年第 5 期

《20 世纪 80 年代以来宋代寿词研究综述》　刘彩霞　《咸阳师范学院学报》2008 年第 1 期

《〈草堂诗余〉研究综述》　李亭　载蒋寅　张伯伟主编《中国诗学》第十二辑　人民文学出版社 2008 年 1 月出版

《宋代志怪传奇小说研究百年综述》　赵章超　《社会科学研究》2002 年第 5 期

《20 世纪以来宋代文言小说研究综述》　余丹　《广西社会科学》2007 年第 2 期

《近年来宋代笔记研究述评》　郑继猛　《甘肃社会科学》2008 年第 4 期

《20 世纪范仲淹研究综述》　刘洪生　《商丘师范学院学报》2007 年第 6 期

《20 世纪柳永研究的回顾与反思》　刘尊明　邓建　《广西师范大学学报》2003 年第 1 期

《近几年柳永研究综述》　明智　《乐山师范学院学报》2008 年第 2 期

《二晏研究百年回顾与展望》　唐红卫　《忻州师范学院学报》2008 年第 3 期

《20 世纪以来邵雍文学思想研究综述》　魏崇周　《河南教育学院学报》2008 年第 5 期

《新时期欧阳修诗歌研究综述》　张小燕　刘德清　《江西教育学院学报》2007 年第 3 期

《欧阳修诗文在国外》　王丽娜　《河北师范大学学报》

2003 年第 3 期

　　《江户时代的欧阳修评论》　东英寿　淡江大学中国文学系主编《一九九七年东亚汉学论文集》　台湾学生书局 1998 年版

　　《韩国欧阳修散文研究的现状与前瞻》　［韩］黄一权《中国文学研究》1999 年第 4 期

　　《欧阳修著作初传韩国的时间及其刊行、流布的状况》［韩］黄一权　《复旦学报》2000 年第 2 期

　　《苏舜钦研究述评》　杨许波　郑友征　《社科纵横》2006 年第 10 期

　　《20 世纪以来苏洵研究综述》　巩本栋　沈章明　《文学遗产》2007 年第 5 期

　　《苏轼研究综述》　周斌　《宋代文学研究年鉴》(1997—1999)　武汉出版社 2001 年版

　　《二十世纪苏轼文学研究述略》　饶学刚　朱靖华　《黄冈师范学院学报》2003 年第 4 期　又载朱靖华　刘尚荣主编《中国苏轼研究》第 1 辑　学苑出版社 2004 年版

　　《百年苏诗研究述评》　叶帮义　余恕诚　《安徽师范大学学报》2003 年第 2 期

　　《近年东坡词研究述略》　崔海正　《文学遗产》1996 年第 1 期

　　《本世纪东坡词研究的定量分析：词学研究定量分析之一》　刘尊明　王兆鹏　《文学遗产》1999 年第 6 期

　　《东坡词题材内容研究现状述略》　饶晓明　中国人民大学中文系主办《中国苏轼研究》第 2 辑　学苑出版社 2005 年版

《周邦彦研究述评(1991—2001)》 罗丽雅 《株洲师范高等专科学校学报》2003 年第 1 期

《20 世纪以来叶梦得研究综述》 潘殊闲 《乐山师范学院学报》2004 年第 9 期

《岳飞〈满江红〉〈怒发冲冠〉的真伪问题》 王学太 载卢兴基主编《建国以来古代文学问题讨论举要》 齐鲁书社 1987 年版

《李清照及其词作的评价》 施议对 载卢兴基主编《建国以来古代文学问题讨论举要》 齐鲁书社 1987 年版

《近二十年李清照研究述评》 张强 《文学遗产》2004 年第 5 期

《近百年李清照研究综述》 鲁渊 《哈尔滨学院学报》2007 年第 9 期

《李清照"内心隐秘"争鸣述评》 王兆鹏 载其著《唐宋词史的还原与建构》 湖北人民出版社 2005 年版

《吕本中十年研究综述》 王叙黄 《十堰职业技术学院学报》2008 年第 3 期

《近百年来陆游研究综述》 傅明善 《中国韵文学刊》2001 年第 1 期

《陆游在台研究综述》 张玮仪 邱诗雯 《文史知识》2005 年第 11 期

《陆游研究在日本》 陆坚 《文史知识》2005 年第 11 期

《市河宽斋与日本的陆游诗歌研究》 郝润华 许琰 《文史知识》2005 年第 11 期

《陆游词研究综述》 农辽林 《南宁师范高等专科学校学报》2008 年第 2 期

《20世纪陆游和杨万里诗歌研究综述》　叶帮义　《南京师范大学文学院学报》2004年第3期

《百年来杨万里研究述评》　肖瑞峰　彭庭松　《文学评论》2006年第4期

《近百年朱熹文学研究的回顾与反思》　吴长庚　《文学评论》2008年第3期

《20世纪辛弃疾研究的回顾与思索》　朱丽霞　《文学评论》2007年第3期

《〈草堂诗余〉研究综述》　李亭　载蒋寅　张伯伟主编《中国诗学》第12辑　人民文学出版社2007年版

《〈乐府补题〉研究三百年》　王信霞　《闽江学院学报》2008年第1期

《史达祖研究百年述论》　焦印亭　《中州学刊》2008年第2期

《姜夔研究综述》①　袁向彤　载其著《姜夔与宋韵研究》　齐鲁书社2007年版　《绪论》

《姜白石诗歌研究综述》　吴小丽　《广州大学学报》2007年第5期

《严羽〈沧浪诗话〉研究综述》②　程小平　载其著《〈沧浪诗话〉的诗学研究》　学苑出版社2006年版　第一章《缘起》

《20世纪国内严羽研究述评》（上篇、下篇）　任先大　《甘肃社会科学》2006年第5、6期

---

①题目为张可礼所拟。
②题目为张可礼所拟。

《刘克庄研究综述》　王述尧　《古典文学知识》2004 年第 4 期

《梦窗词研究回眸》　钱鸿瑛　载其著《梦窗词研究》上海古籍出版社 2005 年版　第八章

《20 世纪 80 年代以来蒋捷研究综述》　高涛　《河西学院学报》2007 年第 3 期

《蒋捷研究述评》　郑海涛　《殷都学刊》2008 年第 2 期

《近 20 年张炎研究述评》　许芳红　《阜阳师范学院学报》2003 年第 2 期

《大陆汪元量研究百年回顾》　张立敏　载蒋寅　张伯伟主编《中国诗学》第 11 辑　人民文学出版社 2006 年版

《20 世纪宋元小说研究的回顾："中国古代小说研究史"之二》　李时人　《零陵师范高等专科学校学报》2000 年第 1 期

《20 世纪以来宋元"说话"研究回顾》　李晓晖　《明清小说研究》2008 年第 1 期

《20 世纪 80 年代以来宋元话本小说研究综述》　罗勇珍《广东农工商职业技术学院学报》2007 年第 3 期

《近年来国内宋元南戏研究的新成果》　彭飞　载王季思等著《中国古代戏曲论集》　中国展望出版社 1986 年版

《西夏文学研究述评》　张丽华　《固原师专学报》2006 年第 1 期

### 辽金元

《20 世纪中国文学研究·辽金元文学研究》　张燕瑾 吕薇芬总主编　本卷主编李修生　查洪德　北京出版社 2001 年版

《辽代文学史料保存整理述论》　刘达科　《中国古典文献学》(第 2 卷)　澳门国际炎黄文化出版社 2003 年版

《辽代文学研究平议》　米治国　《社会科学战线》1997年第 6 期

《辽金文学研究的回顾与前瞻》　张晶　《学术研究》2005 年第 3 期

《辽金文学的历史定位与研究述评》　周惠泉　《中国社会科学》2005 年第 5 期

《金代文学文献研究的成就与不足》　薛瑞兆　《学术研究》2005 年第 3 期

《金代文学研究的历史与现状》　胡传志　载其著《金代文学研究》　安徽大学出版社 2000 年版　第一章第一节

《最近西方关于金代之研究》　［美］魏世德　载《元好问及辽金文学研究》　中国国际广播出版社 1998 年版

《20 世纪金元词研究》①　丁放　载其著《金元词学研究》　中国社会科学出版社 2002 年版　首章《绪论》

《金元词研究史稿》　刘静　刘磊　齐鲁书社 2006 年版

《20 世纪金词研究的回顾、反思与展望》　王昊　崔海正《南阳师范学院学报》2007 年第 7 期

《元代文学研究的回顾与展望》　查洪德　载傅璇琮蒋寅总主编《中国文学通论》　张晶主编《辽金元卷》　辽宁人民出版社 2005 年版　《结语二》

《元代丝绸之路文学的研究》　宋晓云　《文史知识》2006 年第 4 期

---

①题目为张可礼所拟。

　　《20 世纪的理学与元代文学之关系研究述评》　魏崇武
《东方论坛》2004 年第 4 期

　　《元诗研究与新世纪的元代文学研究》　杨镰　《殷都学
刊》2002 年第 3 期

　　《元代诗歌、诗学研究状况》　张红　载其著《元代唐诗
学研究》　岳麓书社 2006 年版　第一章第一节

　　《元杂剧兴盛原因的研究》　吕薇芬　载卢兴基主编《建
国以来古代文学问题讨论举要》　齐鲁书社 1987 年版

　　《元杂剧研究概述》①　宁宗一　陆林等　天津教育出
版社 1987 年版

　　《文本、语境与意识形态——海外元杂剧研究及其启示》
宋耕　载任继愈主编《国际汉学》第 8 辑　大象出版社 2003
年版

　　《二十世纪元代戏剧研究》　张大新　人民文学出版社
2007 年版

　　《20 世纪元散曲研究综论》　赵义山　上海古籍出版社
2002 年版

　　《元曲的用韵研究述评》　李蕊　《平顶山学院学报》
2008 年第 6 期

　　《关于二十世纪诸宫调的整理与研究》　龙建国　《文学
评论》2003 年第 6 期

　　《对完颜亮研究的回顾与反思——兼及历史人物评价问
题》　徐松巍　史小云　《北方文物》1992 年第 2 期

---

①此书一为论略编,概述元、明、清、近代、现代、当代元杂剧研究;二为综述
　编,分元杂剧的分期、三国戏、水浒戏、作家作品等 13 个专题。

《近二十年完颜亮研究综述》　王红娟　《文史知识》2007年第2期

《20世纪以来的元好问研究》　狄宝心　《山西大学学报》2005年第1期

《遗山词研究之现状》　赵永源　载其著《遗山词研究》上海古籍出版社2007年版　上编《考证篇》第一章

《20世纪以来虞集研究综述》　姬沈育　《郑州大学学报》2004年第2期

《建国以来关汉卿研究综述》　胡二广　赵金山　原载《关汉卿研究新论》　收入张月中主编《元曲通融》　山西古籍出版社1999年版

《关汉卿研究及其展望》　曾永义　原载《关汉卿国际学术研讨会论文集》　台北"行政院"文建会1994年版　收入张月中主编《元曲通融》　山西古籍出版社1999年版　又收入《曾永义学术论文自选集》　中华书局2007年版

《关汉卿研究的百年评点与未来展望》　徐子方　《南京大学学报》2004年第2期

《关汉卿研究学术综述》　赵建坤　见其著《关汉卿研究学术史》　中山大学出版社2008年版　第一编

《关汉卿剧作在国外》　王丽娜　原载《关汉卿研究新论》　收入张月中主编《元曲通融》　山西古籍出版社1999年版

《明代〈西厢记〉研究述论》　黄季鸿　收入"2005明代文学与文化国际学术研讨会暨中国明代文学学会（筹）第三届年会"《论文集》（上）　首都师范大学文学院　首都师范大学诗歌研究中心主办

《清代金批〈西厢〉研究概况》　谭帆　《戏曲艺术》1990年第 2 期

《近百年〈西厢记〉研究》　张人和　《社会科学战线》1996 年第 3 期

《近十年〈西厢记〉研究综述》　宋瑞芳　《内蒙古电大学刊》2003 年第 5 期

《〈西厢记〉的外文译本和满蒙文译本　附:〈西厢记〉的日文译本(蒋星煜)》　王丽娜　《文学遗产》1982 年第 3 期收入《文学遗产》编辑部编《学镜——海外学者专访》　凤凰出版社 2008 年版

《西厢记在日本》　李群　《文史知识》2001 年第 8 期

《五十年代关于〈琵琶记〉评价问题的讨论》　卢兴基载其主编《建国以来古代文学问题讨论举要》　齐鲁书社1987 年版

《20 世纪〈琵琶记〉研究范式论》　毛小曼　《上海大学学报》2007 年第 3 期

《元末明初吴中文学研究综述》　周明初　程若旦　《江西师范大学学报》2005 年第 2 期

《近年日本元明清诗文研究》　石雷　《苏州大学学报》2008 年第 2 期

**明代**

《20 世纪中国文学研究·明代文学研究》　张燕瑾　吕薇芬总主编　本卷主编邓绍基　史铁良　北京出版社 2001年版

《十九世纪末以来明代文学研究概貌》《研究领域的迁移与拓展》《研究观念的传承与变异》《研究方法的继承

与创新》　郭英德　王丽娟　载傅璇琮　蒋寅总主编《中国文学通论》　郭英德主编《明代卷·结语》　辽宁人民出版社2005 年版

《近百年明代文学与政治研究述评》　王齐洲　《荆州师范学院学报》2003 年第 3 期

《二十五年来明代文学研究的一个样本分析——以人大复印资料〈中国古代、近代文学研究〉所选的论文的统计为例》　周明初　《南京师范大学文学院学报》2003 年第 1 期

《近十年明诗研究综述》　曹自斌　《语文知识》　2008 年第 2 期

《20 世纪以来明代台阁体研究述评》　史小军　张红花《南阳师范学院学报》2006 年第 2 期

《20 世纪公安派文论研究》　魏中林　昌庆志　《内蒙古社会科学》(汉文版)2003 年第 1 期

《20 世纪公安派研究述略》　魏中林　昌庆志　《古代文学理论研究》第 22 辑　华东师范大学出版社 2004 年版

《明代李东阳茶陵诗派研究百年回顾》　邓绍秋　《株洲师范高等专科学校学报》1999 年第 3 期

《20 世纪茶陵派研究回顾》　司马周　《古典文学知识》2003 年第 3 期

《二十世纪竟陵派研究的回顾》　陈广宏　收入西北大学文学院编《中国古代文学研究高层论坛论文集》　中华书局 2004 年 11 月版

《20 世纪的明词研究》　陈水云　《中州学刊》2003 年第 6 期

《明词研究二十年》　陈水云　《明代研究通讯》第 6 期

（抽印本）　台湾乐学书局 2003 年 12 月出版

《禁毁小说研究百年回顾与展望》　张慧禾　《西南交通大学学报》2004 年第 6 期

《二十世纪以来心学与明代文学思想关系研究述评》左东岭　《文学评论》2003 年第 3 期

《20 世纪明代散文研究述论》　李圣华　《中州学刊》2004 年第 3 期

《20 世纪以来心学与明代戏曲小说关系研究综述》　左东岭　《首都师范大学学报》2004 年第 5 期

《〈剪灯新话〉研究述略》　赵素忍　张金桐　《宁夏师范学院学报》2008 年第 2 期

《〈三国演义〉研究中若干问题讨论综述》　沈伯俊　胡帮炜　《文史知识》1984 年第 7 期

《建国三十五年〈三国演义〉研究的回顾》　胡世厚《〈三国演义〉学刊》第 2 期　四川省社会科学院出版社 1986 年版

《三十五年〈三国演义〉研究述评》　石昌渝　载卢兴基主编《建国以来古代文学问题讨论举要》　齐鲁书社 1987 年版

《〈三国演义〉研究的百年回顾与前瞻》　梅新林　韩伟表　《文学评论》2002 年第 1 期

《20 世纪的罗贯中交游研究——〈三国演义〉文献学研究之一》　韩伟表　《许昌师专学报》2002 年第 2 期

《二十世纪〈三国演义〉文献研究述要》　韩伟表　《文献》2004 年第 1 期

《新世纪〈三国演义〉作者、成书时间及版本问题的研究

综述》　何红梅　《泰山学院学报》2005 年第 5 期

《二十世纪罗贯中研究鸟瞰》　陆勇强　《三国演义学刊》2004 年卷　四川大学出版社 2005 年版

《新世纪〈三国演义〉作者之争》　卫绍生　《三国演义学刊》2004 年卷　四川大学出版社 2005 年版

《〈三国演义〉与小说诗文渊源关系研究述略》　韩伟表《浙江海洋学院学报》2005 年第 4 期

《"千秋功罪任评说"——〈三国演义〉中曹操形象研究百年》　纪德君　《三国演义学刊》2004 年卷　四川大学出版社 2005 年版

《百年来〈三国演义〉中曹操形象研究的回顾与反思》纪德君　《广州大学学报》2005 年第 6 期

《毛本〈三国〉研究述评》　何晓苇　《中华文化论坛》2006 年第 4 期

《二十世纪 80 年代以来〈三国演义〉主题研究述评》　蒋正治　《古典文学知识》2007 年第 1 期

《近三十年来〈三国演义〉作者籍贯、成书年代及主题研究综述》　张晓彭　《社科纵横》2008 年第 2 期

《国外研究〈三国演义〉综述》　王丽娜　载《〈三国演义〉论文集》　中州古籍出版社 1985 年版

《中国和日本:〈三国演义〉研究的回顾和展望》　沈伯俊金文京　《文艺研究》2006 年第 4 期

《日本人与〈三国志演义〉——以江户时代为中心》[日]井上泰山撰　　[日]四方美智子译　《复旦学报》2008 年第 1 期

《〈水浒传〉主题研究的回顾与反思》　欧阳健　载卢兴

基主编《建国以来古代文学问题讨论举要》　齐鲁书社 1987
年版

《20 世纪水浒故事源流研究述评》　王丽娟　《中州学
刊》2003 年第 3 期

《百年来〈水浒传〉成书及版本研究述要》　纪德君　《中
华文化论坛》2004 年第 3 期

《百年风云：宋江形象争论的回顾与启示》　纪德君
《明清小说研究》2005 年第 3 期

《近二十年来〈水浒传〉研究综述》　高日晖　《菏泽学院
学报》2006 年第 1 期

《〈水浒传〉在国外》　王丽娜　载汇评本《水浒传》　上
海文艺出版社 1996 年版　《附录二》

《关于〈西游记〉主题讨论的几种意见》　吴圣昔　载卢
兴基主编《建国以来古代文学问题讨论举要》　齐鲁书社
1987 年版

《〈西游记〉文献学百年巡视》　崔小敏　梅新林　《文
献》2003 年第 3 期

《二十世纪〈西游记〉文献研究述略》　苗怀明　《学术交
流》2004 年第 1 期

《百年〈西游记〉作者研究的回顾与反思》　黄毅　许建
平　《云南社会科学》2004 年第 2 期

《建国以来〈西游记〉主题研究述评》　郭健　《江淮论
坛》2004 年第 2 期

《20 世纪 80 年代以来"佛教与〈西游记〉的关系"研究综
述》　杨峰　《明清小说研究》2008 年第 1 期

《〈西游记〉在国外》　王丽娜　载江苏省社科院文学研

究所编《〈西游记〉的研究——首届〈西游记〉学术讨论论文集》　江苏古籍出版社 1984 年版

《〈金瓶梅〉研究十年》　刘辉　《中国社会科学》1990 年第 1 期

《〈金瓶梅〉文献百年巡视》　梅新林　葛永海　《文献》1999 年第 4 期

《20 世纪以词话本为中心的〈金瓶梅〉研究综述》　苗怀明　《中华文化论坛》2002 年第 1 期

《〈金瓶梅〉研究百年回顾》　梅新林　葛永海　《文学评论》2003 年第 1 期

《〈金瓶梅〉作者研究八十年》　许建平　《河北学刊》2004 年第 1 期

《〈金瓶梅〉人物研究之回顾和思考》　葛永海　《文史知识》2004 年第 3 期

《〈金瓶梅〉续书研究世纪回眸》　张振国　《徐州师范大学学报》2004 年第 5 期

《二十世纪张竹坡评点〈金瓶梅〉研究述评》　刘晓军　《中国文学研究》2005 年第 4 期

《张竹坡研究综述》　吴敢　《河南大学学报》2007 年第 6 期

《〈金瓶梅〉在国外》　王丽娜　载《金瓶梅研究》　复旦大学出版社 1984 年版

《营建"金学"巴比塔——域外〈金瓶梅〉研究的学术理路与发展走向》　葛永海　《文艺研究》2008 年第 7 期

《〈金瓶梅〉研究在俄国》　杨士毅　载任继愈主编《国际汉学》第七辑　大象出版社 2002 年版

《〈金瓶梅〉在日本》　冀振武　《社会科学辑刊》1980年第3期

《建国以来何景明研究述评》　金荣权　《殷都学刊》1999年第4期

《20世纪以来高启诗学思想研究综述》　郭桂滨　收入"2005明代文学与文化国际学术研讨会暨中国明代文学学会（筹）第三届年会"《论文集》（上）　首都师范大学文学院　首都师范大学诗歌研究中心主办

《杨慎研究综述》（上、下）　高小慧　《天中学刊》2006年第1、2期

《百年来杨慎研究综述》　白建忠　孙俊杰　《内蒙古师范大学学报》2007年第2期

《刘基研究的回顾与展望》　吕立汉　《淮北煤炭师院学报》2002年第3期

《近二十多年来大陆刘基研究综述》　田澍　吕扬　载何向荣编著《刘基与刘基文化研究》　人民出版社2008年版

《走向世界的汤显祖研究》　邹自振　《古典文学知识》2008年第1期

《冯梦龙研究六十年》　傅承洲　《文史知识》1991年第4期

《冯学研究九十年》　袁志　《通俗文学评论》1994年第4期

《〈石点头〉研究述要》　王玉春　《语文学刊（高教版）》2007年第1期

《徐渭研究百年述评》　付琼著　载其著《徐渭散文研究》　上海古籍出版社2007年版　《附录一》

　　《百年来唐寅研究的回顾与展望》　邓晓东　《南京师范大学文学院学报》2008 年第 2 期

　　《李贽、金圣叹小说理论研究百年回顾》　邓绍秋　《株洲师范高等专科学校学报》2002 年第 1 期

　　《对金圣叹的评价和认识的发展》　潘世秀　载卢兴基主编《建国以来古代文学问题讨论举要》　齐鲁书社 1987 年版

　　《金圣叹文学批评理论研究综述》①　钟锡南　载其著《金圣叹文学批评理论研究》　上海古籍出版社 2006 年版《绪论》

　　《近百年来的金圣叹研究：以〈水浒〉评点为中心》　黄霖《明清小说研究》2003 年第 2 期

　　《胡应麟生平及诗学思想研究综述》　王明辉　《江西财经大学学报》2004 年第 2 期

　　《胡应麟诗论研究述评》　李庆立　崔建利　《中国文化研究》2005 年第 4 期　又见《文学评论丛刊》第 8 卷第 1 期

　　《胡应麟小说思想研究综述》　陈卫星　《齐齐哈尔大学学报》2006 年第 2 期

　　《一个期待关注的学术领域——明清诗文研究》　吴承学　曹虹等　载《文学遗产》编辑部编《世纪之交的对话：古典文学研究的回顾与展望》　上海古籍出版社 2000 年版

　　《百年明清词派研究的进程与展望》　姚蓉　载其著《明清词派史论》　广西师范大学出版社 2007 年版　《绪论》

　　《明清小说研究的三个误区》　王冉冉　《南阳师范学院

------

①题目为张可礼所拟。

学报》2005 年第 1 期

《明清神魔小说研究八十年》　冯汝常　《闽江学院学报》2004 年第 1 期

《20 世纪 80 年代以来明清艳情小说研究》　黄廷富《甘肃社会科学》2007 年第 1 期

《明清散曲史研究之历史与现状》　赵义山　载其著《明清散曲史》　人民出版社 2007 年版　《绪论》第二节

**清代**

《20 世纪中国文学研究·清代文学研究》　张燕瑾　吕薇芬总主编　本卷主编段启明　汪龙麟　北京出版社 2001年版

《清代文学研究的历史回顾》《清代文学研究的开拓与展望》　蒋寅　载傅璇琮　蒋寅总主编《中国文学通论》　蒋寅主编《清代卷·结语》　辽宁人民出版社 2005 年版

《八十年代以来清代诗学研究述评》　王顺贵　《苏州大学学报》2003 年第 1 期

《20 世纪嘉道诗歌研究综述》　于慧　《文史知识》2007年第 4 期

《清诗在日本》　[日]清水茂　载[日]清水茂著　蔡毅译《清水茂汉学论集》　中华书局 2003 年版

《半个世纪以来韩国国内清代诗学研究概况》　柳晟俊《武汉科技大学学报》2008 年第 2 期

《清代文章研究的历史与现状》　吴承学　《文学遗产》2006 年第 1 期

《清代文章的研究现状及前景展望》　陈文新　鲁小俊《湖北社会科学》2006 年第 5 期

《近百年清代骈文研究综述》　吕双伟　《柳州师专学报》2004 年第 4 期

《清代赋学研究述评》　孙福轩　《鲁东大学学报》2007 年第 4 期

《20 世纪清词研究的现代化进程》　陈水云　载其著《清代词学发展史论》　学苑出版社 2005 年版　《附录》

《近百年清词研究的历史回顾》　张宏生　《文学评论》2007 年第 1 期

《十年来的清词研究》　马大勇　《古典文学知识》2005 年第 2 期

《20 世纪的清代女性词研究》　陈水云　《妇女研究论丛》2004 年第 1 期

（子弟书）《文献综述》　崔蕴华　载其著《书斋与书坊之间——清代子弟书研究》　北京大学出版社 2005 年版　《引言》

《桐城派研究学术史回顾》　张晨怡　曾光光　《船山学刊》2006 年第 1 期

《20 世纪清代文言小说研究述评》　曲金燕　《甘肃社会科学》2006 年第 4 期

《清代"唐宋诗之争"研究述评》　赵娜　《苏州大学学报》2008 年第 5 期

《〈四库全书〉编纂与出版研究》　一、《研究现状》　二、《〈四库全书〉编辑出版研究方面的一些问题》　李常庆　载其著《〈四库全书〉出版研究》　中州古籍出版社 2008 年版《附录一》

《建国以来〈古文观止〉研究述略》　王兵　《江淮论坛》

2005 年第 3 期

《20 世纪钱谦益诗学研究》 王顺贵 黄淑芳 《广西社会科学》2003 年第 1 期

《三百年来宋琬研究综述》 徐华 《河北理工大学学报》2005 年第 3 期

《李渔研究概述》① 胡元翎 载其著《李渔小说戏曲研究》 中华书局 2004 年版 《引论》

《李渔戏曲理论研究 50 年综述》 朱锦华 《徐州师范大学学报》2004 年第 4 期

《李渔小说研究现状梳理》 刘琴 《阴山学刊》2008 年第 1 期

《欧美的李渔作品及相关研究示要》 羽离子 《文献》2001 年第 4 期

《施闰章研究综述》 邹莹 《乐山师范学院学报》2004 年第 7 期

《神韵诗学研究百年回顾》 王小舒 《文史哲》2000 年第 6 期

《王士禛研究述论》 王顺贵 《齐鲁学刊》2003 年第 2 期

《20 世纪后 20 年袁枚研究述评》 汪龙麟 《苏州大学学报》2005 年第 1 期

《清代聊斋的评论述略》 吴功正 《北方论丛》1985 年第 3 期

《近十年〈聊斋志异〉文本研究述略》 葛丽英 《语文学

---

① 题目为张可礼所拟。

刊（高教版）》2006 年第 3 期

《六十多年来蒲松龄俚曲研究概述》　邵吉志　《蒲松龄研究》2005 年第 1 期

《〈聊斋志异〉与佛教文化研究述评》　朱祺　王恒展《蒲松龄研究》2005 年第 1 期

《近半世纪〈聊斋志异〉的渊源研究及其意义》　王立《东南学术》2007 年第 5 期

《二十世纪上半期〈聊斋志异〉文献研究述略》　苗怀明《蒲松龄研究》2008 年第 4 期

《〈聊斋志异〉在俄国——阿列克谢耶夫与〈聊斋志异〉的翻译和研究》　[俄]李福清　载《聊斋学研究论文集》　文联出版社 2001 年版

《近 50 年〈聊斋志异〉在日本的传播和研究》　王枝忠《福建师范大学学报》2006 年第 6 期

《蒲松龄诗文研究综述》　张月霞　《南都学坛》2003 年第 1 期

《百年〈醒世因缘传〉研究综述》　岳岚　魏崇新　《东南大学学报》2004 年增刊

《近 50 年来港台地区纳兰性德词研究述评》　陈水云《民族文学研究》2005 年第 3 期

《红学六十年》　潘重规　台湾文史哲出版社 1974 年版

《红学三十年讨论述要》　胡小伟　载卢兴基主编《建国以来古代文学问题讨论举要》　齐鲁书社 1987 年版

《红学四十年》　胡明　《文学评论》1989 年第 2 期　收入郭皓政主编　陈新文审订《红学档案》　武汉大学出版社2007 年版

《〈红楼梦〉在国外》　胡文彬著　中华书局1993年版

《百年曹雪芹研究功过评说》　胥惠民　收入董乃斌
薛天纬等主编《中国古典文学学术史研究》　新疆人民出版
社1997年版

《索隐派红学的研究方法及其历史经验教训——评近半
个世纪海内外索隐派红学》　郭豫适　《齐鲁学刊》1999年第
3期　收入郭皓政主编　陈新文审订《红学档案》　武汉大学
出版社2007年版

《20世纪曹雪芹研究概述》　胥惠民　《河南教育学院学
报》2004年第1期

《20世纪脂砚斋研究综述》　徐军华　《河南教育学院学
报》2003年第4期

《20世纪上半叶红学批评专论述评》　俞晓红　《安徽师
范大学学报》2000年第1期

《〈红楼梦〉研究百年回眸》　张锦池　《文艺理论研究》
2003年第6期

《20世纪〈红楼梦〉学术争鸣述要》(上篇、下篇)　梁归智
《河南教育学院学报》2003年第6期、2004年第1期

《关于曹雪芹佚著〈废艺斋集稿〉的学术争鸣》　黄道京
《古典文学知识》2004年第1期

《二十年来曹雪芹艺术创作研究述评》　高淮生　李春
强　《红楼梦学刊》2004年第3期

《20世纪〈红楼梦〉语言研究综述》　吴玉霞　《河南教育
学院学报》2004年第3期

《20世纪〈红楼梦〉艺术研究概述》　刘春燕　《河南教育
学院学报》2004年第2期

《20世纪〈红楼梦〉比较研究综述》　尤海燕　《河南教育学院学报》2004年第5期

《大观园研究综述》　王慧　《红楼梦学刊》2005年第2期

《〈红楼梦〉版本及相关问题研究述评》　段江丽　《河南教育学院学报》2005年第3期

《〈红楼梦〉后40回研究综述》　李光翠　《河南教育学院学报》2006年第1期

《〈红楼梦〉探佚研究综述》　董晔　《河南教育学院学报》2006年第1期

《近代中国三次社会转型与红学批评范式的转换》　赵建忠　《文艺研究》2006年第2期

《20世纪〈红楼梦〉主题研究综述》　赵静娴　《河南教育学院学报》2006年第3期

《八十年来"红楼戏"研究述评》　胡淳艳　《红楼梦学刊》2006年第4期

《横看成岭侧成峰:近五十年来台湾"红学"印象》　胡文彬　《辽东学院学报》2007年第1期

《石头渡海:近三十年台湾地区〈红楼梦〉之硕博论文述要》　陈怡君　《红楼梦学刊》2007年第1期

《〈红楼梦〉研究史就是〈红楼梦〉被接受的历史:关于百年〈红楼梦〉小说批评接受研究的思考》　高淮生　《咸阳师范学院学报》2008年第1期

《对红学考证的方法论反思》　王冉冉　《明清小说研究》2008年第1期

《百年红学发展演变的"草蛇灰线":〈红楼梦〉研究"稀见

资料"价值略论》　梁归智　《河南教育学院学报》2008 年第
3 期

　　《20 世纪薛宝钗研究综述》　刘春燕　《河南教育学院学
报》2003 年第 1 期

　　《20 世纪王熙凤研究综述》　姚晓菲　《河南教育学院学
报》2003 年第 2 期

　　《20 世纪贾宝玉研究综述》　尤海燕　《河南教育学院学
报》2003 年第 3 期

　　《20 世纪贾探春研究综述》　吴玉霞　《河南教育学院学
报》2003 年第 4 期

　　《20 世纪林黛玉研究综述》　董晔　《明清小说研究》
2003 年第 4 期

　　《20 世纪晴雯研究综述》　崔莹　《河南教育学院学报》
2004 年第 2 期

　　《20 世纪史湘云研究综述》　李光翠　《河南教育学院学
报》2004 年第 3 期

　　《20 世纪秦可卿研究综述》　崔莹　《河南教育学院学
报》2005 年第 6 期

　　《20 世纪〈阅微草堂笔记〉研究综述》　汪龙麟　《殷都学
刊》2000 年第 1 期

　　《20 世纪以来〈歧路灯〉研究回眸》　刘畅　《河南大学学
报》2004 年第 5 期

　　《〈儒林外史〉研究纵览》　李汉秋著　天津教育出版社
1992 年版

　　《新时期〈儒林外史〉研究综述》　李韵　潘华云　《文史
知识》2001 年第 11 期

《二百余年来〈儒林外史〉研究之回顾　附：20世纪〈儒林外史〉研究之回顾（摘录）》　陈美林　［韩］《中国小说研究论丛》第1期　又见其著《吴敬梓研究》　南京师范大学出版社2006年版　中册

《20世纪〈儒林外史〉主题探讨之回顾——纪念吴敬梓诞辰三百周年》　陈美林　《中华文化论坛》2001年第3期　又见其著《吴敬梓研究》　南京师范大学出版社2006年版　中册

《20世纪吴敬梓思想研究评述》　陈美林　《中华文化论坛》2002年第3期　又见其著《吴敬梓研究》　南京师范大学出版社2006年版　中册

《20世纪〈儒林外史〉研究的回顾与反思》《20世纪〈儒林外史〉研究的回顾与反思》（续）　许建平　《河北师范大学学报》2004年第3、4期

《发掘和利用吴敬梓研究资料的再检讨——吴敬梓研究回顾系列》　陈美林　《南京师范大学文学院学报》2005年第1期

《〈绿野仙踪〉百年研究综述》　周晴　《南都学坛》2008年第2期

《关于桐城派及近百年来对它的评论》　周中明　《文学评论》1997年第4期　又见陶新民　孙以昭主编《中国古代文学论集》　人民文学出版社2001年版

《二十世纪桐城派研究述评》　高黛英　《郑州大学学报》2003年第2期

《桐城派研究百年回顾》　江小角　方宁胜　《安徽史学》2004年第6期

《肌理派研究述评》　郑才林　《中国韵文学刊》2005年

第 4 期

　　《〈浮生六记〉百年研究述略》　黄强　《扬州教育学院学报》2006 年第 2 期

## 近代

　　《建国三十年近代文学研究的回顾》　王俊年　梁淑安等　《文学评论》1980 年第 3 期

　　《二十世纪中国近代文学研究述评》　关爱和　《中州学刊》1999 年第 6 期　收入其著《中国近代文学研究论集》　中华书局 2006 年版　《附录》

　　《二十世纪中国近代文学研究学术历程之回顾》　郭延礼　《文学遗产》2000 年第 3 期

　　《探寻中国文学从古典到现代的转型历程》　王飚　关爱和等　《文学遗产》2000 年第 4 期　收入《文学遗产》编辑部编《世纪之交的对话：古典文学研究的回顾与展望》　上海古籍出版社 2000 年版

　　《20 世纪中国文学研究·近代文学研究》　张燕瑾　吕薇芬总主编　本卷主编裴效维　北京出版社 2001 年版

　　《20 世纪中国近代文学研究的曲折历程》（上、下）　裴效维　《徐州师范大学学报》2004 年第 1、2 期

　　《近年来关于中国文学现代性转型研究述评》　姚涵　《文艺报》2006 年 10 月 28 日第 7 版

　　《中国近代文学研究三十年》　关爱和　朱秀梅　《文学评论》2008 年第 4 期

　　《近代诗文研究的百年回顾》　陆草　《中州学刊》1999 年第 6 期

　　《近十年来近代桐城派研究综述》　吴修成　《甘肃联合

大学学报》2006 年第 2 期

《近代中国海外游记研究综述》　刘少虎　《湖南商学院学报》2007 年第 5 期

《晚清小说研究概说》　袁健　郑荣　天津教育出版社 1989 年版

《晚清小说期刊研究的回顾与前瞻》　王燕　载其著《晚清小说期刊史论》　吉林人民出版社 2002 年版　《绪论》

《批评的理论视角变迁:晚清谴责小说研究的历时述评》方国武　《安徽农业大学学报》2008 年第 2 期

《近百年来"小说界革命"研究述评》　谢飘云　张松才《华南师范大学学报》2004 年第 2 期

《关于晚清民国传奇杂剧研究》　左鹏军　载其著《晚清民国传奇杂剧考索》　人民文学出版社 2005 年版　《引言》二

《龚自珍及其著述研究综述》　赵金松　载其编《〈龚自珍全集〉综论》　见张永桃主编《中国典籍精华丛书》第 4 卷"学林新篇"(二)　中国青年出版社 2000 年版

《百年来对〈儿女英雄传〉的研究综述》　李婷　《中央民族大学学报》2004 年第 2 期

《蒙古族近代文学大师尹湛纳希研究概述》　巴·苏和《中央民族大学学报》2004 年第 1 期

《近百年来黄遵宪研究的回顾与期望》　管林　《商丘师范学院学报》2005 年第 4 期

《黄遵宪研究述评》　左鹏军　载其著《黄遵宪与岭南近代文学论丛》　中山大学出版社 2007 年版　上辑《黄学论衡》

《1994—2004年黄遵宪研究论析》　郑燕珍　《嘉应学院学报》2008年第5期

《二十世纪〈海上花列传〉研究综述》　申丽萍　《语文学刊(高教版)》2005年第3期

《百年来王闿运研究述评》　傅宇斌　载张伯伟　蒋寅主编《中国诗学》第十三辑　人民文学出版社2008年10月出版

《百年吴趼人小说研究述评》　胡全章　《山西师大学报》2005年第2期

《〈白雨斋词话〉在20世纪的回响》　陈水云　载其著《清代词学发展史论》　学苑出版社2005年版　《附录》

《沈曾植研究综述》　张智慧　《嘉兴学院学报》2008年第3期

《陈季同研究综述》①　李华川　载其著《晚清一个外交官的文化历程》　北京大学出版社2004年版　《引言》

《20世纪以来陈衍研究述评》　周薇　《学海》2007年第5期

《薛绍徽研究的现状》　林怡　载其点校《薛绍徽集》方志出版社2003年版　附录《在旧道德与新知识之间》

《百年来梁启超研究的回顾与展望》　侯杰　李钊　载李喜所主编《梁启超与近代中国社会文化》　天津古籍出版社2005年版

《梁启超与"现代"文学观念的兴起研究综述》　彭树欣《兰州学刊》2006年第12期

---

①题目为张可礼所拟。

《五十年来〈人间词话〉"境界"阐释述评》　马正平　《语文导报》1987 年第 2 期

《对〈〈人间词话〉〉研究现状的基本认识》　李砾　载其著《〈人间词话〉辨》　中国社会科学出版社 2006 年版　《导论一》

《建国以来王国维研究评述·关于王国维的文学（包括美学）思想研究》　谢宝成　载袁英光选编《王国维学术研究论集》（三）　华东师范大学出版社 1990 年版

《二十世纪王国维文学批评研究综述》　李虎子　《培训与研究——湖北教育学院学报》2001 年第 3 期

《王国维文艺思想研究的世纪考察》（上、下）　程国赋　《学术交流》2005 年第 2、3 期

《1978—2008 年辜鸿铭研究综述》　刘中树　《吉林大学社会科学学报》2008 年第 6 期

# 方法编

　　古代文学史料学是一门实践性很强的学科。我们探讨文学史料学的理论、演进的历程和内容等，虽然有探讨某些规律等问题，但最终还是要落实到有助于人们能够正确地便捷地搜集、鉴别、整理、著录和使用史料的实践上。古代文学史料的搜集、鉴别、整理、著录和使用，不仅是历代史料学探讨的主要内容，也是我们现在面临的重要问题。总括自古迄今，特别是近代以来在史料的搜集、鉴别、整理、著录和使用上，既涉及到态度和学风问题，也涉及到方法问题。就方法而言，前人继往开来，不断探索，付出了大量心血，多有创获。虽然不同的时期、不同的文人学者强调和使用的方法不尽一致，但总的走势是互补、趋同，越来越科学。

　　方法是一种重要手段，人们总是通过方法同史料发生联系。对于前人行之有效的方法，我们应当注意借鉴。注意借鉴，可以免去从头摸索之劳。正是出自上述思考，本书特别设有"方法篇"，主要从如何搜集、鉴别、整理、著录和使用史料等角度，述列了一些具体方法，以资参考。

　　"方法篇"分别述列的方法，有针对性和可操作性，也有局限性。我们在使用这些方法时，要力避绝对化，要注意综合辨证。还有，古代文学史料是已然的、固定的，但有关古代文学史料学方法是开放的、变动的。前人所谓的"史无常法",也适用于文学史料学的方法。随着科学的发展,方法肯定会不断更新。我们应当与时俱进,根据研究的对象和史料的特点,不断探索新方法。

# 第二十章　古代文学史料的搜集与检索

## 第一节　珍重史料

珍重史料是我们中华文明的重要组成部分。我们中华民族自古以来就重视历史，特别留心保存和搜集各种历史遗存，形成了珍重史料的优良传统。这表现在许多朝代的官方上，也反映在不少文人学者的认识和实践上。余嘉锡说，我国古代，"盖一代之兴，必有访书之诏，求书之使（原注：《通考》卷一百七十四《经籍考总叙》，载之甚详）。天下之书既集，然后命官校雠，撰为目录"①。各个朝代为了搜集和保存史料，一般都设置了专门的机构和官吏。《吕氏春秋》卷16《先识览》记载，夏时设有太史令、商设有内史等官吏，执掌图籍。西周设有相当规模的史官机构——大史寮，其中有御史，又称柱下史，老子就曾担任过柱下史。东周各诸侯国也都设有史官。西汉初期，朝廷反拨秦始皇毁坏文献典籍的暴行，设置机构，指令搜集文献，汉武帝时扩大、加强了乐府机关，

---

① 余嘉锡《古书通例》卷一，见《余嘉锡说文献学》，上海古籍出版社 2001 年版，第 167 页。

采集了大量的乐府诗①。先秦和西汉有关机构和史官的设置,大体为后来各个朝代所效法,只是名称和规模不同而已。各个朝代史官机构和史官的设置,搜集珍藏了大量的史料。

与史官机构和史官搜集珍重史料的同时,历代有许多士人也十分珍重史料。

孔子的一生,一直珍惜史料,他搜集了大量的文献史料。"春秋之世,诸侯国自有史","孔子求众家史记,而得百二十国书。如楚之书,郑之志,鲁之春秋,魏之纪年,此其可得言者"②。他还到许多地方观察、寻求实物史料。

司马迁除珍重古代的文献之外,还先后到今天的江苏、安徽、山东、浙江、河南、湖南、四川和云南等地,走访、观察,搜集了许多第一手史料。他为写《孔子世家》,曾"适鲁,观仲尼庙堂、车服、礼器,诸生以时习礼其家,余祇回留之不能去云"③。

北宋金石学家刘敞特别珍惜他搜集到的数十种先秦彝鼎,常常说:"我死,子孙以此蒸尝我。"④他视彝鼎为生命,生珍惜之,要死后子孙用它来祭祀。南宋《通志》作者郑樵"游名山大川,搜奇访古,遇藏书家必借留,读乃去"⑤。洪适终生酷爱金石文字,对汉代石刻更加青睐。他"得黄金百,如视涕唾,即获一汉刻,津津然盱衡击节,辍食罢寝,摩挲而谨读之,意世间所谓乐事,直无以

---

① 参阅陈蔚松《古代编纂机构述略》(上、中、下),《文献》1994 年第 1、2、3 期。
② [唐]刘知几撰,赵吕甫校注《史通新校注》,重庆出版社 1990 年版,《外篇·古今正史》。
③ [汉]司马迁撰《史记》,中华书局点校本,卷 47《孔子世家》。
④ [元]脱脱等撰《宋史》,中华书局点校本,卷 319《刘敞传》。
⑤ [元]脱脱等撰《宋史》,中华书局点校本,卷 436《郑樵传》。

右此者"①。

清初顾炎武特别重视文物，他"遇有古碑遗迹，必披蓁菅，拭斑藓读之，手录其要以归"②。

现代著名的作家学者郑振铎，一生把书看成是自己的"命根子"。他爱书，有时胜过爱自己的生命。1949年一位香港的爱国人士，把一批古籍捐给了国家，其中有不少珍贵的宋版书。当这批古籍装箱运到上海时，身为国家文物局局长的郑振铎，亲自赶到上海码头验收。"开箱时，许多专家学者都参加了，如逢盛典一般"。当这批书要运往北京时，郑振铎坚持要亲自押运。这么多箱书，铁路只能货运，但不安全。有人建议空运。郑振铎说："绝对不行！绝对不行！万一飞机出了事，这些书就全完了。"后来，周恩来总理命令铁道部，把这批书作为"特件"，由郑振铎亲自押运，安全地运到了北京。

在郑振铎所搜集的大量的文献史料中，最为辉煌的是《脉望馆钞校本古今杂剧》。为了寻觅这部古籍，他捱过了不知多少不眠之夜，多次到苏州、常熟等"藏书之乡"，多方筹措书款。历遭磨难，几经周折，最后终于从一名书商手中，为国家收回了这部比欧洲莎士比亚还要早三百多年的大型的戏曲宝藏③。

从古到今，有许多文人学者，即使在战乱时也不忘珍藏保存史料。《后汉书》卷79上《儒林传》载：

　　昔王莽、更始之际，天下散乱，礼乐分崩，典文残落……

①《隶续序》，中华书局1985年影印洪氏晦木斋本，第292—293页。

②参阅支伟成《清代朴学大师列传》，岳麓书社1986年版。

③参阅郑尔康选编《郑振铎书话》，北京出版社1997年版，《选编后记》，第335—336页。

四方学士多怀挟图书,遁逃林薮。

郑振铎在抗日战争期间,没有去"大后方",也没有奔赴抗日疆场,而是"隐姓埋名,隐居在上海",为国家抢救了大量珍贵的文献古籍。抗战胜利后,他以"书生报国"的情怀把这些珍贵的文献古籍献给了祖国和人民①。

由于多方面的原因,我国有大批史料流散在国外。为了把这些史料,收回国内,许多学者付出了很大的代价和艰辛的劳动。罗振玉于清末东渡日本,发现了日藏唐写《文选集注》残本。民国八年(1919)他回国时,为了使此本不致湮没,能在国内流传,于是把自己在京都净土寺町的一所寓宅捐给了京都文科大学,把捐后所得款项,用来作为此本的印行之资。唐写《文选集注》本今天能够在国内广为流传,不应忘记罗氏之功②。20世纪初,敦煌史料被发现后,有一大批流失在国外,许多爱国之士痛心疾首。为了搜集这一大批史料,王重民、向达、姜亮夫等前辈学者付出了大量的心血。1935年,姜亮夫依靠自己教书积攒下来的工钱,自费到法国巴黎大学进修。在巴黎,他观看了几十个博物馆后,决心把博物馆中所藏的敦煌史料等文物,用抄写和拍照等方法,使之回归祖国。他在1937年赴英国的途中,又在一些博物馆中拍了一些中国文物的照片。在他回国前,已经搜集了敦煌制片400余张,其他文物制片千余张。为了使祖国的史料返回故乡,姜亮夫放弃了获得巴黎大学博士学位的机会,使自己的近视度数增加到600度。今天我们能够看到丰富的敦煌学史料,其中浸沉着不少

---

① 参阅郑尔康选编《郑振铎书话》,北京出版社1997年版,《选编后记》,第336页。

② 参阅周勋初《唐钞文选集注汇存》,上海古籍出版社2000年版,《前言》。

学者的大量心血。

国人在珍重史料时，自古以来就有一种开放的心态。对国内，常常强调"华夷如一"，各民族间注意尊重他族的史料。对国外，尤其是从近代开始，许多有识之士重视国外的各种史料。他们阅读翻译国外的各种书籍和报刊，游览参观和实地考察，并经由多种渠道，把国外的重要史料传入国内。

# 第二节　搜集史料与问题意识

如何搜集史料，是我们研究古代文学时面临的一个重要问题。在这方面，历代许多文人学者在长期的实践中，积累了一些认识和方法。这些认识和方法，虽然都有用处，但每一种认识和方法都不是万能的，都有其长处和短处。如何对待这些认识和使用这些方法，也往往因人而异，因时而异，因地而异。不过，其中也有一些认识和方法为多数人所遵循。下面略述一些认识和方法。

我国古代的文学史料，随着时间的推移、历次战乱的毁坏以及统治者的焚毁，散失、残缺的很多，有些只留下片鳞只爪。这些残缺的史料存传的情况也比较复杂，有不少相当分散。就现存的比较完整的史料来看，由于时代和作者的局限，也难以适应我们今天的需要。史料的繁复和分散，使我们常有望洋兴叹之感，搜集时，往往宛如大海捞针，沙里淘金，费时长久，而所得甚少。还有一种情况，就是有些史料有隐蔽性，一般人常常接触它们，却轻易地放过了，而细心者或熟读者却能发现它们的史料价值。上述种种情况告诉我们，搜集史料，要有热情，要耐心，要不畏艰难。在这方面，许多前辈为我们作出了榜样。他们在非常困难的情况下，艰苦细致地搜集史料的精神，值得我们学习。今天我们的条件好多了，有些史料可以通过电脑检索。尽管这样，搜集史料仍是一项十分细致的工作，要尽量避免浮躁和粗枝大叶。譬如，我们要搜集明代的词、曲作品，只翻阅有关的文集的目录是不够的，因为有些词、曲，作品较少，常常附在诗文的后面，并不见于目录。明李堂撰《董山文集》15 卷，就属于这种情况。15 卷中，卷 1—6 为诗、赋，卷 6 末附诗余 24 首，卷 7 以下为文①。中国自古以来就有"书山有路勤为径，学海无涯苦为舟"之说，搜集史料应当发扬"勤"、"苦"精神，还应当持之以恒。明代温纯《续文献通考·序》说，明代王圻为撰写《续文献通考》，"肆力搜罗，且四十年"，遂成《续文献通考》254 卷。看来，克服困难，专心致志，长期积累，仍是我们搜集史料要坚持的。

　　搜集史料同博览多闻、广泛涉猎密切相关。这就要求我们多读书，多做实地考察，读万卷书，行万里路。多读书，多做实地考察，能开阔我们的视野，能使我们接触多方面的史料信息。不过在这一过程中，往往由于没有明确的目的，来不及仔细领会所涉及的史料。从搜集史料的角度来看，这种方法，一般只能粗略地知道所阅读的书籍中和观览的实物中，有哪些史料，以备以后查找。当然，许多有学术造诣和学术敏感的学者，往往能在博览多闻、广泛涉猎中，不是先入为主，而是全面深入思考，发现有价值的史料，进而提出新的问题。严耕望指出，"看书要彻底"，如果用"抱个题目找材料的方法，当你做完这个题目，其他的东西所得不

①《董山文集》，北京大学藏明刻本。参阅杜泽逊《四库存目标注》，上海古籍出版社 2007 年版，第 2686 页。

多,久而久之,将会发现学问的潜力太薄弱,难以发展"①。严氏强调的是看书要深入细致,不要只抱个题目去翻材料。

有不少前辈学者,强调要带着问题去搜集史料。我们平时在读书或参观实物时,面对着方方面面的史料,不知道哪些重要,哪些不重要,哪些应当留心,哪些可以略过,往往眉毛胡子一把抓,结果成绩不大。这主要是因为没有问题意识。研究课题没有形成,脑子里没有问题,自然就不清楚哪些史料对自己有用,有用的史料也被放过了。因此,要带着问题去面对各种史料,是搜集史料的一个重要方法。这一点,梁启超下面的一段话,富有启示:

　　初学读书的人,看见许多书,要想都记得,都能作材料,实在很不容易。某先辈云:"不会读书,书面是平的;会读书,字句都浮起来了。"如何才能使书中字浮凸起来?唯一的方法,就是训练注意。昔人常说,好打灯谜的人,无论看什么书,看见的都是灯谜材料。会作诗词的人,无论打开什么书,看见的都是文学句子。可见注意那一项,那一项便自然会浮凸出来。这种工作,起初做时是很难,往后就很容易。……最初的方法,顶好是指定几个范围,或者作一篇文章,然后看书时,有关系的就注意,没有关系的就放过。过些日子,另换范围,另换题目,把注意力换到新的方面。照这样做得几日,就做熟了。熟了以后,不必十分用心,随手翻开,应该注意之点立即就浮凸出来。读一书,专取一个注意点;读第二遍,另换一个注意点。这是最粗的方法,其实也是最好的方法。②

---

① 严耕望《治史三书》,辽宁教育出版社 1998 年版,第 21—22 页。
② 梁启超《中国历史研究法补编》第二章,载《中国历史研究法》附录,东方出版社 1996 年版。

梁启超上面所说的"指定几个范围"和"注意点",实际上就是告诉我们在读书时,要有问题意识。有了问题,面对方方面面的史料,自然就会有所去取。梁启超之后,翦伯赞又提出了依史料的性质分次来搜集史料的方法:

> 搜查一本书,可以作一次搜查,这种方法就是不管史料的性质,只要是我们所需要的史料,就毫无遗留地把它们抄下来……但我以为搜查的方法,最好是依史料的性质分作若干次进行。例如第一次,搜查经济史料;第二次,再搜查政治史料;第三次,再搜查文化思想史料。这样依次搜查的方法有两种好处:第一,它可以使我们的注意力,完全集中到一点。比如我们搜查经济史料时,要把全力注意经济史料,对于政治和文化思想史料,暂时不管;反之亦然。这样,就会养成我们的专注力,使我们所注意的史料,在我们面前浮凸出来。第二,可以使我们在搜集某些史料的当中,同时得到与这一史料有关之各方面的知识。比如我们搜集经济史料时,把政治和文化思想史料搁在一边,我们就可以分出注意力来注意与经济史料有关的事项。此外,这种分次搜集下来的史料,不必经过整理,自然就有它的系统。①

上面所引梁启超和翦伯赞的论述,虽然角度不同,但有一点是近似的,都强调在搜集史料之前,要有问题意识,然后带着相关的问题,集中注意力,去搜集史料。如果脑子里没有问题,即使史料摆在你的面前,你也容易忽略。实践证明,这种搜集史料的方法,容易操作,也会减少整理史料的时间和精力。问题的产生,不是随意的,而是要依靠平时多读书、多思考、多积累,是在既了解

---

① 翦伯赞《史料与史学》,北京大学出版社1985年版,第74—75页。

历史实际，又要了解研究现状的基础上确定的。需要说明的是，带着问题来搜集史料，具有连续性，问题和史料之间，往往会出现一些变化。一般地说，某一研究课题定下来以后，就开始集中时间搜集史料，但是由于史料的丰富性和复杂性，在实际的研究过程中，一直伴随着搜集史料的工作。在搜集史料的过程中，随着对史料的掌握和分析，往往会对原来确定的问题做某些调整。因此问题意识和搜集史料是结合在一起的，应当纳入整个研究过程中。

# 第三节　力求全面，方法科学

研究文学史中的各种问题，首先应当全面地掌握相关的史料。文学史上的任何一个问题所涉及的史料的多样复杂，是令人吃惊的。史料有多种不同的来源。它的表现是多方面的，有直接的，有间接的，有明显的，有隐约的。如果我们不全面地加以搜集，就很难有正确的认识，很难探究其实质。明清之际的黄宗羲在《明儒学案·发凡》中说：

> 每见钞先儒语录者，荟撮数条，不知去取之意谓何？其人一生之精神未尝透露，如何见其学术？是编皆从全集纂要钩玄，未尝袭前人之旧本矣。

在黄宗羲看来，要见明儒之"精神"和"学术"，不能仅靠数条语录，而必须从全集中"纂要钩玄"。他讲的虽然是自己作《明儒学案》立足于全面掌握史料，但完全适用于古代文学研究。

梁启超指出：

> 大抵史料之为物，往往有单举一事，觉其无足重轻；及汇集同类之若干事比而观之，则一时代之状况可以跳活表现。

此如治庭园者,孤植草花一本,无足观也;若集千万本,莳以成畦,则绚烂眩目矣。①

梁氏用对比、形象的说法,强调了全面掌握史料的重要。另外,文学史上有许多问题的有关史料,分散各处,难以搜求。我们在搜集史料时,如有遗漏,往往会得出错误的结论②。因此,学术界的许多前辈,谈及搜集史料时,都特别强调求全。傅斯年1928年在广州创办历史语言研究所后,以全力鼓吹并奖励在所的工作人员扩张研究的材料,并以"上穷碧落下黄泉,动手动脚找东西"作为标语③。冯友兰指出,历史学家研究一个历史问题,"第一步的工作是收集史料,这一步工作的要求是'全'","必须尽可能把同他所研究的问题有关的史料都收集起来"④。只有掌握了全面的史料,才可能互相印证、互相补充。这是正确描述史实、得出经得起验证的科学结论而无遗恨的重要前提。这已为古代许多有成就的史学家所认可。唐代刘知几在《史通·采撰》中说:

盖珍裘以众腋成温,广厦以群材合构。自古探穴藏山之士,怀铅握椠之客,何尝不征求异说、采摭群言,然后能成一

---

① 梁启超《中国历史研究法》,东方出版社,1996年版,第78页。

② "比如李伯元的《官场现形记》、《海天鸿雪记》二书前都有'茂苑惜秋生'的序,胡适认为此'惜秋生'大概即李伯元自己的化名,鲁迅《中国小说史略》仍之。阿英通过吴趼人之传及其他证据,更加上自己买到的李伯元所编《绣像小说》,通过日期的比较,知'惜秋生'在李伯元死后尚为之续《活地狱》,从而证明此人乃李伯元的朋友欧阳巨源"。引自陈平原主编《中国文学研究现代化进程二编》,北京大学出版社,2002年版,第206—207页。

③ 参阅王为松编《傅斯年印象》,学林出版社1997年版,第104页。

④ 冯友兰编著《中国哲学史史料学初稿》,上海人民出版社1962年版,第2页、5页。

家,传诸不朽。

宋代郑樵在《通志略》中说:

> 然大著述者必深于博雅,而尽见天下之书,然后无遗恨。

为了全面地搜集史料,要有网罗无遗、竭泽而渔的决心。这一点,许多著名的前辈学者,为我们作出了榜样。陈垣"自己常说,在准备材料的阶段,要'竭泽而渔',意思即是要不漏掉一条材料"[①]。

古代文学史料浩瀚繁富,运则汗牛,藏则充栋,为了能把自己研究的问题的有关史料全面地搜集起来,至少有下面六点值得我们特别重视:

第一,要搜集各种载体的史料,特别是文字史料、实物史料和口头传承史料。

文字史料是史料的大宗,它包括的范围十分广阔,过去讲的经史子集都属于这方面。就史料的来源而言,有同时代人记载的,也有后来人记载的。前者往往较少,而后者则较多。以传记史料为例,陶渊明的传记,陶渊明自己写有《五柳先生传》,但从史料的角度来审视,还不能算是正规的传记。陶渊明去世之后,颜延之、沈约、萧统以及《晋书》和《南史》等都写有陶渊明的传记。有些传记史料,除见于正史和作品外,还见于别史、杂史以及小说等。如阮籍的传记史料,正史方面的有《晋书·阮籍传》,小说方面的则有《世说新语》和《东坡志林》。从文字史料的结集形式来看,有比较集中的,如别集、总集、丛书、资料汇编等,也有相当分散的,散见于各种书籍和报刊。对于上面所举的各种形式的文字

---

①引自启功《夫子循循然善诱人——陈垣先生诞辰百年纪念》,见陈智超编
　《励耘书屋问学记》(增订本),三联书店2006年版,第140页。

史料,我们在搜集时都应当顾及。这一点,梁启超有深切的体认。他指出,中国古代遗留下来的可归于史部的各类文献,"拿历史家眼光看来,一字一句都藏有极可宝贵的史料。又不独史部书而已,一切古书,有许多人见为无用者,拿他当历史读,都立刻变成有用。章实斋说,'六经皆史',这句话我原不敢赞成;但从历史家的立脚点看,说'六经皆史料',那便通了"。由此推之,所有文字记录也皆史料,"也可以说,诸子皆史,诗文集皆史,小说皆史",都"和史部书同一价值"①。

从数量上来看,实物史料比文字史料要少得多,但其重要性往往不亚于文字史料。王国维在《古史新证》中说:

　　吾辈生于今日,幸于纸上之材料外,更得地下之新材料。由此种材料,吾辈固得据以补正纸上之材料,亦得证明古书之某部分全为实录,即百家不雅驯之言亦不无表示一面之事实。②

王国维上面的观点,发表于 1926 年,到现在已逾 80 年。80多年来,我国各方面发现和积累的各种实物史料远远超越了以前。有些实物史料可以和文字史料相互印证,有些则具有文字史料无法取代的价值。这些实物史料,有的已经经过了整理,公之于众,有些还有待我们去搜集。

我国自远古以来,就有重视口头传承史料的传统。历朝历代程度不同地都对口头传承史料予以关注,运用多种方式加以搜

---

① 《治国学的两条大路》,见《饮冰室合集》,上海中华书局 1942 年版,《文集之三十九》第 111 页。

② 《王国维文集》,姚淦铭、王燕编,北京,中国文史出版社,1997 年版,第 4 卷第 2 页。

集。这方面的史料，有不少已经成了文字史料，但还有许多仍在以口传为载体流传。搜集口头传承史料，比搜集书面文字史料要困难得多，但我们不能因为困难而有所轻忽。研究一个文学史问题，如果有口头传承史料，而我们没有认真地搜集，可能会影响我们研究的结论。

　　第二，兼顾国内与国外。就现存中国古代文学史料来看，应当说，绝大部分在国内。国内所存有的史料，仍有大量的有待我们去搜集。就国内而言，现在应当特别重视大陆与港台澳地区史料的交流。通过交流，使研究者能全面掌握史料。20世纪后半期的前30年，由于政治上的原因，大陆同港台澳地区的文化学术，基本上处于隔阻状态。这种状态，到80年代，开始有所改变，90年代以来交流日趋频繁。但由于多方面的原因，交流仍待进一步拓展和深化。大陆与港台澳，特别是大陆对港台澳的文学史料了解得较少。这种状况影响了研究，造成了史料资源的浪费。如台湾存有的一些古籍孤本、善本，台湾编辑出版的不少大型的古代文学丛刊以及大量的文学研究史料，有许多至今还没有在大陆流传。上述情况说明，现在我们全面搜集史料时，首先应当立足于国内，努力把大陆和港台澳地区存有的相关史料全面地搜集起来。同时，拓展视野，搜集国外的史料。对于国外史料的搜集，经过国内一些学者的相继努力和国外一些友好人士的前后帮助，已经取得了不少成果，但仍有许多重要的史料，有待传入，有待我们去搜集。以宋代的别集、总集为例，据巩本栋的研究："现存域外的宋人别集、总集善本的数量，见于各种书目著录的，韩国在百种以上，日本则有250种左右……像南宋绍兴十九年（1149）明州公库重刊本和影抄明州本徐铉《徐公文集》30卷，就仅见于日本大仓文化财团和静嘉文库，而国内只有明清以来出于明州本的抄本、刊本。欧阳修的诗文，由其子欧阳发在其身后汇编成集，至南宋光宗绍熙、宁宗庆元间，周必大、孙谦益等人重新校订，刊刻行世，成《欧阳文忠公集》153卷，此本在中国国内不全，但在日本天理图书馆却完整地保存着。"①类似上面所列举的国外所存别集、总集这类基本的文学作品史料，如果我们不掌握，我们的研究就不可能得出准确的结论。至于国外的研究史料，层出不穷。这些研究史料，不仅能使我们知道国外的研究状况，避免重复研究，还有助于扩大我们的视阈，避免"以中国解释中国"可能造成的某些欠缺和遮蔽。

第三，注意实际调查。深入调查，掌握史料，是我国史料学的优良传统。自古迄今，有许多历史家和学者，重视调查各种载体的史料，获得了不少珍贵的第一手史料。清代学者"阮元任山东学政时，亲往郑玄故里拜谒祠墓，在积沙中发现了金代的碑文，用以校《后汉书·郑玄传》，解决了《诫子书》中的衍文问题"②。20世纪20年代前后，在北京大学任教的沈尹默、刘半农等发起征集近世歌谣。他们分赴各地，调查搜集歌谣。1919年，顾颉刚利用在家乡苏州养病的机会，搜集身边的歌谣。1922年，北京大学创办《歌谣》周刊，顾颉刚把自己搜集、整理的100首歌谣发表在《歌谣》上。胡适誉谓"给中国文学史开一新纪元了"③。关于《西游记》的故事，叶舒宪说："如果到当地（今甘肃瓜州县）去看，当地的

①引自巩本栋《论域外所存的宋代文学史料》，《清华大学学报》2007年第1期。

②引自安作璋主编《中国古代史史料学》，福建人民出版社1998年版，第541页。

③参阅陈平原主编《中国文学研究现代化进程二编》，北京大学出版社2002年版，第79—80页。

老百姓都能讲出唐僧在当地收服了一个叫石磐陀的——或许就是孙悟空的原型——然后如何过关去取经，路过什么葫芦河啊，火焰山啊，当地都能落实到实地的，汉族书写的文献里没有。"①最近几年，王小盾、张伯伟等学者，为了调查、搜集国外汉语文献史料，不辞辛劳，奔走于日本、韩国、越南和琉球等国家和地区，为我们提供了大量的史料信息，还出版了一些有关这方面的论著②。我们应当继往开来，不断深入调查，以求全面掌握史料。

第四，不捐弃细小的史料。应当承认，史料有重要、次要之分，有大小之别。但其区别只是相对的。一种文学现象的史料，常常有重要的、大的，也有次要的、细小的。这两部分彼此依存，相辅相成。各种史料都有自己的含义，各种史料的产生、保存、整理、流传、影响等，也都具有史学的意义。有时从通常所谓的次要和细小史料中，可以发现重要的信息。还有，由于古今之隔和民族之别等原因，我们现在认为是一些没有意义的史料，甚至是"不近情理"、"可笑"的史料，可是随着我们的深入探讨，很可能会从中发现重要的意义。因此许多史学家都强调，在搜集史料时，要留心各种史料，包括细小的史料。章太炎在《訄书·哀清史·附中国通史略例》中，主张搜集史料应放宽视野，要"钩汲智沈，以振墨守之惑"，对于"皇古异闻，种界实迹"，均应收集。周光午在《我所知之王国维先生》一文中说，王国维主张对于"古代材料，细大均不可放过。忽其细处，则大处每不得通"，"故牛溲马勃，皆足珍

---

① 引自叶舒宪《来自人类学的声音》（上），《光明日报》2007年2月8日第9版。
② 参阅：王小盾《越南访书记》，载《新国学》第3卷，四川大学中文系《新国学》编辑委员会，巴蜀书社2001年版；张伯伟《域外汉籍与中国文学研究》，《文学遗产》2003年第3期。

奇。只见材料之如何安置，自足绎其条理，以窥见古人之真面目"①。顾颉刚在《孟姜女故事研究集自叙》中也特别申示不能轻忽细小的、常见的史料，"因为从很小的材料里也许可以得到很大的发见，而重复的材料正是故事流行的说明"②。

第五，重视搜集幽晦不明的史料。我们面对的各种繁复的史料，有些含义比较明显，容易看到，容易搜集；有些蕴涵的意义和价值则幽晦不明，不易发现。后者突出地表现在一些文艺作品当中。对这类幽晦不明的史料，一般的研究者，不太注意搜集。在这方面，陈寅恪为我们作出了示范。这主要表现在他的以《元白诗笺证稿》③为代表的对唐诗史料的发现和阐释上。在陈寅恪看来，唐诗的叙事成分多，其中有许多有关历史人物、事件的具体叙写。这些不仅具有文学价值，而且还具有史料价值。举元稹的《连昌宫词》作为例证。陈寅恪把这首诗作为史料，他对这首诗的阐释，关注较多的是它所涉及的朝政的和元稹个人的升迁荣辱的经历。这首诗最后有下面四句："官军又取淮西贼，此贼已除天下宁"，"老翁此意深望幸，努力庙谟休用兵"。这四句诗表现了元稹希望偃兵息武、天下安定的思想感情。其中蕴涵着当时朝廷在军事上的不同主张，也蕴涵着元稹升迁的原因等史料。唐代自宪宗元和至穆宗长庆年间，朝廷有"用兵"和"销兵"两种不同的主张。宪宗主张"用兵"，穆宗主张"销兵"。许多大臣常常因主张与皇帝同异而遭升迁贬降。元稹结交宦官，主张"销兵"，以《连昌宫词》

①《我所知之王国维先生》一文，收入陈平原、王枫编《追忆王国维》，中国广播电视出版社1997年版。

②《民俗》第1期，1928年3月21日。

③上海古籍出版社1978年版。

等取宠穆宗,结果位至宰相。经由陈寅恪的揭橥,《连昌宫词》的史料价值,得到了显现①。陈寅恪倡导和践行的用作品史料,以求文史互证,印证了中国古代的文学作品中蕴涵着丰富的史料。还有,文学作品中的史料在史书中多属空白。这一点,缪钺有所揭示:"各种古书所记载的多是史人活动的表面事迹,至于古人心内深处的思想感情,在史书中是不容易找到的,只有在文学作品中才能探寻出来。所以文学作品是心声,一个历史人物的文学作品是他一个人的心声,一个时代的文学作品则代表着这一个时代的心声。"②近代以来,有的学者把史料分为有意史料和无意史料两种。从价值方面考虑,有意史料往往不如无意史料。从史料的角度来看,文学作品之类比较隐晦不明的史料,大体上属于无意史料,多是作者真情实感的自然流露,而不是有意为了提供和存传史料,因此其蕴涵的史料具有其他史料难以取代的意义,是我们搜集史料时应当特别关注的。

第六,注意搜集新史料。我们在研究一个问题时,除了搜集已有的各种史料外,还要特别留心搜集新发现的史料。新时期以来,新史料不断地被发现。对于这些新史料,我们应当敏感,应当追踪,纳入我们的视野,尽快地搜集。在当代的研究中,我们有时会看到,有些论著的作者,由于忽视新的史料,引用的史料陈旧。有些问题由于新史料的发现,证明了以前的结论并不正确,但在某些著作中却仍在坚持旧说。上述现象的存在,从一个方面启示我们,应当十分注意搜集新的史料。新史料的发现和面世的时间

---

① 参阅《元白诗笺证稿》第三章《连昌宫词》。
② 缪钺《治学补谈》,《文史哲》1983年第3期。收入《缪钺全集》,河北教育出版社2004年版,第7卷第77页。

难以预测，而且时有时无，有偶然性。傅斯年说过："敦煌的巨藏有一不有二，汲冢的故事一见不再见。"①新史料的发现，从乡村到城市，从国内到国外，地域广泛，面世又是经由各种载体。新史料内容繁复，多种多样。有些新史料，如考古发现的新史料，是比较容易见到的，有些则有待发现，如档案馆、图书馆所藏的史料，大量的地方志中的史料，国外所收藏的史料。这些史料，因为许多条件的限制，或因为要付出艰辛的劳动，致使一些研究者避重就轻，不想去搜集。上面列举的这些情况，提醒我们，尽管从理论上讲，大家都知道搜集新史料的重要，但要落实到实践上，相当困难。搜集新史料，"非知之难，盖行之难也"，我们应当有开阔的视野，知难而上，应当不怕艰辛，持之以恒。

我们搜集古代文学史料，大多是根据我们所要研究的问题而求全。此外，我们还应当特别关注那些需要抢救的史料，这突出地表现在一些民族的口述的非物质性史料的搜集上。值得庆幸的是，现在我们国家和一些地区对此已经十分重视。我国的许多民族都有口头文学遗产，如满族有"说部"，它是满族及其先民女真人自辽金以来在民间流传的长篇说唱艺术。20世纪80年代，吉林省开始了抢救满族"说部"艺术的工作。自2007年开始，吉林人民出版社相继出版了《满族口头遗产传统说部丛书》。丛书的搜集、整理和出版，为研究满族文学提供了新的丰富翔实的史料。在这方面，仍有许多史料有待我们去搜集，我们应尽一份力量。

我们研究一个古代文学问题时，有时面对的史料是极其繁复的，我们的条件又往往有限，研究者常常穷其毕生精力，仍不能测

---

① 傅斯年《史料论略及其他》，辽宁教育出版社1997年版，第4页。

其涯际。因此，我们想全面搜集史料，除了应当勤奋之外，还要注意使用科学的方法。方法不科学，难得其门而入。方法涉及多方面，这里特别提出的是，应当注意区分史料的层次，制订一个比较科学的程序。一般说来，这一程序可以分为两步。

首先是搜集基本史料。所谓基本史料，指的是那些主要史料，直接的、原始的、未经改造或改造很少的史料，它能基本上反映和说明问题的实质。基本史料大多见于一些常见书。与此相关联的是，我们搜集基本史料时，首先应当读常见书。这一点，许多学者的主张和做法值得我们重视。汪辟疆有读常见书斋①，余嘉锡曾自题书斋名为"读已见书斋"②。陈垣对余嘉锡重视读已见书十分赞许，他在《余嘉锡论学杂著·序》中说：

> 有些人专以读人间未见书相标榜，人间未见之书虽然有些是珍贵的，但这样的书究竟是极少数，如果专以垄断奇书相夸耀，而对普通常见常用的书反不读不知，这是舍本逐末，无根之学。

陈垣自己"研究某个问题，特别是做历史考证，最重视占有材料。所谓占有材料，并不是专门挖掘什么新奇的材料，更不是主张找人未见的什么珍秘材料，而是说要了解这一问题各方面有关的材料。尽量搜集，加以考察。在人所共见的平凡书中，发现问题，提出见解"③。上述几位学者的主张和做法，虽然主要是就总

---

① 参阅汪辟疆《读常见书斋小记》，载《汪辟疆文集》，上海古籍出版社 1988 年版。
② 参阅余嘉锡《读已见书斋随笔》，载《余嘉锡论学杂著》，中华书局 1963 年版。
③ 引自启功《夫子循循然善诱人——陈垣先生诞辰百年纪念》，载陈智超编《励耘书屋问学记》（增订本），三联书店 2006 年版，第 140 页。

的治学而言，但完全适于搜集史料。面对繁复的史料，我们在搜集时，首先应当从常见书着手。所谓常见书，主要指的是正史和文学家的作品集。许多正史虽然体现的是官方的意识形态和编撰者的史识，有这样那样的局限，但由于它们选用了许多重要的、多方面的、后人难以看到的史料，具有概括型、综合性、系统性和代表性。文学作品集是文学史料的核心。许多重要的、基本的、直接的文学史料，通过阅读正史和文学家的作品集是比较容易搜集到的。

其次是搜集间接的史料。所谓间接的史料，主要指由基本史料增广的、孳生的一些撰述史料和研究史料。同基本史料相比，间接史料的数量往往远远超过了基本史料。我们在全面地掌握了基本史料之后，要力争全面地掌握间接史料。我们想研究屈原，战国和秦代典籍中的有关记载、屈原的作品、有关的考古文物以及《史记》中的屈原列传等，这些都是我们首先应当搜集的基本史料。然后我们再去搜集有关的间接史料，如有关屈原的传说，屈原基本史料的传播、注疏、评论等。传播能使我们知道史料的源流，注疏能帮助我们理解基本史料，评论有助于我们了解接受者的审美体悟和价值评判。

## 第四节　借助目录

古代文学史料浩繁复杂，其存佚情况、卷篇数量、重要程度、历来版刻等，是我们搜集史料时首先面临的问题。要全面地搜集所需要的史料是相当困难的。为了解决这方面的困难，少费时日，我们要注意使用工具。工具是手段，通过手段同对象发生关系。对于不同的对象，我们应当采用不同的工具。就搜集史料而言,我们应当注意首先使用工具书。有许多学者,为了编写这些工具书,耗费了大量的精力,有的甚至耗尽了一生的精力。他们的工作为我们提供了极大的方便,我们应当尊重这些成果,使用这些成果。在各种工具书中,古今许多学者都十分重视目录,都特别强调借用目录和目录学。明代著名藏书家高儒在《百川书志·序》中,特别强调目录在积聚考稽史料方面的作用。他说:

> 书无目,犹兵无统驭,政无教令,聚散无稽矣。

清代王鸣盛《十七史商榷》卷一说:

> 目录之学,学中第一紧要事。必从此问途,方能得其门而入。

当代史学家陈垣说:

> 目录学好像一个账本,打开账本,前人留给我们的历史著作概况,可以了然。古人都有什么研究成果,要先摸摸底,到深入钻研时才能有门径,找自己所需要的资料,也就可以比较容易地找到了。经常翻翻目录书,一来在历史书籍的领域中,可以扩大视野,二来因为书目熟,用起来得心应手,非常方便,并可以较充分地掌握前人研究成果。①

上述精辟的见解告诉我们,搜集史料,为了少用时日,避免走弯路,应当自觉地使用目录。

中国历代编撰的目录数量多,种类多。为了使读者"即目求书",自汉代以来,不少学者从不同的角度对目录进行了分类。清代以前,常见的是依经、史、子、集四部分类法。清代以来,分法繁

---

① 陈垣《谈谈我的一些读书经验——与北京师范大学历史系应届毕业生谈话纪要》,《中国青年》1961 年第 16 期,收入陈智超编《励耘书屋问学记》(增订本),三联书店 2006 年版。

多。有的从藏书和编撰者方面考虑，如清人汤纪尚把目录分为
"朝廷官簿"、"私家解题"和"史家著录"三类①。有的着眼于目录
的功用，如汪辟疆把目录分为"目录家之目录"、"史家之目录"、
"藏书家之目录"和"读书家之目录"。他在"汉唐以来目录统表"
中，又把目录分成"官书目录"、"私家目录"、"史家目录"②。本书
参考程千帆、徐有富《校雠广义·目录编》和高路明《古籍目录与
中国古代学术研究》，主要从内容角度，把目录分为综合目录、专
科目录和特种目录三大类。

综合目录，指的是著录某一时期、某一地区、某一藏书处、某
一类型等所藏有或所知见的书籍。具体包括史志目录、官藏目
录、私藏目录、地方书籍目录、丛书目录、联合目录等。综合目录
是中国目录的主体。

专科目录指的是只著录某一学科书籍的目录。专科目录适
用于人们阅读和研究某一学科的需要。随着社会的发展和需求，
专科目录在不断地发展。常见的与古代文学关系密切的主要有
经学目录、史学目录、诸子学目录、集部目录、文学目录、哲学目
录、金石目录、宗教目录等。

特种目录著录的是内容特殊而又不限于某一学科的书籍。
版本目录、辨伪目录、推荐书目录、禁书目录、善本目录、引用书目
录、译著目录、域外汉籍目录、个人著作目录、妇女著述目录、敦煌
遗书目录等，都属于这一类。

现存的各种古籍目录，就具体编辑的体例而言，大致有简目
式和提要（个别的也有用"解题"、"题解"之名的）式的两种类型。

---

① 转引自程千帆、徐有富《校雠广义·目录编》，齐鲁书社 1988 年版，第 157 页。
② 参阅汪辟疆《目录学研究》，华东师范大学出版社 2000 年版。

简目式的一般只是简明地著录书名、著者、卷数和版本。《隋书·经籍志》、《旧唐书·经籍志》等史书目录大都属于这种类型，只是有的目录没有完全具有上述几项内容。提要式目录除了包括简目式的内容外，还加一提要，如《直斋书录解题》、《四库全书总目》（有的也称《四库全书总目提要》）、《四库存目标注》①。提要含有的义项并不统一。一般涉及对著者、著作和版本的述评和考辨。提要的篇幅大多依据内容和编撰体例而定，长短不一。

中国自古迄今，积累了大量的目录著作。就其编刊形式来看，主要有四种：

一是目录丛书。目录丛书是把许多目录著述编刊在一起的一种大型的、多本的目录书籍。如乔衍琯主编台湾广文书局1967年出版的《书目丛编》②，严灵峰主编台湾成文出版社1978年出版的《书目类编》③，许逸民、常振国编现代出版社1987年出版的《中国历代书目丛刊》（第一辑），北京图书馆出版社古籍影印室编、北京图书馆出版社2008年出版的《明清以来公藏书目汇刊》，孙学雷主编北京图书馆出版社2004年出版的《地方志·书目文献丛刊》，贾贵荣和杜泽逊辑、北京图书馆出版社2008年出版的《地方经籍志汇编》，贾贵荣辑北京图书馆出版社2006年出版的《日本藏汉籍善本书志书目集成》等，都属于目录丛书。

二是单本目录。常见的单本目录，主要是就某一时期、某一

---

① 杜泽逊撰，上海古籍出版社2007年版。
② 此书收清代重要藏书目录20种。以后又陆续出版《书目续编》、《书目三编》、《书目四编》、《书目五编》，除《书目五编》由张寿平编成外，其他皆为乔衍琯主编。
③ 凡《书目丛编》已收录的，此书不再收录。

地方、某一藏书家或藏书单位、某一文学家作品、某一种文集或文体等的著录而单本印行的目录。如上海古籍出版社 1987 年出版的宋陈振孙的《直斋书录解题》，湖北人民出版社 1999 年出版杨海清编撰、陈彰璜参编的《中国丛书广录》，上海古籍出版社 1983 年出版王重民撰《中国善本书提要》，齐鲁书社 2008 年出版张忠纲、赵睿才等编著的《杜集叙录》，中华书局 2007 年出版严绍璗的《日藏汉籍善本书录》等。

　　三是载于某些著述和刊物中的目录。现存的目录，有不少没有收入目录丛书中或单本印行，而是散见于古今的一些著述或刊物中。古代不少史书中的艺文志和经籍志，是分别作为某种史书的一部分编刊的，如《汉书·艺文志》、《隋书·经籍志》、《旧唐书·经籍志》、《新唐书·艺文志》、《宋史·艺文志》、《明史·艺文志》、《清史稿·艺文志》等①。这种情况也见于现在的一些书目，如王蘧常编撰的《亭林著作目录》就附于他辑注的《顾亭林诗集汇注》②的《诗谱》后，赵荣蔚编撰的《南唐十家别集提要》，载于《图书馆杂志》2006 年第 9 期。还有不少目录同论述和考辨结合在一起。如中华书局 1980 年出版的胡士莹的《话本小说概论》，浙江文艺出版社 1984 年出版的谭正璧、谭寻的《古本稀见小说汇考》。《话本小说概论》属于研究专著，但其中有《现存的宋人话本》、《宋元以来官私著述中所载的宋人话本名目》、《明代话本的著录和叙

---

①台湾"国家图书馆"20 世纪 80 年代初开始编辑历代史书目录《中国历代艺文总志》，1984 年出版了经部，1986 年出版了集部，1989 年出版了子部。参阅邱炯友、赵彦文主编《五十年来的图书文献学研究》，台湾学生书局 2004 年印行，第 283—284 页。

②吴丕绩标校，上海古籍出版社 2006 年版。

录》、《清人编刊的话本集叙录》等章节。把这些章节合在一起,就是一部相当系统的话本小说目录。关于《古本稀见小说汇考》,著者在此书"叙论"中说,此书是著者在旧著《中国佚本小说述考》的基础上"增加内容,扩充材料"写成的。扩充的内容,"除继续增收日本藏本外,还尽量把英、法等国的藏本补充进来;同时国内某些孤本、稀本,也尽我所知,酌情收录"。

四是专门刊载各种书目的刊物,如台湾出版的《中国书目季刊》、《书评书目》。

值得注意的是,有些目录和索引很难区别,有不少索引实际上也是一种目录。在使用目录或索引时,我们会发现,同一性质的内容,有的名之曰目录,有的则称之谓索引,有的目录与索引连用。本书为了统一,便于检索,凡名曰"目录"的,或"目录索引"的,则归于目录范围,凡名曰"索引"的,或"索引目录"的,则归于索引范围。我们在搜集检索史料时,要兼用目录和索引。另外,有些题为"叙录"或"书录"的,实际上也是一种目录。凡题为"叙录"或"书录"的,本书归于目录部分。

我们在搜集史料时,一定要借助于各种目录,但也不能完全局限于目录。各种史料,数量繁多,内容复杂,分布广泛,编纂目录者,一般都有选择,即使想求全者,也会有所疏漏。古代的许多典籍,作者名号较多。同一书名常有异称,不同内容的书常有同名,书名与内容不一定吻合。传统的目录,多取经史子集四部分类法,相关的史料,有时分别在各部。有些著述内容复杂,又难以依据内容分别编入相关的目录中,编目者又很少加以注释。此外,目录的编纂,限于已经出现的史料,后来不断出现的新史料,不可能随时编入目录。为了补正已成目录的遗误,常有目录补遗之作。还有大量的目录,有待补遗。上述种种情况,决定了我们在搜集史料时，在首先使用目录的基础上，不能满足于已经编印的目录，还要开阔视阈，广泛搜求①。

有关中国古籍的目录，自汉代刘向编《别录》开始，中经历朝历代直到现在，积累的数量难以计数，而且还在不断地增加。这不仅体现在目录的总量上，也体现在同一性质的目录的众多上。面对如此众多的目录，我们在使用目录时，由于时间的限制，很难全面关照。因此，应当注意选择。通常的情况是，同一类目录，后来新编刊的比较全面。我们应当尽量选用后出的新的目录。以谱牒为例。现存的中国谱牒目录很多，仅20世纪50年代以来，已经正式出版的各种谱牒目录近40种。面对这近40种目录，我们使用时，应当选用2008年上海古籍出版社的《中国家谱总目》。此目录收录的家谱数量、家谱的姓氏众多，内容丰富，体例完备，著录的时间跨度长，收录家谱时间的下限为2003年，注有存藏单位，编有多种索引，用MARC书目资料描述方式建立了总目数据库，为查询提供了方便②。

## 附：现当代新编古代文学史料目录要目

## 通　代

### 综合

　　　《中国古典文学自修阅读参考书目》　北京大学中文系

---

① 参阅蔡尚思《中国思想研究法》，复旦大学出版社2001年版。第四章，"一、思想材料与书籍种类"。
② 参阅上海图书馆编、王鹤鸣主编《中国家谱总目》，上海古籍出版社2008年版，《前言》。

古典文学教研室编 北京大学出版社 1981 年版

《中国学术名著提要》"文学卷" 陈正宏 章培恒主编 复旦大学出版社 1999 年版①

《八百种古典文学著作介绍》 黄立振著 中州书画社 1982 年版②

《日本刻本汉文书籍分类目录》 ［日］长泽规矩也著 东京汲古书院 1976 年版

**传记史料**

《四十年出土墓志目录》 荣丽华编集 王世民校订 中华书局 1993 年版

《中国历代名人年谱总目》 王德毅编 台北华世出版社 1979 年版

《中国历代人物年谱考录》 谢巍编撰 中华书局 1992 年版

《中国历代年谱总录》（增订本） 杨殿珣编 书目文献出版社 1996 年版

《北京图书馆藏珍本年谱丛刊详目》 北京图书馆编 北京图书馆出版社 1999 年版③

《中国家谱综合目录》 国家档案局二处 南开大学历史系 中国社会科学院历史所编 中华书局 1979 年版

《中国家谱总目》 上海图书馆编 王鹤鸣主编 上海

---

① 此提要所收至 1949 年，具有综合性，其中包括"文献纂辑"、"作品笺注"、"作家传记"、"专题研究"、"文学批评"（附"文学批评史"）和"文学史"。

② 此书所收著作自新中国建国至 1980 年。

③ 此详目载"丛刊"首册。

古籍出版社 2008 年版

《〈中国思想家评传丛书〉总目提要》　南京大学中国思想家研究中心　南京大学出版社 1999 年版

**作品史料**

《中国古典文学名著题解》　中国青年出版社编辑、出版 1980 年版

《古诗文要籍叙录》　金开诚　葛兆光著　中华书局 2005 年版

《中国历代诗文别集联合目录》　王信民主编　台北国学文献馆编印　1981—1985 年出版

《古诗存目》　杨守敬　载《杨守敬集》　湖北人民出版社　湖北教育出版社 1988 年版第 6 册

《中国古典诗歌要集丛谈》　王学泰编著　天津古籍出版社 2004 年版

《周秦汉魏诸子知见书目》　严灵峰编著　中华书局 1993 年版

《二十四史艺文志经籍志载录赋目》　徐志啸　载其著《历代赋论辑要》　复旦大学出版社 1991 年版

《先唐赋辑补》、《先唐赋存目考》　程章灿　载其著《魏晋南北朝赋史·附录》(一)、(二)　江苏古籍出版社 1992 年版

《词集总目提要》　陶湘编　北平文禄堂藏稿本

《词集提要》　赵尊岳著　《词学季刊》1933—1936 年第 1—3 卷

《词集考》　姚宗颐著　香港大学出版社 1963 年版

《历代词选集叙录》　舍之　《词学》第 4 辑　华东师范

大学出版社 1986 年版

　　《新出词籍介绍》　是水等　《词学》第 1—6 辑　华东师范大学出版社 1981—1988 年出版

　　《新得词籍介绍》　丙琳等　《词学》第 7—9 辑　华东师范大学出版社 1989—1992 年出版

　　《二十世纪词籍汇刊叙录》　刘石　载其著《有高楼续稿》　凤凰出版社 2005 年版

　　《小说见闻录》　戴不凡编　浙江人民出版社 1980 年版

　　《古小说简目》　程毅中　中华书局 1981 年版

　　《中国古代小说要目简释》　李萌昀　载刘勇强著《中国古代小说史叙论》　北京大学出版社 2007 年版

　　《中国文言小说书目》　袁行霈　侯忠义编　北京大学出版社 1981 年版

　　《中国通俗小说书目》　孙楷第编　人民文学出版社 1982 年版①

---

① 1. 谢伏琛《〈中国通俗小说书目〉补遗》,《文献》第 16 辑,1983 年。2. 张颖、陈速《通俗小说书目补遗及其他》,《明清小说论丛》第 3 辑,春风文艺出版社 1985 年版。3. 吴敢、邓瑞琼《〈中国通俗小说书目〉版本辑补》,《重庆师院学报》1985 年第 2 期。4. 胡士莹遗著、曾华强整理《〈中国通俗小说书目〉补遗》,《明清小说论丛》第 4 辑,春风文艺出版社 1986 年版。5. 程亚林《中国古代通俗小说有关书目、论著若干补订》,《武汉大学学报》1987 年第 4 期。6.[日]大冢秀高编《增补中国通俗小说书目》,东京汲古书院 1987 年版。参阅黄霖、顾越《记大冢秀高》,载《明清小说研究》1999 年第 3 期。7. 欧阳健、殷崇文《〈中国通俗小说书目〉补编》,《文献》1989 年第 1 期。8. 马幼垣《两名家手注孙楷第〈中国通俗小说书目〉》,载其著《实事与构想——中国小说史论释》,台湾联经出版事业公司 2007 年版。两名家指[日]长泽规矩也、吴晓铃。

　　《中国通俗小说提要》　孙楷第编　《艺文志》第 1 辑
山西人民出版社 1983 年版

　　《古本小说新见》　路工编撰　上海古籍出版社 1985
年版

　　《未见著录之中国小说十种提要》　吴敢　邓瑞琼编撰
《明清小说论丛》第 3 辑　春风文艺出版社 1985 年版

　　《中国小说提要》（古代部分）　朱礼生　罗宗阳主编
百花洲文艺出版社 1993 年版

　　《珍本禁毁小说大观——稗海访书录》（修订本）　萧相
恺　中州古籍出版社 1998 年版

　　《小说书坊录》　王清原　牟仁隆等编纂　北京图书馆
出版社 2002 年版

　　《中国通俗小说总目提要》　江苏省社会科学院明清小
说研究中心　文学研究所编　中国文联出版公司 1990
年版①

　　《中国文言小说总目提要》　宁稼雨著　齐鲁书社 1996
年版②

　　《中国古代小说总目》　石昌渝主编　山西教育出版社

①1. 欧阳健《〈中国通俗小说总目提要〉补正三例》，《明清小说研究》1991 年
　　第 1 期。2. 陈益源《〈中国通俗小说总目提要〉补遗——〈姑妄言〉》，《明清
　　小说研究》1997 年第 2 期。3. 苗怀明《〈中国通俗小说总目提要〉补订》，
　　《文教资料》1998 年第 1 期。
②1. 陆林《〈中国文言小说总目提要〉求疵录》，《古籍整理出版情况简报》
　　2000 年第 9、10 期。2. 陈益源《明代文言小说的调查与研究——宁稼雨
　　〈中国文言小说总目提要〉补正》，载其著《古代小说述论》，线装书局 1999
　　年版。

2004 年版①

　　《中国古代小说总目提要》　朱一玄　宁稼雨等　人民文学出版社 2005 年版

　　《中国石印版小说目录》　〔日〕丸山浩明编　《广岛女子大学国际文化学部纪要》第 7 号　1999 年 3 月

　　《中国历代文言小说总集书目》　秦川编　载其著《中国古代文言小说总集研究》　上海古籍出版社 2006 年版

　　《现存话本小说目录》　石麟编　载其著《话本小说通论》　华中理工大学出版社 1998 年版

　　《话本叙录》　陈桂声著　珠海出版社 2001 年版

　　《拟话本集叙录》　宋若云编　载其著《逡巡于雅俗之间：明末清初拟话本研究》　中国社会科学出版社 2006 年版

　　《绣像小说总目录》　〔日〕樽本照雄编　〔日〕《大阪经大论集》第 93 号　1973 年

　　《中国禁书大观》　安平秋　章培恒主编　上海文化出版社 1990 年出版发行②

　　《中国禁毁小说大观——稗海访书录》　萧相恺著　中州古籍出版社 1992 年版

　　《中国禁毁小说大全》（原名《中国禁毁小说书目提

---

① 1. 李小龙《评〈中国古代小说总目·白话卷〉》,《明清小说研究》2007 年第 1 期。2. 程毅中《〈中国古代小说总目·文言卷〉拾遗》,载中国社会科学院文学研究所中国古代小说研究中心编《中国古代小说研究》第二辑,人民文学出版社 2006 年版。

② 此书由以下三部分构成:《中国禁书简史》,《中国禁书解题》,《中国历代禁书目录》。

要》）① 李时人主编　黄山书社 1992 年版

《中国武侠小说书目》　罗立群编　载其著《中国武侠小说史》　辽宁人民出版社 1990 年版

《现存单篇传奇小说目录》　石麟　载其著《传奇小说通论》　中州古籍出版社 2005 年版　《附录一》

《含有传奇之小说集目录》　石麟　载其著《传奇小说通论》　中州古籍出版社 2005 年版　《附录二》

《小说评点编年叙录》　谭帆　载其著《中国小说评点研究》　华东师范大学出版社 2001 年版

《中国章回小说及俗文学书目补遗》　［俄］李福清著　载其著《古典小说与传说》（李福清汉学论集）　李明滨选编　中华书局 2003 年版

《日本所见中国短篇小说略记》　李田意　台湾《清华学报》新 1 卷 2 期　1956 年

《日本东京所见中国小说书目》（附大连所见中国小说书目）　孙楷第编　台北凤凰出版社 1974 年版

《伦敦所见中国小说书目提要》　［澳大利亚］柳存仁　书目文献出版社 1982 年版

《韩国所见中国通俗小说书目》　［韩］崔溶澈　朴在渊辑录　载《中国小说绘模本》　韩国江原大学校出版部 1993 年版　《附录》

《韩国所见中国通俗小说朝译本书目》　［韩］朴在渊辑录　载《中国小说绘模本》　韩国江原大学校出版部 1993 年版　《附录》

---

① 本书所收史料的下限止于 1911 年。附有《历代禁毁小说法令汇编》。

《中国笑话提要》　赵景深撰　载其著《中国小说丛考》齐鲁书社 1980 年版

《历代已佚或未收笑话集书目》　王利器编　载其编《历代笑话集》　上海古籍出版社 1981 年版

《中国古代小说版画集成》　李梦生编　汉语大词典出版社 2000 年版

《古本小说版画图录》（增补本）　周心慧　线装书局 2004 年版

《中国古代小说书目研究》　潘建国　上海古籍出版社 2005 年版

《中国古代小说戏曲举要》　黎宏基编著　湖南人民出版社 1982 年版

《戏曲小说书录解题》　孙楷第著　人民文学出版社 1990 年版

《古典小说戏曲书目》（附《台湾古典小说戏曲书目》）朱一玄　董泽云等编　吉林文史出版社 1991 年版

《北京大学图书馆古典小说戏曲目录》　侯忠义　张其苏等编　北京大学图书馆 1992 年内部印刷

《古典小说戏曲研究资料目录》　朱传誉主编　台湾天一出版社 1990 年版

《巴黎国家图书馆中之中国小说与戏曲》　郑振铎撰载其著《中国文学研究》下册　作家出版社 1957 年版

《所见中国古代小说戏曲版本图录》　吴希贤　中华全国图书馆文献缩微复制中心 1995 年刊行

《曲海总目提要》　［清］佚名撰　董康整理　人民文学

出版社 1959 年据大东书局初刊本重排印本①

《曲录》　王国维著　上海古籍出版社 1983 年据商务印书馆刊《王国维遗书》第 16 册影印本

《中国戏曲总目汇编》　罗锦堂编　香港万有图书公司 1966 年版

《中国俗曲总目稿》　刘复　李家瑞编　中央研究院历史语言研究所 1932 年排印本

《汲古阁六十种曲叙录》　金梦华　《师大国文研究所集刊》第 10 辑　1966 年版

《善本剧目经眼录》　张棣华　台北文史哲出版社 1976 年版

《曲目钩沉录》　叶德均　载其著《戏曲小说丛考》　齐鲁书社 1979 年版

《曲目拾遗》　陆萼庭　《中国古典文学研究论丛》（一）《社会科学战线》编辑部　1980 年

《曲目丛拾》　周绍良　刘世德撰　《文献》1980 年第 2 辑　又载《学林漫录》第五集　中华书局 1982 年版

《古典戏曲存目汇考》　庄一拂撰　上海古籍出版社 1982 年版②

---

① 1. 杜颖陶《曲海总目提要补遗》，上海世界书局 1936 年版。2. 北婴《曲海总目提要补编》，人民文学出版社 1959 年版。3.［清］黄文旸稿，管庭芬校录《重订曲海总目》，中国戏剧研究院编校《中国古典戏剧论著集成》，中国戏剧出版社 1959 年版。4. 王锳《〈曲海总目提要〉所录元明杂剧本事补正》，《文史》第 30 辑，1988 年。

② 1. 赵景瑜《〈古典戏曲存目汇考〉补正四则》，《曲苑》第 2 辑，江苏古籍出版社 1986 年版。2. 范志新《〈古典戏曲存目汇考〉订正补遗志（转下页注）

　　《中国戏曲剧目初探》　周贻白　载沈燮元编《周贻白小说戏曲论集》　齐鲁书社 1986 年版

　　《戏曲要籍解题》　李惠绵著　台湾正中书局 1991 年版

　　《古本戏曲剧目提要》　李修生主编　文化艺术出版社1997 年版

　　《先秦至唐代"戏剧"与"戏曲小戏"剧目考述》　曾永义　台湾大学《文史哲学报》2003 年 11 月　收入《曾永义学术论文自选集·乙编·学术进程》　中华书局 2008 年版

　　《山西师范大学戏曲博物馆馆藏拓本目录》　王福才编著　山西古籍出版社 2005 年版

　　《散曲总目汇编》　罗锦堂编　载其著《中国散曲史》台北"中国文化大学"出版部 1983 年版　《附录》一

---

（接上页注）疑》,《戏剧》1987 年第 2 期。3. 邓长风《关于〈古典戏曲存目汇考〉的几个问题》,《湖北师范学院学报》1990 年第 2 期。4. 陆萼庭《清代戏曲作家作品的著录问题》,《戏剧艺术》1992 年第 3 期。5. 赵山林《〈古典戏曲存目汇考〉试补》,载其著《中国古典戏剧论稿》,安徽文艺出版社1998 年版。6. 邓长风《戏曲文献学的呼唤——试谈清代杂剧传奇总目的编纂构想》,载其著《明清戏曲家考略三编》,上海古籍出版社 1999 年版。7. 戴云《读曲偶得——〈古典戏曲存目汇考〉补正》,《中华戏曲》第 23 辑,文化艺术出版社 1999 年版。8. 赵兴勤《〈古典戏曲存目汇考〉说略》(总提纲),《中国文化报》1999 年 8 月 7 日,载吴敢等编《古代戏曲论坛》,江苏古籍出版社 2001 年版。9. 戴云《〈古典戏曲存目汇考〉补正》,《文献》1999 年第 3 期。10. 赵兴勤《〈古典戏曲存目汇考〉补正之一》,《艺术百家》2001 年第 3 期。11. 赵兴勤《庄一拂〈古典戏曲存目汇考〉补正》,《徐州教育学院学报》2002 年第 2 期。12. 赵兴勤《庄一拂〈古典戏曲存目汇考〉辨证》,《徐州师范大学学报》2004 年第 2 期。13. 赵兴勤《庄一拂〈古典戏曲存目汇考〉再补》,《文献》2007 年第 1 期。

《散曲丛刊十五种提要目录》　任讷编　载其编《散曲丛刊》　上海中华书局1930年版

《五百旧本歌仔戏目录》　施博尔(Shipper. K)编　《台湾风物》第15卷第4期　1965年10月

《戏文叙录》　彭飞　朱建明编辑　台北财团法人施合郑基金会1993年

《京剧剧目初探》　陶君起编著　上海文化出版社1957年版

《中国剧场史资料目录》　朱联群　周华斌编著　北京广播学院出版社2002年版

《潮剧剧目汇考》　林淳钧　陈方明编著　广东人民出版社1999年版

《"国立中央图书馆"善本书志:馆藏剧曲善本十二种》张棣华编　台湾《"国立中央图书馆"馆刊》1974年第7卷第1期

《"国立中央图书馆"善本书志:馆藏剧曲钞本二十四种》张棣华编　台湾《"国立中央图书馆"馆刊》1975年第8卷第2期

《东吴大学图书馆所藏珍本戏曲目录》　陈美雪　台湾《中国书目季刊》第30卷第3期　1996年12月

《车王府曲本提要》　郭精锐　陈伟武等编著　中山大学出版社1989年版

《车王府曲本戏曲目录》　郭精锐编　载其著《车王府曲本与京剧的形成》　汕头大学出版社1999年版

《车王府曲本全目及藏本分布》　仇江　张小莹编　载刘烈茂等著《车王府曲本研究》　广东人民出版社2000年版

《日本所藏稀见戏曲经眼录》　黄仕忠　《文献》2003 年第 1 期

《中国俗曲总目稿》　刘复　李家瑞编　台北文海出版社 1973 年据 1932 年中央研究院历史语言研究所排印本影印本

《弹词目录》　凌景埏编　载凌景埏　谢伯阳校注《诸宫调两种》　齐鲁书社 1988 年版　附《撷芬室文存》

《弹词叙录》　谭正璧　谭寻编　上海古籍出版社 1981 年版

《弹词经眼录》　周良著　江苏文艺出版社 1996 年版

《弹词知见综录》　盛志梅编　载其著《清代弹词研究》齐鲁书社 2008 年版《附录》

《书曲散记》　薛汕　书目文献出版社 1985 年版

《弹词宝卷书目》（修订本）　胡士莹编　上海古籍出版社 1984 年版

《国内所见宝卷叙录》　曾子良　台湾《幼狮学志》第 17 卷第 1 期　1982 年 5 月

《中国宝卷总目》　车锡伦编著　北京燕山出版社 2000 年版①

《宝卷提要》　［日］泽田瑞穗编著　载《增补宝卷研究》日本国书刊行会 1975 年版

《海外收藏的中国宝卷》　车锡伦　《中华文史论丛》第 63 辑　上海古籍出版社 2000 年 9 月

《子弟书总目》　傅惜华编　上海古典文学出版社 1954

---

① 王昊《〈中国宝卷总目〉补遗》，《文献》2002 年第 4 期。

年版

　　《木鱼歌　潮州歌叙录》　谭正璧　谭寻编著　书目文献出版社 1982 年版

　　《木鱼书目录》　〔日〕稻叶明子　金文京等编　东京好文出版社 1995 年版

　　《中国鼓词总目》　李豫　李雪梅等编　山西古籍出版社 2006 年版

　　《大鼓书私录》　〔日〕泽田瑞穗编　《天理大学学报》第 34 辑　第 36 辑　第 37 辑

　　《目连资料编目概略》　茆耕茹编　台北施和郑民俗文化基金会　1993 年 12 月

　　《北京传统曲艺总录》　傅惜华编　中华书局上海编辑所 1962 年版

## 研究史料

　　《中国文学研究书目类编》　宋隆发编　台湾《中国书目季刊》1979 年第 4 期

　　《中国通代文学论著集目》（正续编）　王国良编　台北五南图书公司 1996、1997 年出版

　　《中国古典文学研究论著书目（1998）》　黄文吉　孙秀玲编　载《1998 台湾研究年鉴》　台北文讯杂志社 1999 年版

　　《台湾本土的古典文学研究目录资料》　翁圣峰辑　台湾《古典文学研究通讯》1996 年

　　《香港中国古典文学研究论文目录》（1950—2000）　邝建行　吴淑钿编　上海古籍出版社 2005 年版

　　《十三经论著目录》　台湾“编译馆”主编　台北洪叶文化事业公司 2000 年版

《日本研究经学论著目录》(1900—1992)　林庆彰主编
"中研院中国文哲研究"所筹备处发行　1993年

《历代诗话要目》　刘重德　张寅彭　载其著《诗话概说》　中华书局1990年版　《附》

《研究中国古典诗的重要书目》　黄永武　台湾《幼狮杂志》第14卷第1期　1977年2月

《汉魏六朝乐府诗研究书目提要》　王运熙　载其著《乐府诗述论》　上海古籍出版社1996年版　中编

《历代赋学要籍叙录》　何新文　载其著《中国赋论史稿》　开明出版社1993年版　《附录一》

《赋学书目举要》　马积高　载其著《历代辞赋研究史料概述》　中华书局2001年版　《附录》

《台湾地区古典诗词研究学位论文目录》(1950—1994)
彭正雅　彭雅玲编　台湾《汉学研究通讯》第14卷第4期
(1995年12月)第15卷第1、2期(1996年2月、5月)

《词学论著总目》(1901—1992)　林玫仪主编　台北"中研院"文哲研究所1995年版

《词学书目集录》(1—19)　施蛰存　《词学》第7—19辑
华东师范大学出版社1989—1992年出版

《词学研究书目》(1912—1992)　黄文吉主编　台北文津出版社1993年版

《日本国内词学文献目录初稿》　[日]松尾肇子　《东方》58号　1986年

《英文本词学书目》　王瑷玲　《词学》第9辑　华东师范大学出版社1992年版

《中国小说研究论著目录》　[美]Tien-YiLi　耶鲁大学

出版社 1968 年版

《中国古典小说研究书目（六）——话本小说》　王国良编　《中国古典小说研究专集》五　1986 年 11 月

《俄苏研究中国古代小说书籍论文辑目》　王薇生　王长友编　《文教资料》1988 年第 4 期

《武侠小说研究专著、论文目录》　罗立群　载其著《中国武侠小说史》　辽宁人民出版社 1990 年版

《中国古代公案小说研究论著、论文目录》　苗怀明　载其著《中国古代公案小说史论》　南京大学出版社 2005 年版

《才子佳人小说研究文献目录》（1078 年迄今）　苏建新载其著《中国才子佳人小说演变史》　社会科学文献出版社 2006 年版

《古典小说戏曲研究资料目录》　朱传誉主编　台湾天一出版社 1990 年版

《曲学书目举要》　［日］青木正儿编　载其著《中国近世戏曲史》　作家出版社 1958 年版①

《中国戏曲研究论著书目》　中国艺术研究院戏曲研究所资料室编　中国戏剧出版社 1992 年版

《中国戏曲研究书目提要》　中国艺术研究院戏曲研究所资料室编　中国戏剧出版社 1992 年版

《20 世纪曲学研究书目》　载齐森华　陈多等主编《中国曲学大辞典》　浙江教育出版社 1997 年版　《附录》

《20 世纪曲学研究书目》　吴新雷主编《中国昆曲学大辞

---

① 王古鲁《曲学书目举要补正》，载［日］青木正儿《中国近世戏曲史》，作家出版社 1958 年版。

典》　南京大学出版社 2002 年版　《附录》

《1990—2004 年中国古典戏曲研究论著简目》　苗怀明
载其著《二十世纪戏曲文献学述略》　中华书局 2005 年版
《附录一》

《1950—2003 年港台地区中国古典戏曲研究论著简目》
苗怀明　载其著《二十世纪戏曲文献学述略》　中华书局 2005
年版　《附录二》

《中国古代文艺理论资料目录汇编》　山东大学中文系
古代文艺理论史编写组　齐鲁书社 1981 年版

《中国古代文学理论名著题解》　吴文治主编　黄山书
社 1987 年版

《新中国 40 年文艺理论研究资料目录大全：1949—
1989》　高长印主编　和平出版社 1992 年版

《中国历代诗词曲论提要》　霍松林主编　北京师范学
院出版社 1991 年版

《中国历代诗话总目汇编》　宋隆发编　台湾《中国书目
季刊》1982 年

《宋辽金元明原已成书诗话要目》　吴文治编　载其著
《五朝诗话概说》　黄山书社 2002 年版　《附录》

《历代词话叙录》　王熙元编　《台湾省立师范大学国文
研究所集刊》1964 年第 8 期　台湾中华书局 1973 年版

《小说评点编年叙录》　谭帆著　载其著《中国小说评点
研究》　华东师范大学出版社 2001 年版

《20 世纪中国小说评点研究总目》　谭帆　载其著《中国
小说评点研究》　华东师范大学出版社 2001 年版　《附录
三》

　　《曲话叙录》　颜秉直　台湾《师大国文研究所集刊》第21期　1977年6月

　　《三订中国文学史书目》　梁容若　黄得时编　台湾《文坛》第87期　1967年9月

　　《中国文学史书目新编》　青霜编　台湾《书评书目》第40、41、43、44期　1976年8月至1976年12月

　　《中国文学史书目提要》　陈玉堂　黄山书社1986年版

　　《中国文学史著版本概览》　吉平平　黄晓静编著　辽宁大学出版社1992年版

　　《台湾出版中国文学史书目提要》　黄文吉等编撰　台北万卷楼图书有限公司1996年版

　　《中国文学史书目》(1995—1999)　董乃斌等主编　载董乃斌等主编《中国文学史学史》　河北人民出版社2003年版　第3卷《本书参考文献书目》

　　《中国文学史专题史书目提要》　陈飞主编　大象出版社2004年版

　　《女性文学研究与批评论著目录汇编》(1978—2004)　谢玉娥编　河南大学出版社2007年版

　　《中国版本目录学书籍解题》　[日]长泽规矩也编著　梅宪华　郭宝林译　书目文献出版社1990年版

**民间文学**

　　《中国民间文学书目》　王国良　朱凤玉编　台湾《国文天地》第3卷第5期　1987年10月

　　《民间文学书目汇要》　老彭编纂　张胜泽校订　重庆出版社1988年版

　　《中国少数民族民间文学参考书目》　中国民间文艺研

究会资料室编印　1964 年

《中国谚语书目提要》　朱介凡　台湾《图书馆学报》6
1964 年 7 月

《民间故事书目》　叶德均编　《青年界》1933 年第 2 期

《民间文学研究书目》　窦昌荣编　《图书馆杂志》1983
年第 2 期

## 敦煌学要目

《敦煌古籍叙录》　王重民撰　中华书局 1979 年版

《敦煌古籍叙录新编》　黄永武著　台北新文丰出版公
司 1986 年版

《敦煌莫高窟内容总录》　敦煌文物研究所编　文物出
版社 1982 年版

《敦煌出土文学文献分类目录》　[日]金冈照光编　东
京东洋文库敦煌文献研究委员会 1971 年版

《敦煌文物研究所所藏敦煌遗书目录》　敦煌文物研究
所资料室编　《文物资料丛刊》1977 年第 3 期

《敦煌俗赋写卷叙录》　伏俊琏　载其著《俗赋研究》
中华书局 2008 年版

《敦煌故事赋考述》　伏俊琏　载其著《俗赋研究》　中
华书局 2008 年版

《敦煌论辩赋考述》　伏俊琏　载其著《俗赋研究》　中
华书局 2008 年版

《敦煌咏物赋考述》　伏俊琏　载其著《俗赋研究》　中
华书局 2008 年版

《敦煌曲子词残卷目录》　商务印书馆编　载《敦煌遗书
总目索引》　商务印书馆 1962 年版

《变文目》　关德栋编　载其著《曲艺论集》　上海古籍出版社1983年版

《敦煌所出变文现存目录》　邱镇京编　载其著《敦煌变文述论》　台北商务印书馆1974年版

《敦煌俗讲、变文等资料一百九十六篇目录和"敦煌俗讲文学及通俗小说总目提要"摘录》　王庆菽　载其著《敦煌文学论文集》　吉林大学出版社1987年版

《敦煌通俗小说叙录》　王昊　载其著《敦煌小说及其叙事艺术》　安徽人民出版社2005年版　第三章

《敦煌本尚书述略》　陈铁凡　载《中国敦煌学百年文库》　甘肃文化出版社1999年版　《文献卷》(一)

《敦煌本〈尚书〉叙录》　许建平编撰　载《纪念敦煌藏经洞发现一百周年国际学术研讨会论文集》初编　首都师范大学历史系2000年版

《俄藏敦煌汉文写卷叙录》　[俄]孟列夫主编　上海古籍出版社1999年版

《法藏敦煌藏文文献解题目录》　王尧主编　民族出版社1999年版

《英国图书馆馆藏敦煌遗书目录》　方广锠编著　宗教文化出版社2000年版

《敦煌古体小说叙录与研究》《敦煌通俗小说叙录》王昊　载其著《敦煌小说及其叙事艺术》　安徽人民出版社2005年版

《敦煌学论著目录》　刘进宝编　甘肃人民出版社1985年版

《敦煌学研究论著目录》　邝士元编　台北新文丰出版

公司　1987 年版

《敦煌学研究论著目录 1908—1997》　郑阿财　朱凤玉主编　台湾汉学研究中心　2000 年版

《2003 年敦煌学研究论著目录》　陈丽萍编　《敦煌学国际联络委员会通讯》2004 年第 1 期

《台湾敦煌文学研究论著目录》(初稿)　郑阿财　朱凤玉辑　台湾《古典文学通讯》第 30 期　1997 年 9 月

《敦煌变文论文目录》　曾毅公辑录　载王重民编《敦煌变文集》　人民文学出版社 1957 年版

《敦煌乐舞著述论文简目》　林海飘编　《中国敦煌吐鲁番学会研究通讯》1986 年第 4 期

《敦煌吐鲁番文书类》　黄永年著　载其著《唐史史料学》　上海书店出版社 2002 年版

《海外敦煌吐鲁番文献知见录》　荣新江著　江西人民出版社 1996 年版

## 断　代

### 先秦

《我国神话研究书目提要》　古添洪　台湾《书评书目》第 19 期　1974 年 11 月

《中国古代神话研究论文目录》(1882—1946)　王孝廉编　《中国古典小说研究专集》6　1983 年 7 月

《中国古代神话研究论文目录之二》(1946—1970)　王孝廉　杨得月编　台湾《文讯》第 20、21 期　1985 年 10 月、11 月

《中国古代神话研究论文目录》(1892—1970)　王孝廉

杨得月编　见《黄帝的传说》（台北时报文化公司）　1988 年
2 月

《中国古代神话研究论文目录》(1970—1990)　钟宗宪
编　台湾《辅大中研所学刊》1　1991 年 10 月

《中国古典小说研究书目（一）——神话、传说》　李丰楙
编　《中国古典小说研究专集》1　1979 年 8 月

《中国古典小说研究书目（五）——神话、传说续编》　王
国良　李丰楙编　《中国古典小说研究专集》4　1982 年 4 月

《中日学者中国神话研究论著目录总汇》　〔日〕贺学君
樱井龙彦编　名古屋大学国际开发研究科 1999 年版

《尚书著述考》　许锬辉编撰　台北"国立编译馆"2003
年版

《诗经要籍提要》　夏传才　董治安主编　学苑出版社
2003 年版

《诗经学书目》　裴溥言撰　台湾《中国书目季刊》第 10
卷第 3 期　1976 年

《诗经论著目录》　朱守亮撰　载《十三经论著目录》
"台湾国立编译馆"主编　台北洪叶文化事业公司 2000 年版

《二十世纪诗经研究文献目录》(1901—2000)　寇淑慧
编　学苑出版社 2001 年版

《老学典籍考：二千五百年来世界老学文献总目》　河南
省社科院图书馆丁巍编①

《历代〈论语〉著述综录》　王鹏凯著　载潘美月　杜洁

---

① 参阅徐有富主编《中国古典文学史料学》，北京大学出版社 2008 年版，第
542 页。

祥主编《古典文献研究辑刊》(初编)第 18 册　台北县花木兰文化工作坊 2005 年版

《论语论著目录》　傅武光撰　载《十三经论著目录》台湾"国立编译馆"主编　台北洪叶文化事业公司 2000 年版

《论语的文献、注释书》　[日]高田真治著　东京阳春堂书店 1937 年版

《墨子论序跋知见目录》(初稿)　严灵峰编　台湾《中国书目季刊》1956 年第 2 期

《墨子知见书目》　严灵峰编　台湾学生书局 1969 年版

《中国历代墨学书目及版本》《中国墨学论文目录》《日本墨学著作目录》《日本墨学论文目录》　郑杰文　载其著《中国墨学通史》　人民出版社 2006 年版　《附录》一二　三　四

《孟子论著目录》　傅武光撰　载《十三经论著目录》台湾"编译馆"主编　台北洪叶文化事业公司 2000 年版

《孟子著述考》　郑卜五编著　台北"编译馆"2003 年版

《韩国〈孟子〉学著作提要》　李康齐译　台湾"中央研究院"中国文哲研究所《中国文哲研究通讯》第 14 卷第 3 期 2004 年 9 月

《庄子书录》　马森编　台湾《师大国文研究所集刊》1948 年第 3 期

《庄子注解书目》　关锋编　载其著《庄子内篇译解和批判》　中华书局 1961 年版　《附录》

《一百年来庄子研究论著辑目》　方勇编　载其著《庄子学史》　人民出版社 2008 年版　《附录》一

《荀子书录》　阮廷卓编　台湾《师大国文研究所集刊》

1950 年第 5 期

《韩非子参考书辑要》　陈启天编　上海中华书局 1945年版

《左传论著目录》　简宗梧撰　载《十三经论著目录》台湾"国立编译馆"主编　台北洪叶文化事业公司 2000 年版

《楚辞书录》　饶宗颐　香港苏记书庄 1956 年版

《楚辞书目五种》　姜亮夫编　上海中华书局 1961年版①

《楚辞注本十种提要》　游国恩撰　载其著《屈原》　中华书局 1980 年版

《楚辞要籍解题》　洪湛侯主编　湖北人民出版社 1984年版

《百年楚辞要籍及其主要论文目录》　黄灵庚　载其论文《〈楚辞〉文献学百年巡视·附录》《文献》1998 年第 1 期

《二十世纪中国楚辞研究著作总目》　周建忠　《云梦学刊》2001 年 6 月

《楚辞著作提要》　潘啸龙　毛庆主编　湖北教育出版社 2003 年版

《香港楚辞学著作举隅》　陈炜舜　《云梦学刊》2004 年第 4 期

《日本楚辞研究著作述略》　徐志啸　载其著《日本楚辞研究论纲》　学苑出版社 2004 年版　《附录》一

《日本楚辞研究论文目录》　徐志啸　载其著《日本楚辞研究论纲》　学苑出版社 2004 年版　《附录》二

---

① 崔富章《楚辞书目五种续编》，上海古籍出版社 1993 年版。

《穆天子传知见书目提要》　顾实编　上海商务印书馆 1934 年版

《先秦两汉文学论著集目》(正、续编)　韩复智编　台北五南出版公司 1996—1997 年出版

## 两汉

《汉志辞赋存目考》　朱保雄　《清华中国文学会周刊》 1936 年 6 月

《两汉辞赋总目》　曹淑娟　载其著《汉赋之写物言志传统》　台湾文津出版社 1987 年版

《两汉辞赋总目提要考识》　张寿平撰　《台北"中央图书馆"馆刊》第 5 卷第 1 期　2001 年

《汉赋今存篇目叙录》　万光治　载其著《汉赋通论》(增订本)　中国社会科学出版社　华龄出版社 2004 年版　《附录》

《现存汉魏六朝赋作者及篇目》　何沛雄编　载其著《汉魏六朝赋家论略》　台北学生书局 1986 年版　《附录》

《汉魏六朝赋书目》　徐志啸编　载其著《历代赋论辑要》　复旦大学出版社 1991 年版　《附录》

《两汉诸子研究论著目录 1997—2001》　陈丽桂主编台湾汉学研究中心 2003 年版

《史记书录》　贺次君著　商务印书馆 1958 年版

《今存〈史记〉版本简明目录》　张兴吉　载袁行霈主编《国学研究》第 16 卷　北京大学出版社 2005 年版

《史记研究之资料与论文目录》　王民信编　台北学海出版社 1976 年版

《史记研究资料索引和论文专著提要》　杨燕起　俞樟

华编　兰州大学出版社1989年版

《建国以来〈史记〉研究书目总略》　奚可桢编　《东南文化》1999年第3期

《〈史记〉部分研究书目提要》　李贤民著　载其著《史记管窥》　当代中国出版社2005年版

《史记研究书目解题》　〔日〕池田四郎著　池田英雄校订增补　1978年版

《郑康成〈著述〉》　王利器　载其著《郑康成年谱》　齐鲁书社1983年版

## 魏晋南北朝

《魏晋玄言诗简目》　张廷银著　载其著《魏晋玄言诗研究》　商务印书馆2008年版　《附录》二

《魏晋咏物赋总目》　廖国栋撰　载其著《魏晋咏物赋研究》　台北文史哲出版社1990年版

《魏晋南北朝志怪小说书录》　严薇青编　《文学年报》第6期　1940年　后收入《严薇青文稿》　齐鲁书社1993年版

《魏晋南北朝志怪小说叙录》　王国良　台湾《中华学苑》第29期　1984年6月

《魏晋南北朝文学论著集目》(正、续编)　王国良编　台北五南图书公司1996、1997年出版

《中外六朝文学研究文献目录》(增订本)　洪顺隆主编台北汉学研究中心编印　1992年版

《中外六朝文学研究文献目录：1992年7月—1997年6月》　洪顺隆主编　台湾《汉学研究通讯》第68期(1998年1月)、69期(1999年2月)、70期(1999年5月)

《二十世纪宫体诗研究论著书目》　归青编　载其著《南朝宫体诗研究》　上海古籍出版社 2006 年版　《附录》六

《中国古典小说研究书目（二）——六朝小说》　王国良编　《中国古典小说研究专集》2　1980 年 6 月

《日本三曹研究文献概观》　钱振民　载章培恒主编《中国中世文学研究论集》　上海古籍出版社 2006 年版

《如何评价曹操的讨论·报刊资料目录》　上海图书馆编印　1959 年版

《曹植研究论著目录》　朴现圭编　台湾《中国书目季刊》第 21 卷第 4 期　1988 年 3 月

《〈人物志〉研究论著目录》　伏俊琏　载其著《人物志研究》　甘肃人民出版社 1999 年版　《附录》六

《20 世纪以来葛洪研究主要论著目录》　刘玲娣　载刘国盛　刘玲娣编《葛洪研究论集》　华中师范大学出版社 2006 年版

《世说新语注引用书目》　叶德辉编　载《世说新语》〔近代〕王先谦校订　上海古籍出版社 1982 年影印本

《文选注引用书目》　马念祖编　载其编《水经注等八种古籍引用书目汇编》　中华书局 1959 年版

《文心雕龙研究书目》　宋隆发编　台湾《中国书目季刊》第 13 卷第 1 期　1979 年 6 月

《刘勰文心雕龙研究论著目录》　王国良编　台湾《中国书目季刊》第 21 卷第 3 期　1987 年 12 月

《文心雕龙》研究《专著专书简介》　王更生等　载《文心雕龙学综览》编委会编《文心雕龙学综览》　上海书店出版社 1995 年版

《〈文心雕龙〉阅读与研究书目》　羊列荣撰　载湖北大学中文系编著《中国古代语言文学名著导读·〈文心雕龙〉导读》　华中理工大学出版社1997年版

《二十世纪〈文心雕龙〉研究论著目录》　陈允锋编　载张少康　汪春泓等著《文心雕龙研究史》　北京大学出版社2001年版

《台湾近五十年文心雕龙研究论著摘要》　王更生　台湾文史哲出版社1999年版

《台湾近五十年来〈文心雕龙〉研究论著一览表》　刘渼编　载其著《台湾近五十年来〈《文心雕龙》学〉研究》附录表四　台湾万卷楼图书有限公司2001年版

《钟嵘〈诗品〉研究论文目录》　何广棪编　台湾《中国书目季刊》第14卷第3期　1980年1月

《钟嵘〈诗品〉研究论著目录》　王国良　台湾《中国书目季刊》第21卷第1期　1987年6月

《20世纪中日韩〈诗品〉研究论文目录》　曹旭　载其选评《中日韩〈诗品〉论文选评》　上海古籍出版社2003年版《附录》三

## 唐五代

《唐集叙录》　万曼著　河南大学出版社2008年版

《唐人别集目录》　陈高华　陈智超等编　载其著《中国古代史史料学》　北京出版社1983年版

《唐诗书录》　陈伯海　朱易安编撰　齐鲁书社1988年版

《唐人编选诗歌总集叙录》　陈尚君　载蒋寅　张伯伟主编《中国诗学》第2辑　南京大学出版社1992年版　收入

陈尚君《唐代文学丛稿》　中国社会科学出版社1997年版

《唐诗选本提要》　孙琴安著　上海书店出版社2005年版

《清代唐诗选本经眼录》　贺严　载其著《清代唐诗选本研究》　人民出版社2007年版　《附录》

《佚存日本的唐人诗集〈杂抄〉考释》　王勇　《文学遗产》2003年第1期

《唐代小说文献目录》　东洋大学中哲文研究室编印1973年版

《唐代小说叙录》　王国良著　台北嘉新水泥公司文化基金会1979年版

《唐五代志怪传奇叙录》　李剑国著　南开大学出版社1993年版

《唐代笔记小说叙录》　周勋初著　凤凰出版社2008年版

《唐代文学论著集目》　罗联添编　台北学生书局1979年版

《唐代文学论著集目补编》　王国良编　台湾《中国书目季刊》第16卷第2期　1982年

《增订再版唐代文学论著集目》　罗联添　王国良编　台北学生书局1984年版

《隋唐五代文学研究论著集目》（正、续编）（1912—1990）罗联添编　台北五南图书公司1996、1997年出版

《近六十年来日韩欧美唐代文学论著集目》　罗联添编　台湾《中国书目季刊》第3卷第3期　1969年

《台湾地区唐代散文研究目录》　王基伦辑　台湾《古典

文学通讯》第 28 期　1986 年 12 月

　　《二十世纪隋唐五代小说研究专著、论文目录》　程国赋编　载其编著《隋唐五代小说研究资料》　上海古籍出版社2005 年版

　　《中国古典小说研究书目》(三)(唐代小说、变文)　王国良编　《中国古典小说研究专集》3　1981 年 6 月

　　《唐人小说研究论著简目》　蒋芳宜　台湾《中国文哲研究所通讯》第 6 卷第 1 期　1996 年 3 月

　　《近五十年台湾地区唐代小说论著目录》　王国良辑台湾《古典文学通讯》第 31 期　1998 年 3 月

　　《近四十年来台湾地区唐代小说论著选介》　王国良台湾《汉学研究通讯》第 9 卷第 4 期　1999 年 12 月

　　《李集书录》　申凤编　《李白学刊》第一辑　上海三联书店 1989 年版

　　《李太白编年诗集目录》　[清]黄锡圭编　载其《李太白年谱》　作家出版社 1958 年版

　　《李白研究报刊论文目录》(1923—1962)　载中华书局编印《李白研究论文集》　1964 年版　《附录》

　　《杜工部关系书目》　梁一成编　台湾《图书馆学报》第 8期　1967 年 5 月

　　《杜工部诗集与年谱书目》　梁一成　台湾《书和人》第341 期　1978 年 7 月

　　《杜诗引得序》　洪业　载 1940 年哈佛燕京学社引得编纂处出版《引得》特刊

　　《杜集书录》　周采泉著　上海古籍出版社 1986 年版

　　《杜集叙录》　张忠纲　赵睿才等　齐鲁书社 2008 年版

《杜甫研究资料目录》　成都杜甫草堂编印　1963 年版

《杜甫研究报刊论文目录》(1909—1984)　载郑庆笃焦裕银等编著《杜集书目提要》　齐鲁书社 1986 年版　《附录》

《〈岑嘉州集〉传本叙录》　阮廷瑜　台湾《中国书目季刊》第 10 卷第 3 期　1976 年 12 月

《白居易诗文集版本目录》　苏仲翔　载其著《白居易研究》　上海古典文学出版社 1957 年版

《白乐天研究文献目录》　[日]小松茂美编　载《安平朝傅来白氏文集三践研究》　东京墨水书房 1965 年版

《韩愈论汇录写目》　钱基博编　载其著《韩愈志》　上海商务印书馆 1958 年版

《韩愈研究论著目录》　罗联添编　载《韩愈研究》(增订本)　台北学生书局 1981 年版

《港台出版有关韩愈书籍及论文目录》　何沛雄编　载汕头大学中文系编印《韩愈研究资料汇编》　1986 年

《柳宗元研究论著目录》　罗联添编　载《柳宗元事迹系年暨资料类编》　台北编译馆　1981 年

《建国以来柳宗元研究重要论文目录》　孙昌武编　载其著《柳宗元传论》　人民文学出版社 1982 年版

《温庭筠研究论著目录》　王淑梅　黄坤尧撰　《文教资料》1996 年第 3 期

《南唐十家诗文别集提要》　赵荣蔚　《图书馆杂志》2006 年第 9 期

《唐宋词书录》　蒋哲伦　杨万里编撰　岳麓书社 2007 年版

　　《台港唐宋词研究论著选目》　王立柱编　载王洪等主编《唐宋词百科大辞典》　学苑出版社 1990 年版

　　《国外唐宋词研究论著选目》　王丽娜编　载王洪等主编《唐宋词百科大辞典》　学苑出版社 1990 年版

## 宋代

　　《宋人年谱集目》　吴洪泽编　巴蜀书社 1995 年版

　　《现存宋人著述总录》　刘琳　沈治宏编著　巴蜀书社 1995 年版

　　《宋人总集叙录》　祝尚书著　中华书局 2004 年版

　　《总集类宋四六文叙录》　施懿超　《中国典籍与文化》2006 年第 3 期

　　《现存宋人别集版本目录》　四川大学古籍所编　巴蜀书社 1990 年版①

　　《宋人别集叙录》　祝尚书著　中华书局 1999 年版

　　《宋人文集编刻流传丛考》　王岚著　江苏古籍出版社 2003 年版

　　《日本现存宋人文集目录》　［日］吉田寅　棚田直彦编　东京汲古书院 1972 年版

　　《日本藏宋人文集善本钩沉》　严绍璗撰　杭州大学出版社 1996 年版

　　《宋诗书目》　郭笃士编　《中山大学图书馆周刊》1928 年第 4 期

---

①1. 何忠礼《〈现存宋人别集版本目录〉朱熹部分补正》,《文献》1996 年第 3 期。2. 王岚《〈现存宋人别集版本目录〉纠谬举要》,《中国古典文献学》第 1 卷,澳门国际炎黄文化出版社 2003 年 3 月。

《全宋词草目》　唐圭璋编　国立编译馆 1949 年版

《全宋词引用书目》　唐圭璋辑　载《全宋词》　中华书局 1965 年版

《现存的宋人话本》　胡士莹著　载其著《话本小说概论》　中华书局 1980 年版

《醉翁谈录所录宋人话本名目考》　谭正璧编　载其著《话本与古剧》(修订本)　上海古籍出版社 1985 年版

《宋代志怪传奇叙录》　李剑国著　南开大学出版社 1997 年版

《宋代研究文献提要》　[日]东洋文库宋史提要编纂协力委员会编　东京东洋文库 1961 年版

《两宋文学论著集目》(正、续编)　刘德汉编　台北五南图书公司 1996、1997 年出版

《台湾地区宋代散文研究目录》　陈致宏　林湘辑　张高评校读　台湾《古典文学通讯》第 29 期　1997 年 5 月

《宋诗话叙录》　陈幼睿　台湾《师大国文研究所集刊》第 5 期　1961 年 6 月

《宋词研究资料要目》　鲍河　申启武编　载程自信许宗元主编《宋词百科辞典》　安徽教育出版社 1994 年版

《20 世纪宋词研究主要书目》　刘尊明编　载王兆鹏刘尊明主编《宋词大词典》　凤凰出版社 2003 年版

《欧阳修研究资料编目》　王亚菲编　载《江西古代十大文化名人资料索引》　江西省文学艺术研究所情报资料室 1987 年版

《苏轼研究书目初编》　中国社会科学院文学研究所"中国文学网"

《苏东坡研究资料目录》(1923—1998)　贾禅林编　中央文献出版社 2000 年版

《苏轼研究资料目录》(2002)　贾禅林　朱靖华　刘尚荣主编《中国苏轼研究》第一辑　学苑出版社 2004 年

《苏轼研究资料目录》(2003)　贾禅林编　中国人民大学中文系主办《中国苏轼研究》第二辑　学苑出版社 2005 年版

《东坡词学研究书目》(1912—1992)　黄文吉编　台北文津出版社 1999 年版

《曾巩研究资料索引编目》　王亚菲编　载《江西古代十大文化名人资料索引》　江西省文学艺术研究所情报资料室 1987 年版

《李清照研究资料目录》(初稿)　武汉师范学院中文系古典文学教研室　中文系资料室编印　1964 年版

《朱子学研究书目》(1900—1991)　林庆彰主编　台北文津出版社 1992 年版

《馆藏陆放翁著述及有关传记资料目录》　北京图书馆参考组编印　1954 年版

《陆放翁佚稿辑存考目》　孔凡礼编　《文史》1963 年第 3 辑

《陈亮著作目录》　《文教资料简报》编辑部编　《文教资料简报》总第 35 辑　1975 年

《叶梦得著述叙录》　潘殊闲编　载其著《叶梦得研究》巴蜀书社 2007 年版　《附录一》

《宋元话本提要目录》　傅惜华编　载其著《宋元话本集》　上海三联书店 1955 年版

《宋元话本存佚综录》　谭正璧编　载其著《话本与古剧》(修订本)　上海古籍出版社 1985 年版

《宋元以来官私著述中所载的宋人话本名目》　胡士莹著　载其著《话本小说概论》　中华书局 1980 年版

《宋元词论要籍叙录》　刘少雄　台湾《中国文哲研究院通讯》第 2 卷第 4 期　1992 年

《宋元明南戏总目》(征求意见稿)　吴敢　载温州市文化局编《南戏国际学术研讨会论文集》　中华书局 2001 年版

## 辽金元

《辽金元文集目录》　陈高华　陈智超等编　载其著《中国古代史史料学》　北京出版社 1983 年

《元人文集版本目录》　周清澍编　《南京大学学报丛刊》　1983 年

《元史艺文志辑本》　雒竹筠等编　北京燕山出版社 1999 年版

《元代文学书目》　查洪德　李军著　载其著《元代文学文献学》　中国社会科学出版社 2002 年版　第 11 章

《四十七部元刻元人别集书录》　罗鹭　《国学研究》第 22 卷　北京大学出版社 2008 年版

《台湾现存元人别集小录》　孙克宽　台湾《图书馆学报》第 1—6 期　1959—1964 年

《日本现存元人文集目录》　[日]山根幸夫等编　东京汲古书院 1970 年版

《金赋存目及系年考》　谷春侠　载陈飞主编《中国古典文学与文献学研究》第 3 辑　学苑出版社 2004 年版

《全金元词引用书目》　唐圭璋编　载《全金元词》　中

华书局 1979 年版

《金元散曲引用书目》 隋树森编 载《全元散曲》 中华书局 1981 年版

《现存全部元人杂剧目录》 隋树森编 载其著《元曲选外编》 中华书局 1980 年版 《附录》

《述〈永乐大典〉著录元剧六大家二十三种杂剧》 陈万鼎 《大陆杂志》第 31 卷第 11 期 1965 年

《关汉卿杂剧全目》 吴晓铃编 载王学奇 吴振清等校注《关汉卿全集校注》 河北教育出版社 1988 年版 《附录》

《〈西厢记〉及其有关论著目录》 北京图书馆参考组编印 1954 年版

《"国立中央图书馆"善本书志——馆藏〈西厢记〉善本十五种,附〈董西厢〉一种》 张棣华著 台湾《"国立中央图书馆"馆刊》1974 年第 2 期

《明刊元杂剧〈西厢记〉目录》 〔日〕傅田章编 东京大学东洋文化研究所附属东洋学文献 1970 年版《东洋文献学丛刊》第 11 辑

《元代史研究文献目录》 〔日〕山根幸夫 大嶋立子编 东京汲古书院 1971 年版

《元曲语释研究参考书目》 许政扬著 载其著《许政扬文存》 中华书局 1983 年版

《元杂剧研究论著题解》 宁宗一 陆林等著 载其著《元杂剧研究概述》 天津教育出版社 1987 年版

《五十年来元曲整体研究著作叙录》 刘达科 《津图学刊》2001 年第 4 期

《元代散曲研究论著目录》　何贵初编　《中国书目季刊》1989 年第 3 期

《20 世纪元散曲研究书目》　赵义山编　载其著《20 世纪元散曲研究综论》　上海古籍出版社 2002 年版

《20 世纪元代文学史著提要》　查洪德　李军著　载其著《元代文学文献学》　中国社会科学出版社 2002 年版　第八章

《元明清词书目》　钱仲联等撰　载《元明清词鉴赏辞典》　上海辞书出版社 2002 年版　《附录三》

《元明北杂剧总目考略》　邵曾祺编著　中州古籍出版社 1985 年版

《辽金元明文学论著集目》(正续编)　王民信编　台北五南图书公司 1996、1997 年出版

《日本现藏稀见元明文集考证与提要》　黄仁生编　岳麓书社 2004 年版

**明代**

《明人文集目录》　陈高华　陈智超等编　载其著《中国古代史史料学》　北京出版社 1983 年版

《明别集版本志》　崔建英辑订　贾卫民　李晓亚参订　中华书局 2006 年版

《增订日本现存明人文集目录》　[日]山根幸夫等编　东京汲古书院 1978 年版

《韩国所藏明清别集目录》　[韩]金学主编　学古房 1991 年版

《盛明百家诗目录》　蔡金重编　北平燕京大学图书馆 1934 年版

　　《明词要籍简目》　张璋　载《金元明清词鉴赏辞典》南京大学出版社 1989 年版　《附录》

　　《明代话本的著录和叙录》　胡士莹著　载其著《话本小说概论》　中华书局 1980 年版

　　《明代文言小说提要》　陈益源编著　载其著《古代小说述论》　北京线装书局 1999 年版

　　《记明版善本戏曲》　赵景深　原载 1944 年《新民晚报》后收入其著《中国戏曲丛谈》　齐鲁书社 1986 年版

　　《全明散曲引用书目举要》　谢伯阳编　载其编《全明散曲》卷首　齐鲁书社 1994 年版

　　《永乐大典戏文、杂剧目录》　马廉　载马廉著　刘倩编《马隅卿小说戏曲论集》　中华书局 2006 年版

　　《明代传奇全目》　傅惜华编　人民文学出版社 1959 年版

　　《明传奇钩沉集目》　王安祈　台湾大安出版社 1990 年版

　　《明传奇佚曲目钩沉》　吴书荫　《戏曲研究》第 40 辑 1992 年　又载李修生主编《古本戏曲剧目》　文化艺术出版社 1997 年版　《附录》一

　　《明代杂剧全目》　傅惜华编　作家出版社 1958 年版

　　《明杂剧一百五十四种叙录》　陈万鼐　台湾《中华学术文化集刊》第 9 卷第 10 期　1972 年

　　《明代史研究文献目录》　［日］山根幸夫编　东京东洋文化明代史研究室 1960 年誊写版

　　《明代戏剧研究论著题解》　宁宗一　陆林等著　载其著《明代戏剧研究概述》　天津教育出版社 1987 年版

《近五十年来台湾地区明代戏曲研究论著目录》　陈美雪编　台湾《古典文学通讯》第 34 期　1999 年 5 月

《明代戏曲评点本存本目录（初编）》　朱万曙　载其著《明代戏曲评点研究》　安徽教育出版社 2002 年版

《杨升庵著述目录》（草稿）　四川省图书馆编印　1961年版

《汤显祖研究文献目录》　陈美雪编　台湾学生书局1996 年版

《李贽著作知见目录》　福建省李贽著作注释组福州小组编印　1975 年版

《〈三国演义〉研究文献目录稿补遗》　［俄］李福清　东京《中国古典小说研究动态》1994 年 6 月号（中日本）

《〈三国演义〉研究重要论著》　载沈伯俊　谭良啸编著《三国演义大词典》　中华书局 2007 年版　《研究情况》

《国外〈三国演义〉研究部分论著目录》　王丽娜编译《〈三国演义〉研究集》　四川省社会科学院出版社 1983 年版

《日本研究〈三国演义〉图书论文辑目》　包振南辑　《文教资料》1988 年第 2 期

《关羽目录》　萧为　乐闻辑录　载卢晓衡主编《关羽、关公和关圣》　社会科学文献出版社 2002 年版

《日本研究〈水浒传〉图书论文辑目》　刘远编　《文教资料》1989 年第 2 期

《中国古典小说研究书目（七）——西游记论著目录》郑明娳编　《中国古典小说研究专集》（6）　静宜文理学院中国古典小说研究中心编　联经出版事业公司 1983 年版

《〈西游记〉研究论著目录》　刘耿大　王丽娜编　载江

苏省社会科学院文学研究所编《西游记研究》　江苏古籍出版社 1984 年版

《西游记研究专著论文目录》　〔日〕矶部彰编　日本《福山大学人文学部纪要》第 16 号　1990 年 2 月

《〈金瓶梅〉书录》　胡文彬编　辽宁人民出版社 1986 年版

《增修金瓶梅研究资料要览书目稿》　〔日〕泽田瑞穗著　日本早稻田大学 1981 年版

《〈金瓶梅〉研究文章篇目》(1930—1979)　《复旦学报》编辑组编　载《〈金瓶梅〉资料汇编》　复旦大学出版社 1984 年版

《20 世纪〈金瓶梅〉研究专著叙录》　赵天为编　载吴敢《20 世纪金瓶梅研究史长编》　文汇出版社 2003 年版

《明末清初小说述录》　林辰著　春风文艺出版社 1988 年版

《明清善本小说丛刊正续编目录》　朱传誉编　台北天一图书公司 1990 年版

《明清话本小说及其他短篇白话小说编年叙录》　王庆华编　载其著《话本小说文体研究》　华东师范大学出版社 2006 年版

《大谷本明清小说叙录》　刘镇伟　王若等编著　大连出版社 1995 年版

《明清艳情小说书目提要》　王汝梅　载其著《金瓶梅与艳情小说研究》　时代文艺出版社 2003 年版

《五百种明清小说博览》　张兵主编　上海辞书出版社 2005 年版

《新加坡国立大学中文图书馆藏中国明清通俗小说书目提要》　辜美高　李金生主编　新加坡国立大学中文系汉学

研究中心 1998 年版

　　《明清二代的平话集》　载《郑振铎文集》　人民文学出版社 1988 年版　第五卷

　　《明清罕见戏曲序目二十种》　张增元　《文献》第 14 辑 1982 年

　　《方志著录明清罕见戏曲存目七十七种》　张增元　《文史》第 24 辑　中华书局 1985 年

　　《方志著录明清罕见戏曲存目二十二种》　张增元　《文献》1986 年第 4 期

　　《明清曲目拾遗》　周巩平　《戏曲研究》第 38 辑　1991 年

　　《明清传奇综录》　郭英德编著　河北教育出版社 1997 年版

　　《明清剧目考遗》　王汉民　《文献》2002 年第 3 期

　　《明清文话叙录》　李四珍　台湾中国文化大学中文研究所硕士论文　1983 年 5 月

　　《明清戏曲研究书目举要》　郭英德　载其著《明清传奇史》　江苏古籍出版社 1999 年版

**清代**

　　《清人诗文集总目提要》　何愈春著　北京古籍出版社 2002 年版①

---

① 1. 江庆柏《〈清人诗文集总目提要〉近代部分作者生卒年补考》,《古籍整理出版情况简报》总 385 期 2003 年第 3 期。2. 朱则杰《〈清人诗文集总目提要〉订补——以四位甘肃籍作家为中心》,《西北师大学报》2004 年第 1 期。3. 朱则杰《〈清人诗文集总目提要〉订补——以〈陇右近代诗钞〉作家为中心》,《西北师大学报》2005 年第 5 期。

《清人诗文集未刊稿本抄本知见目》　苏州大学中文系明清诗文研究室编　载《明清诗文研究丛刊》第 2 辑　《明清诗文研究资料集》第 1 集

《清人文集别录》　张舜徽著　《张舜徽集·清人文集别录》　华中师范大学出版社 2004 年版

《清人别集总目》　李灵年　杨忠主编　安徽教育出版社 2000 年版①

《日本现存清代别集目录》　〔日〕西村元照编　1979 年油印本

《清人诗集叙录》　袁行云著　文化艺术出版社 1994 年版②

《清诗总集 131 种解题》　〔日〕宋村昂　大阪经济大学中国文艺研究会 1989 年版

《清代台湾诗集汇目》　陈汉光　陈陞章编　台湾《台湾文献》第 10 卷第 3 期　1959 年 9 月

《现存清词别集汇目》　王国昭撰　台湾《中国书目季刊》第 13 卷第 3 期　1979 年 12 月

《清词别集知见目录汇编——见存书目》　吴熊和　严迪昌等合编　台北“中央研究院”中国文史哲筹备处 1997 年版

《清人编刊的拟话本集叙录》　胡士莹著　载其著《话本小说概论》　中华书局 1980 年版

---

① 1. 朱德慈《〈清人别集总目〉订补》,《西北大学学报》2005 年第 1 期。2. 朱德慈《〈清人别集总目〉订补(续)》,《南阳师范学院学报》2004 年第 6 期。

② 朱则杰《〈清人诗集叙录〉考论》,《浙江大学学报》1999 年第 4 期。

《十七世纪白话小说编年叙录》　许振东著　中国文联出版社 2003 年版

《清人戏曲提要》　严敦易　载其著《元明清戏曲论集》中州书画社 1982 年版

《清代戏曲抄本叙录》　朱恒夫　《文献》1997 年第 4 期

《清代杂剧全目》　中国戏曲研究院编　傅惜华著　人民文学出版社 1981 年版

《清代杂剧体制提要及存目》　曾永义编著　载其著《中国古典戏曲论集》　台湾联经出版事业公司 1975 年版

《近三百年散曲家传略及书目》　谢伯阳编　《南京大学学报》编辑部排印本

《秦腔史料新得：清代秦腔刻本三十种简介》　刘文峰　《当代戏剧》1985 年第 3 期

《清代说唱文学文献的整理编目》　载刘水云　车锡伦《清代说唱文学文献》三　《文献》2003 年第 3 期

《子弟书目录综述》　崔蕴华　载其著《书斋与书坊之间——清代子弟书研究》　北京大学出版社 2005 年版　第五章第一节

《清人笔记条辨》　张舜徽著　《张舜徽集·清人笔记条辨》　华中师范大学出版社 2004 年版

《清人学术笔记提要》　徐德明著　学苑出版社 2006 年版

《清代文学研究论著》(正、续编)　宋隆发编　台北五南图书公司 1996 年、1997 年出版

《清代禁书知见录》　孙殿起编　商务印书馆 1957 年版

《清代各省禁书汇考》　雷梦辰编著　书目文献出版社

1989 年版

《清代诗话叙录》　郑静若　台北学生书局 1975 年版

《清代郡邑诗话叙录》　蒋寅　南京大学古籍所《古典文学研究》1993、1994 年合刊本

《新订清人诗学书目》　张寅彭辑著　上海古籍出版社 2003 年版

《清诗话见存书目》《清诗话待访书目》《清诗话经眼录》　蒋寅　载其著《清诗话考》　中华书局 2005 年版

《稿钞本清诗话经眼录》　蒋寅　《国学研究》第 15 卷北京大学出版社 2005 年

《清道光朝诗话偶录》（上、下）　蒋寅　南京大学中国古典文献研究所编《古典文献研究》（总第 7、8 辑）　凤凰出版社 2004、2006 年出版

《清代词话简目》　孙克强　载其著《清代词学》　中国社会科学出版社 2004 年版　《附录》

《黄宗羲著作目录》　［清］全祖望撰　载其著《鲒埼亭集·梨洲先生神道碑》

《王船山著作丛考》　刘志盛　刘萍著　湖南人民出版社 1999 年版

《顾亭林著述考》　王蘧常撰　载《纪念顾颉刚学术论文集》　巴蜀书社 1990 年版

《王念孙的著述》　张舜徽编　载其著《清代扬州学记》上海人民出版社 1962 年版

《聊斋研究文献要览》　［日］藤田祐贤　八木章好编日本东方书店 1985 年版

（日本）《庆应义塾大学所藏聊斋关系资料目录》　［日］

藤田祐贤等编　庆应义塾大学《艺文研究》1988 年

《三订儒林外史论著目录》　郑明娳编　台湾《幼狮学志》第 15 卷第 4 期　1980 年

《〈儒林外史〉外文论著目录》　王丽娜撰　《艺谭》1987 年第 3 期

《〈歧路灯〉研究论著、论文目录索引摘要》　李延年　载其著《〈歧路灯〉研究》　中州古籍出版社 2002 年版

《忏玉楼丛书提要》　吴克歧辑　北京图书馆出版社 2002 年影印①

《红楼梦叙录》　胡文彬编　吉林人民出版社 1980 年版

《评本〈红楼梦〉知见书目》　胡文彬编　《文献》1980 年总第 3 辑

《红楼梦书录》（增订本）　一粟编　上海古籍出版社 1981 年版②

《红楼梦研究要目》(1975—1979)　中国文艺年鉴社编《1981 年中国文艺年鉴》　文化艺术出版社 1982 年版

《红楼梦要籍解题》　冯其庸　载其著《漱石集》　岳麓书社 1993 年版

《红楼梦研究文献目录》　宋隆发　台北学生书局 1982 年版

《台湾所见红楼梦研究书目》　那宗训编　台北新文丰出版公司 1982 年版

《台湾红学论著叙录》　清芳编　《红楼梦研究集刊》

①此书是最早的一部《红楼梦》书目提要。
②寄石《〈红楼梦书录〉补遗》，《红楼梦学刊》1997 年第 3 期。

1983 年第 9 期

《〈红楼梦〉最新研究论著目录》(1982—1987)　北京师范大学图书馆情报服务部编　北京师范大学出版社 1988 年版

《1990—1998 年〈红楼梦〉研究论著目录》　苗怀明　《红楼梦学刊》1994 年第 4 期

《1990—2000 年〈红楼梦〉研究论著目录联想与补遗》　梁竞西　《红楼梦学刊》2001 年第 3 期

《台湾地区近三十年红楼梦研究论著目录》　朱嘉雯编台湾《古典文学通讯》第 32 期　1998 年 9 月

《书海寻〈梦〉录——非"红学"专书中的曹雪芹与〈红楼梦〉研究目录》　余力编　《红楼梦学刊》2004 年第 1、2、3 期　2005 年第 1 期

《近二十年红学论著提要》(1987—2006)　郭皓政　王晓晖等编　载郭皓政主编《红学档案》　武汉大学出版社 2007 年版

《新加坡的〈红楼梦〉研究论文目录》　凌彰编　《文学研究动态》1981 年第 16 期

《红楼梦日本语文献资料目录》　［日]伊藤漱平编　《明清文学研究会会报》第 6 期　1964 年

《日本〈红楼梦〉研究论著目录》　孙玉明编　《红楼梦学刊》2002 年第 1 期

《袁枚研究资料目录初编》　连文萍编　《"国立中央图书馆"馆刊》新 26 卷第 2 期

**近代**

《近代 66 种文艺报纸和 132 种文艺杂志编目》　祝均宙

编　载《中国近代文学争鸣》　上海书店 1989 年版

《上海图书馆藏中文报纸副刊目录（1898—1949）》　上海图书馆编印　1986 年版

《近三百年人物年谱见知录》　来新夏著　上海人民出版社 1983 年版

《中华民国作家作品目录》　封德屏主编　台北文讯杂志社 1999 年版

《晚清词集简目四十四种》　萧新祺　《文献》1989 年第 2 期

《二十世纪前期词籍汇刊叙录》　刘石　载清华大学中文系编《清华大学古代文学论集》　中华书局 2005 年版

《中国近代小说目录》　王继权　夏生元编　百花洲文艺出版社 1998 年版

《新编增补清末民初小说目录》　［日］樽本照雄编　齐鲁书社 2002 年版①

《中国近代小报小说目录初编》　孟兆臣　载其著《中国近代小报史·下篇》　社会科学文献出版社 2005 年版

《晚清小说目录》　刘永文编　上海古籍出版社 2008 年版

《清末民初小说研究目录——日本及其他国家篇目》　［日］樽本照雄编　载魏绍昌主编《中国近代文学大系·史料索引集二》　上海书店出版社 1996 年版

《中国近代小说研究论文目录》(1978—1998)　高建华

---

① 左鹏军《〈新编增补清末民初小说目录〉所录传奇杂剧订补》，载其著《晚清民国传奇杂剧考索》，人民文学出版社 2005 年版。

载王喜绒著《比较文化视野的形成与近代小说的勃兴》　甘肃人民出版社2000年版

《日本清末小说研究文献目录》　〔日〕樽本照雄编　日本清末小说研究会2002年刊行

《民国章回小说大观》①　秦和鸣主编　中国文联出版公司1995年版

《晚清戏曲小说目》　阿英编　古典文学出版社1957年版②

《清末石印精图小说戏曲目》　阿英　载其著《小说三谈》　上海古籍出版社1979年版

《1840—1919年戏曲剧目辑录》　周启付　《中华戏曲》总第20辑　山西古籍出版社1997年版

《中国近代传奇杂剧经眼录》　梁淑安　姚柯夫编著书目文献出版社1996年版

《近代传奇杂剧目录》　左鹏军　载其著《近代传奇杂剧研究》　广东高等教育出版社2001年版

《晚清民国传奇杂剧目录》　左鹏军　载其著《晚清民国传奇杂剧考索》　人民文学出版社2005年版　《附录》

《清末至建国前杂剧简目》　傅惜华编　载其编《清代杂剧全目》　人民文学出版社1981年版

《中国近代文话叙录》　林妙芬　台湾东吴大学中文研究所硕士论文　1986年4月

《中国近代戏曲论著总目》　傅晓航　张秀莲主编　文

①此书收录的主要是1912—1949年代撰写的章回体白话、文言小说。
②谷弗《阿英〈晚清小说目〉补遗》,《新民报晚刊》1957年11月21日。

化艺术出版社 1994 年版

《近百年来中国妇女论著总目提要》(1900—1992)　臧健　董乃强主编　北方妇女儿童出版社 1996 年版

《西学书目表》　梁启超撰　光绪二十三年(1897)刻本

《近代译书目》　王韬　顾燮光等编　北京图书馆出版社 2003 年版

《晚清新书目提要》　熊月支主编　上海书店出版社 2007 年版①

《林则徐资料目录》　福建省图书馆编印　1961 年版

《黄世仲研究论著资料选目》　颜廷亮　载其著《黄世仲与近代中国文学》　甘肃人民出版社 2000 年版

# 第五节　利用索引

索引一词,原出英语 index,所以索引亦称"引得",旨在突出索引的检索功能。索引是把各种载体资料中的题名、字词语、人名、地名、事件、主题以及其他事物的名称,根据需要,分别摘录,按照一定的编辑方法加以编排,并注明出处,以供检索的一种工具。研究编纂索引和使用索引的学问,称之为索引学。

中国古代的类书,主要是为写作查寻材料而编纂的,从其条目编纂形式来看,已经带有索引的性质。但类书辑录的具体内容很多,不像索引那样简明,分类也不像索引那样细致。为古籍编纂索引性质的专文专书,起源很早。东汉班固在《汉书》中编

---

① 此书包括:徐维则《增版东西学书录》、顾燮光《译书经眼录》、沈兆祎《新学书目提要》、赵惟熙《西学书目问答》。

有《古今人表》，以备检索从远古到楚汉间的人名。南朝梁元帝编的《古今同姓名录》是人名索引或人名辞典的肇始。明代张士佩编有《洪武正韵玉键》，明清之际的傅山编有《两汉书姓名韵》。清代中叶以后章学诚重视编辑索引。他在《遗书》卷10中建议：

> 校雠之先，宜尽取四库之藏，中外之籍，择其中之人名、他号、官阶、书目，凡一切有名可治、有数可稽者，略仿《佩文韵府》之例，悉编为韵，乃于本韵之下，注明原书出处及先后篇第，自一见再见，以至数千百，皆详注之。

章学诚强调，在校雠之前应当编辑相关的索引，并指出了编辑索引应当包括的内容、做法，讲得都相当具体。他虽然没有使用索引这一概念，但他在中国索引编纂史上，率先对索引进行了总结，开始探讨编纂索引的理论和方法，并编有《历代纪元韵览》和《明史列传人名韵编》。同时，汪辉祖编有《九史同姓名录》、《三史同名录》、《史姓韵编》，李兆洛编有《历代舆地韵编》等。《史姓韵编》摘《二十四史》所记之人，分姓汇录，以韵分编，以备寻觅。用部首笔划来编制索引，当始于嘉庆时毛谟所编的《说文解字》。近代同治时黎永椿编了一种查阅《说文》的《说文通检》，编的办法和《检字》相近。光绪时蔡启盛编了一部《皇清经解检目》，是供检查阮元所刻《皇清经解》（即《学海堂经解》）篇目的索引书。中国虽然很早就开始编纂索引性质的工具书，并且出现了"通检"、"检目"、"备检"之类的称名，但索引性质的专文和书籍数量不多，也有待规范，发展相当迟缓。这当与传统的治学宗旨和治学方法有关。传统的治学宗旨和治学方法，重视的是少数经典，靠的是传授和记诵，不太需要索引，自然不会重视索引，也没有把编纂索引看成是一种学问。

到 20 世纪初,随着教育的变革,各种知识的迅速增加和西方编纂索引的激发,开始出现了现代规范化的索引编纂。新中国成立之前,经由国内外许多学者的努力,编纂了许多重要的中国古籍索引。1922 年蔡廷幹自刊自编的《道德经》索引——《老解老》。1926 年陈乃乾编有《四库全书总目索引》。规模较大的是哈佛燕京学社和中法汉学研究所编纂的索引。哈佛燕京学社 1928 年在美国创立,1930 年在我国燕京大学设北平办事处,办事处设引得编纂处。编纂处从 1931 年到 1950 年共出版引得 64 种,81 册。中法汉学研究所通检组 1942 年在北京成立,从 1943 年到 1952 年共出版通检 15 种①。此外,重要的还有叶绍钧编的《十三经索引》,施廷镛编的《丛书子目书名索引》,顾颉刚的《尚书通检》,商务印书馆编印的《十通索引》,开明书店编印的《二十五史人名索引》,王重民编的《国学论文索引》等。

建国以后编制的索引,一般都称索引。建国以后,特别是 20 世纪 80 年代以来,随着对古籍的整理和古代文学史料的拓展,有不少学者和出版单位先后编印了一些有关古籍和古代文学史料的索引。如中华书局相继出版的《二十四史》人名索引。有些规范性的学术著作,书后特别附有人名或书名等索引。但遗憾的是,至今仍有一些学者和出版单位轻忽索引,怕麻烦,怕增加版面,不愿意编印索引。据有人粗略统计,我国目前出版的学术著作,有索引的不到 40%。另外,在古代文学史料方面,用于检索术语、概念和命题之类的专题索引,至今除了很少的一部分可以通过电脑和网络检索外,其他大部分尚属空白。还有,现在不少索

---

① 参阅潘树广《二十世纪的索引编纂与研究(代序)》,载卢正言主编《中国索引综录》,上海辞书出版社 2000 年版。

引比较零碎,有待系统整理。著作没有索引,索引种类不全,索引不系统,给阅读和研究带来了诸多不便,浪费了很多时间和精力,也不符合国际学术惯例,影响了著作向国外传播。在这方面,我们应当重视国内外许多学者的呼吁和做法,并且付之于实践。胡适曾经说过:编制索引是整理国学的首步。郑振铎 1932 年在《插图本中国文学史·例言》中特别指出:

> "索引"为用至大,可以帮助读者省了不少无谓的时力。古书的难读,大都因没有"索引"一类的东西之故。新近出版的著作,有索引者还是不多,本书特费一部分时力,编制"索引",附于全书之后,以便读者的检阅。

1937 年郑振铎又写了《索引的利用与编纂》一文,说:

> 在今日而不知道利用"索引"的人,恐怕是不会走上研究的正轨的。"索引"和专门的参考书目乃是学问的两盏引路的明灯。

法国著名汉学家伯希和说:"你们中国治理国学,第一要做各种索引。"另一位法国学者马伯乐特别强调了索引的重要:"最耐烦最细心的研究,有时还不及一个好的索引。"①英国史学家卡莱尔曾激愤地说:"应该将没有索引的书籍出版商,罚往地球以外十英里的地方。"②在日本,十分重视编纂索引。日本从事汉学的学者,自 19 世纪末开始,相继编制了大量的中国古籍索引。据不完全统计,日本编印的中国古籍索引,单就原文索引而言,即约占世

---

① [法]马伯乐著,陆侃如译《评郭沫若近著两种》,《文学年报》第 2 期,1936 年 5 月。

② 转引自《文学遗产》编辑部编《世纪之交的对话:古典文学研究的回顾与展望》,上海古籍出版社 2000 年版,第 141 页。

界各地出版的全部中国古籍原文索引的 80％,仅唐代的古籍原文
索引就达 38 种。其中数量最多的是古籍集部原文索引①。

　　谈到索引,我们不应当忘记洪业。洪业是当代国际上著名的
史学家之一,是引得的创始人和引得编纂处的总纂。他从自己的
治学生涯中,深切地体会到少时读书不知道利用索引之苦,后来
教书,决不令青年蹈自己少时的覆辙,处处留心索引之类工具书
的使用。他指出:编索引书的人,"虽算不得有什么阐扬圣道、方
轨文章的大功,但只就其曾为学者省了一分心血,已可谓是一种
功德。所可惜者,这类书实在太少"②。洪业上面的言论,虽然见
载于 1932 年,但他十分重视索引,把编索引视为"一种功德"。这
很值得我们重视。他说的"这类书实在太少",也大体符合现在的
情况。我们应当继承前辈的优良传统,参照国外的做法,改变目
前不注意使用和轻视编纂索引的状况。

　　索引的种类很多,就中国古代文学史料而言,根据检索的项
目,大体可分为四种:

　　一,篇目索引,主要用于检索书名、文章题目和作者。如《中
国古典文学论文索引》、《中国少数民族文学论文、作品索引》。

　　二,专名索引,主要用于检索人名、地名、书名等。如《春秋左
传人名索引》、《史记地名索引》。

　　三,字、词语、句索引,主要用于检索单字、词语和句子。如《建
安七子集逐字索引》、《陶渊明诗文句索引》、《搜神记语汇索引》。

　　四,类目索引,主要用于检索有关事类。如《论衡事类索引》、

①参阅陈东辉《试论日本所编的中国古籍索引》,《文献》2005 年第 2 期。
②参阅洪业《引得说》,载 1932 年哈佛燕京学社引得编纂处出版《引得》
　　增刊。

《六朝志怪小说情节单元分类索引》。

索引有多种刊印形态，归纳起来，大致有索引专书、杂志式索引、附加索引和索引丛刊等。

索引专书，指的是索引以专书的形式刊印的。如中华书局出版的《先秦汉魏晋南北朝诗作者篇目索引》、《文选索引》。索引专书，有些收录的内容年代较长，使用方便，但不够及时。

杂志式索引，如《全国报刊索引》，收录的内容一般是短时期的，按期出版，比较及时。

附加索引指的是索引没有单独印行，而是附加在一些书刊之后。这种形态的索引数量很大。如中华书局出版的宋代郭茂倩的《乐府诗集》后附有《作者姓名篇名索引》，台湾嘉新水泥公司文化基金会出版的《清代禁毁书目研究》书后附有 390 页的《清代禁毁书目索引》。

索引丛刊的特点是把多种索引编辑在一起加以刊印。常见的索引丛刊有两种形式。一是单行的索引丛刊，如 1966 年台湾成文出版社翻印的《哈佛燕京学社引得丛刊》，中法汉学研究所的《通检丛刊》。一是作为丛书的一部分。如周骏富编印《明人传记丛刊》和《清人传记丛刊》两套传记丛书，分别为两套丛书各编索引三大册。中国社会科学院文学研究所等主编《中国近代文学研究资料丛书》分三部分，其中有一部分即"目录索引资料"。上海书店出版社出版的《中国近代文学大系》共 12 集，其中有一集为"史料索引"。

我们在搜集和检索史料时，应当像重视目录一样地重视索引。索引把各种资料做了"索引式的整理"，具有导引、示址的作用。使用索引，就会容易搜集检索到我们所需要的史料，能节省许多时间和精力。

索引是基于一定的内容、依据一定的规则编纂的。我们在使

用索引时,要注意以下三点:

一、知范围、明方法。每种索引都有一定的、明确的范围,或是一部书,或是一套书,或是其他。同时每种索引都是按照一定的编辑规则编辑的,如按笔画、拼音、四角号码、内容和时间的先后等来编排。我们在使用索引时,首先应当知范围、明方法。要做到这一点,最简便的方法是先阅读每种索引正文前面的"凡例"(如余嘉锡的《世说新语笺疏》书后所附的《〈世说新语〉人名索引》、《〈世说新语〉引书索引》正文前均有"凡例"),或"例言"(如中华书局出版的《史记》、《汉书》等正史的"人名索引"之前,均有"例言")和"编辑说明"(如中国社会科学院文学研究所图书资料室编的《中国古典文学研究论文索引》正文前有"编辑说明")。

二、要选择。索引同其他工具书一样,具有时代性。就现有索引来看,有些同一史料的索引,先后出现了多种。其中有的依据的版本不同。一般的情况是后出的、经过增补的、校勘的版本较好。因此,后出的依据新的版本编的索引要好一些。我们在使用时,一般应注意选用新编的、质量好的、容易检索和容易找到的索引。如"正史"人物传记索引,先后至少有清人汪辉祖编的《史姓韵编》,梁启雄编的《廿四扬史传目引得》,张忱石、吴树平编的《二十四史传记人名索引》①,上海古籍出版社、上海书店编印的《二十五史传记人名索引》②。在上述四种索引中,应当选用后两种。因为后两种用的版本是统一影印的《二十五史》,并兼注通行的中华书局校点本的册数、卷数和页码。查找和检索都很方便。再如关于《文心雕龙》的语句索引和研究论著索引,都有多种。语

---

①中华书局 1980 年版。
②上海古籍出版社 1990 年版。

句索引至少有四种，研究论著索引至少有八种。在诸多索引中，语句索引可选用朱迎平编的《〈文心雕龙〉索引》，研究论著索引可选用戚良德编的《文心雕龙学分类索引》。上述两种索引，编印的时间较晚，相当全面，也容易找到。此外，一般的索引都力求全面，但也有少数索引属于"摘要"。我们在使用索引时，应当尽量采用比较全面的。

　　三、同目录相结合。索引和目录，本来是兄弟和姊妹，关系密切。另外，有些索引和目录并没有做明确的区分。就现存的索引和目录来看，有些目录与索引并用连用，《全上古三代秦汉三国六朝文篇名目录及作者索引》就属于这种情况。有的同类性质的内容，或编为索引，或编为目录。一个明显的例证是，对同一类的古代文学研究论著篇目，有的编为"索引"，如北京师范学院中文系资料室、中国社会科学院文学研究所图书资料室编的《中国古典文学研究论文索引》（增订本），有的则编为"目录"，如台湾洪顺隆主编的《中外六朝文学研究文献目录》（增订版）。鉴于上述情况，我们在使用索引时，要留心参用相关的目录。

　　四、要全面检索。有的索引所含的内容并不单一，如《中国少数民族文学论文、作品索引》，就含有研究史料和作品史料两方面的内容。如果单一检索，就会有所遗漏。

## 附：现当代新编古代文学史料索引要目

## 通　代

**综合**

　　《艺文志二十种综合引得》　田继综编　哈佛燕京学社

1933 年版　中华书局 1960 年影印

《资治通鉴索引》　〔日〕佐伯富编　京都大学人文科学研究所 1961 年版

《续资治通鉴长编语汇索引》　〔日〕梅原郁编　京都同朋舍 1989 年版

《古书同名异称举要》　张雪庵编　山东人民出版社 1980 年版

《同书异名通检》〔增订本〕　杜信孚等编　江苏人民出版社 1982 年版

《同名异书通检》　杜信孚等编　江苏人民出版社 1982 年版

《四库全书总目及未收书目引得》　哈佛燕京学社引得编纂处编　哈佛燕京学社 1932 年版

《四库全书目录索引》　上海古籍出版社编　上海古籍出版社 2003 年版

《四库全书存目丛书·目录索引》　齐鲁书社 1997 年版

《四库存目标注索引》　程远芬编　载杜泽逊撰《四库存目标注》附　上海古籍出版社 2007 年版

《续修四库全书目录索引》　续修四库全书编辑委员会复旦大学图书馆古籍部编　上海古籍出版社 2003 年版

《四库禁毁书丛刊索引》　四库禁毁丛刊编纂委员会编　北京出版社 2001 年版

《四库未收书辑刊·卷首·目录索引》　北京出版社 2000 年版

《中国丛书目录及子目索引汇编》　施廷镛主编　南京大学 1982 年印行

　　《中国丛书综录》3《索引》　上海图书馆编　上海古籍出版社 1986 年版

　　《最近杂志要目索引》(1930 年 2 月至 1937 年年底 1947 年春至 1949 年 5 月)　上海《人文》编辑部编印

　　《全国报刊索引》　上海图书馆编印①

　　《中国文学史参考资料索引》　武汉大学中文系编印 1958 年版

　　《中国文学史参考资料索引》　天津师范学院中文系编印　1980 年版

**传记史料**

　　《二十五史人名索引》　二十五史刊行委员会编　开明书店 1935 年版　中华书局 1956 年重印

　　《二十五史纪传人名索引》　上海古籍出版社　上海书店编　上海古籍出版社 1990 年版

　　《二十四史纪传人名索引》　张忱石　吴树平编　中华书局 1980 年版

　　《二十四史人名索引》　中华书局编　中华书局 1998 年版

---

①此索引前身名为《全国主要报刊资料索引》。1955 年 3 月,上海报刊图书馆创办了《全国主要期刊资料索引》,双月刊。1956 年 7 月改为月刊,由上海市图书馆编印。1966 年 10 月停刊。1973 年 10 月复刊,改名《全国报刊资料索引》,1980 年更名为《全国报刊索引》,按哲社版、科技版分册,每月各出一本。此索引从 1993 年开始实施计算机化工程,哲社版的电子版中文社科报刊篇名数据库已可应用,可检索 1993 年以后的报刊论文资料。从此索引的"文学·古典文学"类目和其他有关的类目中可以检索到古典文学论文。

《历代同姓名引得》 哈佛燕京学社引得编纂处编 哈佛燕京学社 1931 年版

《古今人物别名索引》 陈德芸编 上海书店出版社 1982 年影印本

《室名别号索引》(增订本) 陈乃乾编 丁宁等补编 中华书局 1982 年版

《历代人物谥号封爵索引》 杨震方 水赉佑编著 上海古籍出版社 1996 年版

《四库全书文集篇目分类索引:传记文之部》 "中华文化复兴运动推行委员会"四库全书索引编纂小组主编 台湾商务印书馆 1989 年版

《四库全书传记资料索引》 "中华文化复兴运动推行委员会"四库全书索引编纂小组主编 台湾商务印书馆 1990 年版

《历代诗史长编人名索引》 王德毅编 台北鼎文书局 1972 年版

《中国古今题画诗词全璧作者索引》 石理俊主编 载其主编《中国古今题画诗词全璧》 河北教育出版社 1994 年版

《曲家碑传资料索引》 王永宽 王钢编 载其著《中国戏曲史编年》(元明卷附录) 中州古籍出版社 1994 年版

**作品史料**

《中国少数民族作家作者文学作品目录索引》(1949—1977) 中央民族学院图书馆编印 1979 年版

《中国少数民族文学论文、作品索引》 中国社会科学院少数民族文学研究所图书资料室编印 1984 年版

《古代诗词名曲名句选索引》　刘利等编　载其编《古代诗词名曲句选》　广西人民出版社1982年版

《历代名诗索引》　孙寿玮编　上海辞书出版社1999年版

《汉诗大观索引》　[日]佐久节编　东京井田书店1943年版　岳麓书社1991年版①

《中国诗人选集总索引》　[日]吉川幸次郎　小川环树编　岩波书店1959年版

《中国旧诗佳句韵编》　王芸孙编　岳麓书社1984年版

《中国名诗句通检》　刘占锋主编　河南大学出版社2002年版

《先秦汉魏晋南北朝诗作者篇目索引》　常振国　绛云编　中华书局1988年版

《诗渊索引》　刘卓英主编　书目文献出版社1993年版

《中诗英译索引》　黄凯琪等编　夏威夷大学出版社1977年版

《四库全书文集篇目分类索引:杂文之部》　"中华文化复兴运动推行委员会"四库全书索引编纂小组主编　台湾商务印书馆1989年版

《全上古三代秦汉三国六朝文篇名目录及作者索引》　中华书局1965年编辑出版

---

① 此索引包括:[清]沈德潜《古诗源》、[清]张玉毂《古诗赏析》、[明]李攀龙《唐诗选》、[宋]周弼《三体诗》、张景新等《宋诗别裁》以及《陶渊明集》、《李白诗集》、《杜少陵诗集》、《王右丞诗集》、《韩昌黎诗集》、《白乐天诗集》、《苏东坡诗集》、《黄山谷诗集》、《陆放翁诗集》。索引为诗句首句索引。

《历代名赋索引》　载迟文浚　许志刚等主编《历代赋辞典》　辽宁人民出版社1992年版

《词名索引》(增补本)　吴藕汀编著　中华书局2006年版

《唐宋金元词文库及赏析系统索引》　http://www.202.119.104.80/ci_ku/　南京师范大学课题组研制　负责人张成

《词综作品索引》　载[清]朱彝尊　汪森编《词综》　上海古籍出版社2005年版

《中国通俗小说同书异名书目通检》　萧相恺等编　载《中国通俗小说总目提要》　中国文联出版公司1990年版

《中国历史演义全集索引》　台湾远流出版社编印1980年版

《日本稀见小说索引》　谭正璧编撰　浙江文艺出版社1984年版

《笔记小说大观丛刊索引》　台北新兴书局有限公司编印　1981年版

《中国随笔索引》　[日]京都大学东洋史研究会编　日本学术振兴会1954年版

《中国随笔杂著索引》　[日]佐伯富编　京都大学东洋史研究会1960年版

《中国随笔杂著四十一种索引》　[日]矢岛玄亮编　仙台东北大学附属图书馆1965年版

《古典小说戏曲地方戏曲艺书名笔画综合索引》　朱一玄　董泽云等编　载其编《古典小说戏曲书目》　吉林文史出版社1991年版　附录

　　《台湾古典小说戏曲书名笔画综合索引》　朱一玄　董泽云等编　载其编《古典小说戏曲书目》　吉林文史出版社1991 年版　附录

　　《古典戏曲存目汇考戏曲名目索引》　庄一拂编　载其著《古典戏曲存目汇考》　上海古籍出版社 1982 年版

　　《我国歌曲源流索引》　无为居士　曹文锡编　台湾《春秋》第 821 期

### 研究史料

　　《复印报刊资料索引》　中国人民大学书报资料中心编印①

　　《中文期刊论文分类索引》　台湾大学图书馆编印②

　　《中国古籍整理研究论文索引》(清末—1983 年)　东北师大古籍整理研究所辞书编辑室编著　江苏古籍出版社1990 年版

　　《中国古典文学评论资料索引》(初编:1949—1959　续

---

①《复印报刊资料》按类分专题,以分册形式公开发行。各册每期后附此社已经复印的资料目录。1983 年开始,又增加了未复印的专题资料索引。各册所附条目按年度汇编成册。文学艺术类包括八种期刊,覆盖文学研究各分支学科及戏剧、音乐、舞蹈、绘画、书法、雕塑等艺术领域。其中集中汇编国内七八百种报刊上发表的中国古代文学论文的是《中国古代、近代文学研究》分册及其所附的索引。此索引包括中国古代、近代文学论文索引,中国古代、近代文学理论研究索引。成册索引有电子版。

②此书是检索台湾光复后期刊论文的重要索引。1970 年 1 月以后可参台湾"中央图书馆"编的《"中华民国"期刊论文索引》,有月刊、季刊,每年有汇编本。已全部录制《"中华民国"期刊论文索引光碟系统》(1992),收录发表于国内所出版的 1800 多种中西文期刊、学报上的各类论文篇目。资料每 6 个月更新 1 次。

编:1960.1—1960.12)　福建师范学院中文系中国古典文学
教研室编　福建人民教育出版社 1960 年、1962 年分别出版

《中国古典文学研究论文索引》(增订本)(1949—1966.6)　北京师范学院中文系资料室　中国社会科学院文学研究所图书资料室编　中华书局 1979 年版

《中国古典文学研究论文索引》(1949—1980)　中山大学中文系资料室编　广西人民出版社 1984 年版

《中国古典文学研究论文索引》(1966.7—1979.12)　中国社会科学院文学研究所图书资料室编　中华书局 1982年版

《中国古典文学研究论文索引》(1980.1—1981.12)　中国社会科学院文学研究所图书资料室编　中华书局 1985年版

《中国古典文学研究论文索引》(1982.1—1983.12)　中国社会科学院文学研究所图书资料室编　中华书局 1988年版

《中国古典文学研究论文索引》　中国社会科学院文学研究所编　中华书局 1993 年版

《文学遗产索引》(1954.3—1966.6)　高宇蛮编　中华书局 1981 年版

《一五二二种学术论文集史学论文分类索引》　周迅李凡等编　书目文献出版社 1990 年版

《〈管锥编〉〈谈艺录〉索引》　陆文虎编　中华书局 1994年版

《新时期先秦两汉魏晋南北朝文学研究论著要目索引》刘运好编　载其编著《新时期中国古典文学研究述论》第 1

卷《先秦—六朝》 商务印书馆 2006 年版

《甘肃古代作家研究论著索引》 甘肃省社会科学院文学研究室、图书资料室编 《关陇文学论丛》第 1 集 甘肃人民出版社 1982 年版

《古代散文研究论文索引：1905—1989》 效韩编 载王洪主编《古代散文百科大辞典》 学苑出版社 1991 年版

《国外古文研究论著目录索引》 王丽娜编 载王洪主编《古代散文百科大辞典》 学苑出版社 1991 年版

《台港古文研究论著目录索引》 王立柱编 载王洪主编《古代散文百科大辞典》 学苑出版社 1991 年版

《辞赋研究论著索引》(至 1993 年) 王琳 孙之梅编载霍松林主编《辞赋大辞典》 江苏古籍出版社 1996 年版《附录》

《词学研究论文目录索引》(1911—1979) 华东师范大学中文系古典文学教研室编 载《词学研究论文集》2 册 上海古籍出版社 1982、1988 年出版

《五十年代前词学研究论文索引：总论部分》 赵为民程郁缀编 台北五南图书出版公司 1989 年版

《词学索引》 载《词学论著总目》贰《词籍·六索引》主编林玫仪 "中央研究院"文哲研究所筹备处 1995 年版

《韩国学者词学研究著作、论文索引》(1958—2004) 薛玉坤编 《中国韵文学刊》2005 年第 3 期

《部分文言小说论文索引》 侯忠义编 载其著《中国文言小说参考资料》 北京大学出版社 1985 年版

《中国古代小说研究论文要目索引》 淮茗编 《明清小

说研究》2000—2004 年①

《中国白话小说语释索引》　〔日〕大阪市立大学文学部中国语学中国文学研究室编　1958 年出版第 1 册　1962 年出版第 2 册

《中国古典戏曲小说研究索引》　于曼玲编　广东高等教育出版社 1992 年版

《中国小说戏曲词汇研究辞典：综合索引篇》(1—6)〔日〕波多野太郎编　横滨市立大学 1956—1961 年出版

《中国古典戏曲语释索引》　〔日〕大阪市立大学文学部中国语学中国文学研究室编　名古屋采华书林 1970 年印

《古代戏曲研究论文索引》(1977—1981)　《曲苑》第 1辑　江苏古籍出版社 1984 年版

《中国古代戏曲研究论文索引》(1993—2001)　吴晓惠徐丽蓉等编　《戏曲研究》第 57—61 辑　中国戏剧出版社2001—2003 年出版

《散曲研究论文索引》(1912—1981.10)　何贵初编印香港 1981 年版

《昆曲研究资料索引》　洪惟助主编　台湾传统艺术中心　2002 年

《中国古典戏曲研究资料索引》　香港大学中文学会编香港广角镜出版社 1989 年版

《戏剧论著索引》　台湾"中国文化学院"戏剧电影研究所编印　1969 年版

《戏曲理论文章索引：1949—1981》　中国艺术研究院资

---

①此索引选录 1999—2004 年论文。

料馆报刊组编印　1983年版

《戏曲文物研究论著索引》　车文明编　载其著《20世纪戏曲文物的发现与曲学研究》　文化艺术出版社2001年版《附录》

《报刊傩戏论文索引》(1990—1994)　乔淑萍辑　《中华戏曲》总第14、19辑　山西古籍出版社1993、1996年出版

《目连戏论文索引》(1991—1998)　乔淑萍辑　《中华戏曲》总第16、20辑　山西古籍出版社1995、1997年出版　24辑　文化艺术出版社2000年出版

《巫傩文化与仪式剧论文索引》(1995—2000)　乔淑萍辑《中华戏曲》总第22辑　山西古籍出版社1999年出版　27辑文化艺术出版社2002年出版

《南戏研究论著索引》　金宁芬编著　载其《南戏研究变迁》　天津教育出版社1992年版

《国外研究中国戏曲的英语文献索引》　孙玫辑译　《戏曲研究》第20辑　文化艺术出版社1986年版

《中国历代文学理论重要专著篇目索引》　南京大学中文系编印　1964年版

《中国古代文学理论批评名篇名著篇目索引》　张连第等编　吉林人民出版社1985年版

《历代诗话人名和分类索引》　中华书局文学编辑室编中华书局1981年版

《词话丛编索引》　李复波编　中华书局1991年版

《中国古典文学理论批评史专题目录索引》　复旦大学文学研究室编印　1980年版

《中国古代文艺理论研究论文索引》　武汉大学中文系

中国古代文学理论研究室编印　　1980年版

　　《中国古代文论研究论文索引》（解放前部分）　中国人民大学古代文论资料编选组编　载其编《中国古代文论研究论文集》　上海古籍出版社1987年版

　　《二十世纪中国古典文艺理论研究论文索引》　叶农编广州花城出版社2005年版

**民间文学史料**

　　《二十五史谣谚通检》（增订本）　尚恒元　彭善俊编山西古籍出版社2005年版

　　《中国民间故事类型索引》　［美］丁乃通编著　郑建威段宝林等译　中国民间文艺出版社1986年版

　　《民间文学作品与理论资料索引》　中国民间文艺研究会编印　1964年版

　　《民间文学研究资料目录索引》　老彭编　西南师范学院中文系1980年版

　　《中国民间文学论文索引：1949—1980》　中国社会科学院文学研究所民间文学室等编　1981年版

　　《民间文学论文目录索引：1980—1983》　李建中编　西南师范学院中文系1984年版

**敦煌学**

　　《敦煌遗书总目索引新编》　敦煌研究院编　中华书局2000年版

　　《敦煌宝藏总目分类索引》　黄永武主编　台北新文丰出版公司1985年版

　　《国家图书馆藏敦煌遗书研究论著目录索引》　中国美编　北京图书馆出版社2001年版

《2002 年敦煌学研究论著目录索引》　陈丽萍　江海云编　《敦煌学辑刊》2003 年第 2 期

《〈敦煌变文集〉口语语汇索引》　［日］入矢义高编印京都 1961 年版

《敦煌变文论著索引：1920—1977》　《古籍整理出版情况简报》1980 年第 1 期增刊

《中国敦煌吐鲁番学著述资料目录索引：1909—1984》卢善焕等编　陕西省社会科学院 1985 年版

《中国敦煌吐鲁番学著述资料目录索引：1985—1989》师勤编　中国敦煌吐鲁番学会 1990 年版

## 断　代

### 先秦

《十三经索引》（重订本）　叶绍钧编　中华书局 1983 年版

《十三经新索引》（修订本）　李波等主编　中国广播电视出版社 2003 年版

《十三经新索引》　栾贵明　田奕主编　北京文信传文史研究院编制　中国社会科学出版社 2004 年版

《十三经注疏经文索引》　李乃扬　［日］中津滨涉编台北大化书局股份有限公司 1995 年版

《诗经索引》　陈宏天　李岚编　书目文献出版社 1984 年版

《毛诗引得·附标校经文》　哈佛燕京学社引得编纂处编　哈佛燕京学社 1934 年版　上海古籍出版社 1986 年影印本

《毛诗逐字索引》　刘殿爵　陈方正主编　香港商务印书馆 1995 年版

《毛诗注疏引书引得》　哈佛燕京学社引得编纂处编哈佛燕京学社 1937 年版　上海古籍出版社 1986 年影印本

《韩诗外传逐字索引》　刘殿爵　陈方正主编　台湾商务印书馆 1992 年版

《诗经名句索引》　任自斌编　载任自斌　和近健主编《诗经鉴赏辞典》　河海大学出版社 1989 年版

《〈诗集传〉事类索引》　［日］后藤俊瑞编　西宫市武库川女子大学文学部　中国文学研究室 1960 年版

《尚书通检》　顾颉刚主编　哈佛燕京学社 1935 年版书目文献出版社 1982 年影印

《尚书逐字索引》　何志华等编辑　香港商务印书馆 1995 年版

《尚书大传逐字索引》　刘殿爵　陈方正主编　香港商务印书馆 1994 年版

《逸周书逐字索引》　刘殿爵　陈方正主编　台北商务印书馆 1992 年版

《周礼引得附注疏引书引得》　哈佛燕京学社引得编纂处编　哈佛燕京学社 1940 年版

《礼记引得》　哈佛燕京学社引得编纂处编　哈佛燕京学社 1937 年版

《仪礼引得附郑注引书及贾疏引书引得》　哈佛燕京学社引得编纂处编　哈佛燕京学社 1932 年版

《周易引得》　哈佛燕京学社引得编纂处编　哈佛燕京学社 1935 年版　上海古籍出版社 1986 年影印

《周易逐字索引》　刘殿爵　陈方正主编　台北商务印书馆 1995 年版

《周易逐字索引》　何志华等编辑　香港商务印书馆 1995 年版

《易学论文索引》　吕美泉编　载吕绍纲主编《周易辞典》　吉林大学出版社 1992 年版

《春秋经传引得》　洪业等编　哈佛燕京学社 1937 年版 上海古籍出版社 1983 年影印

《春秋经传注疏引书引得》　哈佛燕京学社引得编纂处编印　1937 年版　上海古籍出版社 1983 年影印

《综合春秋左氏传索引》　［日］大东文化学院志道会研究部编　东京汲古书院 1981 年版

《春秋左传人名索引》　上海人民出版社编　载［晋］杜预集解《春秋左传集解》　上海人民出版社 1977 年版

《春秋左传逐字索引》　刘殿爵　陈方正编　台北商务印书馆 1995 年版

《春秋左传逐字索引》　何志华等编　香港商务印书馆 1995 年版

《〈左传〉人名地名索引》　［日］重泽俊郎　佐藤匡玄编 东京弘文堂 1935 年版

《〈左传〉人物研究论著索引》(1949—2003)　何新文编 载其著《〈左传〉人物论稿》　中国社会科学出版社 2004 年版

《公羊传逐字索引》　刘殿爵编　台湾商务印书馆 1995 年版

《春秋穀梁传人名地名索引》　［日］中村俊也等编　东京龙溪书舍 1980 年版

《春秋穀梁传逐字索引》　刘殿爵编　台湾商务印书馆
1995 年版

《国语引得》　鲍吾刚编　台北成文出版社 1973 年版

《国语引得》　张以仁编　台北"中央研究院"历史语言
研究所 1976 年版

《国语人名索引》　上海师范大学古籍整理研究所等编
载［春秋］左丘明撰《国语》　上海古籍出版社 1978 年版

《国语索引》　［日］铃木隆一编　京都东方文化学院京
都研究所 1934 年版

《战国策通检》　巴黎大学北平汉学研究所 1948 年编辑
出版　台北成文出版社 1968 年版

《战国策固有名词索引》　［日］重泽俊郎编　东京《中国
的文化与社会》1960 年第 8 期

《战国策逐字索引》　刘殿爵　陈方正主编　台北商务
印书馆 1992 年版

《山海经通检》　巴黎大学北平汉学研究所编　台北成
文出版社 1968 年版

《山海经名物索引》　张明华编　载袁珂校注《山海经校
注》　上海古籍出版社 1980 年版

《山海经、穆天子传、燕丹子逐字索引》　刘殿爵　陈方
正主编　台湾商务印书馆 1994 年版

《四书索引》　［日］森本角藏编　东京不昧堂 1952 年版

《朱子四书集注索引》　［日］后藤俊瑞编　广岛大学文
学部中国哲学研究室 1954 年版

《朱子四书或问索引》　［日］后藤俊瑞编　广岛大学文
学部中国哲学研究室 1955 年版

《诸子百家研究论文索引:1900—1992》　岳仁堂等编
载刘冠才等主编《诸子百家辞典》　北京华龄出版社 1994
年版

《老子索引》　叶廷干编　台北文史哲出版社 1979 年版

《老子逐字索引》　刘殿爵主编　香港商务印书馆 1996
年版　台北商务印书馆 1996 年版

《论语引得》　哈佛燕京学社引得编纂处编　哈佛燕京
学社 1940 年版

《论语索引》　北京大学图书馆索引编纂研究部编　北
京大学出版社 1992 年版

《论语索引》　幺峻洲编　齐鲁书社 2005 年版

《论语逐字索引》　刘殿爵　陈方正主编　香港商务印
书馆 1995 年版

《〈孔子诗论〉研究论著目录索引》　陈桐生编　载其著
《孔子诗论研究》　中华书局 2005 年版　《附录》三

《墨子引得》　哈佛燕京学社引得编纂处编　哈佛燕京
学社 1941 年版

《诸子引得:墨子》　蒋致远主编　台北宗青图书出版公
司 1986 年版

《墨子逐字索引》　刘殿爵主编　香港商务印书馆 2001
年版

《墨子研究论文分类索引:1904—1995》　谭家健编　载
其著《墨子研究》　贵州教育出版社 1995 年版

《孟子引得》　哈佛燕京学社引得编纂处编　哈佛燕京
学社 1941 年版　上海古籍出版社 1986 年影印

《孟子索引》　北京大学图书馆索引编纂研究部编　北

京大学出版社 1992 年版

《孟子研究资料索引》　曲阜师范学院图书馆编印
1983 年版

《庄子引得》　哈佛燕京学社引得编纂处编　哈佛燕京
学社 1941 年版

《诸子引得：庄子》　蒋致远主编　台北宗青图书出版公
司 1986 年版

《荀子引得》　哈佛燕京学社引得编纂处编印　1950 年
版　上海古籍出版社 1986 年影印

《诸子引得：荀子》　蒋致远主编　台北宗青图书出版公
司 1986 年版

《荀子逐字索引》　刘殿爵　陈方正主编　香港商务印
书馆 1996 年版

《韩非子引得》　庄为斯编　台北中文研究资料中心
1975 年版

《韩非子索引》　周钟灵　施孝适等主编　中华书局
1982 年版

《诸子引得：韩非子》　蒋致远主编　台北宗青图书出版
公司 1985 年版

《吕氏春秋通检》（与《论衡通检》合刊）　中法汉学研究
所通检组编印　1943 年版　上海古籍出版社 1986 年影印

《吕氏春秋逐字索引》　刘殿爵　陈方正主编　香港商
务印书馆 1994 年版

《吕氏春秋索引》　张双棣等编　山东教育出版社 1999
年版

《尔雅引得》　哈佛燕京学社引得编纂处编　哈佛燕京

学社 1941 年版

《楚辞研究论文目录索引》 王从仁等编 载《楚辞研究论文选》 湖北人民出版社 1985 年版

《20 世纪 90 年代楚辞研究论著索引》(一、二、三) 王媛编 分别载于中国屈原学会编《中国楚辞学》第 1、2、3、4 辑 学苑出版社出版 第 1 辑出版于 2002 年 第 2、3 辑出版于 2003 年 第 4 辑出版于 2004 年

《〈九章〉及其具体作品研究索引》(1990—1999) 首都师范大学中国诗歌研究中心主办《中国诗歌研究通讯》2003 年春季卷

《宋玉研究论著索引》(1900—2004.6) 吴广平编 载其著《宋玉研究》 岳麓书社 2004 年版 《附录》一

《先秦两汉古籍逐字索引丛刊》 刘殿爵 陈方正主编 台湾商务印书馆 1992 年陆续出版①

## 两汉

《两汉列传人名索引》 庄鼎彝编 商务印书馆 1935 年版

《全汉诗索引》 〔日〕松浦崇编 棹歌书房 1984 年版

《汉赋研究论文索引》 赵元芳编 载阮忠著《汉赋艺术

---

① 已出版:《兵书四种(孙子、尉缭子、吴子、司马法)逐字索引》、《列女传逐字索引》、《商君书逐字索引》、《孔子家语逐字索引》、《尚书大传逐字索引》、《战国策逐字索引》、《东观汉记逐字索引》、《淮南子逐字索引》、《韩诗外传逐字索引》、《盐铁论逐字索引》、《礼记逐字索引》、《山海经逐字索引》、《穆天子传逐字索引》、《燕丹子逐字索引》、《春秋繁露逐字索引》、《吴越春秋逐字索引》、《周礼逐字索引》、《晏子春秋逐字索引》,何志华编《汉官六种逐字索引》等数十种。

论》　华中师范大学出版社 1993 年版

《贾谊新书索引》　刘殿爵　陈方正主编　香港商务印书馆 1994 年版

《淮南子通检》　中法汉学研究所编印　1944 年版　台北成文出版社 1968 年版

《淮南子逐字索引》　刘殿爵　陈方正主编　台北商务印书馆 1992 年版

《史记及注释综合引得》　哈佛燕京学社引得编纂处编哈佛燕京学社 1947 年版　上海古籍出版社 1986 年影印

《史记索引》(修订版)　李晓光　李波主编　中国广播电视出版社 2001 年版

《史记三家注引书索引》　段书安编　中华书局 1982年版

《史记人名索引》　钟华编　中华书局 1977 年版

《史记地名索引》　嵇超　郑宝恒等编　中华书局 1990年版

《史记研究资料和论文索引》　中国科学院历史研究所编　北京科学出版社 1957 年版

《评介史记研究之资料与论文索引》　陈飞龙编　台北《出版与研究》1978 年第 30 期

《〈史记〉研究论著索引》　郑之洪编　载其主编《史记文献研究》　巴蜀书社 1997 年版　《附录》一

《〈史记〉研究论文索引》　俞樟华编　载郑之洪主编《史记文献研究》　巴蜀书社 1997 年版　《附录》二

《史记论著提要与论文索引》　俞樟华　邓瑞全主编载张大可　安平秋主编《史记研究集成》　北京华文出版社

2005 年版

《新序通检》　中法汉学研究所通检组编印　1946 年版

《新序逐字索引》　刘殿爵　陈方正主编　台北商务印书馆 1992 年版

《说苑引得》　哈佛燕京学社引得编纂处编印　1931 年版

《说苑逐字索引》　刘殿爵　陈方正主编　台北商务印书馆 1992 年版

《汉书及补注综合引得》　哈佛燕京学社引得编纂处编　哈佛燕京学社 1934 年版　上海古籍出版社 1986 年影印本

《汉书人名索引》　魏连科编　中华书局 1979 年版

《汉书地理志郡县名索引》　[日]胜村哲也编　京都《鹰陵史学》1976 年第 2 期

《汉书地名索引》　陈家麟　王仁康编　中华书局 1990 年版

《汉书索引》　李波等主编　中国广播电视出版社 2001 年版

《后汉书及补注综合引得》　哈佛燕京学社引得编纂处编　哈佛燕京学社 1949 年版　上海古籍出版社 1986 年影印本

《后汉书人名索引》　李裕民编　中华书局 1979 年版

《后汉书地名索引》　王天良编　中华书局 1988 年版

《后汉书索引》　李波等主编　中国广播电视出版社 2002 年版

《后汉书语汇集成》　[日]藤田至善编　京都大学人文科学研究所 1960—1962 年分 3 册出版

《论衡通检》(与《吕氏春秋通检》合刊)　中法汉学研究所通检组编印　1943年版　上海古籍出版社1986年影印

《论衡事类索引》　[日]山田胜美编　东京大东文化研究所1960年版

《论衡固有名词索引》　[日]山田胜美编　东京大东文化研究所1961年版

《论衡索引》　程湘清等编　中华书局1994年版

《论衡逐字索引》　刘殿爵　陈方正主编　台北商务印书馆1996年版

《列女传索引》　[日]宫本胜　三桥正信编　东京东丰书店1982年版

《吴越春秋逐字索引》　刘殿爵　陈方正主编　台湾商务印书馆1993年版

《越绝书逐字索引》　刘殿爵　陈方正主编　台湾商务印书馆1993年版

《风俗通义人名索引》《风俗通义引书索引》　吴树平编　载[东汉]应劭撰　吴树平校释《风俗通义校释·附录》　天津人民出版社1980年版

《风俗通义逐字索引》　刘殿爵　陈方正主编　台湾商务印书馆1996年版

《汉魏丛书人名索引》　[日]藤田忠编　京都中文出版社1978年版

《汉魏碑文金文镜铭索引》　[日]内野熊一郎编　东京极东书店1966—1969年出版

## 魏晋南北朝

《六朝墓志检要》　王壮弘　马成名编　上海书画出版

社 1985 年版

《三国志及裴注综合引得》　哈佛燕京学社引得编纂处编印　1938 年版　上海古籍出版社 1986 年影印

《三国志人名索引》　高秀芳　杨济安编　中华书局 1980 年版

《三国志地名索引》　王天良编　中华书局 1980 年版

《三国志索引》　李波等主编　中国广播电视出版社 2002 年版

《晋书人名索引》　张忱石编　中华书局 1977 年版

《南朝五史人名索引》　张忱石编　中华书局 1985 年版

《北朝四史人名索引》　陈仲安　谭两宣等编　中华书局 1988 年版

《全晋诗索引》　〔日〕松浦崇编　福冈棹歌书房 1987 年版

《北齐诗索引》　〔日〕松浦崇编　福冈棹歌书房 1987 年版

《六朝志怪小说情节单元分类索引》　金荣华编　台北中国文化大学中文研究所　1984 年版

《建安七子集逐字索引》　刘殿爵　陈方正等主编　香港中文大学出版社 2001 年版

《建安文学研究论著索引》(1905—1991)　王巍　李文禄主编　载其主编《建安诗文鉴赏辞典》　东北师范大学出版社 1994 年版　《附录》

《五胡十六国论著索引》　刘建中编　黄山书社 2008 年版

《文选注引书引得》　哈佛燕京学社引得编纂处编印

1935 年版　上海古籍出版社 1990 年影印

　　《文选索引》　［日］斯波六郎编　李庆译　上海古籍出版社 1997 年版

　　《古今文选目录索引》　盖美凤　刘惠华编　台北国语日报出版社 1994 年版

　　《中外学者文选学论著索引》(1911.1—1993.6)　俞绍初　许逸民主编　中华书局 1998 年版

　　《玉台新咏索引》　［日］小尾郊一　高志真夫编　东京山本书店 1976 年版

　　《曹操集逐字索引》　刘殿爵　陈方正等主编　香港中文大学出版社 2000 年版

　　《曹丕集逐字索引》　刘殿爵　陈方正等主编　香港中文大学出版社 2000 年版

　　《曹植集逐字索引》　刘殿爵　陈方正等主编　香港中文大学出版社 2001 年版

　　《诸葛亮研究资料目录索引》(1926—1983)　陈绍乾　谭良啸编　载其著《诸葛亮研究》　巴蜀书社 1985 年版

　　《阮籍咏怀诗索引》　［日］松本幸男编　载其著《阮籍的生涯与咏怀诗》　东京本耳社 1977 年版

　　《嵇康集"诗"索引》　［日］松浦崇编　福冈中国书店 1981 年版

　　《人物志引得》　鲍吾刚编　台北成文出版社 1974 年版

　　《〈人物志〉研究资料索引》　王玫编　载其评著《人物志》　红旗出版社 1996 年版　《附录》

　　《张华集逐字索引　张载集逐字索引　张协集逐字索引》　刘殿爵　陈方正等主编　香港中文大学出版社 2003

年版

《陆机诗索引》　〔日〕后藤秋正编　东京松云堂书店1976年版

《刘琨研究论文索引》(1960—1994)　赵天瑞编　载其编著《刘琨集》　天津古籍出版社1996年版

《搜神记语汇索引》〔日〕原田种成编　东京《大东文化纪要:人文科学》1981年第3期　1982年第3期　1983年第3期

《陶渊明诗文综合索引》　〔日〕堀江忠道编　京都汇文堂书店1976年版

《陶渊明诗文句索引》　顾青编　载袁行霈撰《陶渊明集笺注》　中华书局2003年版

《二十世纪中日韩陶渊明研究资料索引》(初稿)　陈忠主编　陶渊明研究中心　中国九江　2000年

《谢灵运诗索引:附山居赋语汇索引　谢灵运集外诗》〔日〕兴膳宏编　京都大学中国文学学会1981年版

《谢灵运集逐字索引》　刘殿爵　陈方正等主编　香港中文大学出版社1999年版

《〈世说新语〉人名索引》《〈世说新语〉引书索引》　张忱石编　载[南朝宋]刘义庆著　〔南朝梁〕刘孝标注　余嘉锡笺疏《世说新语笺疏》(修订本)　上海古籍出版社1993年版

《谢宣城诗一字索引》　〔日〕盐见邦彦编　名古屋采华书林1970年版

《谢朓集逐字索引》　刘殿爵　陈方正等主编　香港中文大学出版社1999年版

《齐竟陵王萧子良集逐字索引》 刘殿爵 陈方正等主编 香港中文大学出版社 1999 年版

《沈约集逐字索引》 刘殿爵 陈方正等主编 香港中文大学出版社 2000 年版

《梁昭明太子萧统集逐字索引》 刘殿爵 陈方正等主编 香港中文大学出版社 2001 年版

《徐陵集逐字索引》 刘殿爵 陈方正等主编 香港中文大学出版社 2000 年版

《文心雕龙索引》 朱迎平编 上海古籍出版社 1987 年版

《文心雕龙逐字索引》 刘殿爵 陈方正等主编 香港中文大学出版社 2001 年版

《文心雕龙学分类索引》 戚良德编 上海古籍出版社 2005 年版

《钟嵘〈诗品〉研究论著索引》(1926—1996) 张爱萍编 《许昌师专学报》2000 年第 6 期

《庾信集逐字索引》 刘殿爵 陈方正等主编 香港中文大学出版社 2000 年版

《庾信研究百年论著目录索引》 吉定编 载其著《庾信研究》 上海古籍出版社 2008 年版 《附录二》

《〈洛阳伽蓝记〉人名索引》 周祖谟编 载其著《洛阳伽蓝记校释》 上海书店出版社 2000 年版 《附录一》

《水经注引得》 洪业 聂崇岐等编纂 上海古籍出版社 1987 年版

**隋唐五代**

《唐五代人物传记资料综合索引》 傅璇琮 张忱石等

编　中华书局 1982 年版

　　《唐代传记资料七种综合索引》　〔日〕平冈武夫编　载其著《唐代的诗人》　京都大学人文科学研究所 1960 年版《附录》①

　　《唐会要人名索引》　张忱石编　中华书局 1991 年版

　　《唐代散文作家的别名索引》　〔日〕平冈武夫　今井清编　载其著《唐代的散文作家》　京都大学人文科学研究所 1954 年版

　　《隋诗索引》　〔日〕松浦崇编　福冈大学中国文学会 1993 年版

　　《全唐诗作者索引》　张忱石编　中华书局 1983 年版

　　《全唐诗作者索引》（增订简体横排本）　杨玉芬　柳过云编　中华书局 2000 年版

　　《全唐诗索引》　史成编　上海古籍出版社 1990 年版

　　《全唐诗索引》　栾贵明　田奕等编　分别由中华书局　现代出版社　作家出版社于 1991、1994、1997 年出版②

　　《增订注释全唐诗索引》　文化艺术出版社 2001 年版③

　　《全唐诗重篇索引》　河南大学唐诗研究室编著　河南大学出版社 1985 年版

　　《全唐诗名篇精注佳句索引》　胡昭著　罗淑珍主编

---

①此为《河岳英灵集》、《中兴间气集》、《极玄集》、《全唐诗话》、《全唐诗话续编》、《唐才子传》、《唐诗纪事》七书的综合索引。

②此索引据中国社会科学院计算机室研制的《全唐诗数据库》编成。

③此索引是文化艺术出版社出版的简体横排本《增订注释全唐诗》的书后索引，分作者索引、篇名索引两部分。

当代中国出版社 2001 年版

《万首唐诗绝句索引》　武修珍　阎莉编　书目文献出版社 1984 年版

《唐五代人交往诗索引》　吴汝煜编　上海古籍出版社 1993 年版

《唐诗三百首索引》　东海大学图书馆编　台北成文出版社 1977 年版

《唐诗纪事著者引得》　李书春编　哈佛燕京学社 1934 年版

《全唐文篇名目录及作者索引》　马绪传编　中华书局 1985 年版

《全唐文篇目分类索引》　冯秉文主编　中华书局 2001 年版

《取材于唐代的散文作品篇目的人名索引》　[日]平冈武夫等编　载其编《唐代的散文作品》　京都大学人文科学研究所 1960 年版　上海古籍出版社 1989 年版

《全唐五代词索引》　张璋　黄畬编　载其编《全唐五代词》　上海古籍出版社 1986 年版

《唐五代词索引》　胡昭著　当代中国出版社 1996 年版

《全唐五代词索引》　曾昭岷　曹济平等编　载其编《全唐五代词》　中华书局 1999 年版

《唐代词选五种综合引得初稿》　[日]白井乐山编印　京都 1967 年版

《花间词索引》　[日]青山宏编　东京大学东洋文化研究所东洋文化中心 1974 年版

《唐五代五十二种笔记小说人名索引》　方积六　吴冬

秀编　中华书局 1992 年版

　　《法苑珠林志怪小说引得》　台北美国亚洲学会中文研究资料中心编　台北成文出版社 1973 年印行

　　《隋唐五代研究论著索引：著作部分（1978—2004）、论文部分（要目，1978—2004）》　陈友冰编　载其编著《新时期中国古典文学研究述论》第二卷《隋唐五代》　商务印书馆 2008 年版

　　《全唐诗索引：沈佺期、宋之问卷》　栾贵明编　现代出版社 1997 年版

　　《全唐诗索引：王勃、杨炯、卢照邻、骆宾王卷》　栾贵明编　中华书局 1992 年版

　　《游仙窟注引用书目索引》　［日］吉田幸一编　东京《书志学》第 15 卷第 1 期　1940 年

　　《游仙窟索引》　［日］西冈弘编　东京日本国学院汉文学研究室 1978 年版

　　《全唐诗索引：陈子昂、张说卷》　栾贵明等编　现代出版社 1997 年版

　　《陈子昂研究论文资料索引》　黄淑珍编　载四川省射洪县陈子昂研究联络组等编《陈子昂研究论集》　中国文联出版公司 1989 年版

　　《全唐诗索引：王昌龄卷》　栾贵明编　作家出版社 1997 年版

　　《全唐诗索引：张九龄卷》　栾贵明等编　现代出版社 1997 年版

　　《张九龄研究资料索引》　陈宝珍编　《广东省高等学校古籍整理研究通讯》1988 年第 3 期

《全唐诗索引:钱起卷》　栾贵明编　作家出版社1997年版

《全唐诗索引:王维卷》　陈抗等编　中华书局1992年版

《全唐诗索引:孟浩然卷》　陈抗等编　中华书局1992年版

《孟浩然研究资料索引》(1930—2000)　王辉斌编　载其著《孟浩然研究》　甘肃人民出版社2002年版　《附录》一

《全唐诗索引:高适卷》　陈抗等编　中华书局1994年版

《全唐诗索引:岑参卷》　陈抗等编　中华书局1992年版

《全唐诗索引:李白卷》　栾贵明等编　现代出版社1997年版

《李白诗文系年编目索引》　詹锳编　载其著《李白诗文系年》　人民文学出版社1984年版

《20世纪李白研究论著目录索引》　周勋初编　载其编《李白研究》　湖北教育出版社2003年版

《杜诗引得》　哈佛燕京学社引得编纂处编　哈佛燕京学社1940年版　上海古籍出版社1986年影印

《全唐诗索引:杜甫卷》　栾贵明等编　作家出版社1997年版

《杜甫诗集四十种索引》　黄永武主编　台北大通书局1976年版

《杜诗五种索引》　钟夫　陶钧编　上海古籍出版社1992年版

《全唐诗索引:韩偓卷》　栾贵明等编　现代出版社 1997 年版

《全唐诗索引:韦应物卷》　栾贵明编　作家出版社 1997 年版

《全唐诗索引:王建卷》　栾贵明等编　现代出版社 1997 年版

《全唐诗索引:张籍卷》　栾贵明等编　现代出版社 1997 年版

《全唐诗索引:贾岛卷》　栾贵明等编　现代出版社 1997 年版

《全唐诗索引:孟郊卷》　栾贵明等编　现代出版社 1997 年版

《韦应物诗注引得》　[美]汤姆斯编　台北成文出版社 1976 年版

《全唐诗索引:李益、卢纶卷》　栾贵明编　作家出版社 1997 年版

《全唐诗索引:刘禹锡卷》　栾贵明等编　中华书局 1992 年版

《全唐诗索引:刘长卿卷》　栾贵明等编　现代出版社 1997 年版

《全唐诗索引:元稹卷》　栾贵明编　作家出版社 1997 年版

《全唐诗索引:白居易卷》　栾贵明等编　现代出版社 1997 年版

《全唐诗索引:韩愈卷》　陈抗等编　中华书局 1995 年版

《韩愈研究论著目录索引》　西北大学中文系资料室
广西民族学院中文系资料室编　载汕头大学中文系编印《韩
愈研究资料汇编》　1986 年版

《韩愈研究论著索引》(1977—1997)　赵永建编　《周口
师范高等专科学校学报》1998 年第 6 期

《全唐诗索引:柳宗元卷》　栾贵明等编　现代出版社
1997 年版

《李贺诗索引》　唐文等编　齐鲁书社 1984 年版

《全唐诗索引:李贺卷》　栾贵明等编　中华书局 1992
年版

《全唐诗索引:杜牧卷》　栾贵明等编　中华书局 1992
年版

《全唐诗索引:李商隐卷》　栾贵明等编　中华书局 1991
年版

《全唐诗索引:温庭筠卷》　栾贵明编　现代出版社 1997
年版

《全唐诗索引:韦庄卷》　栾贵明编　作家出版社 1997
年版

《研究韦庄及其诗词的主要论文索引》(解放前—1983
年)　李谊编　载其校注《韦庄集校注》　四川省社会科学院
出版社 1986 年版

《唐宋名诗索引》　孙公望编　湖南人民出版社 1985
年版

《唐宋名家词检索大全》　孙公望编　华中师范大学出
版社 1992 年版

《唐宋词集序跋索引》　王洪编　载其主编《唐宋词百科

大辞典》　学苑出版社 1990 年版

《唐宋词学研究论文索引》（1915—1989）　王兆鹏编
载王洪主编《唐宋词百科大辞典》　学苑出版社 1990 年版

《唐宋词研究论文集及鉴赏工具书索引》　王洪编　载
其主编《唐宋词百科大辞典》　学苑出版社 1990 年版

**宋代**

《四十七种宋代传记综合引得》　哈佛燕京学社引得编
纂处编印　1939 年版　中华书局 1987 年修订版

《宋人传记索引》　〔日〕东洋文库宋史提要编纂协力委
员会编　东京东洋文库 1968 年版

《宋人传记资料索引》　昌彼得　王德毅等编　王德毅
增订　中华书局 1988 年版

《宋人传记资料索引补编》　李国玲编　四川大学出版
社 1994 年版

《宋会要辑稿人名索引》　王德毅编　台北新文丰出版
公司 1978 年版

《中国地方志宋代人物资料索引》　沈治宏　王蓉贵编
四川辞书出版社 1997 年版

《宋诗纪事著者引得》　哈佛燕京学社引得编纂处编
燕京学社 1934 年版

《宋诗纪事人名索引》　上海古籍出版社编　载其出版
《宋诗纪事》　1983 年版

《宋会要辑稿篇目索引》　王云海编　上海古籍出版社
1986 年版

《宋会要辑稿编年索引》　〔日〕梅原郁编　京都大学人
文科学研究所附属东洋学文献 1959 年版

《全宋诗1—72册作者索引》　北京大学古文献研究所编　北京大学出版社1999年版

《宋词人别称索引》　程月仙编　载贺新辉主编《宋词鉴赏辞典》　北京燕山出版社1987年版

《全宋词作者词调索引》　高喜田　寇琪编　中华书局1992年版

《宋元方志传记索引》　朱士嘉编　上海古籍出版社1986年版

《宋元学案人名索引》（附异名索引）　邓元鼎　王默君编　商务印书馆1936年版

《古籍宋元刊工姓名索引》　王肇文　上海古籍出版社1990年版

《文苑英华:附作者姓名索引》　中华书局影印组编　载〔宋〕李昉等编《文苑英华》　中华书局1966年版

《文苑英华索引》　台湾华文书局编辑部编　华文书局1967年版

《宋代文集索引》　〔日〕佐伯富编　《日本京都东洋史研究会刊》1970年

《全宋诗分析系统》　北京大学数据分析研究中心2001年

《宋诗名句索引》　载《宋诗鉴赏辞典》　上海辞书出版社1987年版

《宋词名句索引》　龙瀚编　载贺新辉主编《宋词鉴赏辞典》　北京燕山出版社1987年版

《全宋词名篇精注佳句索引》　胡昭著　罗淑珍主编　当代中国出版社2001年版

《1919—1949 年宋词研究重要论文索引》　刘扬忠编
载其著《宋词研究之路》　天津教育出版社 1989 年版

《建国以来宋词研究重要论文索引》(1949—1987)　刘
扬忠编　载其著《宋词研究之路》　天津教育出版社 1989
年版

《台湾省宋词研究部分论文索引》　刘扬忠编　载其著
《宋词研究之路》　天津教育出版社 1989 年版

《日本及欧美宋词研究主要文献索引》　刘扬忠编　载
其著《宋词研究之路》　天津教育出版社 1989 年版

《20 世纪宋词研究主要论文索引》　刘尊明　杭高灵编
载王兆鹏　刘尊明主编《宋词大辞典》　凤凰出版社 2003 年版

《太平广记索引》　王秀梅　王泓冰编　中华书局 1996
年版

《电脑化宋人笔记检索系统》　河南大学①

《柳(永)词索引》　薛瑞生编　载其著《乐章集校注》
人民文学出版社 1994 年版　《附录》六

《王安石诗文系年编目索引》　李德身编　载其编著《王
安石诗文系年》　陕西人民教育出版社 1987 年版

《苏东坡全集索引》　[日]佐伯富编　京都汇文堂书店
1958 年版

《东坡词索引》　仇永明等编　华东师范大学出版社
1993 年版

《东坡词索引》　薛瑞生编　载其著《东坡词编年笺证》

---

① 此检索系统包括 50 种笔记。参阅刘坤太《电脑化宋人笔记检索系统答客
问》,《新史学》第 2 卷第 2 期,1991 年。

三秦出版社 1998 年版　《附录》三

　　《解放后苏轼词研究论文索引》　四川大学中文系资料室编　苏轼研究会编《东坡词论丛》　四川人民出版社 1982 年版

　　《黄庭坚著作版本及其诗文研究资料索引》　黄菊花编　江西大学图书馆期刊部 1985 年版

　　《黄庭坚研究资料索引编目》　王亚菲编　载《江西古代十大文化名人资料索引》　江西省文学艺术研究所情报资料室 1987 年版

　　《宋词别集索引三种》　吴道勤等编　湘潭大学学报编辑部 1987 年版①

　　《辛弃疾全词索引及校勘》　林淑华编　北京图书馆出版社 1998 年版

　　《李清照研究论文目录索引》　济南市社会科学研究所文史哲研究室编　载其编《李清照研究论文选》　上海古籍出版社 1986 年版

　　《陆游剑南诗稿诗题索引》　〔日〕村上哲见编　奈良女子大学中国文学会 1984 年版

　　《晦庵先生朱文公集人名索引》　〔日〕佐藤仁编　京都中文出版社 1977 年版

　　《朱子文集固有名词索引》　〔日〕大岛晃等编　东京东风书店 1980 年版

　　《台湾宋人传记资料索引中有关朱熹的资料索引》　吴

────────────

①三种索引是:《李清照漱玉词索引》、《秦观淮海词索引》、《朱淑贞断肠词索引》。

以宁编 载其编《朱熹及宋元明理学（附：古代书院）研究资料》 上海宋史研究会 1989 年版

《容斋随笔五集综合引得》 哈佛燕京学社引得编纂处编印 1933 年版 台北成文出版社 1966 年版

《严羽研究论文索引》 陈节编 载中共福建省邵武市宣传部 福建师范大学中文系编《严羽学术研究论文选》鹭江出版社 1987 年版

《陈亮研究论文索引》 《文教资料简报》1975 年第 5 期

《文天祥研究书目论文索引》 江西省历史学会编 载其编《浩然正气》 江西省教育出版社 1986 年版

## 辽金元

《辽金元传记三十种综合引得》 哈佛燕京学社引得编纂处编印 1940 年版 中华书局 1987 年修订版

《辽金元人传记索引》 ［日］梅原郁 ［日］衣川强编京都大学人文科学研究所 1972 年版

《金元人文集传记资料索引》 王梅等编 澳大利亚国立堪培拉大学出版社 1970—1972 年出版

《元人传记资料索引》 王德毅 李荣材等编 中华书局 1987 年版

《全元作家姓名别号索引》 《全元散曲作品曲牌索引》隋树森编 载其编《全元散曲》 中华书局 1964 年版

《元诗纪事著者引得》 哈佛燕京学社引得编纂处编燕京学社 1934 年版

《全金元词作者索引》 唐圭璋编 载其编《全金元词》中华书局 1979 年版

《录鬼簿等五种人名剧名曲牌综合索引》 古典文学出

版社编　载［元］钟嗣成等著《录鬼簿》　古典文学出版社
1957 年版

《元曲作家别名索引》　贺新辉编　载其编《元曲鉴赏辞
典》　中国妇女出版社 1988 年版

《元人文集史料索引》　［日］安部健夫编　京都大学人
文科学研究所元典研究班 1960 年版

《元人文集篇目分类索引》　陆峻岭编　中华书局 1979
年版

《元杂剧剧本目录索引》　宁宗一　陆林等编　载其著
《元杂剧研究概述》　天津教育出版社 1987 年版　第四编

《元曲名句索引》　贺梅龙编　载贺新辉编《元曲鉴赏辞
典》　中国妇女出版社 1988 年版

《元曲选中的诗句索引》　［日］林雪光编　《神户外大论
丛》1960 年第 3 期第 4 期

《现存元曲作品所用曲牌索引》　孙玄龄编　载其著《元
散曲的音乐》　文化艺术出版社 1988 年版　上册《附录》

《元曲常用语汇索引》　［日］饭田吉郎编　东京文理大
学中文研究室 1950 年版

《类聚名贤乐府群玉曲牌索引》　隋树森编　载无名氏
辑　隋树森校《类聚名贤乐府群玉》　上海古籍出版社 1982
年版

《元曲研究资料索引》　张月中主编　河北大学出版社
1992 年版

《元代戏曲论著索引》　何贵初编印　香港 1983 年版

《九十年来元曲研究论著索引》(1912—2001)　李修生
编　载其主编《元曲大辞典》(修订本)　凤凰出版社 2003

年版

《四十五种论文集古代戏曲研究论文索引》　陈企孟编
《曲苑》第 2 辑　江苏古籍出版社 1986 年版

《元杂剧研究论文索引》(1913—1985)　宁宗一　陆林
等编　载其著《元杂剧研究概述》　天津教育出版社 1987 年
版　第四编

《20 世纪元散曲研究索引》　赵义山编　载其著《20 世
纪元散曲研究综论》　上海古籍出版社 2002 年版

《1986—2001 年元杂剧研究主要论文索引》　杨秋红
钟涛编　载钟涛著《元杂剧艺术生产论》　北京广播学院出
版社 2003 年版

《南戏研究论著索引》　金宁芬编　载其著《南戏研究变
迁》　天津教育出版社 1992 年版

《元好问著作目录及论文索引》　山西省图书馆编印
1985 年

《元好问研究论文及考辨目录索引》　新撰古辑　载山
西省古典文学学会、元好问研究会编《元好问研究文集》　山
西人民出版社 1987 年版

《董西厢语汇引得》　［日］饭田吉郎编印　东京 1951
年版

《西厢记名句佳语索引》　贺新辉　朱捷编　载其著《西
厢记鉴赏辞典》　中国妇女出版社 1990 年版

《西厢记王季思注释索引》　［日］陶山信男编　名古屋
采华书林 1971 年版

《西厢记研究资料索引》　贺新辉　朱捷编　载其著《西
厢记鉴赏辞典》　中国妇女出版社 1990 年版

《西厢记外文论著要目索引》　贺新辉　朱捷编　载其著《西厢记鉴赏辞典》　中国妇女出版社1990年版

《琵琶记研究论文索引》　侯百朋编　载其编《琵琶记资料汇编》　书目文献出版社1989年版　《附录》

《关汉卿研究论著索引》《台港论著索引》《关汉卿杂剧外文译本》《有关外文论著索引》　载李汉秋　袁有芬编《关汉卿研究资料》　上海古籍出版社1988年版　《附录》

《近七十年关汉卿研究论文索引》　何贵初编印　香港1982年版

《说郛索引》　载《说郛》　台北商务印书馆1972年版

《京本通俗小说·清平山堂话本语汇索引》　〔日〕太田辰夫编　大阪明清文学言语研究会1964年版

《武王伐纣平话·七国春秋平话语汇索引》　〔日〕古屋二夫编　名古屋采华书林1967年版

《元明北杂剧剧名索引》　邵曾祺编　载其著《元明北杂剧目录考略》　中州古籍出版社1985年版

《元明清散曲论著索引》　何贵初编　香港玉京书会1995年版

## 明代

《明人传记资料索引》　台湾"中央图书馆"编　台北文史哲出版社1978年版　中华书局1987年版

《八十九种明代传记综合引得》　哈佛燕京学社引得编纂处编　中华书局1987年修订版

《明代地方志传记索引》　大化书局1989年版

《日本现存明代地方志传记索引稿》　〔日〕山根幸夫主编　〔日〕小川尚　〔日〕松山唐子协编　东京东洋文库明代

史研究室 1964 版

《皇明文海撰文者索引》　〔日〕京都大学人文科学研究所历史研究室编印　1962 年版

《皇明文海索引稿》　〔日〕京都大学人文科学研究所历史研究室编印　1961 年版

《全明词补编作者索引》　周明初　叶晔编　载其编《全明词补编》　浙江大学出版社 2007 年版

《明代传奇作家名号索引》　傅惜华编　载其编《明代传奇全目》　人民文学出版社 1959 年版

《明代刊工姓名索引》　李国庆编　上海古籍出版社1998 年版

《明清进士题名碑录索引》　朱保炯等编　上海古籍出版社 1980 年版

《永乐大典索引》　栾贵明编　作家出版社 1997 年版

《20 世纪明代诗词研究索引》(一)、(二)　吴倩编　赵敏俐主编《中国诗歌研究动态》　学苑出版社 2004、2005 年版

《传奇名目索引》　傅惜华编　载其编《明代传奇全目》人民文学出版社 1959 年版

《明代杂剧全目杂剧名目索引》　傅惜华编　载其编《明代杂剧全目》　作家出版社 1958 年版

《明杂剧研究论著目录索引》　戚世隽　载其《明代杂剧研究》　广东高等教育出版社 2001 年版

《明代戏剧研究论文索引》　宁宗一　陆林等著　载其著《明代戏剧研究概述》　天津教育出版社 1992 年版　《附录》

《〈还魂记〉语汇索引》　〔日〕东京文理大学汉文学第二

研究室编印　1951 年版

《纪念汤显祖逝世 366 周年活动资料索引》　余悦编载江西省文学艺术研究所编印《汤显祖纪念集》　1983 年版

《汤显祖研究资料索引》　余悦编　载江西省文学艺术研究所编《汤显祖研究论文集》　中国戏剧出版社 1984 年版

《汤显祖研究索引编目》　王亚菲编　载《江西古代十大文化名人资料索引》　江西省文学艺术研究所情报室 1987年版

《三国志演义人名索引》　〔日〕中川谕编　京都朋友书店 1987 年版

《〈三国演义〉研究论著索引》　沈伯俊　谭良啸编　载其著《三国演义大辞典》　中华书局 2007 年版　《附录》

《西游记研究论文索引》　刘荫柏编　载其编《西游记研究资料》　上海古籍出版社 1990 年版

《中国十六世纪小说西游记及前期作品研究资料索引》〔英〕格伦·达布里奇　剑桥大学出版社 1979 年版

《〈水浒传〉语汇索引》　〔日〕入矢义高编　名古屋采华书林 1966 年版

《〈水浒全传〉语汇索引》　〔日〕香阪顺一编　名古屋采华书林 1973 年版

《〈水浒〉研究论著目录索引》(1903—1981)　湖北省文学会《水浒》研究会　武汉师范学院中文系资料室编印1981 年版

《〈水浒〉研究论著索引:1949.10—1984.12》　沈伯俊编载其编《水浒研究论文集》　中华书局 1994 年版

《〈金瓶梅词话〉语汇索引》　〔日〕明清文学语言研究会

编　名古屋采华书林 1968、1972 年版

《金瓶梅资料索引》　方铭编　载其编《金瓶梅资料汇录》　黄山书社 1986 年版

《金瓶梅研究论著篇目索引》　侯忠义　王汝梅编　北京大学出版社 1985 年版

《1979—1989 年〈金瓶梅〉研究论文索引》　马衍编　《文教资料》2000 年第 5 期

《二十世纪以来三言二拍研究资料索引》　程国赋　载其著《三言二拍传播研究》　中国社会科学出版社 2006 年版

《凌濛初研究论文索引摘要》　徐定宝编　载其著《凌濛初研究》　黄山书社 1999 年版

《明清进士题名碑录索引》　朱保炯　谢沛霖辑　上海古籍出版社 1980 年版

《近四十年(1949—1989)明清小说刊本索引》　俞如云编　载何满子　李时人主编《明清小说鉴赏辞典》　浙江古籍出版社 1992 年版

《明清小说研究论文索引》　于曼玲编　《明清小说研究》1993—1999 年①

**清代**

《三十三种清代传记综合引得》　杜联喆　房兆楹编　哈佛燕京学社引得编纂处校订　哈佛燕京学社 1932 年版　中华书局 1987 年修订版

《清代传记丛刊索引》　周骏富编　台北明文书局股份有限公司 1986 年版

---

① 此索引辑录 1993、1994、1995、1997 年论文。

《清代碑传文通检》　陈乃乾编纂　北京图书馆出版社 2003 年重印本

《清人室名别称字号索引》（增补本）　杨同甫编　上海古籍出版社 2001 年版

《清朝进士题名录》　江庆柏编　中华书局 2007 年版

《清人别集千种碑传文引得及碑传主年里谱》　杨家骆编　台北"中国文化院"1965 年版

《清诗纪事作者索引》　钱仲联主编　载其主编《清诗纪事》（影印本）　凤凰出版社 2004 年版

《清代文集篇目分类索引》　王重民　杨殿珣编　北平图书馆 1935 年版　中华书局 1965 年影印

《清代女诗人书目总索引》　陈香编　台北《书评书目》1976 年第 36 期

《清诗铎作者索引》　中华书局编辑部编　载[清]张应昌编《清诗铎》　中华书局 1960 年版

《全清词钞作者索引》　叶恭绰编　载其编《全清词钞》　中华书局 1982 年版

《清代文史笔记子目分类索引》（第 1 辑）　北平图书馆索引组编　《禹贡》1936 年第 1、2 期

《清朝随笔三十二种索引》　[日]矢岛玄亮编印　仙台 1960 年

《清代杂剧全目杂剧名目索引》　傅惜华编　载其编《清代杂剧全目》　人民文学出版社 1981 年版

《全清散曲索引》　谢伯阳　凌景埏编　载其编《全清散曲》　齐鲁书社 2006 年版

《黄宗羲研究论文及介绍文章索引》　斯迈辑　劳力增

补　《宁波师范学报》1985年第2期　1986年增刊

《王船山研究资料索引》　朱迪光编　中国文史出版社
2002年版

《李渔研究论著索引》　单锦珩编　载《李渔全集》　浙
江古籍出版社1991年版　第20卷

《蒲松龄和〈聊斋志异〉研究论文索引》　汪少华编　江
西大学出版社1982年版

《红楼梦人物索引》　潘名燊编　香港龙门书店1983
年版

《百二十回〈红楼梦〉人名索引:附脂批庚辰本批语人名
索引》　何锦阶　邢颂恩编　中国友谊出版公司1987年版

《〈红楼梦〉语汇索引》　［日］宫田一郎编　名古屋采华
书林1973年版

《〈红楼梦〉研究稀见资料汇编未收篇目索引》　吕启祥
编　《红楼梦学刊》2002年第3期

《〈红楼梦〉研究论文索引》　人民文学出版社古典文学
部编印　载其编《〈红楼梦〉研究参考资料选》　1974年版

《〈红楼梦〉研究论文资料索引》(1874—1982)　顾平旦
主编　刘伯渊　殷小冀整理　书目文献出版社1983年版

《台湾省〈红楼梦〉研究资料索引》《台湾省红学研究论
文索引》(1951.9—1976.12)　胡文彬　周雷编　载其编《台
湾红学论文选》　百花文艺出版社1981年版

《台湾报刊〈红楼梦〉论文篇目索引》　《红楼梦研究集
刊》编委会编　《红楼梦研究集刊》1981年第6辑

《香港刊行红楼梦研究资料索引》　胡文彬　周雷编
载其编《香港红学论文选》　百花文艺出版社1982年版

《日本〈红楼梦〉论文篇目索引》　苏宇编　《红楼梦研究集刊》第1、11辑　上海古籍出版社1979、1983年出版

《海外〈红楼梦〉论文篇目索引》（英、法、德部分）　尹慧珉编　《红楼梦研究集刊》第4辑　上海古籍出版社1980年版

《新加坡红楼梦研究论文索引》　凌彰编　《红楼梦研究集刊》第10辑　上海古籍出版社1983年版

《〈红楼梦〉作者问题论文索引》（1914—1980）　《北方论丛》编辑部编　载其编《红楼梦著作权论争集》　山西人民出版社1982年版

《曹雪芹祖籍及家世研究资料目录索引》　吴秋菊编　载河北省曹雪芹研究会编《曹雪芹研究》　河北教育出版社1995年版

《曹雪芹祖籍问题研究资料目录索引》　王畅编　载其著《曹雪芹祖籍考论》　河北教育出版社1996年版

《曹雪芹墓葬刻石报章索引》　刘祥编　载其选编《曹雪芹与通州》　文化艺术出版社2004年版

《大观园研究论文索引》　阿蒙编　载顾平旦编《大观园》　文化艺术出版社1981年版

《〈红楼梦〉语言学论著索引》（1987—2005）　张玉萍编　《红楼梦学刊》2005年第4辑

《〈歧路灯〉研究论著、论文目录索引摘要》　李延年编　载其著《〈歧路灯〉研究》　中州古籍出版社2002年版

《〈儒林外史〉称呼索引》　［日］堀本照和编　《日本天理大学学报》1973年总第85期

《〈儒林外史〉语汇索引》　［日］香阪顺一编　日本大阪

明清文学语言研究会 1971 年版

《儒林外史研究论著索引：附港台论著索引》 李汉秋编 载其编《儒林外史研究资料》 上海古籍出版社 1984 年版

《儒林外史研究论文索引》 陈昕 顾晓宁编 载陈美林编《儒林外史辞典》 南京大学出版社 1994 年版

《1990 年以来〈儒林外史〉研究目录索引》 胡金望编 《明清小说研究》1997 年第 1 期

《〈醒世姻缘传〉研究论文索引》(1933—2001) 段江丽编 载其著《〈醒世姻缘传〉研究》 岳麓书社 2003 年版

**近代**

《中国近代人物传记资料索引》 台湾“中华丛书”编审委员会编印 1973 年版

《二十世纪中国作家笔名录》 台湾汉学研究中心刊行 1989 年版

《近代词人姓名索引》 朱德慈编 载其著《近代词人考录》 中国社会科学出版社 2004 年版 《附录》一

《报纸副刊分类索引》 上海图书馆编印 见上海图书馆编印《上海图书馆馆藏中文报纸副刊目录》(1898—1949) 附 1986 年

《报纸副刊隶属索引》 上海图书馆编印 见上海图书馆编印《上海图书馆馆藏中文报纸副刊目录》(1898—1949) 附 1986 年

《小说月报索引》 书目文献出版社编印 1984 年版

《中国近代文学作品及论著索引》 郑方泽编 载其编《中国近代文学史事编年》 广东高教出版社 1986 年版

《中国近代文学研究论文索引》 载中国社会科学院文

学研究所近代文学研究组编《中国近代文学论文集:1949—1979:戏剧、民间文学卷》　中国社会科学出版社1982年版

《中国近代文学研究论文索引:1980—1984年》　《中国近代文学评林》1986年第2期

《中国近代文学(概论、诗文)研究论文资料索引》(1919—1949)　牛仰山编　载其编《中国近代文学论文集:概论、诗文卷:1919—1949》　中国社会科学出版社1988年版

《中国近代文学大系·史料索引集》第1册　魏绍昌主编　上海书店出版社1996年版①

《中国近代文学研究资料编目索引》　裴效维　张颐青编　载魏绍昌主编《中国近代文学大系·史料索引集》第2册　上海书店出版社1996年版

《中国近代小说论著索引:1919—1949》　王俊年编　载其编《中国近代文学论文集》　中国社会科学出版社1988年版

《晚清小说重要论文索引》　袁健　郑荣编　载其著《晚清小说研究概说》　天津教育出版社1989年版

《中国近代小说研究论著索引:1840—2005》　韩伟表编　载其著《中国近代小说研究史论》　齐鲁书社2006年版　《附录》三

《中国近代戏剧研究论文资料索引:1919—1949》　梁淑安编　载其编《中国近代文学论文集:戏剧卷》　中国社会科学出版社1988年版

---

①此索引包括:晚清文学大事记,思潮、流派、社团简介,文艺报刊概览,研究资料篇目索引,日本及其他国家清末民初小说研究目录。

《中国近代戏曲报刊文章分类索引》　傅晓航　张秀莲编　载其编《中国近代戏曲论著总目》　文化艺术出版社1994年版

《龚自珍的著作及有关研究论著索引》　靳雯编　《中国近代文学评林》1984年第1期

《龚自珍研究论著索引》　郭延礼编　载其编《龚自珍年谱》　齐鲁书社1987年版

《黄遵宪的著作及有关研究论著索引》　管林编　《中国近代文学评林》1984年第1期

《〈官场现形记〉的版本、〈官场现形记〉语汇注释索引》[日]宫田一郎编　大阪明清文学语言研究所1965年版

《李伯元的著作及有关研究论著索引》　谢飘云编　《中国近代文学评林》1984年第1期

《李伯元研究资料篇目索引》　王学钧编　载《李伯元全集》　江苏古籍出版社1997年版　第五册

《刘鹗名字笔名室名索引》　刘德隆等编　载其编《刘鹗及老残游记资料》　四川人民出版社1985年版

《〈老残游记〉词语人物索引》　曹乃木　黄宗宝编　商务印书馆1998年版

《〈老残游记〉语汇注释索引》　[日]铃木直治编　大阪日本清末文学语言研究会1963年版

《〈二十年目睹之怪现状〉语汇索引》　[日]宫田一郎编名古屋采华书林1978年版

《孽海花人名索引表》　[日]冒鹤亭　《古今》第54期1944年

《唐才常著作目录索引》　陈善伟编　载其编《唐才常年

谱长编》　香港中文大学出版社 1990 年版

《魏源研究资料：论著索引，论文索引》　黄丽镛编　载其编《魏源年谱》　湖南人民出版社 1985 年版

《秋瑾研究文章目录索引》　陈象恭编　载其著《秋瑾年谱及传记资料》　中华书局 1983 年版

《秋瑾研究资料目录索引》　郭延礼　朱云雀编　载郭延礼编《秋瑾研究资料》　山东教育出版社 1987 年版

《康有为著作与研究资料索引》　陈团初等编　广东高等教育出版社 1989 年版

《重订苏曼殊作品索引》　柳亚子编　载柳无忌编《苏曼殊研究》　上海人民出版社 1987 年版

《曼殊现存书目索引》　柳亚子编　载柳无忌编《苏曼殊研究》　上海人民出版社 1987 年版

《中国近现代人物传记资料索引》　主编王继祥　东北师范大学图书馆 1988 年印

## 第六节　使用现代化手段

以前，我们搜集贮存史料的手段，基本上沿用的是传统的、分散的手工方式，阅读查找，手抄笔录，费时多而效率低。从 20 世纪初期开始，随着科学技术的迅速发展，搜集贮存史料的手段已经不断向现代化迈进。拍照、录音、录像、复印、复制、计算机、数据库和网络等，已被用于搜集和贮存史料。现在从事学术研究，已经不能像过去学人们专靠其过人的记忆或博览的工夫，也不能单靠纸型的目录和索引了。利用电脑和网络，一点鼠标，瞬间检索的史料，可以取代"十年窗下"的搜索了。

利用拍照、录音和录像,搜集贮存口传史料和考古文物史料,迅速方便,真实可靠,具有直观性和可感性。利用拍照把史料制成显微胶卷,便于携带和保存。搜集珍本、孤本文献史料,利用复印,能保持原貌,极大地扩大了史料的传播使用范围。复制能把某些珍贵的历史文物或历史遗存加以复制或制成模型,形象具体,便于观察和普及。

随着计算机、数据库和网络的发展和应用,中国的许多古籍已经数字化了,有些已经联网了。中国古籍的数字化,自20世纪70年代末开始以来,发展迅速。20多年以来,中国古籍的数字化,主要体现在两方面:一是利用计算机储存揭示古籍,建立古籍的书目数据库,以供读者检索使用;二是利用计算机对古籍的内容数字化,上网,提供一些相关的知识工具,使读者不但能够通过计算机来阅读古籍,还能通过磁盘、光盘和网络进行传播。从目前来看,中国古籍书目数字化的建设,已经由各图书馆和藏书单位自主开发,发展到逐渐统一标准、统一规范并进而实行联合编目的地步。经过20多年的研究,古籍数字化,从技术水平到开发的数量和质量,都已经相当可观。有关独立的古代文学史料的数字化成果,本书在相关部分的要目中已经列出。下面简介几种大型的、综合的数据库和网络。

中国国家图书馆在2003年,就完成了全部27万册善本古籍和160多万册普通古籍的计算机编目,所有的30多万条书目数据已经上网供读者使用,还可以通过该馆联合编目中心为中外图书馆提供书目数据库联机编目和下载服务①。

---

① 参阅陈力《中国古籍数字化的现状与展望》(上),《古籍整理出版情况简报》2004年第4期。

由钱钟书建议设立，经 20 多年研制的中国古典文献资料库于 2007 年 7 月在北京面世。"该库涵盖了先秦至民国近 3000 年的全部重要文献，由人物、时间、地点、作品 4 个方面构成。目前已完成了总数 35 万人的小传及出处的撰写和采集；总计 519 万天的近 4000 年日历表；24 史的全部地名；以及 3 亿字的包含先秦、汉、唐、宋、百衲本二十四史、佛经及部分元、明、清等文献。使用者通过任何一个检索源进入，都可以得到该人全部正史资料及作品。对人、时、地、作品均提供单项和复杂的连接检索，同时有多种工具书可随机参考"①。

已通过新闻出版署组织的专家鉴定验收，由清华大学学术期刊电子杂志和清华同方知网技术有限公司承担研制的《中国学术期刊网络出版总库》，"截止 2006 年 9 月 30 日，已收录期刊总数 7556 种，其中学术类期刊 6624 种，核心期刊、重要评价性数据库来源期刊收全率为 99％，文献收全率为 99.9％，总文献量达 2100 多万篇"，"这一数据库已经超越了传统简单的文献搜索模式，开始向集成化增值性整合传播媒体方向发展"②。

《国学网》：http://www.guoxue.com。北京国学时代文化传播公司、首都师范大学中国诗歌研究中心合办。这是一个关于中国传统文化的网站，内容丰富，不断更新。2002 年的主要栏目有：国学宝典检索系统、国学新闻、佛学研究、唐代研究、敦煌百年、戏曲研究、每日论文更新、新书介绍、近代学人、当代学人等。

---

① 引自《全部数字化管理　中国古典文献资料库 20 年成正果》，《光明日报》
　2007 年 7 月 18 日第 2 版。
② 引自《鼠标轻点：百年中国学术期刊尽在掌握》，《光明日报》2006 年 10 月
　11 日第 2 版。

　　《中国高校人文社会科学文献中心》（英文简称 CASHL）。
2004 年 3 月 15 日，教育部经过协调成立了该中心，陆续推出了外
文期刊、外文图书、电子资源、二次文献库、大型特藏文献资源。
其中的外文文献涵盖了国外历史、哲学、法学、社会学、经济学等
多个一级重点学科的第一手档案文献。外文期刊目前藏量达万
种以上。

　　《中国电子图书网》：http://www.cnbook.com.cn，辽宁出版
集团主办，2001 年 6 月开通。该网是我国目前规模较大的电子图
书和电子杂志出版和销售平台。可将已经出版的纸质书籍或尚
未出版的原创著述制作成电子书，在中国电子图书网上出版。该
网站有大量新书，读者可以按类浏览，还能根据书名、作者等途径
进行专指性检索①。

　　楚辞研究专题网站：http://chuci.ntu.edu.cn。此网站是南
通大学楚辞研究所周建中等首创，主要是尝试进行"楚辞知识库"
跨学科研究与开发工作。

　　大量的电子版书刊和网络的出现，同传统的出版形式和史料
检索相比，有许多优点：古籍和其他图书资料数字化制成光盘，体
积小，容量大，易于购买，便于携带，也便于收藏。

　　古代文学史料的海量性、分散性和不断地增加，使史料的检
索越来越艰巨繁重。电子文献一般能提供全文检索，有人称之为
"信息提供模式"。通过计算机和网络进行检索，速度快，打破了
空间的局限，极大地提高了搜集、检索和贮存史料的水平和效益。
同时，许多电子文献逐渐和网络相连，研究者可以随时从网上下

---

① 现在国内外的网站难以计数，想了解具体的网站，可查有关的工具书，如
　 电子工业出版社 2000 年出版的《全球中文互联网网址》等。

载所需的史料。全文检索不仅能够解决某类某种典籍的检索,同时还可以不受空间和专业的限制,解决跨资料库的联合检索。可以预计,随着电子资源和网络技术的发展,随着越来越多的史料文献被整理制作成数字化文本,在文学史研究领域,通过计算机和网络迅速检索的史料会不断增加。

随着电子检索和电脑贮存史料的不断进展,还会拓展古代文学的研究领域和研究方向。如定量分析已经成为古代文学研究的一种方法,文学史料的数字化,为定量分析的发展提供了很大的空间。通过计算机检索可以比较方便地发现史料中以前未被注意的词语新义,可以通过一些总集、别集的全面检索,了解某些意象在不同时期、不同作家作品中出现的频率,进而描写出某些意象的发展变化轨迹。迅速地跨资料库的联合检索有助于改变单一的、封闭式的、唯学科化的研究,而迈向开放式的、复杂的多领域的交叉和综合研究。

值得特别关注的是,有些电子文献,已由全文检索的"信息提供模式""开始转向智能分析模式"。如李铎博士完成的"《全宋诗》分析系统",除一般的全文检索外,还有"重出诗提取、格律诗标注、字及字组的频率统计、用户自作诗的格律分析等带有智能化的特点"[①]。

我国古代文学史料数字化虽然已经取得了很大的成就,但由于起步的时间不长,总体水平极需提高。现在已经出版的古籍数字化,多是选择丛书或者是容易找到的文献。由于多方面条件的限制,应用有限,共享程度不高,还有大量的资源有待开发。利用

---

① 引自张剑《"〈全宋诗〉分析系统"通过教育部技术鉴定》,《古籍整理出版情况简报》2005 年第 2 期。

现代化手段搜集和贮存史料，虽然许多问题可以解决，还可以发现新的研究课题，但不是所有的问题都能尽如人意。就目前的情况来看，电子文献还远远不能取代纸型文本和其他文本。举例来说，古代文学史料中，不少有许多不同的版本，利用纸型版本，可以方便地随时比较，而数字化即使采用扫描的数字化，影像了各种版本，使用时相当困难。古代文学研究应充分借鉴前人的研究成果，而数字化很难利用前人的成果，尤其是古籍整理方面的成果。现在从网上能够检索到书目。但网上检索，并非全能。国家图书馆善本室有几大排纸型卡片目录，这些书目有许多是按时代编排的。如明清文集，善本室的目录，就是按时期来分的。每一时期的文集，基本上是按作者的年龄的顺序排列的。这样的编排，把每个时期的文学家的作品集中在一起，便于集中查找、阅读一个时期的作品。像这样有特点的书目，目前从网上是无法检索到的。古籍中不少字、词在特定的语境中有不同的含义，古籍中的同书异名，同名异书，同一作者的不同称谓，职官、地名、事件名的不同，很难利用计算机作出准确的检索。即使有些能够检索出来，还要拿纸型文本来核对和补充。还值得注意的是，计算机搜集的信息并不完全可靠，有时有虚假性。科学、准确、规范地检索史料是科学研究的内在理念。就目前而言，计算机检索还不能完全取代传统的检索方法。另外，使用计算机，因为搜集、复制和粘贴便捷、简单，很容易使人们，特别是青年，过分地依赖计算机，不看书，不翻书，不知文本是什么样式，往往凭借着用计算机搜集到的一些史料，加以拼凑。这很容易诱发"剪贴学术"的出现和蔓延，很容易助长"学术速成"的不良风气。获得史料和下载的便捷，加上知识产权意识的淡薄，还容易导致剽窃的泛滥。使用计算机来搜集史料，尽管有其弊端，但我们应当看到，电子文献和网络的发展，极大地提高了古代文学研究的信息化，改变了传统的检索史料的方法，开拓了古代文学研究的领域。随着科技的发展和国家的科研资助，在网络环境中，大量的国内外史料信息会不断地开放，会廉价或免费供公众自由获取。电子化检索对古代文学的研究，将会产生难以估量的影响。至于出现的一些问题和弊端，会逐渐得到解决和克服的。

# 第二十一章　古代文学史料的鉴别与考证

我们全面地搜集了史料以后，在使用以前，必须对史料加以鉴别。通过鉴别，确定史料的真伪，以保证所用的史料的可靠性。鉴别史料的目的是去伪求真。为了达到这一目的，必须对史料进行辨伪与考证。综观古今考证的成果和经验，可以发现，辨伪与考证是一种综合性的学问，离不开辨伪学、考据学和版本学等。因此，我们在鉴别史料时，应当熟悉相关学科的知识和方法，借鉴相关学科的重要成果。

## 第一节　伪书与辨伪

从总体上来看，我国古代文学史料是真实的，但有真必有伪，真伪往往是相因相依，在丰富复杂的书籍中，也有一些伪书。治史所凭借的基础是史料，史料的真实是史学的生命所在。因此，鉴别史料，去伪存真，是史料工作的一个关键。

郭沫若在《古代研究的自我批判》中指出：

> 无论作任何研究，材料的鉴别是最必要的基础阶段。材料不够固然大成问题，而材料的真伪或时代性如未规定清楚，那比缺乏材料还要更加危险。因为材料缺乏，顶多得不

出结论而已,而材料不正确便会得出错误的结论。这样的结论比没有更为有害。①

郭沫若的论述,警示我们对待史料,必须注意鉴别辨伪,以免因为用伪史料而得出更为有害的错误结论。

所谓辨伪就是辨别真伪。广义的辨伪,指的是对所有的史料进行鉴别。但我国传统的辨伪学关涉的主要是对古籍的鉴别,重点是对伪书的考辨。我国的古籍中的伪书,情况相当复杂,或时代伪,或作者伪,或内容伪。就程度来说,有全部内容是伪作的,有部分内容是伪作的。关于经、史、子、集四部书中伪书的情况,明代胡应麟在《四部正讹》中概括说:

> 凡四部书之伪者,子为盛,经次之,史又次之,集差寡。凡经之伪,《易》为盛,纬候次之;凡史之伪,杂传记为盛,琐说次之;凡子之伪,道为盛,兵及诸家次之;凡集,全伪者寡,而单篇别什借名窜匿甚重。

胡应麟的概括,大体上是符合实际的。

关于伪书的数量,以前有的学者有大致的统计。张心澂《伪书通考》收录 1100 种;邓瑞全、王冠英主编《中国古书综考》收录 1200 种。这些伪书,有些已经散佚;有些严格来说,不能算作伪书;有些经过考古资料或研究者证实,并非伪书;有些尚有争议。所以邓瑞全等主编《中国伪书综考》认为:"真正严格意义上的伪书只占几百种。"随着考古文物等史料的继续发现、史料的不断搜集和鉴别,伪书的数量可能还会减少。

余嘉锡曾经指出:

---

① 《郭沫若全集·历史编第二卷·十批判书》,郭沫若著作编辑出版委员会编,人民出版社 1982 年版,第 3—4 页。

传讹之本,必知其起因;伪造之书,必明其用意。①

我国古代伪书的产生有多方面的原因。

首先是与古籍的写作和流传有关。古代写字,开始用甲骨刀椎,进而用简牍、帛、漆和毛笔。上述书写用的材料和工具决定了当时的书籍较少,流传不广。古人的言辞议论简短,著述很少。而且这些著述的写作是"为公",不署作者姓名。清人章学诚在《文史通义》卷2《言公》中说:

> 古人之言,所以为公也,未尝矜于文辞而私据为己有也。
>
> 志期于道,言以明志,文以足言,其道果明于天下,而所志无不申,不必其言之果为我有也。

就传播而言,知识思想的传授主要依靠口传,大多限于同一门派的老师和弟子之间,人们普遍重视的是"师说"和"家法"。有不少著述是由其门人弟子记录整理的,如《管子》、《论语》、《庄子》。诸子之书,哪些是诸子自己所作,哪些是诸子的弟子所作,都没有注明。到战国时,开始用简册自书其言,目的主要是备忘和尚用,常无书名、著者名,没有"著作权"之类的观念。著述署明自己的名字是后来才出现的。这就使后人对以前的著述,常常臆测、附会和假托作者。古代的简册多藏在官府,由巫和史来掌管,而他们又往往把简册传给后代,有些保存在弟子手里。这就使古籍的传播受到很大的局限。现存的许多史料,特别是一些古籍,是长期流传、积淀的结果。这些古籍在长期的流传过程中,内容常有不同程度的改变,而这些改变又无明确的记载。也有些古籍在流传中常遭毁损。上面列举的一些情况,常常使一些古籍不同程度地失去了原貌,也为伪书和造伪的产生留下了空间,制造了

---

① 《余嘉锡说文献学》,上海古籍出版社2001年版,第166页。

机会。由此看来,伪书和造伪的产生,有其客观的、历史的原因。

其次是人的主观方面的种种原因。

中国古代有不少人贵古贱今和好借名人以售思想,有些人想借古代的圣贤先王和名人之名来抬高其著述的地位,所以常常冒用他们的姓名。《淮南子·修务训》说:

> 世俗人多尊古而贱今,故为道者必托之神农、黄帝而后能入说。

《汉书·艺文志》揭示,托古伪作的著述有数十种。

《西京杂记》卷三载:

> 长安有庆虬之,亦善为赋,尝为《清思赋》,时人不之贵也。乃托以相如所作,遂大见重于世。

西晋,曹同作《六代论》,托名曹植①。葛洪作《西京杂记》托名刘歆。类似上面的例证,时见于记载。

有些人为了牟取金钱和维护自己的名誉,有意造伪。《北史》卷82《刘炫传》载:

> 时牛弘奏购求天下遗逸之书,炫遂伪造书百余卷,题为《连山易》、《鲁史记》等,录上送官,取赏而去。

唐代白居易的诗歌在当时流传很广,常"炫卖于市井",有人为牟利,盗用白居易之名,作诗自售,出现了不少伪作②。明代的出版商为了推销名家评点的小说,常假托名人作评点。李卓吾、汤显祖、钟惺等人的名字多次被盗用。李卓吾评点《水浒》影响很大,有些书商为了获利,借李卓吾之名,刊印了不少评点小说③。

---

① 据〔唐〕房玄龄等撰《晋书》,中华书局点校本,卷50《曹志传》。
② 参阅《旧唐书》卷166《白居易传》载元稹《白氏长庆集序》。
③ 参阅钱希言《戏瑕》,《四库全书存目丛书》子部第97册。

清代有署名彭孙遹的《词统源流》、《词藻》和署名李良年的《词坛纪事》、《词家辨正》四部词话。这四部词话都是书商为了牟利，从徐釚的《词苑丛谈》中割裂而成的伪书①。五代和凝年轻时作《香奁集》，多情语，后来作了宰相，怕《香奁集》影响自己的名位，因而嫁名韩偓。

有些人出于学术、政治或宗教派别斗争的需要而造伪。三国时王肃为了在经学方面与郑玄争胜，伪造了《尚书传》、《论语注》、《孝经注》等，以助其说。唐代李德裕弟子曾以其政敌牛僧孺的名字伪造《周秦行记》陷害对方。近代南社诗人高旭为借名人"激发民气"，以"一夕之力"写成托名石达开诗20首，"并及序跋诸文"②。隋代僧法经编纂《众经目录》，别立"疑伪"一门，说明至晚从隋代开始，在佛教领域里也有人伪造佛经。

有些人玩世不恭，托名人造伪书。如宋代伪书《东坡杜诗事实》的出现。宋人郭知达《九家集注杜诗自序》说：

> 杜少陵诗，世号诗史。自笺注杂出，是非异同，多所抵牾，至有好事者掇其章句，穿凿傅会，设为事实，托名东坡，刊镂以行，欺世售伪。

又如明末丰坊"博学工文，兼通书法而性狂诞"，他教授生徒，为了解烦自娱，伪造了所谓子贡的《诗传》和申培的《诗说》③。

伪书出现以后，很早就引起了有识之士的重视。他们相继作

---

① 参阅：唐圭璋《〈词苑丛谈〉跋》，《词苑论丛》，上海古籍出版社1986年版，第1044页；孙克强、张东艳《〈词统源流〉等四部词话伪书考》，《文学遗产》2004年第6期。

② 参阅裴效维主编《近代文学研究》，北京出版社2001年版，第223页。

③ 参阅潘树广主编《中国文学史料学》（上），黄山书社1992年版，第556—557页。

了大量的辨伪工作，逐渐形成了一门辨伪学。早在春秋战国时期，就有人怀疑某些有关记载古人事迹的失实。《论语·子张篇》记子贡云："纣之不善，不如是之甚也。是以君子恶居下流，天下恶皆归焉。"汉代司马迁《史记·儒林传》、班固《汉书·艺文志》等篇，都涉及了辨伪问题。王充《论衡》中的《书虚篇》、《儒增篇》等，也指出了古书所记多有作伪不实之处。如前所述，隋代僧法经编纂《众经目录》，别立"疑伪"一门，开佛经辨伪之先河。到了唐代，一些学者进一步注意辨伪。刘知几在《史通·外篇》的《疑古》、《惑经》中，指出《五经》和一些上古之书真伪相混，诳惑后世。柳宗元著文对《鬼谷子》、《亢仓子》和《晏子春秋》等提出了怀疑。宋代的辨伪，以欧阳修、郑樵和朱熹等为代表。欧阳修疑《易经》的《十翼》，作《易童子问》。王安石疑《春秋》，斥之谓"断烂朝报"。朱熹疑《诗经》，著《诗集传》，还撰有《朱子辨伪语录》。其他如司马光之疑《孟子》，郑樵之疑《诗序》，叶适之疑《管子》、《晏子》等。明清时期，以胡应麟、方以智、顾炎武、阎若璩、胡渭等为代表。他们在总结前人辨伪成果的基础上，多有著述。如前所述，胡应麟撰写了我国古代第一部辨伪专著《四部正讹》，使辨伪成为一种专门学问。其他重要的专著，明代的有宋濂的《诸子辨》、方以智的《通雅》，清代的有顾炎武的《日知录》、阎若璩的《古文尚书疏证》、胡渭的《易图明辨》、万斯同的《群经疑辨》、姚际恒的《古今伪书考》等。

　　在"五四"之前，胡适、傅斯年等倡疑古，开现代疑古之前奏①。后来梁启超在清华大学讲授辨伪课程，讲授内容被整理成

---

① 参阅：胡适《中国哲学史大纲》，上海古籍出版社 1997 年版，第 9 页；王子今《20 世纪中国历史文献研究》，清华大学出版社 2002 年版，第 54—62 页。

《古书真伪及其年代》一书，黄云眉撰《古今伪书补正》，张心澂撰《伪书通考》。同时，胡适、钱玄同、王国维和顾颉刚等在继承乾嘉考据方法的基础上，又吸收了近代西方的一些科学方法，研究辨伪，分别作出了自己的贡献。其中特别值得重视的是以顾颉刚为代表的"古史辨"派。顾颉刚辑有辨伪丛书《古籍考辨丛刊》第一辑，在当时和后来都产生了相当大的影响。

　　我国在长期的辨伪过程中，逐渐总结形成了一些方法。明代胡应麟在《四部正讹》中归纳了辨伪八法①，方以智在《通雅》中强调不要轻易疑古，同时在卷 3 中提出了要从"明其理、事、文、气、时、变"六方面进行辨伪。梁启超在其《中国历史研究法》第五章中提出辨伪的 12 条"公例"。他在总结清代乾嘉学者的经验时，归纳出辨伪的六条线索：一，从著录传授上检查；二，从本书所载事迹制度或所引书上检查；三，从文体及文句上检查；四，从思想渊源上检查；五，从作伪者所凭借的材料上检查；六，从原书的佚文、佚说的反正上检查②。胡适对辨伪方法也作了总结，他说："西洋近百年史学大进步，大半都由于审定史料的方法更严密了。凡审定史料的真伪，须要有证据，方能使人心服。这种证据大概可分为五种。"这五种是：史事、文字、文体、思想、旁证③。瑞典汉学家高本汉著有《左传真伪考》。他在此书的第 1 章（"中国古书的真伪"）中，在评述中国学者所使用的辨伪标准之后，又特别强调了从"文法系统"方面来辨伪。他说：

---

①参阅本书第十二章第六节。
②参阅梁启超《中国近三百年学术史》，北京中国书店 1985 年版，第 249—252 页。
③参阅胡适《中国哲学史大纲》，上海古籍出版社 1997 年版，第 14—15 页。

一部书(所用语言)的文法系统有某种特点,这特点赋予它以独有的性质,而决非后代伪造者所能想像或模仿的,那么这部书是可信的。①

现当代有不少学者在总结以前辨伪方法的基础上,进一步归纳为内证和外证相结合的方法。所谓内证,又称本证,就是从所辨之书内找证据,包括书名、作者、史实、思想、文体、语言文字、称谓、人名、地名、朝代名等。所谓外证,又称旁证,就是从其他书中找证据,包括从所辨之书的源流上来考察。外证重要,但同内证相比,它是第二位的。高本汉在20世纪20年代考辨《左传》的真伪,首先利用了司马迁、刘向、刘歆、班固、王充和许慎所引用的有关《左传》的言论,并加以辨析。但他认为,这毕竟是他人的言论,是"第二等的证据"。要进一步考证《左传》的真伪,其原则是"应注重《左传》的本身"。为此,他详细地比较了《史记》所引的《左传》的文句,证明《左传》是在秦焚书之前已经存在,接着他分析了《左传》的"很特殊的文法系统"②。对于高本汉的结论可以讨论,但他所用的考辨方法,值得我们借鉴。

综观我国长期的辨伪学史,取得的成绩是很大的。它促进了人们思想的解放,不断地冲击了长期占据史学领域里的信古观念,逐步提高了辨伪的理论和方法,对许多古籍的真伪进行了辨证。但是,我们在充分肯定成绩的前提下,还应当看到,以前的辨伪,有许多程度不同地存在着怀疑过头的倾向。所提出的辨伪原

---

① 参阅高本汉著,陆侃如译《左传真伪考》,商务印书馆1937年版,第16页。以上述引,除参阅原著外,张心澂《伪书通考·总论·辨伪方法》中有摘录。
② 参阅高本汉著,陆侃如译《左传真伪考》,商务印书馆1937年版。

则和方法,常现主观、片面。更有甚者,感情用事,抱有成见,先入为主,以"每辨必伪"、"逢书必假"为一逞快之事,缺乏客观平实的科学态度①,结果把本来不是伪书的《尉缭子》、贾谊《贾子新书》等,也武断地判为伪书。接受以前辨伪的经验和教训,我们在辨伪时,要有科学的、客观的态度,不能盲目地"信古",也不能立足于"疑古",以疑古自诩,而应当是"析古"。"析古"应立足于真凭实据,确有真凭实据的应肯定。如果目前证据还不充分,则应持阙疑态度,不能轻易地下结论。以上引述的各种辨伪方法,许多是从不同角度对辨伪的总结,有其合理的内容,值得重视。但对任何的一种辨伪方法,不能绝对化。应注重综合辨证。随着科学的发展,辨伪的方法也在不断地发展。20世纪以来,人们在使用传统的辨伪方法的同时,开始注重借鉴自然科学等现代科学知识和方法,注意从文献到文献扩大到实物与文献相结合,扩大到流传的文献同新发现的文献相结合。我们应当态度严谨,在坚持唯物辩证法的前提下,从辨伪的实际对象出发,把传统的方法与新的方法结合起来,作综合考察,力求得出切实的、能经得起验证的结论。

辨伪的目的,主要是分清真伪,以免真伪混淆。同时,我们也应当认识和重视伪书的史料价值。如果从史料的角度看,伪书是一定时期社会上的某种存在的折射,是一种比较特殊的文化遗存。只要确定了它的确切的时代和作者,它就成了研究那个时代和作者的真史料,不要因属伪造而弃置之。陈寅恪指出:

　　盖伪材料亦有时与真材料同一可贵。如某种伪材料,若径认为其所依托之时代及作者之真产物,固不可也。但能考

---

① 参阅郑良树《古籍真伪考辨的过去与未来》,《文献》1992年第2期。

出其作伪时代及作者，即据以说明此时代及作者之思想，则变为一真材料矣。①

张岱年曾举《列子》为例说：

今本《列子》这部书，它并不是列御寇的著作，而是魏晋时期人所编著的，就这一点来说，我们说《列子》是伪书；但就其《列子》书的内容说，它反映了魏晋时期一些人的思想，我们可以把这部书作为魏晋时代的史料。②

顾颉刚则进一步从治史方法的角度提出了"伪史移置利用法"：

许多伪材料，置之于所伪的时代固不合，但置之于伪作的时代则仍是绝好的史料：我们得了这些史料，便可了解那个时代的思想和学术。例如《易传》，放在孔子时代自然错误，我们自然称它为伪材料；但放在汉初就可以见出那时人对于《周易》的见解及其对于古史的观念了……所以伪史的出现，即是真史的反映。我们破坏它，并不是要把它销毁，只是把它的时代移后，使它脱离了所托的时代而与出现的时代相应而已。实在，这与其说破坏，不如称为"移置"的适宜。一般人以为伪的材料便可不要，这未免缺乏了历史的观念。③

另外，由于作伪者为了使人信以为真，作伪时往往要引用一些真实的史料。今本《列子》中就保存了先秦佚书的一些片段。这些片段，为后人所珍重。单从文学方面来看，有些伪书常常含有重要的史料，有相当大的价值。如托名大禹、伯益所作的《山海经》，实际上是战国时期的书，经秦、汉人增删而成。书虽伪，但它

①陈寅恪《陈寅恪史学论文集》，上海古籍出版社1992年版，第508页。
②张岱年《中国哲学史史料学》，三联书店1982年版，第4页。
③顾颉刚《古史辨》第3册，上海古籍出版社1982年版，《自序》。

却是我国最早的一部神话集,有助于我们考察古代志怪小说的源头。黄云眉说:

> 真其所真,伪其所伪,使真伪各得其用,此吾辈读书应有之态度,亦所以为来者辟一读书之坦途也。①

综观上面所引著名学者的论述,有理论、有方法、有例证。我们应当参照他们的论述,进一步去认识伪书的价值,恰当地去使用伪书。

## 附:现当代辨伪论著要目②

《古今伪书及其年代》 梁启超著 中华书局 1955 年版 江苏广陵古籍刻印社 1989 年版

《古籍考辨丛刊》第 1 辑 顾颉刚辑 中华书局 1955 年版

《古今伪书考补正》 黄云眉著 初印于 1932 年 齐鲁书社 1980 年版

《伪书通考》 张心澂编著 商务印书馆 1939 年初版

---

① 黄云眉《古今伪书考补正》,山东人民出版社 1957 年版,《序》。
② 我国从古迄今,在辨伪方面取得了大量的成果。这些成果有不少已经整理成专著。这些专著大多具有综合的性质,涉及了经史子集,有些论述了相关的理论和方法。另外,还有不少成果分散在一些书籍和报刊中,有许多至今还没有加以系统整理,未成专著。下面列举的主要是综合性的辨伪专著和少数有关文学作品真伪的综合性论著。想查知关于中国古代文献辨伪的详细目录,请参阅:黄镇伟《辨伪学研究书录》,《贵图学刊》1991年第 4 期;司马朝军著《文献辨伪学研究》,武汉大学出版社 2008 年版,《外编·书目编》。

1954 年新版　1957 年修订本　上海书店出版社据商务印书馆 1939 年版影印

《续伪书通考》　郑良树撰　台湾学生书局 1984 年版

《古书考辨集》　吴光著　台北允晨文化实业有限股份公司 1989 年版

《中国伪书综考》　邓瑞全　王冠英主编　黄山书社 1998 年版

《中国伪书大观》　俞兆鹏主编　江西教育出版社 1998 年版

《古书通例》（与《目录学发微》合本）　余嘉锡著　中华书局 2007 年版

《古书作伪举例及如何鉴别》　昌彼得　载《古籍鉴定与维护研习会专集》　台湾中国图书馆学会 1985 年版

《中国辨伪史略》　顾颉刚　载其著《秦汉的方士与儒生》　上海古籍出版社 1998 年版　《附录》

《中国辨伪学史》　杨绪敏著　天津人民出版社 1999 年版

《中国二十世纪文献辨伪学述略》　刘重来　《历史研究》1999 年第 6 期

《古籍辨伪学》　郑良树撰　台湾学生书局 1986 年版

《文献辨伪学研究》　司马朝军著　武汉大学出版社 2008 年版

《清初的辨伪学》　林庆彰著　台北文津出版社 1990 年版

《走出疑古时代》（修订本）　李学勤著　辽宁教育出版社 1997 年版

《新出土资料的发现与疑古主义的走向》　［日］谷中信一　张青松　《中国历史博物馆馆刊》2000 年第 1 期

《考古发现对辨伪学的冲击》　冯广宏　《文史杂志》2001 年第 1 期

《古史辨学说评价讨论集》　陈其泰　张宗华主编　京华出版社 2001 年版

《二十世纪疑古思潮》　吴少珉　赵金昭主编　学苑出版社 2003 年版

《古籍整理与辨伪求真》　王树民　《河北师范大学学报》2004 年第 2 期

《诗歌辨伪法》　黄永武　载《中国诗学考据篇》　台北巨流图书公司 1977 年版

《井中奇书考》　陈福康著　上海文艺出版社 2001 年版

《中国文学史上的伪作拟作与其影响》　梁容若　《中国文学研究》　台北三民书局 1967 年版

《伪书四种》　张林川主编　湖北辞书出版社 1998 年版

《20 世纪〈山海经〉作者和成书经过的讨论》　张步天　《益阳师范高等专科学校学报》2001 年第 1 期

《宋玉作品的真伪问题》　胡念贻　《文学遗产增刊》第 1 辑　作家出版社 1955 年版

《苏李诗辨伪》　刘跃进　载其著《中古文学文献学》江苏古籍出版社 1997 年版　中编第五章第一节

《柏梁诗辨伪》　刘跃进　载其著《中古文学文献学》江苏古籍出版社 1997 年版　中编第五章第四节

《蔡琰和〈胡笳十八拍〉的作者》　卢兴基　载其主编《建国以来古代文学问题讨论举要》　齐鲁书社 1987 年版

《列子考辨》　马达著　北京出版社 2000 年版

《岳飞〈满江红〉〈怒发冲冠〉的真伪问题》　王学太　载卢兴基主编《建国以来古代文学问题讨论举要》　齐鲁书社 1987 年版

《元剧斟疑》　严敦易著　中华书局上海编辑所 1960 年版

《元剧斟疑补》　严敦易著　载其著《元明清戏曲论集》中州书画社 1982 年版　上编

《中国古代文言小说辨伪研究概论》　张侃　《西北师范大学学报》1995 年第 6 期

《红学辨伪论》　欧阳健著　贵州人民出版社 1996 年版

《〈文心雕龙·隐秀〉篇补文的辨伪》　刘跃进　载其著《中古文学文献学》　江苏古籍出版社 1997 年版　下编第三章第六节

《司空图〈二十四诗品〉真伪问题讨论述要》　独孤棠载钱中文　龚翰熊等主编《中外文化与文论》(1)　四川大学出版社 1995 年版

《近年〈二十四诗品〉真伪讨论综述》　姚大勇　《云梦学刊》2000 年第 4 期

《司空图〈二十四诗品〉研究及其作者辨伪综析》　赵福坛　《广州师范学院学报》2000 年第 12 期

《元代诗学伪书考》　张伯伟　《文学遗产》1997 年第 3 期

# 第二节　史料考证

史料考证指的是在史料工作中通过考察求得证明，以证明史料是否真实。考证要有根据,为突出根据,所以有时也称为考据。广义的考证,包括古籍辨伪、版本、校勘、文字训诂和音韵标注等。狭义的考证仅指考证史实。这里讲的是狭义的考证。辨伪解决的主要是古籍的真伪问题。从史实来看,真书中记载的不可能全是真实的,还有些记载隐晦、疏简,而伪书中有时也有真史料。对于诸如此类的问题,只有通过考证,才能得出可靠的或比较可靠的结论。因此考证是一种重要的鉴别史料的方法。轻忽考证,许多史料的真伪问题难以解决。对一般史料是这样,对古代文学史料也是这样。

古代存传的许多史料之所以必须考证,有多方面的原因。

现存的不少史料是靠传闻或者是靠记忆记载的。史料经过传闻和记忆,即使传闻者和记忆者不想造伪,也难免有增有减,难免搀进口传者的好恶和记忆者的局限。这样的史料,不可能是完全真实的。清人崔述在其《考信录·提要》卷上说:

> 传纪之文,有传闻异词而致误者,有记忆失真而致误者。一人之事,两人分言之,而不能悉符者矣;一人之言,数人递传之,有失其本意者矣。是以三《传》皆传《春秋》,而其事或互异,此传闻异词之故也。古者书皆竹简,人不能尽有也,而亦难于携带,纂书之时,无以寻觅而翻阅也,是以《史记》录《左传》文,往往与本文异,此记忆失真之故也。

以文字记载为主的史料是通过人的记载而传存的。既是经过人的记载,总会不同程度地受到记载者动机、情感、视阈、记忆、取舍、叙写等多方面的制约。梁启超说:

> 庄子云:"两善必多溢美之言,两恶必多溢恶之言。"王充云:"俗人好奇,不奇,言不用也。故誉人不增其美,则闻者不

快其意;毁人不益其恶,则听者不惬于心。"是故无论何部分之史,恐"真迹放大"之弊皆所不免。《论衡》中《语增》、《儒增》、《艺增》诸篇所举诸事,皆其例也。况著书者无论若何纯洁,终不免有主观的感情夹杂其间。⋯⋯

　　吾二十年前所著《戊戌政变记》,后之作清史者记戊戌事,谁不认为可贵之史料? 然谓所记悉为信史,吾不敢自承。何则? 感情作用所支配,不免将真迹放大也。①

看来,不少存传的史料在记载时,是经过了加工润色。由于加工润色者的好恶情感的作用和为了迎合接受者的好奇心理,加工润色往往使史料有不同程度的失实。现存的史料,即使是亲身经历过的作者记录的,也不可能完全是真实的。

有不少史料是胜利者或是受胜利者指使的人所记载的,他们控有话语权。而失败者的话语权,随着他们的失败而常常被剥夺。讳饰近福,直言多祸。因此为胜利者歌颂讳饰,为失败者抹黑加恶,常见于中国古代。这就使古代的不少史料失实。这一点,古人常有揭示,晋代葛洪指出:

　　见废之君,未必悉非也。⋯⋯见废之主,神器去矣,下流之罪,莫不归焉。虽知其然,孰敢形言? ⋯⋯独见者乃能追觉桀、纣之恶不若是其恶,汤、武之事不若是其美也。②

中国古代的史书主要有官方纂修的和私家著述的两种。这两种,不论是官方修纂的,还是私家著述的,常见的记载有不少疏略和失实。

就传记史料而言,由于传记都是一定时代的产物,难免

---

① 梁启超《中国历史研究法》,东方出版社1996年版,第110页。
② 杨明照《抱朴子外篇校笺》,中华书局1991年版,第288页。

受时代的局限。当代人写，有多种限制，尤其是政治上的限制。后来人写，有另外的一些限制，有另一种政治限制。即使在政治上比较宽松、各种限制较少的时期，这种限制还是存在的。中国古代的许多传记的作者，有的囿于陈旧的观念，有的由于私心狭嫌，有的由于个人的好恶和偏见，对传主的记载，难得真相，也使许多传记十分简略。如南朝宋代重要的诗人鲍照，可能由于他出身于寒门素族，官位低下，沈约在《宋书》中没有单独为他立传，而仅在卷51《临川烈武王道规传》后，附有109字的生平记载。后来《南史》卷13的《鲍照传》仍附在《宋临川烈武王道规传》后，字数略有增加，但许多重要事迹没有记载。

中国古代的人物传记，记人也记事，但以人为主，事为附。中国自古以来重人品，记人重在彰善惩恶。受此影响，文学传记史料多以写传主品行、性情为主，不太注意具体事实的叙写。这样的叙写，有助于我们从大的方面了解文学家的精神风貌，但对一些具体问题的确认，也留下了许多困难。

中国古代多忌讳。对政治有忌讳，对时人有忌讳，对死者有忌讳。撰写历史，常常要为尊者讳，为亲者讳，为贤者讳。诸多的忌讳，结果是"虚美隐恶"，常用曲笔，掩盖真相，把他们理想化。这在中国古代屡见不鲜。东汉马援在《诫其兄子书》中说：

> 吾欲汝曹闻人之过如闻父母之名。耳可得闻，口不得言。

后来朱穆在《崇厚论》中，在赞赏马援上面的话之外，又说："故覆人之过者，敦之道也。"马援和朱穆强调不得言人之过、隐人之过，甚至把这种做法提高到道德的层面。在这种思想的主使下所记载的史料,怎么会真实可靠?

古代的文学作品史料,虽然不真实的极少,但常见"单篇别什借名窜匿",有些作品没有署名,如《古诗十九首》。更多的是大量的作品,特别是一些著名的作品没有注明写作的时间。有些作品虽然署名,但不是真名,如《金瓶梅》署名"兰陵笑笑生"。许多文学作品史料记述的欠缺或有意藏真,给研究者留下了许多悬案和疑窦。

古代史料,由文字记载下来以后,大多依靠用简牍抄写而流传。简牍容易错乱,在抄传中,难免张冠李戴,史实讹误,出现所谓"书三写,鲁成鱼"之类的错误。后来用纸抄写和刻印,也难免出现这样那样的错误。

上面列举的一些现象说明,由于多方面的原因,造成了古代不少史料记载失实,或者记载疏简,或者有疑窦,或者隐晦不明,或者在流传中出现了错误。对这些史料,如果不进行考证,会直接影响研究的深入,如果轻率地使用,得出的结论不可靠,甚至是错误的。

我国的考证源远流长。大体说来,孕育于先秦时期,萌芽于两汉,形成于魏晋南北朝,隋唐五代不断发展,到宋代已初具规模,清代达到了高峰,成绩最大。近代以来,继承清代的考据风气和成果,又受到了西方史学方法的影响,王国维、胡适、郭沫若、陈垣、陈寅恪、顾颉刚等一批学者在考证方面都有新的创获。经过长期的考证实践和思考,不仅取得了许多重要成果,而且逐渐总结了一些原则和方法。这些原则和方法,值得我们借鉴。

考证是一种严肃的学术研究,必须具备正确的指导思想和正确的态度。考证应以学术为务,应当出于公心,要具有"克己的美德"。应当客观唯一,"搁起感情",不能先入为主和抱有成见,切忌主观臆断。也不能迷信权威，宥于门派。考证是一种带有定案性质的工作，需要缜密慎重，来不得半点轻率粗疏，更不能急功近利。

考证的关键是要有充足的证据。文学史上产生的任何文学现象只有一种，不会重复，但相关的记载可能不只一种：有的直接，有的间接；有的明显，有的隐晦；有的简单，有的繁复；有的旧，有的新。多种相关的记载，是我们考证的依据。这就决定了我们考证时，必须首先全面地搜集证据，多方面地占有史料。

对于已经搜集到的证据，要注意分析其是否可靠。胡适在《古史讨论的读后感》中说：

> 我们对于"证据"的态度是一切史料都是证据。但史家要问：1. 这种证据是在什么地方寻出的？2. 什么时候寻出的？3. 什么人寻出的？4. 从地方和时候上看起来，这个人有做证人的资格吗？5. 这个人虽有证人资格，而他说这句话时有作伪（无心的或有意的）的可能吗？①

对于搜集到的证据，胡适强调要从其来源和提供证据者这两方面来分析其是否可信。应当说，这是十分重要的。

我们在搜集证据时，有时得到的可靠的证据很多。面对许多可靠的证据，我们要注意从中选择典型的史料，然后把这些史料加以排比、综合，作为确认史实的证据。

有时我们在搜集证据时，会遇到记载同一事实的史料中，存在着矛盾。对于矛盾的史料应更加注意分析辨证。经过分析辨证，确定哪些是正确的，并且要说明自己取舍的根据。考证时，还

---

① 引自《古史辨》第 1 册，上海古籍出版社 1982 年版。

不能忽视反面的证据。即使反面的证据不能动摇正面证据，也要对反面证据作出论证。

考证必须做到无征不信，证据充足。仅有孤证，不应轻易作出结论。要作出结论，必须依据大量的证据。对于古籍的某些记载，在没有充分的证据时，不要轻易否定。在这方面，有些教训值得我们汲取。举一个例子：关于曹植《洛神赋》的写作时间，曹植在《洛神赋序》中，明言作于黄初三年。这属于内证。到唐代李善注此赋，否定《洛神赋序》的记载，说：

> 《魏志》曰：黄初三年，立植为鄄城王，四年徙封雍丘，其年朝京师。又《文纪》曰：黄初三年，行幸许。又曰：四年三月还雒阳宫。然京域谓雒阳，东蕃即鄄城。《魏志》及诸诗序并云四年朝，此云三年，误。①

李善认为《洛神赋》作于黄初四年一说，常为后来的一些学者所沿用。李善之所以否定三年之说，主要是有黄初四年曹植朝京师的记载。曹植黄初四年朝京师，是一孤证，并且属于外证，不能据此证明曹植三年未朝京师。事实上，有一些史料可以推断曹植于三年有朝京师之事②。又如，关于苏洵的《辨奸论》，清人李绂提出是邵伯温的赝作，而非苏洵所作。其主要证据是苏洵文集"原本不可见"，"其文始见于《邵氏闻见录》中，《闻见录》编于（南宋）绍兴二年"③。其实，宋代约刊于北宋末年的

---

① 李善注《文选》，中华书局1977年版，第19卷。
② 参阅：顾农《建安文学史》，湖南教育出版社2000年版，第96—97页；颜廷亮《由地理文化看〈洛神赋〉创作时间》，《菏泽学院学报》2007年第4期。
③ ［清］李绂《书〈辨奸论〉后二则》，载《穆堂初稿》卷45，《续修四库全书》影印本，上海古籍出版社2003年版。

《类编增广老苏先生大全文集》（今存国家图书馆）卷三"杂论"中，就收有《辨奸论》。因此，《辨奸论》为邵伯温的赝作一说，不能成立。上举两个例证启示我们，考证时，依据孤证就下结论往往是靠不住的，也不能用孤证轻易地否定前人的记载。当然，如果只有孤证，而又没有其他证据可以驳倒它，也可以下结论。

由于考证的史实和问题各不相同，即使同一史实和问题，涉及的方面也很多，所以考证涉及辨伪学、目录学、版本学、校勘学、训诂学等，具有明显综合性的特点，往往不能仅仅依靠某种单一的方法，更没有什么现成的公式，而是要综合运用多种方法。

还要重视使用有关学科的知识和成果，如考古学、金石学、地理学、文字学和逻辑学等。古代有许多文献史料，如朝廷律令、官方榜文等，所说的同实际所做的并不一致，有时有很大的差距。如果仅仅依据文献史料，信以为真，得出的结论并不可靠。为了求得可靠的证据，应当把各种文献记载、古迹、文物和口传史料等结合起来，加以比较分析。要做到这一点，需要博闻多识，要有深厚的学养和积累。

史料是非常复杂的。我们面对的许多史料，特别是文字记载的史料和口传史料，即使是真实的，也不可能完全是真实的。要证明所记载的和口传史料的内容是完全真实的，难以做到。我们在考证求真时，应尽量避免用简单的真假二分对立的标准来对待证据。我们所关注的主要是证据真实的程度。我们平时讲，某一种史料是真实的，是可信的，指的主要是其中的主要内容是真实的。

## 附：现当代新整理新著考证著述要目①

《日知录集释》　[清]顾炎武著　[清]黄汝成集释　栾保群　吕宗力校点　花山文艺出版社 1990 年版

《考信录》　[清]崔述著　上海古籍出版社 1983 年版

《十七史商榷》　[清]王鸣盛著　北京中国书店 1987 年影印本

《廿二史札记校证》（订补本）　[清]赵翼著　王树民校证　中华书局 1984 年版

《廿二史考异》　[清]钱大昕著　方诗铭　周殿杰校点　上海古籍出版社 2004 年版

《十驾斋养新录》　[清]钱大昕著　陈文和　孙显军校点　江苏古籍出版社 2000 年版

《周秦诸子考》　刘汝林著　文化学社 1929 年版

《先秦经籍考》　[日]内藤虎次郎著　江侠庵译　上海商务印书馆 1933 年版

----

① 由于历代许多学者的辛勤耕耘，在史料考证方面取得了相当丰硕的成果。这些成果，涉及了传统的经、史、子、集四部。从已经整理刊印的专著看，多带有综合的性质，其中涉及较多的是经、史、子三部。与文学关系密切的集部，也有一些成果。特别是近代以来，对许多文学家、作品，包括古代轻忽的词、戏曲和小说等通俗文学的考证，成果斐然。但遗憾的是，有关这一领域里的成果多散见于各种著述中，有些附帖在原著中，有些体现在叙录题跋中，有些刊载在报刊上，有待整理集中成专著。下面列举的是重要的综合性的以及子部、史部考证专著。文学史料的考证和史料的辨伪关系密切，有许多难以划分。有关文学史料具体的辨伪、考证论著目录，请参阅司马朝军著《文献辨伪学研究》，武汉大学出版社 2008 年版，《外编·书目编》。

《诸子著作年代考》　郑良树著　北京图书馆出版社
2001 年版

《诸子评议》　［清］俞樾著　上海商务印书馆 1935 年版

《诸子考索》　罗根泽著　人民出版社 1958 年版

《中国诗学考据篇》　黄永武著　台北巨流图书公司
1977 年版

《小说考信编》　徐朔方著　上海古籍出版社 1997 年版

《古代小说文献丛考》　潘建国著　中华书局 2006 年版

《唐人笔记小说考索》　周勋初著　江苏古籍出版社
1996 年版

《中国章回小说新考》　张颖　陈速著　中州古籍出版
社 1991 年版

《明清小说新考》　欧阳健著　中国文联出版公司 1992
年版

《明清稀见小说汇考》　薛亮著　社会科学文献出版社
1999 年版

# 第三节　鉴别版本

古籍版本的含义,有狭义的和广义的两种。狭义的专指雕版
印本。现在通常使用的是广义的,泛指经过传抄或刻印形成的本
子。20 世纪 80 年代以来,把一些古籍制成光盘,称"电子版",也
是一种版本。同一古籍有不同的光盘,形成了不同的电子版,也
称不同的版本。研究版本的学问,被称为版本学。

古籍版本源远流长。不同时期的版本有不同的印记,不同地
区的也有不同的特点。有许多古籍,流传下来的版本很多。据不

完全统计，现在传存的《史记》版本约百种，《红楼梦》版本百种左右。有些古籍在流传的过程中，尤其是在宋代以后，在抄刻的过程中，常被删减改窜。顾炎武《日知录》卷18"改书"条说：

> 东坡《志林》曰：近世人轻以意改书。鄙浅之人，好恶多同，故从而和之者众。遂使古书日就讹舛，深可悠疾！……
>
> 万历间人，多好改窜古书……不知其人，不论其世，而辄改其文，谬种流传，至今未已。

顾炎武所说的，确有根据。宋代王楙著《野客丛谈》30卷，明代陈继儒刻入其自编的丛书《宝颜堂秘笈》，只保留了12卷。如此之类的删减改窜，使一些古籍不同程度地失去了原貌。我们的研究如果使用这样失实的版本，不可能得出正确的结论。为了避免使用经过删削改窜的版本，我们对版本必须加以鉴别。鉴别版本是鉴别史料的一个重要环节。张元济在《涉园序跋集·印行四部丛刊启例》中甚至强调说：

> 版本之学为考据之先河，一字千金，于经史尤关紧要。

古籍有无被删改？如有删改，删改的具体情形如何？要解决这类问题，有效的方法，是考查版本的源流、演变，到版本产生的时间和地点去探究。这有很大的难度，但好在存传的版本留下了一些迹象和线索，使鉴别版本有立足的根基。

版本是由形态和内容两方面构成的，各由一定的要素构成，这就是版本的结构。

形态结构，包括版式结构和整书结构。版式指的是每一单页的格式，通常由以下部分构成：

1. 版框，即印页四周用直线构成的方框，又称边栏、栏线。四周用单线印的叫四周单边，用双线印的叫四周双边。也有左右双边的，上下单边的。

2. 天头、地脚、边：版框以外的部分，上边的叫天头，下边的叫地脚，左右空白部分各称边。

3. 行格，又称界行、界格、边准，即版框内用直线分成直行。

4. 版口，又称版心、书口、中折行。位于每页版面正中，又叫中缝，用来折叠书页、记录书名、卷数、页数、标记鱼尾图形等。

5. 鱼尾，即版口中心像鱼尾的图形，是折叠书页的准线。鱼尾有单有双。双者有顺鱼尾、对鱼尾。

6. 象鼻，指的是版口从上下鱼尾到版框之间各有的空格，有白口、黑口、大黑口、粗黑口几种。

7. 书耳，或称耳子、耳格，即印页版框左右上角的小长方框，里面多用来题写篇名、书名简称等。

8. 行款，指版面中的行数与字数。通常按半个版面计数，称半页几行，行多少字。

整书结构指的是装订成书的书籍形态，其关键是装帧形式。装帧形式大致有卷轴装、旋风装、龙鳞装、经折装、蝴蝶装、包背装、袍套装和线装、平装等。平装本是 19 世纪中叶以来，受西方印刷技术的影响而出现的。在以上装帧形式中，流传下来的古籍最多的是线装本。线装本一般由下面几部分构成：

1. 书衣，又称书皮、封皮，现在称之封面，上有书名题签。

2. 书名页，即书衣内的首页，现在称之扉页，题本书名。

3. 护页，亦称副页、扇页，即书皮与书名页之间的空白页。

4. 书脑，指书册靠装订线右侧的空白部分。

5. 书脊，指书册靠装订线的侧面部分。

6. 书口，指书册靠折页版心中缝一边的侧面部分、掀开书的地方。

7. 书首，指书册上方的侧面部分，又称书头。

8. 书根，指书册下方侧面部分。

版本的内容结构，指的是版本内容的构成部分，一般的线装古籍包括：

1. 正文，这是版本内容的主体。正文一般根据篇幅的长短分成若干卷。各卷首页的首行称为卷端，常题写书名、篇名、卷数、作者及籍贯、校刻者、注释等。

2. 序跋识语。序，由作者自己写的叫自序，由他人写的叫他序。先秦两汉时期，自序多在书后。后来序多置于正文之前。跋，也称后序、后记，放在全书之后。跋，有著者自己写的，也有他人写的。识语，有的也称题识，通常是在书的卷首、卷尾、扉页或其他地方，是藏书者读书时所写的。序跋识语的内容不一，常常涉及有关作者或编者的生平思想、写作编纂的原委、书的内容、刊刻收藏、文字、装帧、评论得失等。

3. 目录，是正文前的篇章名目，体现了一书的章节次第。

4. 凡例，是一书的编纂体例，多放在序之后、目录之前。

5. 牌记，又称碑牌，俗名书牌子，也叫木记。宋刻本开始有牌记，如《新刊校定集注杜诗》36卷，台湾"故宫博物院"藏宋刻本，每卷末有"宝庆乙酉广东漕司锓版"大字一行。宋代以后书坊刻书多沿用牌记，一般在书的序目后边或卷末。牌记的内容多少不一，主要写书籍刻印的年月、地点、刻家姓名、堂号或书铺字号、版本特点及刊刻经过等，以表示版权所有。

6. 藏书印章，藏书印章是藏书家或藏书单位在自己所收藏的书的卷端、卷末或卷内钤上印章。印章的内容，除藏家的姓名、字号及斋堂名外，有时还有校读、鉴定的记录、版本、藏书铭语等。铭语如吴中有藏书印记云："寒可无衣，饥可无食，至于书不可一日失。"

　　需要注意的是，上述诸多的构成因素，并不是所有的书都具备的。

　　古籍版本由于所用的物质材料在不断进步，由于编辑、抄写、刻印、装帧等方面的原因，不仅在字体、款式、刻工、墨色等形式上有差别，而且在篇目、编次、字句等内容上也不同。由于版本的繁多和复杂，为了使人们较快地了解和认识版本，大体上了解不同版本的价值，人们很早就注意从不同的角度对版本加以分类。下面介绍的是几种常见的分类：

　　按出版时间分类：用朝代来分类，如南北朝写本、唐写本、五代写本、宋本、辽本、金本、元本、明本、清本等；用皇帝年号来区分，如南宋绍兴本，元大德本、至正本，明洪武本、嘉靖本、崇祯本，清康熙本、乾隆本等；有些具体时间不明确，即按模糊时间来分类，如古写本、旧抄本、旧刻本、宋元间刻本、近本、今本等。

　　按出版地来分类，国内的如江南本、浙本、蜀本、闽本、临安本、成都本、建阳本、杭本、衡州本、婺州本、歙刻本、金陵刻本、苏州刻本等；国外的如朝鲜本（高丽本）、和刻本、越南本等。

　　按抄写和刻印者来分类，有官刻本（如：国子监本，简称监本；清代武英殿本，简称殿本）、官抄本；私刻本（又称家刻本，如：明末毛晋汲古阁刻本、清代阮元本、胡克家本）、私抄本（如明代吴宽丛书堂抄本、清代钱谦益绛云楼抄本等）；坊刻本（如明代杨氏清江堂刻本、清代扫叶山房本）等。

　　按形式特征分类：按版式特点分类，如大字本、小字本、十行本、黑口本等；按制版方法分类，如刻印本、排印本等；按抄刻印抄写特点分类，有初刻本、重刻本、修补刻本、影刻本、写刻本、套色印本、影抄本、传抄本等；按装帧特点分类，有卷子本、线装本、袖珍本等。

按所使用的物质材料和技术分类：有竹简本、帛书本、纸质本、抄本、石刻本、铅印本、胶印本、影印本、复印本、电子本等。

按内容来分类：有白文本、校点本、批校本、题跋本、注释本、增补本、选本、节本、百衲本、辑佚本、绣像本、插图本、足本、残本、稿本、单刻本、少数民族古籍本、丛书本等。

按版本价值分类：有善本、珍本、孤本、秘本、俗本、通行本、真本、伪本等。

由于版本的繁多和复杂，因此我们在鉴别史料时，应当特别注意选择善本。

从古迄今人们在使用"善本"这一概念时，常常赋予不同的含义。宋人认为加以精校、无讹舛者为善本。欧阳修《集古录跋尾·唐田弘正家庙碑》说：

> 自天圣以来，古学渐盛，学者多读韩文，而患集本讹舛，惟余家本屡更校正，时人共传，号为善本。

清人张之洞在《輶轩语》中又作了补充：

> 善本非纸白版新之谓，谓其为前辈通人用古刻数本，精校细勘付刊，不讹不阙之本也。……善本之义有三：一、足本（无阙卷，未删削）；二、精本（精校、精注）；三、旧本（旧刻、旧抄）。

对于善本的理解，应当区分文物价值和学术研究价值。从学术研究的角度看，所谓善本，主要指的是精本和足本。精本足本，少讹误，收集较全，不受时间先后的限制，而且往往是后出转精。如二十四史，有多种刻本，但比较而言，上一世纪 60 年代开始，由中华书局先后出版的排印点校本已远胜于以前的各种本子。这同样体现在许多文学家的作品集子上。以《嵇康集》为例。嵇康集，自明代以来，至少有八种版本，后来有鲁迅的校本和戴明扬的

《嵇康集校注》本。鲁迅和戴明扬的本子，在许多方面超越了以前的版本。关于旧本，有的由于比较接近原书，从学术研究的角度来审视，也堪称善本。《四库全书总目》卷 186《六臣注文选》条说："不改旧文，即是善本。"如传为隋侯白写的《启颜录》，后世有多种辑本。这些辑本与原书差别较大。后来发现了敦煌唐写本《启颜录》残卷，就体例分析，接近原本面貌。可以说，最早的旧本《启颜录》优于后来的辑本①。但上述情况比较少见。从文物价值来看旧本，更多的是时代越早的越有价值，前一时代的刻本大于后一时代的。我们在从事学术研究时，对旧本要留心分析，更多的是要用后出的精本和全本。

鉴别古籍版本的目的是确定一个本子抄写或刻印的时间、地点、抄刻者、完整程度、源流、演变等。鉴别的方法，大体可以从形式特征和内容构成两方面来进行。

我国现存的古籍版本主要有抄本和刻印本两大类，而刻印本是主体。刻印本所用物质材料、版式结构和整书结构等外在表征，既有相对的稳定性，又有时代性。我们可以从这些外在表征来加以鉴别。重要的有以下几点：

一，看纸墨。抄印书籍所用的纸墨常常表现出时代和地域的特点。在用纸方面，宋浙本和蜀本多用皮纸。皮纸柔韧细密，颜色洁白。宋刻流传到现在的，建本最多。建本多用竹纸。竹纸坚实而脆，色泽淡黄。明代早期好的印本仍是用皮纸，一般书用竹纸。中期多用白棉纸，洁白柔韧，不易变坏。清代《四库全书》用开化纸抄写，白而匀洁，但日久会出现黄斑。清代大部分书籍，仍用竹纸。在用墨方面，宋代用墨精良，色黑，味香，水湿而不显浸

---

① 参阅潘树广主编《中国文学史料学》，黄山书社 1989 年版，（上），第 464 页。

染之迹。明代万历时期，徽版书用墨精。其他的则不太讲究，墨多用煤、面调和而成，容易脱落。清代制墨重视质量，刻书注意用好墨，书籍的墨色胜过明刻本。看纸墨，除了用直观的方法之外，还应注意利用科技成果。如利用现代科技的成果，对不同时期和地域刻书所用纸的纤维合成、上胶与涂料的成分，以及属于物理性能的厚度、强度、洁白度、吸水性和水印等作出鉴定。

二，看版式行款。如宋浙本版框多左右双边，上下单边，版心多白口。元刻版式初期仿宋，单边，多为黑口。明代版式前后有变化。早期，大黑口，四周双边，双黑鱼尾。中期仿宋浙本，变为白口，单鱼尾，左右双边。晚期多用白口，左右双边，单鱼尾。清代版式白口较多，黑口较少，大多左右双栏。

三，看字体。如宋刻本，大体上是浙刻本用欧阳询体字、蜀刻本用颜真卿体字，闽刻本也出于颜体而刀法更峭削，更有锋棱。建本字近似柳公权体。元代山西平阳是一刻书中心，平阳有平水，所以平阳刻本称为平水本。平水本用欧体，有的在欧体的基础上加上颜体的特点。元浙本袭用宋浙本风格，但字体带有赵孟頫字的影响，流利娟秀。明代刻本，早期多用赵体，中期则多仿宋浙本用欧体。晚期逐步形成长方形的横细竖粗的宋体字，刻印多用宋体。清代通行的是仿宋字，又称硬体字，但在康熙、乾隆间，又同时盛行一种软体字，又称写体字，以康熙扬州刻《全唐诗》为代表。字较小，笔画秀丽圆熟，近于手写。

四，看装帧形式。从六朝到隋唐，古籍的装帧形式主要是卷轴装、旋风装和经折装。现在能看到的是唐代敦煌卷子本。五代至宋开始用蝴蝶装。20世纪考古曾发现五代刻印的佛经，为卷子本。宋代有部分旋风装，但主要是蝴蝶装。都属于卷轴的范围。南宋出现了包背装。元代以包背装为主，少数是蝴蝶装。明代嘉靖前,多为包背装,万历以后多为线装。清代大多是线装。

　　版本的形式,后一时代的常常沿用前一时代的,彼此往往有不少相近或相似之处。因此鉴别版本,决不能止于考察外部的表征,还要注意从版本的内容来考察。这一点尤其重要。考察版本的内容,涉及的方面很多,版本学家大多认为以下几点比较重要:

　　一,考查序跋识语。细读序跋识语,有时可以知道书的撰写、最初抄刻和后来的抄刻传播等事实。

　　二,考查牌记。细阅牌记,有时可以了解刻书的年月、地点、刻书铺号、版本特点等。

　　三,考查避讳。避讳是在古书中,为了避免直接称述帝王、圣贤、祖先、父母或其他尊者而使用的一种方法。避讳肇于周朝,隋唐盛行,宋代严格。宋代刻书注重避讳,官刻本、浙本最严格,蜀本、闽本、家刻本、坊刻本则不太严格。元代刻书,除覆刻宋本有时沿旧本避讳外,其他的一般不避讳。明代刻书基本不避讳,只有最后朱常洛、朱由校、朱由检三个皇帝避讳。清代从康熙开始都避讳。避讳常用的方式是改字、缺笔、空字。改字多用同音字代替。明光宗名朱常洛,为避讳,改"常"作"尝"。缺笔,多是缺末笔,清代版本为避讳圣祖玄烨之名,"玄烨"二字均缺末笔。也有缺中间笔画的。明代熹宗名朱由校,为避讳,"校"缺笔写作"挍"。空字,是将应避讳的字空而缺不写,或圈作墨围。查看避讳,常常可以知道版刻的源流。查看避讳,可用下面所列的工具书:《历代讳名考》,刘桐村(锡信)著,乾隆本;《史讳举例》,陈垣著,中华书局1962年版;《历朝帝王避讳举要》(插图增订本),毛春翔著《古书版本常谈·附录》,上海古籍出版社2002年版。

　　四,考查刻工。古籍刻本在版心下方常常附刻刻书工匠名,个别的也有刻在卷尾或书名页背面等处的。宋版浙本系统多附刻工姓名，为后来所沿用，但沿用的程度不同。元刻较少。明初刻本更少，明嘉靖、万历年间逐渐增多。万历后，刻板不是出自良工之手，多不标刻工。清刻本标刻工姓名者更少。宋元明时期名刻工的姓名有案可查，并且有这方面的工具书可参考，如上海古籍出版社 1983 年出版王重民《中国善本书提要》附有《刻工人名索引》。李国庆编《宋版刻工表》，刊于《四川图书馆学报》1990 年第 6 期。日本长泽规矩也编、邓衍林译《宋元刊本刻工表初稿》，刊于 1934 年 9 月出版的《图书馆学季刊》第 8 卷第 3 期。冀淑英《谈谈版刻中的刻工问题》，刊于《文物》1959 年第 3 期。王肇文编《古籍宋元刻工姓名索引》，上海古籍出版社 1990 年版。何槐昌编《宋元明刻工表说明及元刊本刻工名表》，刊于《图书馆学研究》1983 年第 3 期。冀淑英《谈谈明刻本及刻工》，刊于 1981 年 3 月出版的《文献》第 7 辑。李国庆编《明代刊工姓名索引》，上海古籍出版社 1998 年版。程章灿著《石刻刻工研究》，上海古籍出版社 2008 年版。重视搜集、使用、考证刻工的姓名，往往能发现刻本的源流，是考证版本不可忽视的。

五，考查批校者。古书往往在序末、卷首、卷末、书名页等处列有批校人姓名，如：《文选》六臣注南宋赣州州学刊本卷 31 卷末列有"州学斋谕李孝开校对"等四行字。明清时期的刻本常常在第一页书名之次行题著者，第三、四行题校勘者或评阅者姓名。从这些批校者的姓名，有时可以知道刻本的源流、刊刻过程、真伪以及特点等。

六，考查藏书印章。藏书印章可以帮助我们了解古书抄、刻本的藏弄源流，进而确定相关图书版本的下限。

七，考查正文内容。古书正文的内容一般都具有明显的时代特点，我们应当注意借此来鉴别版本。如考查书中述及的事实，引用的文献史料、使用的语言文字的时代特征等。通过对正文内容的鉴别，可以帮助我们确定版本的时代。

　　以上我们从形式特征和内容构成两方面，简单介绍了由表及里鉴别版本的主要方法。所介绍的方法，并不全面。由于多种原因，今存古代流传下来的版本相当复杂，又一直没有统一的规范记录版本的制度和规定。对版本的重视和鉴别，只限于少数文人学者，版本鉴定的成果比较单薄。直到今天仍有大量的版本，有待鉴别。历代和当代鉴别版本的经验和教训启示我们：版本的鉴别，应有良好的学风和科学的方法。版本鉴别是一门学问，需要深厚的多方面的学养，需要客观严谨细致的态度。在方法上，如果仅仅局限于某一种方法，难以得出正确的结论。如依据用纸，造伪者有时染纸造蛀；依据序跋和牌记，有时序跋和牌记被篡改或者被挖掉；依据装帧形式，装帧形式也有时被改装；刻工姓名，也有照样翻刻的。鉴别版本要用科学的方法，同时要靠实践。不少著名的版本学家特别强调实践，强调"经眼"。看的古籍多了，积累的经验多了，自然就比较容易辨认了。同时要注意利用文献记载和考古史料，利用科技测试的成果，多方求证，运用多种方法，认真细密思考，综合辩正分析，最后才能得出正确的或接近正确的鉴别结论。有些版本暂时难以鉴别，不必匆忙作出结论，留待以后探寻充分的证据。

### 附：现当代新著古籍版本学要目

《版本通义》 钱基博著　北京古籍出版社 1957 年版

《图书版本学要略》 屈万里　昌彼得著　潘美月增订
台北"中国文化大学"出版部 1986 年版

《中国古籍版本概要》　施廷镛著　天津古籍出版社1987 年版

《版本学概论》　戴南海著　巴蜀书社 1989 年版

《古籍版本学概论》　严佐之著　华东师范大学出版社1989 年版

《古籍版本学概论》　李致忠著　书目文献出版社 1990年版

《校雠广义·版本编》　程千帆　徐有富著　齐鲁书社1991 年版

《中国古籍版本学》　曹之著　武汉大学出版社 1992年版

《古书版本常谈》（插图增订本）　毛春翔　上海古籍出版社 2002 年版

《中国版本文化丛书》　主编任继愈　江苏古籍出版社2002—2003 年出版①

《中国图书版本学》（修订版）　姚伯岳著　北京大学出版社 2004 年版

《中国版刻综录》　杨绳信编著　陕西人民出版社 1987年版

《版刻质疑》　瞿冕良著　齐鲁书社 1987 年版

《历代刻书考述》　李致忠著　巴蜀书社 1990 年版

《中国古籍版刻辞典》　瞿冕良著　齐鲁书社 1999 年版

---

①此丛书包括：《中国书源流》、《宋本》、《元本》、《明本》、《清刻本》、《少数民族古籍版本》、《稿本》、《佛经版本》、《家刻本》、《坊刻本》、《活字本》、《批校本》、《插图本》、《新文学版本》，共 14 本。

《唐宋时期的版刻印刷》　宿白著　文物出版社 1999 年版

《福建古代刻书》　谢永顺　李斑著　福建人民出版社 1997 年版

《苏州书坊刻书考》　叶瑞宝著　《江苏出版史》1992 年第 3 期

《徽州刻书与藏书》　刘尚恒著　广陵书社 2003 年版

《莞圃藏书题识》　[清]黄丕烈著　江阴缪氏民国己未年(1919)刊本

《书林清话》　[近代]叶德辉著　李庆西标校《叶德辉书话》(含《藏书十约》、《书林清话》)　浙江人民出版社 1998 年版

《古籍版本鉴定丛谈》　魏隐儒著　印刷工业出版社 1984 年版

《古书版本鉴定研究》　李清志　台湾文史哲出版社 1986 年版

《古书版本鉴定》　李致忠著　文物出版社 1997 年版

《唐宋蜀刻本简述》　顾廷龙　《四川图书馆学报》1979 年第 3 期

《宋版书叙录》　李致忠著　书目文献出版社 1994 年版

《明代版本图录初编》　潘承弼　顾廷龙编著　上海开明书店 20 世纪 40 年代出版①

《明代版刻综录》　杜信孚著　江苏广陵古籍刊行社 1983 年版

---

①顾廷龙 1941 年作序。

《古代小说版本漫话》　欧阳健著　辽宁教育出版社1992 年版

《关于古代小说版本学》　刘世德　载《文学遗产》编辑部编《〈文学遗产〉纪念文集》　文化艺术出版社 1998 年版

# 第二十二章　古代文学史料的整理与著录

　　古代的文学史料,有些在篇目和文字上有错误,需要校勘,有许多需要标点和注释,还有大量的史料是零星的、杂乱的。因此,我们对搜集和鉴别的史料,在使用之前,需要从不同的方面,用不同的科学的方法加以整理和著录。史料整理涉及的方面很多,其中特别重要的一是校勘,二是句读和标点,三是注释。另外,自古迄今,在史料的著录方面,也积累了一些方法。

## 第一节　校勘

　　校勘指的是校订和勘正古籍中篇目和文字中的错误。校勘又称"校雠"。"校雠"一词出自刘向《别录》:"一人读书,校其上下,得谬误,为校;一人持书,一人读书,若冤家相对,故曰雠也。"①

　　中国的古籍,在很长的时间内,是通过抄写得以流传的。抄写难免出现错误和任意妄改。古籍最早的形态是简编卷册,简绳容易损断,难免出现错乱。晚唐开始有了印刷技术以后,刻字和排版也会出现字误、脱文、衍文、倒文、重文、错乱等现象。有些本

---

① 引自[宋]李昉等编《太平御览》,中华书局 1960 年版,卷 618。

子,经过多次传抄和刻印,出现的错误会更多。清人王念孙在《读淮南子杂志序》中说,他校出《淮南子》讹误900多条,"推其致误之由,则传写讹脱者半,凭意妄改者亦半也"。我们在使用某些史料时,如果对史料中存在的上述错误,不予考查和改正,不仅会影响结论,而且还会以讹传讹。因此对史料进行校勘是不可忽视的。清代王鸣盛在其《十七史商榷》自序中论及校勘在读书中的重要意义时说:

　　　　尝谓好著书不如多读书,欲读书必先精校书,校之未精而遽读,恐读亦多误矣。

现代著名学者陈垣在《通鉴胡注表微·校勘篇》中也指出:

　　　　校勘为读史先务,日读误书而不知,未为善学也。

　　读书应当重视校勘,而研究也离不开校勘。研究应当力求依据史料的原貌。要得知史料的原貌,一个有效的方法,就是校勘。

　　顾颉刚曾结合自己考证作出了总结:

　　　　校勘、训诂是第一级,我们的考证事实是第二级。①

　　我国有重视校勘的优良传统。据《国语·鲁语下》记载,孔子的先祖正考父曾考核过《商颂》。西汉刘向在整理图书的同时,对许多图书作了校勘。东汉以后,历代官制中都有"校书郎"或"校理"。魏晋南北朝时期,杜预注《左传》、裴松之注《三国志》、刘孝标注《世说新语》等,都以多本参校,注明一些误字、异文、脱文和讳字等。颜之推《颜氏家训·书证》汇集有关文献及诗歌俗文的校勘训诂,指出了许多书中的错讹。唐代陆德明著《经典释文》,广搜异本,列举各家异读,严谨校勘,成就卓著。宋代周必大校刻《文苑英华》。彭叔夏校勘《文苑英华》,著《文苑英华辨证》,详举

---

①《古史辨》第四册《顾颉刚先生序》。

校雠方法,被清代校勘学者顾广圻称为"校雠之楷模"。清代许多学者十分重视校勘,出现了一大批著名的校勘专家,如顾炎武、惠栋、黄丕烈、戴震、卢文弨、顾广圻、王念孙、王引之、段玉裁、孙星衍、俞樾、孙诒让等。段玉裁的《说文解字注》、王念孙的《读书杂志》、王引之的《经义述闻》、阮元的《十三经校勘记》都是在校勘方面,名满学林的传世著作。近现代的王国维、陈垣、胡朴安等一批学者在校勘方面,也取得了许多重要的成果。从文学作品来看,许多古代重要的文学家的文集,都作了校勘,为我们的阅读和研究提供了很大的方便。

　　研究古代文学,应当善于利用前人校勘的成果,但前人的校勘也有校勘不当或疏漏之处,另外还有大量的古籍有待校勘。因此,校勘仍是我们要做的一项重要工作。前人经过长期的校勘实践,积累了许多经验,有的学者还把这些经验加以理论化、系统化,总结出一些原则和方法。在这方面,特别值得我们重视的是陈垣。他在《元典章校补释例》中,以沈刻《元典章》为史料,通过归纳和解释各类通例,阐述了校勘学的原则和方法。前人总结的一些原则和方法,值得我们珍重。就原则来说,主要有以下两方面:

　　一,正本清源,弄清古籍的原貌。这是校勘的目的,也是校勘的根本原则。为此,我们在校勘时,有两点必须坚持:一是应当尽力分清哪些是原稿原文,哪些是后来改动的;二是保持原貌,避免对古籍进行任何的修改。校勘的最大忌讳是修改原书。保持史料的原貌,不仅给今人提供了真实的史料,同时也是为了后人继续研究和使用。

　　二,"实事是正,多闻阙疑"。这是宋代彭叔夏在《文苑英华辨证》自序中引"太师益公"所言,意思是在校勘中发现古籍在流传的本子中有讹误，如有确凿证据，可以据以改正，如果没有，应当阙疑，不能主观臆断，轻易改字。清代戴震在《戴东原集》卷9《与姚姬传书》中，主张校勘定论应有"十分之见"。他解释说：

> 所谓十分之见，必征之古而靡不条贯，合诸道而不留余议，巨细必究，本末兼察。若夫依于传闻以拟其是，择以众说以裁其优，出于空言以定其论，据以孤证以信其通……皆未至十分之见也。以此治经，失不知为不知之意，而徒增一惑，以滋识者之辨也。

戴震讲的虽然是治经，但他强调校勘应有多方面的见证，不能依据"传闻"、"众说"、"空言"和"孤证"。如果没有充足的证据而妄予改动，只能制造疑惑，增加讹误。这一点，已成为校勘学上的共识。《四库全书总目》卷135《太平御览》条云："古书义奥，文句与后世多殊，阙疑犹愈于妄改也。"又卷186《六臣注文选》条云："不改旧文，即是善本。"言"不改旧文，即是善本"，有些偏颇，但其用意是警示我们校勘应当谨慎，切忌妄改。陈寅恪为刘文典《庄子补正》所作序说：

> 先生之作，可谓天下之至慎矣。其著书之例，虽能确证其有所脱，然无书本可依者，则不之补；虽能确证有所误，然不详其所以致误之由也，亦不之正；……先生此书之刊布，盖将一匡当世之学风，而示人以准则，岂仅供治《庄子》者之所必读而已哉！①

陈寅恪之所以称颂刘文典的《庄子补正》"为天下之至慎"之作，是因其校勘不轻易改动旧文，同时把这种做法提高到"学风"的高度，并把它作为一种"准则"。他的话，我们应当铭记，并努力践行之。

①载《刘文典全集》第二册，安徽大学出版社、云南大学出版社1999年版。

　　我们在校勘时,往往会遇到一些能够讲得通的异文。曹植《与杨德祖书》中"刘生之辩,未若田氏。今之仲连,求之不难"下面的一句,李善注《文选》卷42作"可无息乎"。注:"息,止也。"意为刘生(修)应当停止诋诃之辩。而六臣注《文选》卷42作"可无叹息乎"。李周翰注:"刘季绪(刘修)诋诃之辩且不如田巴,今之谈如仲连才过季绪者,求之不难,岂可不叹息此辩哉!"对这类可以讲得通的异文,在没有确切的根据时,应当并存。

　　关于校勘的方法,许多学者倡导的是下面的四种:

　　一,对校法,也称"互校法"。指的是同一书,用其各种版本互校。对校应当尽量寻找和使用原本、古本,搞清楚版本的源流。如《老子》通行本是王弼著本和河上公注本,20世纪70年代汉墓出土帛书《老子》甲、乙本,比通行本早,可以用来互校。如通行本第31章"夫佳兵者,不祥之器"。王念孙考证"佳"应是"隹"。帛书本无"佳"字。据此可以证明通行本中的"佳"字是衍文。又如《旧唐书》卷190下《李白传》中有一段文字,明代嘉靖年间闻人诠刻本作:

　　　　天宝初,客游会稽,与道士吴筠隐于剡中。既嗜酒,日与饮徒醉于酒肆。

　　南宋绍兴两浙东路茶盐司刻本作:

　　　　天宝初,客游会稽,与道士吴筠隐于剡中。既而玄宗召筠赴京师,筠荐之于朝。遣使召之,与筠俱待诏翰林。白既嗜酒,日与饮徒醉于酒肆。

　　张元济用宋本校明闻人诠本,发现闻人诠本脱26字。这26字涉及李白生平中的重要事实。如不互校,就难以发现有脱文①。

────────────

①引自杜泽逊《文献学概要》,中华书局2001年版,第179页。关于李白的上面一段文字,中华书局校点本《旧唐书》卷190下《李白传》同宋本。

二,内校法,又称本校法,主要是根据同一书中的前后文字互相参证,比较异同,纠误求正。如《离骚》下面两句:"乃年岁之为晏兮,时亦犹其未央。"闻一多《离骚校补》:"按:'犹其'二字当互乙。上文'虽九死其犹未悔'、'唯昭质其犹未亏'、'览余初其犹未悔'、'览察草木兮其犹未得兮',并作'其犹未'可证。王注曰:'然年时亦尚未尽。'正以'尚未'释'犹未',是王本未倒。"①闻一多详举《离骚》中四个语法一致的句子,又举王逸注,证明"犹其未"应为"其犹未",内证充分,令人信服。

三,他校法,又称参校法,陈垣《元典章校补释例·校法四例》说:

> 他校法者,以他书校本书。凡其书有采自前人者,可以前人书校之。有为后人所引用者,可以后人之书校之。其史料有为同时之书所并载者,可以同时之书校之。此等校法范围较广,用力较劳,而有时非此不能证明其讹误。

他校也是一种对校。不过通常不是全书对校,而是片段对校。在实践上,经常依据的是有关传注节录的篇章和类书所摘引的词句。如《战国策·赵策四·赵太后新用事章》有"左师触詟愿见太后"一句。王念孙《读书杂志》指出:"触詟"二字应为"触龙言"三字。证据是:1.《史记·赵世家》作"左师触龙言"。2.《太平御览·人事部》引此策作"左师触龙言"。3.《汉书·古今人表》有"左师触龙"。姚宏注云:"一本无言字。"说明姚宏所用本原有言字。4.《荀子·议兵篇》注曰:"《战国策》,赵有左师触龙。"王念孙所引证据充分,可以认定"触詟"二字应为"触龙言"三字。1973年长沙马王堆出土的帛书《战国纵横家书》中有此篇,作"触龙言",

---

①《闻一多全集》,北京三联书店1982年版,第二册,第371页。

不作"触詟",证明了王念孙之说是正确的①。

四,理校法。所谓理校法,是依据著述的思想、思路、理论逻辑、所用的语言文字等来进行校勘,定其是非。陈垣在《校勘学释例》中说:

> 段玉裁曰:"校书之难,非照本改字不讹不漏之难,定其是非之难。"所谓理校法也。遇无古本可据,或数本互异,而无所适从之时,则须用此法。此法须通识为之,否则卤莽灭裂,以不误为误,而纠纷愈甚矣,故最高妙者此法,最危险者亦此法。

就某些文学作品来说,校勘古文还可参用文理,校勘诗词还可参用格律、用典等。

上面我们分别简介了四种一般的校勘方法。实际上,校勘并不限于上述四种方法。在校勘实践中,我们应从校勘的对象出发,注意综合使用多学科的知识,用多种方法,注意多找证据,多比较,多分析。这是校勘的关键。沈文倬倡导"广校勘学","提出综合运用考据学、考古学、古器物学、训诂学、文字音韵学、辨伪学等学科知识,'勘同辨异',辨别伪真,订正古籍内容"。"广校勘学""弥补了近代仅以校勘文字谬误为目的的不足"②。沈氏倡导的"广校勘学"值得我们重视。举一个例子,如果我们要校勘李白的诗歌,首先要搜集可靠的最早的敦煌唐抄本、唐人选唐诗本,再搜集宋、元、明、清大量的各种版本以及日本保存的古抄本等。但这还不够,还要注意利用唐人史书、小说、笔记等著述以及有关文物等史料,还要参用李白诗歌的艺术特点。只要我们不囿于单一

---

① 参阅杜泽逊《文献学概要》,中华书局 2001 年版,第 182 页。
② 叶抒、叶苗《沈文倬:为往圣继绝学》,《光明日报》2008 年 4 月 9 日第 12 版。

的史料和单一的方法,注意综合地运用多种史料和多种方法,就能逐渐探寻出李白诗的原貌。

校勘是一种学术工作。它不仅需要审慎的态度、严谨的学风,同时还要有广博深厚的学识。我们校勘古籍,应当在借鉴前人成果的基础上,多方求证,综合辩证分析,力争得出正确的结论,避免误校,以误读者。

## 附:校勘学著作要目

《颜氏家训·书证》　[北齐]颜之推著　王利器集解(增订本)　中华书局1993年版

《通志·校雠略》　[宋]郑樵撰　中华书局1995年版

《读书杂志》　[清]王念孙著　清刻本

《古书疑义举例》　[清]俞樾著　清刻本

《中国古代史籍校读法》　张舜徽著　中华书局上海编辑所1962年版

《广校雠略》(增订本)　张舜徽著　中华书局1963年版

《古书校读法》　胡朴安著　江苏古籍出版社1985年版

《校雠学史》　蒋元卿著　黄山书社1985年版

《校勘述略》　王云海　裴汝诚著　河南大学出版社1988年版

《校勘学》　管锡华著　安徽教育出版社1991年版

《校勘学释例》　陈垣著　上海书店出版社1997年版

《校雠广义·校勘编》　程千帆　徐有富著　齐鲁书社1998年版

《校勘学大纲》(第二版)　倪其心著　北京大学出版社

2004 年版①

　　《校勘学概论》　张涌泉　傅杰著　江苏教育出版社2007 年版

　　《应用校勘学》　林艾园著　华东师范大学出版社 2008年版

　　《古代小说校雠释例》　程毅中　载其著《古籍整理浅谈》　北京燕山出版社 2001 年版

　　《唐代笔记小说的校雠问题》　周勋初　载其著《唐人笔记小说考索》　江苏古籍出版社 1996 年版

# 第二节　句读和标点

　　宋代欧阳修在《读书诗》中,第七句言"篇章异句读"。对古籍进行句读和标点,对史料进行句读和标点,是整理史料的重要组成部分。有些学者甚至强调说:"标点是整理古籍的第一关。"②

　　句读一词最早见于东汉何休的《春秋公羊经传解诂序》,后来有时又称作句投、句逗、句豆、句度、句断、断句、点句。句读是我国古代读书用来断句的方法。古人读书时,在一句话语气完了的地方,在字的旁边加一"○",称作句;在语气未绝而需要停顿的地方,在字的下边加一"、",称作读。合起来,叫作句读,有时又称圈点。

　　根据考古发掘的史料证实,我国先秦以来留下的甲骨文、金

---

①关于校勘学的其他论著,可参阅《七十年代末以来大陆校勘学研究综述》,管锡华,载吴明显主编《文学文献学研究》,北京商务印书馆 2005 年版。

②参阅吕叔湘《整理古籍的第一关》,《出版工作》1983 年第 4 期。

文、简帛文字和抄刻的纸质文字中,从少到多,已经发明和使用了
不少句读符号。据管锡华的研究,我国"在三千多年的漫长历史
过程中,汉语的标点符号已发展成了一个种类多、用法全的体系。
从形体而言有线、框、圈、点、复合及不规则者六大类"。据其具体
列举的六类加以统计,共有 49 种。"以上所举皆为规范或比较规
范的形体,若再加上各种号的变体、花饰体在内,就比所列要多好
几倍"①。在古代的诸多标点符号中,使用最广、延续时间最长的
是句和读。早期使用句读,不太规范,句和读的区别并不太明显。
自唐代开始,二者的功用逐渐有了区别。

　　"标点"一词,始见于南宋。《宋史》卷 438《何基传》说何基:
"凡所读无不加标点,义显意明,有不待论说而自见者。"《宋史》所
说的"标点",其含义同于句读。宋代比较重视句读。馆阁校书刻
书,有句读,符号相当统一。据《九经三传沿革例》记载,受馆阁校
书刻书的影响,宋代的建本,"从旁加圈点,开卷了然,于学者称
便"。另外,"蜀中字本、兴国本并点注文"。明代嘉靖以后,刻书
有时加圈点,有的还在人名右边加"＿＿＿"号,在地名右边加"□"
号。明代的圈点,除起句读的作用外,有些具有评点的意义②。
约在清代,著述和刻书开始用句读。如高邮王念孙父子的家印本
《广雅疏证》、《经传释词》都加以句读。

　　现在我们通常所说的标点,指的是新式标点。它是在"五四"
运动以后,在我国古代长期发明和使用的丰富的标点的基础上,
吸纳了部分西方的标点,加以变通、规范,逐渐完善的。新式标点
与古代的句读相比,规范,细致,精确,清楚,并且能表达出语气和

①管锡华《中国古代标点符号发展史》,巴蜀书社 2002 年版,第 336 页。
②参阅黄永年《古籍整理概论》,上海古籍出版社 2001 年版,第 108—109 页。

感情色彩。因此,"五四"运动以后,人们对古书的标点,很少沿袭使用古代的句读,而是使用新式的标点。

用新式标点来标点古籍之所以重要,是由现存古籍的实际情况所决定的。我国古代虽然很早就发明了并使用句读,但由于著述者不太考虑当时文化水平较低的读者,也没有顾及为时过境迁的读者提供方便,或者为了简省,对句读并不重视,写作时几乎不加句读,对古籍加以句读的也很少,而且多限于经书。这从元代黄公绍《韵会举要》中的下面的一段言论可以证实:"凡经书成文语绝处,谓之句。语未绝而点分之,以便诵咏谓之读。"经书之外,大量的是没有句读。从已经句读的古籍看,有些并不准确。没有句读的或者句读有误的古籍,都直接地阻碍了人们对古籍的阅读和使用。标点正确的古籍,可以使其义显意明,含混之处可以分清,纠缠之处可以决断,便于读者阅读,能避免耗去许多时间和精力。这一点,中国古代时有述及。《礼记·学记》载:

> 比年入学,中年考校,一年视离经辨志。

郑玄注:"离经,断句绝也;辨志,谓别其心意所趋向也。"孔颖达疏:"学者初入学一年,乡遂大夫于年终之时考视其业。离经,谓离析经理,使章句断绝也。"从郑玄和孔颖达对"离经"的注疏来推断,早在先秦时期,就开始重视句读了。到了唐代,韩愈在《师说》中说:

> 句读之不知,惑之不解,或师焉,或否焉,小学而大遗,吾未见其明也。

韩愈特别强调了句读在读书中的重要。一般的阅读古籍,需要知句读,至于想研究古籍,更是离不开句读。顾炎武《日知录》卷引"大明一统志"条说:

> 句读之不通,而欲从事于《九丘》之书,真可谓千载笑

端矣。

顾炎武讲的虽然是读古代《九丘》之类的地理书，其实读其他的古书何尝不是如此！

我国的各种古籍，都是古代的产物，即使近代的书籍，到现在也约有一个世纪了。当时的社会状况、典章制度、名物、语言、风俗以及文体等，同今天相比，都有不同程度的差别，其中有许多不易为今人所认知。就文学史料而言，种类既多，各有不同。涉及社会、经济、政治、文化、天文、地理等方方面面，包罗万象，无所不及。由于上述原因，所以从古至今，一些文人和学者在强调句读和标点的重要时，还经常提醒我们：标点古籍诚非易事。何休《春秋公羊经传解诂序》说：

> 讲诵师言，至于百万，犹有不解，时加酿嘲辞，援引他经，失其句读，以无为有，甚可闵笑者，不可胜记也。

鲁迅在《花边文学·点句的难》一文中指出：

> 标点古文真是一种试金石，只消几点几圈，就把真颜色显出来了。

鲁迅在《且介亭杂文二集·"题未定"草（六）》中又指出：

> 标点古文，不但使应试的学生为难，也往往害得有名的学者出丑。

上引何休和鲁迅的言论，并不是泛泛而谈，都是有一定的事实为依据的。句读之不易，由此可以推知。

"知难而不难"，为了克服标点古籍的种种困难，做到能正确地标点，许多学者基于古今句读和标点的实践，总结了一些经验和教训，特别强调从事古籍的标点者，至少应当注意以下三点：

一是积累提高自己的学识水平。前面曾经提到，古代的典籍涉及方方面面，与此相关的是，标点古籍自然需要相当广博的学识。这就要求标点者应具备广博深厚的学识。唐代李匡乂《资暇录》卷上说："学识何如观点书。"可见，自古以来，人们就认为标点古籍需要相当的学识。概括起来，主要是古汉语方面的学识、历史方面的学识和相关的专业学识。

古籍使用的语言主要是古汉语。古汉语包括字的形、音、义，词性、词义，句型、句义，语法，语气，篇章结构等多方面的内容。要想正确地标点古籍，应当具有相当高的古汉语学识。实践证明，许多正确的标点，都是由于具有和正确地运用了古汉语方面的知识。与此相反，由于缺乏这方面深厚的学识，结果导致了许多错误，如：

《世说新语·德行》"吴道助"一条，1983年中华书局出版的余嘉锡《世说新语笺疏》和1993年上海古籍出版社出版的修订本的标点，均是：

> 吴道助、附子兄弟，居在丹阳郡。后遭母童夫人艰，朝夕哭临。及思至，宾客吊省，号踊哀绝，路人为之落泪。韩康伯时为丹阳尹，母殷在郡，每闻二吴之哭，辄为悽恻。语康伯曰："汝若为选官，当好料理此人。"康伯亦甚相知。韩后果为吏部尚书。大吴不免哀制，小吴遂大贵达。

据许征的审读，上述的标点，两处有误。一是联系上下文义，"后"字应属上。二是"及思至"的标点。《笺疏》引李慈铭云："按'思至'二字有误，各本皆同。……疑此'思至'二字，当做'周忌'，思、周，形近；至、忌，声近。"其实，"思至"并不误。其所以认为二字误，是因为不知"思"在古代有"悲伤"的意思，"至"字的意思是"（甚至）到了……的程度"。因此"及思至"前后几句应标点为："朝夕哭临，及思，至宾客吊省……"这样标点，"朝夕哭临"以下的意思是："早晚都要哭着举行哀悼仪式，至于说到悲伤，甚至到了宾客吊省之时，号哭顿足……"

　　上面举的例子，之所以出现错误，主要是没有全面弄清文义，对"思"、"至"有多种义项，未及全面掌握。余嘉锡是我国现代的著名学者，在语言文字等方面，都有很高的造诣。像他这样的著名学者在标点时，还难以避免出现错误。至于一般的标点者的标点，往往会出现更多的错误。由此可知，有相当高的古汉语学识，不断地提高古汉语方面的学识水平，是标点古籍应当具备的一个重要前提。

　　前面曾经提到，包括文学史料在内的各种古籍，内容和形态十分繁复。涉及了历史的方方面面。因此，要想正确地标点古籍，必须有丰厚的历史知识。标点的实践说明，如果在这方面没有厚实的积累，在标点时就会产生一些错误。这方面的例证很多。中华书局点校本《汉书》卷54《苏武传》有下面一段：

　　　　后陵复至北海上，语武："区脱捕得云中牲口，言太守以下吏民皆白服，曰上崩。"武闻之，南向号哭，呕血，旦夕临。数月，昭帝即位。数年，匈奴与汉和亲。

　　据《汉书》，武帝死后的第二天，昭帝即位。上面的引文，点作"数月，昭帝即位"，误。当点作："……旦夕临数月。昭帝即位数年，匈奴与汉和亲。"上引标点之所以出现错误，是因为不谙史实①。

　　中华书局1973年点校本《梁书》卷33《王筠传》下面一段：

　　　　筠自撰其文章，以一官为一集，自洗马、中书、中庶子、吏部、左佐、临海、太府各十卷，《尚书》三十卷，凡一百卷，行于世。

------

① 此例引自刘琳、吴洪泽《古籍整理学》，四川大学出版社2003年版，第79页。

"《尚书》三十卷"一句之所以作上引这样的标点,是因为点校者把"尚书"作为书名。其实,这里的"尚书"是官名"度支尚书"的简称,不应当加书名号。据《梁书·王筠传》,王筠曾任度支尚书。所谓"尚书三十卷",本意是他把自己任度支尚书时所写的文章编为一集三十卷。很清楚,上面引的例子,如果点校者知道王筠曾任度支尚书,同时细读上下文,就不会把官名误为书名了。

在我国的古籍中,有许多具有专科的性质。标点这一类古籍,还需要具有相当厚实的专科知识。标点佛教古籍,需要具有佛教方面的知识;古代文学史料中的诗、赋、词、曲等韵文,有韵脚,有些有格律。其中有的比较复杂。要标点这一类史料,需要掌握有关音韵和格律方面的知识。如果不具备相关的专科知识,就容易出现错误。下面举两个例子:

上海古籍出版社1987年出版的《梦溪笔谈校证》卷24有下面一段:

> 天竺以刹利、婆罗门二姓为贵种;自余皆为庶姓,如毗舍、首陀是也;其下又有贫四姓,如工、巧、纯、陀是也。

对于上面的标点,季羡林纠正说:古代印度没有工、巧、纯、陀这四个贫四姓。所谓"工巧",又称"工师",是古代印度的手工业工人。至于纯陀,则是一个人名。《大般涅槃经》卷中:"彼城之中,有工巧子,名曰淳陀。"淳陀就是纯陀。标点应作:"其下又有贫四姓,如工巧纯陀是也。"这是由于缺乏佛教知识而导致误标的例子①。

---

① 季羡林《对于〈梦溪笔谈校证〉的一点补正》,原载《古籍整理出版情况简报》第145期。转引自刘琳、吴洪泽《古籍整理学》,四川大学出版社2003年版,第83页。

上海文艺出版社 1982 年出版的《中国十大古典悲剧集》中的第七种《清忠谱》的第五折〔一江风〕，标作：

滔滔怒浪，生生是英英伍相灵。

上面引文在"浪"字断句，是错误的。原刻本"生"字下有一个重文符号，表示叠句，不是表示叠一个字。按律，"滔滔怒浪生"，例用叠句，"生"字协韵。所以上面的一段，应标作："滔滔怒浪生，滔滔怒浪生，是英英伍相灵。"①看来，要正确地标点各种韵文，一个重要的条件是，必须在音韵格律方面有广博的知识。

以上主要从三个方面论述了提高学识水平对于标点古籍的重要意义。实际上，要正确地标点古籍所需要的学识，远远不止这些。单就这三方面而言，彼此也是相互交叉的，古汉语、历史知识和专科知识，常常是你中有我，我中有你。选择这三方面，分别予以论列，只是为了便于说明。根本的问题，在于多读书，努力掌握广博的知识，多思考。否则，很难做好标点古籍这一工作。

二是要具有严谨的学风。从古今标点古籍的实践来看，学识水平固然是前提，但对标点古籍的认识和严谨的学风也是十分重要的。谈到标点古籍，有的人对它并没有深切的了解，没有把它看成是学问，认为只是对古籍的一般的断句，属于普通的技术工作，够不上学术研究。因此常常轻视古籍标点工作。这突出地反映在轻视标点古籍的成果上。轻视古籍的标点，不能公正地评价标点古籍的成果，又进一步促使一些人越发小看它，草率行事，滥点、乱标。有的急功近利，为了多出成果，赶时间，抢出版，致使出

————————

① 此据徐沁君《〈清忠谱〉整理本校点的失误》，原载《古籍整理出版情况简报》第 154 期，收入《古籍点校疑误汇录》四，国务院古籍整理出版规划小组编，中华书局 1990 年版。

版的标点本，出现了不应有的错误。有的缺乏严谨的学风，不想付出艰苦的劳动。如果我们仔细分析一下一些失误的标点，不难发现，本来有些问题，只要谨慎对待，勤于思考，或者查阅相关的工具书①，可以标得正确，但由于不认真，图省事，结果出现了一些常识性的错误。古籍中有些难点，暂时解决不了，应当搁置，不必勉强标点，让后人来解决。可是有些标点者，遇到这种情况，随意标点，甚至改动原文，结果标错了。错误的标点，会给读者带来很大的害处。在一般读者的心目中，都比较相信经过标点的古籍，往往不太注意推敲，结果使错误的标点常常会流传很久。因此，正确地认识标点古籍，端正学风，是作好标点古籍的重要保证。

重视标点古籍，以严谨的学风做好这项工作，是一个能不能正确地对待古代的文化遗产的大问题。这一工作做好了，不止有助于当代国内外的人们能够方便地、正确地阅读、理解和使用古籍，而且也是一项嘉惠后代的工作。正确地标点古籍，有助于我们的后代能够方便地持续继承古代的优秀的文化遗产。

三是应正确地使用标点。我们标点古籍，不能满足于一般的句读，还应当注意正确、规范地使用新式的标点。这是标点古籍的一个不容忽视的重要环节。1951年9月，国家出版总署公布了《标点符号用法》。同年10月，政务院下达指示，要全国遵照执

---

① 关于工具书，除《汉语大字典》、《汉语大词典》、《辞海》等通用性的外，还有许多专科的，如有关诗、词、曲、小说、变文的，即有：张相的《诗词曲语辞汇释》，陆澹安的《戏曲词语汇释》、《小说词语汇释》，田宗尧的《中国古典小说用语辞典》，蒋礼鸿的《敦煌变文字义通释》，张忠纲主编的《全唐诗大辞典》等。

行。依据《标点符号用法》，结合古籍的点校实际，中华书局曾拟定了《古籍点校通例》（初稿），1983 年 10 月发表在《古籍整理出版情况简报》第 112 期上。1990 年 3 月，国家语言文字工作委员会、中华人民共和国新闻出版署修订发布《标点符号用法》，4 月 19 日《光明日报》全文发表。经过国家的几次修订，现在的标点符号，能够满足标点古籍的需要。关键在于我们要熟悉它们，正确地使用它们。

现在国家公布的标点符号，每一个都有特殊的意义和作用，具有科学的法则的性质。如：句号（。）是表示一个陈述句子的语意已断，应当停顿。逗号（，）是表示句子中较小的停顿，表示句意未完，前后紧密相连。如果使用这两个标点不细心，很容易出现错误。具体表现是：该用句号的地方，用了逗号；该用逗号的地方又用了句号。其结果是搅乱了原文所表达的意思，或者使整个句子不可理解，或者误解了原文，贻误读者。下面举的例子，就属于这种情况：

中华书局 1965 年出版的《后汉书》卷 83《逸民列传·高凤传》，李贤注引沈约《宋书》曰：

> 范泰字伯伦。祖汪。父宁，宋高祖受命，拜金紫光禄大夫，加散骑长侍，领国子祭酒，多所陈谏。泰博览篇籍，好为文章，……

标点者在"范泰字伯伦"、"祖汪"后分别用句号绝句，而在"父宁"后用逗号，下接"宋高祖受命，拜金紫光禄大夫"等句。这样标点，读者会以为"宋高祖受命"等宦历是范泰之父范宁。史实是范宁一生只出任过几处的太守，并没有"拜金紫光禄大夫"等官职。而据《宋书》卷 60《范泰传》，"拜金紫光禄大夫，加散骑长侍，领国子祭酒"等，是范泰本人。因此，"父宁"后面的逗号，应改作句号①。上面所举是当用句号而误用逗号的例子。

中华书局出版的杨伯峻编著的《论语译注·学而》中的第 12 则,标点作:

> 有子曰:"礼之用,和为贵。先王之道,斯为美;小大由之。有所不行,知和而和,不以礼节之,亦不可行也。"

"小大由之"后的句号应改作逗号,"有所不行"后的逗号,应改作句号。"小大由之,有所不行"中的"之",指代的是"和",是说小事大事都以和睦为目的,有时就行不通②。上引"小大由之"后面用句号,属于当用逗号而误用句号的例子。

我们强调,标点古籍应当用规定的新式标点符号。这是就大的方面而言。在具体使用时,由于古文往往具有一些特殊性,新式标点符号现在的某些具体用法,并不完全适用于古籍。张仓礼、陈光前在《古文断句与标点》一书中指出,标点古籍时,"不能简单搬用在现代汉语中使用标点符号的经验,应该参阅已经出版的一些古文献的标点本,研究些通行的标点古籍的方法。对于一些不适用于古籍之中的标点,和在标点古籍的时候用法特殊的符号,一定要格外注意"。书中还"列出了不宜用于标点古书的标点符号有:省略号(……)、着重号(·)、曳引号(~)、隐讳号(×)、连接号(—)、音界号(·),共六种;标点古书不采用的一些在现代汉语里常常见到的标点符号有:1. 在括号中夹问号或感叹号(?)

---

①此据金小春《〈后汉书〉校点补正》,原载《浙江师范大学学报》1986 年第 4 期。收入国务院古籍整理出版规划小组编《古籍点校疑误汇录》四,中华书局 1990 年版。

②此据张松辉《读〈论语译注〉札记》,原载《齐鲁学刊》1986 年第 2 期,收入国务院古籍整理出版规划小组编《古籍点校疑误汇录》四,中华书局 1990 年版。

（！），2.‘？’和‘！’常常用于文章的标题中，或者书名中，标点古书则不可用。3. 现代作品中常见的‘！？’、‘！！’、‘！！！’的用法，标点古书不能采用，共三种”①。

另外，标点的形体比文字小，应当特别注意书写清楚。

标点古籍，依靠的是学问，有很强的学术性。同时它又具有实践性。人们在长期的标点实践中，逐渐总结了一些方法。重要的有下面三点：

一、校勘、标点、注释相结合。校勘、标点和注释是整理史料的三个重要方面。彼此之间，虽有区别，但关联密切。整理史料，一般都离不开校勘。不过校勘有时不一定要标点。但标点时必须先校勘。现存的各种史料中，常常有这样那样的错误，如果不先校勘，往往难以标点。如果勉强标点，会以讹传讹。如广西人民出版社 1980 年出版近代文康的《儿女英雄传》（《侠女奇缘》本）中下面的一段，标作：

> 那和尚生得浓眉大眼，赤红脸，糟鼻子，一嘴巴硬楚楚胡子，腿儿脖子上带着两三道血口子，看那样子像是抓伤的一般。

据隋文昭的辨析：依“聚珍”本，“腿”系“查”之误。“查”乃“茬”之借字。“胡子茬儿”是胡子剃去后新长出的短髭。应当在“茬儿”下逗②。而像上面的引文那样的标点，显然不合乎情理。

由于古籍中的讹误造成标点错误的例证很多，因此我们在标

---

① 《古文断句与标点》，吉林文史出版社 1986 年版。转引自管锡华《中国古代标点符号发展史》，巴蜀书社 2002 年版，第 372—374 页。

② 隋文昭《〈儿女英雄传〉标点辨误》，原载《天津师大学报》1986 年第 5 期，收入国务院古籍整理出版规划小组编《古籍点校疑误汇录》四，中华书局1990 年版。

点之前，应当努力搜集各种版本，先校后点。

上面曾经论及，正确地读通原文是准确标点的前提，而要正确地读通原文，离不开注释。不注释，弄不通文意，难以标点。如果勉强标点，也难免出现错误。

清代以来的古籍整理，有的重在校勘，有的重在标点，有的重在注释。更多是取校勘、标点和注释相结合的做法。我们应当继承这一做法。即使单做某一方面的工作，也离不开三者的结合。

二、先易后难。标点古籍，先把能断开的地方断开。对于一些难点，可以暂时搁置起来，待以后继续读书、思考或采用其他方法，逐渐加以解决。如果确实解决不了，不必勉强标点，可以用"不详"、"待考"之类的词语加以注明。

三、先通读全书。一种古书，篇与篇之间，篇与章之间，章与章之间，章与句之间，句与句之间，彼此前后常常有紧密的联系。开始时，如果孤立地去标点某一句，或某一部分，会遇到很多困难。为了解决这方面的困难，一些学者认为，最好先通读全书，对全书有一个大体的了解。刘叶秋在《略谈古籍的标点》一文中指出，标点古籍，"除去大部头的总集、类书等等而外，最好都先通读全书，初步了解其思想内容和文字风格，然后逐段细看，谨慎动笔。一上来，就连看带点，最易出错。因为未见下文，即点上句，不知此节所说何事，往往发生误解"①。

我国的句读和标点有悠久的历史，世世代代积累了丰厚的学识，加上标点符号比较完备，有了这两条，只要我们坚守严谨的学风，基本上可以正确地标点各种古籍。不过这是就总体而言。实

---

① 原载《许昌师专学报》1986年第1期，收入国务院古籍整理出版规划小组编《古籍点校疑误汇录》四，中华书局1990年版。

际上,标点古籍,特别是标点文学史料,还有一些比较复杂的问题,值得我们特别注意。

一般都认为,标点古籍应依据文意。其实,这一点只是大体上适宜于散文。说大体上适宜于散文,是因为有时散文的标点,除了基于文义外,也关乎音节。陈望道曾举《孟子·梁惠王章》中下面的一段,并加以分析说:

> 未有仁,而遗其亲者也;未有义,而后其君者也。

> 照意义,"仁"字下和"义"字下都不应有标点;而实际上教书的人,差不多都如上文,在"仁"字下和"义"字下都加上标点。这就为了便于读时的呼吸,读起来较为顺溜又较为有力的缘故。①

至于对诗、词、曲之类的韵文的标点,不能完全依据文意的情况更多。诗、词、曲等韵文讲格律,同散文相比,有不同的标点方法。关于诗歌的标点的特殊,黄侃和陆宗达都有确当的阐释。黄侃在《文心雕龙札记·章句》中有一段"论句读有系于音节与系于文义之异":

> 文章与语言本同一物,语言而以吟咏出之,则为诗歌。凡人语言声度不得过长,过长则不便于喉吻,虽词义未完,而辞气不妨稽止,验之恒习,固有然矣。文以载言,故文中句读,亦有时据辞气之便而为节奏,不尽关于文义。至于诗歌,则句度齐同,又本无甚长之句……世人或拘执文法,强作分析,以为意具而后成句,意不具则为读,不悟诗之分句,则取声气可稽,不问义完与否,如《关雎》首章四句,以文法格之,但两句耳,关关雎鸠、窈窕淑女,但当为读,盖必合下句而义

---

① 陈望道《修辞学发凡》,新文艺出版社1954年版,第230—231页。

始完也。今则专家并称为句,故知诗之句徒以声气分析之也。①

这里,黄侃以诗歌为例分析了句读有依据音节与依据文义的不同。陆宗达从文意的句读和音律的句读有区别的角度,指出了标点诗歌不同于标点散文:

> 诗歌本是一种歌唱的语言,必须"声依咏,律合声"才便于歌唱,因而《诗经》多以四字为句,节奏整齐,这样一来,歌唱中的节奏就不尽合于文意。有时意义未完,音节不妨暂时停止。因此,分析句读,诗歌和散文是有所不同的。研究诗歌的句读,必须认识音律和意义两种不同性质的句读。既不能迁就声律去解释诗意,也不能专靠诗意去分析句读,否则就会产生错误。②

黄氏和陆氏有关标点诗歌的论述,基本上也适用于词和曲的标点。

我国古籍的标点,经由世世代代许多学者的辛勤劳动,取得了丰硕的成果。但仍有大量的还未及标点。就已经标点的古籍来看,有些即使出自著名的文人学者之手,也存有某些疑误,有待纠正和讨论。因此,标点古籍的任务,相当繁重,有些也相当困难。我们应当克服轻视标点古籍的错误倾向,端正学风,提高学识,沉潜工作,适应时代的要求,继续做好这一工作。

---

① 黄侃《文心雕龙札记》,中华书局上海编辑所编辑,中华书局 1962 年版,第130—131 页。
② 陆宗达《训诂简论》,北京出版社 1983 年版,《二、训诂的内容》。

## 附：当代句读标点著述要目

《中国古代标点符号发展史》　管锡华著　巴蜀书社 2002 年版

《怎样标点古书》　管敏义著　书目文献出版社 1985 年版

《古文断句与标点》　张仓礼　陈光前著　吉林文史出版社 1986 年版

《标点古书评议》　吕叔湘著　北京商务印书馆 1988 年版

《古书句读释例》　杨树达著　中华书局 2003 年版

《〈资治通鉴〉标点斠例》　吕叔湘　收入《吕叔湘语文论集》　北京商务印书馆 1983 年版

《古文标点例说》　阙勋吾著　河南人民出版社 1985 年版

《古籍点校疑误汇录》（一）　国务院古籍整理出版规划小组编印　1984 年

《古籍点校疑误汇录》（二、三、四、五）　国务院古籍整理出版规划小组编　中华书局于 1985、1989、1990、1990 年分别出版

《古文标点例析》　王迈著　语文出版社 1992 年版

# 第三节　注释

这里所说的注释，指的是对文学史料从多方面加以解释，以便阅读和研究。

　　文学史料是一定时代的产物。由于时代的推延和变革,后代对前代的文学史料中的字词语义、史实,蕴涵的思想、情趣等,有许多地方不了解。时间越长,不了解的地方越多。拿字词语义来说,前代和后代,自然有继承的一面,但也有许多不同。同样一个词语,因为长期的历史积淀,往往具有多重含义,有不少词语的含义常常处在不断地变化当中。这些变化在一定程度上反映了社会的变革和文化的差异。为了解决这类问题,我国自先秦开始就重视史料的注释,做了一些注释工作。不过从现存史料的总体来看,有注释的只是一小部分,大量的还没有来得及注释。即使注释过的,其中有一些今人不一定能理解,其中还有不少存有这样或那样的错误和欠缺,加上时代的发展,人们需求的变化,旧有的注释并不能完全满足今天的需要。因此,注释文学史料是整理史料的一个重要方面。

　　从现有的文字记载来看,我国至晚在春秋战国时期,就注意了史料的注释。春秋末,孔子以《诗》、《书》等教授学生,就有训释。当时主要是“口耳相传”,后来逐渐有人“著之竹帛”。春秋战国之后,人们对注释由自发日趋自觉,更加重视,前后承续,代有创新,一直发展到今天。自古迄今,在漫长的注释历程中,渐渐出现和形成了多种有关注释的名称和体式,如:故、传、说、解、记、义、注、笺、释、疏、证、学、章句、解诂、训诂、音义、音注、正义、广义、广传、校注、集注、集解、集说、集传、集释、纂传、通注、补注、疏证、选注、译注等①。从体式的角度来审视,上面所列的有关注释的名称,有些名实相符,有些虽名称有别,但体式大体是一致的。

----

① 参阅冯浩菲《中国古籍整理体式研究》,北京图书馆出版社 1997 年版,第 193—254 页。

另外，有些著述，虽然没有标明注释之类的名称，但却是注释本，如清代沈德潜的《古诗源》。还有许多冠以辨、辨证、考、识误、存疑、析疑等名称的书籍，也属于注释类的著述。上述事实说明，古代对注释的命名，并不严格。注释发展到现在，其名称减少了许多，名称和体式渐趋一致，渐趋规范。下面简介 11 种重要的注释名称和体式：

传：传述解说的意思，是古代解释儒家经义的一种体式①，所谓"圣人所作曰经，贤人所述以释经旨曰传"。传这种注释体式，"其流已久，盖与六艺先后杂出"。多是"依经起义"，"附经而行"②。就解释的重点和方式而言，有逐句释经的，如《毛诗故训传》，有"采杂说，非本义"的，如《韩诗外传》、《韩诗内传》，有不依经文别立新说的，如《尚书大传》，有"事详而博"证经义的，如《春秋左氏传》；有阐发经文微言大义的，如《春秋公羊传》、《春秋穀梁传》等。后来注经出现了集各家之说的体式，则称集传，如今存朱熹的《诗集传》、蔡沈的《书集传》等。近代以来，不再像古代那样特别崇尚所谓的"经"及其传，所以注释时一般也不再用传这一名称了。

解：即解释。较早使用解这种体式的，见于先秦的《管子》和《韩非子》。《管子》中有《形势解》、《立政九败解》、《明法解》等七解，是对本书《形势》等篇的解释。《韩非子》中有《解老》一篇，是

①个别的涉及了道家。道家尊《老子》为经，《汉书·艺文志》有《老子邻氏经传》四篇。注："姓李，名耳，邻氏传其学。"有时也指一般的解释文字，如《离骚传》。
②［清］章学诚著，仓修良编著《文史通义新编新注》，浙江古籍出版社 2001年版，《内篇五·传记》。

对《老子》意旨的解释。秦代以后,独立的以解释词义为主的解体著述日渐增多。汉代有沿用解的,如高诱的《淮南解》,也有少数用解谊、解故的。前者如服虔的《春秋左传解谊》,后者如《汉书·艺文志》尚书类著录有《小大夏侯解故》各29卷。汉代以后,一般多用解,如宋代张栻的《癸巳论语解》、元代朱祖义的《尚书句解》、明代唐汝询的《唐诗解》等。现代注释文学史料,有时注解联用,很少单独使用解这一名称了。

章句:是在注释词语、句义的基础上,进而综括每章意旨的一种注释体式。这种体式在汉初已经出现,多用于经书的注释。《新唐书》卷57《艺文志》说:

> 自《六经》焚于秦而复出于汉,其师传之道中绝,而简编脱乱讹缺,学者莫得其本真,于是诸儒章句之学兴焉。

清代学者沈钦韩《汉书疏证》说:

> 章句者,经师指括其文,敷畅其义,以相教授。

章句在传播儒家经学方面,曾起过积极的作用,但后来由于许多章句注释之作极为烦琐,大多早已失传。东汉赵岐的《孟子章句》、王逸的《楚辞章句》,简洁明了,流传至今。其他传下来的有宋代朱熹的《大学章句》、《中庸章句》等。近代以来,一般不再使用章句这一名称。

笺:笺的本意是指小竹木片,记录读书时随时所作的注释,系在相应的简上以资参考。笺,作为一种注释术语来使用,当始于东汉的郑玄。郑玄著有《毛诗笺》。郑玄《六艺论》说:

> 注《诗》宗毛为主,其义若隐略,则更表明。如有不同,即下己意,使可识别也。

可知笺这一体式,开始兼有注解、考辨和订补等意义。汉代以后直到明代,也有使用笺这一名称的,如宋代蔡梦弼的《草堂诗

笺》，但比较少。到清代，开始增多，如郝懿行的《礼记笺》，龚景翰
的《离骚笺》，钱谦益的《读杜小笺》、《读杜二笺》，闻人倓的《古诗
笺》等。现代，有单独用笺这一名称的，如古直的《陶渊明诗笺》，
更多的是将笺与其他注释名称联用，如笺证、笺疏、笺注、笺释、
校笺等。主要内容是注解，与郑玄使用这一名称的含义有所
不同。

注：注的本意是灌注。许多古籍文义幽深，经过注解才能明
白，如同水道阻塞，需经灌注才能畅通一样。注释体式中所用的
注的意思，是注的本意的引申。开始用注作注释名称当始于汉
代，如马融的《毛诗注》，郑玄的《易注》、《仪礼注》、《周礼注》、《礼
记注》，高诱的《战国策注》等。因为"注"字之义可以涵盖注释的
多种体式，又简明通俗，所以汉代以后，各代通行，注释之书多用
它来称名。如魏晋南北朝时期王弼的《老子注》、郭象的《庄子
注》、刘孝标的《世说新语注》、郦道元的《水经注》，唐代杨倞的《荀
子注》、李善的《文选注》，宋代洪兴祖的《楚辞补注》，清代戴震的
《屈原赋注》。顾炎武说：

> 其先儒释经之书，或曰传，或曰笺，或曰解，或曰学，今通
> 谓之注。①

据顾炎武之说，在明末清初，已把解经所用的"传"、"笺"、
"解"、"学"等，通称为"注"。注开始使用得较多。现代也有不少
单用注来命名的，如黄节的《魏武帝魏文帝诗注》、《陆士衡诗注》、
范文澜的《文心雕龙注》等。

疏：意思是疏通文义。较早用疏这一名称的当是三国吴陆玑

---

①［清］顾炎武著，黄汝成集释，栾保群、吕宗力校点《日知录集释》卷18"十三
　经注疏"条。

的《毛诗草木鸟兽虫鱼疏》。此书主要是注释《诗经》中的动植物名称，属于一般的注释体式。南北朝时期出现了义疏。此名源于当时佛家解释佛典，后来用它泛指讲解疏通古书的义理。如今存南朝梁代皇侃的《论语义疏》。义疏本来多是讲义，因此义疏又称讲疏，如《隋书·经籍志》有《周易讲疏》。唐代孔颖达等用义疏之体编注《五经正义》。此后，有人常用正义之名，如唐代张守节有《史记正义》，清代刘宝楠有《论语正义》，焦循有《孟子正义》。宋代以来，又出现了注疏、疏证，如宋代编写的《十三经注疏》、清代陈士珂的《韩诗外传疏证》。现当代，也有用疏命名的，但较少单独用疏，而多是附加一字，如赵善诒的《说苑疏证》、吴林伯的《〈文心雕龙〉字义疏证》、王元化的《文心雕龙讲疏》，但数量不多。

　　集解：也称集注、集释、集说、汇注、训纂、集疏、集证，有时也称详注、详解等，是汇萃前人注释的成果并参以己意的一种注释。三国魏何晏的《论语集解》首创此体。此后代代赓续，逐渐增多。晋代有晋灼的《汉书集注》，南朝有宋代裴骃的《史记集解》，唐代有《文选集注》（残缺），宋代有朱熹的《楚辞集注》、郭知达的《九家集注杜诗》，清代有冯浩的《玉溪生诗详注》、冯集梧的《樊川诗集注》、惠栋的《渔阳山人精华录训纂》等，都是重要的佳作。集注由于博采诸家之说，为后人提供了许多不同的见解和多方面的史料，所以近代以来一直到今天，成为一种重要的注释体式。今后仍需要这种注释体式。

　　校注：也称校释、校义、校诠、校诂等。注释古籍，一般都是先校后注，校注结合，因此校注也是一种重要的注释体式。正式用这种体式命名当始于清代，如周廷寀的《韩诗外传校注》、周寿昌的《汉书注校补》、马通伯的《韩昌黎集校注》。现当代继续使用这种体式，也有用校诠、校诂和校释称名的，如高亨的《墨子校诠》、

《老子校诂》,刘永济的《文心雕龙校释》,吴树平的《风俗通义校释》,但绝大多数是用校注这一比较通俗的名称。这一体式,有些标明"校注",有些虽然没有标明有"校",但实际上含有校的内容。由于校是注释的前提,校注结合比较方便,可以预见,校注这一体式将是今后的一种重要体式。

会校会注会评:这种体式是用校、注、评等体式注释一书,或集评语于一书。一般是校取集校,注取汇注,评是汇集诸家评语。这种体式常见于一些古代的著名小说,有"三会本"、"会评本"之称。1962年中华书局上海编辑所出版的《聊斋志异》会校、汇注、会评本,1986年、1987年北京大学出版社先后出版的陈曦钟等人辑校《三国演义会评本》和《水浒传会评本》(第二版),分别会辑了六种评本的评语。此外,有些诗文集,虽然没有标明会校会注会评,但实际上也属于这种体式,如袁行霈的《陶渊明集笺注》。

选注:是一种重要的注释体式,主要着眼于普及。所选多是名著中的精粹,注释简明易懂,融学术性与可读性于一体。这种体式的注本,从古至今,有大量的读者。清代人选注的《古文观止》和《唐诗三百首》等一直广为流传。今人余冠英的《诗经选》、马茂元的《楚辞选》、萧涤非的《杜甫诗选注》、钱钟书的《宋诗选注》等,不断再版,印数很多。随着"知识的爆炸",许多人难以拿出较多的时间来阅读古代的作品,运用选注这一体式向中外广大读者传播中国古代优秀的作品,是今后古代文学研究的一项重要工作,我们应当继往开来,更上层楼,用好这一体式。

译注:由于时代的推移,语言文字的不同,为了能使读者读懂前代的著述,除了注释,有时还需要翻译。另外,由于有些古籍比较深奥,一般的读者不易通晓奥义,为了普及,也需要翻译。翻译古文和外文,早在古代就出现了。司马迁撰写《史记》,使用以前

《尚书》之类的先秦史料,没有照抄原文,而是做了翻译。南北朝以来对从印度传入的佛经,也多有译文。自明代开始,许多文人学者译介了国外的大量的历史著述、科学书籍和文学史料。清末民初一些书商出版过《四书》和《古文观止》等白话文,但质量不高。新中国成立以后,为了普及古代优秀的诗文,满足一般读者的需求,相继出版了许多注译结合的书籍,主要有全译本、选译本和节译本三种。这些译本,通常有原文、注释和译文三部分组成。注释部分多用简注,一般不做考证。译文遵循 20 世纪初严复提出英文译汉文应当做到"信、达、雅"原则,取直译、意译、直译与意译相结合三种方法。文多取直译方法,如杨伯峻的《论语译注》、《孟子译注》,阴法鲁主编的《古文观止译注》,陆侃如、牟世金的《文心雕龙选译》。诗词多取意译方法,如余冠英的《诗经选译》、郭沫若的《屈原赋今译》。注译这种体式从 20 世纪 50 年代以来发展得很快,新时期以来,尤其受到重视,国务院古籍整理出版规划小组编制的《古籍整理出版规划》(1982—1990)列有规划今译的书目。有的出版社,如上海古籍出版社推出了"中华古籍译注丛书",贵州人民出版社推出了"中国历代名著全译丛书"。今后随着社会对古代优秀文化的需要,随着中国在国际上地位的提高,用注译这一体式传播我国古代优秀的诗文,是摆在我们面前的一项重要任务。注译主要是为了普及,让更多的读者能方便地阅读古代优秀的文学作品和文学理论批评等著述。总结过去注译的经验,今后的注译,应当以选本为主。至于许多大型的、长篇的著述,不必译成白话文。因为对于普通的读者,一般不太可能阅读这类著述,而对少数研究者来说,他们依据的是原文,而不是译文。由于翻译主要是为了满足中外特定读者的需求,可以在保持原作原意的基础上采取变通的做法,如摘、缩、编、译评等。同校勘和注释相比，今译是最难的。校勘和注释，不懂得的地方可以放过去，今译是不能回避的。今译还要具备相当高的语言功底，涉及到对原文的忠实、表述的畅达、审美把握的恰当等问题。水平差的译文，不仅达不到今译的目的，还会造成读者对原文的错误认识。因此，今译尤其需要广博的学识、严谨的学风和对原文的反复解读。如果达不到上述的要求而草率今译，倒不如不译。

从上面列举的注释的体式来看，尽管多种多样，但都属于形式层面。我们在知道了诸多体式之后，应当进一步探讨注释的任务及其方法。在这方面，古今学者在实践和理论探讨中，取得了许多成果，积累了丰富的经验。这些成果和经验说明，由于文学史料的不同，读者对象的差别，以及注释者个人的条件和志趣的不同，注释的任务和方法，也是多种多样的。有些要求简明，注释的内容主要在几个方面；有些则涵盖的方面很多，比较复杂。不管简明的，还是比较复杂的，归纳起来，主要是"释义和释事"两大类①。下面分别予以论述。

所谓释义主要包括：

注音。古代文字多以声寄义，古籍中有许多难识之字、一字多音多义、同字异读、专业用字、冷僻字、俗字等，需要注音。所以注音是注释中首先要做的一项重要工作。注音，多是把注音和注义结合在一起。明代方以智在《通雅》中指出："欲通古义，先通古音。""因声求义，知义而得声。"古代重视注音。有些注本特别标

①参阅程毅中《古籍整理浅谈》，原载《编辑理论与实践》（黑龙江教育出版社1988年版），后收入著者《古籍整理浅谈》一书，北京燕山出版社2001年版，略有修订。

明"音注"、"音训"、"音证"等。有些虽未特别标明,但音注的特点和成就十分突出,如唐代陆德明的《经典释文》。古代注音,一般用直音,如《诗经·邶风·北风》中"其虚其邪"一句中的"邪"字,郑玄《笺》:"邪读如徐。"三国时魏国孙炎始用反切,后来多用此法。如《诗经·邶风·北门》中的"终窭且贫"一句中的"窭"字,朱熹《诗集传》:"其矩反。"现在注音,以《汉语拼音方案》为准,参用其他正规的辞书。注释时,是否需要注音,选择注音的多少,应依据读者对象酌情而定。供一般读者阅读的,注音应适当地多一些,有时可在拼音后,再附上易认的同音汉字。

释词义。这里所说的释词义,包括释字义。在汉语中,词和字有时一致,有时不一致,因此有许多字,如通假字、古今字、正俗字、合音字、避讳字等,都应当注释。其中尤其需要注意的是通假字。所谓通假字,指的是写作不用本字,而借其他的同音字或音近字来代替。古代的典籍,特别是在先秦两汉的书籍和出土文献中常常使用通假字。通假字的情况比较复杂。清代王引之说:

> 经典古字声近而通,则不限于无字之假借者。往往本字见存,而古本则不用本字,而用同声之字。①

通假字的使用,给阅读带来了很大的困难。因此对通假字,要注意注释。注释通假字,应撇开通假字的字形和字义,而注明其本字的意义。《诗经·魏风·伐檀》:"坎坎伐檀兮,寘之河之干兮。"后一句中的"干"字,原是兵器名"干戈"之"干"。在这里,是作为"岸"的通假。《毛传》:"干,厓也。"厓同"涯",即岸边,正是读"干"为"岸"。"干"与"岸"同声系,可以通用。注释通假字,有关先秦两汉的,可以参考齐鲁书社 1989 年出版的高亨的《古字通假

---

① [清]王引之《经义述闻》,江苏古籍出版社 1985 年版,卷 32。

汇典》。不过,通假是古籍文字中的一种相当复杂的现象,仅仅依靠相关的工具书,难以完全注明。关键是需要广博的学术积累和不断地探索。

释词义与一字常常有多义一样,同一词也常常有多义,有本义,有引申义。注释古籍,应注明本义,有时还要注明引申义。词有多种,大体可分为虚词和实词两大类①,下面分别予以论述。

释虚词。粗略地看,古籍中的虚词普通易解,实际上有不少往往是相当复杂的。这主要有两种情况:一是对有些虚词不易作出准确的注释;二是有些词是实词还是虚词,难以分辨。如果不细加研究很容易注错。如贾谊《旱云赋》:“终风解而雾散兮,凌迟而堵溃。”吴云、李春台注:“终风,大风。《诗经·邶风·北风》:‘终风且暴,顾我则笑。’《毛诗》以为终日风为终风,《韩诗》以终风为西风,后多以指大风、暴风。”②注“终风”为“大风”属于误注。错误的原因是,本来“终风”的“终”是虚词而却把它视为实词。“终风之终,应作既解,见王引之《经义述闻》卷五‘终风且暴’条”③。注释普及性的诗文中的虚词,除注明一般意义外,有时还应尽量揭示其表现的语气和感情色彩。有些注本在这方面,取得了明显的成绩,值得我们借鉴。程俊英、蒋见元注《诗经·王风·君子于役》中最后的一句“苟无饥渴”:“苟,且,或许,带有疑问口气的希望之词,希望丈夫或许不至于忍饥受渴。”注《诗经·周

---

①清代刘淇云:“构文之道,不过实字虚字两端。实字其体骨,而虚字其性情也。”见其著《助字辨略》,章锡琛校注,中华书局 2004 年第 2 版。

②吴云、李春台《贾谊集校注》,中州古籍出版社 1989 年版,第 327 页。

③见郭在贻《训诂学》(修订本),中华书局 2005 年版,第 31 页。

颂·清庙》开头"於穆清庙"一句:"於(wū 乌),赞叹词。……於即
呜呼,此处含有赞美感叹之意。"①对于虚词的研究,前人有不少
成果,如元代卢以纬著、王克仲校注的《助语辞集注》②,清代刘淇
著、章锡琛校注的《助字辨略》③,王引之的《经传释词》等,应注意
参用。

　　释实词。古籍中的实词,有三种情况要特别注意加以注释:

　　一是专有名词,如人名、地名、物名。这里,仅就地名和物名
的注释,举例做简单说明。关于地名,由于时代的变化、地名的冷
僻等原因,古籍中的许多政区、城市、山河、建筑、小的地名以及重
名等,需要注释。唐末韦庄有一首诗题为《西塞山下作》。"西塞
山"在何处? 查阅《方舆胜览》等古地志和其他有关辞书,可知西
塞山有二:一在浙江吴兴(今湖州市)西南;一在湖北大冶东。因
诗中有"孤峰渐映溢城北"一句,"溢城"即今江西九江市,所以诗
中的西塞山指的是大冶东的西塞山④。古籍中涉及的物品,有些
没有流传下来,有些古今名称不同,如果不注释,读者难以理解。
如《元曲选·杨氏女杀狗劝夫》第二折[耍孩儿]曲三煞:"你怀揣
着鸦青料钞寻相识,并没半升粗米施馇粥。""鸦青料钞"是元代的
纸币,是用一种叫"鸦青纸"的青黑色纸张印的,现在已经看不到
了⑤。像"鸦青料钞"这样的物名,不加注释,一般读者是不了

---

①引自程俊英、蒋见元《诗经注析》,中华书局 1991 年版,第 199 页、第 934 页。
②中华书局 1988 年第 1 版,1998 年第 2 次印刷。
③中华书局 1954 年第 1 版,2004 年第 2 版。
④此条注释据刘琳、吴洪泽《古籍整理学》,四川大学出版社 2003 年版,第
　190 页。
⑤此条引自徐有富主编《中国古典文学史料学》(修订本),北京大学出版社
　2008 年版,第 325 页。

解的。

二是词普通，而义有特指。北朝乐府诗《企喻歌》："男儿欲作健，结伴不须多。""作健"，余冠英《乐府诗选》根据"作健"的普通意义，注曰："作健，作健儿。"郭在贻指出：注为"作健儿"是错误的，"作健"是振作发奋的意思。《三国志·魏书·仓慈传》裴松之注引《魏略》："斐素心恋京兆，其家人从者见斐病甚，劝之，言：'平原当自勉励作健。'""'作'有兴起之义，《易·乾》'圣人作而万物睹'，《释文》：'马融作起。''健'有刚猛之义。"①干宝《搜神记·李寄》中有"然气厉不息"一句，陈建根主编《中国文言小说精典》注："犹言时疫不止。'气厉'即'厉气'。多指传染病。"黄涤明《搜神记全译》注："气厉，指疾疠灾异。'厉'通'疠'。"上引两种注释，有两个问题：一是改变了原文词句的顺序；二是改变了"厉"的词性。另外，《李寄》从全文来看，是写蛇对人的直接残害和李寄斩蛇除害，完全未及疾疠之事。因此释"厉"为"疠"，属于臆测。其实，注释此句，不必颠倒词语顺序和改变词性。此句的主语是蛇。厉：振奋、猛烈的意思。《管子·七法》："兵弱而士不厉，则战不胜而守不固。"《左传·定公十二年》："与其素厉，宁为无勇。"杜预注："厉，猛也。"上举两例说明，词虽普通，但如不注意细加研究，而往往会注错。

三是词"生涩而义晦"。宋玉《风赋》："枳句来巢，空穴来风。"关于"枳句"，清代段玉裁《说文》六篇下禾部稽字注："按稽秜字或作枳椇，或作枳枸，或作枳句，或作枝拘……皆诘诎不得伸之意。"这是用"即声求义"之法，对枳句作出的正确注释。李善注《文选》，不懂得这一点，注"枳句"："枳，木名也，枳句，言枳树多句也。

---

① 引自郭在贻《训诂学》(修订本)，中华书局 2005 年版，第 31 页。

《说文》曰:'句,曲也。'"今人朱东润主编《中国历代文学作品选》沿袭李善注,实属误注①。这是词"生涩而义晦",必须作出准确注释的例子。

上面例举的三种释实词情况,适用于注释一般的古籍。我们在注释诗文作品的词义时,有时还要在释义的基础上,进一步注释词义的使用以及所蕴涵的思想感情。这常常用在一些通俗的注本中。如萧涤非注杜甫《望岳》"岱宗夫如何"一句:"岱宗,即泰山。夫如何,是自己问自己。初见泰山,有点瞠目结舌,一时感到难以形容,不免心口商度沉吟起来。有人认为'夫'当作'大',便索然无味了。"②

释句义。有些古籍,虽然对句中的字词作了注释,但理解全句仍有困难。还有一些句子,从字词看,并不生涩难懂,但要准确地理解全句的意义,却相当困难。这牵涉到古代语言的语法、修辞等特点,也与古代一些诗文的特殊表现形式密切关联。因此注释句义,特别是注释诗文的句义,是注释的一个不可忽视的任务。下面略举二例:

《左传·隐公元年》载《郑伯克段于鄢》中有句云:"姜氏何厌之有?"表面看,这句话中的字词都很普通,但由于其语法结构和现代汉语不同,其句义却不易准确理解。句中的"有"是谓语,"何厌"是"有"的宾语,提到谓语"有"之前。"之"是代词,用来复指提前的"何厌"。全句的意思是:"姜氏有什么满足的?"③这是古代汉语与现代汉语语法不同的例证。

---

①此条注释引自郭在贻《训诂学》(修订本),中华书局2005年版,第9页。
②萧涤非《杜甫诗选注》,人民文学出版社1979年版,第3页。
③此条注释引自郭在贻《训诂学》(修订本)第5—6页。

　　李贺《上云乐》诗有"飞香走红满天春"一句。这句诗用的词都很普通，但却用了多种修辞手法。其中用香和红代指春天的景色，这是借代；飞、走两个动词与香、红两个形容词进行拼合，这是拼字；红代指花，而谓之走，这是比拟。在炼字方面，"飞和走都是表动态的词，香和红都是表性状的词，作者错落有致地将它们集中使用在同一句诗里，不但写出了春天的瑰丽和浓艳，而且写出了春天的热烈和活跃"①。这是诗文中使用修辞手法的例证。类似这样的文句，如果不加以注释，一般的读者很难体会到其中蕴涵的艺术韵味。

　　释术语。这里所谓的术语，指的是文学史料中的专门用语，这主要集中在中国古代文论里面。中国古代文论在长期的发展历程中，逐渐形成了许多术语，如文章、文气、神思、体性、风骨、神韵、隐秀、情采、文质、通变、自然、道、体、韵、清、浊、雅、俗等。古人对这些术语的内涵，很少有严格的界定。有许多术语有多义性和模糊性。有时用同一个术语，其内涵，往往因人、因时而不同。诸多术语内涵的复杂性，需要对这些术语加以注释。在这方面，前人多有建树。有些虽有注释，但仁智各见，尚待统一。有些还未及注释。因此，进一步注释许多术语，是注释工作的任务之一。如何注释术语，前人在方法上也作出了有益的探索。陆侃如在《〈文心雕龙〉术语用法举例——书〈释"风骨"后〉》一文中指出：

　　　　《文心雕龙》中有些常见的字，如"道"、"性"、"气"、"风"、"骨"之类，大都带有专门术语的性质。……刘勰使用这些字的时候，并不永远完全当作术语，有时只当作普通的字。即使当作术语用的时候，还有基本的意义和引申意义的区别。

---

① 此条引自郭在贻《训诂学》（修订本）第7页。

如果我们混淆了一个字的普通意义和专门意义,就会发生误
会;而专门意义中的本义和引申义的异点如被忽视,也难以
获得确切的理解。①

上引陆先生的论述,指出:理解术语应当注意区别其普通意
义、专门意义,而对专门意义,又应注意其本义和引申义的不同。
先生所论,虽然是就注释和理解《文心雕龙》中的术语而言,但却
具有普遍的方法论意义。

题解。有些文学史料,尤其是诗文作品,为了有利于读者的
阅读和理解,除了注释字、词、句之外,往往再加设题解。这种作
法,至晚在汉代就出现了。《毛诗》每一首前面的小序,朱熹的《楚
辞集注》每首诗和每组诗前,都有解说。这些解说,就属于题解。
现代注释古代的诗文,特别是一些选注本,一般都有题解。有的
作为第一条注释,如余冠英的《汉魏六朝诗选》。有的置于每篇诗
文(或组诗)的题目之后,如陈伯君的《阮籍集校注》。有的在每篇
诗文的原文后,专设"题解"一项,如袁行霈的《陶渊明集笺注》。
题解的内容和文字的长短,应根据作品的特点和读者对象酌情而
定。内容主旨在于对作品作总体说明,通常包括写作的缘起、作
品的背景、内容、艺术特点以及需要特别说明的问题。文字应力
求简短。

释典故。所谓典故,指的是诗文中引用以前有出处的词语或
有记载的史实(包括一些传说故事之类)。不同时代的人们,在思
想情感及其表现形式等方面,常有相通和相近之处,这是后人写
作时用典的自然的基础。魏晋之前,作者为了叙事明理和抒发情

---

① 原载《文学评论》1962 年第 2 期。收入《陆侃如古典文学论文集》,上海古
籍出版社 1987 年版。

感，常常自然地使用典故。自魏晋开始，一些诗文，特别是骈文，以及某些诗文流派，尤其重视和强调使用典故。典故的使用，既丰富了诗文的内涵，提高了诗文的表现力，同时也给读者阅读带来了困难。因此，注释典故是注释的一个不容忽视的任务。

古代诗文中使用的典故，范围相当宽泛，情况也比较复杂。归纳起来，如前所述，大体有两种：一是引用以前的词语，现在常称谓"今典"；二是引用史实，现在常称谓"古典"。这里先论述"今典"。"古典"属于释事，放在后面的释事中予以论述。

诗文中引用以前的语言，多种多样，大致可分为直接引用和变通活用两种。所谓直接引用是直接引用或略加改变过去的词语。汉代贾谊的《鵩鸟赋》中有"祸兮福所倚，福兮祸所伏"两句。这两句是直接引用《老子》中的句子。唐代王勃《滕王阁序》中有"老当益壮，宁知白首之心；穷且益坚，不坠青云之志"四句。《后汉书》卷24《马援传》载，马援曾对宾客说："丈夫为志，穷当益坚，老当益壮。"《滕王阁序》中的"老当益壮"直接引用了马援语，而引用"穷当益坚"时，为了避免"当"字与上一句重复，把"当"改成"且"。以上所举，属于直接引用或略加改变过去词语的例证。

所谓变通活用，指的是虽然使用的是以前有出处的词语，但变化较大。如《滕王阁序》："请洒潘江，各倾陆海。""潘江"、"陆海"是变通活用钟嵘《诗品》中"陆才如海，潘才如江"两句。

注释一般古籍中的典故，只要准确地注明其最早的出处就可以了，而注释诗文作品中的典故，除了达到上述要求外，还要进一步揭示其蕴涵的情思。如辛弃疾《破阵子·为陈同父赋壮语以寄》："八百里分麾下炙，五十弦翻塞外声。"有的注本说："八百里指的是军队驻扎的范围。"其实，"八百里"是一个典故。《世说新语·汰侈》载："王君夫有牛名八百里驳，常莹其蹄角。王武子语君夫:'我射不如卿,今指赌卿牛,以千万对之。'君夫既恃手快,且谓骏物无有杀理,便相然可。令武子先射。武子一起便破的,却据胡床,叱左右:'速探牛心来!'须臾,炙至,一脔便去。"辛词中的"八百里",是"八百里驳"的省称。"八百里驳"是一骏牛名。"八百里分麾下炙"的意思是说,不惜杀了骏牛,把煮熟的牛肉分给部下。作者用这一典故,表现了自己当年在军中的豪壮情怀①。

古代诗文的作者,多为博学之士,写作时,驰骋纵横,对以前的词语,信手拈来,或灵活变通,又很少交代出处。因此后人常常难以发现诗文中的用典,或虽知用典而不知出处。可见注释典故,并非容易。注释典故,可以借助相关的工具书,如清人编的《佩文韵府》②、《骈字类编》。

我们在注释词语典故时,应当慎重。后人诗文中有时用的类似前人的词语,实际上不一定是本于前人,注释时,不必滥寻出处。唐代诗人杜牧七绝《泊秦淮》中有"烟笼寒水月笼沙"一句。清代冯集梧在《樊川诗集注》中注"寒水"说:"《淮南子》:'天之所闭也,寒水之所积也。'庾信《小园赋》:'荆轲有寒水之悲。'"上面注释指出的出处同杜牧诗中的"寒水"没有什么内在的联系。这样的注释,节外生枝,出力而无益。这方面的教训,值得我们汲取。

以上论述的属于释义,下面再论述释事。所谓释事,就是注释诗文中引用的史实。古代诗文引用的史实,有些比较简略、隐曲,有些不一定准确。因此释事是注释的一个重要任务。释事涉及方方面面,其中有两点尤其重要:

---

① 此条注释引自刘琳、吴洪泽《古籍整理学》,四川大学出版社 2003 年版,第178 页。
② 万有文库本附有四角号码索引和笔画索引,上海书店出版社据此本影印。

　　一是对史实作补充、辨正。南朝梁代刘孝标注《世说新语》、北魏郦道元的《水经注》、今人余嘉锡的《世说新语笺疏》，都属于这种类型。《世说新语笺疏》"内容极其广泛，但重点不在训释文字，而主要注重考案史实。对《世说》原作和刘孝标《注》所说的人物事迹，一一寻检史籍，考核异同；对原书不备的，略为增补，以广异闻；对事乖情理的，则有所评论，以明是非"①。

　　二是释"古典"，即注释诗文中引用的史实。庾信《哀江南赋序》："三日哭于都亭，三年囚于别馆。"这两句使用了两个典故。前一句见于《晋书》卷57《罗宪传》：三国魏国灭蜀国时，蜀国将领罗宪听到蜀国后主刘禅投降魏国的消息，率领部下在都亭哭了三天。后一句见于《左传·昭公二十三年》：春秋时鲁国叔孙婼出使晋国，曾被囚于客馆。庾信使用这两个典故，暗示自己难以抑止的亡国悲痛和长期羁留北朝的忧伤情怀。注释典故，不能满足于注明出处，还应进一步注明作者使用的含义。作者使用的典故不是简单地引用，而是结合自己写作时的心态，使用经过自己阅读和体味过的，因此往往具有特殊的内涵。

　　古今许多著名的文学史料的注释者，重实践，也重理论，不仅取得了许多传世的成果，积累了不少宝贵的方法，同时也从不同的角度提出了一些值得我们注意的问题。重要的有以下七点：

　　一、坚持多层次、多样化，不断努力创新。我国古代的文学史料丰富，形式多样。随着社会的进步，国内外不同文化或同一文化不同层次的读者，对我国古代文学的需求也是多种多样的。还

---

　　①引自周祖谟《世说新语笺疏·前言》，载《世说新语笺疏》（修订本），上海古
　　　籍出版社1993年版。

有，诸多古代诗文的注释者的学术根底以及审美情趣也有差异。上面列举的三种情况，在很大程度上决定了今后注释古代文学史料应当继续坚持多层次、多样化。所谓多层次、多样化，至少应当体现在注本的选择、注释体式的选择、注释的内容等方面。同时，我们应当注意不断创新。过去为了把我国优秀的古代诗文推向世界，曾经出版过外文译注本。20世纪90年代以来，有些出版社重视编辑出版外文译注本。这些译注本，精选优秀的诗文，包括原文、现代汉语译文和外文译文。现在我们面临的是全球化的时代，随着我国国际地位的提高，这种译注本有助于把我国优秀的古代诗文"送出去"。现在的问题是，我们不能满足于已有的各种注释样式，为了适应日新月异的社会各方面的需求，我们应当继续创新。黄忠廉2002年出版了《变译理论》，提出了"古文的阐释性今译，古文的阐释性外译"，"加例式译写"等观点①。我们应当倡导这种勇于创新的精神和做法。

　　二、正确地对待旧注和其他相关著述。有不少重要的文学史料，特别是一些有影响的诗文，前人已经作过注释，有的多达数十种。对那些需要注释的史料，前人较今人的时空差小，解释的多为正确。另外，前人在学术杂记、文献学、训诂学等著述中，有大量的关于注释方面的成果。我们应当重视前人的成果，使用各种检索方法，尽量查找、阅读这些成果，守住和使用其中正确的注释。细查今人的某些注释，本来前人早有正确的注释，但由于没有广泛地检阅，没有引用，结果注释错了。当然，由于种种条件的限制，前人对文学史料的注释，也存有这样、那样的问题，如失注、

---

① 据黄忠廉《经典能守住母语的根》，《光明日报》2007年2月5日第5版。

过简、误注等①。因此，我们使用旧注时，也应当用另一只眼睛，注意分析辨正。需要补充的要补充，注错的要纠正。现在有些注释，沿袭了以前的错误。这一点，我们应当引以为戒。

三、要善于使用工具书。我国自古迄今，十分重视编纂各种工具书，积累了丰厚的成果，如各种字典、词典、类书等。我们注释文学史料时，应当重视利用这些工具书。有不少词语，靠工具书是能够得到正确解释的。不过，使用工具书时，不能简单地照搬，应根据工具书提供的线索，进一步查找原文。注明出处时，不能转引工具书中的第二手史料，应当注明最早的出处。

四、注意探明语源。树必有根，语必有源，因此从古到今，许多学者对于注释，在理论上和在实践上，都强调和重视溯源，主张从语源上解决疑难问题。有的学者特别指出，注释"倘得其源，孤例亦可得解"②。郭在贻把探源称之谓"探求语源法"，并举《楚辞·招魂》下面几句的注释为例："魂兮归来，西方之害，流沙千里些。旋入雷渊，靡散而不可止些。"其中"雷渊"一词，王逸注为"雷公之室"，洪兴祖引《山海经》谓"雷泽中有雷神，龙头而人身"。然而雷公、雷神云云与上文的"旋入"及下文的"靡散而不可止"完全连不起来，王、洪之说殆未得其确义。今从语源上考察，雷渊盖即回渊。古雷、回通用，如《楚公逆镈铭》之吴雷，《史记·楚世家》作吴回，即其证。又《说文》雨部："靁，阴阳薄动靁雨生物者也。从雨；畾象回转形。"段注："凡古器多以回为靁。"章太炎《文始》："畾

---

① 参阅徐有富主编《中国古典文学史料学》（修订本），北京大学出版社 2008 年版，第 342—348 页。

② 引自徐复《训诂问学丛稿·序》。载王继如《训诂问学丛稿》，江苏古籍出版社 2001 年版。

声之字,音义皆取诸回。"回、渊义象比类,《说文》:"渊,回水也。从水,象形,左右岸也,中象水貌。"段注:"颜回字子渊。"《说文》口部:"回,转也。从口,中象回转形。"要之,雷渊即回渊,回渊也者,即一潭旋转之水也,此种水最易溺人,即使最善游泳者,倘一旦没入回水之中,亦将回旋而下不复得救。旋入雷渊之旋,正与回水相呼应,弥足证明雷渊即回渊矣。至于《山海经》所谓"雷泽中有雷神"云云,乃根据雷字之常训附会为说,以之解《楚辞》未为探本溯源之论①。

五、注意准确。准确是注释应当遵循的最基本的原则。注释准确,才能达到注释的目的。应当注释而没有注释,最多只能给读者阅读带来一些困难。如果注释错误,就会歪曲原文,贻误读者。检阅以前的许多注释,常常会发现一些错误,有些甚至出现在某些著名学者的注本中。出现错误的原因是多方面的。其中有一点值得特别注意,就是视不知为已知。古代的许多诗文中的词句,不易注释。对这类词句,经过努力仍得不到解释,或者虽然可以解释,但无把握。这时,就不要牵强附会,应当如清代王念孙在《广雅疏证序》中所指出的那样:"于所不知,盖阙如也。"或者用"不详"、"待考"等词语以示之。值得敬佩的是,以前有些学者就是取这种谨慎态度的。上海古籍出版社 1981 年出版的蒋礼鸿著《敦煌变文字义通释》(增订本),其中特附"变文字义待质录"。中华书局 2005 年出版的王锳著《诗词曲语辞例释》(第二次增订本)附录二为"诗词曲语辞存疑录"。他们的做法,值得我们效法。

六、注意简明。综括古今的许多注释,可以发现,恰当地处理繁简是一个不可忽视的重要问题。这里所说的繁简,包括注目的

---

① 以上引自郭在贻《训诂学》(修订本),中华书局 2005 年版,第 71 页。

选择,也包括注释文字的长短。对于宜繁或宜简,应具体分析,区别对待。就繁而言,诗文中有些词句或使用的本事,为了把它们注释清楚,需要征引许多史料,注释用的文字自然会长一些。另外,对一些普及性的注本,注目也应多一些。可见,有些注释的繁是必要的。关键在于注意节制,力争作到繁而不芜,否则就会流于烦琐冗长。有些汉儒解经,原文简短的词句,注释动辄千万言,流入烦琐,结果受到了批判,被历史所遗弃,而那些注释比较简明的倒是流传下来了。就简而言,古代有些注本,该注的未注,有些虽然有注,但过于简单,结果使后人难以理解。《诗经·小雅·六月》:"比物四骊,闲之维则。"《毛传》:"物,毛物也。""毛物"仍不易理解。今人陆宗达注称"毛物"是马的颜色。"比物四骊"就是按照马的毛色选出四匹青黑色的马来驾车①。今注,特别是普及性的注本,如果过于简单,也不便于读者阅读。由此看来,我们在注释时,应根据注释的文本的特点和不同的读者,考虑或繁或简。不过,理想的注释,应当在既能解释清楚,又能满足读者需要的前提下,力求简明扼要。还应当力避当注而不注、不当注而注的问题。

七、知难而进,博学多思。对于注释古籍缺乏深切体察者,往往误以为:此项工作比较容易。一个重要的表现是,20世纪80年代以来,对许多古籍的注释成果,没有给予公允的评价,甚至有人认为,注释算不上学术研究。结果导致了轻视注释,甚至粗制滥作。其实,注释古籍是一种严肃的学术研究,难度很大。对此,古人早有明示。明代胡应麟说:

--------

①陆宗达《训诂简论》,北京出版社1980年版,第19页。

著书诚难,而注书尤难。①

注释之所以"尤难",一是由于许多事物和文字语言,古今不同。宋代郑樵《通志·艺文略》说:

> 古人之言所以难明者,非为书之理意难明也,实为书之事物难明也;非为古人之文言难明也,实为古人之文言有不通于今者之难明也。

二是由于古籍的作者,多才高学博,写作时,思绪驰骋纵横,所及十分广博。而注释者不能凭空想象,必须有确凿的根据。这一点,清代杭世骏在《道古堂集》卷8《李太白集辑注序》中有精辟的概括:

> 作者不易,笺疏家尤难。何也?作者以才为主,而辅之以学,兴到笔随,第抽其平日之腹笥,而纵横曼衍,以极其所至,不必沾沾獭祭也。为之笺与疏者,必语语核其指归,而意象乃明;必字字还其根据,而佐证乃确。才不必言,夫必有十倍于作者之卷轴,而后可以从事焉。

三是由于有些古籍已经失传,我们注释时,有时即使找到语源和史实的出处,但由于记载有关语源和史实的古籍已经失传了,这时,我们只好阙如有待了。

上面列举的主要是注释一般古籍之难,至于注释文学史料特别是诗文作品,除了按通常的要求要释词语、释事外,还应当重视注释作品的时代性和表现的个性,把传统的释词语、释事同阐释结合起来。古代的诗文,是古代文学家的生活、生命、思想、情感、理想等多方面的体现,我们的阐释,除了从历史、社会、文化、艺术

---

① 胡应麟《少室山房类稿》,台湾商务印书馆1983—1986年影印文渊阁四库全书本,卷101《读三国志裴注》。

表现等多角度来思考之外，还应当注入自己的生活、生命、思想、情感和理想等。从这方面来看，注释就不仅仅是知识的问题、技术的问题，而是活泼的、富有生命的。综合而言，注释的难度是很大的。

面对注释之难，一方面我们要克服轻视注释的偏见，另一方面我们应当知难而进，去克服困难。克服困难，固然我们应当参用前人的相关成果，但更重要的是勤学多思和生命的注入。生命的注入，使我们容易设身处地、走进和深入作品。勤学多思，不断积累，使我们具有开阔的视野和广博的学识。陈寅恪在1936年《致沈兼士》的信中，评论沈氏的"大著"《鬼字原始意义之试探》说：

> 大著读讫，欢喜敬佩之至。依照今日训诂学之标准，凡解释一字即是作一部文化史。中国近日著作能适合此定义者，以寅恪所见，惟公此文足以当之无愧也。①

从陈氏的信中，我们知道在20世纪30年代，学术界把注释一字看成是"作一部文化史"。"作一部文化史"，必须具有广博的学识和生命的投入。就学识而言，不仅要广泛阅读各种文献，还要注意学习和使用考古发现的新史料，把文献史料和考古史料结合起来。过去局限于文献，有些注释众说纷纭，没有一种确切的注释。以对《楚辞》的注释为例。屈原《离骚》"余既滋兰之九畹兮，又树蕙之百亩"中的"畹"字，过去有多种注释，莫衷一是。何剑熏利用山东临沂银雀山汉墓《孙子兵法》残简"八十步为畹，以百六十步为亩"等出土文物，确证"半亩为畹"②，作出了使人信服

---

①陈美延编《陈寅恪集·书信集》，三联书店2001年版，第172—173页。
②何剑熏《楚辞拾瀋》，四川人民出版社1984年版。

的解释。黄灵庚根据楚汉简帛,撰有《楚辞简帛释证》①,使《楚辞》的注释,有了进展。我们的注释,还要通过勤学多思,融会贯通,进行理论探讨,探讨注释的一般规律和特殊性。比如,王力论及注释时,就强调:

> 解释古书要注意语言的社会性。如果某字只在《诗经》这一句有这个意义,在《诗经》别的地方没有这个意义,在春秋时代(乃至战国时代)各书中也没有这个意义,那么这个意义就是不可靠的。②

王力上面所论,虽是就注释《诗经》而言,但他提出注释古书要注意语言的社会性,则是从一个方面总结指出了注释带有规律性的一个问题。

## 附:当代新刊新著注释论著要目

《史通新校注·内篇·补注》　[唐]刘知几撰　赵吕甫校注　重庆出版社1990年版

《古书疑义举例五种》　[清]俞樾等著　中华书局1956年版

《训诂方法论》　陆宗达　王宁著　中国社会科学出版社1983年版

《中国古籍整理体式研究》第二编第二章《注释体》、第三章《其他校释类体式》　冯浩菲著　北京图书馆出版社1997

---

① 黄灵庚《楚辞简帛释证》,载褚斌杰编《屈原研究》,湖北教育出版社2003年版,第512—522页。
② 王力《诗经词典·序》。载向熹著《诗经词典》,四川人民出版社1986年版。

年版

　　《古籍整理学》第五章《古籍注释》　刘琳　吴洪泽著
四川大学出版社 2003 年版

　　《训诂学》（修订本）　郭在贻著　中华书局 2005 年版

　　《中国古典文学史料学》（修订本）第三编第一章《注释》
徐有富主编　北京大学出版社 2008 年版

# 第四节　史料的著录和系统整理

　　对于搜集到的史料，或者对于经过鉴别、校勘、标点和注释的
史料，为了保存和便于使用，就要采用一定的方法，把它们著录下
来，加以系统的整理。著录和系统整理往往是同步进行的，为了
叙述的方便，下面分别作一简单的论述。

　　著录史料有多种方法，常用的主要有卡片著录法、笔记著录
法和电脑著录法三种。这三种方法，各有其优长和局限。不过，
不管使用哪一种方法，都要内容准确，并准确地注明史料的出处、
版本、作者、卷数（或页码）。下面分别做一简单介绍。

　　卡片著录法，是把搜集到的史料随时抄录在卡片上。这种方
法具有灵活、方便的优点。可以随身携带、使用卡片，也便于抄录
后进行分类整理。局限是一张卡片的容量小，难以适用于著录篇
幅较长的史料。使用这种方法，可根据具体情况，采用题录、提要
和摘录等不同的做法。

　　题录只是抄录相关史料的图书、论文、实物的题目，著作者和
出处等。以著录王国维的《宋元戏曲史》为例：

　　宋元戏曲史　王国维　商务印书馆印行　1915 年 9 月
初版　约七万余字

　　提要是在题录的基础上，再进一步用简明的语言概述史料的主要内容。以著录清代仇兆鳌的《杜诗详注》的提要为例：

　　　　杜诗详注 25 卷　　清仇兆鳌撰　　康熙四十二年刻本
　　130 余万字

　　　　此书带有集注、集评性质，卷 1—23 为诗，末 2 卷为文赋。以编年为次。体例是：诗题下，先注明作诗时地，后释词语及有关全诗的问题。对诗文词句的注释，尤为详尽，广征博引。注释之后，又辑录各家评论。最后之附录，资料丰富。此书为集前人大成的杜集著作。有些注释过于烦琐，引文讹误是其不足之处。此书版本有十多种，而以 1979 年中华书局重排铅印本最为完备。

　　摘录是以题录为基础，把原文的重要部分摘录下来。举摘录梁启超评陶渊明的史料为例：

　　　　《陶渊明之文艺及其品格》　梁启超　商务印书馆 1923年排印本"所以我觉得唐以前的诗人，真能把他的个性整个端出来和我们相接触的，只有阮步兵和陶彭泽，而陶尤为甘脆鲜明"。

　　笔记著录法，是把搜集到的史料，随时记在笔记本上。具体著录的类型和卡片著录法相同。笔记著录法的优长是适宜著录内容较多的史料，著录的成果能够集中在一起，不像卡片那样分散。局限是不能灵活地分类编排，需要另外编撰分类目录或关键词索引。

　　电脑著录法，是计算机产生以后出现的新的著录方法。这种方法，是把搜集到的史料，用手工录入、扫描、电子文本、拍照等手段，输入电脑。手工录入是逐字经由打字录入。只要录入者识字水平高和态度认真，手工录入的准确率比较高。缺点是费时费力。扫描录入是目前大规模录入的最好方式,使用方便,效率高。
扫描还可以将史料按原版式扫描到电脑中进行放大或缩小、添加
页码或检索标志等。扫描需要的硬件配置是扫描仪,再使用软
件,制成文本。现在有许多重要的古籍已经运用各种方式制成了
电子文本,只要征得制作者的同意,我们可以利用它们,直接摘录
相关的史料。电脑著录具体的类别,大体上也有题录、提要和摘
录三种。它的优长是容量大,录入费时费力较少。用笔记本电
脑,还可以携带,随时随地著录。在使用电脑录入史料时,可以通
过粘贴的方式直接移用,不必再另行抄写,自然也不会出现因抄
写而产生的一些错误。

　　我们用不同的方法著录下来的史料,或者在著录史料的同
时,一个重要工作就是整理,使之系统化。搜集史料而不作系统
整理,那些史料只是一盘散沙,难以使用,也容易散失。

　　许多学者在系统整理史料的实践中,都十分重视方法。梁启
超指出:

　　　　我国史界浩如烟海之资料,苟无法以整理之耶? 则诚如
　　一堆瓦砾,只觉其可厌。苟有法以整理之耶? 则如在矿之
　　金,采之不竭;学者任研治其一部分,皆可以名家;而其所贡
　　献于世界者皆可以极大。①

　　梁启超特别强调了用方法整理史料在研治历史中的重要。
面对浩瀚的史料,如何整理,古代一些学者也有所探索。宋代郑
樵说:"善为学者,如持军治狱。若无部伍之法,何以得书之纪?"
讲究部伍之法,就应当在"明类例"上多用心。有了类例,多种史

---

① 梁启超《中国历史研究法·自序》,东方出版社 1996 年版,第 2 页。

料,就可以"釐然就范",易于整理了。"明类例",易积聚。① 近代以来,许多学者在继承前人成果的基础上,逐渐形成了一些整理史料的方法。归纳起来,值得特别重视的是下面三种:

一是史源法。这种方法主要是着眼于史源,完全是依据史料的出处来整理。如从先秦典籍中搜集到的文学史料,可以以著述为单位,分别整理为《易经》中的文学史料、《论语》中的文学史料、《墨子》中的文学史料、《庄子》中的文学史料、《韩非子》中的文学史料等,而对考古发掘的文物中的文学史料,则可以整理为郭店竹简中的文学史料、上海博物馆藏战国竹简中的文学史料等。用这种方法整理的史料,能使我们分别从整体上认知某些著述和文物考古中所含有的史料。

二是历史法。就是把有关的史料依照历史的顺序系统地排列起来。有不少史料汇编采用的就是这种方法。如河北师范学院中文系古典文学教研组编的《三曹资料汇编》,所著录的有关对曹操、曹丕和曹植的评论以及附录的建安文学总论等,就是按照魏晋南北朝、隋唐五代、宋金元代、明代、清代的历史顺序编排的。按历史顺序来编排,有助于从历史的角度,探讨史料的历史联系,从历史联系中溯源看流,探求某些规律。

三是逻辑法。是把相关的史料按逻辑层次,也就是从史料的性质上加以分类整理。从大的方面看,如前所述,可以把文学史料分为背景史料、传记史料、作品史料和研究史料四类。再细分,每类中还可分为若干种。如背景史料的社会方面的史料,又可分为经济、政治和文化三种,然后把从各种来源搜集到的史料,分别归于三种里面。从逻辑的角度整理史料时,分类应力求细一些。

---

① [宋]郑樵撰,王树民点校《通志二十略》,中华书局1995年版,第1828页。

大的分类，看到的往往是一般性的问题，而小的分类，则容易发现特殊性的问题。细小的分类，还有助于比较。如关于曹植的传记史料，至少可以分为史传史料和碑传史料两种。前者源于《三国志》等史书，后者见于山东东阿鱼山的曹植墓的神道碑。分成这两种，就可以促使我们自觉地对这两种史料加以比较和互补。

系统地整理史料的各种方法各有所长，也各有所短。在实践中，我们完全可以从实际出发，采用适合客观的史料和自己运用熟练的方法，并在实践中不断地探索，创造新的方法。还有一点非常重要，就是不管使用哪一种方法，都要客观，保持原貌，不能改动，不能傅会。

# 第二十三章 古代文学史料的使用

史料学是一门实践性很强的学科,怎样正确地使用史料是这一学科应探讨的重要内容。就文学研究而言,对于任何一种文学现象的确定、体悟分析、评价和表述,都必须以史料为基础。但从文学研究的整体来说,史料工作本身并不是目的。只有通过使用来研究史料,提出观点,得出理论,探讨某些规律,史料才能活起来,史料的价值才能体现出来。

## 第一节 史料应当公用

我们搜集、鉴别、著录和整理史料,最终的目的不是自己保存,更不是为了玩赏,而是为自己或其他研究者所使用,为后人所使用。有了史料,不能垄断,不能秘藏,应当公之于众,让大家来使用,或者赠予需要者。这在中国古代有优良的传统。中国古代有赠予史料的记载。南朝梁代刘杳就曾把自己掌握的史料赠给《七录》的编纂者阮孝绪。阮孝绪《七录序》说:

> 通人平原刘杳从余游,因说其事。杳有志积久,未获操笔。闻余已先著鞭,欣然会意。凡所抄集,尽以相与。广其闻见,实有力焉。斯亦康成之于传释,尽归子慎之书也。

《梁书》卷 50《刘杳传》说刘杳"少好学,博综群书,沈约、任昉以下,每有遗忘,皆访问焉","自少至长,多所著述"。博学、多著述的刘杳,没有把自己长期抄集的史料,据为己有,而是为了帮助阮孝绪早日完成《七录》的编纂,完全赠给了阮孝绪。像刘杳这样能把自己搜集的史料主动赠予他人的高贵品行,为现代的一些著名的文人学者所继承和发扬。

1940 年,詹锳在昆明西南联合大学任教,写作关于李白的论文和诗文系年。当时昆明的书籍不多,史料难得。闻一多得知后,很慷慨地把自己手抄的许多史料和底稿借给詹锳使用。詹锳后来说:如果没有闻先生的协助,我有关李白的一些论文和诗文系年是写不出来的①。

20 世纪 50 年代末、60 年代初,中华书局在整理《大唐西域记》时,北京大学教授向达表示:愿意把自己所藏的史料奉借给有关的同志。1963 年,他在北京大学历史系与中文系的讲座中,主讲《玄奘和大唐西域记》,又把他收集的有关玄奘和《西域记》的史料,在教室内举办了一个小型展览会,共展出文物图片 40 多件②。

研究中国古代小说、戏曲、通俗文学的著名学者胡士莹,曾把自己收藏的大量弹词史料供他人使用。谭正璧在撰写《弹词叙录》时,就利用了胡士莹收藏的大量弹词。谭正璧每次谈及此事,总是感慨万端地说:"我的《弹词叙录》,没有胡先生的大力支持是写不出的啊!"③

①据詹锳《李白诗论丛》,人民文学出版社 1984 年版,《序言》第 1 页。
②参阅谢方《二十六年间——记〈大唐西域记校注〉的出版兼怀向达先生》,载中华书局编辑部编《守正出新:中华书局》,中华书局 2008 年版。
③参阅陈翔华、陆坚等《胡士莹先生传略》,载北京图书馆《文献》丛刊编辑部、吉林省图书馆学会会刊编辑部编《中国当代社会科学家》(传记丛书)第五辑,书目文献出版社 1983 年版。

　　1993年,原上海市图书馆馆长顾廷龙得知山东大学古籍所教授杜泽逊正在编纂《四库存目标注》,不久就把自己早年批注的一部《四库全书附存目录》寄给了杜泽逊,并写信说:

> 欣悉先生从事《存目》版本甚勤,无任钦佩! 鄙人昔尝从事于此,所见《存目》书即注于目下。当时燕京购书费拮据,有收有未收。收者均在今北大。未注版本者,因已收入丛书,容易找。后来芦沟之变,百事俱废。兹将批注本寄奉参考,想河海不捐细流,或愿一顾。①

　　上举刘杳、闻一多、向达、胡士莹和顾廷龙诸位,都是博综群书、多有著述的著名学者,但他们都能自愿地、无偿地把自己所掌握的史料赠予需要者,或公之于众。这体现了他们视史料为公有的博大胸襟和传承中华文明的高尚品格。这同那些把史料据为己有,甚至秘而不宣、待价而沽者,形成了鲜明的对比。

# 第二节　使用真实的、原始的和新发现的史料

　　史料有真伪,使用真实的史料是史学的生命,我们使用的史料必须是经过鉴别、考证,是真实可靠的。顾颉刚指出:

> 治史学的人对于史料的真伪应该是最先着手审查的,要是不经过这番工作,对于史料毫不加以审查而即应用,则其所著虽下笔万言,而一究内容,全属凭虚御空,那就失掉了存在的资格。②

---

① 引自杜泽逊《四库存目标注》,上海古籍出版社2007年版,一,《序论》第53页。
② 顾颉刚《当代中国史学》,上海古籍出版社2002年版,第36页。

胡适在《中国哲学史大纲·导言》中说：

> 史料若不可靠，所作的历史便无信史的价值。

司马迁撰写《史记》，对于史料，注重考辨，力求使用真实可靠的史料，摒弃那些"过其实"、"损其真"的史料。他写《刺客列传·豫让传》，基本上采用了《战国策·赵策》的成文，但删去了"衣尽出血；襄子回车，车轮未周而亡"三句荒诞夸饰的描写。

胡适写《白话文学史》，在史料的使用上十分谨慎。从《白话文学史》的《自序》可以看到，他对文学史的叙述，总是以史料的准确为基础。他的文学史之所以从汉代开始，是因为他对上古文学史料存有疑问，连《诗经》也留待以后叙写。

有些史料，经过前人的考证，确实属于伪作，一定不能使用。如伪古文《尚书》，已被清代阎若璩等考定是伪书，我们就不能把它作为研究商周史的史料来使用。

有些史料本身存有疑问，而又难以断定其真伪。我们使用这类史料时，可以参考司马迁的做法，用"或然性"的词语或语气予以表示。如《史记》卷二《夏本纪》："或言禹会诸侯江南，计功而崩，因葬焉，命曰会稽。会稽者，会计也。"卷七《项羽本纪》："吾闻之周生曰：舜目盖重瞳子，又闻项羽亦重瞳子。羽岂其苗裔耶？"司马迁的这种做法，既没有违背使用真史料的原则，又没有轻易地遗弃相关的有疑问的史料，保存了史料，以备后人参考。

有许多史料是层层积累的。这些史料具有历史性。历史性主要体现在源流上。同一史料往往见于不同时期的不同著述中。我们应当客观地梳理其源流，分析其差异，努力还原其真貌，尽可能举先以明后，以示后者必有祖述，使用最早的、原始的史料，或接近原始的史料，一般称之为第一手史料，如最早的记载、原作、档案等，这些都属于史料的源头。少用后期的史料，把后期的史

料作为参考。一般来说，最早的、原始的史料，离历史事件发生的
时空近一些，错误少些，较为可靠。后来的史料往往经过改编。
由于改编者受到某些条件的制约，原来的内容会有所变化，而且
还会出现差错。如关于阮籍醉眠邻家酒店一事，南朝宋代刘义庆
《世说新语·任诞》载：

> 阮公邻家妇有美色，当垆酤酒。阮与王安丰常从妇饮
> 酒。阮醉，便眠其妇侧。夫始殊疑之，伺察，终无他意。

后来唐代房玄龄等撰《晋书》，于卷49《阮籍传》亦载此事：

> 邻家少妇有美色，当垆酤酒。籍尝诣饮，醉，便卧其侧。
> 籍既不自嫌。其夫察之，亦不疑也。

仔细比较上引《世说新语》和《晋书》的记载，能够发现有所不
同。如果我们要使用上述史料，应当使用《世说新语》的记载。一
是因其早；二是因其记载的比较全面。再如新、旧《唐书》。《旧唐
书》是五代后晋时刘昫等撰写的，多依据唐代实录，所记史实比较
可信。《新唐书》是北宋欧阳修撰写的，时代较晚，撰写者很少见
到唐代实录，又力求文笔简洁，所记史实的翔实程度不如《旧唐
书》。

使用原始的、早期的史料，既是一个认识问题，更是一个实践
问题。许多研究者都懂得使用原始的早期的史料，但常常难以做
到。究其原因，或是原始的、早期的史料不容易找到，或是图省
事，不想耐心去查找。需要说明的是，我们强调使用原始的、早期
的史料，但不能绝对化和简单化。原始的、早期的史料，有时也并
不真实可靠，有时记载过于简略。史料有不足于前时而足于后
来，后来的史料有时反倒比早期的史料正确、全面。如王国维的
《优语录》。《优语录》是王国维辑录的研究宋元戏曲史的资料汇
编，编于1909年，刊于上海《国粹学报》第63—66期。后来收入

罗振玉主编的《海宁王忠悫公遗书》、赵万里主编的《海宁王静安先生遗书》及今人所编的《王国维戏曲论文集》。《优语录》在《国粹学报》上刊载以后,又在日本人在奉天(沈阳)编辑发行的《盛京时报》1914年6、7月间连载。和在《国粹学报》上刊载的相比,《盛京时报》上连载的多出43则①。我们如果使用《优语录》,应当使用后出的。由此可见,我们不能完全排除使用后来的史料。

　　我国古代丰富的史料,由于种种原因,有许多被掩埋和隐藏。这些史料,不断地被发现和整理。我们在使用史料时,要注意使用新发现的史料。使用新史料,不仅能使著述给人以耳目一新之感、纠正或补充旧史料,更重要的是能从中得出新的认识。胡适在撰写《白话文学史》的过程中,特别重视使用新史料。胡适的《白话文学史》,开始是1921年编写的15篇讲义。六年以后,当他看到国内外不断发现了"绝大一批极重要的"俗文学和敦煌文献等史料时,就重新彻底改写《白话文学史》。他说:"有了这些新史料作根据,我的文学史自然不能不彻底修改一遍了。新出的证据不但使我格外明白唐代及唐以后的文学变迁大势,并且逼我重新研究唐以前的文学逐渐演变的线索。六年前的许多假设,有些现在已得着新证据了,有些现在须大大地改动了。"他重视新史料,有时往往一章书刚排印好,又发见新证据,或新材料了。有些地方,他在每章之后,加个后记,"有时候,发现太迟了,书已印好,只有在正误表里加上改正"②。看来,胡适在研究文学时,一直关注新史料,依据新史料修改原著,守正出新,明白了"文学变迁大

①上引史料据陈艳军《新发现的王国维〈优语录〉增订本》,《文献》2003年第4期。
②胡适《白话文学史·自序》,东方出版社1996年版,第6、9页。

势"和重新研究"文学逐渐演变的线索"。胡适的认识和实践,为我们提供了重视和使用新史料的范例。

新史料尽管重要,但新史料毕竟很少。我们使用新史料时,一定不能轻忽过去常见的史料,应注意同过去已有的史料结合起来。早在二十世纪二三十年代,傅斯年就强调,要把"新发见的直接史料与自古相传的间接史料相互勘补",他说:

> 必于旧史史料有工夫,然后可以运用新史料;必于新史料能了解,然后可以纠正旧史料。新史料之发见与应用,实是史学进步的最要条件;然而但持新材料,而与遗传者接不上气,亦每每是枉然。从此可知抱残守缺,深固闭拒,不知扩充史料者,固是不可救药之妄人;而一味平地造起,不知积薪之势相因,然后可以居上者,亦难免于狂狷者之徒劳也。①

新史料与旧史料常常是相因相依,可以相互勘补。

我们在使用新史料时,还应当注意考辨。从古到今,常常有人伪造"新史料",也有一些新史料在记载或流传的过程中,不同程度地失去了真面目。这就提醒我们,对于新史料,应当辨析之,慎用之。

# 第三节　避免断章取义、"抽样作证",注意取舍选择、分析比较

我们研究一个问题时,面对的史料,即使真实的史料,有时常常相当繁多。在这种情况下,有两点特别值得注意:

一是要客观、全面地分析使用史料,避免断章取义和使用"抽

---

① 傅斯年《史料论略及其他》,辽宁教育出版社1997年版,第25页。

样作证"的做法。有时面对丰富多样的史料，如果只注意使用有利于自己观点的史料，而摒弃不利于自己观点的史料，其结果是许多问题可以按照自己预设的观点方向去证明，这是应当否定的断章取义和"抽样作证"的做法。过去有人利用史料作为政治工具，或者用来维护自己的错误观点，他们使用的方法，往往就是断章取义和"抽样作证"①。有些史料，同说一事，但词语乖杂，或者所说事实出入较大。对待这类史料，首先应当把相关的史料，都抄列出来，以备异闻，同时加以分析选择，使用证据比较充分、情理近于事实的史料。

　　二是要注意精选史料，不要堆砌。我们研究文学史，有时不患史料不多，而患如何处理众多的史料。面对大量的史料，使用时，要避免不分轻重、兼引并用、以多为功，更不能玩赏孤本秘笈、猎奇采异。我们搜集史料要全，但使用史料则要重视取舍，严格选择。陈垣治史，注意"竭泽而渔"地全面搜集史料，但使用时却十分严格。他的"《元典章校补释例》，只用了原来搜集的材料中的一千多条，而不用者竟有一万多条"②。如何做到从大量的史料中，精选史料？许多前辈为我们提供了正确的做法，其中特别重要的一点是注意分析比较。任何史料都不是孤立的，其价值也有差别。想揭示其价值的大小，只有把它们置于整体中加以比较，才能被认知。所谓比较，就是把相关的史料放在纵横两个坐标上进行比较，从纵横两个视角，看其价值和意义。经过比较之后，舍得割爱，选用那些能集中反映人物或事件本质的典型史料，

①参阅严耕望《治史三书》，辽宁教育出版社 1998 年版，第 31 页。
②引自白寿彝《要继承这份遗产——纪念陈援庵先生诞辰一百周年》。引文载陈智超编《励耘书屋问学记》（增订本），北京三联书店 2006 年版，第 109 页。

把它们放在具体的时间、地点和情景下，作具体分析。所谓典型史料，不一定是重大史料，而是分析史料与其他有无关系和产生影响的大小。研究文学史上任何一个重要问题，若不能严格选用和抓住那些典型的史料，就难以抓住研究对象的本质特征。研究古代文学的某一问题，不是"史料搬家"。论证需要充分的证据，但不等于把所有的证据都罗列出来。不加区别地大量罗列史料，增加了篇幅，使论著显得臃肿拖沓，读者读起来容易感到繁琐芜杂，感到沉闷寡味。

# 第四节　正确阐释史料

表现一种文学现象的史料是复杂的。史料往往有丰富的内涵，能够正确地解读一种文学现象是相当困难的。我们使用史料时，应当注意史料的复杂性，应当深入地挖掘分析史料的内涵，但要避免混淆古今的界限。每一时期的文学现象，都有自己时代的特点。我们使用史料时，要有历史的观点，了解史料的时代特点。不能把今天所特有的思想观点主观地贯注到史料中去，要严格遵守史料所能证明的限度，不能夸大和过分阐释，也不能附会。说到过分阐释，傅斯年早在《中国考古学报告集》之一《城子崖》序一中就指出：

> "过犹不及"的教训，在就实物作推论时，尤当记着。把设定当作证明，把涉想当作假定，把远若无关的事辩成近若有关，把事实未允许决定的事付之聚讼，都不足以增进新知识，即不促成所关学科的发展。①

---

① 引自李济《傅孟真先生领导的历史语言研究所——几个基本观念及几个重要工作的回顾》，引文见王为松编《傅斯年印象》，学林出版社 1997 年版，第 106 页。

傅斯年论述的虽然是不能过分阐释考古史料,但其精神却具有普遍的意义,完全适用于对文学史料的阐释。关于傅会方面的问题,这里借用美国历史家黄仁宇所举的一个例子:

> 明代张翰所著的《松窗梦语》中,记载了他的家庭以机杼起家的经过。中外治明史的学者,对这段文字多加引用,以说明当时工商业的进步及资本主义的萌芽。其实细读全文,即知张翰所叙其祖先夜梦神人授银一锭、因以购机织布云云,乃在于宣扬因果报应及富贵由命的思想。姑不论神人授银的荒诞不经,即以一锭银而论,也不足以购买织机,所以此史显然不能作为信史。①

在古代文学研究中,有一些问题之所以分歧很大,其中与不能恰如其分地、正确地分析史料的内涵有直接关系。许多文学史料的内涵既有开放性,又有给定性。开放性使人们对史料能从不同的角度、用不同的价值标准来体悟分析和评价,使人们对史料的解读一直是“在路上”,呈过程状态,没有终极,也没有绝对的权威。开放性体现了历史性。对史料的理解,离不开理解者所处的时代。每个时代,都是按照自己的需求和思维方式来理解史料的。理解是产生在一定的历史背景中,体现了一定时代的认识。而给定性使人们解读史料,只能是史料提供的或明显、或隐藏的东西,不能无中生有、任意生发。注意史料的给定性,有利于避免解读史料的随意性和过度阐释。就当前来看,尤其应当注意避免过度阐释、夸大史料内涵的倾向。

---

① [美]黄仁宇《万历十五年》(增订纪念本),中华书局 2006 年版,《自序》,第3页。

# 第五节　引用史料的两个重要规范：
## 严格核对、注明出处

　　经过历代许多文人学者长期的辛勤耕耘，有不少文学史料得到了编辑、出版，有许多史料上了网络，还有许多史料经常被一些论著引用。这些史料为我们的研究提供了方便，可以借用，但不能完全照搬。原因是不论是史料的汇编、网络上的史料，还是一些著述引用的史料，同原始的史料相比，常常不同程度地存在一些问题，归纳起来，主要有以下三点：

　　一是由于抄印粗心，或单凭记忆等原因造成的错误。有作者被弄错误的。明代于谦《石灰吟》中有"粉身碎骨全不怕，要留清白在人间"两句，这是写进了教科书的名篇名句。许多引用这首诗的著述，都说此诗出自《于谦集》。阎崇年在引用此诗时，用了很长时间遍寻各种《于谦集》，都没有找到这首诗。最后得出结论：此诗不是于谦写的①。有把书名弄错的。曹植《当来日大难》一诗中有"游马后来，辕车解轮"两句。"辕车解轮"一事本来出自《汉书》卷 62《陈遵传》，而赵幼文《曹植集校注》卷 3 引作《后汉书·陈遵传》。此后有关的著述，如俞绍初、王晓东的《曹植选集》，陈庆元的《三曹诗选》，孙明君的《三曹诗选》，均未检核原书，沿用了赵幼文之引，都误作《后汉书》。有内容被弄错的。曹植《桂之树行》一诗中有两句："淡薄无为自然，乘跷万里之外。"清代人宋长白在《柳亭诗话》卷一引用这两句诗则误为："淡薄无为，自

---

① 引自邢宇皓《阎崇年：通俗讲史，是"炼狱"，更是责任》，《光明日报》2008 年
　2 月 19 日第 12 版。

然乘跻。"类似上面所列举的引文之误,可以说屡见不鲜。

二是古今有些著述引用史料时,往往是节引,而又不注明。如:《艺文类聚》卷89"桂"类引《山海经》曰:"招摇之山,其上多桂。"赵福坛选注《曹氏父子诗选》①,注曹植《弃妇诗》中的"招摇",照引《艺文类聚》。查阅《山海经》,《艺文类聚》所引见《山海经·南山经》,原文是:"南山之首曰䧿山。其首曰招摇之山,临于西海之上,多桂,多金玉。"同原文比较,可以确知,《艺文类聚》所引是节文。

李善注《文选》卷37注曹子建《求自试表》中的"诚与国分形同气,忧患共之者也"两句,引《吕氏春秋》:"父母之于子也,子之于父母也,一体而分形,同血气而异息,痛疾相救,忧思相感,生则相欢,死则相哀。此之谓骨肉之亲也。"李善的引文见《吕氏春秋》卷九《精通篇》。李善的引文,除个别字与《吕氏春秋》原文不同外,原文在"同气而异息"一句下,还有"若草莽之有华实也,若树木之有根心也。虽异处而相通,隐志相及"四句,李善未引。显然,李善的引文属于节引,但又没有注明。后来唐五臣注《文选》,今人俞绍初、王晓东《曹植选集》均照引李善注,却没有标明是节引。

张岱年在《中国古典哲学的几个特点》一文中,引徐幹所著《中论》记述荀爽的言论:

> 古人有言,死而不朽。其身殁矣,其道犹存,故谓之不朽。夫形体固自朽弊消亡之物,寿与不寿,不过数十岁。德义立与不立,差数千岁,岂可同日言也哉!

而《中论》所引的原文是:

---

① 广东人民出版社1984年版。

　　古人有言，死而不朽。谓太上有立德，其次有立功，其次有立言。其身殁矣，其道犹存，故谓之不朽。夫形体者，人之精魄也；德义令闻者，精魄之荣华也。君子爱其形体，故以成其德义也。夫形体固自朽弊消亡之物，寿与不寿，不过数十岁。德义立与不立，差数千岁，岂可同日言也哉！

　　两相对照，张岱年所引为节文，但所节文，又没有用"……"号表示，也没有其他说明。

　　三是把原文融化，用自己的语言转述出来。如赵幼文注曹植《当来日大难》诗中"辕车解轮"一句引《后汉书》(笔者按：当作《汉书》)《陈遵传》："遵好客，每宴会，辄取客车辖投井中。"①查阅《汉书》卷92《陈遵传》，原文是："遵耆酒，每大饮，宾客满堂，辄关门，取客车辖投井中，虽有急，终不得去。"两相对照，赵幼文所引不仅把《汉书》误作《后汉书》，同时引文属于自己的转述，而又未加说明。

　　上面列举的例证启示我们，不少著述中所引用的史料(第二手史料)同原始史料相比，有时有误，有时不是原史料的面貌。我们使用时，不能径直引用，应当尽力查找史料最早的出处，严格核对。不然的话，会以误传误，或者造成误会。

　　撰写学术论著引用史料，尽量引用原始史料，这是一个重要的学术规范。至于引用的方法可以灵活。现在常见的主要有直接引用和融化引用两种，也有会通这两种方法、结合使用的。

　　所谓直接引用，也可以称作"明引"，就是照引原文。这种方法，常被许多研究性的论著所采用。引用原文这种方法的优点是，比较省事，容易操作，读者能够看到原本史料。其难处是有时

---

① 赵幼文《曹植集校注》，人民文学出版社1984年版，第467页。

不易剪裁。过简，说明不了问题。过繁，容易增加篇幅，使读者感到枝蔓芜累。同时，直录的史料原文，夹在论述中间，很难做到论著全文文理贯通、行文流畅。

所谓融化引用史料，也可以称作"暗引"，就是把史料加以融化，在表述上有所变通，用自己的话转述出来。这种方法，可以使史料和自己的论述融合在一起，避免了引用的用不同语言风格撰写的原史料和自己论述之间的阻隔，使论著的行文通篇顺畅，读者容易阅读。因此，写普及的通论性的论著，应当尽量多使用这种方法。这种方法的欠缺是，读者看不到原始史料，自然无法鉴别转述的是否正确。使用这种方法，必须对史料有正确的、透彻的理解，还要有相当高的驾驭语言的能力①。

我们在引用史料时，一定要注明史料的出处。注明史料的出处是中国古代史料学的一个优良传统和规范。司马迁撰写《史记》就注意了这一点。如卷28《封禅书》载：

> 余从巡祭天地诸神名山川而封禅焉。入寿宫侍祠神语，究观方士祠官之意，于是退而论次。

这里注明了《封禅书》中所用的上述的史料，是出自自己从巡和究观。又如卷67《仲尼弟子列传》载：

> 余以弟子名姓、文字悉取《论语》弟子问。

这里注明了《仲尼弟子列传》中孔子弟子的姓名，完全出自《论语》。我们应当遵循这一传统，守住这一规范。如论述文学家的生平经历，引用他们的作品，都应当注明传记史料的出处和作品的版本。对于有关史料的差异和不同的阐释，都要说清楚，并

_____

① 以上关于引用史料部分，主要内容参考了严耕望《治史三书》，辽宁教育出版社1998年版，第75—78页。

注明出处。有时由于难以寻觅到原始史料，不得已要转引他人已经引用的史料，在根据引者所引注明原始史料的出处的同时，还应注明转引自何处。这样做，为读者提供了查阅的线索，有利于保持言必有据的严谨学风。

注明出处的具体内容，如果是自己观察和访问的，应当具体注明，如果是引自相关的论著，应当注明论著名、作者、出版单位、出版时间、版次。分卷的论著，应当注明卷数和篇名；不分卷的应注明页数。这样做，为读者核实史料提供了方便。

注明出处的形式，通常的有脚注、尾注和夹注。脚注是把注文按顺序统一编号，置于引文所在页的正文之下。这种方式不会间隔正文，便于核查，避免了阅读时前后翻检的麻烦。尾注是把注文按顺序统一编号，置于引文所在正文的一节、一章、一篇文章、一本书之后①。尾注有传统的和标准化的两种。标准化这种方式，不易操作，前几年有些著述使用过，最近用得较少。使用尾注，对撰写者来说，比较简便，也不会妨碍正文的连贯。但有时注文条数较多，注号容易出错，同时给读者带来了翻检之劳。夹注是紧跟引文本句之后，古代多用双行小字，所以通称为"双行夹注"。"双行夹注"不便于排版，后来用得比较少。后来也有用夹注的，多改用单行，注文用"（　）"号括起来。夹注的优点是便于读者紧跟原文阅读注文，也不会出现正文与注文配合不当的错误。但夹注注文不能太长，如果太长，就影响了正文的连贯性。

我国自古以来就有重视正确使用史料的优良传统，逐步形成了诸如上述的一些规范。我们应当遵循这些规范。同时也要注意，随着史料不断地被发现，随着学术研究的变革和新科技对史

---

①置于一本书之后的，一般是把注释按章节依次编排。

料的影响,会出现许多新问题、新特点,如电子文献的大量出现,网上史料的使用等。面对不断出现的新问题、新特点,我们使用史料时,除了继承优良的传统和规范外,还要与时俱进,不断地探索正确使用史料的新规范和新方法。

# 主要征引参考书目

## B

《八代传序文学述论》 朱东润 复旦大学出版社 2006 年版

《白话文学史》 胡适 东方出版社 1996 年版

《白居易综论》 谢思炜 中国社会科学出版社 1997 年版

《北堂书钞》 〔唐〕虞世南编撰 中国书店 1989 年影印

《卜辞通纂》 郭沫若 科学出版社 1983 年版

《布衣与学术：胡应麟与中国学术史研究》 王嘉川 商务印书馆 2005 年版

## C

《藏书纪事诗》(附补正) 叶昌炽 《辛亥以来藏书纪事诗》(附校补) 伦明 上海古籍出版社 1999 年版

《插图本中国文学史》 郑振铎 北京出版社 1999 年版

《陈寅恪集·书信集》 陈美延编 三联书店 2001 年版

《陈寅恪史学论文选集》 陈寅恪 上海古籍出版社 1992 年版

《陈代诗歌研究》 马海英 学林出版社 2004 年版

《程毅中文存》 程毅中 中华书局 2006 年版

《初学记》 〔唐〕徐坚等 中华书局 1962 年版

《楚辞类稿》 汤炳正 巴蜀书社 1988 年版

《楚辞学史》 李中华、朱炳祥 武汉出版社 1996 年版

《出土文献与中国文学研究》 姚小鸥主编 北京广播学院出版
社 2000 年版

《词学史料学》 王兆鹏 中华书局 2004 年版

《词话史》 朱崇才 中华书局 2006 年版

《崔东壁遗书》 [清]崔述 上海古籍出版社 1983 年版

### D

《澹生堂藏书约》 祁承㸁 上海古籍出版社 2005 年版

《当代中国史学》 顾颉刚 上海古籍出版社 2002 年版

《岛夷志略校释》 [元]汪大渊撰 苏继庼校释 中华书局 1981
年版

《东塾读书记》 [清]陈澧 三联书店 1998 年版

《东晋文艺综合研究》 张可礼 山东大学出版社 2001 年版

《杜诗学引论》 胡可先 安徽大学出版社 2003 年版

### F

《凡将斋金石丛稿》 马衡 中华书局 2001 年版

《范宁古典文学研究文集》 范宁 重庆出版社 2006 年版

《方回的唐宋律诗学》 詹杭伦 中华书局 2002 年版

《方志学》 黄苇等 复旦大学出版社 1993 年版

《焚书》 [明]李贽著 管玉林整理校点 中华书局 1961 年版

《傅斯年印象》 王为松编 学林出版社 1997 年版

《傅振伦学术》 傅振伦 浙江人民出版社 1999 年版

# G

《陔余丛考》　[清]赵翼著　栾保群、吕宗力校点　河北人民出版社 1990 年版

《古代墓志通论》　赵超　上海古籍出版社 2006 年版

《古代石刻》　赵超　文物出版社 2001 年版

《古代诗文总集选介》　张涤华　上海古籍出版社 1985 年版

《古代文献的考证与诠释——海峡两岸古典文献学国际学术会议论文集》　李浩、贾三强主编　上海古籍出版社 2006 年版

《古代研究的史料问题》　胡厚宣　云南人民出版社 2005 年版

《古典目录学浅说》　来新夏　中华书局 2003 年版

《古典文学与文献论集》　朱迎平　上海财经大学出版社 1998 年版

《古籍版本学概论》　严佐之　华东师范大学出版社 1989 年版

《古籍丛书叙论》　李春光　辽沈书社 1991 年版

《古籍点校疑误汇录》二、四、五辑　国务院古籍整理出版规划小组编　中华书局 1990 年版

《古籍整理概论》　黄永年　上海古籍出版社 2001 年版

《古籍整理浅谈》　程毅中　北京燕山出版社 2001 年版

《古籍整理学》　刘琳、吴洪泽　四川大学出版社 2003 年版

《古诗文要籍叙录》　金开诚、葛兆光　中华书局 2005 年版

《瓜蒂庵小品》　谢国桢著　姜纬堂选编　北京出版社 1998 年版

《观堂集林》　王国维　河北教育出版社 2001 年版

《光宣以来诗坛旁记》　汪辟疆　辽宁教育出版社 1998 年版

《广弘明集》　[唐]道宣　上海古籍出版社 1991 年版

《归潜志》　[元]刘祁著　中华书局 1983 年版

《癸巳存稿》　［清］俞正燮　辽宁教育出版社 2003 年版

《十批判书》　郭沫若　郭沫若著作编辑出版委员会编　人民出
　　版社 1982 年版　《郭沫若全集·历史编第二卷》

## H

《汉唐〈史记〉研究论稿》　杨海峥　齐鲁书社 2003 年版

《汉唐文学与文献论考》　陈尚君　上海古籍出版社 2008 年版

《贺昌群文集》　贺昌群　商务印书馆 2003 年版

《胡适全集》　季羡林主编　安徽教育出版社 2003 年版

《胡应麟诗学研究》　王明辉　学苑出版社 2006 年版

《话本小说概论》　胡士莹　中华书局 1980 年版

《花间集论稿》　闵定庆　南方出版社 1999 年版

《黄人评传·作品选》　汤哲声、涂小马　中国文史出版社 1998
　　年版

《黄遵宪与岭南近代文学论丛》　左鹏军　中山大学出版社 2007
　　年版

## J

《积微翁回忆录》　杨树达　上海古籍出版社 1986 年版

《集部要籍概述》　曾枣庄　江苏教育出版社 2007 年版

《建安文学史》　顾农　湖南教育出版社 2000 年版

《建国以来古代文学问题讨论举要》　卢兴基主编　齐鲁书社
　　1987 年版

《简帛古书与学术源流》　李零　三联书店 2004 年版

《简帛文献学通论》　张显成　中华书局 2004 年版

《校雠广义·目录编》　程千帆、徐有富　齐鲁书社 1988 年版

《校雠通义通解》　［清］章学诚著　王重民通解　上海古籍出版
　　社 1987 年版

《校勘学大纲》（第二版）　倪其心　北京大学出版社 2004 年版

《结网漫录——中国古代经典文学作品探幽》　刘跃进　学苑出
　　版社 1997 年版

《今存十种唐人选唐诗考》　吕光华　载潘美月、杜洁祥主编《古
　　典文献研究辑刊》（初编）第 34 册　台北县花木兰文化工作坊
　　2005 年版

《金明馆丛稿》二编　陈寅恪　上海古籍出版社 1980 年版

《金代文学研究》　胡传志　安徽大学出版社 2000 年版

《金元词通论》　陶然　上海古籍出版社 2001 年版

《近代中国史学十论》　罗志田　复旦大学出版社 2003 年版

《近代小说理论批评流派研究》　刘良明等　武汉大学出版社
　　2003 年版

《近代三十年国外"中国学"工具书简介》　冯蒸　中华书局 1981
　　年版

《金瓶梅论集》　刘辉　人民文学出版社 1986 年版

《金文编》　容庚编著　张振林、马国权摹补　中华书局 1985
　　年版

《经部要籍概述》　董治安主编　江苏教育出版社 2008 年版

《经学历史》　［清］皮锡瑞著　周予同注释　中华书局 1959 年版

《经义述闻》　［清］王引之　江苏古籍出版社 1985 年版

## L

《李大钊选集》　李大钊　人民出版社 1959 年版

《李焘著述考辨》　王承略、杨锦先　上海古籍出版社 2004 年版

《李审言文集》 李审言 江苏古籍出版社 1989 年版

《历代辞赋研究史料概述》 马积高 中华书局 2001 年版

《郦道元评传》 陈桥驿 南京大学出版社 1994 年版

《励耘书屋丛刊》 陈垣 北京师范大学出版社 1982 年版

《励耘书屋问学记》（增订本） 陈超智编 三联书店 2006 年版

《刘师培辛亥前文选》 刘师培 三联书店 1998 年版

《历史的观念》 ［英］R. G. 柯林武德著 何兆武等译 中国社会
科学出版社 1986 年版

《历史分光镜》 许倬云 上海文艺出版社 1998 年版

《历史学家的修养和技艺》 李剑鸣 上海三联书店 2007 年版

《历史学家的技艺》 ［法］马克·布洛赫著 张和声等译 上海
社会科学院出版社 1992 年版

《历史理论和史学理论》 何兆武 商务印书馆 1999 年版

《辽金元诗文史料述要》 刘达科 中华书局 2007 年版

《刘文典全集》 诸伟奇、刘平章主编 安徽大学出版社、云南大
学出版社 1999 年版

《龙坡论学集》 台静农 辽宁教育出版社 2000 年版

《陆侃如古典文学论文集》 陆侃如 上海古籍出版社 1987 年版

《鲁迅全集》 鲁迅 人民文学出版社 2005 年版

《鲁迅辑录古籍丛编》 林辰、王永昌编校 人民文学出版社 1999
年版

## M

《马克思恩格斯选集》第 2 卷 人民出版社 1972 年版

《马可·波罗介绍与研究》 余士雄 书目文献出版社 1983 年版

《马可·波罗游记》 冯承钧译 中华书局 1957 年版

《马隅卿小说戏曲论集》　马廉著、刘倩编　中华书局 2006 年版

《缪钺全集》　缪钺　河北教育出版社 2004 年版

《民国文坛探隐》　陈福康　上海书店出版社 1999 年版

《明代史学的历程》　钱茂伟　社会科学文献出版社 2003 年版

《明代出版史稿》　缪咏禾　江苏人民出版社 2000 年版

《明代文学研究国际学术研讨会论文集》　罗宗强、陈洪主编　南开大学出版社 2006 年版

《明代文学批评史》　袁震宇、刘明今　上海古籍出版社 1991 年版

《明清笔记丛谈》　谢国桢　上海古籍出版社 1981 年版

《明清时期的小说传播》　宋莉华　中国社会科学出版社 2004 年版

《明清稀见史籍叙录》　武新立　江苏古籍出版社 2000 年版

《摹庐丛书七种》　陈直　齐鲁书社 1981 年版

《目录学发微》　余嘉锡　中国人民大学出版社 2004 年版

《目录学研究》　汪辟疆　华东师范大学出版社 2000 年版

### N

《廿二史考异》　［清］钱大昕著　载陈文和主编《嘉定钱大昕全集》　江苏古籍出版社 1997 年版

### O

《欧阳予倩戏剧论文集》　欧阳予倩　上海文艺出版社 1984 年版

### P

《蒲松龄事迹著述新考》　袁世硕　齐鲁书社 1988 年版

# Q

《七缀集》(修订本)　钱钟书　上海古籍出版社 1994 年版

《蕲弛斋小品》　顾颉刚著　顾潮整理　北京出版社 1998 年版

《契丹国志》　[南宋]叶隆礼撰　上海古籍出版社 1985 年版

《清代人物传记史料研究》　冯尔康　商务印书馆 2000 年版

《清代朴学大师列传》　支伟成　岳麓书社 1986 年版

《清代文献学简论》　叶树声、许有才　安徽大学出版社 2004
　年版

《清代学术概论》　梁启超著　夏晓虹点校　中国人民大学出版
　社 2004 年版

《清人文集别录》　张舜徽　华中师范大学出版社 2004 年版

《清史史料学初稿》　冯尔康　南开大学出版社 1986 年版

《屈赋新探》　汤炳正　齐鲁书社 1984 年版

《曲洧旧闻》　[宋]朱弁撰　孔凡礼点校　中华书局 2002 年版

# R

《二十五史补编》　二十五史刊行委员会编　中华书局 1955 年版

《日本藏汉籍珍本追踪纪实——严绍璗海外访书志》　严绍璗
　上海古籍出版社 2005 年版

《日本汉学史》　李庆　上海外语教育出版社 2002 年版

《日知录集释》　[清]顾炎武著　[清]黄汝成集释　栾宝群、吕宗
　力校点　花山文艺出版社 1990 年版

# S

《三目类序释评》　李致忠　北京图书馆出版社 2002 年版

《三学集》　来新夏　中华书局 2002 年版

《山西戏曲碑刻辑考》　冯俊杰　中华书局 2002 年版

《诗话概说》　刘德重、张寅彭　中华书局 1990 年版

《诗经学史》　洪湛侯　中华书局 2002 年版

《诗史之际——唐代文学发微》　李浩　商务印书馆 2000 年版

《诗史释证》　邓小军　中华书局 2004 年版

《史部要籍概述》　黄永年　江苏教育出版社 2008 年版

《史记索隐引书考实》　程金造　中华书局 1993 年版

《〈史记〉文献丛稿》　赵生群　江苏古籍出版社 2000 年版

《史记学概论》　张新科　商务印书馆 2003 年版

《史料与史学》(增订本)　翦伯赞　北京大学出版社 1985 年版

《史料学概要》　谢国桢　福建人民出版社 1985 年版

《史料与历史科学》　荣孟源　人民出版社 1987 年版

《史料论略及其他》　傅斯年　辽宁教育出版社 1997 年版

《史通新校注》　〔唐〕刘知几撰　赵吕甫校注　重庆出版社 1990
　年版

《史学概论》　白寿彝主编　宁夏人民出版社 1983 年版

《史学方法》　王尔敏　广西师范大学出版社 2005 年版

《史学方法论》　杜维运　北京大学出版社 2006 年版

《史学九章》　汪荣祖　三联书店 2006 年版

《士与中国文化》　余英时　上海人民出版社 1987 年版

《十驾斋养新录》　〔清〕钱大昕著　陈文和等校点　江苏古籍出
　版社 2000 年版

《十七史商榷》　〔清〕王鸣盛　北京中国书店 1987 年版

《十九世纪文学主流》第 1 分册　〔丹麦〕勃兰兑斯　人民文学出
　版社 1988 年版

《世说新语研究》　王能宪　江苏古籍出版社 1992 年版

《书目答问补正》　张之洞撰　范希曾补正　上海古籍出版社
　2001 年版

《四海寻珍》　李学勤　清华大学出版社 1998 年版

《宋朝事实》　［宋］李攸　《四库全书》本

《宋稗类钞》　［清］潘永因　《四库全书》本

《宋代文献学研究》　张富祥　上海古籍出版社 2006 年版

《宋金杂剧考》（订补本）　胡忌　中华书局 2008 年版

《宋人文集编刻流传丛考》　王岚　江苏古籍出版社 2003 年版

《宋元明讲唱文学》　叶德均　古典文学出版社 1957 年版

《宋元戏曲史》　王国维著　杨扬校订　华东师范大学出版社
　1995 年版

《隋唐五代文学史料学》　陶敏、李一飞　中华书局 2001 年版

**T**

《太平御览》　［宋］李昉等　中华书局 1960 年版

《唐代长安与西域文明》　向达　三联书店 1957 年版

《唐代诗与画的相关性研究》　陈华昌　陕西人民美术出版社
　1993 年版

《唐人选唐诗述论》　吕玉华　台湾文津出版有限公司 2004 年版

《唐诗演进论》　罗时进　江苏古籍出版社 2001 年版

《唐史史料学》　黄永年　上海书店出版社 2002 年版

《唐宋词通论》　吴熊和　浙江古籍出版社 1989 年版

《通史新义》　何炳松　广西师范大学出版社 2005 年版

《通志二十略》　［宋］郑樵撰　王树民点校　中华书局 1995 年版

《推十书》　刘咸炘　成都古籍书店 1996 年版

# W

《万历十五年》(增订纪念本) 〔美〕黄仁宇 中华书局 2006 年版

《晚清一个外交官的文化历程》 李华川 北京大学出版社 2004
年版

《汪辟疆文集》 汪辟疆 上海古籍出版社 1988 年版

《王国维文集》 姚淦铭、王燕编 中国文史出版社 1997 年版

《王力先生纪念文集》 三联书店(香港)有限公司 1987 年版

《魏晋南北朝史札记》 周一良 中华书局 1985 年版

《魏晋南北朝文学史料述略》 穆克宏 中华书局 1997 年版

《魏晋史学的思想与社会基础》 逯耀东 中华书局 2006 年版

《文史通义新编新注》 〔清〕章学诚著 仓修良编注 浙江古籍
出版社 2005 年版

《文史传统与文化重建》 〔美〕余英时 三联书店 2004 年版

《文献学大辞典》 赵国璋、潘树广主编 广陵书社 2005 年版

《文献学概要》 杜泽逊 中华书局 2001 年版

《文献学研究》 徐有富、徐昕 江苏古籍出版社 2002 年版

《文献学专题史略》 高尚榘主编 齐鲁书社 2007 年版

《文学史的权力》 戴燕 北京大学出版社 2002 年版

《文学史书写形态与文化政治》 陈国球 北京大学出版社 2004
年版

《闻一多全集》 闻一多 湖北人民出版社 1993 年版

《五朝诗话概说》 吴文治 黄山书社 2002 年版

《五十年来的中国文学研究》(1950—2000) 龚鹏程主编 台湾
学生书局 2001 年版

《五十年来的经学研究》(1950—2000) 林庆彰主编 台湾学生

书局 2003 年版

《五十年来的图书文献学研究》(1950—2000)　邱炯友、周彦文主编　台湾学生书局 2004 年版

## X

《西谛书话》　郑振铎　三联书店 1983 年版

《西方二十世纪文论选》　胡经之等　中国社会科学出版社 1989 年版

《现代中国学术论衡》　钱穆　三联书店 2002 年版

《先秦两汉文学史料学》　曹道衡、刘跃进　中华书局 2005 年版

《先秦文献与先秦文学》　董治安　齐鲁书社 1994 年版

《献疑集》　章培恒　岳麓书社 1993 年版

《萧子显及其文学批评》　詹秀惠　台湾文史哲出版社 1994 年版

《修辞学发凡》　陈望道　新文艺出版社 1954 年版

《学林漫步》　汪荣祖　江苏教育出版社 2005 年版

《学术集林》　王元化主编　上海远东出版社 1994 年 8 月开始陆续出版

《学术资料的检索与利用》　林庆彰主编　台湾万卷楼图书有限公司 2003 年版

《训诂简论》　陆宗达　北京出版社 1983 年版

《训诂学》(修订本)　郭在贻　中华书局 2005 年版

《训诂问学丛稿》　王继如　江苏古籍出版社 2001 年版

## Y

《燕园问学记》　陈来　北京大学出版社 2008 年版

《叶德辉书话》　李庆西标校　浙江人民出版社 1998 年版

《艺文类聚》 [唐]欧阳询编　汪绍楹校　上海古籍出版社 1982
　年版

《抑郁与超越:司马迁与汉武帝时代》　逯耀东　三联书店 2008
　年版

《音乐学文集》　中国艺术研究院音乐研究所编　山东友谊出版
　社 1994 年版

《饮冰室合集》　梁启超　上海中华书局 1942 年版

《瀛奎律髓汇评》　李庆甲集评校点　上海古籍出版社 2005 年版

《有高楼杂稿》　刘石　商务印书馆 2003 年版

《余嘉锡论学杂著》　余嘉锡　中华书局 1963 年版

《余嘉锡说文献学》　余嘉锡　上海古籍出版社 2001 年版

《余嘉锡文史论集》　余嘉锡　岳麓书社 1997 年版

《语石》　叶昌炽撰　柯昌泗评　陈公柔、张明善点校　中华书局
　1994 年版

《语言文学心理学论集》　詹锳　齐鲁书社 1988 年版

《玉海》　[宋]王应麟　江苏古籍出版社、上海书店 1988 年版

《元白诗笺证稿》　陈寅恪　上海古籍出版社 1978 年版

《元代诗法校考》　张健　北京大学出版社 2001 年版

《元代文学编年史》　杨镰　山西教育出版社 2005 年版

《元代文学文献学》　查洪德、李军　中国社会科学出版社 2002
　年版

### Z

《照隅室古典文学论集》　郭绍虞　上海古籍出版社 1983 年版

《郑振铎全集》　花山文艺出版社 1998 年版

《治史三书》　严耕望　辽宁教育出版社 1998 年版

《挚虞研究》　邓国光　香港学衡出版社 1990 年版

《子部要籍概述》　黄永年　江苏教育出版社 2008 年版

《中古文学文献学》　刘跃进　江苏古籍出版社 1997 年版

《中华文化海外传播史》　武斌　陕西人民出版社 1998 年版

《中国出版史料》（古代部分）　宋原放　湖北教育出版社 2004
　　年版

《中国出土古文献十讲》　裘锡圭　复旦大学出版社 2004 年版

《中国楚辞学史》　易重廉　湖南出版社 1991 年版

《中国丛书综录》　上海图书馆编　上海古籍出版社 1986 年版

《中国古代报纸探源》　黄卓明　人民日报出版社 1983 年版

《中国古代标点符号发展史》　管锡华　巴蜀书社 2002 年版

《中国古代史史料学》　何忠礼　上海古籍出版社 2004 年版

《中国古代史史料学》（修订本）　陈高华、陈智超等　天津人民出
　　版社 2006 年版

《中国古代史史料学》　安作璋主编　福建人民出版社 1998 年版

《中国古代典籍十讲》　胡道静　复旦大学出版社 2004 年版

《中国古代社会研究》　郭沫若　人民出版社 1982 年版

《中国古代文化传播史》　周月亮　北京广播学院出版社 2000
　　年版

《中国古代文明十讲》　李学勤　复旦大学出版社 2003 年版

《中国古代文学论丛——湖南科技大学中国古代文学学科论文
　　选》　王友胜主编　上海古籍出版社 2004 年版

《中国古代文学论集》　陶新民、孙以昭　人民文学出版社 2001
　　年版

《中国古代文学要籍导读》　费振刚、常森等　北京大学出版社
　　2003 年版

《中国古典文学史料学》（修订本）　徐有富主编　北京大学出版
　社 2008 年版

《中国古典小说论集》　徐朔方、刘辉　上海古籍出版社 1981
　年版

《中国古籍辑佚学论稿》　曹书杰　东北师范大学出版社 1998
　年版

《中国古籍整理体式研究》　冯浩菲　北京图书馆出版社 1997
　年版

《中国古今戏剧史》　李万钧主编　广东高等教育出版社 1997
　年版

《中国古文献学史》　孙钦善　中华书局 1994 年版

《中国方志学史》　陈光贻　福建人民出版社 1998 年版

《中国佛教研究史》　梁启超　三联书店 1988 年版

《中国纪传体文献研究》　王锦贵　北京大学出版社 1996 年版

《中国近代图书事业史》　来新夏等　上海人民出版社 2000 年版

《中国近代文学翻译概论》　郭延礼　湖北教育出版社 1998 年版

《中国近代四大小说杂志研究》　郭浩帆　当代中国出版社 2003
　年版

《中国近代史学学术史》　张岂之主编　中国社会科学出版社
　1996 年版

《中国近代小报史》　孟兆臣　社会科学文献出版社 2005 年版

《中国近三百年学术史》　梁启超　东方出版社 1996 年版

《中国近世戏曲史》　［日］青木正儿　作家出版社 1958 年版

《中国考古学史》　卫聚贤　上海书店 1984 年版

《中国科学技术史》　［英］李约瑟　科学出版社 1975 年版

《中国历史研究法》、《中国历史研究法补编》　梁启超　东方出版

社 1996 年版

《中国历史文献学史述要》 曾贻芬、崔文印 商务印书馆 2000 年版

《中国墨学通史》 郑杰文 人民出版社 2006 年版

《中国目录学史》 姚明达 上海古籍出版社 2002 年版

《中国神话研究初探》 茅盾 上海古籍出版社 2005 年版

《中国诗史》 陆侃如、冯沅君 大江书铺 1931 年版

《中国诗话史》（修订本） 蔡镇楚 湖南文艺出版社 2001 年版

《中国史学名著》 钱穆 三联书店 2000 年版

《中国史学史》第一册 白寿彝著 上海人民出版社 1986 年版

《中国史学史》 金毓黻 河北教育出版社 2000 年版

《中国史学史纲》 瞿林东 北京出版社 2005 年版

《中国书法全集》 刘涛主编 荣宝斋 1991 年版

《中国思想研究法》 蔡尚思 复旦大学出版社 2001 年版

《中国私家藏书史》 范凤书 大象出版社 2001 年版

《中国通史》 范文澜 人民出版社 1987 年版

《中国通史》（上册） 周谷城 上海人民出版社 1957 年版

《中国图书版本学》 姚伯岳 北京大学出版社 2004 年版

《中国文学概论》 袁行霈 高等教育出版社 1990 年版

《中国文学史料学》 潘树广主编 黄山书社 1989 年版

《中国文学史学史》 董乃斌等主编 河北人民出版社 2003 年版

《中国文学的近代变革》 袁进 广西师范大学出版社 2006 年版

《中国文学批评》 方孝岳 三联书店 1986 年版

《中国文学批评史》 郭绍虞 中华书局 1961 年版

《中国文学批评文献学》 孙立 广东人民出版社 2000 年版

《中国文学史概要》 胡怀琛 商务印书馆 1931 年版

《中国文献学》　张舜徽　中州书画出版社 1982 年版

《中国文献学概要》　郑鹤声、郑鹤春　上海古籍出版社 2001
　　年版

《中国文献学新编》　洪湛侯　杭州大学出版社 1994 年版

《中国戏班史》(增订本)　张发颖　学苑出版社 2004 年版

《中国小说丛考》　赵景深　齐鲁书社 1980 年版

《中国选本批评》　邹云湖　上海三联书店 2002 年版

《中国印刷史》(插图珍藏增订版)　张秀民著　韩琦增订　浙江
　　古籍出版社 2006 年版

《中国哲学史料学初稿》　冯友兰　上海人民出版社 1962 年版

《中国哲学史料学》　张岱年　三联书店 1982 年版

《中国哲学史史料源流举要》　萧萐父　武汉大学出版社 1998
　　年版

《中国哲学史史料学》　刘文英主编　高等教育出版社 2002 年版

《中国哲学史大纲》　胡适　上海古籍出版社 1997 年版

《中国纸和印刷文化史》　钱存训著　郑如斯编订　广西师范大
　　学出版社 2004 年版

《中国中世文学研究论集》　章培恒主编　上海古籍出版社 2006
　　年版

《中韩文学关系史论》　李岩　社会科学文献出版社 2003 年版

《中日关系史资料汇编》　汪向荣、夏应元编　中华书局 1984
　　年版

《中英文学关系编年史》　葛桂录　上海三联书店 2004 年版

《周勋初文集》　周勋初　江苏古籍出版社 2000 年版

《周勋初先生八十寿辰纪念文集》　莫砺锋编　中华书局 2008
　　年版

《周贻白小说戏曲论集》　周贻白著　沈燮元编　齐鲁书社 1986
　年版

《朱子语类》　〔宋〕黎靖德编　王星贤点校　中华书局 1986 年版

《助字辨略》　〔清〕刘淇著　章锡琛校注　中华书局 2004 年版

《追忆王国维》　陈平原、王枫编　中国广播电视出版社 1997
　年版

《资本论》　〔德〕马克思　人民出版社 1976 年版

《滋溪文稿》　〔元〕苏天爵著　陈高华、孟繁清点校　中华书局
　1997 年版

《走出疑古时代》　李学勤　辽宁大学出版社 1994 年版

《左传真伪考》　〔法〕高本汉著　陆侃如译　商务印书馆 1937
　年版

# 后　记

　　古代文学史料和古代文学史料学是学习和研究古代文学的基础。我早在读大学和在导师陆侃如先生指导下做研究生期间，在各位老师的教导下，即开始接触文学史料。1964年研究生毕业留校任教以后，在长期从事古代文学的教学和研究时，也没有离开古代文学史料和古代文学史料学，但现在回想起来，那时对古代文学史料和文学史料学缺乏一种自觉意识，更没有考虑做系统全面的探讨。后来在总结自己长期教学、研究、培养硕士研究生和博士研究生的工作时，深感有必要对古代文学史料和史料学做比较全面、系统的探讨。1992年黄山书社出版了潘树广主编的《中国文学史料学》，南京大学出版社出版了徐有富主编的《中国古典文学史料学》。前者打通了古今，后者集中于古代。我较早地拜读了这两部著作，获益良多，深受启发。同时又感到随着史料、史料学和其他相关学科的发展，随着学习和研究古代文学的新的需求，有必要和可能重新建构古代文学史料学的体系，对已经提出的许多问题，有不少有待拓展和深化。于是想在两部著述的基础上，"接着讲"，进一步探讨中国古代文学史料学，并于1999年开始一直给硕士研究生和博士研究生讲授中国古代文学史料学课程。2003年，又以"中国古代文学史料学"为课题申报国家社会科学基金项目，不久被批准立项，计划三年完成。被批准立项，这对我是一种鼓励，同时也是一种鞭策。从此以后，我不敢懈怠，除了完成自己担负的教学任务和其他义不容辞的工作之外，把时间和精力基本上都用在这一课题上。说心里话，由于自己长期对古代文学史料和史料学有一定的积累和思考，经过三年的努力，本来可以结题。但我不想这样做。我想把这一课题做得好一些，做得自己比较满意一些。希望能在以前有关成果的基础上，在多方面有所拓展和深化。经过多年的学习和思考，我认为，古代文学史料学，既应当是解释性的，又应当是实践性的。我想本着解释性和实践性相结合的原则，尝试建构一种新的中国古代文学史料学体系，努力反映国内外关于古代文学史料、文学史料学以及其他相关学科的新成果。这就需要广泛地检阅史料，不断地探索。为了使这一课题做得好一些，我曾分别于2006年和2008年两次申请延期。让我宽慰的是，两次都被批准。屈指算来，现在呈上的这部拙稿，仅从立项开始到现在已有八年了。如果再加上立项之前在这方面所做的工作，也可以说是"十年磨一剑"了。

十年来，在吸收前彦时贤大量研究成果的基础上，结合我自己的教学和研究的实践完成的这部拙稿，依照自己的陋见，尝试建构了中国古代文学史料学的体系，同时把我所知见的古今有关古代文学史料、文学史料学以及相关学科的主要成果，作了较为系统的归纳和条理表述，提供了大量的信息。自觉经历多年，千虑有得。经由最近几年的教学实践的检验，我自信拙稿对中国古代文学的爱好者和研究者是有助益的。但现在完成的这部拙稿，同我自己原来的设想和要求相比，还有相当大的差距。这有主观上的原因，也有客观上的困难。从主观上来说，我虽然勤奋，相信"天道酬勤"，能够掬尽心力，未尝偷苟，但由于生性愚钝，少年荒学，中更减学，国内文史之业未遑多读深究，海外殊族之学又知之甚少，理论素养贫乏，文史根底浅薄。这不是谦虚，而是实际情况。从客观上来说，中国古代文学史料、文学史料学以及相关的学科涉及的范围浩瀚无涯，国内外从古至今积累的成果极其丰厚，大多又零星散漫，而且不断地有新成果问世，个人难以普搜遍窥。还有，此课题已不允许再延期了。上述主客观两方面的综合原因，决定了我只能忝附诸位前彦时贤之骥尾，写成现在这样的拙稿了。

曹植在《与杨德祖书》中说："世人著述，不能无病。"又说："文之佳恶，吾自得之。"我有自知之明，知道我这部拙稿存有不少缺陷和疏误。举例来说：

中华民族是多民族长期交融形成的伟大民族，中国是一个由多民族形成的血脉相通的共同体。各民族各有所长，互相学习，取长补短，共同创造、发展、丰富了中华民族文化。作为中华文化一部分的中国古代文学史料学，是中华各民族共同创造、发展和丰富的。这是研究中国古代文学史料学必须重视的一个重要的问题。我重视了这一问题，在拙稿的部分章节中，有所述评。但限于腹俭和水平，心有余而力不胜。在这方面，还留下了许多空白。

中国古代文学史料学虽然是一种知识体系，但其中蕴涵着丰厚的人文精神。这主要体现在诸多重要的文人学者的思想情感及其著述当中。孔子、孟子、司马迁、刘向、班固、郑玄、刘知几、柳宗元、苏轼、朱熹、郑樵、马端临、胡应麟、顾炎武、章学诚、梁启超、王国维、陈寅恪、胡适、陈垣、郑振铎……他们胸怀科研伦理，把史料工作同伦理道德融合在一起。他们在给我们留下了珍贵的史料著述的同时，还给我们留下了宝贵的人文精神。他们热爱祖国和优秀的传统文化，具有坚定的文化责任感，有存传文化的责任心。他们把史料工作视为身心性命之事，心血灌注，精神弘毅，珍爱史料，胸襟开放，勤奋搜集，求真务实，严谨尚用。这些都溢出了一般的知识体系，实际上是人文精神在古代文学史料学上的体现。古代文学史料学作为一种知识体系尽管相当浩瀚，但毕竟是有限的，但其中蕴涵的人文精神却是无限的。这些人文精神已经哺育了历代无数的文人学者，并将继续对现代、对未来产生深远的积极的影响。古代文学史料学应当述评其知识体系，但又要注意避免唯学科化的思维方式，防止完全囿于对知识体系的述评，要满怀感情地去揭示其人文精神。这一点，我常常萦绕在心，在拙稿的一些章节也有所体现。但就拙稿的总体而言，基本上还是一种尝试。

中外的中国古代文学史料和文学史料学已成为一个有机的整体。中国古代文学史料，有一些存于国外。长期以来，国外有许多学者重视中国古代文学，研究中国古代文学，取得了许多有影响的成果。存于国外的文学史料和研究成果是中国古代文学史料的重要组成部分。新时期以前，中国同世界许多国家基本上处于隔绝状态。新时期以来，随着隔绝状态的逐渐消除，中国古代文学史料和史料学的成果，或"送出"，或"拿来"，互通有无，互相影响。研究中国古代文学史料和文学史料学，要有开放的视野，应当特别关注各国所取得的成果和研究状况。这方面，在我的拙稿中涉及了一些，但多有遗珠之憾。

我在拙稿中，提出使用史料应尽量使用第一手的。实际上我没有完全落实。拙稿中所引用的史料，有些为我所"见"，还有不少属于所"知"。引用所"知"的，难免存在疏误。

在古代文学史料中，特别是作品史料和研究史料，同一史料，有许多经过了后人的整理。经过整理的史料，就主流而言，应当说是"后出转精"。引用这方面的史料，应当博观约取，选摭精粹，取"后出转精"的，以便使读者得此一编，可见史料之要。但在拙稿中，没有完全做到尽录其要。这种缺误，在拙稿中所附的相关的要目中，当有不少。

拙稿中存有不少问题，上面所列举的只是初步觉察到的。我把它们列举出来，一是敬示各位在阅读时，要注意进一步检核；二是希望各位发现更多的疏误和缺陷，严加批评指正。清代人焦循说："友朋之益，不在揄扬而在勘核。"我衷心地感恩各位的批评和指正。我一定珍重各位的批评指正意见，不断地修改拙稿。

俗语说：一个篱笆三个桩，一个好汉三个帮。我不是"好汉"，所以在本课题的立项和在拙稿的写作过程中，得到的远不只是"三个"，而是多方面的、许多同志和亲友的热情帮助。在申报国家社会科学基金项目立项前后，得到了多位专家和全国社会科学规划办公室、山东省社会科学规划办公室的各位同志的帮助。山东大学研究生院、社科处、文学与新闻传播学院的各位领导，对此课题给予了多方面的支持。每年我在给研究生讲授古代文学史料学时，研究生给了我很多鼓励，不少研究生提出的问题对我有所启发。山东大学图书馆副馆长李剑锋教授、文史哲研究院张雷副研究员、文学与新闻传播学院刘晓多副研究员、研究生郑伟等，他们在繁忙中，挤时间为我借阅和查找史料。李剑锋和他指导的研究生萧海川、滕延秋、张少博校阅了本书的校样，并为本书编了人名索引。我用电脑写作，常出故障。我的女婿朱思荣研究员、女儿张晓阳副教授随时帮我修复。我的儿子张晓林编辑帮我查寻资料，儿媳宿美丽讲师，帮我搜集史料、校对了部分拙稿。我的老伴张培媛在体弱多病的情况下，承担了家务。没有以上所列举的来自多方面的许多同志和亲友的热情帮助和支持，我的这一课题是难以完成的。

　　我在完成这一课题的过程中,曾在一些刊物上发表了几篇相关的论文,主要有:

　　《刘勰关于文学史料学的见识》,《文史哲》2004 年第 6 期。

　　《别集述论》,《山东大学学报》2004 年第 6 期。

　　《曹道衡先生在中国文学史料学上的重要建树》,《文史知识》2007 年第 5 期。

　　《试论古代文学史料学的对象与任务》,《文学遗产》2010 年第 1 期。

　　《一种新形态的文学研究史料:研究综述》,《文史哲》2010 年第 4 期。

　　《古代文学史料的使用》,《临沂大学学报》2011 年第二期。

　　拙稿完成后,我把它寄给了凤凰出版传媒集团凤凰出版社。出版社收到不久,姜小青社长即电告:决定接受出版,并请李相东博士负责编辑。相东博士非常热情,他在审订的过程中,改正了不少讹误,提出了一些很好的建议。

　　对于本课题的立项和拙稿在撰写出版过程中,诸多同志和亲友的真诚帮助和热心支持,我永志不忘! 我向他们表示由衷的敬意和谢忱!

2011 年 5 月 16 日